Das Buch

Suzanne Blume ist eine erfolgreiche Rechtsanwältin in Boston: Sie vertritt ihre Klienten vor Gericht, unterrichtet an der Universität und schreibt für verschiedene Fachzeitschriften. Seit ihre beiden Töchter aus dem Haus sind, hat sie endlich Zeit für sich. Doch ihr geordnetes Leben gerät bald durcheinander. Zuerst will Jake, ihre heimliche Internetbekanntschaft, sie kennen lernen. Dann taucht plötzlich ihre ältere Tochter Elena auf, die Arbeit und Wohnung verloren hat. Kurz darauf hat ihre Mutter Beverly einen Schlaganfall. Da sie weitgehend gelähmt ist, nimmt Suzanne auch sie bei sich auf. Allerdings sieht sie sich bald zwischen zwei Fronten. Elena fühlt sich von ihrer Mutter missverstanden. Beverly schlägt sich auf Elenas Seite und macht Suzanne außerdem mit ihrer beherrschenden Art Schuldgefühle. Doch die drei Frauen müssen sich nun arrangieren und zueinander finden. Besonders, als Beverly einen weiteren Schlaganfall erleidet und um Sterbehilfe bittet.

»Lebendig und zutiefst überzeugend.« *Marilyn French*

Die Autorin

Marge Piercy wurde 1936 in Detroit geboren. Nach dem Studium lebte sie in Frankreich, hielt sich mit Teilzeitjobs über Wasser und dichtete. Aus ihrem Engagement in Bürgerrechts-, Friedens- und Frauenbewegung entwickelte sie das Ziel, eine Prosa zu schreiben, die das Politische leichthändig ins spannende Erzählen einbezieht. Ihre Romane schildern vielfältigste Biografien, skizzieren soziale wie individuelle Konflikte und Befreiungsversuche und spielen pfiffig mit tradierten Genres. Marge Piercys Werk wurde in fünfzehn Sprachen übersetzt.

Im Diana Taschenbuch bereits erschienen:
Sehnsüchte (62/0166)

Marge Piercy
Stufen aus Glas

Roman

Aus dem Amerikanischen von
Christine Strüh

DIANA VERLAG
München Zürich

Diana Taschenbuch Nr. 62/0245

Die Originalausgabe
»Three Women«
erschien bei William Morrow and Company, Inc.,
New York

Redaktion: Claudia Alt

Deutsche Erstausgabe 12/2001

Der Diana Verlag ist ein Unternehmen
der Heyne Verlagsgruppe, München
Printed in Germany 2001

Umschlagillustration: Joel Meyerowitz, New York
Umschlaggestaltung: Hauptmann und Kampa
Werbeagentur, CH-Zug
Satz: Schaber Satz- und Datentechnik, Wels
Druck und Bindung: Elsnerdruck, Berlin
Gedruckt auf chlor- und säurefreiem Papier

ISBN: 3-453-19935-9

http: / /www.heyne. de

Mit Liebe und Hochachtung all jenen,
die vom Leben hart in die Mangel
genommen werden und manchmal nicht mehr
wissen, wo ihnen der Kopf steht.

1

Suzanne

Suzanne Blume beendete ihre Vorlesung über den Ersten Zusatzartikel der Verfassung und wiegelte energisch die Studenten ab, die sich in dem riesigen Hörsaal augenblicklich um sie scharten. Sie war die einzige Frau, die bisher an der Universität je einen Lehrauftrag in Verfassungsrecht bekommen hatte, und normalerweise war sie übertrieben gut vorbereitet. Eigentlich tat sie nichts ohne gründliche Vorbereitung, ganz gleich, ob es sich um ein Festessen mit ihren Töchtern handelte oder um die Fälle, die sie als Anwältin übernahm. Aber heute hatte sie keine Zeit für die Studenten, denn sie musste zurück in ihr Dienstzimmer und sich umziehen. Raus aus den Uniklamotten – bestehend aus adretter Hose, Seidenbluse und Blazer –, rein in das dunkelblaue Kostüm, ihre Uniform vor Gericht. Nur die Bluse konnte bleiben. Wie jede ihr bekannte Anwältin verfügte auch Suzanne über eine ganze Ausrüstung dunkelblauer und grauer Kostüme, eins davon sogar in einem gewagten Anthrazit. Sie fischte eine Strumpfhose aus der mittleren Schublade, wo sie auch das Make-up und die Halstücher aufbewahrte, und ließ die baumelnden Ohrringe hineinplumpsen. Dann entledigte sie sich ihrer hochhackigen Stiefel und schlüpfte in die Pumps. Mit ihren einsachtundfünfzig war sie klein für die Rolle, die sie in der Welt spielte. Obwohl sie davon Rückenschmerzen bekam, trug sie in der Öffentlichkeit immer hohe Absätze.

Jetzt eilte sie mit klickenden Absätzen den Korridor

hinunter und hinaus auf den Parkplatz. Ihr Assistent Jaime, dem sie die Wagenschlüssel für ihren Toyota anvertraut hatte, wartete mit dem Wagen bereits vor der Tür. Er chauffierte, sie saß hinten und ging auf dem Weg in die Innenstadt von Boston noch einmal ihre Notizen durch. Wahrscheinlich kamen sie etwas zu früh zur Nachmittagssitzung, aber sie brauchte auch noch ein wenig Zeit, um ihren Auftritt durchzugehen. Es war wichtig, vor einem Richter nie unsicher zu wirken, sondern gleichzeitig selbstbewusst und doch ein kleines bisschen schüchtern – vor allem als Frau.

Sie liebte Berufungsverhandlungen, weil sie hübsch ordentlich und übersichtlich waren. Zwar bekam man nicht die Gelegenheit, so richtig alle Register zu ziehen wie bei einer normalen Verhandlung, aber Suzanne hatte sich auf dieses Gebiet spezialisiert, als die Mädchen noch zu Hause waren. Die Arbeit war wissenschaftlich, irgendwie beruhigend. Man hatte mit Paragraphen zu tun, nicht mit hoch dramatischen Entscheidungssituationen à la High Noon. Natürlich hatten Revisionen ihre Vor- und Nachteile, aber im Allgemeinen waren sie weniger anstrengend. Man musste sich äußerst gewissenhaft vorbereiten – was Suzanne sowieso immer tat –, aber man verbrachte wesentlich weniger Zeit im Gerichtssaal, statt Wochen und Monaten dauerte es häufig nur einen einzigen Vormittag. Die Kräfteverhältnisse waren ziemlich eindeutig definiert: Für gewöhnlich stand Suzanne mehreren männlichen Richtern in archaischen Roben gegenüber, meist weißer Hautfarbe und aus der gehobenen Mittelschicht, die nach einer Weltanschauung handelten, die sie zwar nicht teilte, aber auch nicht anders erwartete. In den seltensten Fällen war der Angeklagte bei der Verhandlung anwesend. Wenn es nicht gerade um einen Fall ging, der in den Medien besonders präsent war, machte sich auch kein Reporter die Mühe zu erscheinen.

»Darf ich zuschauen?«, fragte Jaime und unterbrach sie in ihren Gedanken.

»Park zuerst den Wagen.« Sie dachte einen Moment nach. »Warum eigentlich nicht? Es kann nur gut für dich sein. Aber du musst den Mund halten.«

»Danke, Suzanne. Ich werde schweigen wie ein Grab.«

Er war eine Mischung aus Afroamerikaner und Filipino, äußerst gut aussehend und umsichtig, klug, aber hypersensibel. Seine Familie war weit weg, und er hatte Suzanne vom Fleck weg als eine Art Adoptivmutter angenommen. Ihr machte das nichts aus. Obwohl sie erst seit zwölf Jahren unterrichtete, hatte sie bereits ungefähr hundert ehrenamtliche Nachfahren gesammelt. Manche verliebten sich in sie, manche gingen auf Konfrontationskurs, manche klammerten sich an sie, manche jammerten und klagten, manche schmeichelten, aber alle blieben in Kontakt, und Suzanne erinnerte sich an jeden Einzelnen. Vielleicht hatte sie mit ihrem akademischen Nachwuchs ein besseres Händchen gehabt als mit ihrem eigenen Fleisch und Blut. Heutzutage stellten die Universitäten kaum Juristen mit Prozesserfahrung ein, aber als man an sie herangetreten war, hatte sie bereits in der Rechtsberatungsstelle der Uni mitgearbeitet – und außerdem wollte die Universität unbedingt ein paar Frauen einstellen, um sich zu profilieren.

Sobald sie den Gerichtssaal betraten, vergaß Suzanne Jaime vollkommen. So war es immer: Ihre Fälle nahmen sie hundertprozentig in Anspruch. In der Revision heute ging es um eine Frau, die ihren Ex-Mann erschossen hatte und wegen Mordes verurteilt worden war. Die Frau behauptete, dass er ihre gemeinsame Tochter, für die er das Sorgerecht zugesprochen bekommen hatte, missbraucht hatte. Der Mann war Arzt gewesen, die Frau arbeitslose Bibliothekarin, die sich mit Gelegenheitsjobs im Büro durchschlug. Natürlich war die Frage bei der Revisionsverhandlung nicht, ob die Frau ihren Mann erschossen hatte, und auch nicht, ob er die Tochter sexuell missbraucht hatte, sondern ob die Verurteilte von ihrem Pflichtverteidiger angemessen vertreten worden war. Suzanne hatte zwei gute Präzendenzfälle gefunden und sich außerdem mit Hilfe des Gerichtsprotokolls einige Kritikpunkte an der Beweisführung in der Hauptverhandlung zusammengestellt. Der Staatsanwalt war der gleiche, der die erste Verurteilung durchgesetzt hatte; Suzanne kannte ihn aus ihrer langjährigen Praxiszeit: gut, aber ein bisschen allzu aggressiv. In der halben bis Dreiviertelstunde, in der die Fälle behandelt wurden, die vor ihrem auf der Tagesordnung standen, ging sie ihren Schriftsatz noch einmal durch. Irgendwann bemerkte sie, dass Jaime sich auf einen Platz in der letzten Reihe verdrückt hatte. Die ganze Zeit über hatte sie stets das blasse, abgespannte Gesicht ihrer Klientin vor Augen. Sie arbeitete ohne Honorar. Die Frau hatte kein Geld, und die Ressourcen ihrer Familie waren erschöpft. Auch an das Mädchen dachte sie, an Celia, ein verschrecktes Wesen, das letztes Jahr in eine Pflegefamilie gesteckt worden war.

Doch hier stand sie vor einem Berufungsgericht; nirgendwo außer in Suzannes Kopf würde je das Gesicht der verurteilten Frau oder ihrer verängstigten Tochter auftauchen. Für Suzanne hatte Gerechtigkeit etwas mit Menschen zu tun, aber hier ging es um Beweisführung und Präzendenzfälle und um richterliche Macht. Es ging um das Gesetz und um Fragen des Gesetzes. Dass die Richter, genau wie in der Instanz zuvor, Männer waren, durfte bei der Revision – im Gegensatz zur Originalverhandlung – eigentlich keine Rolle spielen, ebenso wenig wie die Tatsache, dass sie niemals bereit wären zu glauben, dass ein Arzt, also ein Mann aus ihren eigenen Kreisen, seine Frau in die Armut verstoßen und seine Tochter sexuell missbraucht hatte. Nein, Suzanne würde strikt nach dem Gesetzestext argumentieren, aber in Gedanken würde sie jede Sekunde wissen, für wen sie kämpfte und warum: Für die Tochter, für Celia; für die Mutter, für Phoebe, die sie letzten Samstag in Framingham, dem Frauengefängnis außerhalb von Boston, besucht hatte. Sie hatte Phoebe nicht verständlich machen können, dass der Richter nichts darüber hören wollte, ob ihr Ex-Mann ihre Tochter sexuell missbraucht hatte, nichts über diese Tat, die Phoebes Welt in einen Scherbenhaufen verwandelt hatte. Phoebe verstand das nicht, aber genau genommen war das auch nicht notwendig. Suzanne würde für sie gewinnen und erreichen, dass man ihr Celia wiedergab. Letztlich war das sowieso das Einzige, worauf es ankam. Suzanne war ganz in ihrem Element, ein Rechtsstreit, bei dem die Argumente in ihrem Kopf aufgereiht waren wie Soldaten vor der Entscheidungsschlacht. In ihren Muskeln und ihrem Gehirn sang das Adrenalin. Als ihre jüngere Tochter Rachel elf Jahre alt war und sich intensiv für Ökologie interessierte, hatte Suzanne sie einmal zur Vorführung einer Raubvogelspezialistin mitgenommen. Die Frau brachte ihren Falken herein, und während das Publikum Platz nahm, behielt das Tier die Haube auf. Doch kaum hatte sie die Kappe entfernt, wurde der Falke lebendig: Mit funkelnden Augen sah er sich nach Beute um und brannte ganz offensichtlich darauf, dass endlich etwas passierte. Gefährlich und vollkommen konzentriert – so fühlte sich Suzanne auch im Gerichtssaal: ein Jagdfalke, dem man die Kappe abgenommen hat. Endlich war es soweit, sie musste aufstehen, und nun hatte sie zehn Minuten Zeit, um ihren Fall zu präsentieren.

Suzanne war ein Morgenmensch. Wenn es ihr nicht gerade jämmerlich schlecht ging, wachte sie um sechs auf und sah dem anbrechenden Tag entschlossen und freudig entgegen. Sie hatte eine Kaffeemaschine mit Timer, Kaffeeduft empfing sie, als sie jetzt den Korridor überquerte und in den Küchenbereich des riesigen Zimmers auf der Ostseite des Hauses trat. Sie liebte Dinge, die sich automatisch um sich selbst kümmerten, wie beispielsweise kleine Notizen im Computer. Sie nahm den Kaffee mit in den Raum, der jetzt ihr Arbeitszimmer war – früher war es das Zimmer ihrer älteren Tochter Elena gewesen. Dort stellte sie den Computer an, wählte sich beim Provider ein und begann ihre Mails zu lesen.

Zuerst einmal suchte sie nach einer Mitteilung von Rachel. In letzter Zeit war es schwierig gewesen, Rachel ans Telefon zu bekommen. Ihre Mitbewohner in der Wohngemeinschaft in Philadelphia antworteten immer etwas ausweichend, und Rachel lernte häufig mit einer Gruppe. Einige Nachrichten waren hin und her gegangen, ehe Suzanne alles verstanden hatte, denn Rachel benutzte für nahezu alles, was mit dem Rabbiner-College zu tun hatte, die hebräischen Worte. Dank Tante Karla hatte Suzanne zwar ihre Bat-Mizwa bekommen, aber sie hatte schon vor langer Zeit das ganze Hebräisch vergessen, das man ihr eingetrichtert hatte. Nur zu gern hätte sie mehr von dem begriffen, was ihre Tochter seit neuestem tat. Natürlich war sie stolz, denn als sie klein war, hatte es keine weiblichen Rabbis gegeben, aber sie hatte überhaupt nicht mit dieser Berufsentscheidung gerechnet. Suzanne war gemäßigt fromm, weil Tante Karla sie so erzogen hatte; sie hatte ihre Kindheit abwechselnd bei ihrer

Mutter Beverly und bei Tante Karla verbracht. Trotzdem kam es ihr irgendwie übertrieben vor, Rabbinerin zu werden. Sie selbst war zweiundzwanzig gewesen, als sie Elena bekommen und nebenbei weiter Jura studiert hatte. Vielleicht schlug Rachel also einen besseren Weg ein. Ganz bestimmt würde sie eine gute Rabbinerin werden, verständnisvoll, engagiert, leidenschaftlich, gebildet, daran zweifelte Suzanne keinen Augenblick.

Rachel nahm ihre Ausbildung so ernst wie alles andere, was sie bisher in ihrem Leben gemacht hatte, von der Rettung der Versuchsfrösche aus dem Labor über den Protest gegen Giftmülldeponie bis zur vegetarischen Ernährung. Besser so als andersherum, sagte sich Suzanne und dachte kurz an ihre ältere Tochter, an Elena. Soweit Suzanne die Nachricht entschlüsseln konnte, war Rachel in eine Diskussion über Halacha, das jüdische Gesetz, verwickelt, was irgendetwas mit der Versorgung der Toten zu tun hatte. Wer war denn nun tot? Ihr eigener Vater, den Suzanne nie kennen gelernt hatte, war letztes Jahr in Kalifornien gestorben, aber man hatte es nicht für nötig befunden, sie wenigstens so rechtzeitig zu informieren, dass sie an der Trauerfeier teilnehmen konnte. Zwei Wochen nach der Einäscherung bekam sie einen Brief von der Witwe. Ob sie sonst wohl hingefahren wäre? Sie hatte nicht getrauert um den Mann, den sie, soweit sie sich erinnerte, lediglich zweimal von Angesicht zu Angesicht gesehen hatte, eine ziemlich peinliche Angelegenheit: Einmal als dünne Zwölfjährige, die sich gern in Szene setzte, und ein Jahr später an Labor Day, bei einer Veranstaltung, an der auch ihre Mutter – die kurz seine Geliebte gewesen war – teilnahm. Labor Day gehörte ihrer Mutter Beverly. In Suzannes Kindheit hatte das bedeutet, dass Mama eine Rede hielt und von ihr erwartet wurde, mit zu marschieren, sich still hinzusetzen und den Mund zu halten, bis das Gewerkschaftspicknick losging, mit einer Unmenge Essen und anderen Kindern, vielleicht an einem Pool oder einem See, wo man schwimmen konnte.

Sie schrieb eine vage ermutigende Nachricht an Rachel, unsicher, ob sie noch einmal nachhaken sollte, damit Rachel ihr das Problem näher erklärte, oder die Sache lieber auf sich beruhen ließ. Schließlich gab sie sich damit zufrieden, sich auf dem Bildschirm Sorgen zu machen, weil Rachel so viel arbeitete. Bekam sie denn auch genügend Schlaf? Aß sie regelmäßig? Wann würde sie das nächste Mal nach Hause kommen?

Dann sah sie sich eine Mail an, auf der sie eingeladen wurde, am Internationalen Frauentag in Albany einen Vortrag zu halten. Sie nannte ihre Honorarvorstellung und fragte an, was man sich denn genau unter ihrem Auftritt vorstellte. Das juristische Diskussionsforum war voll von Beiträgen zur letzten Entscheidung des Obersten Gerichtshofs. Ein Universitätsverlag bat darum, dass sie ein Manuskript las, das ihm zugeschickt worden war; es ging um die veränderte Rechtslage bei häuslicher Gewalt. Sie druckte den Brief aus, ohne gleich zu antworten. Interessant, aber hatte sie für so etwas Zeit? Vielleicht hatte Marta Lust dazu, sie kannte sich aus mit diesem Thema, da sie am Entwurf des gegenwärtigen Gesetzes von Massachusetts mitgearbeitet hatte.

Rasch ging sie die restlichen Nachrichten durch: Ihre Freundin Karen unterzog sich einer Chemotherapie, ihre Freundin Alexa kämpfte um ihren Grundbesitz, Celeste steckte mitten in einer grässlichen Scheidung, Georgia war gerade aus Bali zurückgekehrt. Sie zwang sich, eine Mail nach der anderen zu beantworten, ehe sie Jakes Morgenbotschaft öffnete. Sie schrieben sich fast täglich, hatten sich aber noch nie gesehen. Jake lebte in Kalifornien, in den Hügeln von Oakland, und zwar in einer ganz ähnlichen Situation wie Suzanne: Er teilte sich mit einem befreundeten Paar ein Haus, genau wie Suzanne das ihre gemeinsam mit ihrer Kollegin Marta, die mit ihrem Mann Jim im oberen Stockwerk wohnte.

> Suzanne, Earthworks überlegt, in Boston eine Niederlassung zu eröffnen. Wir glauben, es wäre wichtig, dass wir uns im Nordosten bei den Themen Wasser, Raumordnung und Erosionsschutz der Feuchtgebiete engagieren. Vermutlich werde ich nach Boston kommen, sobald ich ein Treffen mit den Leuten vereinbaren kann, die unter Umständen mit uns zusammenarbeiten möchten. Vielleicht in zwei, drei Wochen. Falls es mit der Niederlassung tatsächlich klappt, bin ich dort der Chef – bisher steht hinter dem Plan allerdings noch ein großes Fragezeichen. Aber auf jeden Fall könnten wir uns sehen und wüssten endlich, was für ein Gesicht zum jeweils anderen gehört. Ich möchte dich kennen lernen und hoffe, dass es dir umgekehrt genauso geht. Das könnte doch Spaß machen.

Auf diese Nachricht konnte sie nicht antworten. Es war ein Gefühl, als hätte ihr jemand den Stuhl unter dem Hintern weggezogen.

Sie wollte nicht, dass Jake für sie ein wirklicher Mensch wurde. Eine Romanze auf dem Computerbildschirm war eine Sache, ein Rendezvous mit der neunundvierzigjährigen Suzanne eine ganz andere. Seit zwölf Jahren hatte sie keine Affäre mehr gehabt, nicht seit dem Schlamassel mit Elena. Damals hatte sie den Männern abgeschworen, allerdings zunächst nur als zeitlich begrenzte Maßnahme, damit sie ihren Töchtern ihre ganze Aufmerksamkeit widmen konnte, aber es war ihr immer leichter gefallen, sich herauszuhalten, und jetzt war es das Einfachste der Welt. Wer jagte schon einer Frau mittleren Alters nach? Ganz bestimmt nicht Männer mittleren Alters. Wie war sie eigentlich in diesen elektronischen Flirt hineingeraten? Weil es einfach war, weil ihr seine Briefe gefielen, weil es sich gleichzeitig sicher und trotzdem aufregend anfühlte. Als sie anfingen, sich zu mailen, hatte sie Nachforschungen über ihn angestellt, und gemeinsame Bekannte hatten ihm die nötigen sozialen Referenzen verschafft: kein Irrer, kein Sexualverbrecher, kein Stalker. Scheiße, sie hatte ihm Dinge über sich erzählt, die sie einem wirklichen Mann nie verraten hätte, denn Jake war eine Fantasie gewesen, ein Wesen in ihrer Vorstellung und auf ihrem Computerbildschirm. Erst vor ein paar Wochen hatte sie ihm von einem erotischen Traum erzählt, in dem ihre Katze Sherlock eine Rolle spielte. Warum hatte sie das bloß gemacht? Weil er eine Fiktion war und doch von selbst funktionierte. Kein Mensch, sondern ein Datenstrom.

Ruhelos wanderte sie in ihrem Arbeitszimmer herum und landete schließlich in der Küche. Von der Anrichte aus, wo Suzanne die beiden rot getigerten Katzen immer fütterte, um ihnen beim Essen nicht auf den Schwanz zu treten, beobachteten die beiden Tiere sie aufmerksam. Suzannes Nervosität steckte sie an, und Tamar wich mit angelegten Ohren weiter zum Schrank zurück. Sherlock sprang herunter und sauste davon, als wäre ihm plötzlich eine Verabredung auf dem Fenstersims eingefallen. Vor sich hin brummelnd hatte Suzanne die Arme um sich geschlungen. Jetzt musste endlich Schluss sein, sie benahm sich ja wie ein Vollidiot!

Jetzt, da sie allein lebte, machte sie sich manchmal Sorgen, sie könnte wunderlich werden. Einer der wenigen Vorteile, die sie daran erkennen konnte, wenn man in einer Beziehung lebte, war, dass immer jemand da war, der einen kontrollieren konnte, als Ausgleich, als Gegengewicht. Wenn sie paranoid und unaufmerksam war, oder wenn sie ständig eigene Dinge auf andere projizierte, dann würde der andere sie wieder auf die richtige Spur bringen. Aber wo stand eigentlich geschrieben, dass sie Jake unbedingt sehen musste, wenn er nach Boston kam? Wenn er tatsächlich auf ihr Gebiet einrückte, konnte sie immer noch sagen, sie wäre gerade in Europa. Oder in Australien. Befallen von der Grippe. In New York, zu Besuch bei ihrer Mutter Beverly. Sie war nicht verpflichtet, eine Affäre mit ihm anzufangen, nur weil sie zwei Jahre mit ihm im Internet geflirtet hatte. Er konnte nicht wissen, ob sie nicht noch mit siebzehn anderen Männern flirtete.

Es war so ein angenehm sicheres Gefühl gewesen. Sie hatte ihm Dinge aus ihrem Leben erzählt, Gefühle, die sie unmöglich einem Mann mitteilen konnte, der sich mit ihr im gleichen Zimmer befand. Sie hatte männliche Kollegen an der Universität, in Komitees, im Gerichtssaal. Sie hatte eine einigermaßen anständige Beziehung zu Rachels Vater Sam, solange sie sich nicht zu lange zur selben Zeit am selben Ort befanden – ungefähr eine Stunde kamen sie hervorragend miteinander zurecht. Aber sie hätte diesen netten Flirt niemals angefangen, wenn sie geahnt hätte, dass er vor ihrer Nase auftauchen würde. Es hatte sich alles vollkommen körperlos angefühlt, ein Treffen zweier Intellekte, ein ausschließlich aus Worten bestehendes Verhältnis. Einmal hatten sie sich ausgemalt, sie wären zusammen in Paris und schlenderten durch die Straßen, die sie beide kannten. Wie sie zwischen den seltsamen steinernen Totenbehausungen des Friedhofs Père Lachaise emporstiegen und mit den

Füßen in den Herbstblättern raschelten. Wie sie in einem rosaroten Restaurant ganz oben auf dem Montmartre Crèpes aßen, Paris ein Panoramabild am Horizont. Sie hatten mit ihrem Wissen gewetteifert und Fantasielandkarten entworfen. Er hatte sie auf eine Wanderung weit oben in der Sierra Nevada mitgenommen. Sie hatte ihn dafür in den Gerichtssaal gelassen, die Aufregung der Konfrontation und des Sieges mit ihm genossen, die Verzweiflung und die Schuldgefühle, wenn man verlor. Er hatte ihr Tagebucheintragungen von einer Reise nach Grönland geschickt. Sie hatte mit ihm beobachtet, wie die Kondore sich unbeholfen von einem Fels in Nord-Arizona erhoben, freigelassen in ein neues Leben in der unendlichen Wildnis.

Das Haus, das sie hier in Brookline mit Marta und deren Mann bewohnte, war ein großes Holzgebäude aus der Zeit der Jahrhundertwende, hellblau gestrichen, Verzierungen, Geländer und Fensterrahmen kobaltblau abgesetzt. Sie wohnte unten, in großzügigen Räumen mit Platz sparenden Wandschränken. Als sie das Haus vor zwölf Jahren kauften, hatten seit einer Ewigkeit zwei Schwestern und ein Bruder darin gewohnt, zwei seltsame alte Jungfern und ein Junggeselle, die Salz- und Pfefferstreuer sammelten, außerdem Modelleisenbahnen, die überall im Obergeschoss herumflitzten, Streichholzschachteln, Postkarten und sonst noch eine Menge Raritäten. Sie erinnerte sich, dass Jim eine Kiste gefunden hatte, auf der stand: *Schnur, zu kurz zum Gebrauch.* Die letzte Schwester war gestorben, und die Erben – entfernte Verwandte – hatten das Haus zum Verkauf angeboten, ohne etwas zu verändern, voller Staub und alten Klamotten und abgetretenen Teppichen und angeschlagenen Möbeln, Kerzenstummeln und bunt zusammengewürfeltem Geschirr. Überall roch es nach trauriger alter Eleganz, die versucht hatte zu überleben. Marta, Jim und Suzanne hatten eine Menge Geld in das Haus gesteckt, hatten es in zwei Wohnungen aufgeteilt, mit modern eingerichteten Küchen, einladenden Badezimmern, Klimaanlage, neuen Leitungen. Die schönen alten Holzarbeiten hatten sie erhalten, ebenso die Kamine, die Buntglasfenster, die umlaufende Veranda. Das Haus stand oben auf einem steilen Hügel, an der Kurve der Addington Road, einer Straße mit Häusern aus Backstein im viktorianischen Stil, modernen Bauten und vielen Holzhäusern etwa im Alter ihres eigenen, meist auf einem im Verhältnis zum Gebäude viel zu kleinen Grundstück – wie ihr eigener winziger, abschüssiger Garten, der an der Garage endete. Nach Elenas Desaster war sie aus dem South End von Boston nach Brookline gezogen.

Jim, Martas Ehemann, war zur Zeit auf einem Therapeutenkongress. Als Suzanne zu Marta nach oben lief, saß ihre Freundin in ihrem alten Flanellbademantel am Tisch und las einen Artikel im *Yale Law Journal*. Marta deutete auf den Teller mit Muffins und der Kanne Kaffee. »Stimmt ja, ich hab noch gar nicht gefrühstückt«, fiel Suzanne ein. »Diese Mail hat mich total aus der Bahn geworfen.«

»Hör mal, er hat dir also mitgeteilt, es könnte sein, dass er hier auftaucht. Vielleicht denkt er ja, das erfordert die Höflichkeit. Vielleicht ist er genauso nervös wie du.«

Nachts flocht Marta ihre langen graublonden Haare immer zu zwei Zöpfen, die ihr jetzt über die Schultern ihres Bademantels fielen. Suzanne mochte es, wie Marta aussah, ehe sie sich fürs Gericht oder für einen Termin mit Klienten fertig machte. Marta war viel eleganter als Suzanne, größer, mit auffallenden Wangenknochen. Sie waren schon seit dem Studium befreundet. Ende der siebziger Jahre hatten sie für das gleiche juristische Frauen-Rechtsberatungs-Kollektiv gearbeitet und dann mit ihrem Freund Miles eine Kanzlei eröffnet. Als sie zusammen das Haus kauften, hatte Jim noch in Simmons unterrichtet. Jetzt waren ihre Kinder aus dem Haus – obwohl Martas Sohn Adam und Suzannes jüngere Tochter Rachel in den Semesterferien immer noch heimkamen.

»Du meinst, Jake ist es vielleicht eher egal, ob wir uns kennen lernen?«

»Womöglich hat er auch Zweifel. Wäre doch verständlich.«

»Dann drängelt er mich vielleicht gar nicht?«

»Kann gut sein.« Marta grinste. »Wärst du dann enttäuscht?« Sie genoss dieses Gespräch. In ihrer langen Freundschaft war Marta sonst eher die Unbeständige, Flatterhafte gewesen und Suzanne die Praktische, die die Wogen glättete, die wusste, wie man verhandelte. Die Situation, dass Suzanne ausgerechnet wegen eines Mannes so aus der Fassung geriet, machte Marta Spaß. »Hast du schon mal dran gedacht, dass du vielleicht nur eine Entschuldigung dafür bist, dass er den Samstag über dableiben kann und einen billigeren Flug bekommt?«

Während sie sich in aller Ruhe die Muffins und den Kaffee zu Gemüte führten, bedauerte Suzanne, dass sie ihren Morgensport nicht gemacht hatte. Jetzt würde sie sich den ganzen Tag ein kleines bisschen daneben fühlen. Wenn sie einigermaßen früh von der Arbeit zurückkam, konnte sie es vielleicht heute Abend nachholen. »Ich hab auch eine Nachricht von Rachel bekommen, eine von denen, mit denen ich überhaupt nichts anfangen kann, und das weiß sie sehr wohl. Es kommt mir vor, als ob sie mir das immer wieder gern unter die Nase reibt.«

»Du hast gedacht, sie studiert Jura, stimmt's?«

»Na ja, warum denn nicht?« Suzanne fuhr sich mit den Fingern durch ihre kurzen, dichten Haare, sodass sie wild hochstanden. »Sie ist klug, sie hat ein gutes Gedächtnis, sie hat einiges rein durch Osmose aufgeschnappt. Sieht ganz danach aus, als hätten wir es beide nicht geschafft, Juristen in die Welt zu setzen.« Adam studierte an der New York University Film.

»Tja, Suzanne, kein Grund zum Verzweifeln. Rabbinerin zu werden ist nicht ganz so schlimm wie eine Karriere als Stripperin. Es ist ein ehrenwerter Beruf.«

»Oder vielleicht Kellnerin.« Suzanne schüttelte den Kopf. »Bring mich bloß nicht auf Elena. Vier verschiedene Colleges hat sie ausprobiert, und jetzt bedient sie im Restaurant.«

»Die Kinder tun, was sie können«, sagte Marta. »Der Schreiner, der bei Rackham, Klein und Forbes die Renovierung durchführt, hat in Harvard studiert. Er war in der Computerbranche. Jetzt zimmert er Schränke.« Rackham, Klein und Forbes war Martas Kanzlei: Sie war Klein.

»Zeit zum Aufbruch. Erst Vorlesungen, dann treffe ich mich mit meiner Polizistin. Möchtest du dabei sein?«

»Lass mich mal überlegen, wie mein Tag so aussieht«, meinte Marta. »Ich hab mir angesehen, was du mir gegeben hast, und ich denke, daraus kannst du einen starken Fall wegen sexueller Belästigung machen – vorausgesetzt, du kriegst einen einigermaßen anständigen Richter. Du weißt noch nicht, wer dran ist?«

»Nein.«

»Zeig's ihnen.« Marta stand auf, und sie gingen ihre getrennten Wege in ihren jeweiligen Arbeitstag. Normalerweise setzten sie sich morgens und abends miteinander in Verbindung; sie waren füreinander ein wichtiger

Teil ihres Systems aus Unterstützung und Fürsorge. Manchmal waren sie füreinander sogar die einzige Unterstützung gewesen. Wenn Suzanne ans Altwerden dachte, an eine verschwommene Zukunft, wenn sie emeritierte Professorin war, stellte sie sich nie vor, dass ihre Kinder da waren, aber immer, dass Marta da sein würde.

Sie beschloss, Jake heute Abend zu antworten. Sie würde seine Reise nach Osten zur Kenntnis nehmen und sich dann lange darüber auslassen, wie viel sie momentan zu tun hatte. Das war eine hübsche, ungefährliche Antwort, mit der sie sich zu nichts verpflichtete – und das, so glaubte sie, wünschte sie sich am meisten.

2

Suzanne

Am Donnerstag war Suzanne gerade vom Gericht zurück und ließ sich Badewasser einlaufen, als sie aus dem Wohnzimmer Elenas Stimme hörte: »Mutter? Mutter?«

»Hast du mich erschreckt!«, rief Suzanne und zog sich schnell ihren Frotteebademantel über und stellte das Wasser aus. »Warum hast du nicht angerufen?«

»Du weißt doch selbst, dass du nie da bist, Mutter.«

»Aber jetzt bin ich da. Außerdem, wozu gibt es Anrufbeantworter?«

»Damit du davorstehen und hören kannst, wer dran ist, bevor du abhebst. Damit du entscheiden kannst, ob der Betreffende deine Aufmerksamkeit verdient.«

Suzanne holte tief Luft. Ruhig bleiben, ruhig bleiben.

In sich spürte sie die mit Angst gemischte Nervosität aufsteigen, die sie immer befiel, wenn sie ihre ältere Tochter eine Weile nicht gesehen hatte. »Ich bin gleich fertig.« Sie verschwand in ihrem Schlafzimmer und schlüpfte in Hose und Pulli. Suzanne war systematisch und sehr ordentlich, machte sich aber gern über sich selbst lustig. »Ich bin die einzige Tochter einer Gewerkschaftsorganisatorin – seht her, wie gut ich organisiert bin.« Wenn sie Freunde besuchte, rief sie vorher immer an (außer wenn sie zu Marta nach oben ging), sie vereinbarte mit jedem Termine, auch mit ihren Töchtern. Sie hatte einen Tagesplan mit zu erledigenden Dingen, Terminen und Projekten, vom Alltagskram (Kostüm in die Reinigung bringen, Sachen für den Wertstoffhof an den Straßenrand stellen) bis zu wirklich wichtigen Dingen (die Rede für das Treffen der ehemaligen Jurastudentinnen in Harvard vorbereiten). Sie dachte immer frühzeitig daran, Geschenke für ihre Kinder und ihre Freunde zu kaufen, und hatte sämtliche Kleidergrößen in ihrem Computer immer auf dem neuesten Stand gespeichert. Schon sechs Monate im voraus vereinbarte sie mit ihrem Zahnarzt den Termin, um sich die Zähne reinigen zu lassen, und jeden November meldete sie sich und Marta für die Mammografie im Januar an. Martas Mutter war an Brustkrebs gestorben, deshalb brachte es Marta einfach nicht über sich, selbst anzurufen.

Suzanne wusste genau, dass ihre gewissenhafte Planung ihrer älteren Tochter furchtbar auf die Nerven gehen musste, denn Elena hatte sich unverkennbar für das andere Extrem entschieden, für Spontaneität um jeden Preis. Niemals hätte Elena auch nur ansatzweise verbindlich gesagt: »Ich komme nächsten Freitag zum Essen.« Man wusste immer erst im letzten Moment, ob sie wirklich erscheinen würde: »Ich denke, ich werde es schaffen, aber ich sag dir noch mal Bescheid.« Es war die pubertäre Hoffnung, dass etwas Aufregenderes als ein Essen mit Mama auftauchen würde, der Glaube, dass sich vor dem vereinbarten Freitag noch andere Möglichkeiten auftun könnten. Zwar hatte Suzanne grundsätzlich Verständnis für diese Haltung, aber gelegentlich war sie trotzdem gekränkt.

Als sie angezogen war, eilte sie ins Wohnzimmer. »Du siehst gut aus. Alles in Ordnung, Liebes?« An Elenas Äußerem konnte man unmöglich erkennen, ob es ihr gut oder schlecht ging, denn sie sah immer hübsch aus. Bis heute staunte Suzanne darüber, dass sie eine so schöne Tochter zur Welt gebracht hatte. Elena besaß die Farben ihres Vaters Victor: Schwarze Haare und große, dunkelbraune Rehaugen, dramatisch und ungemein anziehend, nicht kurzsichtig und grün wie die von Suzanne. Sie war gut zwölf Zentimeter größer als Suzanne (Victor, der guatemaltekische Politaktivist, war einsfünfundachtzig gewesen). Ihre Haut war olivfarben wie die ihres Vaters, ihr Mund voll und sinnlich. In einer Menschenmenge hätte keiner sie übersehen. Außerdem hatte sie eine sehr auffallende, ziemlich tiefe Stimme; Suzanne selbst war auch eher ein Alt als ein Sopran. Man hatte ihr schon oft gesagt, dass man nach ihrer Stimme eine größere Frau erwartete. Jetzt standen sich die zierliche Suzanne und ihre große Tochter im Wohnzimmer gegenüber, beide wie immer ein wenig in Abwehrhaltung. Suzanne konnte nicht anders, sie machte sich Sorgen um Elena.

»Und wie geht's deiner guten Tochter?«

»Ich vermute, damit meinst du deine Schwester?«

»Wen denn sonst?«

»Sie studiert fleißig.«

»Sie schuftet doch immer wie eine Wilde. Selbst wenn sie schläft, arbeitet sie. So sind gute Töchter eben.«

»Elena, bist du den ganzen weiten Weg hierher gekommen, um dich mit mir wegen deiner Schwester zu streiten? Bitte sag mir, was los ist. Bitte.«

Elena ließ sich auf die Couch plumpsen. Ihr kurzer, enger Lederrock rutschte noch weiter nach oben, und Suzanne musste sich zusammenreißen, um sie nicht darauf aufmerksam zu machen. Im Lauf der Jahre hatte sie ein paar Dinge gelernt, und dazu gehörte auch, nie – aber auch wirklich nie! – Elenas Klamotten oder eventuelle neue Piercings und Tatoos anzusprechen. Mit Erleichterung stellte Suzanne fest, dass es zwar weiter eine Vielfalt von Ohrringen in beiden Ohren und den üblichen Nasenstecker gab, aber nirgends neue Verstümmelungen zu entdecken waren. Elenas Körper war wunderschön, doch Suzanne hatte konnte sich des Gefühls nicht erwehren, dass ihre Tochter sich immer neue Quälereien für ihn ausdachte.

»Hast du ein Bier für mich? Ein kaltes?«

»Vielleicht, ich weiß nicht genau.« Im Winter hatte sie nicht immer Bier im Haus. »Hast du vielleicht Hunger? Ich hab auch noch nichts gegessen.«

»Ich möchte lieber ein Bier auf leeren Magen. Dann nehme ich eine ordentliche Mahlzeit zu mir und gehe schwimmen.«

»Elena, ist irgendwas los?«

»Natürlich nicht. Was soll schon mit mir los sein, außer dass ich existiere? Bestimmt kriege ich wieder den üblichen Spruch zu hören – ich hab's dir ja gesagt.« Elena schnitt eine Grimasse und drehte sich weg.

»Was hab ich dir gesagt?«

»Dass es nicht klappen würde, mit Jennifer zusammen zu wohnen. Jetzt ist sie einfach ausgezogen, und ich werde auf die Straße gesetzt.«

»Auf die Straße gesetzt, warum denn das? Brauchst

du Geld für die Miete?« Suzanne wäre jederzeit bereit gewesen, einen Scheck auszuschreiben.

»Was soll das denn bringen? Es ist zu spät. Die schmeißen mich raus.«

»Aber warum hast du deine Miete nicht bezahlt?« Suzanne hatte das Gefühl, immer tiefer in einen bodenlosen Sumpf gezogen zu werden. Ein nur allzu vertrautes Gefühl. »Verdienst du im Restaurant nicht genug?«

»Dieses Mistweib hat mich gefeuert, deshalb.«

»Ach so. Und warum?«

»Glaubst du vielleicht, die handelt logisch? Sie hatte einfach gerade Lust dazu.«

»Wenn du ohne Grund gefeuert worden bist, dann ist es ein Fall fürs Gericht, würde ich sagen.« Einen Augenblick schöpfte Suzanne Hoffnung: Sie könnte ihrer Tochter helfen. Gleich stellte sie sich vor, dass Elena dankbar sein würde, wenn ihre Mutter einen Rechtsstreit für sie gewann.

»Ach Mutter, sei doch nicht so ein Juristenarsch. Ich hab einen Kunden geohrfeigt.«

»Oh … bestimmt hattest du einen guten Grund dafür.«

»Deshalb steh ich ab nächsten Freitag auf der Straße.«

Suzanne schwieg einen Augenblick. Dann sagte sie, was sie sagen musste. »Natürlich kannst du wieder hier einziehen. Wir können die Zimmer anders aufteilen …«

»Spiel nicht die Märtyrerin. Ich verspreche, dass ich nicht lange bleiben werde. Ich würde nie auf die Idee kommen, mich wieder hier einzuquartieren, wenn nicht momentan alles so beschissen wäre.« Elena erhob sich von der Couch, ging zum Kamin und kam wieder zurück. »Könnten wir ein Feuer anmachen?«

»Lass uns zuerst was essen. Ich sehe mal nach dem Bier.« Suzannes Abend zerbrach in Stücke. Sie taute eine

Suppe in der Mikrowelle auf. Dazu würde sie gleich noch ein paar Baguettes aus der Kühltruhe holen und in den Backofen stecken. Während die Gerstensuppe mit Lammfleisch warm wurde, wusch sie Grünzeug für den Salat. Im Kopf hatte sie für heute Abend schon eine ganze Menge Arbeit vorbereitet und sich darauf gefreut, sich auf ihre gemütliche Ledercouch sinken zu lassen, die Füße in flauschigen Pantoffeln auf die gepolsterte Armlehne gelegt, auf dem Schoß ihre Papiere für Sherry, die sexuell belästigte Polizistin.

Weit davon entfernt, das ›Leeres Nest‹-Syndrom zu entwickeln, vor dem sie ihre Freundinnen in einem Ton gewarnt hatten, der ansonsten dem Ausdruck von Mitgefühl nach einer Wurzelbehandlung vorbehalten war, hatte Suzanne aufzublühen begonnen, als ihre Töchter das Haus verließen. Gezielt und voller Freude hatte sie sich ausgebreitet, hatte ihre Wohnung, ihr Leben mühelos ausgefüllt. Gelegentlich hatte sie sogar Zeit, ein bisschen im Internet herumzuspielen, einen Roman zu lesen, Musik zu hören. Sie lebte gern allein, sie liebte es geradezu. Sie fühlte sich so wundervoll verantwortungslos in kleinen Details, nicht beurteilt, nicht auf die Probe gestellt, nicht gedrängt, nicht gehasst. Sie hatte sich daran gewöhnt, mit ihrem eigenen Raum und ihrer Freizeit umzugehen, wie es ihr beliebte, wie es sich eben ergab. Jetzt würde Elena erwarten, dass ihre Mutter sich um sie kümmerte, und ausnahmslos alles hassen, was diese Mutter für sie tat.

Seit Elena zwölf und Rachel sieben waren, hatte Suzanne ihre Töchter mehr oder minder allein großgezogen. Sie war keine sonderlich gute Mutter gewesen, viel zu beschäftigt, viel zu sehr an ihrer Arbeit interessiert, zu anspruchsvoll. Jetzt hörte sie, wie Elena mit Sherlock im Wohnzimmer sprach. »Sherlock, du bist so schläfrig. So ein verschlafener Sherlock. So ist's recht, blinzle mal.

Leg dich auf den Rücken, und ich streichle dir deinen wundervollen gestreiften Tigerbauch ...«

Warum behandelte Elena sie nie auch nur mit halb so viel Zuneigung? Suzanne überlegte – und nahm sich vor, das Thema gelegentlich Marta gegenüber anzusprechen –, ob sie vielleicht eine Person war, die einen reizte, die einen ärgerte? Suzanne hatte immer gute, enge Freundinnen gehabt, aber sie hatte auch viele Frauen verärgert. Sie fanden Suzanne hart, hochnäsig, ihr fehlte die Verbindlichkeit, die oberflächlich-freundlichen Umgangsformen der Mittelklasse. Sie machte zu wenig Konversation und verteilte auch keine höflichen Komplimente. Sie war eine gute Prozessführerin, eine gute Verteidigerin, die sich auch dann hundertprozentig um einen Fall kümmerte, wenn finanziell nichts für sie heraussprang, aber sie war eine schlechte Gastgeberin. Leider gehörte zu den Frauen, denen sie am meisten auf die Nerven ging, auch ihre eigene Tochter. Beruhige dich, redete sie sich gut zu, wenigstens ist jetzt das Problem nur Geld und ein Job. Keine Drogen, keine unpassenden Männer, Elena ist nicht schwanger und hat keine Schwierigkeiten mit dem Gesetz. Eigentlich hätte sie beruhigt sein sollen, aber ihre Nervosität blieb. Als Elena fünfzehn war, hatte Suzanne entdeckt, wie gut ihre Tochter sie anlügen konnte, und von diesem Schock hatte sie sich nie ganz erholt. Immer hingen Zweifel in der Luft. Wurde sie an der Nase herumgeführt oder machte sie sich selbst in puncto Elena etwas vor?

Beim Essen sprach sie ihre Gedanken laut aus. »Dann willst du wahrscheinlich am Wochenende einziehen?«

»Ich arbeite nicht, für mich ist ein Tag wie der andere.«

»Aber für mich nicht«, sagte Suzanne und fuhr etwas sanfter fort: »Am besten holen wir meine Sportsachen aus dem alten Spielzimmer.«

»Ich will nicht in dem Zimmer neben der Küche wohnen. Dann weckst du mich doch jeden Morgen um sechs. Nein danke.«

»Na gut, dann nimm doch Rachels Zimmer. Sie kommt frühestens in den Frühlingsferien das nächste Mal nach Hause.«

»Ich möchte aber nicht Rachels Zimmer, ich möchte meines.«

Suzanne holte tief Luft. »Elena, das Zimmer ist seit sechs Jahren mein Büro. Ich habe sonst keinen Platz für meine Akten, meinen Computer ...«

»Du hast doch ein Büro an der Uni.«

»Da bewahre ich aber nicht meine Akten auf. Erstens, weil sie dort nicht sicher sind, und zweitens, weil die Uni etwas dagegen hat, dass die Juristen in ihren Räumen eine Privatpraxis aufziehen. Ich muss zu Hause arbeiten, und ich kann nicht mit dem ganzen Zeug, das sich sechs Jahre lang angesammelt hat, von jetzt auf nachher woanders hinziehen.«

»Es sollte aber mein Zimmer bleiben.«

»Elena, du bist vor sechs Jahren ausgezogen, mit fliegenden Fahnen. Sollte ich dein Zimmer in einen Schrein verwandeln?«

Elena lachte. »Ja, mit Kerzen, die Tag und Nacht brennen, und Weihrauch und Blumen.«

»Von Weihrauch muss ich niesen«, wandte Suzanne vernünftig ein. »Aber ich kann ein paar Blumen kaufen.«

»Es ist doch nur für einen Monat oder so, bis ich wieder einen Job gefunden habe. Rachel kann das blöde Zimmer neben der Küche nehmen. Bestimmt steht sie sowieso jeden Morgen um sechs auf und dankt Gott dafür, dass sie nicht so ist wie ich.«

»In mancher Hinsicht hat deine Schwester dich immer bewundert. Oft genug sogar beneidet.«

Elena verzog das Gesicht. »Weil sie keine Ahnung hat, wie man mit Männern umgeht.«

Und weil Rachel aussah wie Suzanne mit etwas helleren Haaren. Suzanne erinnerte sich noch, wie sie in der High School gejammert hatte: *Mein Leben wäre so anders, wenn ich so schön wäre wie Elena, mein Leben wäre viel besser.* Einen kurzen Augenblick verspürte Suzanne den Drang, Elena von Jake zu erzählen und von seinem Plan, leibhaftig hier aufzutauchen. Einmal hatte sie um ein Haar Rachel von seiner Existenz berichtet, als sie sich übers Internet unterhielten, aber bei genauerem Nachdenken fand sie es unpassend, ihre Töchter darüber zu informieren, dass sie einen intensiven Flirt mit einem Mann pflegte, den sie nie gesehen hatte und den kennen zu lernen sie sich jetzt fürchtete: ein Umweltaktivist, dem das FBI an den Fersen klebte und der ihr eine überschwängliche zweiseitige E-Mail über Schmetterlinge in Costa Rica geschickt hatte. Dieser Mann, der sich vor Bagger und Baumaschinen gelegt hatte, hatte ihr einen perfekten kleinen Seehund von den Innuit geschickt und ein andermal einen Lachs, der so lange geräuchert worden war, dass er einem Stück Holz ähnelte. Dieser Mann war mit einem Schiff in eine Atomtestzone gefahren und drohte jetzt, in Suzannes territoriale Gewässer einzudringen.

Elena stand auf, streckte sich so anmutig wie ein Panther und schlenderte zu Rachels Zimmer. Unter der Tür blieb sie kopfschüttelnd stehen. »Hier muss man aber alles umräumen. So kann ich da drin nicht schlafen.«

Es hatte keinen Sinn zu erwähnen, dass die Einrichtung sowieso provisorisch gedacht war. Wenn Elena verkündete, dass sie nicht schlafen konnte, dann würde sie auch nicht schlafen. Rachel würde sich sehr in Nachsicht üben müssen. Elena war zurück, und vielleicht konnten sie lernen, miteinander zu reden, statt sich ständig zu bekämpfen, vielleicht konnten ein paar alte Narben heilen. Vielleicht. Obwohl Suzanne in ihrem Beruf so gut war im Aushandeln, schien sie doch immer ins Schleudern zu geraten, wenn es mit ihrer älteren Tochter hart auf hart ging; die erfahrene Prozessführerin Suzanne verlor unweigerlich, wenn sie sich mit Elena stritt. Irgendwie musste sie eine Kommunikationsmethode finden, mit der sie beide tatsächlich untereinander kommunizieren konnten. Früher einmal, vor vielen Jahren, als Elena noch klein war, waren sie sich sehr nahe gewesen. Elena war Suzannes kostbares kleines Wunder gewesen; Elenas längst in den Bereich der Mythen verschwundener Vater hatte Suzanne ein Kind hinterlassen, das so schön war wie eine Orchidee und so stark wie ein Tigerbaby. Elenas Kinderzeichnungen waren üppig, lebendig und ganz anders als die üblichen Fingermalereien im Kindergarten gewesen. Kaum konnte sie gehen, da tanzte sie schon. Wie liebevoll sie damals gewesen war – sobald Suzanne ins Zimmer trat, hatte sie sich ihr in die Arme geworfen. Und wie radikal sich alles geändert hatte, als Elena in die Pubertät gekommen war.

»Elena, wenn wir uns beide ein bisschen anstrengen, könnte es funktionieren. Dass wir besser miteinander auskommen, meine ich«, sagte sie leise und versuchte, nicht allzu viel Nachdruck auf die Worte zu legen, denn sie wollte nicht, dass sie sich wie eine Forderung anhörten.

»Es ist ja bloß für eine Weile, einen Monat, sechs Wochen«, sagte Elena. »Wir müssen einander nicht in die Quere kommen.«

»Ich wünsche mir aber ein bisschen mehr.«

»Wenn du meinst.«

Statt mit intensiver Vorbereitung für den Fall sexueller Belästigung verging Suzannes Wochenende zum größten Teil damit, Rachels Sachen an einer Wand des Zimmers aufzustapeln, das sie immer noch als Fitnessraum benutzte, und Elena dabei zu helfen, es sich in Rachels Zimmer gemütlich zu machen. Viele von Elenas Sachen und Klamotten wanderten in den Keller, der schon zuvor reichlich voll gewesen war.

Am Samstag half ihnen ein schlaksiger rothaariger junger Mann, den Elena aus dem Restaurant kannte. Er arbeitete dort in der Küche, machte Salate und richtete das Essen auf den Tellern an. Ihm war anzusehen, dass er bis über beide Ohren in Elena verliebt war, aber sie zeigte keinerlei Interesse. »Ein großes Baby«, stellte sie fest. »Sexappeal einer gekochten Garnele.«

Am Sonntag kam Hilfe von einem Mann, der etwa fünfzehn Jahre älter war als Elena. Er erwies sich als weit weniger tüchtig als der Knabe, geriet auf der Treppe ins Schnaufen, jammerte über seinen Rücken und wollte darüber diskutieren, wo die Sachen hinkamen. Mitten am Nachmittag verschwanden er und Elena auf mysteriöse Weise für eine Stunde in ihrem Zimmer. Was sollte Suzanne sagen? Die Vorstellung, dass ihre Tochter mit diesem öligen Typen im Bett lag, war schauderhaft, aber sie wusste, dass sie ihre Meinung für sich behalten musste. Elena war seit der Pubertät sexuell aktiv gewesen, und Suzanne hatte noch nie in irgendeiner Weise eingreifen können. Dass sie selbst seit zwölf Jahren mit niemandem geschlafen hatte, wirkte sich nicht gerade positiv auf ihre Stimmung aus. Schließlich stellte sie Musik an und erledigte im Keller die Wäsche.

»Ist er dein derzeitiger …« Suzanne suchte nach dem richtigen Wort. *Freund* schien absurd bei einem mindestens vierzigjährigen Mann, aber ihr fiel einfach sonst nichts ein. »Ist er dein derzeitiger Freund?«

»Wir sehen uns gelegentlich.«

Ich habe ihn auch gesehen, dachte Suzanne, aber ich kann nicht sagen, dass er mir gefällt. »Was macht er denn?«

»Sonst interessiert dich nichts, oder? Immer jeden in die passende Schublade stecken. Als Nächstes kommt dann: Wo hat er studiert?«

Suzanne wartete. Sie konnte besser schweigen als ihre Tochter. Endlich platzte Elena heraus: »Er verkauft Swimmingpools. Als würde das irgendwas über ihn aussagen!«

»Geschieden?«

»Zweimal. Zufrieden?«

Suzanne zuckte die Achseln.

Elena wurde ein bisschen zugänglicher. »Jedenfalls ist er sowieso auf dem absteigenden Ast«, sagte sie. »Ständig jammert er nur rum, ein Geseier wie Kaufhausmusik. Er ist einfach langweilig. Wie die meisten aus deiner Generation nölt er bloß rum.« Elena schüttelte ihre Haarmähne. »Möchtest du einen Swimmingpool? Ich kann bestimmt einen guten Preis für dich aushandeln.«

»Schwimmen ist nicht mein Sport. Seiner auch nicht, wie's aussieht.«

Elena schnaubte. »Für die einzige körperliche Betätigung, die ihm gefällt, braucht er jedenfalls einen Partner.«

Trotzdem war Suzanne dem Swimmingpoolverkäufer auf seinem absteigenden Ast dankbar, denn wenn Elena mit jemand anderem unzufrieden war, wurde sie freundlicher zu ihrer Mutter.

Behutsam gewöhnten sie sich ein. Elena machte den Katzen den Hof. Sherlock war sofort weich geworden, aber Tamar gehörte ausschließlich Suzanne und wollte sich von Elena nicht anfassen lassen. Sie hatte die beiden auf der Straße gefunden, von Flöhen zerbissen, mit drei verschiedenen Sorten Würmern und einem Atemwegsinfekt. Jetzt waren sie groß und schön, Sherlock schlank und muskulös, mit einer eindeutig orientalischen Kopfform und einer langen Nase (wie Suzanne). Sie fand sein Profil aristokratisch. Wenn sie ihn an der Türschwelle hochhob, streckte sich sein Körper von einem Türpfosten zum anderen. Tamar war eher apricotfarben als rötlich und flauschiger als Sherlock. Sie hatte große runde Augen, was ihr einen ständig erstaunten Ausdruck verlieh. Sie war ebenso groß wie ihr Bruder, hatte aber einen weicheren Körper. Ihr lautes Schnurren war einzig und allein Suzanne vorbehalten; sie schlief an ihrer Seite und hätte ihr Frauchen gern an einer Leine mit sich herumgeführt. Beide Katzen hatten ein dünnes, piepsiges Stimmchen, wahrscheinlich ein Überbleibsel aus ihrer Kindheit, als sie beinahe verhungert waren; an den großen, schönen Tieren wirkte es etwas fehl am Platz.

Elena konnte nicht anders, als den Katzen gegenüber verführerisch zu sein, das war ihr normales Verhalten. So versucht sie eben, geliebt zu werden, sagte sich Suzanne. Jake und sie hatten sich wieder einmal über alles Mögliche in ihrem Leben ausgetauscht. Sie hatte Jake alles von Elena erzählt – na ja, zumindest ein bisschen über Elena. Das entsprach eher den Tatsachen.

> Als Elena fünfzehn war, ist sie mit zwei gleichaltrigen Jungs in eine ziemlich blöde Situation geraten. Zum Glück ist die ganze Tragödie um die gleiche Zeit passiert, als die juristischen Fakultäten ›qualifizierte‹ Frauen gesichtet haben, um weiter ihre Regierungszuschüsse zu kriegen. Ich hatte in der

Rechtsberatungsstelle der Universität gearbeitet. Jetzt bekam ich also endlich eine Professur angeboten, und ich nahm sie an, um mehr Zeit zu Hause verbringen zu können.
Weißt du, Juraprofessorin ist ein ziemlich kuschliger Beruf. Wenn man hört, wie sich manche Angehörige des Lehrkörpers über ihre Studenten und die Institution als solche beschweren, würde man es nicht für möglich halten, aber in Wirklichkeit ist es eher entspannend. Man macht zwar nicht das große Geld, aber der Job hat Prestige und man hat mehr als genug Zeit, nebenbei noch Fälle anzunehmen, die einem gefallen, und sich einen guten Ruf aufzubauen. Wenn darunter dann mal ein echt lukrativer Fall ist, kann man auch noch ordentlich absahnen.
Da ich wegen Elena von Schuldgefühlen zerfressen war, kam das Angebot genau zur richtigen Zeit, auch wenn vielleicht nicht die lautersten Beweggründe dahinter steckten. Ich brauchte jedenfalls eine Veränderung. Und seither unterrichte ich.
Ich weiß es zu schätzen, dass du nicht nachgefragt hast, was genau mit Elena passiert ist. Ich glaube, das könnte ich immer noch nicht aufschreiben.
Ich habe die Sache nie ganz überwinden können, das weiß ich. Aber irgendwann werde ich es schaffen, und dann erzähle ich dir die ganze Geschichte.

Ich beneide dich darum, dass du deine Tochter so gut kennst. Ich habe schon vor Jahren das Sorgerecht verloren, deshalb sehe ich Leaf nur sehr selten und nie allein. Sie ist schon fünfundzwanzig und verheiratet. Sie arbeitet bei einer Versicherungsfirma in Boise. Das letzte Foto, das ich von ihr besitze,

stammt von der Hochzeit. Seit sie fünf war und meine Frau mich verlassen hat, habe ich nicht mehr mit ihr zusammen gelebt. Damals war ich ein eingefleischter Hippie. Ich habe in einem Kiffer-Head-Shop gearbeitet, als Sanitäter gejobbt, am Strand Hotdogs verkauft, ich war Fahrradkurier. Irgendwann hatte meine Frau keine Lust mehr, ständig am Rand des Nichts zu leben, also ist sie zurück zu ihren Eltern nach Idaho. Der Richter bei der Scheidung fand, dass ich eine Bedrohung für die Gesellschaft sei, weil ich schulterlange Haare hatte und Dope rauchte. Ganz nebenbei, denke ich, fand er auch, dass ich ein dreckiger Jude sei, der mit einer hübschen blonden Tochter aus Idaho nichts zu tun haben sollte.
Ständig hat er mich als New Yorker bezeichnet, dabei bin ich in Worcester aufgewachsen.
Selbst als ich ganz ordentlich die Uni beendet hatte, fand meine Ex-Frau Patsy mich immer noch nutzlos. Sie konnte nicht glauben, dass ich mich geändert hatte. Was ich ihr auch sagte, sie hatte gleich diesen Ach-ja-Blick in den Augen, so ein bisschen zusammengekniffen, und hat mich reden lassen, ohne wirklich zuzuhören.
Als wir uns kennen lernten, war Patsy verrückt nach mir, aber nachdem unsere Tochter Leaf geboren war, begann sie mich und unser Leben abzulehnen. Ich hätte mich zusammenreißen sollen, aber mir ging es so gut, ich tat, was ich wollte und wann ich es wollte, ein ewiger Jugendlicher, und deshalb hab ich gar nicht recht mitgekriegt, was eigentlich los war. Ich war so daran gewöhnt, dass Patsy mich vergötterte, dass ich nicht merkte, wie wütend sie war – bis sie mich verlassen hat.

Suzanne las die Nachricht abends in ihrem Arbeitszimmer, während Elena im Nebenzimmer ihre Sachen herumschob. Suzanne war erschöpft. Normalerweise wäre sie an einem Sonntagabend um halb elf ins Bett gegangen, hätte fünfzehn, zwanzig Minuten gelesen, irgendeinen Katalog vielleicht oder ein Reisebuch über die griechischen Inseln oder Neuseeland, und wäre dann eingeschlafen. Nicht dass sie vorhatte, in absehbarer Zukunft eine teure oder ausgedehnte Ferienreise zu unternehmen, aber eines Tages würden sie, Marta und Jim bestimmt losziehen und sich ein paar von diesen wundervollen Orten ansehen. Ihre früheren Träume von Reisen mit ihren Töchtern hatte sie sich abgeschminkt. Elena wäre freiwillig nicht mit ihr zum Deli an der Ecke gegangen, und Rachel ernährte sich mittlerweile koscher, sodass es keinen Spaß mehr machte, für sie zu kochen. Eine koschere Vegetarierin – für sie blieb von der guten Küche aus aller Welt nicht mehr viel übrig. Außerdem gab es für Rachel jetzt nur noch ein einziges Reiseziel, und zwar Israel.

Heute Abend war Suzanne schrecklich kribbelig. Eine Hoffnung, die sie selbst als irrational empfand, geisterte in ihr herum – womöglich kamen sie und Elena tatsächlich miteinander aus, womöglich schafften sie einen Durchbruch in ihrem Verhältnis, womöglich entdeckten sie endlich ihre Zuneigung zueinander. Es war eine neue Chance. Sie hatte nie damit gerechnet, dass Elena noch einmal unter ihrem Dach leben würde. Aber nun drangen Geräusche durch die Wand, die von ihr kamen. Inzwischen hatte Suzanne das Gefühl einer Invasion überwunden. Wäre Jake jetzt nicht endgültig neidisch auf sie? Sie hatte nicht nur Kontakt mit ihrer Tochter, sie wohnte sogar mit ihr zusammen! Da konnte sie doch endlich damit aufhören, ihrer Ruhe und ihrem geregelten Tagesablauf nachzutrauern. Wenn sie schon das Glück hatte, ihre Tochter bei sich zu haben, musste sie einfach einen Teil ihrer Energie darauf verwenden, dass die Dinge zwischen ihnen besser wurden.

Der Fall der Polizistin Sherry, die wegen sexueller Belästigung Anklage gegen das Dedham Police Department erhoben hatte, war noch immer nicht durchgestanden. Suzanne wollte unbedingt gewinnen, einerseits für ihre Klientin, andererseits aber auch, weil sie in diesem Bereich einen Präzendenzfall schaffen würde, sodass viele andere Frauen, denen ebenso übel mitgespielt worden war, aus ihrer privaten Hölle ausbrechen und endlich Gerechtigkeit und Wiedergutmachung fordern konnten. Durch die Wand kam jetzt Latino-Musik, und plötzlich bemerkte sie, dass sie im Takt mit dem Kopf nickte.

Sie musste an Victor denken, an seinen schlanken Körper, sein Gesicht mit der olivfarbenen Haut, den ausgeprägten Wangenknochen und dem sinnlichen Mund. Trotz dem ganzen Ärger, trotz der langen Zeit rührte sich etwas in ihrem Innern. Sie war verrückt nach ihm gewesen. Vernarrt, betört. Wenn er sie berührte, wurden ihre Knochen weich, ihr Hirn schaltete sich ab wie ein Computer, wenn man den Stecker herauszieht. Wenn sie sich liebten, sprachen sie Spanisch, neben der universellen Sprache ihrer Körper. Wie hatte sie ihn nur so lieben können? Aber es war so gewesen. Er war nicht ihr erster Liebhaber gewesen, aber er war der mächtigste männliche Einfluss ihres Lebens. Als er ging, blieb sie schwanger zurück, erschüttert und voller Misstrauen. Zum ersten Mal spürte sie, welche Macht und Gefahr von der Leidenschaft ausging. Victor hatte ihr gezeigt, wie schnell sie töricht und passiv werden konnte, all die Dinge, die sie zutiefst verachtete. Wie leicht man sie verletzen konnte. Siebenundzwanzig Jahre waren seither vergangen, und ihr lief es noch immer eiskalt über den Rücken. Nach diesem Abenteuer hatte sie gelernt, sich selbst vor der Möglichkeit der Unterwerfung zu schützen, vor der Wehrlosigkeit, mit der sie den Bedürfnissen ihres Körpers gegenüberstand. Wenn Elena diese Lektion nur weniger teuer lernen könnte. Allem Anschein nach hatte sie ihrer Tochter diese schreckliche Verletzlichkeit weitergegeben, nicht aber den schimmernden Panzer, den sie sich zugelegt hatte.

3

Beverly

Beverly ging die steile Treppe der U-Bahn-Station 103rd Street hinauf. »Hallo, May«, begrüßte sie die obdachlose Frau, die immer auf dem Treppenabsatz saß, wo Beverly eine Verschnaufpasue einlegte. In letzter Zeit kam sie leicht außer Atem, wenn sie Stufen emporstieg.

»Hallo, Beverly. Hat die Welt dich heute anständig behandelt?«

»Nicht schlecht. Ich hoffe bloß, der Schnee wartet noch eine Weile.«

»Ich auch, Liebes.«

Beverly kannte alle Leute auf den Straßen ihrer Nachbarschaft und unterhielt sich immer ein bisschen mit ihnen, jedenfalls mit denen, die noch nicht zu weit abgedriftet waren. Die Hälfte von ihnen war geistig verwirrt. Diese beschissenen Haushaltskürzungen. Spart dem Staat Geld und werft die Kranken und Hilfsbedürftigen auf die Straße. Die andere Hälfte hatte einfach zu viel verloren. Flo Kennedy hatte schon vor vielen Jahren gesagt, dass jede Frau nur einen Mann weit von der Sozialhilfe entfernt war. Natürlich hatte sich das nicht auf Beverly bezogen, denn sie war nie von einem Mann abhängig gewesen – außer von ihrem armen Vater. Na ja, letztlich war jeder alte Mensch nur einen verlorenen Scheck weit von der Straße entfernt. Wer hatte das gesagt? Beverly Blume natürlich.

Sie war in Brooklyn gewesen und hatte ihre Schwester Karla besucht, die so fest wie eh und je in ihrem Aberglauben steckte. Sie hatten sich wegen Rachel gestritten. Beverly konnte einfach nicht akzeptieren, dass so ein kluges Mädchen einen so absolut sinnlosen Beruf ergreifen wollte. Rabbi! Karla dagegen war Feuer und Flamme und verteidigte ihre Großnichte – was nur zu verständlich war, denn sie hatte schließlich die ganze Familie mit dem Religionsfimmel angesteckt. Niemals würde Beverly ihr das verzeihen. Einer ihrer schlimmsten Fehler war es gewesen, dass sie ihre Tochter, Suzanne, so oft in die Obhut ihrer jüngeren Schwester gegeben hatte, wenn sie die Textilarbeiterinnen im Süden organisieren musste. Oh, sie war genauso stolz wie Karla darauf, Jüdin zu sein, aber es war das Kulturerbe, was ihr etwas bedeutete, nicht das religiöse Brimborium. Wozu sollte man sich bewusst der Irrationalität überlassen, wenn sie einen doch aus dem Fernsehen und der Sensationspresse geradezu ansprang?

Aber zumindest musste sie es Karla hoch anrechnen, dass sie ihren Rassismus überwunden hatte. Als Suzanne nach Harvard gegangen war, um Jura zu studieren, hatte Karla erst ein und danach gleich das zweite Mischlingskind adoptiert. Sie sagte oft, dass sie gern noch zehn weitere angenommen hätte, wenn das Geld gereicht hätte. Nachdem sie Beverly geholfen hatte, Suzanne großzuziehen, hatte Karla ihre mittleren Lebensjahre damit verbracht, für zwei weitere Mädchen zu sorgen, für Suwanda – allgemein Wanda genannt – und Rosella, bei der Karla vor kurzem eingezogen war, weil ihre Gesundheit nachgelassen hatte. Letztlich war ihr Übergewicht schuld an den Problemen, aber Karla hatte schon immer gern gekocht und gegessen. Jetzt lebte sie bei Rosella, deren Mann Tyrone und den kleinen Zwillingen. Karla engagierte sich sehr für Rosellas Kinder und Tyrones Familie, genau wie sie sich seit jeher in jeder verfügbaren Familie engagiert hatte. In vielerlei Hinsicht war Karla eine sehr traditionelle Frau.

»Miller, wie geht's dem Bein?«, begrüßte sie den Mann vor einem Latino-Café auf dem Broadway. Es war eigentlich zu kalt, um draußen zu sitzen, aber Miller hatte immer geraucht und war – genau wie Beverly – nicht bereit aufzuhören, nur weil die Leute plötzlich so pingelig wurden. Himmel, wenn sie daran dachte, wie er ihr Blut in Wallung gebracht hatte! War es Dorothy Parker gewesen, die die Liebe einmal mit einem Busunglück verglichen hatte? Man schlendert die Straße entlang und denkt an nichts Böses, und auf einmal, krach, donnert die Liebe über einen hinweg. Oder packt einen am Schlafittchen wie ein riesiger Adler und schleppt einen davon, reißt einem Herz und Leber aus dem Leib und lässt einen von hoch oben herabfallen. Wegen Miller hatte Beverly sich gefühlt, als wäre jeder Knochen in ihrem Körper zerbrochen, damals, als er sie hatte sitzen lassen und mit dem griechischen Mädchen abgehauen war, mit Melinda, die später irgendeinem Guru nachgelaufen war und sich den Kopf kahl geschoren hatte. Beverly wartete geduldig, während er sich über seinen Rheumatismus und sein Herz beklagte, dann lenkte sie das Gespräch auf den Gouverneur und den Schlamassel, den er in Albany anrichtete. Im Wahlkampf hatte er versprochen, eine Strafgesetzänderung durchzusetzen, aber nach der Wahl hatte er seine Zusage fallen lassen wie eine heiße Kartoffel. Da saßen nun Frauen wegen einer Handtasche voll Marihuana ihr halbes Leben im Gefängnis, während Bandenmitglieder, die ihrer Freundin den Bauch aufgeschlitzt hatten, nach acht Jahren wieder frei herumspazierten. Frauen waren immer die Dummen, die unterste Schicht der Pyramide. Suzanne würde das verstehen, auch wenn sie ansonsten nicht viel davon mitbekam, was in der Welt vorging.

Und hier saß nun Miller, die Beine von sich gestreckt, als könnte er sie nicht mehr beugen, mit fleckigem Gesicht und einer Brille so dick wie das Eis auf dem Fluss im Winter. Sie konnte ihn anlächeln und Hallo sagen und sich nicht vorstellen, wie er sie früher einmal geblendet hatte, als wäre er die Sonne selbst. Er war ein vitaler, charismatischer Mann gewesen, voller Geschichten und Sprüchen. »Ach Bev, du bist die einzige Frau, die mich je verstanden hat. Du hast den Verstand eines Mannes und den Körper einer Huri.« Ein Jahr lang war sie verrückt nach ihm gewesen, dann war er zur Tür hinausgeschlendert und auf Nimmerwiedersehen verschwunden. Und immer, selbst im Bett, hatte sie ihn beim Nachnamen genannt, denn er wollte keiner Menschenseele seinen richtigen Namen verraten. Jahre später hatte sie ihn in seiner FBI-Akte entdeckt, als sie nach dem Gesetz über Informationsfreiheit ihren zwei Meter hohen Stapel ausgehändigt bekam. Hymie lautete sein Name, und er hatte sich geschämt, weil er so jüdisch klang.

Zwar war er nie ein begnadeter Redner gewesen, aber bei einer Demonstration konnte man sich immer auf ihn verlassen. Mehr als einmal hatte er seinen soliden Körper zwischen sie und eine drohende Gefahr geworfen.

Und wie er einen guten Kampf geliebt hatte! Ein Naturtalent im Prügeln, flink und effektiv mit den Fäusten. Das hatte ihr gefallen. Redner gab es genug. Sie wusste, dass es albern war, bei einem Mann auf Körperkraft und Courage zu reagieren, aber sie konnte einfach nicht anders. Nach einer solchen Demonstration waren sie auch zum ersten Mal zusammen nach Hause gegangen und in ihr Bett gefallen. Was für eine Explosion! Daran konnte sie sich bis heute erinnern. Zu Beginn ihrer Affäre war er einer der besten Liebhaber gewesen, die sie je gehabt hatte, aber im Lauf weniger Monate kühlte er ab. Er war ein Typ, der heiß auf alles Neue war und dessen, was er hatte, schnell überdrüssig wurde. Auf der 105th Street bog sie in die Amsterdam Avenue ein.

»Eh, Gutiérrez, como va?« Mit dem Mann von der Reinigung, dem Fischhändler und dem Hausmeister sprach sie immer Spanisch. Nach der Beerdigung ihrer alten Freundin Charlotte hatte sie ihr gutes Kostüm reinigen lassen, weil es Dreckspritzer abgekriegt hatte, und sie brauchte es am Sonntag, wenn die Nachbarschaftsorganisation den kleinen Park der Öffentlichkeit übergab, für den sie sich unermüdlich eingesetzt hatte: Die Kinder sollten in Sicherheit im Freien spielen können. Mit dem Mann aus dem Gemüseladen hätte sie sich liebend gern auf Koreanisch unterhalten. Sie liebte Sprachen und hatte immerhin acht davon so weit gemeistert, dass sie ein nettes Schwätzchen halten konnte. Manche ihrer Freunde lösten Kreuzworträtsel, aber sie hatte immer Sprachen gelernt, einfach so zum Spaß. Für sie waren Sprachen ein Spiel, das man aber nur mit anderen Leuten spielen konnte, nicht allein – und die Sorte gefiel Beverly am besten. Allerdings musste man auch bereit sein, sich zu blamieren, in einer anderen Sprache wieder ein Kind zu sein. Manchmal war sie traurig, wenn ihr einfiel, dass

sie in ihrem Alter wahrscheinlich kein Chinesisch mehr lernen würde, wie sie es sich immer vorgenommen hatte. Es war ähnlich wie die Erkenntnis, dass man die Person nie kennen lernen würde, mit der man den Rest seines Lebens verbringen wollte. Dass es einfach nicht passieren würde. Nicht dass es ihr etwas ausmachte, mit ihrer Katze allein zu wohnen. Sie musste auf keinen Rücksicht nehmen außer auf sich selbst, und das tat sie gern, wie sie jedem erzählte, der sie fragte, ob sie manchmal einsam sei.

Die Leute behaupteten, New York wäre eine kalte Stadt, aber Beverly führte auf dem Weg von der U-Bahn zu ihrer Wohnungstür zwanzig kurze Gespräche. Sie kannte Hunderte von Menschen in ihrem Viertel: von der Gruppe, die sich für Mietkontrolle einsetzte, bis zur Mietergewerkschaft, die von den Anwohnern gegründet worden war, um sich gemeinsam gegen ausbeuterische Hausbesitzer zu wehren, von den Mitgliedern der Reformpartei bis zu all den Leuten, die sie durch ihre politischen Aktivitäten der letzten fünfundfünfzig Jahre kannte. Seit einunddreißig Jahren wohnte sie in der Wohnung in der 105th Street zwischen der Columbus und der Manhattan Avenue. Sie hatte mitbekommen, wie sich die Gegend veränderte. Freunde starben, und neue Freunde traten in ihr Leben. Menschen wie Miller taten ihr Leid, Menschen, die nur Kontakt hatten zu den Leuten, die sie von früher kannten. Beverly war fest entschlossen, sich ihre Neugier zu bewahren und immer bereit zu bleiben, von neuen Menschen neue Dinge zu lernen, bis zu dem Tag, an dem sie tot umfiel, am liebsten mitten in einer Streikblockade.

Vor ihrem Lieblings-Secondhandladen auf der Columbus Avenue blieb sie stehen, ging hinein und stöberte in den Kleiderständern. Sie trug immer noch Größe achtunddreißig, und ihre Haare hatten einen warmen, hellen Rotton. »Oh, Bev«, rief Tina, die junge Jamaikanerin hinter der Ladentheke, »ich hab da ein schwarzes Teil reingekriegt, in dem du garantiert großartig aussehen würdest. Asymmetrisch, total schick.«

»Wo könnte ich denn so was anziehen?« Aber sie nahm das Kleid trotzdem entgegen, gab Tina ihr Kostüm zum Halten und verschwand hinter der Trennwand mit dem Spiegel. Hmmm, das Kleid gefiel ihr. In ihrem Alter mochte sie keine weiten Ausschnitte mehr und hier war alles hübsch bedeckt. Auf dem Preisschild stand dreißig Dollar, aber für gewöhnlich feilschte Tina gern mit ihr. »Was soll denn eine alte Lady wie ich mit so einem Kleid anfangen?« Aber die Mieterorganisation veranstaltete am Valentinstag immer eine Party.

Sie erstand das Kleid für zweiundzwanzig Dollar. Dann gab es die nächsten paar Wochen eben keinen Wein, aber dafür würden sich die alten Kerle bei der Party die Augen nach ihr ausgucken. So was gefiel ihr immer noch, dagegen kam sie nicht an. Vielleicht würde Hank ja auf die eine oder andere Idee kommen. Als sie am P.S. 145 vorbeikam, sah sie dort Bobby Choi, einen Jungen aus ihrem Haus, herumhängen und winkte ihm.

Der Hausmeister begrüßte sie herzlich und überreichte ihr ein Päckchen. Eine Freundin aus England hatte ihr ein neues Buch über die britischen Bergarbeiter geschickt. Nachdem sie ihre restliche Post eingesammelt hatte, nahm sie den knarrenden, stockenden Aufzug nach oben, der immer mit sich selbst zu reden schien, als wäre er senil. Das Gebäude war alt und schmal, der Besitzer kümmerte sich nicht darum. Wenn man eine frisch gestrichene Wohnung wollte, musste man das selbst erledigen. Die Kids malten Graffiti an die Wände, die dort blieben, bis andere Kids sie mit neuen Graffiti übersprühten. Beverly öffnete ihre beiden Türschlösser, trat ein und schob den Riegel vor.

Ihr eleganter schwarzer Kater Mao hieß sie willkommen, strich ihr um die Beine und stieß sein siamesisches Gemaunze aus. In ihrem ganzen Leben war Beverly von keinem Mann jemals so überschwänglich begrüßt worden wie von diesem Kater – jedes Mal wenn sie weg war, selbst wenn sie nur rasch runter an die Ecke ging, um sonntags dic *Times* am Kiosk zu holen. Obwohl sie es nur ungern tat, musste sie zugeben, dass es in Karlas Nachbarschaft inzwischen bessere koschere Delis gab als in der Upper West Side. Sie hatte sich einen guten Vorrat an Pastrami, *Kischkes* und *Knisches* mitgebracht. Heute Abend würde sie sich ein wunderbares Essen zubereiten und gemeinsam mit Mao verzehren. Hier in der Gegend bekam man recht leckeren geräucherten Fisch, wenn man bereit war, einiges dafür zu zahlen, auch guten Strudel, *Bagels* und *Rugola*, aber keine ordentlichen *Knisches* und *Kischkes*, nichts dergleichen.

Außerdem hatte Karla ihr noch einen Plastikbehälter mit geschnetzelter Leber mitgegeben. Karla war eine gute Köchin, aber sie hatte ja schon immer gern im Haus herumgewerkelt, was Beverly nie interessiert hatte. Beverly machte abends meistens eine Dose Thunfisch auf, die sie sich dann mit Mao teilte, oder gelegentlich auch mal eine Dosensuppe. Im Gegensatz zu den meisten Frauen in ihrem Alter war sie weder fett noch verschrumpelt. Vielleicht hatte sie fünf Pfund mehr auf den Knochen als mit vierzig, aber mehr auch nicht. An einer kleinen Frau sah man gleich jedes Gramm, aber niemand würde sie jemals als dick bezeichnen – wie Karla. Suzanne nahm auch nie zu, das war einer der wenigen Punkte, in denen sich Mutter und Tochter ähnelten. Sie hängte das schwarze Kleid auf das Gestell über der Badewanne, damit die Falten und der leicht muffige Geruch verschwinden konnten.

Vor zehn Jahren hatte Suzanne ihr einen Anrufbeantworter gekauft, und nachdem sie ihn drei Jahre unter dem Bett versteckt hatte, gab sie endlich nach, holte ihn hervor und fing an, ihn zu benutzen. Jetzt hörte sie die Nachrichten ab.

»Hier ist Gordon von der Mietkontrolle. Heute Abend findet ein wichtiges Treffen mit unserem Abgeordneten statt, und ich möchte gern, dass alle aus dem Lenkungsausschuss auftauchen. Halb acht bei mir. Hast du gehört, Beverly?«

Die eine Hälfte der Nachrichten war politisch, die andere Hälfte stammte von Freunden. Ihre Pokergruppe traf sich nach einer längeren Pause wegen Biancas Herzattacke zum ersten Mal wieder. Nat hatte angerufen und wollte mit ihr ins Kino. Er hätte gern wieder was mit ihr anfangen, der alte Gauner, aber wer einmal lügt, dem glaubt man nicht. Beverly rief ihn nicht zurück. Sollte er ruhig ein bisschen schmoren. Er war so hin und weg gewesen von dieser Witwe mit der Wohnung in Vero Beach. Jetzt dachte er, er könnte einfach da wieder anfangen, wo sie vor zwei Jahren aufgehört hatten. Beverly grinste. Sie interessierte sich inzwischen sowieso mehr für Hank, der mit ihr im Lenkungsausschuss saß. Letztes Jahr war seine Frau gestorben, und allmählich hatte er seine Trauer überwunden. Er war pensionierter Akademiker und hatte ein paar Bücher geschrieben, von denen sie beeindruckt gewesen war. Normalerweise konnte sie Schriftstellern nicht viel abgewinnen, aber er sah gut aus, mit dichtem, schneeweißen Haar und blauen Augen, die gleiche Farbe wie das Kraut, das auf leeren Bauplätzen in Brooklyn wuchs, wie Wegwarte. Hank war gut in Form. Ja, sie würde sich heute Abend neben ihn setzen. Wenn sie Zeit hatte, würde sie mit ihm flirten, aber sie hatte auch einen Antrag einzubringen. Dafür brauchte man Informationen über die Vermieter, aber sie wusste, wie man so was machte, und konnte es den Jüngeren beibringen. Es war wichtig, die eigenen Fähigkeiten weiterzugeben.

Aber erst einmal setzte sie die Brille auf und machte sich ans Redigieren. Die Brille war ihr verhasst, sie vergaß sie auf jedem Tisch, jeder Oberfläche ihrer Dreizimmerwohnung. Bis zu ihrem fünfzigsten Geburtstag hatte sie keine getragen. Aber jetzt konnte sie ohne Brille nicht mehr redigieren, und damit verdiente sie sich schließlich ihren Lebensunterhalt. Sie war freie Mitarbeiterin bei mehreren Zeitungen und Zeitschriften und gelegentlich auch mal bei einem kleinen oder mittelgroßen Verlag. Sie war bekannt dafür, dass sie viele Sprachen und Fachausdrücke beherrschte und außerdem schnell und zuverlässig arbeitete. Seit ein paar größere Verlage sie fallen lassen hatten, als sie merkten, wie alt sie war, verschickte sie ihre Manuskripte allerdings immer per Boten. Am Telefon spielte ihr Alter keine Rolle, denn sie hatte immer noch eine klare Stimme. Als arbeitete sie weniger gründlich, weil sie zweiundsiebzig war! Diese versnobten kleinen Würstchen von den renommierten Unis, die heute das Verlagsgeschäft führten – sie wussten herzlich wenig von der Welt.

Beverly zündete eine Zigarette an und nahm einen tiefen Zug, während sie sich die Biografie eines Marinekapitäns im Bürgerkrieg vornahm. In Rosellas Wohnung durfte sie nicht rauchen, dafür sorgte Karla unerbittlich. Sie benahmen sich, als würden die Zwillinge von einem Hauch Zigarettenqualm gleich Tuberkulose bekommen. Beverly musste ihre Zigaretten rationieren, höchstens ein halbes Päckchen pro Tag. Nicht etwa, weil es sie interessierte, was die Panikmacher behaupteten, sondern weil sie sich mehr nicht leisten konnte. Aber sie kam über die Runden, sogar gut, mit der Sozialhilfe, ihren Redaktionen und dem monatlichen Scheck von Suzanne. Der deckte ein paar Luxusgüter, wie beispielsweise jeden zweiten Tag eine Schachtel Zigaretten oder die Sachen aus dem Deli in Brooklyn. Ab und zu mal eine Flasche Wein. Sie benutzte Suzannes Scheck ganz konsequent nur für Luxusartikel, damit niemand behaupten konnte, sie würde sich nicht selbst über Wasser halten, was sie seit ihrem achtzehnten Lebensjahr blendend geschafft hatte. Es war absolut lebenswichtig, unabhängig zu bleiben.

Sie hatte sich nie daran gewöhnt, alt zu sein. Wenn sie den Broadway hinunterschlenderte, erwartete sie immer halb, dass die Männer sie anstarrten, wie sie es früher getan hatten, irgendwie hatte es mit ihrem Gang zu tun, ihrer Ausstrahlung, der natürlichen Stilsicherheit. Manchmal erhaschte sie irgendwo einen Blick auf ihr Spiegelbild und dachte, wer ist denn die Alte da? Denn in der zweiundsiebzigjährigen Beverly Blume steckte immer noch die gleiche Frau wie mit achtzehn, voller Energie, überzeugter Meinungen, immer bereit zu lachen oder ein Risiko einzugehen, mit einem klaren Blick auf das, was in der Welt vor sich ging.

Sie erinnerte sich an ihre erste Zigarette. Sie war achtzehn gewesen, wohnte noch zu Hause bei ihren Eltern, in der Twelfth Street nahe der Second Avenue. Heute nannte man die Gegend das East Village, damals war es einfach die Lower East Side, das Ghetto, und sie wohnten zu siebt in einer Vierzimmerwohung mit fließend kaltem Wasser neben einem Altersheim für Bedürftige. Sie hatte einen Job in einer Kartonfabrik in der Third Street nahe der Avenue B. Als sie den ersten wöchentlichen Lohnscheck bekam, lief ihr auf dem Nachhauseweg dieser tolle irische Knabe nach, Jimmy, und lud sie zum Abendessen ein. Nun, sie wusste, wenn sie nicht zum Sabbat-Abendessen auftauchte, würde ihre Mutter sie umbringen, also ging sie nur ein Stück mit ihm spazieren und ließ sich eine Soda spendieren, Schokolade-Ei-Sahne. Unterwegs bot er ihr eine Zigarette an und gab ihr Feuer wie ein richtiger Gentleman. Dann küsste er sie. Sie erinnerte sich noch gut, wie süß und hitzig dieser Kuss war. Er schmeckte nach Tabak und Schokolade. Natürlich entwickelte sich nichts daraus – sie war noch Jungfrau und wohnte zu Hause –, aber sie erinnerte sich immer noch mit großem Behagen an diese erste Zigarette und den Kuss im Eingang der Wäscherei. Oh, sie hatte gute Zeiten erlebt, kein Zweifel. Das Leben war gemein und hart, aber manchmal schenkte es einem etwas Köstliches, etwas wirklich Wundervolles.

4 Dreizehn Jahre früher

Elena

Elena war wütend, als Sam auszog. Sie wusste, dass ihre Mutter schuld daran war. Wenn Suzanne netter zu ihm gewesen wäre, wenn sie sich ein bisschen bei ihm eingeschmeichelt hätte, dann hätte er sie nicht verlassen. Sie wusste, dass er eine Affäre mit einer Klientin gehabt hatte, sie hatte nämlich mit einem Glas an der Wand gelauscht, wie ihre Eltern sich stritten. Zwar war Sam nicht ihr leiblicher Vater, aber er war besser als die meisten Väter. Suzanne hätte um ihn kämpfen müssen, hätte sich hübsch anziehen, zum Friseur gehen, sich auf seinen Schoß setzen und ihm sagen sollen, wie wundervoll er war. Stattdessen aber machte sie ihm blöde Vorwürfe, er wäre unmoralisch, als hätte Moral irgendwas damit zu tun. Sogar Elena wusste, dass das Blödsinn war, obwohl sie mit ihren vierzehn Jahren noch Jungfrau war.

Sogar Elenas Katze Big Boy vermisste Sam, auf dessen Schoß sie am liebsten saß. Ihr ganzes Leben brach auseinander. Ihre beiden besten Freundinnen, Genette und Helen, gehörten auch nicht mehr richtig zu ihr. Seit sie zu Beginn der ersten Klasse ins South End gezogen waren, hatte sich Helen total verändert. Helen war schwarz, aber sie hatten den gleichen Namen in anderer Form, und Helens Mama war ebenfalls Anwältin. Anfang der dritten Klasse stieß Genette zu ihnen. Helen stand Genette näher als Elena, aber sie hingen alle aneinander wie die Kletten, unzertrennlich in und nach der Schule. Sie lernte alle Sprungseilverse von ihnen. Um die Zeit, als die Prüfungen zur Boston Latin School anstanden, zog Helens Familie nach Lexington. Danach sah Elena sie noch ein paar Mal, sie telefonierten und schrieben Briefe, aber allmählich entfernten sie sich voneinander. Genette hatte angefangen, sich für Jungen zu interessieren, und ihre Noten litten ziemlich darunter. Sie schaffte die Aufnahmeprüfung nicht, und Elena ging allein auf die Boston Latin School, während Genette in ihrer Mittelschule blieb und sich einer großen Clique anschloss.

Obwohl Elena eigentlich in der siebten Klasse war, nannte man sie in der Boston Latin School trotzdem Sechserchen, und sie gehörte zu den ganz Kleinen. Die Schule ging bis zur zwölften Klasse, und die älteren Schüler waren so weltgewandt und erfahren, dass sie ständig auf den Sechserchen herumhackten. Elena war groß für ihr Alter, aber das schützte sie nur bedingt vor den Älteren. Im ersten Jahr versuchte sie sich den Latina-Mädchen anzuschließen, aber sie lernte für ihre Bat-Mizwa, und das machte sie bei ihnen zur Außenseiterin. Sie hatte keine Lust, so zu tun, als wäre sie keine Jüdin.

Bislang war sie ganz gut zurechtgekommen, so, wie man es von ihr erwartete. Ihre Mutter erzählte ihr ständig, dass die Boston Latin School genau das Richtige für sie sei, genauso gut wie eine Privatschule, nur nicht so teuer. Nach der Scheidung war das eine große Hilfe, denn ihre Mutter musste Sam aus dem Reihenhaus in der Rutland Street herauskaufen. Elena hatte Einsen in allen Fächern außer Mathematik. Genau wie ihre Großmutter liebte sie Sprachen. Sie lernte Latein, weil sie es musste, und Spanisch, weil sie es wollte. In Algebra kam sie nur mit Hilfe des Jungen durch, der neben ihr saß und sie abschreiben ließ. Er hieß Evan, wohnte ebenfalls im South End, in der West Newton, war allerdings auf eine andere Grundschule gegangen. Er war fast so dunkel wie Elena und ebenfalls Jude. In Mathe war er ein As, und in der neunten Klasse bekam er einen Wissenschaftspreis. Er war dünn, trug eine Brille und weigerte sich nicht nur, Sport toll zu finden, sondern auch, sich für Football und Basketball zu begeistern. Obwohl die Boston Latin School eine Eliteschule war, wurde Sport sehr ernst genommen; jedes Jahr an Thanksgiving gab es ein Football-Match gegen die Boston English School, ihrem traditionellen Gegner. Evan und Elena beschlossen, nicht daran teilzunehmen. Es war, als würden sie streiken. Stattdessen gingen sie ins Kino und sahen sich einen Horrorfilm an, lachten und schlossen Wetten ab, wer als nächstes abgeschlachtet werden würde.

Als sie das erste Mal Sex hatten, hatten sie Marihuana geraucht und kicherten unentwegt. Es tat Elena zwar nicht weh, aber es fühlte sich auch nicht besonders toll an. Sie gingen nicht zusammen aus wie normale Jugendliche. Da Evans Eltern beide berufstätig waren und Elenas Mutter ständig in der Kanzlei oder im Gericht war, schliefen sie miteinander, wann immer sie Lust dazu hatten. Wenn Rachel aus der Grundschule heimkam, gingen sie einfach in Elenas Zimmer und machten die Tür hinter sich zu. Sie spielten laute Musik. Elena hatte Rachel so weit eingeschüchtert, dass sie Suzanne nichts erzählte, selbst wenn sie etwas ahnte – sie hatte zu viel Angst. Im Mantel seines Vaters mogelte sich Evans in einen Sexshop und kaufte zwei Bücher über Sexpraktiken und ein paar Videos. Danach suchte er eine Stunde lang Elenas Klitoris, bis er sie endlich gefunden hatte.

Wenn andere Mädchen Elena nach Evan fragten, behauptete sie, er wäre für sie wie ein Bruder. Sie waren sich sehr ähnlich, intensiv, dunkel und eigenartig: Noch mehr als ihr Bruder oder ihr Liebhaber war Evan Elenas Zwilling. Sie liebten die gleichen Trashbands, bei deren Musik erwachsene Menschen die Wände hochgingen. Außerdem mochten sie noch ein paar alternative Gruppen. Sie gingen gern in dunkle gewalttätige Filme mit realistischer Atmosphäre. Sie zogen sich gern aus und experimentierten. Jeden Tag machten sie zusammen ihre Hausaufgaben und schliefen miteinander. Sie benutzten Kondome und verbrauchten mehrere Packungen in der Woche. Auto fahren konnten sie beide nicht, denn sie waren ja erst vierzehn. Wenn sie irgendwo hin wollten, mussten sie das Fahrrad oder öffentliche Verkehrsmittel nehmen. Ihr Marihuana kauften sie in der Nachbarschaft; ein paar Jungs, die Elena von der Grundschule kannte, verkauften das Zeug vor einem Drugstore. Evan wohnte in einem Backstein-Reihenhaus, das ein Stockwerk weniger hatte als ihres, aber dafür gehörte seiner Familie alles außer der Kellerwohnung. Beide liebten ihr

Viertel, wo jeder Block aus einer bestimmten Sorte Reihenhäuser bestand, die genau zueinander passten, aber trotzdem auch individuell waren, aus rotem Backstein und manche mit verrückten kleinen Grünstreifen mitten auf der Straße.

Evan und Elena redeten keinen Müll von wegen Liebe und Familie. Sie unterhielten sich über Frieden und Tod und Scheinheiligkeit und Lügen. An Evans nächstem Wissenschaftsprojekt arbeiteten sie gemeinsam, danach ließen sie die Versuchsmäuse im Keller der Schule frei. Hoffentlich schafften die Tiere es draußen allein.

Wenn Elena die anderen Mädchen über ihre Freunde erzählen hörte, klang das überhaupt nicht wie bei ihr. Sie war nicht verrückt nach Evan. Sie schwärmte nicht für ihn. Es war, als wäre einer der Schatten des anderen. E im Quadrat oder E hoch zwei, so hatte Evan sie beide getauft. Es gab kein Händchenhalten, kein Knutschen, keine Ringe oder Anstecker, keine Blumen. Manchmal stritten sie sich und beschimpften einander, aber das dauerte nie lange. Irgendwann mussten sie lachen, als wäre für sie alles nur ein Witz, wenn sie nicht *ein* Wesen, eine Verschwörung, eine Zweierbande waren. Sie hätte nicht einmal sagen können, dass sie Evan liebte. Sie liebte ihn, wie sie ihren Arm liebte. Sie bildeten eine Einheit. Seine Eltern und ihre Mutter stellten ihnen Fragen, aber sie hatten keine Ahnung, wie viel Zeit ihre Sprösslinge wirklich zusammen verbrachten. Ihre Schulnoten blieben gut. Manchmal dachte Elena, wenn sie eine Bank überfallen würden, hätte Suzanne wahrscheinlich auch nichts dagegen, solange ihre Tochter nur ihren Notendurchschnitt hielt und auf der Boston Latin School blieb. Andauernd bekam sie zu hören, was für ein Glück sie hatte, in diese Schule gehen zu dürfen. Dabei passte sie überhaupt nicht dort hin. Sie war zu verrückt für die anderen Mädchen, sie war immer die Außenseiterin. Wenn sie sich zu einer Gruppe von Mädchen stellte, erlahmte das Gespräch oder kam gleich ganz zum Stillstand. Da Elena schon einen Busen hatte und groß war, stellten ihr ständig irgendwelche Jungen nach, schubsten sie und gaben anzügliche Laute von sich, aber sie hatten auch Angst vor ihr und belästigten sie nicht mit Verabredungswünschen.

Mit Evan konnte Elena über alles sprechen. Sie unterhielten sich darüber, wie es für sie war, Jude zu sein. »Meine Großmutter hat immer eine große Sache daraus gemacht«, erzählte er, »als wäre es etwas ganz besonders Schönes. Für meine Eltern ist es etwas, was ihnen zugestoßen ist, und wenn sie sich lange genug abschrubben, kriegen sie es vielleicht los. Letztes Jahr hatte ich meine Bar-Mizwa, aber es war irgendwie bedeutungslos. Meine Großmutter war gerade gestorben, und mir ging es beschissen, und sie haben nur daran gedacht, wie viel die Feier kostet und welches der richtige Partyservice ist, wen man einladen und wen man nicht einladen soll und wer die besten Geschenke macht. Es war grotesk. Sie sind grotesk. Nach dem Motto: Woraus sich kein Geld machen lässt, braucht man auch nicht ernst zu nehmen.«

»Ich habe mit Religion nichts am Hut. Aber ich mag das Kulturerbe beider Seiten. Manchmal wünsche ich mir, ich wüsste mehr über die sephardischen Juden. Meine Tante Karla hat mir gesagt, so sehe ich aus, und sie hat mir ein bisschen über sie erzählt. Sie sprechen Ladino, nicht Jiddisch. Sie hat eine Adoptivtochter, Rosella, die mir ein bisschen ähnlich sieht. Wenn sie uns besuchen oder wenn wir in Brooklyn sind und die Leute uns zusammen sehen, dann denken alle, wir sind Schwestern.« Sephardische Juden erschienen Elena viel romantischer als Aschkenasim wie ihre eigene Familie. Einmal las sie einen historischen Roman über die spanische Inquisition und die *Conversos*, das war cool und schrecklich und episch. Elena machte sich nicht die Mühe, Evan zu erklären, dass Rosella in Wirklichkeit Puertoricanerin war, denn das war viel weniger spannend.

Im nächsten Schuljahr tauchte ein neuer Schüler auf, der von Kansas nach Boston gezogen war. Elena und Evan besuchten den gleichen Geschichtskurs wie er. Er war kein Sportler, kein Clubknabe, keiner von den Musterschülern, kein Junkie, den man herumschubsen konnte, sondern genau wie sie ein seltsamer Mensch. In der Größe war er zwischen ihnen, er hatte glatte blonde, schulterlange Haare, und seine Augen waren von einem unglaublichen Dunkelblau. Über eine hellbraune Augenbraue lief eine dünne Narbe. Seine Wangenknochen waren hoch und scharf, sein Profil sah aus wie das einer geschnitzten Galionsfigur an einem Segelschiff. Durch den Bartstoppelschatten auf seinen Wangen wirkte er älter und erfahrener. Die Hälfte der Jungen fing gerade erst an, sich zu rasieren. Evan hatte einen dunklen Bartwuchs, aber nicht sehr stark; er musste sich nur jeden zweiten Tag rasieren und war in etwa einer Minute fertig. Trotzdem sah Elena ihm gern dabei zu, weil es so etwas Männliches hatte. Sie selbst war am Körper fast unbehaart und rasierte sich nicht einmal die Beine. Dem neuen Jungen gaben sie untereinander den Namen *Dekadenter Wikinger*. »Ich bin scharf auf ihn«, sagte Evan.

»Ich auch«, gestand Elena. »Wir teilen ihn uns.«

Sie dachten sich Geschichten aus, wie sie ihn entführten, fesselten und alle möglichen Dinge mit ihm anstellten. Er hieß übrigens Chad. Für einen so faszinierenden Jungen ein höchst alberner Name. Chad war ein Grübler. Er hatte einen Platz in der letzten Reihe, und selbst wenn er eine Antwort wusste, hörte er sich immer so an, als hasste er es, intelligent zu sein. Eines Tages saß Elena bei der Morgenversammlung neben ihm. Seine Handgelenke lugten unter den Manschetten hervor, und Elena sah die Narben darauf. Sie starrten einander an, aber er versteckte seine Handgelenke nicht. Dann lächelte er.

Zwei Monate lang unternahmen sie nichts, sondern dachten sich nur weiterhin Geschichten aus über Chad, den dekadenten Wikinger. Dann fragte ihn Evan eines Tages: »Hast du Lust, mit mir und Elena Geschichte zu lernen?«

»Ist sie deine Freundin?«

»Ich weiß nicht mal, was das bedeutet …«

Also trafen sie sich bei Evan. Er hatte keine lästige kleine Schwester, nur einen unaufdringlichen großen Bruder. Die erste Stunde lernten sie zusammen in Evans Zimmer, rauchten Zigaretten und Marihuana und büffelten wirklich intensiv. Aber Elena wusste, dass Evan irgendetwas plante. Sie war gespannt und high. Sie hatte vollstes Vertrauen zu Evan, und es war ihr egal, was Evan machte, solange Chad sie nicht deswegen auslachte. Nur dazusitzen und zu wissen, dass Evan etwas vorhatte, war schon aufregend genug.

Auf einmal stand Evan auf, kam zu ihr und zog sie hoch. Langsam knöpfte er ihre Bluse auf. »Zieh dich aus, Elena, und leg dich aufs Bett.«

Chad blieb auf seinem Stuhl sitzen. »Hey, was soll das werden?«

»Sieh einfach zu«, sagte Evan nur. Er wartete, bis Elena nackt auf dem Bett lag. Sie fühlte sich ungeschützt, aber auch ziemlich erregt, weil Chad sie so anstarrte. Sie wusste, dass sie gut aussah und dass er die Augen nicht von ihr losreißen konnte. Inzwischen zog sich Evan schnell aus, streifte ein Kondom über und legte sich auf sie. Als er merkte, wie erregt sie war, drang er gleich in sie ein und begann sie zu vögeln. Sie blickte zu Chad hinüber. Er starrte sie an, rührte sich aber nicht. Sie fand es toll, von ihm beobachtet zu werden, als wäre er ihr Gefangener. Sie kam sehr schnell, Evan ebenfalls.

Nun stand Evan auf, zog sich aber nicht an, sondern stellte sich nackt vor Chad und winkte Elena zu sich. Langsam, schlaff und feucht nach dem Orgasmus, gehorchte sie ihm. Plötzlich tat Chad ihr beinahe Leid. Statt cool und kontrolliert wie sonst wirkte er jetzt verloren, beinahe ängstlich, aber er machte keinen Rückzieher. Elena wusste immer noch nicht, was Evan im Schilde führte, und irgendwie hatte sie trotz ihres Vertrauens zu ihm auch Angst. Bestimmt hatte er etwas ziemlich Wildes im Sinn. Bestimmt genoss es Evan, die Oberhand zu haben, die Macht, Chad zu schockieren.

»Bist du scharf auf uns?«

Chad war so verblüfft, dass er einen Augenblick kein Wort herausbrachte. Dann wiederholte er: »Uns?«

»Wir gehören zusammen. Wir trennen uns nicht. Oder hast du etwa Schiss vor uns?«

»Ich hab's noch nie mit einem Kerl getan.«

Elena wusste, dass das auch auf Evan zutraf, aber sie sagte nichts, sie wollte ihn nicht blamieren. »Hast du es schon mal mit einem Mädchen getan?«

»Ein Mal ...«, gestand Chad widerwillig. Sein Blick kehrte zu Elenas Körper zurück, und seine Augen erregten sie. So sah Evan sie nie an. Jeder war an den Körper des anderen gewöhnt, sie nahmen ihre Nacktheit selbstverständlich. Aber in dem Jahr, seit sie miteinander schliefen, hatte sie sich verändert. Sie hatte inzwischen richtige Brüste, ihr Hintern war kurviger. Sie mochte es, wie Chad sie anstarrte. Jetzt hob er den Blick und sah ihr in die Augen. »Hast du keinen eigenen Willen?«

»Wir sind zusammen«, sagte Elena empört. »Er zwingt

mich zu nichts, was ich nicht selbst will. Wir sind ehrlich miteinander.«

»Liebst du Evan?«

Elena trat einen Schritt weg und warf die Haare zurück. »Ich weiß nicht, was das bedeutet.«

Chad grinste verkniffen, als hätte er durch ihre Antwort etwas von seiner Initiative zurückgewonnen. »Aber ich weiß es.«

»Wenn du nicht willst, wird keiner dich zwingen.« Elena angelte nach ihrem T-Shirt, ein Souvenir von einem Konzert der *Twisted Sisters*.

Aber Chad packte sie am Handgelenk und schubste sie so heftig, dass sie aufs Bett plumpste. Dann öffnete er langsam und entschlossen seine Gürtelschnalle und knöpfte sein Hemd und seine Jeans auf. Evan sah ihm zu, den Kopf schief gelegt, mit einem leisen Lächeln. Chad hatte einen Ständer, also war er wohl doch nicht ganz so daneben. Elena starrte seinen Schwanz an, denn es war ja erst der zweite, den sie zu Gesicht bekam. Er sah anders aus als der von Evan, irgendwie größer und oben schlaffer. »Ich bin nicht beschnitten«, erklärte er. »Mein Vater glaubt nicht an so was.«

Evan setzte sich rittlings auf seinen Schreibtischstuhl; offenbar wollte er sich demonstrativ raushalten. Elena wartete, bis Chad sich ganz ausgezogen hatte und sich neben sie aufs Bett setzte. Dann schmiegte sie sich an ihn, nahm sein Gesicht in beide Hände und gab ihm einen langen, sinnlichen Zungenkuss. Langsam berührte sie seinen Schenkel mit ihrem. Sie wollte ihn so sehr, dass es wehtat. Soweit sie sich erinnern konnte, hatte sie Evan nie so sehr begehrt, aber das würde sie ihm nie verraten. Das hätte ihn verletzt, und er gehörte ihr. Er war Fleisch von ihrem Fleisch, mehr als ihr Bruder.

Jetzt legte Chad ihr die Hand auf die Brust und drückte sie, fest und ein wenig unbeholfen. Wäre es Evan gewesen, hätte sie ihm Anweisungen gegeben, aber sie wollte ihn nicht entmutigen. Sie hatten ihn beide gewollt, und nun würden sie ihn bekommen, beide. Endlich lag er auf ihr und küsste sie beinahe verzweifelt. Vorsichtig nahm sie seinen Penis in die Hand und zeigte ihm den Weg. Normalerweise hätte sie gern ein längeres Vorspiel gehabt, aber sie wollte auf keinen Fall, dass irgendetwas schief ging. Er stieß heftig in sie und kam fast sofort, lange bevor sie soweit war. Danach lag er erschöpft auf dem Bett, während sie unter ihm hervorschlüpfte.

Ein paar Minuten ließ Evan ihn ausruhen. Dann gab er Elena ein Zeichen aufzustehen, und sie setzte sich auf den Schreibtischstuhl, den Evan neben das Bett gezerrt hatte, um den beiden besser zusehen zu können. Evan legte sich neben Chad. Zuerst streichelte er ihn nur, von hinten an ihn geschmiegt. Evans Brust- und Schamhaare waren dunkel, fast schwarz, die von Chad ein sehr helles Braun. Auf Armen und Brust war Chad sonnengebräunt, Evan überall gleich blass. Geduldig liebkoste er Chad und fasste schließlich nach seinem Penis. Dann rollte er ihn auf den Bauch, nahm das Gleitmittel und drang vorsichtig in Chads Hintern ein. Chad zuckte zusammen und biss ins Kissen, aber als Evan erst einmal in ihm war, schien es ihm nicht mehr so viel auszumachen. Elena genoss es, den beiden zuzusehen. Sie genoss es ungemein. Sie besaß Chad durch Evans Schwanz. Sie fickte ihn durch Evan. Sie wünschte sich, Evan würde kräftiger zustoßen, aber er war sanft und vorsichtig. Fast konnte sie seinen Höhepunkt spüren. Dann ruhte er sich einen Moment aus, drehte Chad herum und begann seinen Schwanz zu lutschen. Elena kam beim Zuschauen.

Danach lag Chad benommen da. »Macht ihr so was

oft?«, fragte er endlich, während er versuchte, die Fassung wiederzugewinnen.

»Wir ficken dauernd«, antwortete Evan. »Wir lernen und wir ficken. Aber heute haben wir zum ersten Mal jemanden mitgenommen. Du solltest dich geehrt fühlen.« Er grinste breit.

»Hat es dir gefallen?«, fragte Elena beinahe schüchtern. Er war so schön, Chad mit den blauen Augen und dem Gesicht wie eine kunstvolle Schnitzerei.

»Ich hab schon schlimmere Nachmittage erlebt.« Er streckte die Arme aus und zog sie zu sich aufs Bett herunter. Wieder starrte er ihr in die Augen. »Ich verstehe dich nicht.«

»Manchmal verstehe ich mich selbst nicht.«

Zärtlich leicht bewegte er die Hand über ihr Brust. »Du bist wie etwas, was ich mir nachts im Bett ausgedacht habe.«

Sie zuckte zurück. »Ich bin aber keine Fantasie.«

»Wisst ihr, wir könnten zusammen eine Menge Spaß haben«, sagte Evan.

Chad sah ihn an, und seine Hand blieb auf Elenas nacktem Oberschenkel liegen. »Ich glaube, du hast Recht.«

5

Suzanne

Eine ganze Woche kam kein Lebenszeichen von Rachel. Suzanne versuchte zweimal, sie in der Wohnung anzurufen, die sie mit zwei anderen Studentinnen teilte. Suzanne hinterließ flehende Nachrichten auf dem Anrufbeantworter, aber Rachel rief nicht zurück. Endlich kam eine Antwort per E-Mail.

> Mutter,
> es ist mir wirklich unbegreiflich, was du dir dabei gedacht hast, Elena mein Zimmer zu geben. Ich kann einfach nicht glauben, dass du mir das angetan hast. Ich finde, es war unglaublich egoistisch von dir, dass du nicht deinen Fitnessraum oder dein Arbeitszimmer aufgegeben, sondern mich zum Opferlamm auserkoren hast. Ich werde ganz bestimmt nicht nach Hause kommen, bis ich mein Zimmer wieder habe. Immer erwartest du von mir, dass ich alles mitmache, was Elena sich in den Kopf setzt, nur damit sie zufrieden ist. Dabei ist sie sowieso nie zufrieden!

Suzanne kam es vor, als okkupierte Elena ungefähr siebzig Prozent der Wohnung. Ihre Jacke lag auf der Rückenlehne der Couch. Ihre CDs waren überall, als übte sie Weitwurf damit. Sie ließ den Fernseher an und schlenderte davon. Ihre knallroten Büstenhalter und Bikinihöschen hingen auf der Leine im Badezimmer. Sie telefonierte genauso viel wie in der High School, als Suzanne ihr aus reinem Selbsterhaltungstrieb ein eigenes Telefon gekauft hatte. Außerdem musste Suzanne auch noch mit Sam fertig werden, der seine Adoptivtochter für Suzannes Geschmack eindeutig zu oft besuchte.

Momentan hatte er es sich auf der Couch bequem gemacht. »Ich hab Richter Fogarty gekriegt. Der Mann muss inzwischen mindestens hundert sein. Warum gibt es für Richter kein festgeschriebenes Pensionsalter? Es wäre wirklich nicht schlecht, wenn sie aufhören würden, ehe die Senilität sie endgültig im Griff hat.«

Sam war groß – breite Schultern, kräftiger Körperbau,

lockige sandbraune Haare. Als Suzanne ihn vor dreiundzwanzig Jahren geheiratet hatte, war er ein attraktiver Mann gewesen, aber seither war er ziemlich in die Breite gegangen. Sie war nie Hals über Kopf in ihn verliebt gewesen wie in Elenas Vater Victor. Sie hatte es auch gar nicht gewollt. Auf einmal hatte sie sich denselben Weg gehen sehen wie ihre Mutter, idiotisch vor blinder Leidenschaft zu einer Reihe schlecht gewählter Männer. Sam war eine rationale Entscheidung gewesen, die sie ebenso sehr für Elena getroffen hatte wie für sich selbst. Sicher, sie hatte ihn geliebt, aber ebenso mit klarem Kopf wie mit ihrem Körper.

Ihre jeweilige Karriere war ihnen in die Quere geraten, sodass sie in einer durchschnittlichen Woche gemeinsame Zeit nur noch im Bett verbrachten und den größten Teil davon schlafend. Sie waren beide junge, politisch engagierte Anwälte und brachten ihren Fällen wesentlich mehr Leidenschaft entgegen als ihrem Partner. Unter dem ganzen Druck hatte ihre Ehe sich einfach aufgelöst. Aber Sam war immer ein guter Vater gewesen, für seine drei Kinder, die er mit seiner derzeitigen Frau hatte (die nicht berufstätig war), für seine eigene Tochter Rachel und auch für Elena, die er gleich nach der Heirat adoptiert hatte. In dieser Hinsicht hatte Suzanne eine gute Wahl getroffen, und so viel Ärger sie sich auch eingehandelt hatte, es wäre sicher noch schlimmer geworden, wenn Sam nicht für sie dagewesen wäre. Elenas leiblicher Vater war schon vor ihrer Geburt verschwunden, und Suzanne hörte nur äußerst sporadisch von ihm. Er versteckte sich in den Bergen von Nicaragua. Er war in Guatemala City auf der Straße angeschossen worden. Er war wieder in Chile aufgetaucht. Er saß in Panama im Gefängnis. Suzanne überlegte: Seine Familie hatte Geld, und sie hätte sich nicht gewundert, wenn er in Wirklichkeit eine ihrer Firmen geleitet hätte. Für Elena tat er nichts, außer dass er ihre Fantasie anheizte. Suzanne konnte sich noch genau an einen Aufsatz erinnern, den Elena in ihrem zweiten College geschrieben hatte: »Ich bin ein Bastard aus Brookline, Massachusetts. Ich bin ein Bastard, die Tochter eines Bastards. Mein Vater war ein Held und ein Guerillakämpfer.« Suzanne seufzte. Sam sah auf seine Armbanduhr.

»Manchmal frage ich mich, ob wir Elena gegenüber nicht ehrlicher hätten sein sollen, was ihren Vater angeht. Dann würde sie ihn vielleicht nicht so lächerlich romantisieren.«

Sam zuckte die Achseln. »Verglichen mit uns war er eine romantische Figur. Du warst verrückt nach ihm.«

»Eine Weile, ja. Bis er anfing, mich schlecht zu behandeln. Das fand ich nicht mehr romantisch.«

»Ganz sicher nicht.« Sam grinste. »Nebenbei bemerkt – was schadet es, wenn du ihr einen romantischen Hintergrund gibst? Es ist ja nicht so, dass sie in den Dschungel unterwegs ist, um nach ihm zu suchen. Oder dass sie jemals ernsthaft Interesse an Politik gezeigt hat.« Zum dritten Mal konsultierte Sam seine Uhr.

Sam wartete auf Elena. Wenn man irgendwas mit Elena unternehmen wollte, war das meist mit einer ganzen Menge Warterei verbunden. Als Sam gekommen war, hatte sie gerade angefangen, sich umzuziehen. Sie wollten zu einem Konzert einer chilenischen Gruppe. Falls Elena nicht bald auftauchte, würden sie zu spät kommen. Doch Suzanne war fest entschlossen, Elena nicht anzutreiben. Ständig sagte sie sich, dass sie Elena behandeln wollte wie einen Übernachtungsgast und nicht wie eine Tochter. Natürlich hatte sie nur sehr selten Übernachtungsbesuch, dafür hatte sie zu viel zu tun. Gut, Tante Karla kam einmal im Jahr, um sie und die Mädchen zu besuchen, manchmal mit Rosella und den Zwillingen. Beverly tauchte alle fünf Jahre einmal auf. Das war so ungefähr alles. Aber sie rief sich ständig in Erinnerung, dass eine Gastgeberin zu einem Gast wesentlich höflicher war als eine Mutter zu ihren Kindern, und sie musste all ihr Taktgefühl und ihre Geduld aufbringen, um damit zurechtzukommen, dass Elena wieder zu Hause war. Immer spürte sie eine intensive unterschwellige Angst um ihre Tochter: Davor, dass sie sich in irgendwelche üblen Schwierigkeiten bringen würde oder dass ihr irgendetwas Schreckliches zustieß. Bei Rachel waren ihre Ängste viel banaler. Pass auf, dass du dich nicht erkältest. Sieh zu, dass du deine Augen nicht überanstrengst. Bist du sicher, dass du sechs Kurse schaffst? Aber ihre Sorge um Elena kannte keine Grenzen.

> Der Fall mit dem Redwood-Protest ist erneut verschoben worden, diesmal von Seiten der Anklage, also kann ich losfliegen. Montag und Dienstag habe ich Termine mit den Leuten, die ich treffen muss. Es sieht so aus, als könnte ich ein Büro bekommen, aber sicher weiß ich es erst, wenn ich direkt mit den Leuten spreche, die uns unterstützen, und sehe, ob ich im Nordosten überhaupt effektiv arbeiten kann. Ich fliege Freitagnacht und hoffe, wir können den Sonntag zusammen verbringen. Lass mich wissen, ob das möglich wäre. Wie sieht dein Zeitplan aus, wie steht es mit deinen sonstigen Verpflichtungen?

Suzanne betätigte die Return-Taste auf ihrem E-Mail-Programm. Dann saß sie da und grübelte. Die Panik drängte sie zu antworten, dass sie am Wochenende die

Stadt verließ, am besten auch den Bundesstaat oder gleich das Land. Sie plante, am Freitagabend tot umzufallen. Die Trauerfeier war bereits arrangiert, und Jake war nicht eingeladen.

Was macht es schon, wenn er von mir enttäuscht ist?, fragte sie sich. Na und? Entweder schreiben wir uns weiter oder eben nicht. Vielleicht finde ich ja auch *ihn* enttäuschend. Natürlich wird er eine Enttäuschung sein, was denn sonst? Was soll denn aus so einer Geschichte schon werden? Ihr fiel nichts ein, was sie ihm schreiben wollte, und am Ende stellte sie den Computer aus, als wäre es schon gefährlich, auch nur in einer potenziellen Verbindung mit Jake zu stehen.

Elena war noch im Bett. Suzanne rannte nach oben zu Marta. »Er will mich sehen! Er will den Sonntag mit mir verbringen. Was soll ich bloß tun?«

»Ich vermute mal, du wirst zumindest einen Teil des Sonntags mit ihm verbringen.« Marta schmunzelte. »Was ist denn so schlimm daran? Selbst wenn es ein Desaster wird, kannst du mit der Geschichte einen Monat lang die Leute beim Essen unterhalten. Es ist romantisch, Suzanne. Einen Mann im Internet kennen zu lernen, liegt voll im Trend, ganz *fin de siècle*. Ich werde grün vor Neid.«

»Wenn das so ist, meine Liebe, dann würde ich doch vorschlagen, dass du dich an meiner Stelle mit ihm triffst. Er hat keine Ahnung, wie ich aussehe.«

»Hmmm.« Marta tat so, als ließe sie sich die Idee ernsthaft durch den Kopf gehen, und legte nachdenklich den Kopf schief. »Aber leider müssen Jim und ich übers Wochenende nach New York. Sein Film wird vorgeführt, den muss ich natürlich sehen. Ich hab überlegt, ob wir vielleicht bei Beverly auf der Couch übernachten könnten. Ich möchte ungern tausend Dollar für ein einziges blödes Wochenende auf den Kopf hauen. Wenn wir umsonst übernachten, könnten wir den Flieger nehmen, statt mit dem Auto zu fahren, wegen dem ich mich sonst zu Tode sorge.« Marta hatte einen neuen Jeep Cherokee, den sie ungern mitten in Manhattan abstellen wollte.

»Frag sie doch. Beverly mag dich. Genau genommen glaube ich, sie mag dich sogar lieber als mich.«

»Na ja, meine Mutter mochte dich auch immer lieber als mich. Wir hätten vor fünfundzwanzig Jahren unsere Mütter tauschen sollen, dann wären alle glücklich und zufrieden gewesen.«

»Eine wunderbare Idee.« Suzanne richtete sich auf. »Dafür könntest du Elena bestimmt begeistern. Stell dir vor, wenn man aufs College geht, wechselt man die Eltern. Alle ziehen ein Los und kriegen die Eltern von jemand anderem. Oder ein Computer könnte die Kombinationen zusammenstellen. Wie viel Lebensangst wären wir los! Ich glaube, ich habe soeben eine große Entdeckung auf dem Gebiet der Sozialtechnologie gemacht.«

»Du hast das Thema gewechselt. Wir sprechen eigentlich über Jake. Jacob Kellen, Öko-Terrorist.«

»Ist er nicht, Frau Kollegin. Er ist lediglich Öko-Aktivist.«

»Jacob, der mit dem Engel gekämpft hat, oder mit Gott oder mit wem auch immer.« Marta spielte mit ihrem langen Zopf, der die Farbe von wettergegerbten Schindeln hatte. »Meinst du, er will mit dir auch kämpfen?«

»Werd bloß nicht obszön, Marta. Ein absurdes Rendezvous, in das ich mich da reinmanövriert habe. Die Wahrheit ist, dass ich ihn nie als echten Menschen gesehen habe. Er war ein Fantasiegebilde in meinem Computer. Und das hat mir gefallen.«

An diesem Tag unternahm Suzanne nichts wegen Jake. Am nächsten Morgen stellte sie nicht mal den Computer an, sondern verbrachte fünfzehn Minuten länger als sonst auf dem Stepper und duschte dann lang und heiß. Als sie gefrühstückt und die Haare getrocknet hatte, war es Zeit, zur Uni zu flitzen.

Das Gleichberechtigungskomitee traf sich jeden Donnerstag um halb acht, also aß sie mit Alexa zu Abend, einer Freundin aus der Fakultät für Feministische Studien, und ging dann zur Komiteesitzung. Als sie kurz nach zehn heimkam, sah sich Elena im Fernsehen einen Gangsterfilm an. In der nächsten Werbepause kam sie in die Küche geschlendert, wo Suzanne gerade den Kaffee für den nächsten Morgen aufsetzte. »Da hat ein Mann angerufen, irgendein Kerl aus Kalifornien. Er wollte deine Adresse und eine Wegbeschreibung.«

»Ruft er zurück?«

»Er hat gesagt: ›Hmm, wird sie denn da sein?‹ Da hab ich auf deinem Terminplan nachgeschaut und ihm gesagt, dass der Sonntag völlig frei aussieht. Ist er ein Freund von dir?«

»Du hast ihm gesagt, dass ich da bin? Am Sonntag?« Sie verschüttete den gemahlenen Kaffee großflächig auf der Anrichte. »Du hast ihm gesagt, ich bin hier?«

»Na ja, stimmt das denn nicht?«

»Ich hatte mich noch nicht entschieden.«

»Wie du meinst«, sagte Elena, die inzwischen das Interesse verloren hatte und zurück ins Wohnzimmer schlenderte, wo ihr Film weiter lief.

6

Suzanne

Suzanne brauchte eine Stunde, um sich zum Lunch umzuziehen; Jake hatte sie aus dem *Inn* am Harvard Square angerufen. Jetzt fühlte sie sich wie ein überdrehter Teenager beim ersten Date: lachhaft und erbärmlich. So viel Zeit auf das äußere Erscheinungsbild zu verwenden, war demütigend. Ganz gleich, was sie mit sich anstellte, sie blieb immer neunundvierzig und war nie eine Schönheit gewesen. Sie war nett anzusehen und klein, aber das war auch schon das Beste, was sie in den Augen eines Mannes zu bieten hatte.

Die Wahrheit war, dass das meiste ihres Kleiderschranks, das elegant wirken sollte, für die Uni oder den Gerichtssaal gedacht war. Sie hatte eine Reihe von grauen oder dunkelblauen Kostümen und ein paar Seidenkleider, alles konservativ und zurückhaltend. Sie besaß zwei Partykleider, die sie an Festtagen trug, und ein paar Kaftane, die bequem waren, interessant aussahen und in denen sie zu den wenigen Anlässen, zu denen sie die Zeit und Energie aufbrachte, Gäste empfing. Ansonsten besaß sie noch Sportkleidung. Fast alles war aus dem Katalog bestellt, weil sie Einkaufen grässlich fand. In den Kaufhäusern war es immer zu warm, es dauerte Stunden, bis man irgendetwas fand, und dann war es garantiert in ihrer Größe nicht mehr da. Schließlich kleidete sie sich wie für die Vorlesung (und nicht für den Gerichtssaal): elegante Hose, Chenillepulli, Seidenblazer. Ohrringe und Halskette. Sie vermied den Blick in den Spiegel und marschierte aus dem Zimmer.

»Wohin gehst du?«, erkundigte sich Elena etwas misstrauisch.

»Vielleicht bin ich zum Abendessen wieder da, vielleicht auch nicht.« Sie hielt inne. »Höchstwahrscheinlich bin ich wieder da. Aber ich bin nicht sicher.«

»Ich gehe nachher mit diesem Typen, diesem Roy aus, deshalb bin ich sowieso nicht zum Abendessen da. Wohin gehst du denn?«

»Ich treffe mich mit einem Freund.«

»Mit welchem Freund? Bestimmt mit diesem Kerl aus Kalifornien, stimmt's? Und du hast dich für ihn so herausgeputzt. Wer ist er überhaupt?«

Suzanne zuckte nervös die Achseln. »Ich kenne ihn kaum.« Schnell warf sie ihren Mantel über und rannte zur Tür.

»Wer ist er?«, rief Elena ihr nach. Offensichtlich hatte Suzannes Reserviertheit ihre Neugier angestachelt. »Woher kennst du ihn?«

Na gut, na gut, dann würde sie sich eben mit Jake treffen und diese seltsame Geschichte zu Ende bringen, die da zwischen ihnen lief. Dann hatte sie morgens wenigstens zehn Minuten länger Zeit. Bringen wir es hinter uns.

Die beiden Aufzüge im Atrium dem *Inn* waren direkt nebeneinander. Suzanne setzte sich ihnen gegenüber, das hatte sie mit Jake am Haustelefon vereinbart. Zwei Männer kamen heraus, in eine Diskussion vertieft. Eine Frau und ein Kind. Dann ging die Tür wieder auf, ein kleiner Mann erschien und schaute sich um. Natürlich war er im Vergleich mit Suzanne nicht wirklich klein, aber er kam ihr klein vor. Die Väter ihrer Kinder waren beide mindestens dreißig Zentimeter größer als sie gewesen. Hatte sie in jüngeren Jahren eine Vorliebe für große Männer gehabt? Seit Jahren hatte sie jedenfalls aktiv keine Vorlieben für irgendwelche Männer mehr ausgelebt. Dieser hier war schätzungsweise knapp einssiebzig, drahtig und leicht gebaut. Er hatte scharfe Gesichtszüge und durchdringende braune Augen. Seine Brauen waren überrascht hochgezogen (was hatte er denn erwartet?), und er lächelte vorsichtig. Dann streckte er ihr die Hand entgegen. »Du bist bestimmt Suzanne, ja?«

»Und du Jake?« Sie schüttelten sich die Hände, ziemlich schüchtern. »Wie war die Reise?«, erkundigte sie sich. Dann vergaß sie, seiner Antwort zuzuhören. Sein Händedruck war fest gewesen, seine Hände warm, beinahe heiß.

Später konnte sie sich an nichts erinnern, was sie auf dem Weg zum Restaurant gesprochen hatten. Als sie am Tisch saßen, sagte er: »Du solltest meinetwegen nicht nervös sein. Ich hab schon seit Jahren niemand mehr gebissen. Und ich bin auch auf Tollwut untersucht.«

Das drang durch den Nebel in ihrem Kopf. Sie war am Verzweifeln. Noch war kein richtiges Gespräch zustande gekommen, und sie fühlte sich wie eingefroren, lediglich fähig zu mechanischem Geplapper. Dabei war sie doch eine erfahrene, kompetente Anwältin, kaum je um Worte verlegen! Schon oft hatte sie einen Fall mit einem brillanten Plädoyer zum Schluss doch noch für sich entschieden, aber hier saß sie nun, nicht in der Lage, auch nur einigermaßen den Kontakt herzustellen. Irgendwie hatte sie gedacht, er wäre sicher Vegetarier, aber er verkündete, er esse eigentlich alles. »Außer Schinken und Sardellen. Eine Abneigung aus der Kindheit.«

Suzanne riss sich zusammen. »Warst du schon mal hier in der Gegend?«

»Am Anfang meines Studiums war ich in Brandeis. Geboren bin ich auf Long Island, dann ist meine Familie nach Worcester gezogen. Aber das ist fast fünfundzwanzig Jahre her.«

»Ein großer Sprung von der Bay Area. Klima, Kultur,

der ganze menschliche Umgang. Anderer Ozean, andere Orientierung. Ihr blickt nach Westen, wir nach Osten.«

»Ich dachte, wenn du Zeit hast, könntest du mich ein bisschen herumführen. Nicht die Sachen für die Touristen, sondern eher die typischen Stadtviertel. Die Stellen, wo ich wohnen und einkaufen und essen und rumhängen könnte.«

»Ich habe frei«, sagte sie, obwohl sie sich eigentlich vorgenommen hatte, an ihrem Bericht zu arbeiten. »Wir improvisieren einfach ein bisschen.«

Das Essen war gut, und Jake aß mit großem Appetit. Als Suzanne sich etwas entspannt hatte, begann auch sie zu essen. Jakes Stimme war tief, voll und lebendig, sie hatte etwas an sich, was Suzanne berührte. Es machte ihr Spaß, ihm zuzuhören. Sie fragte nach seiner Reise in die Antarktis, und er erzählte von den unzähligen Pinguinen. Wie neben seinem kleinen Boot ein Wal auftauchte, dessen Atem ihm fischig und warm ins Gesicht schlug. Sterile Berge, schön und abweisend. Im Januar war Sommer, die Sonne ging kaum unter und glitzerte blendend hell auf dem Eis. Aber oft war es auch bedeckt, und der Wind blies durch sämtliche Kleiderschichten. Ständig bekam man Windbrand. Jakes Augen waren so klar und intensiv, dass sie an ihnen hing wie gebannt. Seine Hände waren relativ groß, aber fein geformt; er besaß eine starke Präsenz: ein Organisator, ein Macher, ein Anführer. Kein Wunder, dass er Stärke und Energie ausstrahlte. Als sie das Restaurant verließen, sagte er: »Ich möchte gern ein Stück spazieren gehen, wenn du Lust dazu hast.«

Nebeneinander schlenderten sie am Ufer des Charles River entlang. Die Sonne war herausgekommen; schon letzte Woche war der Schnee geschmolzen, die Temperatur lag über dem Gefrierpunkt. Noch kein Frühling, aber ein Frühlingsversprechen lag in der Luft. Der Fluss war nicht mehr zugefroren. Stockentenfamilien schwammen vorbei. Sogar ein Ruderer hatte sich bereits aufs Wasser gewagt und die Saison eröffnet.

»Es wird bestimmt ein Schock für dich sein, wenn du wieder einen richtigen Winter durchmachen musst.«

»Ich hab ein paar Jahre in den Bergen gelebt, da hatten wir bitterkalte Winter. Manchmal waren wir eine Woche lang eingeschneit.« Er gestikulierte mit den Händen über seinem Kopf. »Das war die Phase, als ich der Mann aus den Bergen sein wollte.«

»Aber die letzten fünfzehn Jahre hast du in Oakland gewohnt und keine Schneeflocke, keine Eisblume und keinen gefrierenden Regen erlebt.«

»In der Antarktis habe ich ziemlich viel Eis zu sehen bekommen«, wandte er ein. »Außerdem habe ich zu Hause ein paar Erdbeben mitgemacht und ein Feuer, das drei Blocks an meinem Haus vorbeigezogen ist ... Hast du vor, mir den Umzug auszureden?« Er ließ sich auf einer Bank in der Sonne nieder und winkte ihr, sich neben ihn zu setzen. Dann wandte er ihr sein Gesicht zu und legte ihr die Hände auf die Schultern. »Wovor hast du Angst?«

»Im Allgemeinen? Tod, Unfälle, dass meinen Töchtern etwas zustößt ...«

»Gut, probieren wir es anders. Was wünschst du dir, Suzanne?«

»Ich möchte, dass alles so weitergeht. Ich mag meine Arbeit. Ich mag mein Haus. Ich mag meine Freunde.«

»Alles soll bleiben, wie es ist. Keine Veränderungen.«

»Na ja, aber so ist das Leben ja nie, oder? Ich möchte, dass Elena eine eigene Wohnung findet. Ich möchte, dass meine Mutter sich anstrengt, mich so zu sehen, wie ich bin, ich möchte, dass mein Dekan mich nicht mehr so gönnerhaft behandelt …«

»Und was möchtest du von mir? Möchtest du von mir überhaupt irgendwas?«

»Ich weiß nicht«, sagte sie, und ihre Stimme klang viel leiser, beinahe erstickt. »Was möchtest du?«

»Ich zeige es dir.« Damit nahm er ihre Hand und stand auf. Während sie weitergingen, ließ er sie nicht wieder los. »Zwei Jahre lang haben wir uns jetzt geschrieben, miteinander geflirtet, unsere Gedanken ausgetauscht. Ich möchte nicht, dass das alles jetzt weniger real wird, ich möchte, dass es Wirklichkeit wird.«

»Ich bin … vielleicht nicht so, wie ich gewirkt habe … ich hab … ich hab keine Affären, ich gehe nicht mit Männern aus, nichts dergleichen.« Sie war zutiefst und schmerzlich verwirrt. Sie kannte ihn und kannte ihn doch wieder nicht. Er war ein enger Freund, ein Vertrauter und ein Fremder zugleich.

»Offensichtlich warst du früher mit Männern zusammen. Deine Töchter waren keine Jungfrauengeburt. Du hast mir von ihren Vätern erzählt.«

»Ich kann gar nicht glauben, was ich dir alles erzählt habe.«

»Glaub es ruhig. Warum nicht? Du weißt auch einiges über mich.« Mit raschen Schritten ging er zurück zum Harvard Square, ihr Arm fest in seinem.

»In meinem Arbeitszimmer war das leicht, morgens allein, da hatte ich keine Schwierigkeiten, irgendwelche Briefchen zu tippen. Bestimmt hat das auf dich viel entspannter gewirkt, viel … weltgewandter, viel interessanter als ich wirklich bin. Im Gerichtssaal bin ich vielleicht Dynamit, aber momentan fühle ich mich so unbeholfen wie eine Zwölfjährige.«

»Du bist aus der Übung. Aber ich bin auch keine Aufgabe, die du meistern, kein Plädoyer, das du vorbereiten musst. Ich bin einfach nur ein Mann, der sich für dich interessiert.«

Ihr wurde heiß und kalt, und ihr fiel absolut nichts zu sagen ein. Gut, sie hatte Tagträume gehabt, aber das Beste an ihnen war gewesen, dass es sich um Fantasien handelte. Sie kosteten nichts. Sie machten sie nicht verletzlich, sie ließen sich so leicht wegräumen wie Rachels Papierpuppen, weg damit, in eine alte Pralinenschachtel, mit Goldpapier beklebt. Aber diese Fantasie war aus der Schachtel gesprungen.

»Als du die Dinge aufgezählt hast, die du dir wünschst, hast du Liebe nicht erwähnt. Die meisten Leute würden sie nennen. Ich auch. Warum du nicht?«

»Vermutlich, weil ich Realistin bin.«

»Und du lässt nicht zu, dass du etwas willst, was du nicht kriegen kannst?«

»Ungefähr so, ja. Oder etwas, was mich verletzen könnte.«

»Ich werde dich nicht verletzen. Nicht absichtlich. Obwohl wir uns sicher gelegentlich auf die Füße treten werden.«

Die Hitze seiner Hand auf ihrem Arm ließ sie an die Hitze seines Körpers denken. Beim Essen hatte er erwähnt, dass er einen hochtourigen Stoffwechsel hatte und Nahrung rasch verbrannte. Sein Körper fühlte sich an wie ein kleiner Ofen, der in der kühlen Luft glühte.

Suzanne war schwindlig. Das war alles so unwirklich. Berauschend und schmeichelhaft und völlig außerhalb ihres echten Lebens. Er würde nach Kalifornien zurückgehen und sie nach Hause. Was auch immer passierte, würde in sich abgeschlossen sein. Aus unerfindlichen Gründen fühlte sie sich plötzlich in Sicherheit und entspannte sich. Als sie sich seinem Hotel näherten, legte er den Arm um sie, und sie wich nicht zurück. Am liebsten hätte sie laut gelacht. Niemand würde glauben, dass das hier Suzanne die Vernünftige war, die sich zu einem Hotelzimmer führen ließ, denn das war ganz offensichtlich ihr Ziel. Dieser Mann war aus ihrem Computer gestiegen und würde irgendwann dorthin zurückkehren. In letzter Zeit bekam sie gelegentlich Hitzewallungen, und voriges Jahr war ihre Periode ein paar Mal ausgeblieben, unter anderem die im Dezember. Ihre Gynäkologin sagte, das wäre der Beginn der Menopause. Die Wechseljahre. Vielleicht gehörte dazu auch, dass sie Halluzinationen von diesem Mann bekam, dessen Arm um ihre Taille lag, dessen Hüfte immer wieder an ihre stieß, während sie die Massachusetts Avenue überquerten und schließlich die Hotellobby betraten.

Sie fühlte sich lachhaft zufrieden und munter, sogar richtig erregt, als sie im Aufzug nach oben fuhren und den Korridor entlanggingen, der auf einer Seite zum Atrium hin offen war, und endlich um die Ecke zu seinem Zimmer bogen. Es war sehr ordentlich. Er hatte sein Laptop aufgestellt, und auf dem Schreibtisch lagen mehrere Aktenordner. Keine Kleidung, keine nassen Handtücher.

Er legte die Hände auf ihre Hüften. »Seit zwei Jahren bewegen wir uns beide auf diesen Augenblick zu. Mach jetzt bitte keinen Rückzieher, Suzanne. Möchtest du nicht auch wissen, wie wir zusammen passen? Hast du dir das nicht auch immer und immer wieder vorgestellt?«

»Natürlich«, antwortete sie ehrlich. Sie fügte nicht hinzu, dass sie mehr auch nicht erwartet hatte.

Er küsste sie, und sein Mund war fremd und begierig und aufregend. Als sie seinen Kuss erwiderte, als sie sein Hemd aufknöpfte und er ihre Bluse, kam ihr die Suzanne, die hier dahinschmolz, plötzlich sehr bekannt vor. Sie fühlte sich, als wäre sie wieder zwanzig, wieder in die Zeit zurückversetzt, als Sex ein Abenteuer war, als sie sich vor ihrem eigenen Körper und den Folgen der Leidenschaft noch nicht gefürchtet hatte. Hier, dachte sie, hier gibt es keine Folgen. Alles findet im Cyberspace statt. Er war ein Besucher, in jedem Sinn des Wortes. Sie hatte diese Suzanne für tot gehalten, aber sie regte sich energisch, blühte auf, ergriff die Kontrolle. Rasch führte eins zum anderen. Sie hatte langsamen und genießerischen Sex schon immer gemocht, aber heute wollte ihr Hunger umgehend befriedigt werden. Jake hatte den schlanken, festen Körper eines aktiven Mannes, nicht den eines jungen Mannes natürlich – kein Waschbrettbauch –, aber er war fit, stärker als seine Körpergröße es vermuten ließ. Mühelos hob er Suzanne hoch und legte sie auf das große Bett.

Obwohl sie so lange aus der Übung war, staunte sie selbst, wie schnell ihre alten Fähigkeiten zurückkehrten: Behutsam fuhr sie mit der Zunge um die Spitze seines Penis und nahm ihn ganz selbstverständlich in den Mund. Noch immer war ihr schwindlig, und als er gerade begann, sie ebenfalls zu lecken, fiel ihr plötzlich ein, dass sie ja seit über einem Jahrzehnt keine Pille mehr nahm. Wie viele Vorträge hatte sie ihren Töchtern zum Thema Safer Sex gehalten? »Äh … hast du ein Kondom?«

Er zeigte ihr das Päckchen, und sie half ihm, das Kondom überzuziehen. Als er in sie eindrang, tat es ein bisschen weh, trotz seiner Behutsamkeit und obwohl sie feucht war. Es war schwer, die Lust vom Schmerz zu unterscheiden, die Heftigkeit von der Dringlichkeit. Rasch fand er zu einem stetigen Rhythmus, und sie bog sich ihm entgegen, Stoß um Stoß. Doch dann verlangsamte er das Tempo, wartete auf sie, und sie konzentrierte sich. So erregt sie war, glaubte sie nicht, dass sie kommen würde, dafür war sie mit ihm noch viel zu nervös. Nach ein paar Minuten täuschte sie einen Orgasmus vor, wie sie es bei Sam oft getan hatte, worauf er schneller wurde und seinem eigenen Höhepunkt entgegenstrebte. Doch während er sich heftig in ihr bewegte, begann sich in ihr die fast vergessene Wärme zu rühren, die Kraft und die Lust, und sie explodierte, kurz bevor er soweit war. Danach hatte sie große Lust zu lachen, weil sie bei ihrem echten Orgasmus wesentlich weniger Lärm veranstaltet hatte als bei dem unechten.

Eine Weile lagen sie nebeneinander. Dann duschten sie, und sie zeigte ihm das Viertel. Von vornherein stand fest, dass sie sich später noch einmal lieben oder zumindest Sex miteinander haben würden. Obwohl Suzanne sich ihm nahe fühlte, traute sie dieser Nähe noch nicht ganz. Aber sie fürchtete sich auch nicht davor. Manche Frauen gingen in Kur, um sich besser zu fühlen. Sie hatte eine Eintagesaffäre.

7

Beverly

Als Beverly anrief, war Elena am Apparat. »Wie kommt es, dass ich die einzige echte Schönheit der Familie ans Telefon kriege? Womit habe ich so viel Glück verdient?«

»So was kannst auch nur du sagen, Grandma. *Ich* habe Glück, dass ich mit dir sprechen darf. Wie geht es dir? Hat es geklappt mit dem Schriftstellertypen, für den du dich interessiert hast?«

»Ich bleib dran, was soll ich auch sonst machen? Bisher hatte ich noch kein Glück bei ihm, aber ich habe ihn auch noch nicht aufgegeben. Wie läuft's im Restaurant?«

»Man hat mich rausgeschmissen.«

»Bei solchen Jobs feuern sie dich entweder oder beuten dich aus. Wenn du zu lange bleibst, denken die, vielleicht führst du irgendwas im Schilde und willst sie drankriegen. Der Fisch ist schlecht, in der Küche wimmelt es von Küchenschaben.«

»Alles auf einmal!« Elena lachte. »Man hat mich aus meiner Wohnung geschmissen, und ich wohne wieder zu Hause. Ich suche Arbeit. Du weißt ja, Mutter mag es eigentlich nicht, dass ich bei ihr bin. Ständig bin ich ihr im Weg. Das war ja nie anders.«

»Elena, es gibt niemanden, der dich nicht liebt! Du und deine Mutter, ihr versteht einander nur einfach nicht. Du bist mehr wie ich, du bist spontan und gerätst in Schwierigkeiten, du hast ein großes Mundwerk, und die Männer wollen ständig was von dir. Deine Mutter tut nie was aus dem Bauch heraus. Dafür muss sie sechs Monate vorher reservieren. Mutter, ich plane, im nächsten Februar meinen Job zu verlieren, und dann lass ich mich aus der Wohnung schmeißen. So um den 1. März rum kannst du mich zu Hause erwarten.«

»Grandma, du hast echt eine scharfe Zunge. Aber warum rufst du an?«

»Ich sammle Geld für ein paar Mieter, die sich gegen den Rausschmiss wehren …«

»Ah, und du möchtest Mutter ein bisschen Geld aus den Rippen leiern.«

»Sie kann es sich leisten. Sie macht mehr Geld als der Rest der Familie zusammen. Hör mal, ich ruf morgen Abend noch mal an. Wo ist sie denn?«

»Sie bringt so einen Typen zum Flughafen. Ich hab

keine Ahnung, wo sie ihn aufgegabelt hat, vielleicht bei irgendeiner Konferenz.«

»Hat Suzanne sich etwa einen Freund zugelegt?«

»Das hab ich auch schon rauszukriegen versucht. Er hat nicht hier übernachtet. Offen gestanden denke ich, er ist bloß der Freund eines Freundes, irgendwie so was. Aber sie hat sich ziemlich aufgetakelt für ihn.«

»Halt mich auf dem Laufenden. Und du selbst, mein schönes Mädchen?«

»Keiner in Sicht, der mich auch nur einen Scheißdreck interessiert. Bloß irgendwelche Typen.«

»Warte, bis du in mein Alter kommst, dann kannst du immer noch desillusioniert sein. Inzwischen habe ich entweder mit jedem alten Knacker, der mir über den Weg läuft, schon was gehabt, oder es kommt mir jedenfalls so vor, weil ich die ganzen Geschichten von ihren Ex-Frauen oder Ex-Freundinnen gehört habe. Oder ich hatte einen wie ihn im Jahr fünfundfünfzig.«

»Ich möchte etwas Besonderes, etwas Reines, etwas Intensives. Etwas, was mir wirklich nahe geht. Nicht einen Kerl wie Cola light, keinen Hamburger. Ich möchte, dass er mich im Innersten berührt. Ich möchte mich überwältigen lassen. Ich möchte lieben, richtig lieben, endlich mal wieder. Glaubst du, ich bin zu ausgebrannt dafür?«

»Aber nein, Liebes. Du bist voller Feuer. Du brauchst nur jemanden, der stark genug und richtig für dich ist.«

Am nächsten Tag fuhr Beverly nachmittags in die Bronx, um mit ihren Gewerkschaftsfreunden die Streikposten abzuschreiten. Es waren nette Leute, die hart arbeiteten und wenig dafür bekamen. Ihr wurde warm ums Herz. Sie unterhielt sich mit vielen, teils auf Spanisch, teils – so gut sie konnte – auf Französisch, mit den Haitianern, den Brüdern aus Mosambik. Es war ein kalter, rauer Tag, der Wind so schneidend, dass er einem fast die Haut vom Gesicht pellte. Sie tranken bitteren Kaffee aus einem Plastikbehälter, und eine der Frauen zog los, um Sandwiches und Chips zu holen. Nachdem Beverly ein paar Stunden marschiert war, begann ihr Knie Schwierigkeiten zu machen. Seit zwei Kerle von der amerikanischen Nazipartei sie vor Jahren bei einer Antikriegsdemo im Central Park zusammengeschlagen hatten, war das Knie einfach nicht mehr so, wie es sein sollte. Diese Typen wählten sich gern Frauen als Opfer, vor allem Jüdinnen.

In der U-Bahn auf dem Heimweg musste sie stehen, weil bereits der Stoßverkehr eingesetzt hatte, und sie fuhr bis zur Ninety-Sixth Street. Als sie oben an der Treppe ankam, war ihr schwindlig. Trotzdem schleppte sie sich die zwölf Blocks zu ihrer Wohnung, vorbei an den Unisex-Schönheitssalons, dem Kino, das Filme auf Spanisch zeigte, den Schuhläden, dem Eisenwarengeschäft, den Nagelpflegesalons, dem Fitness-Studio, den Reisebüros. Sie war sogar zu müde, um sich etwas zu essen zu holen. Eigentlich hatte sie Lust auf ein Hähnchen von der Imbissbude, aber sie brachte einfach nicht die Energie auf. Vielleicht hatte sie zu Hause ja noch was in der Gefriertruhe. Sie war völlig am Ende. Wenn das chinesisch-kubanische Lokal an der Ecke noch existiert hätte, hätte sie dort etwas bestellen und sich liefern lassen können. Auf dem Weg durch die Straßen fiel ihr plötzlich auf, dass sie die Entfernung anhand von Orientierungspunkten abschätzte, die gar nicht mehr da waren. Ach ja, das ist der Block, wo der Buchladen war. Ja, sie wohnt im Obergeschoss des Hauses, in dem früher Murray's Sturgeon war, ehe sie umgezogen sind. Geh links an der Ecke, wo das Thalia war. Ein Geisterstadtplan.

In ihrer Wohnung ließ sie sich auf die Couch sinken.

Mao kam und legte sich auf ihre Brust. Er fühlte sich schwer an, aber sie war zu müde, um ihn wegzuschubsen. In gewisser Weise war es nett gewesen, Jim und Marta hier zu haben. Sie tratschte gern über Suzanne, sie liebte es, Dinge zu erfahren, die ihre Tochter ihr nie erzählen würde. Es gefiel ihr, eine unabhängige Beziehung zu Suzannes bester Freundin zu haben, und sie hatte gern einen attraktiven Mann wie Jim um sich. Natürlich war die Wohnung ein bisschen klein. Zwar konnte man die Couch zu einem Doppelbett aufklappen, aber es gab eben nur ein Badezimmer. Sie war keine große Gastgeberin, aber sie zog los, um Bagels und Lachs und Rahmkäse zu holen, und sie kochte Kaffee. Wie sich herausstellte, trank Jim keinen Kaffee mehr. Beverly seufzte. Die Menschen schienen sich immer mehr über das zu definieren, was sie nicht taten: Sie rauchten nicht, sie aßen kein Fett, sie aßen kein Fleisch und auch sonst nichts Schmackhaftes. Sie trugen kein Leder. Tranken keinen Alkohol. Wenn man sagte, dass man etwas mochte, dann war man gleich davon abhängig. Was für ein langweiliger Haufen die nächste Generation geworden war. Jim sah gut aus, ein bisschen jünger als Marta, aber er tat auch einiges dafür. Seit er seine Stelle als Lehrer verloren hatte und Therapeut geworden war, verbrachte er eine Menge Zeit im Fitness-Studio. Sie hatte nie jemanden gekannt, der sich auf die Weise fit hielt, wie es die Leute heute taten. Früher hatten die Männer nicht lange gezögert, wenn es darum ging, das Hemd auszuziehen. Alle hatten das Gefühl, wenn sie ein Stück Haut zeigten, war das an sich schon eine Ehre für das andere Geschlecht. Frauen meinten nicht, sie müssten aussehen wie klapperdürre Models, um einem Mann zu gefallen, die Männer meinten nicht, sie müssten gebaut sein wie Herkules. Schließlich leisteten viele von ihnen harte körperliche Arbeit. Beverlys Freunde machten sich sogar über Muskelprotze lustig. Oh, ein Mann durfte schon stark sein, aber er brauchte nicht solche Muskelpakete, wie sie heute der letzte Hit waren. Die sahen irgendwie aus wie zahme Schlangen, dachte sie, exotisch, nutzlos und furchtbar zeitaufwendig in der Versorgung.

Letzten September waren zwei Jungen aus dem Viertel im Fluss ertrunken, weil sie versucht hatten, in Kleidern zu schwimmen. So was kam bei Männern heutzutage immer häufiger vor, denn sie wurden genauso eitel und schämten sich genauso wegen ihres Körpers wie die Frauen. Es war ihnen peinlich, wenn jemand sie in Unterwäsche sah. Vielleicht sahen sie nicht aus wie auf der Unterwäschereklame in der U-Bahn, Calvin Klein und seine Jünger. Also gingen sie in Klamotten schwimmen, um sich abzukühlen, und die übergroßen Hosen zogen sie hinab in den Tod.

Aber Jim war stolz auf seinen Körper. Er prahlte gern damit. Eine Weile war er gejoggt, aber dann hatte er angefangen, Gewichte zu heben. Beverly mochte ihn wirklich, aber sie sah keinen Sinn darin, dass jemand seine Zeit verschwendete, indem er im Fitness-Studio keuchte und grunzte und viel Geld dafür bezahlte, dass er so tun konnte, als wäre er ein Teenager. Sie hatte sich nie merken können, was für eine Art Therapeut er nun eigentlich war. Aber im Grunde überzeugten Therapeuten die Leute doch nur davon, dass sie selbst an ihren Problemen schuld waren, nicht das System. Warum sollte man General Motors oder Coors oder General Dynamic anklagen, wenn man auch der guten alten Mommy die Schuld in die Schuhe schieben konnte? Jim hatte an einem College unterrichtet, aber als das Geld knapp wurde, hatte man ihn entlassen. Wie so viele andere auch. Beverly selbst hatte nie einen anderen Beruf gehabt als

Organisatorin, obgleich sie in vielen Jobs gearbeitet hatte. Aber keiner davon hatte für sie mehr bedeutet als ein Lohnscheck und die Chance, politisch zu arbeiten. Manchmal auch nur das Geld.

Beverly seufzte. Wenn sie auf ihr Leben zurückblickte, und an all die positiven Veränderungen dachte, die sie sich erhofft hatte, wurde sie manchmal ganz deprimiert. Aber was brachte das? Man musste weitermachen und unterwegs ein bisschen Spaß haben. Mao tapste mit seinen Pfoten auf ihrer Brust herum. Sie wusste, dass er Hunger hatte, und bekam ein schlechtes Gewissen. Endlich hievte sie sich von der Couch. Wieder wurde ihr schwindlig. Was war das denn? Hoher Blutdruck? Sie ging sehr selten zum Arzt – Zeitverschwendung und letztlich nur Geld für die Pharmaindustrie. Dr. Moss hatte ihr diese grässlichen Pillen gegeben, von denen sie das Gefühl bekam, ihr Kopf würde nicht mehr zu ihrem Körper gehören. Vor zwei Monaten hatte sie sie abgesetzt. Schließlich hatte sie keine Lust, sich zu vergiften, nur damit irgendein Pharmakonzern noch mehr Profit machte. Langsam zog sie sich aus und schlüpfte in ihr Nachthemd. Heute ging sie nicht mehr nach draußen, so kaputt wie sie war.

Mühsam schleppte sie sich in die Küche, beschämt, dass sie so schwach war. Sie öffnete eine Dose Lachs und teilte sie mit Mao. Dazu toastete sie einen Bagel, der noch von Martas und Jims Besuch übrig war. Marta sollte ihre Haare nicht so grau werden lassen. Sie verdiente mehr als Jim. Das schockierte Beverly nicht besonders. Schließlich hatte ihre Mutter, die als Knopfmacherin gearbeitet hatte, auch mehr verdient als ihr Vater. Papa hatte jede Arbeit angenommen, die er in der Lower East Side hatte bekommen können, aber Mama war immer die Brotverdienerin gewesen.

Viele politische Frauen hatten sich eine Arbeit gesucht, wenn ihre Männer auf der Schwarzen Liste standen oder noch Schlimmeres, deshalb war es für Beverly auch keine große Sache, dass Marta doppelt so viel verdiente wie Jim. Aber sie bemerkte, dass er Probleme damit hatte. Er hatte nicht damit gerechnet, mit sechsunddreißig noch einmal zur Uni gehen und eine neue Karriere anfangen zu müssen. Acht Jahre danach hielt er vielleicht immer noch Ausschau nach dem Leben, das er hätte führen sollen. Sie hatte ihn im Verdacht, dass er gelegentlich ein Techtelmechtel mit einer von seinen Patientinnen anfing, aber sie hatte Marta gegenüber nie ein Wort erwähnt, und schon gar nicht zu Suzanne, die so was gleich zu einer Staatsaffäre aufgeblasen hätte. Sie hätte nicht eingesehen, dass ein bisschen Bestätigung nebenbei wahrscheinlich dafür sorgte, dass er sich nicht endgültig davonmachte. Schließlich war er seinen Patientinnen gegenüber eine Autoritätsperson und ein Sympathieträger – wen wunderte es da, wenn sie beide gelegentlich in Versuchung gerieten? Aber sie registrierte nur die Anzeichen und hielt ansonsten den Mund. Beverly kannte Marta schon, seit Marta und Suzanne Freundinnen geworden waren. Was Ehemänner betraf, war Jim nicht übel.

Sie hatte sich oft gefragt, wie es klappen würde mit den dreien in dem alten verwinkelten Haus, hatte überlegt, ob Suzanne von Jim in Versuchung geführt werden würde, wie sie die Eifersucht verdrängen würde, dass sie mit einem Paar zusammen wohnte. Aber Suzanne hatte sich schon immer gut unter Kontrolle gehabt, mal abgesehen von der Geschichte mit dem Latinoknaben. Beverly hatte Sam nie gemocht. Politisch gesehen war er zwar ganz in Ordnung, aber ansonsten war er ein kalter Fisch, überrational, die Art Mann, der lieber die ganze

Nacht diskutierte als sich ein bisschen Spaß zu erlauben. Er hatte wieder geheiratet, eine Frau, die einen Trustfonds besaß und keinen anderen Ehrgeiz hatte, als ihm zu gefallen und ihn zu behalten. Was bisher ganz gut zu klappen schien. Schade, dass Victor Suzanne nicht geheiratet hatte. Beverly hätte ihn gern als Schwiegersohn gehabt. Aber Victor war eben kein Mann zum Heiraten. Offensichtlich konnte Suzanne jahrelang mit Jim in einem Haus leben und ihm kein einziges Mal einen einladenden Blick zuzuwerfen. Sicher, das war bewundernswert, aber auch ein wenig übermenschlich. Suzanne hatte es sich zum Ziel gemacht, sich in eine Frau ohne Fehler zu verwandeln, eine Frau ohne Schwächen. Eine perfekte berufstätige Frau, die ganz in ihrer Arbeit aufging. So viel von dem, was Suzanne tat, schien wie ein stummer Vorwurf gegen Beverly, weil sie ihr Leben so lebte, wie sie es nun einmal tat.

Beverly legte sich auf die Couch und stellte ihren uralten Fernseher an, weil ihre Augen zum Lesen zu müde waren. Bevor sie zu den Streikposten gegangen war, hatte sie unbedingt noch das Manuskript, das sie gerade redigierte, fertig machen müssen, deshalb konnte sie jetzt nicht mehr klar sehen. Alles erschien ihr verschwommen. Sie schaltete auf eine Sendung über Kybernetik, aber sie konnte sich nicht richtig konzentrieren.

Als sie aufwachte, war auf dem Fernseher nur noch weißes Rauschen. Es musste mitten in der Nacht sein. Sie konnte die Uhr nicht erkennen, was sehr ungewöhnlich war. Wenn ihre Augen ermüdeten, fiel ihr das Lesen schwer, aber in der Entfernung sah sie eigentlich immer gut. Sie fühlte sich … sie fühlte sich einfach nicht richtig. Langsam setzte sie sich auf, und sofort wurde das Schwindelgefühl heftiger. Ihr Kopf tat weh, ein stechender Schmerz. Sie kippte nach rechts und wäre fast auf den Boden gefallen. Den rechten Arm konnte sie überhaupt nicht belasten, und auch die rechte Hand gehorchte ihr nicht. Sie hatte das Gefühl, dass etwas in ihrem Kopf drückte und presste. Unbeholfen packte sie mit der linken Hand, die noch funktionierte, das Telefon, hob den Hörer ab und tippte die Nummer ihrer Freundin Lucy ein. Nach viermaligem Klingeln meldete sich Lucy. Beverly umklammerte den Hörer fest mit der linken Hand. Als sie Lucys Stimme hörte, hätte sie vor Freude fast losgeheult. Lucy würde kommen und ihr ins Bett helfen und vielleicht den Arzt rufen oder ihr gut zureden, dass ja nichts Schlimmes passiert sei. Vielleicht war ihr einfach schwindlig, oder sie hatte sich ein Virus eingefangen. Vielleicht eine Mittelohrentzündung oder so etwas, davon wurde einem doch schwindlig. Aber warum konnte sie dann die Hand nicht bewegen? Es fühlte sich auch nicht an, als wäre sie eingeschlafen. Sie fühlte überhaupt nichts. Warum war ihre Hand gelähmt?

»Wer zum Teufel ruft mich um vier Uhr morgens an?«

»Lucy, mit mir stimmt was nicht«, wollte Beverly antworten, aber es kam nur ein stockendes, verschwommenes Gebrabbel heraus.

»Blöder Saufkopp!«, schnaubte Lucy und legte auf.

Beverly stolperte durchs Zimmer, hielt sich zuerst am Sofa fest, dann am Bücherregal und dann an der Tür. Ihr linkes Bein schleifte nach. Irgendwas war hier ganz und gar nicht in Ordnung. Fühlte es sich so an, wenn man sterben musste? Zwar sah sie ihr Leben nicht vor sich ablaufen, aber ihr Herz pochte wild, und ihr Kopf fühlte sich an, als wäre er aufgeplatzt. Als hätte der Zahnarzt ihr den halben Körper mit Novacain voll gepumpt. Ihre rechte Seite war nicht nur taub, sondern entzog sich völlig ihrer Kontrolle, so, als wäre sie in der Mitte durchtrennt worden.

Nachdem sie endlich die Tür aufbekommen hatte, dämmerte ihr plötzlich, was los war. Sie hatte einen Schlaganfall! Panik überfiel sie. Starr vor Entsetzen lehnte sie sich an den Türpfosten. Ruhig bleiben, ganz ruhig, redete sie sich gut zu. Du hattest schon mehrmals eine Gehirnerschütterung. Bei Antikriegsdemonstrationen war des Öfteren ein Schlagstock auf ihrem Kopf gelandet, bei Streiks war sie zu Boden geworfen und getreten worden. *Schlaganfall,* das war nur ein Wort. Sie lebte noch. Wenn sie erkannte, was mit ihr los war, konnte es nicht ganz so schlimm sein. Ihr Kopf funktionierte anscheinend noch einwandfrei. In ihrem Bekanntenkreis hatte es einige Schlaganfälle gegeben. Einer hatte nie wieder laufen gelernt. Der andere konnte zwar wieder alles, war aber beträchtlich langsamer geworden, als würde er ständig zögern. Wenigstens konnte sie sich bewegen. Im Flur sackte ihr Bein unter ihr zusammen, und sie stürzte. Also kroch sie auf allen vieren weiter, bis sie an Madelines Tür klopfen konnte. Sie waren zwar nicht befreundet, aber sie halfen einander in Notfällen. Madeline fütterte Mao, wenn Beverly nicht da war – was mittlerweile nur noch sehr selten vorkam. Beverly führte Madelines Pudel aus, wenn Madeline Grippe hatte oder ihren Sohn besuchte. Sie nahmen Pakete füreinander an und teilten sich übrig gebliebene Leckereien.

Auf dem Boden liegend hämmerte sie gegen Madelines Tür, aber Madeline kam nicht. Nach einer Weile streckte die Koreanerin von der anderen Seite den Kopf aus der Tür. »Mrs. Blume, um Gottes willen, was ist passiert?« Sie drehte sich um und rief ihrem Mann etwas auf Koreanisch zu.

Jetzt endlich öffnete Madeline die Tür – zwei Zentimeter, ohne die Kette zurückzuschieben. »Beverly, warum liegst du auf dem Boden? Hat dich jemand verprügelt? Was ist denn los?«

»Bestimmt ist sie in ihrer Wohnung überfallen worden. Sehen Sie, sie hat ihr Nachthemd an. Wir müssen die Polizei rufen. Genau wie bei der armen Frau in der 108th Street.«

Beverly versuchte, ihnen zu erklären, dass sie einen Schlaganfall hatte. Madeline beugte sich über sie. »Sehen Sie nur, ihr Gesicht ist ganz verzerrt.«

Mrs. Kim alarmierte den Notruf. Mao kam angelaufen, aber Madeline sperrte ihn schnell ein. Dann schlichen Madeline und Mrs. Kim vorsichtig in Beverlys Wohnung, Madeline mit ihrem Stock, Mrs. Kim mit einem Küchenmesser bewaffnet. »Da ist niemand. Kein Fenster offen.«

Es war, als wäre Beverly schon tot und ein Geist. Sie konnte die beiden hören, sie konnte sie verstehen, sie konnte klar denken, aber sie kriegte ihre Zunge nicht dazu, das, was sie sagen wollte, auch auszusprechen. Sie war stummer geworden als Mao, der seine Wünsche ziemlich gut äußern konnte. Sie war ein Möbelstück, ein Sack Fleisch auf dem Fußboden. Vor Frustration begann sie zu weinen; Tränen rannen über ihr Gesicht auf den Boden.

Die Polizisten begriffen rasch, dass sie einen Schlaganfall hatte und riefen den Notarztwagen. Beverly war nur halb bei Bewusstsein, aber sehr erleichtert, als man sie endlich in den klapprigen Aufzug trug und nach unten fuhr. Sie hatte Angst, aber wenigstens lag sie nicht mehr auf dem Boden. Ärzte hatten ständig mit Schlaganfällen zu tun. Im Krankenhaus würde man sie schon wieder auf Vordermann bringen.

8

Suzanne

Suzanne war den ganzen Tag im Gericht gewesen. Der Prozess ihrer Klientin gegen das Dedham Police Department befand sich in der zweiten Verhandlungswoche, und ein paar Kollegen sprangen bei den Vorlesungen für sie ein. Sie wollte die Sache heute unbedingt abschließen. Als die Sekretärin der juristischen Fakultät im Gerichtssaal erschien, erschrak sie. Die Frau gab dem Gerichtsdiener einen Zettel, den dieser unverzüglich an Suzanne weiterreichte.

> Ihre Mutter hatte einen Schlaganfall und liegt in New York im Krankenhaus. Hier ist die Telefonnummer. Der Name des Arztes ist Weinstein.

Ungläubig starrte Suzanne auf die kurze Notiz. »Sind Sie sicher?«, formte sie mit den Lippen.

Die Sekretärin nickte. Suzanne bat, ans Pult treten zu dürfen, und zeigte dem Richter den Zettel. Er runzelte die Stirn. »Wie alt ist Ihre Mutter?«

»Sie ist … zweiundsiebzig.«

»Kann jemand für Sie übernehmen?«

»Ja, Euer Ehren.« Sie machte eine Handbewegung zum Tisch der Verteidigung, wo Marta saß. »Aber ich bin in etwa einer halben Stunde fertig. Danach kann ich versuchen herauszufinden, was passiert ist.«

»Das scheint doch ziemlich klar zu sein.«

»Wenn wir bis Montag vertagen könnten, hätte ich die Möglichkeit, nach New York zu fliegen und meine Mutter zu sehen.«

Der Richter winkte den Anwalt des Police Department

zu sich. »Ich habe keine Einwände gegen eine Verschiebung. Wie ist es mit Ihnen, Herr Anwalt?«

Vom Autotelefon rief Suzanne das Krankenhaus an. »Mrs. Blume liegt auf der Intensivstation. Sind Sie ein Mitglied der Familie?«

»Ich bin die Tochter.«

»Ich dachte, die Tochter war heute hier ... Nein, das war die Enkeltochter, richtig. Ihre Mutter hatte einen Schlaganfall, aber jetzt ist sie wieder bei Bewusstsein.«

In einer Viertelstunde hatte Suzanne gepackt. Sie legte für Elena einen Zettel mit Anweisungen auf den Tisch und rannte nach oben. Jim saß an seinem Computer. Drei Tage pro Woche hatte er Patiententermine, den Rest der Zeit arbeitete er an seinem Buch, das den Titel trug: *Den Beschiss überwinden – ein Handbuch für diejenigen, die in der Lebensmitte überflüssig gemacht wurden.* Er hatte einen Buchvertrag mit einem kleinen Selbsthilfeverlag und arbeitete inzwischen seit zwei Jahren an seinem Manuskript. Rasch erklärte Suzanne ihm, was passiert war, und bat ihn, das untere Stockwerk ein bisschen im Auge zu behalten. »Meinst du nicht, Elena kommt zurecht?« Er schwenkte in seinem Drehstuhl herum und wandte sich ihr zu, zurückgelehnt, eine Haltung, die bis ins Detail zeigte, dass es ihn nicht störte, unterbrochen zu werden, und dass er von ganzem Herzen bereit war, mit ihr über die Situation zu sprechen.

»Nur für den Fall des Falles.« Sie setzte sich nicht auf den angebotenen Stuhl. Keine Zeit.

Jim war ein großer, schlanker Mann mit einem eindringlichen Lächeln und einem ausgeprägten Talent dafür, wochenlang zu brüten. Seine Haare waren hellbraun, und seine Augen hatten ein so verwaschenes Blau, dass es fast silbern wirkte. Suzanne mochte ihn, obwohl sie ihn für eitel hielt, aber ihre wirkliche Beziehung bestand zu Marta. Jim war lediglich ein Anhängsel, und nur sehr selten ergab sich eine private Unterhaltung zwischen ihnen. Sie kamen miteinander aus, aber sie kannten sich nicht wirklich – nur so, wie man sich eben kennt, wenn man seit zwölf Jahren unter einem Dach wohnt. Erstaunlich, dachte Suzanne, wie viel Zeit man mit jemandem verbringen kann, ohne richtig miteinander warm zu werden. »Du und Beverly hattet eine ziemlich komplizierte Beziehung, soweit ich mich erinnere.«

Soweit er sich erinnerte? Er hatte Beverly letzte Woche besucht! Anscheinend hatte er sich schon ganz in den Therapeutenmodus versetzt. Sie bemerkte, wie ein Anflug von Panik sie überkam. »Hör zu, Jim, ich muss wirklich los.« Wenn Jim so in die Therapeutenrolle einstieg, war ihr das immer unangenehm, und im Moment konnte sie besonders schlecht damit umgehen.

»Ich mag Beverly«, sagte er und beugte sich vor, um anzudeuten, dass er nicht mehr als Therapeut zu ihr sprach. »Eine starke, lebensprühende Persönlichkeit. Sag uns Bescheid, wie es ihr geht, bitte. Wenn du Hilfe brauchst, kann ich meinen Terminplan jederzeit umstellen und runterfahren.«

Suzanne bedankte sich und rannte die Treppe hinunter. Ihr Abendessen bestand aus einem Joghurt im Stehen und einer Mandarine, die sie schälte, während sie auf den Flug wartete. Ihr Magen war verkrampft und tat weh. Das elende Rauchen. Wie oft hatte sie Beverly angefleht aufzuhören? Wie viele Artikel zum Thema hatte sie ihr geschickt? Bücher über die Tabakverschwörung, in der Hoffnung, dass die Politik sie überzeugte, wenn gesundheitliche Argumente nichts fruchteten. Beverly aß fett, Fast Food, behandeltes Fleisch, zwar eine Menge Obst, aber so gut wie kein Gemüse.

Trotzdem war sie eine vitale Frau, eigenwillig, energisch, zielstrebig, unabhängig, lebhaft, elegant, immer noch sehr attraktiv. Zwar fing sie sich jeden Winter eine Erkältung ein, die sich auch in die Lunge zog, aber ansonsten war sie nie ernsthaft krank gewesen. »Ich bin zu beschäftigt, um krank zu werden«, sagte Beverly immer. Suzanne konnte sich nicht ausmalen, was sie vorfinden würde. Lag ihre Mutter im Sterben? Von Schlaganfällen hatte sie keine Ahnung. In ihrer Fantasie stellte sie sich immer vor, dass der Blitz im Gehirn einschlug. Ein verbrannter Geruch. Feuer und Zerstörung.

Vom Flughafen La Guardia machte sie sich direkt auf den Weg ins Krankenhaus. Zuerst wollte man sie nicht zu Beverly lassen. Immerhin fand sie heraus, dass der Schlaganfall letzte Nacht geschehen war und eine Nachbarin den Notarzt gerufen hatte. Dann saß sie in dem kleinen, schäbigen Warteraum, dessen abgenutzte Polster und verschossene Teppiche voll gesogen zu sein schienen mit Angst und Sorge, mitten im Gedränge, umgeben von Familiengruppen, die auf Nachricht warteten, darauf, ein bisschen Zeit mir ihren Angehörigen auf der Intensivstation verbringen zu dürfen. Es war, als befände sich jede Person, jede kleine Gruppe in einer Glasvitrine, bestehend aus ihrer persönlichen Angst, ohne einander zu sehen, unfähig, ein Wort mit jemandem auf der anderen Seite des Raums zu wechseln.

Nach einer Weile kam Rachel herein. Sie umarmten sich ungestüm. Suzanne unterdrückte ihre Tränen, indem sie an Rachels Schulter Grimassen schnitt. Auch Rachel war größer als ihre Mutter, allerdings nicht so groß wie Elena, mit einer dichten Mähne hellbrauner Haare. Schließlich machte sich Rachel los und stellte Suzanne einen jungen Mann vor, der in der Nähe stand. »Mutter, das ist Michael.«

So schnell es ging, schaltete Suzanne um. Michael war ein schmaler, fast schmächtiger junger Mann, hatte aber einen festen Händedruck. Wahrscheinlich hatte er daran gearbeitet. »Kennt ihr euch von der Uni?«

Rachel nickte. »Wir sind seit Ende letzten September zusammen.«

Und warum hast du ihn dann nie erwähnt? Normalerweise erzählte Rachel mehr Details aus ihrem Leben als Suzanne aufnehmen konnte – weshalb hatte sie sich in diesem Fall zurückgehalten? Allem Anschein nach war Michael Jude, er machte einen gesunden, sachlichen Eindruck, was sollte also die Geheimniskrämerei? Suzanne machte sich eine Notiz im Hinterkopf, später noch einmal nachzufragen. »Warst du schon bei Beverly?«

Rachel nickte. »Es ist schrecklich. Sie kann nicht sprechen. Ihre rechte Seite ist teilweise gelähmt.«

Rachel wusste genau, was passiert war, sie kannte sogar die Namen der beiden Nachbarinnen, die Beverly gefunden und ihr geholfen hatten. Schließlich kam die Schwester und sagte Suzanne, sie könnte jetzt eine Viertelstunde zu ihrer Mutter. Am liebsten hätte Suzanne sie angeschrien, dass sie nicht aus Boston nach New York gekommen war, um lediglich für eine Viertelstunde ihre Mutter zu sehen.

In ihrem Krankenhausbett sah Beverly aus wie eine zerbrochene Puppe. Ihr rechter Arm lag leblos auf der Decke. Ihr Gesicht war schlaff, ihr Mund zuckte, aber es kamen keine Worte heraus. Doch Suzanne konnte sehen, dass ihre Mutter sie erkannte. Immer wieder versuchte sie, etwas zu sagen, aber zu hören war nur ein verschwommenes Gegurgel. Kummer und Mitleid zerrissen Suzanne fast das Herz; sie nahm Beverlys schlaffe rechte Hand. Die linke bewegte sich und streichelte ihren Arm. Suzanne bemühte sich, nicht zu weinen, und biss sich in die Wangen, um nicht die Kontrolle zu verlieren. Sie hatte Angst um ihre Mutter. Kümmerten sich die Ärzte denn auch genug um sie? Da lag sie, ganz allein, mit den ganzen Schläuchen. Suzanne nahm sich vor, sich zu erkundigen, ob es nicht vielleicht eine Operation gab, irgendeine Möglichkeit, irgendwas, das man tun konnte, um ihrer Mutter zu helfen.

Doch Beverly war wenigstens bei Bewusstsein. Suzanne spürte die wache Klugheit in den grünen Augen. »Mutter«, sagte sie. »Ich möchte so gern wissen, ob es etwas gibt, was ich für dich tun kann.«

Ihre Mutter streichelte weiter ihren Arm. Nein, sie streichelte ihn nicht. Suzanne sah auf den Finger. Das war eindeutig ein M. Beverly hatte ein M gemalt. Suzanne kramte in ihrer Tasche nach einem Stift und einem Stück Papier und drückte ihrer Mutter beides in die funktionsfähige linke Hand. Beverly war Rechtshänderin. Trotzdem nahm sie den Stift und kritzelte mühsam noch ein M.

»M, Mutter? Was bedeutet M?«

Ein krakeliges A. Ein windschiefes O. »Mao. Deine Katze. Du möchtest, dass ich mich nach deiner Katze erkundige?«

Beverly nickte.

»Ah, du kannst mir Zeichen für Ja und Nein geben. Das ist großartig.« Erleichterung durchströmte sie. Wenigstens war eine eingeschränkte Kommunikation möglich. »Verstehst du, was ich sage?«

In Beverlys heftigem Nicken war eine vertraute Gereiztheit zu spüren.

»Wenn sie mich hier rausschmeißen, fahre ich zu deiner Wohnung. Wie komme ich rein? Macht mir der Hausmeister die Tür auf?«

Beverly malte ein T auf ihre Hand.

»T? Telefon? Tablette?«

Beverly ächzte. Sie malte ein A, dann ein S und ein C.

»Tasc … Tasche? Deine Handtasche?« Was für eine absurde Situation. Sie spielten das Ratespiel, das sie als Kind immer mit Tante Karla gespielt hatte. An dem wütenden Ausdruck auf Beverlys intakter Gesichtshälfte erkannte Suzanne, dass ihrer Mutter die Absurdität völlig bewusst war und dass sie es hasste. Beverly war für ihre Tochter immer eine mächtige Präsenz gewesen, streng, dogmatisch und auf ihre ganz eigene Art vornehm. Sie war klein wie Suzanne, aber nicht in ihrem Verhalten, ihrer Ausstrahlung, ihrer Haltung. Suzanne hatte sich immer wie eine Enttäuschung für ihre Mutter gefühlt, die Militanz mit Eleganz kombinierte. Selbst mit zweiundsiebzig war sie noch bezaubernd gewesen und hatte gern geflirtet. Doch niemand, der alle Sinne beisammen hatte, konnte Suzanne als bezaubernd bezeichnen. Sie war tüchtig. Sie war systematisch. Ihr Intellekt war wesentlich feiner ausgebildet als der ihrer Mutter. Sie war erfolgreich. Aber in Gegenwart ihrer Mutter fühlte sie sich unbeholfen, schwerfällig, einfältig. Unscheinbar, aber nützlich. Die Frau, die hier im Bett lag, war eine Parodie ihrer Mutter, eingesperrt hinter der schrecklichen Grimasse, diesem verzerrten Gesicht, dem schlaffen Körper. Suzanne hatte ein schlechtes Gewissen, weil sie ihre Mutter nicht zurückgerufen hatte. Als Elena ihr erzählt hatte, dass Beverly von ihr einen Scheck für irgendeinen Mieterstreik wollte, war sie eingeschnappt gewesen. Sie hatte genug Ausgaben, auch für gute Zwecke, da brauchte ihre Mutter sie nicht auch noch zu behelligen. Trotzdem hätte sie zurückrufen sollen.

Sie durchsuchte das Zimmer und fand die Handtasche. Tatsächlich waren Beverlys Wohnungsschlüssel darin. »Ich übernachte heute bei dir.«

Beverly nickte.

»Brauchst du sonst noch irgendwas?«

Beverly warf mit einer hilflosen Geste die linke Hand hoch. Aus ihrem linken Auge rollte eine Träne. In diesem Moment erschien die Schwester. »Zeit zum Ausruhen für unsere kleine Patientin!«

Suzanne ertrug es nicht, dass man so herablassend mit ihrer Mutter sprach. »Bitte, meine Mutter ist eine kompetente, hochintelligente Frau. Ich möchte, dass sie die bestmögliche Pflege erhält. Samt intensiver Rehabilitation.«

»Ich bin sicher, dass Dr. Weinstein alles tut, was möglich ist.« Damit bugsierte die Frau Suzanne auch schon aus dem Zimmer.

Suzanne aß mit Rachel und Michael in der Krankenhauscafeteria; die beiden wollten noch am gleichen Abend zurück nach Philadelphia. »Aber ich komme wieder. Es ist ganz einfach. Wir können sogar im Zug lernen.« Beim Essen machte Rachel einen ziemlichen Wirbel um Michael, es hätte nur noch gefehlt, dass sie ihm sein Fleisch klein geschnitten hätte. Wenn er welches gegessen hätte, hätte sie es wahrscheinlich getan, aber sie schienen sich ausschließlich von Salat und Saft zu ernähren. Natürlich, das Essen hier war nicht koscher. Für Michael war es anscheinend selbstverständlich, dass man ihn bemutterte, offensichtlich gefiel es ihm. Wahrscheinlich würde Suzanne immer etwas daran auszusetzen finden, wie ihre Töchter mit Männern umgingen. Rachel hatte zwar vorher ein paar Freunde gehabt, aber das hier war irgendwie anders. Früher war sie nie so Besitz ergreifend gewesen. In gewisser Hinsicht benahmen sich die beiden eher wie ein altes Ehepaar als wie zwei frisch Verliebte. Ob sie wohl zusammenlebten? Jedenfalls wirkten sie sehr familiär. Vielleicht war es deshalb in den letzten Monaten so schwierig gewesen, Rachel ans Telefon zu kriegen.

»Rachel, ich wollte dir nicht zu nahe treten, als ich Elena das Zimmer überlassen habe. Sie ist vor die Tür gesetzt worden und weigert sich, den Raum neben der Küche zu benutzen. Aber ihr altes Zimmer ist jetzt seit sechs Jahren mein Arbeitszimmer, ich kann unmöglich den ganzen Kram umräumen, mein gesamtes Bürozeug, alles, was ich brauche, meine juristische Bibliothek, meine Akten. Weißt du, sie wird nicht lange bleiben. Sie wohnt überhaupt nicht gern bei mir.«

»Es ist typisch für sie, dass sie mein Zimmer okkupiert. Was ist denn an dem neben der Küche auszusetzen? Es hat doch sogar ein eigenes Bad.«

»Sie sagt, ich mache morgens zu viel Lärm in der Küche.«

»Ah, Prinzessin Elena schläft bis Mittag …« Auf einmal erschien ein breites Grinsen auf Rachels Gesicht. »Es ist okay, Mutter, wirklich. Ich hab übertrieben reagiert. Michael hat auch schon gesagt, ich benehme mich wie ein Baby. Schließlich ist es ja auch gar nicht mehr richtig mein Zimmer.« Typisch für Rachel – oft, wenn sie schmollte, unterbrach sie sich plötzlich und setzte ganz unvermittelt ein strahlendes Lächeln auf. Das machte sie schon, seit sie acht oder neun war. Eine ausgesprochen liebenswürdige Angewohnheit, die Suzannes Herz jedes Mal wieder zum Schmelzen brachte. Überhaupt empfand sie es als sehr erleichternd, sich eine Weile auf Rachel und ihren Freund zu konzentrieren und den Zustand ihrer Mutter auszublenden.

»Es ist dein Zimmer, so oft du es brauchst, Rachel.«

»Ich meine, nächstes Jahr bin ich nicht mal in Amerika.« Rachel wandte sich zu Michael und strahlte ihn an.

Suzanne presste die Hände auf dem Schoß zusammen. Die Vorstellung, dass ihre Tochter in Israel leben wollte, war ihr zu gefährlich, sie wollte sich nicht näher damit befassen. »Das College will dich also immer noch nach Israel schicken, mitten in der Krise?«

»Mutter, Israel ist immer mitten in einer Krise.«

Beide zukünftigen Rabbis lachten. Suzanne nicht.

Nachdem Rachel und Michael sich verabschiedet hatten, ging Suzanne wieder nach oben. Man ließ sie noch einmal fünfzehn Minuten zu ihrer Mutter. Aber es war noch schrecklicher als zuvor, denn Beverly sank allmählich wieder in die Bewusstlosigkeit.

Schließlich nahm Suzanne ein Taxi zu der Wohnung, in der sie in den letzten zehn Jahren vielleicht fünfzigmal übernachtet hatte. Mao begrüßte sie hysterisch. Vermutlich erinnerte er sich an Suzanne und war außerdem einsam und verängstigt. Die Wohnung roch muffig. Suzanne stellte ihre Reisetasche auf dem Tisch ab und machte sich auf Erkundungstour. Sie entsorgte den Müll und nahm dann das schmutzige Geschirr in Angriff. Offenbar hatte jemand Mao gefüttert, sich aber nicht die Mühe gemacht, den Napf auszuwaschen.

Sie fütterte ihn noch einmal, streichelte ihn ausgiebig und stattete dann den beiden Nachbarinnen einen Besuch ab. »Sie müssen was mit dem Kater unternehmen«, sagte Madeline, die Nachbarin, die Mao gefüttert hatte. »Ich kann den Tierschutzverein anrufen.«

»Haben Sie es satt, ihn zu füttern?«

»Er schreit die ganze Zeit. Und er kann nicht allein in der Wohnung bleiben. Ich werde seine Scheiße nicht wegräumen, das kann ich Ihnen gleich sagen. Rufen Sie den Tierschutzverein, die kümmern sich um ihn.«

»Die bringen ihn um, meinen Sie. Ich werde ihn mitnehmen, bis meine Mutter aus dem Krankenhaus kommt.«

Madeline schüttelte den Kopf. »Ihre Mutter hatte einen Schlaganfall, meine Gute. Verstehen Sie nicht? Sie wird nie mehr so sein wie früher. Sie kann nicht mal sprechen. Sie kann nicht mehr arbeiten. Wie soll sie da ihre Miete bezahlen?«

»Ich rufe den Vermieter an. Geben Sie mir seinen Namen, erst mal zahle ich die Miete. Meine Mutter ist eine starke Frau. Mit einem guten Rehabilitationsprogramm und dem Willen, daran zu arbeiten, können Menschen sich erstaunlich gut von einem Schlaganfall erholen.«

Danach saß sie in der kleinen Wohnung ihrer Mutter und spürte ein Zentnergewicht auf ihren Schultern lasten. Es war einfach zu viel. Was würde mit Beverly geschehen? Was würde mit ihnen allen geschehen? In ein paar Minuten gestern Nacht hatte sich ihre Mutter von einer unabhängigen, berufstätigen Frau womöglich in eine Invalidin verwandelt. In einen Pflegefall, für den sie die Verantwortung übernehmen musste? Oder würde sie sich doch wieder erholen? Suzanne überkamen bereits Schuldgefühle, wenn sie sich nur diese Fragen stellte, aber wie sie so im Stuhl ihrer Mutter saß – neben sich ein Buch über die britischen Bergarbeiter, offen an der Stelle, wo ihre Mutter zu lesen aufgehört hatte, Mao auf dem Schoß, der seine Krallen in ihren Ärmel grub, als könnte auch sie plötzlich verschwinden –, konnte sie die Gedanken einfach nicht abschalten. Ihre Angst und all die damit verbundenen Fragen waren stärker. Wenn Beverly Pflege brauchte, war außer ihr niemand da, der sie ihr bieten konnte. Karla lebte von ihrer kleinen Lehrerinnenpension, zusammen mit ihrer Adoptivtochter Rosella und deren Familie.

Suzanne holte ihr Laptop aus ihrer Aktentasche, stellte es auf den Couchtisch, ging ins Internet und sah sich die verschiedenen Websites über Schlaganfälle durch. Bis weit nach Mitternacht saß sie da und las alles, was sie finden konnte, wurde immer deprimierter und verängstigter. Sie konnte nicht glauben, dass Beverly so etwas passiert war, so plötzlich, so ungerecht – obgleich sie sich sofort selbst schalt, als sie das dachte. Welche Krankheit war schon gerecht? Welche Katastrophe verdient?

Hätte sie doch mehr Kraft gehabt, Michael näher auszuhorchen. Offensichtlich interessierte sich Rachel mehr für ihn als für irgendeinen ihrer bisherigen Freunde. Rachel war nicht so gewandt und verführerisch mit Männern wie Elena – genau genommen hatte Rachel überhaupt kein Talent für Verführungskünste. Sie war schon früher verliebt gewesen, aber immer ernster als der entsprechende Knabe. Allerdings hatte sie sich stets sehr schnell von diesen kleinen Romanzen erholt, denn ihr Blick war fest auf ihre akademische Laufbahn gerichtet. Mehrere Jahre lang hatte sie leidenschaftlich Tennis gespielt und an mehreren lokalen Wettkämpfen teilgenommen. Seit der neunten Klasse war sie aktiv in verschiedenen Umweltorganisationen gewesen. Was sie auch tat, sie tat es von ganzem Herzen, und jetzt schien sie sich ernsthaft auf eine Beziehung eingelassen zu haben.

Über Rachel nachzudenken verschaffte ihr eine kleine Verschnaufpause von der Recherche über Schlaganfälle, aber sie konnte sich nicht lange auf ihre jüngere Tochter konzentrieren. Immer wieder überkam sie das Gefühl, dass auch auf sie eine Mauer herabgestürzt war, nicht nur auf Beverly. Sie hatte keine Ahnung, wie sie weitermachen sollte, aber das Gefühl eines totalen Kontrollverlusts und einer absoluten Hilflosigkeit war unerträglich. Als Erstes würde sie mit Dr. Weinstein ein ernstes Gespräch über den Zustand ihrer Mutter und die Behandlungsmöglichkeiten führen. Sie musste den Ärzten und Schwestern begreiflich machen, dass sie aktiv überwachte, was mit Beverly passierte. Bestimmt konnte es nicht schaden, wenn sie durchblicken ließ, dass sie Anwältin war. Wenn sie mit einem Juristen zu tun hatten, wurden Ärzte im Allgemeinen wundersam gewissenhaft. Irgendwie tat ihr dieser Gedanke gut: Sie würde ihrer Mutter zeigen, wie nützlich sie sein konnte. Sie würde den medizinischen Jargon meistern. Heute Abend im Internet hatte sie schon eine Menge Vokabular aufgeschnappt. Morgen würde sie die Sache in Angriff nehmen. Was immer Beverly an Therapie und medizinischen Eingriffen brauchte, musste ihr zur Verfügung stehen, das würde Suzanne ein für allemal klarstellen.

Suzanne saß ganz hinten im Flugzeug, den Kater ihrer Mutter leise jammernd in seinem Tragekorb unter ihrem Sitz. Gelegentlich stieß er einen lauten Verzweiflungsschrei aus, um seinem Gejammer Nachdruck zu verleihen. Es war Sonntagabend, und Suzanne befand sich am Rand der Erschöpfung. Es fühlte sich falsch an, Beverly in einem Krankenhaus allein zu lassen, wo man nach Suzannes Ansicht ganz und gar nicht sicher sein konnte, dass sie die Art Aufmerksamkeit bekam, die sie benötigte. Aber in Beverlys Zustand war die Klinik wohl die einzige Möglichkeit.

Es gab ausgeklügelte Anweisungen, wie man eine neue Katze in einen Haushalt eingewöhnte, in dem bereits Katzen lebten, aber all diese Regeln verlangten wesentlich mehr Zeit und Energie, als Suzanne zur Verfügung standen. Sie schleppte den Tragekorb in die Küche und öffnete ihn. Mao flitzte heraus, fauchte seine Umgebung an und rannte aus dem Zimmer, ehe Suzanne ihn füttern konnte. Sie jagte ihm nach, hatte aber keine Ahnung, wohin er geflüchtet war. »Elena!«, rief sie. Die Hälfte der Lampen in der Wohnung brannten, im Fernsehen liefen Musikvideos, aber Elena war nirgends zu sehen. Wie konnte sie aus dem Haus gehen und den Fernseher eingeschaltet lassen? Suzanne versuchte, einigermaßen die Fassung wiederzugewinnen. Es war ein schlimmes Wochenende gewesen und es sah ganz danach aus, als würde es überhaupt ein schlechtes Jahr werden. Kein Grund, das an Elena auszulassen. Erschöpft ließ sie sich auf die Couch sinken. Das Bild von Beverly im Krankenhausbett, mit all den Schläuchen, ihr Gesicht verzerrt, unfähig zu sprechen, verfolgte sie. Eine dicke Träne rollte aus ihren Augen. Sie rieb sich die Augen und schniefte. Es hatte keinen Sinn zu weinen.

Alles war so schnell gegangen, aus heiterem Himmel war das Unheil über sie hereingebrochen. Sie stellte den Computer an. Siebenundneunzig Nachrichten warteten auf sie, viele von ihren juristischen und feministischen Diskussionsforen, aber auch einige persönliche. Die wollte sie lesen. Jake hatte zwei Botschaften geschickt.

> Hoffentlich hast du das Wochenende ebenso genossen wie ich. Dich endlich zu treffen war wundervoll. Wie ich dir schon angedeutet habe, als du mich netterweise zum Flughafen gefahren hast, sind meine Besprechungen gut gelaufen. Ich werde meine Notizen mit meinem Stab und meinen Chefs durchgehen. Eigentlich müssten wir bald zu einer Entscheidung in Sachen New England kommen. Ich hoffe, sie wird positiv ausfallen. Ich hatte jedenfalls ein sehr gutes Gefühl, was unsere gemeinsame Zeit betrifft.

Heute Morgen war die zweite Nachricht gekommen:

> Ich habe nichts von dir gehört. Hoffentlich bist du einfach nur damit beschäftigt, die Zeit aufzuholen,

die du meinetwegen am Wochenende verloren hast, und es bedeutet nicht, dass du unser Treffen bereust. Mach deine Gefühle nicht im Nachhinein schlecht – was passiert ist, war gut!

Auf einmal fühlte sich Jake weit weg an, unwichtig. Sie hatte keine Kraft übrig. Ihre Gefühle im Nachhinein schlecht machen. Vermutlich wäre er gekränkt, wenn er wüsste, dass sie ihr gemeinsames Wochenende vor lauter Sorge um Beverly beinahe vergessen hatte. Suzanne seufzte tief, aber es fiel ihr nichts zu schreiben ein. Schließlich stand sie auf und ging nach oben, um nach Marta zu sehen. Sie fand Jim und Elena am Küchentisch, wo sie gerade ihr Dessert verputzten, während Marta aufräumte. »Möchtest du was essen, Suzanne? Es ist noch Hühnchen Cacciatore da. Jim hat reichlich gekocht.«

Suzanne überlegte. »Ich glaube, ich bin tatsächlich hungrig. Seit drei Tagen ernähre ich mich von Krankenhaus-Sandwiches. Doch, ich möchte Jims Hühnchen schrecklich gern probieren.«

Elena stand auf. »Danke für das Essen.«

»He«, warf Jim ein. »Ich war mitten in meiner Geschichte über die Laborratten.«

»Später. Ich erinnere dich daran.«

»Elena, in unserer Wohnung ist eine schwarze Katze. Erinnerst du dich an den Kater deiner Großmutter?«

»Der Parteivorsitzende Mao? Was macht der denn hier?«

Mit kurzen Worten erläuterte Suzanne die Lage. »Lass ihn nicht raus. Vielleicht solltest du ihm auch ein bisschen Futter hinstellen.«

Nachdem Elena gegangen war, meinte Suzanne: »Ich hoffe, sie hat sich nicht selbst zum Essen eingeladen. So wie ich gerade.«

Jim runzelte die Stirn. »Sie ist kein wütender Teenager mehr, sie ist ein erwachsener Mensch.«

»Bleibst du eine Weile hier?«, erkundigte sich Marta. »Ich bin nicht ganz auf dem Laufenden bei deinem Fall mit der sexuellen Belästigung. Wenn die Möglichkeit besteht, dass ich übernehmen muss, sollte ich mich lieber darum kümmern.«

»Ich denke, ich kann meine Besuche aufs Wochenende beschränken, es sei denn, es kommt zu einer weiteren Verschlechterung. Ich hab die Miete für ihre Wohnung bezahlt, den Kühlschrank sauber gemacht und ihr die Sachen gebracht, die sie im Krankenhaus braucht … Was aus ihr werden soll, weiß ich allerdings überhaupt nicht, Marta. Am einen Tag ist man gesund und verdient sein Geld und lebt sein Leben, und am nächsten liegt man im Krankenhaus, an tausend Schläuche angeschlossen, kann nicht mehr laufen, nicht mehr reden, nicht mehr stehen und nicht mal mehr aufs Klo gehen. Für mich gibt es kaum etwas Beängstigenderes.«

»Wie ist dein Blutdruck?«, fragte Jim.

»Momentan wahrscheinlich völlig aus dem Gleichgewicht. Das ist einer der Gründe, warum ich so leidenschaftlich Sport treibe. Auf die Weise kriege ich den Blutdruck runter.«

»Ich sollte mir einen von diesen Handmessgeräten besorgen und anfangen, meinen regelmäßig zu messen«, meinte Jim. »Mein Vater ist mit zweiundsechzig an einem Herzinfarkt gestorben.«

»Ich weiß nicht, woran mein Vater gestorben ist. Die Witwe hat es mir nie verraten.«

»Solltest du das nicht wissen?«, fragte Marta, die auf der anderen Seite des Tischs saß und ihren koffeinfreien Kaffee nippte, während Suzanne aß. »Suzanne, nur weil du deinen Vater nie gesehen hast, heißt das nicht, dass seine Gene keinen Einfluss auf dich haben. Du bist keine Jungfrauengeburt, auch wenn du sicherlich oft den Eindruck hattest.«

»Ich hab nicht mal die Adresse der Witwe … Sie hat den Kontakt nicht gerade forciert. Das Hähnchen ist übrigens toll.« Sie lächelte Jim an, der ein zufriedenes Gesicht machte. In den letzten Jahren hatte er angefangen zu kochen und war inzwischen unangefochten der beste Koch im Haus.

»Suzanne, Jim und ich haben uns unterhalten. Elena braucht einen Job, und Jim braucht eine Vorzimmerdame. Wie findest du das?«

»Elena ist nicht die zuverlässigste Zeitgenossin, wisst ihr«, erwiderte Suzanne langsam. »Es würde mich freuen, wenn sie wieder arbeitet, aber habt ihr zwei euch das auch gut überlegt?«

Jim winkte ab. »Du siehst sie viel zu negativ. Außerdem ist der Job auch nicht so anspruchsvoll. Nur drei Tage die Woche. Womöglich gefällt es ihr sogar. Ich hab im Gegensatz zu euch beiden keine bewegte Vergangenheit mit ihr, deshalb kann sie bei mir mehr sie selbst sein.«

»Habt ihr sie schon gefragt?«

»Selbstverständlich«, antwortete Jim. »Warum nicht? Sie ist erwachsen, und es wäre auf alle Fälle eine ruhigere Umgebung als das Restaurant. Ich erwarte nicht, dass etwas Langfristiges daraus wird, aber meine Praxis bricht zusammen, seit meine Assistentin einen Vollzeitjob hat.«

»Wie findest du die Idee?«, wandte sich Suzanne an Marta.

»Ich finde, ein Versuch lohnt sich. Jim hat sich ständig beklagt, dass er mit den Rechnungen nicht nachkommt, dass seine Akten unvollständig sind, dass er Termine doppelt belegt …«

Jetzt begriff Suzanne. Wenn Jim sich beklagte, fühlte sich Marta verpflichtet, seine Probleme zu lösen. Wahrscheinlich stammte die Idee, Elena einzustellen, sogar ursprünglich von ihr: Seit Marta Elena vor Gericht verteidigt hatte, fühlte sie sich noch immer ein wenig verantwortlich für sie. Allerdings war Elena alles andere als dankbar dafür, genau genommen schätzte sie es genauso wenig wie das, was sie als ständige Einmischung von Suzannes Seite empfand.

Als sie nach unten kam, lokalisierte sie Mao sofort an seinem lauten Fauchen – es klang wie eine ganze Schlangengrube – und einem harten Jaulen, das sie von ihrem sanften Sherlock nie erwartet hätte, obwohl sie ihn mit Buckel und gesträubtem Fell leibhaftig vor sich sah. Tamar hatte sich auf der Anrichte in Sicherheit gebracht, aber auch ihr Fell sträubte sich mächtig in dem Versuch, noch größer auszusehen, als sie ohnehin schon war. Beide waren größer als Mao, aber er hielt sich wacker. Offensichtlich war die Konfrontation wegen einem Napf Katzenfutter ausgebrochen, den Elena in der Küche auf den Fußboden gestellt hatte. Zu gern hätte Suzanne den Katzen erklärt, dass Mao ein Gast sei und Unterstützung brauche, keine Anfeindungen. Sie nahm Sherlock hoch, der grässliche Verwünschungen ausstieß, sich aber in ihr Schlafzimmer tragen ließ. Sie schloss die Tür, streichelte und beruhigte ihn. Dann packte sie ihre Tasche aus und überlegte, welche überfällige Arbeit sie als erste angehen sollte. Es versprach eine lange Nacht zu werden. Jake musste bis morgen auf seine Antwort warten. Momentan war er hauptsächlich eine weitere Anforderung auf einer immer länger werdenden Liste. Als sie sich sein Gesicht vorzustellen versuchte, sah sie nur Beverly, verzerrt und verzweifelt.

Elena lag auf dem Sofa, Mao auf dem Schoß. »Wie's aussieht, hab ich einen Job.«

»In Jims Praxis?«, fragte Suzanne vorsichtig.

»Die Bezahlung ist nicht gerade überragend, aber es ist auch nicht gerade der intellektuell superanspruchsvolle Job.«

»Elena, wenn man für Freunde arbeitet, heißt das nicht, dass man nicht hart arbeiten, pünktlich erscheinen und so weiter muss. Weil sie Freunde sind, kann man nicht einfach rausmarschieren.«

»Hältst du mich denn für völlig verblödet? Ich hatte schon alle möglichen Jobs, es ist kein Problem für mich, für Jim zu arbeiten und mit seiner kleinen Praxis zurechtzukommen.«

»Aber in einer psychologischen Praxis zu sitzen und Termine abzusprechen ist nicht so abwechslungsreich wie die Arbeit in einem Restaurant. Vielleicht war der Restaurantbesitzer ein Unterdrücker, aber die Umgebung hat dir gefallen. Du hast mir doch gesagt, du fandest es toll, noch spätabends mit der Küchenmannschaft und den anderen Kellnerinnen in den Bars rumzuhängen.«

»Ja, aber von der Szene hab ich genug. Das ist nichts Wichtiges, nur oberflächliches Blabla. Eine Kellnerin sagt zum Beispiel: ›Sieh doch bloß, wer da gerade reingekommen ist! Der zweite Sportreporter von Chanel Four, ist das nicht toll.‹ Davon hab ich echt die Nase voll …« Träge kraulte Elena Mao unter dem Kinn, und er schmiegte sich an sie, auf ihrem Schoß in Sicherheit vor den großen rot getigerten Monstern, zu denen Suzannes Schmusetiere mutiert waren. »Mutter, du bist doch diejenige, die mir seit Jahren erzählt, ich soll an meine Zukunft denken. Werde dir klar darüber, was du tun möchtest. Und so weiter und so fort.«

»Aber du sehnst dich doch bestimmt nicht danach, Sekretärin zu werden.«

»Ich möchte sehen, was ein Therapeut so arbeitet. Du machst immer Witze über Psychologen, aber wenn es einem Menschen schlecht geht, sucht er genau dort Hilfe. Erinnerst du dich noch daran, wie wichtig es für dich war, dass ich Monat um Monat zur Therapie gehe?« Es kam extrem selten vor, dass Elena auf das anspielte, was vor zwölf Jahren passiert war. »Außerdem hab ich ein paar Psychologiekurse hinter mir.«

Im Lauf ihrer mehrfach abgebrochenen Collegeausbildung hatte Elena Kurse in nahezu jedem Fach belegt. »Glaubst du wirklich, Psychotherapie könnte dich interessieren? Du könntest wieder auf die Uni gehen.«

»Wie soll ich da rauskriegen, wie es wirklich ist? Ich muss einen Therapeuten bei der Arbeit sehen. Dann kann ich entscheiden, ob es mir gefällt.«

Suzanne nahm sich vor, Jim zu bitten, nicht ihr die Schuld zu geben, wenn es nicht klappte, und ihn auffordern, die Sache unverzüglich abzubrechen, wenn Elena ihm ins Gehege kam. Aber es schien wirklich besser als die Situation im Restaurant. Aus ihren vorakademischen Jahren im Juristenkollektiv wusste sie, wie viel Kokain, Speed und Heroin durch eine Restaurantküche geschleust wurde. Es war besser, wenn Elena da nicht drinsteckte. Sie war immer in Gefahr. Zwar war sie ziemlich sicher, dass Elena nichts mehr mit Drogen zu tun hatte, seit sie fünfzehn war, aber man konnte nie sicher sein. Nie. Wahrscheinlich wollte sie es nur glauben.

Ich komme mir vor wie eine schlechte Mutter. Ich denke, im Großen und Ganzen war ich im besten Fall annehmbar – ungefähr wie Beverly, meine eigene Mutter.

Außerdem habe ich ein schlechtes Gewissen, weil eine meiner ersten – natürlich unausgesprochenen – Reaktionen auf den Schlaganfall meiner Mutter ist, dass ich mir Sorgen mache, welchen Einfluss er auf mein Leben haben wird. Was wird mit ihr geschehen? Wie viel wird es kosten? Wird sie jemals wieder in ihre Wohnung zurück können?

Ich weiß, ich habe mich dir als systematisch, kompetent, rational und selbstbeherrscht präsentiert. Meistens denke ich selbst, dass ich so bin. Aber manchmal schaue ich mir mein Leben an und habe das Gefühl, dass genau das Gegenteil zutrifft, dass alles außer Jura eine Serie von übertriebenen Reaktionen und unglaublichen Schnitzern ist.

Genau wie meine Mutter wurde ich mit zweiundzwanzig schwanger. Ich hatte gerade mit dem Jurastudium begonnen. Immerhin war ich so schlau, dass ich die Uni nicht hingeschmissen, sondern weitergemacht habe. Außerdem war ich so schlau, Elenas Vater nicht zu heiraten, obwohl ich gestehen muss, dass er mich auch nicht darum gebeten hat.

Victor war fünf Jahre älter als Suzanne und ungeheuer attraktiv gewesen. Als sie merkte, dass er ihr seine Aufmerksamkeit schenkte, konnte sie es anfangs gar nicht glauben. Sie hatte ihn in der Rechtsberatungsstelle getroffen, die ihre Fakultät unterhielt und wo sie als Studienanfängerin in einem Programm mitarbeitete. Er war in Gefahr, ausgewiesen zu werden. Sie erinnerte sich noch immer an den Augenblick, als er sich umgedreht und ihr plötzlich direkt in die Augen gestarrt hatte – ein Gefühl, als versinke sie im Boden. Seine Augen waren groß von einem strahlenden Dunkelbraun: Elenas Augen. Allerlei Gerüchte umschwirrten Victor, was immer so geblieben war, denn er sah aus, als müsste er eigentlich ein Held sein. Vielleicht war er tatsächlich ein Held. Darüber hinaus war er ein guter Lügner, aber das konnte ja angebracht sein bei einem Helden, wenn er sich in Gefahr befand. Suzanne hatte ihn nie verstanden. Sie hatte ihn nur erlebt.

Im Grund wusste sie, dass sie sich nicht auf ihn einlassen sollte, aber sie konnte ihm nicht widerstehen. Sein Verlangen überwältigte sie einfach, und von nun an verzehrte sie sich nach ihn. Bis heute konnte sie sich nicht vorstellen, warum er ausgerechnet sie von all den Frauen auserwählt hatte, die mit ihm flirteten; übrigens flirteten sie munter weiter mit ihm, auch als sie schon zusammen waren, selbst wenn sie dabei war. Aber in ihr fand er genau das, was er suchte. Sie war keine Jungfrau mehr, aber sie hätte gut eine sein können, denn wenn er sie berührte, ging sie in Flammen auf. Sie war verrückt nach ihm. Sie betete ihn an, obwohl ein Teil von ihr ihn wachsamer beobachtete, als ihm wahrscheinlich je klar wurde.

Beispielsweise war sie nicht zu töricht, um zu bemerken, dass er kein Bauer war, der zur Waffe gegriffen hatte, wie die Gerüchte behaupteten. Er stammte aus wohlhabenden Verhältnissen. Er war in Privatschulen im Ausland erzogen worden, wie es in seiner Familie üblich war. Ja, er war ein Radikaler geworden, ja, er hatte gegen die Regierung gekämpft. Sie zweifelte nicht daran, dass er sich in Gefahr gebracht hatte. Aber er litt nie unter Geldmangel. Was ihm fehlte, war Behaglichkeit. Fast sofort hatte er beschlossen, zu Suzanne zu ziehen, und er erwartete, dass sie für ihn sorgte. Trotz ihrer feministischen Einstellung war sie bereit, ihn zu bedienen. Er war ein Halbgott. Seine Haut war wie Seide. Er hatte die Augen eines stolzen Raubvogels und die Haltung eines Siegers. Sie kapitulierte, sie brach zusammen. Morgens brachte sie ihm seinen Kaffee mit gesüßter warmer Milch, während er im Bett thronte. Sie hob seine Klamotten auf, wo er sie hingeworfen hatte und wusch seine Wäsche. Sie kochte nur Gerichte, die ihm schmeckten oder kaufte Fertigmahlzeiten. Zuerst überraschte es ihn, wie arm sie war, und dass er ihr Geld geben musste, wenn er seinen gewohnten Luxus wie Zigarren, Wein und Kuchen haben wollte. Das sah sie alles ganz klar, und mit wehmütig verzogenem Gesicht sah sie gleichzeitig, wie sie in seiner Gegenwart dahinschmolz und ihm jeden Wunsch von den Augen ablas. So ging es weiter, bis sie ihm vierten Monat war.

Ich habe Sam geheiratet, weil ich Elena hatte und mich damit überfordert fühlte, sie allein großzuziehen. Ich bekam Rachel, weil ich das Gefühl hatte, ich müsste Sam auch ein Baby schenken, denn ich hatte den Eindruck, dass er gern eins haben wollte. Wegen den beiden Mädchen blieb ich noch lange bei Sam, nachdem zwischen uns nichts mehr war außer Streitereien. Ein tolles Leben.

Ich hatte ein schlechtes Gewissen, weil ich gern allein lebte. Zum ersten Mal, seit ich denken konnte, herrschte Ruhe im Zentrum meines Lebens. Letztlich glaube ich, dass ich eine Versagerin bin, wenn es um menschliche Beziehungen geht, außer vielleicht bei Freundschaften. Ich war eine lächerliche Liebhaberin, eine bestenfalls mittelmäßige Ehefrau, als Mutter und als Tochter ein Fehlschlag. Mit Katzen und Freunden komme ich gut zurecht. Wahrscheinlich hätte ich einen Kater heiraten sollen.

Sie hatte ein schlechtes Gewissen, das war das einzige, dessen sie sich absolut sicher war: Sie fühlte sich schuldig wegen Elena, sie fühlte sich schuldig, weil sie mit Jake wie eine Zwanzigjährige bei der ersten Begegnung ins Bett gehüpft war. Eigentlich fühlte sie sich deshalb gar nicht besonders schuldig, sie dachte nur, sie müsste es. Sie lächelte ihren Computerbildschirm an. Insgeheim war sie ziemlich stolz auf ihr Abenteuer. Der einzige Mensch, der etwas davon wusste, war Marta. Schließlich müssen es die meisten Leute irgendjemandem verraten, wenn sie mit einem neuen Liebhaber im Bett waren. Dieser Jemand war für sie Marta. Nur kleinen Mädchen und Teenagern gestand man beste Freundinnen zu, aber vielleicht durften allein stehende Frauen ja auch welche haben. Es störte sie, dass Jim und Elena oben gewesen waren, denn sie hätte sich am liebsten zu Marta gesetzt und ihr in allen Einzelheiten von Beverly erzählt, ihr gestanden, wie viel Angst sie hatte, wie verwirrt sie war, und dass sie nicht wusste, was sie als nächstes tun sollte. Aber da sie es Marta nicht erzählen konnte, erzählte sie es schließlich doch Jake, ihrem Vertrauten spät in der Nacht und früh am Morgen.

9

Beverly

Beverly sprach mit einer Arbeiterin an einer Maschine der Jeansfabrik in South Carolina. Sämtliche Maschinen liefen auf Hochtouren, die Luft war voller Staub, und der Chef machte ihr die Hölle heiß. Sie musste verschwinden. Sie würde sich draußen mit den Frauen treffen. Aber sie konnte sich nicht bewegen. Ihre Beine gehorchten ihr nicht. Die von den Bossen angeheuerten Schläger verfolgten sie mit ihren Gummiknüppeln und Schraubenschlüsseln, aber sie kam nicht vom Fleck. Ihre Beine waren zu schwer. Sie stürzte.

Dann war sie am Strand; sie lag auf einer Decke mit Ralph Caputo. Mit sinnlich kreisenden Bewegungen rieb er ihr den Rücken mit Sonnenöl ein. Jetzt legte er ihr etwas Nasses auf den Rücken. Vielleicht war sie im Wasser. Das Wasser war warm wie in einer Badewanne, aber es lief über ihren Körper und wurde kalt. »Bitte, Mrs. Blume, tue ich Ihnen weh?« Warum nannte Ralph sie plötzlich Mrs. Blume?

Als der Schmerz in ihrem Kopf nachließ, lichtete sich langsam der Nebel. Beverly blieb jetzt längere Zeit am Stück bei Bewusstsein. Sie begriff, dass sie im Krankenhaus war, und allmählich kam auch die Erinnerung an den Schlaganfall zurück. Suzanne war da gewesen, Rachel und Elena. Das glaubte sie jedenfalls, aber sie war sich nicht ganz sicher. Ihre Träume waren so lebhaft, dass es schwer war zu unterscheiden, was passiert war und was sie sich nur eingebildet hatte, wenn sie wieder in diesen Dämmerzustand versank. Sie hing am Tropf, aber wenigstens hatte man diesen ekelhaften Schlauch aus ihrem Mund und ihrem Hals genommen. Manchmal lag sie eine ganze Zeit nur da und weinte – weinte auf der intakten Seite. Die linke Seite blieb loyal, aber die rechte hatte sie im Stich gelassen. Endlich schaffte sie es, der Schwester mit der buschigen Dauerwelle begreiflich zu machen, dass sie ihre Handtasche wollte. In dem Spiegel, den sie darin aufbewahrte, konnte sie sich anschauen. Ihr Gesicht war schlaff, wie sie es sich gedacht, aber nicht ganz so schlimm, wie sie es befürchtet hatte.

Hören und sehen konnte sie einwandfrei. Der Arzt,

der die gleichen Fragen fünfmal hintereinander stellte, wollte dauernd wissen, ob sie manche Punkte in ihrem Gesichtsfeld verschwommen wahrnahm. Nein, nein, nein, schüttelte sie den Kopf. Rechts fiel ihr der Kopf oft in den Nacken. Dann kam sie sich vor wie eine schlaffe Lumpenpuppe. Wenn sie doch bloß beidhändig gewesen wäre wie ihre Freundin Nell. Die hatte sich bei einer Vietnamdemonstration den rechten Arm gebrochen, aber da schrieb sie eben links. Tja, sie musste mit der linken Hand wenigstens Druckbuchstaben lernen.

In ihrem Innern war sie unversehrt. Sie konnte denken, sie konnte verstehen, was die herablassenden Krankenschwestern zu ihr sagten, die mit ihr sprachen, als wäre sie ein schwachsinniges Kind von etwa vier Jahren. Am liebsten hätte sie vor Wut laut geschrien. Einmal versuchte sie es, aber aus ihrem Mund kam nur ein seltsames unvollständiges Stöhnen. Außerdem fing sie dabei vor Anstrengung an zu sabbern. Sie biss die Lippen zusammen. Sabbern würde sie nicht, auf keinen Fall. Aber sie würde sich verständlich machen, irgendwie. Sie war immer noch sie selbst, auch wenn sie jetzt in einem Körper steckte, der ihr nicht mehr gehorchte. Sie hatte die Spaltung von Geist und Körper der Christen und Platoniker nie akzeptiert. Doch jetzt war ihr Körper in einen Sitzstreik gegen ihren Geist getreten.

Dieser Typ, Ralph Caputo, war zusammengeschlagen worden, als er die Frauen in einem Ausbeuterbetrieb in Brooklyn organisierte. Den Schädel hatten sie ihm eingeschlagen. Danach war er gelähmt und konnte nicht mehr richtig reden. Deshalb war er ihr eingefallen, denn jetzt war sie in der gleichen Lage wie er, kaputt, nutzlos. Stück für Stück würden ihre Freunde sie vergessen. Alle würden sagen, die arme Beverly; man würde sie vermissen, aber nicht lange. Kein Mensch wurde lang vermisst.

Ein neuer Mensch füllte die Lücke. Wie oft hatte sie beispielsweise in den letzten zwanzig Jahren an Ralph Caputo gedacht? In Erinnerung an die gute alte Zeit, die sie zusammen im Bett und auf der Wiese verbracht hatten, war sie ein paar Mal bei ihm gewesen, aber dann hatte sie ihn vergessen – bis jetzt, wo sie geworden war wie er.

Wie einen nassen Sack hievte man sie auf eine Bahre, transportierte sie zu einer Maschine und stopfte sie hinein. Sie überkam ein Gefühl, als sollte sie bei lebendigem Leib gebraten werden. Niemand erklärte ihr, wozu das gut sein sollte. Man behandelte sie, als wäre sie nicht bei Bewusstsein, kein lebendiges Wesen, das alles mitbekam. So lag sie in der Maschine und wollte wieder schreien, denn die Platzangst machte sie panisch. Als man sie herausließ, hatte sie sich schon fast damit abgefunden, dass man sie in einem dieser Schubfächer im Leichenschauhaus verstaut hatte, nur machte die Maschine hier komische Geräusche. Beverlys Ohren funktionierten wunderbar.

Drei Ärzte kamen herein und plauderten mit der Krankenschwester, standen um Beverlys Bett herum und diskutierten über sie. Sie sprachen über sie wie ein Tierarzt über einen verletzten Hund, ohne den leisesten Gedanken daran, dass sie vielleicht mithören könnte. Sie hätte sich nicht gewundert, wenn einer von ihnen vorgeschlagen hätte, dass man sie doch lieber einschläfern sollte. Was ja vielleicht gar keine schlechte Idee gewesen wäre. Wenn das Leben so weiterging, war ihr der Tod lieber. Natürlich war das alles eine Fantasievorstellung. Man würde sie eher mit Schläuchen voll stopfen und die nächsten zehn Jahre irgendwelche Tests mit ihr machen. Keiner würde plötzlich zu ihr sagen: Okay, Lady, sollen wir lieber Schluss machen? Jawohl, Sir Mister Doktor, aber gern!

Plötzlich erschien Rachel, das hellbraune Haar vom Wind zerzaust. »*Bubeleh*, kannst du mich verstehen? Ich bin's, Rachel, deine Enkeltochter.«

Beverly nickte heftig. Endlich sprach jemand mit ihr und nicht über sie.

»Aber du kannst noch nicht wieder sprechen? Ich war letzte Woche hier, erinnerst du dich?«

Wieder nickte Beverly. Irgendwie erinnerte sie sich daran. Sie machte mit der linken Hand eine Bewegung, die Sprechen andeuten sollte, und zeigte dann auf sich selbst. Rachel verstand sofort. »Tja, ich bin hier mit Michael, meinem Freund, aber sie lassen ihn nicht zu dir rein.«

Ein Freund? Wenn er mit ihr in die Klinik kam, musste er echt interessiert sein. Wenn ein Knabe sich nur so zum Spaß mal mit einem Mädchen verabredete, war er garantiert nicht bereit, sie nach New York zu begleiten und in einem Krankenhaus rumzuhängen, nur weil man da grade ihre Großmutter deponiert hatte. Sie machte eine Handbewegung, als wollte sie etwas aus Rachel herausziehen.

»Oh, du willst was über Michael wissen. Er ist wunderbar. Wir wollen heiraten, aber das ist ein Geheimnis, ich hab Mutter noch nichts davon erzählt. Ich weiß, sie würde nur ewig darüber lamentieren, dass ich ihn doch noch gar nicht lange genug kenne. Wir haben so viel gemeinsam, Grandma. Allerdings haben wir noch nicht entschieden, wann wir heiraten – vor oder nach unserem Jahr in Israel.«

Beverly deutete auf den Spiegel und machte wieder die ziehende Geste.

»Wie er aussieht? Er ist groß und dünn und sehr ernst. Er hat wunderschöne dunkelbraune Augen. Seine Familie ist ziemlich konservativ, beinahe orthodox eingestellt. Sein Großvater war Rabbi in Deutschland, bevor seine Familie in den dreißiger Jahren fliehen musste, aber sein Vater ist im Textilgeschäft. Er möchte auch immer noch, dass Michael in seine Fußstapfen tritt.«

Beverly schnaubte. Nachdem sie fast ihr ganzes Leben damit verbracht hatte, die Textilarbeiter zu organisieren, hatte sie keine sehr hohe Meinung von den dortigen Bossen, die von den billigen Arbeitskräften im In- und Ausland profitierten. Immer saßen irgendwo irgendwelche Frauen in einem halb dunklen, staubigen Raum und nähten Jeans oder Kleider, Stunde um Stunde, Jahr um Jahr, für ein paar Cents, während solche Männer den Profit einstrichen. Da war es immer noch besser, wenn Rachels Freund Rabbi wurde.

Gerade als es interessant zu werden versprach, kam die Schwester hereingeschneit und warf Rachel hinaus. Beverly brannte darauf zu erfahren, woher Michael stammte, ob sie miteinander schliefen, einfach alles. Rachel fuhr zurück nach Philadelphia, Suzanne erschien, die Untersuchungen gingen weiter. Sie piekten und betasteten jeden Teil von Beverlys Körper. Sie zapften ihr so viel Blut ab, dass sie bald keins mehr haben würde. »Ihr Blutdruck ist immer noch viel zu hoch, Mrs. Blume.« Was war denn in diesen jungen Arzt gefahren? Er sprach sie tatsächlich direkt an! Wahrscheinlich war er noch nicht ordentlich abgerichtet. Er hatte noch nicht verstanden, dass sie eine Lumpenpuppe war. Sie strahlte ihn an, so gut sie konnte, und nickte heftig.

Endlich nahm jemand den Tropf weg. Irgendein Therapeut kam, um ihr das Essen beizubringen, als hätte sie nicht ihr Leben lang gegessen. Als sie eine halbe Stunde daran gearbeitet hatten, war sie allerdings bereit zuzugeben, dass sie wieder ganz von vorn anfangen musste. Mit der linken Hand konnte sie nicht richtig mit dem

Messer umgehen, außerdem hatte das Essen die Neigung, irgendwo auf ihr zu landen, statt in ihrem Mund. Als wäre sie ein Jahr alt, ein Kleinkind. Sie konnte nicht sprechen, nicht laufen, sie lernte gerade erst, allein zu essen. Das Essen sammelte sich immer auf ihrer tauben Seite, und oft konnte sie nicht beurteilen, ob etwas in ihrer gefühllosen Backe steckte, ob gleich ein Stück Nahrung herunterrutschen würde und sie zu ersticken drohte. Sie bekam nur flüssige und ganz weiche Nahrung, wie Götterspeise und Cremesuppe, aber sie stellte sich vor, Brathähnchen zu essen. Oder ein Steak. Obwohl sie doch früher gar kein großer Fan von Kartoffeln und Fleisch gewesen war.

Suzanne erschien wieder, redete, machte sich Sorgen, veranstaltete einen Mordswirbel. Verschwand wieder. Die Schwestern verabreichten Beverly Pillen, Spritzen, schleppten sie zu weiteren Untersuchungen. Bei dem Therapeuten, der ihr das Essen beibrachte, musste sie versuchen aufzustehen. Sofort kippte sie um wie ein Spielzeugpferd. Bums. Man fing sie auf, aber sie stieß sich ihren guten Arm an. Sie freute sich nicht, wenn man sie mal wieder aus dem Zimmer holte, nicht mehr auf der Bahre, sondern in einem Rollstuhl. Sie hasste es, den anderen Schlaganfallpatienten zu begegnen, die aufs Röntgen, auf die Computertomografie, auf irgendwelche sonstigen Untersuchungen warteten. Beverly wusste, dass sie genauso schlecht aussah wie ihre Leidensgenossen, und am liebsten hätte sie geweint und den Kopf gegen die Wand geschlagen. Einer wie der andere waren sie hilflos, wurden respektlos durch die Gegend transportiert und malträtiert.

Dann lag sie wieder im Bett, zu müde, um auch nur die Hand zu heben. Die linke Hand natürlich. Wenn sie die Kraft hatte, darüber nachzudenken, was aus ihr werden sollte, überfiel sie eine schreckliche Angst. Wie sollte sie ihre Arbeit machen, wenn sie nicht sprechen konnte? Wie sollte sie sich auch nur etwas zu essen kaufen? Was konnten ihre Freunde noch mit ihr anfangen? Was sollte aus ihrer politischen Arbeit werden?

Warum ich? Warum ich? Sie weinte und ärgerte sich dabei über sich selbst. Jetzt klang sie schon wie eine von denen, die verlangten, dass die Welt für sie persönlich einen Sinn ergab. Wenn etwas passierte, musste es Teil des göttlichen Plans sein. Unfälle, Katastrophen, alles hatte etwas zu bedeuten. Ja, Schmerzen und Leid. Die Tage und die langen grauen Nächte verschwammen ineinander. Suzanne hatte Mao in einem Katzenkorb mit nach Boston genommen.

»Das war vor zwei Wochen, Mutter«, sagte Suzanne. »Vor zwei Wochen hab ich ihn mit nach Brookline genommen.«

Wenigstens war er gut aufgehoben. Der arme Junge. Er würde nicht verstehen, was passiert war. Der Hausmeister hatte ihn damals im Müll gefunden, halb verhungert und verletzt, und jetzt würde das arme Tier bestimmt glauben, es wäre wieder ausgesetzt und verlassen worden. Wenn sie jetzt sterben würde – was angeblich in jener ersten Nacht beinahe hätte geschehen können –, wäre das wirklich so schlimm? In einem kaputten Körper, taub und verkrüppelt weiterzuleben, das machte ihr Angst. Sie hatte die Katastrophe überlebt, bei der ihr Geist und ihr Körper sie im Stich gelassen hatten, und nun sollte sie im Gefängnis ihrer Gedanken dahinvegetieren, ohne sprechen, ohne laufen zu können. Wie ein Tier, das auf der Straße überfahren worden war und jetzt bis zur Unkenntlichkeit verstümmelt im Graben lag, aber noch fühlen und Schmerzen empfinden konnte. Gefangen zwischen Leben und Tod.

10 Zwölf Jahre früher

Elena

Elena langweilte sich. Unendlich schien die High School sich vor ihr auszudehnen. Jeder Tag war eine Ewigkeit. Sie wusste nicht, was sie mehr hasste, Algebra oder Biologie. Die einzigen Fächer, die sie mochte, waren Latein, Spanisch und Englisch. Sport mochte sie auch, denn da tanzten sie. Sie liebte es zu tanzen. Sprachen machten Spaß, weil es war, als würde man sich mit Worten verkleiden. In Englisch konnte sie über ihre Gefühle schreiben, und von denen hatte sie mehr als genug. Ihr Lehrer mochte sie, und sie hätte ihm gern die Glatze getätschelt und ihn hinter den Ohren gekrault. Sie war schon wieder gewachsen. Inzwischen war sie so groß wie Chad, allerdings immer noch etwas kleiner als Evan. Wenn sie die Washington oder die Tremont Street hinunterging, riefen ihr ständig Männer aus dem Auto irgendwelche Sachen zu oder machten anzügliche Geräusche, als wäre sie ein Hund, der sich herpfeifen ließ.

Sam meinte, sie sollte es als Kompliment auffassen, aber wenn sich jemand, der doppelt so dick war wie er selbst, aus einem Autofenster gebeugt und ihn Knackarsch genannt hätte, hätte er das garantiert auch nicht sonderlich cool gefunden. Wenn sie mit Chad oder Evan unterwegs war, ließen die Männer sie in Ruhe. Es war immer besser, sie dabei zu haben. Ihre Mutter meinte: »Ich weiß, diese Freundschaften erscheinen dir jetzt unglaublich wichtig, aber so was löst sich meistens mit der Zeit auf. Wahrscheinlich geht ihr nicht aufs selbe College. Ihr entwickelt unterschiedliche Interessen. Du wirst anfangen, mit anderen Jungs auszugehen und neue Freunde finden.« Ihre Mutter machte sich Sorgen, dass sie zu viel Zeit mit Evan und Chad verbrachte. Die blöde Rachel hatte ihr erzählt, dass Elena immer mit mindestens einem von den beiden zusammen da war, was einfach nicht stimmte. Sie gingen viel öfter zu Evan, weil dort nie jemand zu Hause war.

»Was meint ihr, was mit uns passieren wird?«, fragte sie die beiden. Sie lagen zu dritt auf Evans Bett.

»Nichts«, antwortete Chad. »Was passiert schon mit den Leuten? Sie werden bloß älter und dümmer.«

»Was wollt ihr denn später einmal werden?«, höhnte Evan mit schmalziger Stimme.

»Tot«, antwortete Chad, »mausetot.«

Chad hatte ihnen im Lauf der Zeit seine Situation erzählt. Als seine Eltern sich scheiden ließen, hatte sein Vater das Sorgerecht bekommen. Er hatte den Richter überzeugt, dass er verantwortungsbewusster war, besser in der Lage, für Chad zu sorgen, und außerdem ein gutes männliches Rollenvorbild. »Vermutlich zeigt sich dieses Rollenvorbild an den Massen schicker Schuhe, die in seinem Schrank rumstehen«, meinte Chad, die Hände hinter dem Kopf gefaltet. »Oder vielleicht an seinen Anzügen, die sehe ich nämlich wesentlich öfter als den guten alten Dad. Nicht dass ich mich beklagen will. Wenn ich ihn nie sehen würde, wäre mir das sogar noch lieber.«

Chad vermisste seine Mutter, aber das durfte er nicht sagen. Er ging zur Therapie bei einem Mann, den er verachtete und den sein Vater für ihn ausgesucht hatte. Charles der Ältere – sie hatten denselben Namen, aber Chad weigerte sich, der Junior zu sein, und nannte sich seit er zehn war Chad – arbeitete als Finanzberater. »Er überredet die Leute dazu, ihn mit ihrem Geld spielen zu lassen. Mit Dingen wie seltene Münzen und privaten Renten und Investments. Er kriegt die langweiligsten

Zeitschriften der Welt ins Haus geliefert und redet ausschließlich darüber, wie man Geld macht.«

Chad durfte seine Mutter eigentlich nur jeden zweiten Sonntag und manchmal in den Ferien sehen. Sie wohnte in einem winzigen Apartment mit dem Hund, den Chad nicht hatte behalten dürfen. Sie verabredeten sich am Telefon, wenn Charles senior nicht da war. Inzwischen arbeitete sie wieder als Sekretärin wie in der Zeit, bevor Charles senior sie geheiratet hatte. An einem Tag überredete Chad die anderen beiden, mit ihm in die Stadt zu kommen, statt in die Schule zu gehen. Es war der Geburtstag seiner Mutter, und er wollte, dass seine Freunde sie kennen lernten. Er lud sie zum Essen ein. Da Evan die Handschrift von Charles senior und auch von Evans und von Elenas Mutter nachmachen konnte, schrieb er immer Entschuldigungen für alle, wenn sie schwänzten. Suzannes Schrift war entsetzlich schlampig, sodass Elena sie nie lesen konnte, aber Evan fand sie am leichtesten zu fälschen.

Sie nahmen die U-Bahn zur Park Street und gingen zu Fuß zu dem Restaurant, wo Chad mit seiner Mutter verabredet war. Elena entdeckte sie gleich an einem Ecktisch. Sie war groß für eine Frau, blond, mit einem chronisch besorgten Gesichtsausdruck. Nervös stand sie auf, um die drei zu begrüßen. »Chad, bist du sicher, dass das in Ordnung ist? Ich möchte keinen Ärger mit deinem Vater. Ich möchte nicht, dass der Richter dahinterkommt und mich wieder vor Gericht zerrt und unsere Besuchszeiten kürzt. Wir müssen vorsichtig sein.«

»Er weiß sowieso nie, wo ich bin, Mom. Und deinen Geburtstag hat er eh immer vergessen, also wird er garantiert keinen Verdacht schöpfen.«

»Aber was ist mit der Schule? Ihr solltet in der Schule sein.«

»Das ist schon in Ordnung, Mom. Wir haben das geregelt.«

Ulkig, dachte Elena. Bei seinem Vater war Chad ein mürrischer kleiner Junge, ein Kind. Aber bei seiner Mutter wurde seine Stimme gleich viel tiefer, beruhigend, kontrolliert. Jetzt war er ein Mann. Elena überlegte, ob sie sich weniger inkompetent fühlen würde, wenn ihr Mutter nicht so tatkräftig wäre. Chad bestellte sogar für seine Mutter und sagte ihr, was sie wollte. Süß.

»Bist du Chads Freundin?«, fragte Chads Mutter Elena.

»Mehr oder weniger«, antwortete Elena. »Meine Mutter findet, ich bin noch zu jung, um einen Freund zu haben.«

»Du siehst sehr reif aus für dein Alter.«

»Danke.«

»Ich bin so froh, dass Chad in der neuen Schule Freunde gefunden hat. Wir sind schon vor der Scheidung ständig umgezogen. Jedes Mal wenn Chad und ich uns an einen Ort gewöhnt hatten, wenn ich die Nachbarn kannte und wir endlich ein paar Freunde gefunden hatten, fand Charlie irgendwo einen besseren Job oder er wurde gefeuert und wir mussten wieder umziehen.«

Ihre blonden Haare waren ganz kurz geschnitten. Elena fand, dass sie sich besser anzog als die meisten Mütter. Heute trug sie ein hübsches blaues Wollkleid, lang und schlicht. Große Frauen konnten solche schmalen, langen Sachen tragen. Sie versuchte sich vorzustellen, wie sie selbst in so einem langen Kleid aussehen würde, denn sie zog fast nie Kleider an. Erstaunlich, wie attraktiv Chads Mutter war. Elena wusste, dass sie wenig Geld hatte, aber offenbar gab sie es gut aus. Eigentlich hatte Elena nicht erwartet, dass sie ihr so sehr gefallen würde, und sie konnte verstehen, warum Chad sie lieber mochte als seinen Vater. Sie war unaufdringlich und angenehm. Sie mischte sich nicht ein. Elena wünschte sich, ihre eigene Mutter wäre so. Chads Mutter besaß eine wohltuende Präsenz, sie schmeichelte ihnen. Sicher konnte Elena besser verstehen als Evan, warum Chad so verrückt nach ihr war. Für Evan war sie nur eine Frau mittleren Alters, die sich nicht entscheiden konnte, was sie essen wollte. Nein, Evan kapierte es nicht. Aber Elena. Am nächsten Tag erzählte sie es Chad, und er war ihr dankbar dafür, das merkte sie.

Chad wohnte im Back Bay auf der Beacon Street, mit Blick auf den Charles River. Dort waren die Gebäude größer und passten nicht mehr so gut zusammen. Chads Vater besaß das oberste Stockwerk eines sechsstöckigen Hauses, das auf alt getrimmt war, aber nicht wirklich alt aussah. An manchen Tagen war Mrs. Garcia, die Haushälterin, da, dann kamen die drei nicht mal in die Nähe des Hauses. Außerdem war es ein ziemlich langer Fußmarsch. Die Wohnung war eingerichtet mit Stühlen, Sofas und Tischen, die alle zu groß wirkten, als wären sie für einen Riesen gemacht, aus dunklem Holz und mit Schnitzereien versehen.

Eines Donnerstagnachmittags wollte Chad, dass sie ihn besuchten. Zuerst zeigte er ihnen sein Zimmer, aus dem man direkt auf den Fluss sehen konnte. Er hatte Nintendo, eine Stereoanlage – er legte Ozzy Osborne auf – und einen eigenen Fernseher. Suzanne war nicht bereit, mehr als einen Fernseher fürs ganze Haus anzuschaffen, und sie tat immer so, als würden Elenas und Rachels Gehirne augenblicklich verblöden, wenn sie sich mal was anschauten. Jetzt hockte Elena auf der Fensterbank und betrachtete die Aussicht. Es war noch nicht richtig Frühling, aber es fuhren bereits Segelboote auf dem Fluss. Nach einer Weile führte Chad sie ins

Schlafzimmer seines Vaters und öffnete die oberste Kommodenschublade. »Seht euch das an.«

Es war ein Revolver, glänzend, mit einem schwarzen Griff.

»Dein Vater hat ein Schießeisen in der Schublade?«

»Er hat jede Menge Waffen. Aber die hier ist mein Liebling. Ein Klassiker. Smith and Wesson, 357er Magnum.« Chad richtete die Waffe auf seine beiden Freunde, und Elena duckte sich unwillkürlich. »Das Ding ist nicht geladen«, beruhigte er sie. »Dad hat nie Patronen drin.« Er wühlte in der Schublade und holte eine kompakte kleine Schachtel hervor. »Hier sind die Patronen. Soll ich euch zeigen, wie man lädt?«

»Leg das Ding weg«, sagte Evan. »Das ist doch blöd. Wer will schon aus Versehen beim Spielen mit einer Schusswaffe draufgehen?«

»Mir wäre das nicht unrecht«, entgegnete Chad mit einem breiten Grinsen. »Aber ich kann damit umgehen.«

»Das hat schon mancher gedacht«, sagte Evan.

»Charles der nicht so Große hat mir das Schießen beigebracht. Eine der wenigen Beschäftigungen, bei der wir einander ertragen.«

»Du meinst, er nimmt dich mit auf die Jagd?« Evan verzog das Gesicht. »Ihr tapferen Krieger schießt Löcher in kleine, wehrlose Karnickel?«

»Nein, das mach ich nicht mehr. Wir gehen nur auf den Übungsplatz.«

»Meine Mutter hat auch einen Revolver«, sagte Elena.

»Warum hast du ihn uns noch nie gezeigt?«, wollte Chad wissen.

Elena wäre nie auf die Idee gekommen, dass sich jemand für die Waffe ihrer Mutter interessierte. »Sie hält das Ding unter Verschluss. Als ich klein war, hatte sie immer Schiss, ich oder Rachel könnten sie in die Finger kriegen und damit spielen. Manchmal geht sie mit ihrer Freundin, die auch Anwältin ist, zum Zielschießen, wie dein Dad. Aber ich weiß nicht mal, wo sie das Ding aufbewahrt. Wenn sie und diese Marta samstagmorgens losziehen, haben sie die Waffen immer in einer grünen Sporttasche.«

»Wieso hat deine Mutter eine Waffe?«, fragte Evan. »Ich meine, ich kann mir nicht vorstellen, dass meine Eltern so was im Haus haben.«

»Sie und ihre Freundin bearbeiten eine Menge Fälle, in denen es um häusliche Gewalt geht, und manchmal rücken ihnen die Ehemänner oder Freunde auf die Pelle. Außerdem finden die beiden das toll, sie und ihre Freundin. Als wollten sie auch mal den Macho spielen.«

»Ich mag Schusswaffen.« Chad richtete den Revolver auf die Wand. »Wenn ich auf eine Zielscheibe oder auf eine Tontaube schieße, stelle ich mir immer vor, es ist sein Kopf. Peng!«

»Du musst deinen Vater wirklich hassen.« Evan setzte sich aufs Bett und fuhr mit der Hand über die schwarze Samtdecke. Evan interessierte sich genauso wenig für Waffen wie Elena. Aber sie wusste, dass er beim Anblick der Samtdecke an Sex dachte.

»Er ist auch hassenswert.« Chad blieb stehen.

»Ich hasse meine Eltern nicht. Ich stehe ihnen gar nicht nahe genug, um ihnen gegenüber irgendwelche starken Gefühle zu haben. Sie sind, na ja, so ähnlich wie Vermieter, wisst ihr. Ich empfinde nichts Besonderes für sie, aber sie kümmern sich um die Reparaturen und solches Zeug.«

»Seht euch das an.« Chad zog die Schublade am Nachttisch heraus und entnahm ihr eine Pistole. »Das ist bloß eine 22er Ruger, aber er hat sie schon seit Jahren und ist ganz verrückt nach ihr. Seine Waffen liegen ihm sehr am Herzen, viel mehr als meine Mutter oder ich.« Chad legte die Ruger zurück in die Schublade. Dann schwang er noch einmal die Smith and Wesson und verstaute sie schließlich ebenfalls.

Bisher hatte in ihrem Dreigespann immer Evan die Kontrolle gehabt. Heute übernahm Chad das Kommando. Auf einmal bestimmte er, wo es langging. Mit einer Kreditkarte öffnete er die Tür zum Arbeitszimmer seines Vaters. »Hast du eine eigene Kreditkarte?«, fragte Elena überrascht.

»Na klar. Aber nur mit ganz wenig Geld drauf. Gerade mal achthundert Dollar. Echt Scheiße. Aber den Trick habe ich in einem Film gesehen. Cool, oder? Kommt rein. Das ist Charlies Arbeitszimmer. Seht ihr, das ist sein Gewehr aus der Zeit, als er noch auf die Jagd gegangen ist. Als er das letzte Mal gejagt hat, war er mit einer Bande anderer Investmenthaie unterwegs, zu so einer Jagdfarm, mit zahmen Tigern, die man zum Spaß abknallen kann. Es ist eine Remington Kaliber 12. Überrascht es euch nicht, wie viel ich über Waffen weiß? Das hier ist sein Barschrank. Wollt ihr was probieren?«

»Wie wär's mit einem Scotch?«, schlug Evan vor. »Ich werde meine Eltern auch fragen, ob ich eine Kreditkarte bekomme. Gute Idee. Ich wette, die geben mir eine.«

»Mein Dad trinkt nur Single Malt. Wird euch bestimmt schmecken.« Chad gab Evan die Flasche, der einen großen Schluck nahm und fast daran erstickte. Manchmal tranken sie Bier oder Wein, wenn sie an etwas drankamen, aber fast nie harte Sachen. Aber Chad kippte das Zeug hinunter, ohne mit der Wimper zu zucken. Wahrscheinlich hat er geübt, dachte Elena. Sie selbst probierte nur einen kleinen Schluck, und sofort traten ihr Tränen in die Augen. Dann nahm Chad die Flasche wieder, aber diesmal konnte sie an seinem Kehlkopf sehen, dass er nur ganz wenig trank. Er reichte die Flasche schnell an Evan weiter. »Behalt sie«, sagte er. Evan trank, und zwar mehr als Chad und Elena zusammen. Nach einer Weile legte er sich auf die Ledercouch. Chad deutete auf den großen Fernseher seines Vaters. »Ich zeige euch, was er sich hier drin anschaut«, sagte er und legte ein Video in den Recorder.

»Pornos?«, fragte Elena.

»Was glaubst du denn wohl, vielleicht Zeichentrickfilme?« Chad lachte. »Setz dich auf meinen Schoß.«

Evan war inzwischen völlig weggetreten, und sie war praktisch allein mit Chad. Diesmal benahm er sich anders als sonst, wenn sie miteinander schliefen, längst nicht so hektisch. Er küsste jeden Teil ihres Körpers. Nach den ersten zehn Minuten war das Video zu Ende, aber sie sah sowieso nicht hin. Bestimmt hatte Chad absichtlich dafür gesorgt, dass Evan sich besoff. Danach war Elena klar, dass sich an diesem Nachmittag, dem Nachmittag mit den Waffen, alles geändert hatte. Evan verlor die Kontrolle, Chad gewann die Oberhand. Zum ersten Mal hatte Chad nur mit ihr Sex, nicht mit Evan. Zum ersten Mal hatte sie Sex nur mit Chad. Sie hatte beinahe ein schlechtes Gewissen, als wäre sie Evan untreu gewesen. Von da an wurde alles anders, und so blieb es dann bis zum Ende.

11

Suzanne

Suzanne und Elena hatten sich zum Abendessen schon ganz früh etwas aus dem Chinarestaurant bestellt, damit Suzanne ihren Flug zu Beverly rechtzeitig erreichte.

»Warum kommst du nicht mit nach New York? Du warst immer die Lieblingsenkelin deiner Großmutter. Du brauchst nur ein bisschen Unterwäsche in einen Rucksack zu werfen, dann fliegen wir zusammen.«

»Sie will bestimmt nicht, dass ich sie in diesem Zustand sehe.«

»Ich glaube, sie freut sich über jeden Besuch. Sie langweilt sich entsetzlich.«

Elena schleuderte ihre Stäbchen von sich. »Ich kann das nicht!«, kreischte sie. »Du weißt, ich kann mir Tod und Sterben nicht ansehen!«

Suzanne zuckte zusammen. »Tut mir Leid. Ich dachte, vielleicht bist du drüber weg ...«

»Darüber werde ich nie wegkommen.« Elena stand auf und verließ das Zimmer.

Zwar fand Suzanne es strapaziös und deprimierend, jedes Wochenende den Flieger nach New York zu nehmen und am Sonntagabend zurückzukommen, aber ihre regelmäßige Anwesenheit im Krankenhaus half, ein einigermaßen anständiges Niveau medizinischer Betreuung für Beverly aufrechtzuerhalten. Außerdem hoffte sie, Beverly zumindest ein bisschen aufzuheitern, obwohl man das nicht so genau wissen konnte. Dieses Wochenende beispielsweise war Beverly schlecht gelaunt. Suzanne spürte, wie der Ärger in Wellen von ihrer Mutter ausstrahlte, und fühlte sich gleich wie ein zehnjähriges Mädchen.

»Mrs. Blume kann ihre Stimmbänder noch benutzen«, sagte der Sprachtherapeut. »Sie sind nicht gelähmt. Der Schlaganfall hat das Sprachzentrum beeinträchtigt. Aber sie kann lernen, wieder zu sprechen, sie muss es nur versuchen.«

»Ich rede mal mit ihr darüber«, versprach Suzanne. Früher war Beverly immer sauer geworden, wenn jemand sie »Mrs.« Blume nannte, denn sie war immer stolz darauf gewesen, dass sie nicht verheiratet war, aber hier konnte sie nicht protestieren.

Wenigstens war das jetzige Zimmer etwas weniger kahl und unfreundlich. Beverly teilte es mit zwei anderen Schlaganfallpatientinnen. Eine war wesentlich älter als Beverly, eine weißhaarige Frau, deren Schädel für irgendeine medizinische Prozedur halb kahl geschoren war. Die andere Frau war Mitte vierzig und wimmerte und redete ständig; gelegentlich tauchte in dem unzusammenhängenden Gequassel und Geschimpfe auch einmal ein sinnvoller Satz auf, aber sie schien nicht in der Lage, etwas zu verstehen, wenn man sie ansprach. Die Tränen schienen keinen Zusammenhang mit den Worten zu haben, die aus ihrem Mund kamen. »Du beschissenes faules Arschloch!«, sagte sie. »Rover möchte einen Keks. Die Dreckwäsche gewaschen. Falsches Geschirr.«

Suzanne saß auf dem unbequemen Stuhl neben dem Bett und redete ernst mit Beverly. Was war der beste Ansatz? Mitleid? Ich weiß, wie schwer es dir fällt, Mutter ... Beverly hasste Mitleid. Wenigstens war ihr Gesicht mittlerweile nicht mehr so stark verzerrt. Hin und wieder kämmten ihr die Krankenschwestern die Haare. Vor einer Stunde hatte Suzanne sie gebürstet, aber jetzt sahen die Haare schon wieder aus, als sträubten sie sich empört. Am besten war es, wenn sie es geradeheraus sagte. »Mutter, du musst es versuchen. Du musst tun, was die Therapeuten dir sagen.«

Mit ihrer ungeschickten linken Hand kritzelte ihre Mutter die Worte: BÖSER HUND.

Suzanne starrte Beverly an, voller Angst. Verlor Beverly jetzt etwa den Verstand, wie die Frau im anderen Bett? Nein. Ihre Augen waren vollkommen klar. »Du meinst, sie triezen dich? Sie dressieren dich, damit du gehorchst wie ein Hund?«

Beverly nickte heftig.

»Aber Mutter, wenn du nicht mitmachst, kannst du womöglich nie wieder sprechen.«

WILL STERBEN.

»Mutter, du wirst nicht sterben. Das steht nicht zur Debatte. Du wirst noch Jahre leben, also musst du auch lernen zu kommunizieren. Du musst dafür sorgen, dass es wieder aufwärts geht. Du musst das ernst nehmen, was sie dir beizubringen versuchen.«

STUBENREIN.

»Na ja, möchtest du dich dreckig machen? Was deine Körperfunktionen betrifft, bist du mehr oder weniger ein Kleinkind. Möchtest du nicht wieder die Kontrolle übernehmen?«

Jetzt begann Beverly zu weinen, aber nur aus dem linken Auge. Das andere starrte trüb vor sich hin.

Es war so seltsam. Statt sich wie eine Zehnjährige zu fühlen, war Suzanne jetzt auf einmal die Mutter ihrer Mutter und gab ihr Anweisungen wie einem Kind: Lern dich allein anziehen, lern richtig sprechen, damit die anderen dich verstehen, lern selbstständig essen, lern dir die Schuhe binden und den Hintern abputzen. Kein Wunder, wenn Beverly sich gedemütigt fühlte und wütend war. Es war ungerecht, dass eine erwachsene, intelligente Frau gezwungen wurde, in ihrem Alter eine zweite Kindheit durchzumachen; es war nicht richtig, dass Suzanne diese Tyrannenrolle spielte. Wenn ihre Mutter sie so wütend musterte, hätte Suzanne sie manchmal am liebsten angeschrien: Na gut, dann lern eben nichts! Dann vergammle doch in deinem Bett!

Sie beugte sich zu ihr. »Hör mal, du bist gut in Form

verglichen mit dieser Frau da drüben. Wenigstens schwafelst du nicht ständig.«

Tatsächlich gab Beverly ein Geräusch von sich, das klang wie ein Lachen. Sie kritzelte HOL MICH RAUS.

»Das kann ich nicht«, entgegnete Suzanne mit einem Anflug von Verzweiflung. »Du musst tun, was die Therapeuten dir sagen. Du musst kooperieren, Mutter. Sonst landest du im Pflegeheim. Ergotherapie, Physiotherapie, Logopädie …«

WILL NACH HAUSE. Das Gespräch verlief sehr langsam, denn es fiel Beverly immer noch schwer, mit der linken Hand zu schreiben.

»Du würdest verhungern. Du kannst nicht allein essen, du kannst dich nicht anziehen, nicht einkaufen. Mutter, du musst das alles wieder lernen. Es geht nicht anders. Wenn du wirklich hier raus willst, dann musst du an all diesen blöden Sache arbeiten, die sie dir anbieten. Du kannst nicht aufs College, solange du die Grundschule nicht hinter dich gebracht hast.«

WAR NIE AUF DEM COLLEGE.

»Genau genommen schon, zwei Jahre lang. Erinnerst du dich?« Sie hatte ein wenig Angst, dass Beverly es vergessen hatte.

ZÄHLT NICHT. KEIN DIPLOM.

Auf einmal richtete sich Beverly im Bett auf und begann zu singen: »*We Shall Overcome.*«

Suzanne holte die Schwester. »Sie kann sprechen! Sie kann sprechen!«

Die Schwester streckte den Kopf ins Zimmer und schüttelte den Kopf. »Sie singt bloß. Viele können singen, aber nicht sprechen.«

»Aber sie kann die Worte bilden – hören Sie doch zu!«

»Fragen Sie mich nicht, warum, aber oft können diejenigen, die nicht sprechen können, Lieder von früher singen. So ist das einfach.« Damit drehte die Schwester sich um und verschwand.

Jedes Mal wenn Suzanne versuchte, nähere Informationen zu bekommen, blockten vom Chefarzt bis zu den Therapeuten und Schwestern alle ab. Allmählich wurde ihr jedoch klar, dass sie ihr kein Wissen vorenthielten, sondern selbst nichts wussten. Das Gehirn versteckte seine Geheimnisse offenbar gut in seinen grauen Windungen – ein mysteriöses Organ, eine mysteriöse Krankheit, nach wie vor.

»Mutter, ich kann verstehen, dass das alles sehr demütigend ist, aber es gibt kein Zurück. Du musst tun, was die Therapeuten und Schwestern dir sagen, ganz gleich, wie herablassend sie sind. Du musst versuchen zu laufen, du musst versuchen zu sprechen. Du musst versuchen, den Löffel richtig zu halten. Es wird nur besser, wenn du dich hartnäckig darum bemühst, nicht, wenn du dich hartnäckig weigerst.«

SO GEMEIN WAR ICH ZU DIR NIE.

»Oh doch, das warst du.« Suzanne schnaubte. »Aber Mutter, die Einzige, die dich hier rausholen kann, das bist du selbst. Kämpf nicht gegen mich. Kämpf nicht gegen die Leute hier. Kämpf gegen deine Krankheit!«

Am Sonntagnachmittag kam Rachel und betete an Beverlys Bett. Das war zwar bestimmt nicht nach dem Geschmack ihrer Großmutter, aber es klang jedenfalls hübsch, Beverly hatte Gesellschaft, und Suzanne fühlte sich getröstet. Endlich konnte sie einfach einmal still dasitzen und einen Augenblick der Ruhe genießen. Rachel blühte auf. Sie erzählte, dass sie mit Michael eine Wanderung unternommen hatte. Zwar bekam sie wie Suzanne in der Sonne Sommersprossen, aber im Gegensatz zu ihrer Mutter wurde sie auch braun. Wie froh war Suzanne gewesen, als die Angst vor Hautkrebs und die

Zerstörung des Ozonlochs dem Diktat sonnengebräunter Haut ein Ende bereitet hatte. In ihrer Jugend hatte sie ein Vermögen für Sonnencremes ausgegeben und versucht, so auszusehen, wie Elena das ganze Jahr über aussah. Suzanne wurde nur fleckig. Und ihre Sommersprossen vermehrten sich übermäßig.

Suzanne beobachtete Michael und versuchte, ein Gefühl für ihn zu bekommen. Er betete laut und selbstbewusst, offensichtlich ganz sicher im Hebräischen, gewandter als Rachel. Er sah nicht schlecht aus, schmal, feingliedrig, ein bisschen unbeholfen in seinen Bewegungen, als wäre er zu schnell gewachsen und hätte sich noch nicht an seine Körpermaße gewöhnt. Auch Beverly musterte ihn prüfend. Einmal sah Suzanne, wie ihre Mutter ihm mit ihrem guten linken Auge zuzwinkerte. Erst schien er erschrocken, dann zwang er sich, Beverly anzulächeln. Ein guter Junge, wenn er jeden Sonntag mit Rachel aus Philadelphia hierher kam. Suzanne fiel auf, dass die beiden sich per Telepathie zu verständigen schienen, wie ein Vogelschwarm; sie bewegten sich gleichzeitig in die gleiche Richtung, wandten sich synchron um, bildeten eine Einheit. Allmählich hatte sie den Verdacht, dass es etwas Ernstes war. Diese Art der Kommunikation bedeutete, dass sie zusammen schliefen, womöglich sogar zusammen lebten. In Rachels Wohnung bekam sie immer noch entweder ihre Mitbewohnerinnen oder den Anrufbeantworter zu hören. Es beunruhigte sie, dass Rachel sich ihr nicht anvertraut hatte wie früher.

Auf dem Korridor vor Beverlys Zimmer versuchte sie es herauszufinden. »Vermutlich kommst du über Passah nach Hause, oder, Liebes? Du kannst in meinem Zimmer übernachten. Möchtest du Michael mitbringen?«

»Wir dachten, wir kommen am ersten Abend zum Seder zu dir und fahren zum zweiten zu Michaels Eltern.«

»Ah. Die Schwiegereltern«, sagte Suzanne und beobachtete Rachels Gesicht aufmerksam.

Rachel wurde rot, sagte aber nichts. *Uups!* Als hätte sie die Fernbedienung gedrückt, erschien Michael. »Ich glaube, Rachel und ich sollten jetzt gehen, Mrs. Blume.« Diese Mrs. Blume war sie, Suzanne, nicht Beverly. »Wir treffen uns heute Abend mit unserer Thora-Gruppe. Wir beginnen mit dem Exodus.«

Suzanne war dabei, zum Flughafen aufzubrechen, als eine der Sozialarbeiterinnen der Klinik sie aufhielt. »Es ist Zeit, dass Sie sich Gedanken machen, welche Vorbereitungen Sie für Ihre Mutter treffen müssen.«

»Vorbereitungen?« Das klang wie eine beschönigende Umschreibung für die Beerdigung.

»Sie müssen bedenken, selbst wenn sie schneller Fortschritte macht als bisher, wird sie nie mehr allein leben können. Haben Sie schon an ein Pflegeheim gedacht?«

»Nein! Sie hat doch eine Wohnung …«

»Sie kann nicht in ihre Wohnung zurück, Mrs. Blume. Bislang kann ihre Mutter nicht selbstständig essen, sich nicht ankleiden, nicht zur Toilette gehen. Sie braucht eine sichere Umgebung, sie wird noch lange nachdem sie unsere Klinik verlassen hat, in therapeutischer Behandlung bleiben müssen, sie braucht Pflege.«

Später saß Suzanne im Flugzeug und sehnte sich so nach zu Hause, dass sie das Gefühl hatte, sie könnte aufstehen und wie eine Rakete losfliegen, viel schneller als die Maschine. Was sollte sie tun? Sie konnte Beverly nicht in ein Pflegeheim geben. Würde sie sie dann mit nach Brookline nehmen müssen? Seit Suzanne siebzehn war, hatten sie nicht mehr freiwillig zusammengewohnt, und damals war Beverly noch gesund gewesen. Wie sollten sie es dann jetzt schaffen?

Suzanne war zu Hause ausgezogen, um aufs College

zu gehen, und nur gelegentlich in den Ferien zu Besuch gekommen. Im Sommer hatte sie Sommerkurse belegt. Sie hatte das College in drei Jahren fertig, und danach hatte sie begonnen, Jura zu studieren. Nachdem sie weg war von Beverly, hatte sie sich kein einziges Mal zu ihr zurückgesehnt. Die glücklicheren Zeiten ihrer Kindheit waren die gewesen, in denen Beverly irgendwo weit weg irgendetwas organisierte und Suzanne bei ihrer Tante Karla wohnte. Tante Karla hatte sie gern um sich. Tante Karla fand sie wundervoll. Tante Karla kochte leckeres Essen, *Cholent*, Rollbraten, Brathähnchen mit Gemüse, Gulasch. Ihr Mann war ungarischer Jude gewesen und mit zweiundvierzig gestorben, nachdem er beim Kistenausladen auf der Flatbush Avenue von einem Tanklaster angefahren worden war. Drei Monate hatte er im Koma gelegen und Karlas Ersparnisse aufgebraucht. Wenn Karla Suppe kochte, war das Haus von einem Duft erfüllt, der Suzanne fast trunken machte. Bei ihrer Tante fühlte sie sich immer willkommen, so, als wäre ihre Gegenwart ein Geschenk. Sie war die Tochter, die Karla sich immer erträumt hatte. Aber als sie mit dem Jurastudium begann, hatte Karla sich ein kleines Mädchen zum Adoptieren gesucht.

Ihre Mutter dagegen machte eine Dose Chili oder Hühnersuppe auf und nannte das Abendessen. Für sie war Suzanne nicht wunderbar. Ständig predigte sie, wie Suzanne mit den Jungs umgehen, wie sie sich anziehen, wie sie sich verhalten sollte. Dann ließ Suzanne absichtlich ihre Schultern sacken, steckte die Nase in ein Buch und tat so, als löschte sie die Stimme ihrer Mutter mit den Worten auf der Seite, bis sie tatsächlich so in das Buch versunken war, dass sie nicht mehr hörte, was falsch an ihr war und wie sie es richtig zu machen hatte. Beverly versuchte dauernd, sie zu verbessern und auf

Trab zu bringen. Was Beverly machte, war immer richtig, was Suzanne wollte, war falsch – moralisch, ästhetisch, politisch falsch!

Ihre Mutter spottete über Anwälte und meinte, nach der Revolution sollte man sie am besten allesamt erschießen. Sie war überzeugt, dass Suzanne ihre Seele schon lange verkauft hatte. Für ihre Mutter waren juristische Vorlesungen Bauernfängerei, hochtrabend und albern, Feminismus grundlegend falsch. Zuerst hatte Beverly Suzanne ein schlechtes Gewissen gemacht, weil sie Sam geheiratet hatte, und dann, weil sie sich von ihm scheiden ließ. Wie konnte sie ihre Mutter nach Brookline holen, in ein Viertel, das Beverly nicht einmal besuchen wollte, weil sie es für bourgeois hielt?

Zu Hause war eine Nachricht von Jake: Er kam am Dienstag nach Boston – konnten sie sich sehen? Dienstags hatte sie bis um drei Vorlesungen. In dem Fall mit der sexuellen Belästigung hatte die Jury zwei Tage gebraucht, um ihr – oder eher ihrer Klientin Sherry – zu einem Sieg zu verhelfen. Allerdings wartete sie immer noch auf eine Entscheidung wegen des Mordurteils gegen Phoebe, die ihre Tochter zu schützen versucht hatte. Außerdem musste sie noch Vorbereitungen für das Passahfest sowie für ihre Vorlesungen treffen. Aber von halb fünf bis zum Schlafengehen konnte sie vielleicht noch ein bisschen Zeit herausschinden, und sie brachte diesen Zeitblock sofort ins Gespräch.

Diesmal war sie kein bisschen nervös. Sie sehnte sich danach, ihn in sich zu spüren. Sie war erschöpft, sie hatte viel zu viel um die Ohren, Jake war ihr Urlaub. Das würde sie ihm nie im Leben verraten – wahrscheinlich würde keinem Mann das Gefühl gefallen, dass er für eine Frau eine Art Erholungsprogramm darstellte –, aber sie wollte sich bei ihm einfach ein paar Stunden vergessen. Nach Rücksprache mit ihrem Gynäkologen hatte sie inzwischen angefangen, wieder die Pille zu schlucken. Zwar stand sie am Beginn der Menopause, aber das war ein gradueller Vorgang, warnte der Gynäkologe, und sie wollte doch keine böse Überraschung erleben und plötzlich schwanger werden. Zwar bekam sie gelegentlich eine Hitzewallung, aber sie war einfach zu beschäftigt, um die Menopause zu spüren. Sie ging an ihr vorüber. Wenn sie eine Hitzewallung hatte, wunderte sie sich nach wie vor, und oft bemerkte sie erst nach ein paar Monaten, wenn ihre Periode ausgesetzt hatte. Ihr Körper schien sich solo auf seiner Abenteuerreise zu befinden, ohne Begleitung durch ihren Geist. Suzanne hatte das Gefühl, um etwas betrogen zu werden, was andere Frauen heute zu ausgiebig erforschten: Eine Kollegin bei den Feministischen Studien schrieb ein Buch über die Wechseljahre. Da Suzannes Wochenenden zurzeit komplett verplant waren, war sie bei allem, was sie sonst tat, in Verzug. Glücklicherweise hatte sie ihre Vorlesungen zum Verfassungsrecht letzten Sommer übergründlich vorbereitet, davon profitierte sie jetzt.

Seit Wochen hatte sie keine Nacht mehr richtig durchgeschlafen. Ihre Müdigkeit erinnerte sie an die Zeit nach Elenas Geburt. Nach Rachels Geburt war es weniger anstrengend gewesen, weil sie wusste, was sie erwartete, weil sie Marta hatte und weil auch Sam ihr ein wenig zur Hand ging. Bei Elena war sie ganz auf sich gestellt gewesen, abgesehen von den zwei Wochen, in denen Tante Karla sie besuchte – ein Wunder mitten im Chaos. Aber dann waren Karlas Ferien vorbei, sie musste wieder unterrichten; außerdem wartete sie ja jetzt auf ihr eigenes kleines Mädchen, auf Suwanda, heute eine große, schlanke Frau, die in San Diego als Akupunkteurin arbeitete. Zwei Jahre später adoptierte Karla Rosella als Neugeborenes. Für eine Frau, die selbst nie ein Kind geboren hatte, wusste Karla eine Menge über Kindererziehung.

»Beverly ist so wütend«, berichtete Karla am Telefon. »Ich habe das Gefühl, sie hasst mich. Rosella war mit mir da, und sie hat uns kaum beachtet.«

»Sie hasst dich nicht, Liebes, sie hasst die Situation, in der sie steckt. Sie hasst ihren Körper und ihr Gehirn, die sie im Stich gelassen haben. Sie hasst das Krankenhaus und das Personal, das sie behandelt, als wäre sie schwachsinnig.«

»Sie hat mich immer gehasst. Mich verurteilt. Das weißt du.«

»Beverly war mit keinem von uns jemals zufrieden ... so ist sie eben. Aber im Augenblick braucht sie unsere Hilfe. Versuch sie zu ermuntern, dass sie mit ihren Therapeuten zusammenarbeitet.«

»Als ich das letzte Mal da war, hat sie sich sogar geweigert, ihre Antworten aufzuschreiben.«

Zehn Minuten nachdem sie sich in der Hotellobby getroffen hatten, lag Suzanne mit Jake im Bett, stürzte sich auf ihn und ins Vergessen. Sie liebten sich viel länger und viel heftiger als beim letzten Mal. Sie wollte nicht denken, kein Bewusstsein: ein äußerst effektives Aphrodisiakum. Sie wusste, dass sie ihn überraschte, aber es schien ihm zu gefallen. Sex mit ihr machte ihm Spaß, das nahm sie mit großer Befriedigung zur Kenntnis. Es war wie Balsam für ihre verwirrte Seele. Wenigstens hier in diesem Hotelbett konnte sie sich entspannen. Wer hätte das gedacht? Eigentlich hatte sie keine Zeit für solche Eskapaden, aber das war ihr gleich. Es war seit Wochen das angenehmste Erlebnis, das sie gehabt hatte.

Als sie so unter ihm, auf ihm, neben ihm im zerwühlten Bett lag, wurde ihr klar, dass sie Sex noch nie so erlebt hatte wie mit Jake. Vielleicht lag es an ihm, vielleicht aber auch schlicht an ihrer eigenen langen Abstinenz, vielleicht lag es an dem Lebensabschnitt, in dem sie sich befand. Sex mit Victor war auch überwältigend gewesen, aber von ihrer Seite viel passiver. Er war etwas, was ihr passierte. Er war das Ereignis. Sie war das Objekt. Mit Sam war es gegenseitig gewesen, aber Sex hatte sehr weit unten auf ihrer beider Prioritätenliste gestanden. Sie schliefen miteinander, wenn sie beide genügend Zeit und Energie dafür aufbrachten, und es wurde immer seltener, bis sie gegen Ende vielleicht noch einmal im Monat im Bett landeten. Damals waren sie beide so ehrgeizig und pflichtbewusst gewesen, so engagiert in jedem Fall, den sie vor Gericht ausfochten, dass sie sich gegenseitig kaum wahrnahmen. Zu Hause investierte Suzanne ihre gesamte Energie in das Baby und in Elena, in ihre Kinder, die immer mehr brauchten, als sie geben konnte, gleichgültig, was mit Sam los war. Keiner von ihnen hatte den Willen, Nähe zu erzwingen und aufrechtzuerhalten. Es war einfach nicht wichtig genug gewesen, um daran zu arbeiten. Bis auf einmal nichts mehr da war.

Eigentlich glaubte sie gar nicht, dass Jake ihr so besonders wichtig war, und was Zeit und Energie betraf, war sie sicher ebenso abgelenkt wie in der Zeit mit Sam, aber sie erlebte ihn als ihre letzte Chance in der Arena des Sex, vielleicht für den Rest ihres Lebens. Online hatte sie eine künstliche Intimität erzeugt, die jetzt zu körperlicher Nähe erblühte, aufregend und sinnlich. Sie liebte seinen Mund. Sie liebte es, wie er ganz langsam in sie eindrang, sich zurückzog und dann wieder zustieß. Sie liebte es, wie er den Kopf zurückwarf, wenn sie ihn ritt und er sich ganz seinen Empfindungen überließ, und sie wusste, er würde nie, niemals plötzlich die Augen aufschlagen und sie fragen, ob sie den Anrufbeantworter angestellt habe. Vielleicht hatte die Ehe Sam und sie kaputtgemacht. Vielleicht hatte es daran gelegen, dass sie jung und erfolgsbesessen waren. Vielleicht hatten sie zu schnell ein Baby bekommen. Aber dieses späte Neuerwachen war köstlich. Jakes große heiße Hände auf ihren Brüsten brachten sie fast ein zweites Mal zum Orgasmus. Nie zuvor waren ihre Brüste so empfänglich gewesen, nie hatten sie ihr so viel Lust verschafft.

Beim Essen starrte sie ihm ins Gesicht und versuchte, die Faszination ihres Zusammenseins zu verstehen. Sie stellte Jake Fragen über sein Leben. Vor kurzem hatte ihm ganz unerwartet seine Tochter geschrieben und ein Foto von sich mit ihrem Baby geschickt. Der Vorstand seiner Firma hatte zugestimmt, dass er in Boston eine Zweigstelle aufbaute, wenn er genügend Unterstützung fand. Er würde die neue Niederlassung leiten, aber er brauchte Berater aus der Gegend, er brauchte ehrenamtliche Mitarbeiter und Geld. Vor allem Geld.

»In Kalifornien ist da eine ganz vertrackte Klage gegen mich anhängig. Von einer Protestaktion vor fünf Monaten, gegen die Abholzung der alten Redwoods. Die Polizei hat extrem hart durchgegriffen. Ich hab immer wieder gedacht, die Geschichte wird zu den Akten gelegt – schließlich hat die Polizei Gewalt angewandt, nicht wir. Aber jetzt zieht und zieht sich die Sache von einem Antrag zum nächsten.«

»Wer ist dein Anwalt?« Suzanne befragte ihn ausführlich zu dem Fall, aber es klang alles ziemlich trivial. Schlimmstenfalls musste er mit einer Bewährungsstrafe und einem Bußgeld rechnen, selbst wenn sein Anwalt verlor. Kein Grund zur Besorgnis.

Seine dunklen, eindringlichen, beinahe mandelförmigen Augen waren wunderschön in seinem klugen Gesicht. Es hatte etwas von einem Fuchs an sich, dieses Gesicht: spöttisch, wild, wachsam. Er gehörte zu den Männern, die in einem Raum lieber mit dem Rücken zur Wand stehen und von dort aus alles überblicken. Seit Jahren, länger, als Suzanne sich überhaupt erinnern konnte, hatte niemand sie so angesehen wie er. Es fiel ihr schwer, sich für das italienische Essen zu interessieren, denn sie wollte nur zurück ins Bett mit ihm, wollte ihr normales Leben noch einmal für zwei Stunden auslöschen. Aber ihr Gespräch tat ihr gut, eine Seltenheit, denn sie hatte seit Urzeiten nicht mehr vertraulich mit einem Mann gesprochen, offen, ehrlich. Sicher, sie hatte männliche Kollegen, sie hatte gelegentlich auch männliche Klienten, sie hatte männliche Studenten und sie hatte Jaime, ihren Assistenten. Aber das war etwas anderes. Genau das hatte sie auch im Internet angezogen: die besondere Qualität des Austauschs zwischen ihnen, dieses Gefühl der Leichtigkeit.

12

Beverly

Beverly hasste es, wenn die Physiotherapeutin an ihrem Arm und ihrem Bein zerrte. Es war erniedrigend, behandelt zu werden wie ein Müllsack, der zum Abladen in Form gebracht wird. Man ließ sie aufstehen. Man redete ihr gut zu, die Schwester mit den krausen Haaren und die Therapeutin, eine Frau, die vielleicht halb so alt war wie sie, mit feuchten Patschhänden und einem geistlosen Lächeln. Oh, ihr glaubt also, das ist komisch, wenn ich mich ans Bett klammere und Angst habe umzufallen?

»Sie müssen lernen zu fallen, Mrs. Blume. Sie werden fallen, deshalb müssen Sie lernen, wie man es richtig macht, ohne sich zu verletzen.«

Ein fettes Grinsen. Richtig, du findest es komisch, du dumme Kuh, du findest es komisch, wenn ich auf den Boden knalle, aber für mich ist das verdammt noch mal überhaupt nicht lustig.

»Noch ein Schritt. So ist's gut. Und hier haben wir eine Gehhilfe für Sie.«

Abrupt ließ sich Beverly auf die Bettkante sinken. Niemals würde sie so einen ekelhaften Apparat benutzen. Altersschwache Greise brauchten so was, um irgendwo entlangzuschlurfen. Die Schwester und die Physiotherapeutin redeten auf sie ein. Wenn zwei Leute gleichzeitig mit ihr sprachen, konnte sie sich auf keinen von beiden konzentrieren. Dabei arbeiteten die beiden doch ständig mit Schlaganfallpatienten, da sollte man doch meinen, sie wüssten, dass nur einer sich verständlich machen konnte.

»Wenn sie jemals allein aufs Töpfchen gehen wollen, dann müssen Sie sich auf ihre eigenen Beine stellen und einen Fuß vor den anderen setzen.«

Vor und zurück musste sie marschieren, wie Frankensteins Monster, zur Tür und zurück zum Bett, zur Tür und zurück zum Bett. Sie musste pinkeln, aber kümmerte das irgendwen? Sie versuchte, es ihnen zu sagen, aber sie brachte nur ein Stöhnen zustande. Sie versuchte, nach ihrem Schreibblock zu greifen, aber sie ließen sie weiter zur Tür und zurück marschieren, vor und zurück. Schließlich konnte sie es nicht mehr länger halten, der warme Urin rann ihr die Beine hinunter, und sie weinte mit ihrem guten Auge.

Die Ergotherapeutin versuchte ihr das Anziehen beizubringen. Beverly versuchte hartnäckig, mit ihrer Unterhose zurechtzukommen. Diesmal landeten die Beine in den richtigen Löchern, aber das Schild war vorne. Es war wahnsinnig schwierig, alles zu koordinieren. Den BH bekam sie mit einer Hand überhaupt nicht geregelt. Aber sie konnte ja nicht mit im Wind schlenkernden Titten durch die Gegend ziehen. Nicht dass sie so üppig war wie Suzanne, der Himmel mochte wissen, woher sie das hatte. Richtig, Karlas Brüste waren auch überdimensional. Die Ergotherapeutin Nona, eine Frau mit männlich kurz geschnittenen Haaren, die Beverly immer richtig anpackte, die sie nie wegrutschen ließ und es auch nicht komisch fand, wenn Beverly auf die Nase fiel, zeigte ihr einen BH mit einem Klettverschluss vorn. Er hatte die richtige Größe. Nona sah, wie Beverly die Größe kontrollierte. »Es ist die gleiche wie bei dem, mit dem Sie hier reingekommen sind«, meinte Nona mit einem kleinen Lächeln.

Beverly nickte heftig, wobei ihr Kopf sich jetzt immer leicht zur Seite neigte. Beim dritten Versuch schaffte sie es, den BH anzuziehen. Schon besser.

»Den Slip lassen wir für heute. Okay? Ich hab hier auch ein Kleid mit Klettverschlüssen. Es ist ein bisschen wie ein Bademantel, aber immerhin bunt gestreift. Ganz nett eigentlich. Ich muss das alles auch Ihrer Tochter zeigen, falls ich da bin, wenn sie kommt. Meinen Sie, dass sie Sie auch mal unter der Woche besuchen könnte?«

Beverly schüttelte den Kopf. Nein.

»Tja, dann hinterlasse ich ihr eben eine Nachricht.«

Am Donnerstag ging Beverly allein aufs Klo, zog die Unterhose herunter, bediente sogar die Spülung und zog die Hose wieder hoch. Mit einer Hand stellte sie den Wasserhahn an, wusch ihre gesunde Hand und tupfte ein bisschen Wasser auf die nutzlose. Dann humpelte sie zurück ins Bett, Schritt, Schlurf, Schritt, Schlurf, wie irgendein blöder Gesellschaftstanz, den sie mit der metallenen Gehhilfe vollführte. Als sie wieder im Bett lag, war sie so erschöpft, dass sie schlief, bis die Schwester sie weckte.

Essen war problematisch; immer blieb ihr etwas im Mund stecken, im tauben Teil natürlich. Sie stellte sich vor, dass ihr Körper zweigeteilt war, mittendurch, zwischen ihr und dem, was sie ES nannte. Den Trottel. Dem Trottel gehörte die rechte Hälfte ihres Körpers. Mit ihrer eigenen Hälfte kaute sie das Essen und schluckte es, aber das, was unversehens in die Trottelhälfte hinüberwanderte, blieb da kleben und konnte sie ersticken.

Am Freitag waren die Ärzte regelrecht begeistert, weil sie etwas fühlte, als sie sie in den Schenkel piekten, aber sie konnte das Bein trotzdem nicht bewegen. Was für eine Gemeinheit. Sie konnte im rechten Oberschenkel Schmerz empfinden, aber er blieb so unbeweglich wie ein nasser Sandsack.

Man hatte ihr Spezialbesteck zum Essen gegeben. Trinken ging schon ziemlich gut, obwohl rechts manchmal etwas heruntertropfte. Aber es hatte eine Woche gedauert, ehe sie den Löffel zuverlässig zum Mund führen konnte und nicht irgendwo in seiner Nähe landete. Alles, was sie anfing, endete in einer Schweinerei. Alles war unendlich schwierig. Plötzlich wurde sie unerträglich müde und kam nicht mehr hoch. Sie stellte sich die Erschöpfung vor wie einen Felsbrocken, der plötzlich auf sie niedersauste und sie platt drückte. Manchmal verbrauchte sie ihre gesamte Energie innerhalb von fünf Minuten, und dann ging absolut gar nichts mehr.

Aber inzwischen konnte sie wenigstens eine Weile lesen. Die Zeitung war schwierig, die Schrift zu klein, der Kontrast gering. Großdruckbände waren besser. Zwar hatte sie dabei das Gefühl, Kinderbücher zu lesen, aber es waren ganz normale Romane und Sachbücher. Eine halbe Stunde hielt sie durch, dann ließen ihre Kräfte rapide nach. Als Karla das nächste Mal kam, beschloss Beverly, nett zu ihr zu sein und ihr Botschaften zu schreiben. Sie teilte ihr mit, ihr neue Großdruckbücher mitzubringen, die sich lohnten, etwas Politisches, etwas mit Substanz. Eine gute Biografie einer wichtigen Persönlichkeit. Allem Anschein nach war Karla glücklich, dass sie um etwas gebeten wurde, und sie versprach, in zwei Tagen mit den Büchern wiederzukommen. Was sie auch tat. Rosella begleitete sie, eine große Tüte in der Hand. WO ZWILLINGE?, schrieb Beverly.

Rosella lachte. Sie war klein, nicht größer als Karla, und der Schwarze, den sie geheiratet hatte, war auch nicht viel größer. Aber die Zwillinge reichten ihrer Mama bereits bis an die Taille. »Sie lassen die Kleinen nicht hier rein. Vielleicht meinen sie, ein Schlaganfall ist ansteckend.«

MACHT ANGST?, schrieb Beverly. MIR SCHON.

Rosella hatte ihr ein Bild mitgebracht, das Johnny gemalt hatte, von einer Strichfrau im Bett, über sich eine große Sonne. Karla lehnte das Bild an die Lampe auf ihrem Nachttisch. Eindeutig ein Lichtblick in diesem trübseligen Zimmer.

Der Logopäde war kahl und liebte grelle Karohemden, die nie zu seinen Hosen passten. Bestimmt war er farbenblind, wie viele Männer, und offensichtlich hatte seine Frau ihn verlassen. Heute trug er ein Madrashemd in Mauve und Magentarot zu einer olivfarbenen Hose. Beverly starrte ihm in die Augen, die halb hinter seiner Bifokalbrille verschwanden, und wünschte sich sehnlichst, dass er irgendeinen Zauberspruch aufsagte, durch den sie ihre Stimme zurückbekommen würde. Sie erinnerte sich an ihre Stimme, tief, sexy, das hatten die

Männer ihr oft genug gesagt. Ihre Stimme wieder zu hören war ihr größter Wunsch. Dann würde sie mit Vergnügen herumschlurfen, Klamotten mit Klettverschluss tragen und mit seltsamen Gerätschaften essen. Wenn sie wieder sprechen konnte, würde sie glücklich sein, das schwor sie sich. In stummem Flehen starrte sie dem Therapeuten ins Gesicht.

»Ich möchte gern, dass Sie mir eine Liste machen mit lauter Wörtern, die mit S anfangen.«

Mühselig krakelte Beverly SCHEISSE; SIE; SALAT; SYLPHE; SPORT; SÜSS; SIGNAL; SEHEN; SCHLAGEN; SAUER; SALZ; STINKER. Als sie so weit gekommen war, unterbrach sie der Therapeut.

»Sssssss«, machte er und legte ihr die Hände aufs Gesicht. »Sssssss.«

Sie versuchte es. Und wie sie es versuchte. Was schließlich herauskam, war ein »Schschschsch.«

»Gut. Sehr gut. Jetzt versuchen Sie mal, einen Ton auszuatmen. Ahhhh. Ahhhhhh.«

Kein Ton kam heraus, aber der Atem klang ein wenig wie Ahhhh. Ein Ahhhh ohne Klang.

»Jetzt versuchen Sie, beides zusammenzusetzen. Schaaaaah.«

Sie machte wieder einen klanglosen Ton, der dennoch als Schaaah zu erkennen war. Dann fing sie an zu kichern, denn *Scha!* bedeutet auf Jiddisch *Halt den Mund!* Ein Lied aus ihrer Kindheit fiel ihr ein und sie sang in einem etwas rostigen Jiddisch: *»Scha! Scha! Mach nich kein Gewalt! Der Rebbe gejn sein Tanzen, Tanzen walt …«*

»Schön, dass Sie singen können. Sie sollten so viel wie möglich singen. Das ist eine gute Übung für Ihre Stimmbänder.« Er sang mit ihr ›Some Enchanted Evening‹, soweit sie mit dem Text klar kam. Zwar war sein tiefer Bariton nicht mit Ezio Pinza zu vergleichen, aber es machte trotzdem Spaß. Sie sangen noch ein paar Musicalstücke zusammen, und sie war glücklich, endlich wieder ihre Stimme zu hören. Als die Stunde zu Ende war, kam sie sich fast vor wie ein Mensch. Man fuhr sie im Rollstuhl zurück, und sie schlief sofort ein. Als sie aufwachte, sagte sie: »Schaaaa!« Beinahe kam ein Krächzen heraus. Sie brachte ein Lächeln zustande, das wahrscheinlich eher aussah wie eine Grimasse, aber sie meinte es als Lächeln. So ein netter Mann. Das nächste Mal musste sie sich seinen Namen merken, er war ihr Held. Die Schwester nannte ihn Dr. Fish. Aber für sie war er Ezio. Am liebsten hätte sie sämtliche anderen Therapeuten und Therapeutinnen weggeschickt und nur noch mit ihm gearbeitet, den ganzen Tag, mit der ganzen Kraft, die ihr zu Gebote stand. »Ahhhh.« Sie krächzte! »Schaaaah. Ahhhhhh. Schschschsch. Schaaah! Schaaaah.«

13

Suzanne

Suzanne borgte sich Martas Van, um Beverly zum Passahfest nach Brookline zu holen. Nach dem Feiertag sollte Beverly in ein Rehabilitationszentrum für Schlaganfallpatienten kommen. Sie war wahnsinnig aufgeregt, das Krankenhaus zu verlassen, und es war schwer, ihr verständlich zu machen, dass sie nicht nach Hause konnte. Mit Karlas, Rosellas und Tyrones Hilfe hatte Suzanne einen Monat zuvor Beverlys Sachen nach Brookline gebracht. Der Vermieter war froh, dass er Beverly loswurde, denn jetzt konnte er die Miete verdoppeln.

Suzanne hatte Beverlys laufende Rechnungen bezahlt. Zu den vielen Dingen, die ihre Mutter nicht mehr konnte, gehörte auch das Unterschreiben eines Schecks. Ihr war es ausgesprochen unangenehm, hinter Beverlys Rücken zu agieren und Entscheidungen für sie zu treffen, aber es dauerte ewig, etwas mit Beverly durchzudiskutieren, und sie wurde schnell müde. Zwar konnte sie inzwischen ein paar Worte sprechen, aber noch keine zusammenhängenden Sätze bilden. Ihre Prognose und ihre Möglichkeiten wollte sie auch immer noch nicht realistisch einschätzen. Deshalb war es für Suzanne am einfachsten, ihre Mutter als eine hilflose Klientin zu sehen und Dinge für sie zu regeln – aber trotzdem fühlte sie sich unwohl dabei.

Also nahm Suzanne Beverly mit nach Brookline. In den zwölf Jahren, die Suzanne nun mit Marta und Jim hier lebte, war ihre Mutter vielleicht dreimal dagewesen. Wenn Suzanne sie sehen wollte, fuhr sie nach New York. In gewisser Hinsicht war Beverly sehr flexibel – wenn die Arbeit rief, machte sie sich sofort auf die Socken, aber ihre Tochter in Brookline zu besuchen, war ihr irgendwie unangenehm. Es schien ihr sämtliche Unterschiede zwischen ihr und ihrer Tochter vor Augen zu führen. Auf Suzannes Terrain stritten sie viel häufiger als bei Beverly. Beverly war in New York zu Hause. Hier war sie geboren und aufgewachsen, sie hatte nie anderswo Wurzeln geschlagen. Je nach Laune war sie entweder beleidigt oder verwundert, dass ihre Tochter die Bostoner Gegend vorzog. Wahrscheinlich war es für sie ein Zeichen von Charakterschwäche oder ein Mangel an Stil. Jedenfalls hatte Beverly nie ein Hehl daraus gemacht, dass sie fand, Suzanne hätte keinen Stil.

Der Minivan war schwieriger zu fahren als ein normales Auto, hatte aber Platz für den Rollstuhl. Mit Elenas

Hilfe hatte Suzanne das Zimmer neben der Küche hergerichtet. Jetzt war Suzannes Sportzeug auf Schlaf- und Arbeitszimmer verteilt und überall furchtbar im Weg. Jedes Mal wenn sie den Stepper benutzte, musste sie eine Decke über die Kante der Kommode hängen, weil sie sich sonst daran stieß. Sie konnte nur hoffen, dass sich Beverly die nächsten drei Tage in dem Zimmer wohl fühlte, bis Suzanne sie ins Rehabilitationszentrum bringen konnte.

Auf dem Wilbur Cross hatte der Frühling Einzug gehalten. Die Weiden an den Bächen waren grün, gelegentlich sah man eine blühende Magnolie oder einen Kirschbaum. Der Tag war sonnig mit Temperaturen um fünfzehn Grad, die Luft so weich wie seit Monaten nicht mehr. Normalerweise hätte Suzanne die Fahrt genossen, aber heute überwachte sie mit einem Ohr ihre Mutter und mit dem anderen Rachel und ihren Freund, und das machte sie entsetzlich nervös. Anders als sonst freute sie sich überhaupt nicht auf das Passahfest. Zum Seder am ersten Abend war sie immer mit ihren Töchtern zusammen, mit den Freunden, die sie mitbrachten, mit Marta, Jim und ihrem Sohn Adam und eventuell einem oder zwei seiner Freunde. Noch kein einziges Mal war Beverly bei ihr gewesen, obwohl sie früher, als Suzanne noch klein war, manchmal zu Karla nach Brooklyn gekommen war, wo auch Suzanne die Feiertage verbrachte. Dieses Jahr würde nicht nur Jaime, ihr Assistent, anwesend sein, sondern auch Celeste, der es nach ihrer Scheidung immer noch ziemlich mies ging, und Georgia, die gerade aus Bali zurückgekehrt war.

Suzanne musste sich eingestehen, dass sie sich nicht auf ein Seder mit Beverly freute, denn sie hatte ihre Mutter aus der alten Zeit bei Karla als streitsüchtig in Erinnerung, abwechselnd gelangweilt und angriffslustig.

Beverly mochte das Ritual nicht und konnte es auch nicht leiden, dass ihre Tochter etwas mochte, was sie als ein unnützes Relikt aus dem Ghetto ansah. Nun würde Beverly notgedrungen still sein, aber das war kein Fortschritt. Suzanne seufzte, während sie bei Hartford den Connecticut River überquerte. Was blieb ihr anderes übrig, als aus den gegebenen Möglichkeiten das Beste zu machen? Die Sozialarbeiterin im Krankenhaus hatte ihr acht verschiedene Broschüren aufgedrängt. Wenn sie alles tat, wozu die Frau sie drängte, würde sie ihre gesamte Wohnung umbauen, ihr Leben neu organisieren und zehn Leute engagieren müssen.

Es war noch hell, als sie in ihre steile Auffahrt einbog. Da war ihr Haus am Hügel, der kleine Garten, der sich steil bergab neigte, drei Stockwerke, hellblau gestrichen mit dunkelblauen Verzierungen. ›Zuhause‹ hatte für sie in den letzten Jahren Ruhe und Gemütlichkeit bedeutet. Jetzt hatte sich alles verändert. Im Augenblick schien ihr Leben überhaupt keine Schutzzone zu besitzen – nur in den kurzen Momenten, die sie mit Jake verbrachte. Denn um ihn muss ich mich nicht kümmern, dachte sie. Ich bin nicht für ihn verantwortlich, deshalb kann ich glücklich sein.

In den nächsten vierundzwanzig Stunden begriff Suzanne, dass sie nicht wirklich begriffen hatte, was die Sozialarbeiterin ihr klarzumachen versucht hatte. Wenn Beverly überhaupt in der Wohnung zurechtkommen wollte, musste alles umgebaut werden. Zwar gab es in dem kleinen Bad neben der Küche eine Dusche, aber sie war nur benutzbar, wenn die Armaturen so weit abgesenkt wurden, dass Beverly sie erreichen konnte. Das bedeutete, dass ein Klempner kommen musste. Sie hatten nichts, was einem Badestuhl ähnelte, bis Elena im Keller einen Hocker auftrieb. Zwar war er nicht dafür gedacht, nass zu werden, aber er würde erst einmal genügen. Jemand musste Beverly auf den Hocker und wieder herunter helfen. Die Toilette brauchte ein Geländer, an dem sie sich festhalten konnte. Sie stellten ein Bett an die Wand, damit es von einer Seite geschützt war, aber Beverly konnte sich nicht selbstständig darin aufsetzen und hatte Angst herauszufallen. Wenn Beverly nach ihrem Aufenthalt im Rehabilitationszentrum hierher zog, würde Suzanne nichts anderes übrig bleiben, als ein Krankenhausbett zu kaufen oder zu mieten. Jim spendete ein ausrangiertes Bücherregal mit großen Fächern, in denen sie Beverlys Kleidung unterbrachten, da sie ja keine Schubladen aufmachen konnte. Außerdem bekam Beverly ein Tambourin, mit dem sie sich bemerkbar machen konnte, falls sie Hilfe brauchte – und das Tambourin erklang praktisch jede Minute.

Für Beverly war es so anstrengend, sich ins oder aus dem Bett zu hieven, dass die meisten Dinge, die sie brauchte, sich in Reichweite ihrer funktionsfähigen Hand befinden mussten. Nachdem die anderen das kapiert hatten, mussten sie das Bett umdrehen, sodass ihre linke Hand außen war und den Tisch erreichen konnte, der dort stand.

Bisher hatte Suzanne ihren Gästen beim Seder nie Plätze zugewiesen, sondern jeden frei wählen lasen. Allerdings fand sie es weniger amüsant, dass Elena sich zwischen Marta und Jim platzierte, als wäre sie ihre Tochter, sodass Adam neben Rachel zu sitzen kam – was ihm aber wahrscheinlich sowieso lieber war. Offensichtlich hatte Elena Marta und Jim inzwischen als die besseren Eltern auserkoren. Vor langer Zeit, als sie hier eingezogen waren, hatte Elena die beiden gehasst, weil sie dachte, sie wollten sie ausspionieren und in Suzannes Auftrag überwachen. Sie hatte zwei Jahre hier gewohnt, ehe sie aufs College gegangen war, und später war sie nur in den Ferien zurückgekommen. Eigentlich konnte Suzanne froh sein, dass sie jetzt endlich eine eigene Beziehung zu ihnen aufbaute. Sie holte tief Luft und versuchte, die Schultern zu entspannen. Sie wollte, dass alle glücklich waren, den Seder genossen, freundlich und fröhlich zusammen feierten, am besten natürlich in einer spirituell anregenden Atmosphäre. Sie wollte Freude in ihrem Haus, einen Gast wie Elias, für den wie immer ein Becher Wein bereit stand. In letzter Zeit hatte es in diesem Haus einfach nicht genug Freude gegeben.

Sie hatte Rachel nicht über das Essen bestimmen lassen. Es gab mehr als genug für Vegetarier, aber Suzanne hatte Hühnersuppe gekocht, mit Matzebällchen und gebratenem Lammfleisch. Auch die *Zimmes* waren vegetarisch: Karotten, Äpfel, Rosinen und Zwiebeln, lang und langsam zusammen gekocht, nach einem Rezept, das Karla von ihrer eigenen Mutter übernommen hatte. Ein Erbstück sozusagen, genau wie die Suppe und die Matzebällchen. Suzanne mochte das Gefühl, zu einer Reihe von Frauen zu gehören, die für einen bestimmten Festtag ein bestimmtes Mahl zubereiteten; sie fühlte sich ihnen zutiefst verbunden. Unwillkürlich musste sie dabei an das Bild auf den Kondensmilchdosen ihrer Kindheit denken: eine große Kuh, in der sich viele immer kleinere befanden. Aus irgendeinem Grund kaufte Beverly immer Kondensmilch. Wahrscheinlich, weil sie nicht schlecht wurde. Der Geschmack kondensierter Milch gehörte zu Suzannes Kindheit, verursachte ihr aber keine angenehm nostalgischen Erinnerungen, sondern eine archaische Missempfindung, wie wollene Strumpfhosen und Gummigaloschen und der muffige Geruch der Garderobe in der Grundschule. Der süßlich überkochte Geschmack von Milchpulver.

Ihre Mutter hatte Mahlzeiten immer improvisiert, denn sie hatte stets den Verdacht, dass etwas Bourgeoises oder Umständliches oder vielleicht gefährlich dick Machendes von einem Besitz ergriff, wenn man sich ernsthaft mit dem Essen befasste. Suzanne hatte von Karla kochen gelernt – nicht dass sie jemals die Zeit gehabt hätte, ihr Wissen anzuwenden. Es war ein Vergnügen für die Ferien, für die seltenen Gelegenheiten, wenn sie die Energie und Muße hatte, Gäste einzuladen. Im Grunde genommen waren die einzigen Anlässe, zu denen sie ein großes Essen zubereitete, an Passah, Rosch Haschana, Thanksgiving oder manchmal an Geburtstagen. Doch Suzanne war stolz darauf, dass sie zu passender Gelegenheit ein üppiges Mahl zaubern konnte.

Die Leitung der Andacht überließ sie jedoch Rachel, die eine neue Haggada mitgebracht und in Suzannes Arbeitszimmer kopiert hatte. Es wurde viel geblättert und immer wieder fragte irgendjemand: »Wo waren wir?« Zu viel Hebräisch für Suzannes Geschmack, nach deren Ansicht sich Hebräisch am besten mit Pfeffer vergleichen ließ: ein gutes Gewürz, aber man konnte es leicht übertreiben. Rachel fand kein Ende. Suzanne begann sich um ihr Essen zu sorgen, das in der Küche im Backofen wartete, aber Rachel machte ihre Sache wirklich gut, mit einem Charme, den Suzanne nie zuvor an ihrer Tochter beobachtet hatte – eine gekonnte Vortragskünstlerin, wie es sich für eine zukünftige Rabbinerin gehörte. Auf einmal erinnerte sich Suzanne, wie Rachel in der Mittelschule bei einem Theaterstück mitgemacht hatte – sie hatte es auf die Hauptrolle abgesehen gehabt, stattdessen aber die Rolle der Mutter der Heldin bekommen. Rachel hatte die Abschiedsrede ihrer Klasse gehalten, aber sie war nicht zum Abschlussball eingeladen worden. Sie war Präsidentin des Clubs für Soziale Themen und des Französischclubs gewesen, aber am Samstagabend war sie mit Freundinnen weggegangen oder zu Hause geblieben. Immer die Tochter ihrer Mutter. Elena hatte bis heute eine engere Beziehung zu Sam als seine eigene Tochter. Sam liebte Rachel, aber Elena wusste, wie man ihn um den kleinen Finger wickelte. Rachel war zu geradeheraus, um ihrem Vater Honig ums Maul zu schmieren, was Elena keinerlei Mühe bereitet.

Wenn Sam eine jüdische Frau geheiratet hätte, wäre es an diesem Passahfest für Rachel vielleicht etwas peinlich geworden, denn sie hätte entscheiden müssen, ob sie den zweiten Seder bei ihrem Vater oder bei Michaels Familie feierte. Aber Sams große, schlanke, blonde Frau machte keinen Seder, also wurde Rachel nicht vor die Wahl gestellt. Sams Frau spielte Tennis und Golf, veranstaltete hochelegante Dinner und Partys für seine Klienten, hielt mit Hilfe einer Reihe von Au-pairs und Dienstmädchen ihr Haus in Weston in einem makellosen Zustand und zog seine Kinder mit jeder Art von Bildung groß, die man für Geld bekommen konnte, von Ballett über Gymnastik und Fußball bis zum Geigenunterricht. Die Kinder waren altkluge, nervöse Wesen mit einem Hang zu Gewalt und Ängstlichkeit – Suzanne spürte das, wann immer sie gezwungen war, Zeit mit Sams neuer Familie zu verbringen. Seit Rachel Auto fahren konnte, kam es zum Glück nicht sehr oft vor. Sam hatte ihr schon mehrere alte Autos vermacht, die ungefähr zwei oder drei Jahre hielten und dann endgültig den Geist aufgaben.

Als endlich das Essen aufgetragen werden konnte, beobachtete Suzanne Rachel und Michael. »Hier, probier doch mal die *Zimmes*.« Rachel fütterte ihn, als könnte er nicht selbst essen. Er hatte etwas unangenehm Passives an sich, als wartete er einfach nur darauf, bedient zu werden, in dem sicheren Bewusstsein, dass man sich um ihn kümmern würde. Für Rachel war er offenbar die Erfüllung ihrer Wünsche, das wurde Suzanne immer deutlicher. Sicher, er war recht attraktiv, auch wenn seine Zähne für seinen Mund etwas zu groß wirkten – das war okay. Beverly lächelte ihn an, so gut sie konnte, da sie ihr Gesicht ja immer noch nur teilweise unter Kontrolle hatte. Ihre Lieblinge in der Tafelrunde waren offenbar Elena, Michael und Jim. Adam kannte und beachtete sie kaum. Der arme Kerl war daran gewöhnt, Rachels ungeteilte Aufmerksamkeit zu genießen. Sie hatte ihm gegenüber immer die Rolle der fürsorglichen großen Schwester gespielt, seit sie zehn und Adam acht gewesen waren. Adam neigte gern zum Jammern, und auch heute Abend war ihm nichts recht: Der Wein war zu sauer, die *Zimmes* nicht süß genug, die Andacht zu lang und außerdem fehlte auch noch sein Lieblingslied. Aber im Grund war er nur beleidigt, weil Rachel sich nicht um ihn, sondern nur um Michael kümmerte.

Im Gegensatz zu Rachel übernahm Michael keine wichtige Rolle beim Seder. Er sah sich wohl als Beobachter, ein wenig amüsiert, als entspräche das Festmahl nicht ganz seinen Vorstellungen von einem traditionellen Seder. »Wer leitet den Seder denn bei euch zu Hause?«, fragte ihn Suzanne.

Die Frage schien ihn zu überraschen. »Mein Vater natürlich.«

Natürlich? Warum nicht seine Mutter? Suzanne hatte ihn im Verdacht, dass er sie auf seine stille Art geringschätzte. Fand er nicht nur den Seder, sondern die ganze Familie ein bisschen allzu unkonventionell? Hier befand er sich in einem Haus der Frauen, und sie bezweifelte, dass der Junge so etwas gewöhnt war. Wahrscheinlich glaubte er, die Art, die er gewohnt war, wäre die einzig richtige.

Elena hatte Celeste früher immer gemocht, vor allem ihren frechen Humor, aber nach der Scheidung war sie nicht mehr wie früher und Elena zog sich instinktiv vor ihrem Kummer zurück. Celeste war still und verdrießlich. Wenn sie eine Passage vorlas, klang ihre Stimme eine Oktave höher als sonst, ein zittriges Kinderstimmchen. Ein paar Mal befürchtete Suzanne, ihre Freundin würde in Tränen ausbrechen, und gab ihr sofort irgendeine Aufgabe, um sie abzulenken. Normalerweise dachte sie während des Seders hauptsächlich an ihre eigene persönliche Befreiung und an politische Themen, bei denen sie sich engagierte, aber heute fand sie sich eingezwängt zwischen ihrer Rolle als Mutter und ihrer Rolle als Tochter und hatte nicht viel Muße für besinnliche Gedanken. Für dieses Jahr sah sie nicht viel Freiheit auf sich zukommen.

Jaime ließ sich ganz auf die exotischen Texte und das exotische Essen ein; er saß rechts von Suzanne, Beverly zu ihrer Linken. Vielleicht versuchte sie so, die beiden ein bisschen zu beschützen. Georgia, die Innenarchitektin war und über einen erlesenen Geschmack verfügte, hatte ihr einen wunderschönen Schal aus Bali mitgebracht, in Ozeanfarben; Elena hatte ihn sofort für sich beansprucht, und Suzanne konnte ihn ihr nicht verweigern, denn sie sah umwerfend aus: Den Schal locker über einem seegrünen Mieder um die Schulter geschlungen, dazu enge schwarze Hosen. Jaime beäugte sie neugierig, ein Papagei in einer Schar von Spatzen, doch Elena war ganz auf Beverly und Jim konzentriert. Jaime war zwar attraktiv und sah ebenso gut aus wie Elena, aber er war schließlich zwei Jahre jünger als sie – und das schien in diesem Alter manchmal eine Generation auszumachen. Trotzdem – Jaime musterte sie äußerst interessiert.

Erschrocken musste Suzanne zur Kenntnis nehmen, dass Georgia anfing, alt zu werden; in ihrem glänzend schwarzen Haar zeigten sich silberne Strähnen. Die Sonne hatte ihre Haut ledrig werden lassen, und auch die zahlreichen Fältchen unter ihren Augen hatte Suzanne bisher nicht bemerkt. Sie war so schlank wie eh und je, aber sie begann eher ausgemergelt auszusehen als schick. Sie alle wurden älter. Immer wieder bekam Suzanne heute Abend zu hören, wie gut sie aussah. Sonst kümmerte sich kaum jemand um ihr Äußeres, man nahm es hin wie die Wände und die Zimmerdecke. Am liebsten hätte sie Georgia und Marta und Celeste erzählt, woran es lag: Dass sie zum ersten Mal seit über einem Jahrzehnt wieder richtigen Sex hatte. Dieses Strahlen war die körperliche Freude. Sie würde kurzlebig sein, nur ein kleiner Freudengenerator, der irgendwo draußen vor ihrem verwickelten Leben tuckerte.

Sie merkte, dass Beverly etwas zu sagen versuchte. Ihr Gesicht verzerrte sich vor Anstrengung, Speichel lief ihr aus dem Mund. Suzanne fühlte sich hin und her gerissen: Ihre Töchter zapften wie üblich ihre Energie an, ihr Assistent, der an diesem Tisch ein Fremder war, bedurfte ihrer Aufmerksamkeit ebenso wie Celeste, die in eine gefährliche Depression abzurutschen drohte, und natürlich ihre Mutter. Suzanne war es gewohnt, dass Beverly ihre Aufmerksamkeit mit Provokationen erzwang. Sie war es gewohnt, die Attacken ihrer Mutter abzuwehren. Sie war es gewohnt, so zu tun, als würde sie die Anspielungen auf ihre bourgeoisen Ambitionen und ihren abgesicherten, geldgierigen Lebensstil nicht verstehen. Aber sie war es nicht gewohnt, ihrer Mutter den Mund abzuwischen und sich über sie zu beugen und mühsam zu entziffern, was Beverly stammelte. Sie hatte ein schlechtes Gewissen, weil sie es abstoßend fand, dass Beverly ihren Körper, ihre Stimme, ihr Gesicht nicht unter Kontrolle hatte. Das Gleiche wird dir auch passieren, wenn du in ihrem Alter bist, sagte sie sich, und dann möchtest du auch, dass die Leute nett und verständnisvoll sind, oder? Also reiß dich gefälligst zusammen, Suze, reiß dich zusammen und sei ein guter Mensch. Das ist auch für dich eine Gelegenheit, diese deine erste menschliche Beziehung zu verbessern. »Möchtest du etwas, Mutter? Noch ein bisschen von dem Lamm? Oder *Zimmes*?«

Beverly deutete auf etwas. Auf dem Tisch standen mehrere Flaschen, Traubensaft für diejenigen, die keinen Alkohol tranken, *Manischewitz* für die Traditionellen wie Suzanne selbst, koscherer trockener israelischer Wein für jene, die keinen alkoholischen Hustensaft vertrugen. Für Suzanne war der Geschmack des süßen koscheren Weins immer der Geschmack von Karlas Sabbat, von Festen und all den Gelegenheiten, bei denen sie ihrer Mutter entflohen war und bei ihrer Tante Schutz gesucht hatte. Jetzt erkannte sie, dass Beverly auf den trockenen Rotwein zeigte. Hatte die Sozialarbeiterin etwas darüber gesagt, ob Beverly Wein trinken durfte? Egal. Suzanne konnte sich zwar nicht erinnern, aber sie würde den Teufel tun, es ihr zu verbieten, wenn sie es wirklich wollte. Und Beverly wollte es, sehr sogar. Vorsichtig nippte sie an ihrem Glas und verschüttete kein Tröpfchen. Dann schwenkte sie das Glas und verlangte nach mehr.

»Grandma, möchtest du wirklich noch etwas?«, fragte Rachel und beugte sich über den Tisch.

Beverly nickte heftig.

»Nach Rabbi Moshe Poleyoff besteht der Unterschied

zwischen dem Weintrinken im Dienste der *Mizwa* am Abend des Passahfestes und dem Trinken, das zum Exzess führt, darin, dass das zweite von einem leeren Inneren herrührt, das man mit Wein füllen möchte. Aber wenn wir voller Freude sind und diese durch Wein zum Ausdruck bringen, dann wird der Wein zu *Simchah shel Mizwa*, zur Freude der *Mizwa* …«

Beverly stieß ein abschätziges Grunzen aus und trank vorsichtig ihr Glas leer. Dann schenkte sie erst Rachel und dann Suzanne ein schiefes Lächeln. Beim Passahfest war der Nachttisch eher bescheiden – Makronen, Obst, eine Sahnetorte mit Matzeteig. Das große Festmahl ließ nur wenig Platz für Süßigkeiten übrig. Nach dem Essen lasen sie noch rasch das Ende der Haggada. Dann wurde gesungen, was Suzanne schon als Kind geliebt hatte. »Grandma, du kannst ja singen«, stellte Rachel fest, und auch Elena starrte ihre Großmutter verwundert an. Tatsächlich, Beverly sang. *»Eli-ahu ha-navi, eli-ahu, eli-ahu …«*

»Grandma«, sagte Elena und blickte sie an. »Trink noch ein Glas Wein! Das ist ein Wunder.«

Beverly kicherte und trank. Am Ende des Festmahls schwankte sie auf ihrem Stuhl, atmete stoßweise durch den Mund und schnarchte gelegentlich laut. Suzanne freute sich für sie. Wahrscheinlich war dies der erste vergnügte Abend, den Beverly seit ihrem Schlaganfall erlebt hatte. Zumindest für sie war dieser Abend eine Art momentaner Befreiung.

14 Zwölf Jahre früher

Elena

Elena hasste die Schule. Sie hasste die anderen Mädchen, die über sie tratschten und sie eine Schlampe nannten. Sie hasste die Jungen, die sie auf dem Korridor begrapschten und sie aufforderten, ihren Schwanz zu lutschen. Sie hasste die Lehrer, die sie als hoffnungslosen Fall ansahen. Sie hasste die Schulpsychologin, die ihr mit süßlicher Stimme und geheuchelter Sympathie mitteilte, dass ihre Leistungen nicht ihrem Potenzial entsprachen – weil sie sich nicht wie ein dressierter Seehund aufführte. Sie saß da und stellte sich vor, wie sie über den Tisch sprang und die Frau erwürgte. Hier, bitte schön, so fühlt sich mein Potenzial an. Eigentlich war die Boston Latin School keine Schule, auf der man verhätschelt wurde. Wenn die Noten eines Schülers zu weit oder zu schnell absanken, flog er raus. Keiner würde Elena anflehen zu bleiben. Leistung oder Untergang, das war die Devise. Sie hörte weiterhin *Twisted Sister*. Für ihre Mitschüler war sie eine Schlampe, und auch in ihrer Familie galt sie als das schwarze Schaf. Sie bestand nicht mehr sämtliche Tests, die man ihr vor die Nase legte. Sie spielte die Platte von *Twisted Sister* in ihrem Zimmer immer und immer wieder, über Kopfhörer.

Sie hasste ihre kleine Schwester Rachel, die ein Mamakind war und immer vor ihrer Mutter katzbuckelte. Rachel war gut, Rachel war perfekt, Rachel war die personifizierte Streberin. Sie brachte ihre Noten nach Hause, als wäre sie Moses, der mit den Zehn Geboten vom Berg Sinai steigt. Wenn Elena sich für etwas anstrengen musste und es mit viel Fleiß gerade eben schaffte, dann erledigte es Rachel mit links. Sie machte alle Hausaufgaben in Rekordzeit und noch freiwillige dazu. Ständig hatte sie in ihrem gemeinsamen Zimmer irgendwelche Wissenschaftsprojekte laufen. Nie bettelte sie um coole Klamotten oder sonst etwas, was Spaß machte, sie wollte lieber Bücher, von denen andere Leute noch nie etwas gehört hatten, und seit neuestem wünschte sie sich einen Computer. Wer hatte je etwas von einem zehnjährigen Mädchen mit einem Computer gehört? Nur streberhafte Jungs wollten so was. Rachel hielt sich für ein kleines Genie, genau wie ihre Lehrer, wie Sam, wie ihre Mutter.

Am meisten aber hasste Elena ihre Mutter, die ihr ständig wegen dem College in den Ohren lag. College, College, College. Elena hatte überhaupt keine Lust, aufs College zu gehen. Sobald sie alt genug war, wollte sie ein Auto. Einen Übungsschein hatte sie schon. Chad bekam seinen Führerschein in der Woche, als er sechzehn wurde. Er bettelte seinen Vater an, ihm ein Auto zu kaufen. Wenn Elena erst mal eines hatte, dann würde sie mit Evan und Chad abhauen. Vielleicht runter nach Mexiko. Oder hoch nach Alaska. Irgendwohin, nur weg von hier. Key West. Die Mohavewüste. Ganz egal. Chad hatte seine Vorlieben, Evan hatte seine Vorlieben, aber Elena wollte nur weg und nicht zurückschauen. Sie wollte mit den beiden zusammen sein und mit keinem sonst, der sie nervte und tyrannisierte. Sie wollte gemeinsam mit ihren Freunden die Dinge unternehmen, die ihnen gefielen. Nur bei den beiden fühlte sie sich lebendig. Wenn sie allein in ihrem Zimmer war, fragte sie sich manchmal, ob sie überhaupt existierte. Sie fühlte sich leer. Sie wusste nicht, wer sie war, und wünschte sich, sie wäre tot. Das Leben erstreckte sich vor ihr wie die Korridore in der High School, die sie hinunterwanderte, wenn sie schwänzte. In jedem Raum fand eine langweilige Unterrichtsstunde statt, sie konnte die bornierten, gelangweilten Stimmen der Lehrer hören. Der Korridor war eklig braunrot gestrichen und stank nach Jahre altem Schweiß und Fett und Kreidestaub. Das war der Rest ihres Lebens. Ein halb dunkler Korridor, der von einem Ort, an dem sie nicht sein wollte, zu einem anderen führte, vor dem ihr graute. Alles Scheiße. Alles eine ewige Scheiße.

Jeden zweiten Tag ging ihre Mutter auf sie los: Wie sie sich anzog, wie sie sich benahm! Was lernte sie, was wollte sie werden? Taub, Mutter, vor allem erst mal taub. Endlos faselte ihre Mutter darüber, dass Elena alles werden konnte, was sie wollte. Okay, ich möchte Rockstar werden, schrie sie und tat so, als spielte sie Gitarre. Ich meine etwas Reales, nörgelte Suzanne. Nichts stellte sie zufrieden. Na ja, sie mochte Suzanne auch nicht. Was möchtest du werden? Am liebsten Waise.

Manchmal, wenn sie high war, fühlte sich alles einigermaßen okay an. Manchmal, wenn sie schmuste oder vögelte, dann fühlte sie sich wirklich, anwesend. Wenn Chad oder Evan sie anschauten, dann spürte sie, dass sie wirklich existierte und genau das war, was sie beide wollten. Manchmal, wenn sie sich im dröhnenden Rhythmus der Musik verlor, wenn sie sich von einem Tornado von Klang forttragen und durch die Nacht wirbeln ließ, dann fühlte sie sich lebendig. Einen Augenblick lang hatte sie dann das Gefühl, dass etwas wichtig war, und dann wollte sie sterben, in diesem Moment, solange es wild und gut war. Einmal hatten sie mit Evans Eltern einen Tagesausflug zum Mount Monadnock gemacht und sich zu dritt von den anderen weggeschlichen. Es war Herbst, die Erde blutrot von den Blättern des Zuckerahorns, die unter ihren Füßen raschelten. Sie setzten sich auf die Felsen, direkt am Abhang, weit weg vom Weg und rauchten, bis sie high waren. Die Farben schienen in ihren Augen zu singen. Sie zogen sich aus, lagen in der Sonne, und Elena hatte das Gefühl, als schmölzen sie zusammen in der Wärme. Sie hätte nicht sagen können, wo die anderen beiden endeten und wo sie begann. Ihr Herz zersprang in ihr, schwoll in ihrem Körper und pulsierte wie das Rot, das tiefe Blutrot der Blätter.

Ständig saß ihr ihre Mutter im Nacken wegen der Noten – als hätten die irgendwas zu bedeuten. Ihre Mutter hatte nie Spaß, sie arbeitete nur die ganze Zeit und machte sich Sorgen. Immer war sie am Rennen, die Mappe unter dem Arm, immer gehetzt, in ihren blöden grauen Kostümen, stöckelte auf ihren hohen Absätzen zum Auto oder zur U-Bahn. Es war ein schlechter Witz. Für ihre Mutter bestand ein schöner Abend darin, dass sie Abendessen machte, was Elena nicht die Bohne interessierte, sich eine halbe Stunde in die Badewanne verzog und dann mit hoch gelegten Füßen in ihrem alten Bademantel dasaß und ein Buch las. Ihre Mutter war langweilig geboren. So waren manche Menschen eben. Beispielsweise Rachel. Aber ihre Mutter war die ungeduldigste Frau, die auf der Welt herumlief. Ununterbrochen fragte sie, ob man dies oder jenes endlich erledigt hatte. Wenn Elena beispielsweise abwusch, wozu sie blöderweise verdonnert war, wo doch alle anderen Menschen längst eine Spülmaschine hatten, kam ihre Mutter auch schon angelaufen und legte los: Bist du noch nicht fertig? Hast du deinen Pulli gewaschen? Hast du dein Bett gemacht? Hast du deine Hausaufgaben erledigt? Wann setzt du dich endlich dran? Hast du das noch nicht gemacht? Hast du wieder mal vergessen, den Müll rauszutragen? Wie kannst du bloß deine Schuhe verlieren? Das versteh ich nicht, das versteh ich einfach nicht. Allerdings, sie verstand so gut wie gar nichts, da hatte sie ausnahmsweise mal den Nagel auf den Kopf getroffen.

Elena fühlte sich mit jedem im Kriegszustand. Ihre Mutter versuchte sie einzusperren. Elena sagte Ja und Amen und tat dann doch, was ihr beliebte. Zweimal hatte Rachel sie verpetzt. Beim zweiten Mal holte Elena ein Messer aus der Küche, warf Rachel aufs Bett und hielt ihr das Messer an die Gurgel. »Wenn du mich noch mal verpfeifst, dann schlitz ich dir die Kehle auf. Glaub bloß nicht, dass ich bluffe, das kannst du glatt vergessen. Es wäre mir ein Vergnügen, weil es mich nämlich brennend interessiert, was für ein Gefühl das wäre, meiner ätzenden kleinen Schwester die Kehle durchzuschneiden.«

Das hatte Rachel ordentlich Angst gemacht, und sie hatte aufgehört, ihrer Mutter Geschichten zu erzählen. Elena betrachtete sich im Spiegel, warf sich mit zusammengekniffenen Augen als Bösewicht in Pose. Sie konnte ziemlich verrucht aussehen, was ihr gut gefiel. Sie war groß, und sie fand es gut, größer zu sein als manche Jungs. Sie war geschmeidig, gemein und hart gesotten. Zusammen mit Evan und Chad bildete sie eine eigene Familie. Die drei verbrachten so viel Zeit wie möglich zusammen, das war ihnen wichtiger als das Leben selbst. Wenn sie mit Evan und Chad zusammen war, fühlte sie sich geborgen, geschützt, in Sicherheit, geliebt. Zwar wurden sie oft angefeindet, aber das machte nichts, weil andere Leute ihnen nichts zu sagen hatten – niemand außerhalb ihrer Dreieinigkeit. Sie waren alles füreinander. Wenn einer von ihnen sich auch nur fünf Minuten zu stark mit etwas von außerhalb beschäftigte, dann brachten ihn seine beiden Freunde rasch wieder auf den richtigen Weg. Sie waren eine Einheit. Sobald sie alt genug waren, sobald sie einen eigenen Wagen besaßen, sobald sie genug Geld beieinander hatten, um abzuhauen, würden sie zusammenleben. So lange schlafen, wie sie Lust hatten, und so lange aufbleiben, bis sie müde wurden. Sie würden essen, wann und wonach ihnen zumute war, Pizza oder gar nichts oder fettige Hamburger, bloß keinen Tofu oder Brathähnchen oder stinkenden Fisch, dieses ganze Zeug, das Elenas Mutter ihr immer eintrichtern wollte. Sie würden ihre Musik spielen, so laut sie wollten, sie würden vögeln, wann immer sie Lust hatten, ohne Angst, dabei erwischt zu werden. Sie würden glücklich sein. Im Schweinehimmel.

In der ersten Stunde (sie versuchten, möglichst alle Kurse gemeinsam zu belegen) kam Chad zu spät. Sobald sich die Möglichkeit ergab, steckte er Elena ein Briefchen zu. »Der Alte hat meinen Vorrat entdeckt. Scheiße! Er will mich auf die Militärschule schicken.«

Beim Mittagessen erklärte er sie Sachlage näher. »Irgendwie ist er dahintergekommen, dass ich mich außerhalb der genehmigten Zeiten mit Mom treffe. Keine Ahnung, wie er das rausgekriegt hat, aber ich würde ihm glatt zutrauen, dass er irgendeinen schäbigen Privatdetektiv auf mich angesetzt hat. Wer weiß? Jedenfalls hat er, nachdem er das entdeckt hat, mein Zimmer durchsucht und meinen Vorrat an Hasch und Tabletten gefunden.«

»Dann sag ihm doch, du bewahrst das Zeug für einen Freund auf«, schlug Evan vor.

»Ha, meinst du, er ist so blöd? Er hat sofort seinen Anwalt angerufen und versucht jetzt, meiner Mom Schwierigkeiten zu machen.«

»Was für Schwierigkeiten kann deine Mom denn kriegen?«, fragte Elena. Sie aß nichts, denn sie hasste es, in der Schule zu essen. Um nichts auf der Welt wäre sie mit einer braunen Papiertüte aufgetaucht, aber die Scheiße hier wollte sie auch nicht essen. Essen wurde sowieso überschätzt. Da rauchte sie doch lieber eine Zigarette und trank eine Coke dazu.

»Er kann ihr seinen Anwalt auf den Hals hetzen, wie er es schon mal getan hat. Er kann den Richter dazu kriegen, dass ich sie noch weniger sehen darf.« Chad schlug mit der Faust auf den Tisch. »Ich hasse ihn. Ich wollte nicht, dass sie Schwierigkeiten kriegt. Ich wollte sie doch nur sehen.« Wellen heftiger Emotionen gingen von ihm aus.

Es war spannend, diese ganzen Gefühle zu beobachten. Als würde über dem Tisch ein Gewitter niedergehen. Elena hatte Blitz und Donner schon immer gemocht. Rachel hielt sich die Ohren zu, aber Elena lief ans Fenster, hoffte fast, dass der Blitz möglichst nahe bei ihr einschlug, sie elektrisierte. Das war so schön. Jetzt verbreitete Chad das gleiche Gefühl, und Elena wollte die Emotionen spüren, die ihn verzehrten. Sie legte ihre Hand auf seine, aber er merkte es nicht. Noch einmal schlug er auf den Tisch. Es sah aus, als würde sein Gesicht aufbrechen und den geschmolzenen Tränen freien Lauf lassen, aber natürlich würde er hier nicht weinen. Er konnte nur mit der Faust auf den Tisch schlagen.

Ein Klassenordner kam herüber. »Hau gefälligst nicht so auf den Tisch, du Komiker.«

»Lass ihn doch, er hat Probleme«, sagte Elena.

»Momentan ist er mein Problem. Lass den Tisch in Ruhe, sonst schick ich dich zum Direktor.«

»Hau ab, Arschgesicht«, mischte sich nun auch Evan ein. »Sonst hast du gleich echt ein Problem.«

Aber Chad beruhigte sich. Irgendwie überstanden sie den Rest des Schultags, dann gingen sie zu Elena, denn Chad wollte nicht nach Hause. Rachel war im Schwimmkurs; sie fuhr mit einer anderen Mutter hin und wurde von Suzanne um sechs abgeholt. Die drei

Freunde schlossen sich in Elenas Zimmer ein und öffneten das Fenster, bevor sie sich einen Joint anzündeten, damit sie später nicht so lange lüften mussten. Aber Chad ließ sich weder mit Dope noch mit sonst etwas beschwichtigen.

»Sie hat mir alles genau erklärt, ehe sie damals ausgezogen ist. Der Alte ist einfach zu gemein, sie kann nicht mit ihm leben. Wie er sie immer runtergeputzt hat, genau wie er es jetzt mit mir macht. Als würde er einem Nadeln in die Haut stechen, nur um zu sehen, wie man zusammenzuckt.«

Elena runzelte die Stirn; es fiel ihr schwer, sich zu konzentrieren. »Warum hat sie dich eigentlich nicht mitgenommen?«

»Sie hatte kein Geld. Sie hatte nicht mal eine Wohnung. Später wollte sie mich zu sich holen, aber das Gericht hat beschlossen, dem Alten das Sorgerecht zu geben. Er hatte vier Anwälte oder so und sie bloß irgendeinen billigen Kerl, dem sowieso alles am Arsch vorbeiging.« Er rieb sich die Augen, die gereizt und rot aussahen. »Sie hätte mich trotzdem mitnehmen sollen. Trotzdem!«

Jetzt war Evan plötzlich hellwach. »Du weißt nicht, ob dein Vater und seine Anwälte das zugelassen hätten«, sagte er leise. Evan hasste es, wenn man die Schuld ständig bei anderen Menschen suchte.

»Der Alte bringt mich um. Er lässt mich nicht zu meiner Mutter. Eigentlich bin ich ihm scheißegal, ich bin nur ein Stück Besitz. Ein Knüppel, den er meiner Mutter über den Kopf ziehen kann. Für ihn bin ich ein Nichts. Ihm ist es gleich, wie es mir geht. Er will nur gewinnen.«

»Vielleicht könnten wir abhauen«, meinte Elena zögernd. Beide Jungen starrten sie an. »Wir könnten einfach zusammen weggehen.«

»Wohin denn?«, fragte Evan.

Chad stand auf. »Was spielt das für eine Rolle, solange wir nur weg sind? Ich hasse den Alten. Ich hasse mein Leben. Er wird mich auf die Militärschule schicken.«

»Er droht doch nur«, wandte Evan ein, in dem Versuch, alle etwas zu beruhigen.

»Nein. Seine Sekretärin musste schon die ganzen Formulare und Broschüren anfordern. Er hat schon mal damit gedroht, aber jetzt hat er sich gleich ans Telefon gehängt und mit irgendeiner Stelle in Virginia verhandelt. Er wird mich in irgendeine verdammte Gefängnisschule verfrachten. Ich möchte lieber sterben.«

»Woher kriegen wir ein Auto?« Elena stupste ihn an, um seine Aufmerksamkeit auf sich zu lenken.

»Ich kann eins von meinem Vater nehmen, er hat ja drei. Ich weiß, wo er die Schlüssel versteckt.«

»Aber nimm nicht den Porsche«, sagte Evan. »Der ist zu auffällig und zu klein für uns drei.« Offenbar war er mit von der Partie. Er konnte der Idee nicht widerstehen.

Auf einmal war Chad voller Tatendrang. »Wir gehen nach Kalifornien. Ich liebe Kalifornien. Nordkalifornien – nördlich von San Francisco. Freunde von mir haben da ein Haus, und wenn man aus der Tür kommt, steht man mitten auf einer Wiese mit zwei Pferden, und auf einmal verschwindet die Welt und man steht auf einer Klippe, peng, und unter dir krachen die Wellen gegen die Felsen. Man kriegt Lust runterzuspringen, einfach einen Schritt in die blaue Luft hinaus.«

»Ich möchte aber wirklich abhauen«, sagte Elena und legte den beiden die Hand auf die Schulter. »Nicht nur drüber reden, als wollten wir eine Bank überfallen. Ich möchte es tun.«

»In Wirklichkeit«, sagte Chad.

»Wir sind immer wirklich«, meinte Evan. »So sind wir, wenn wir zusammen sind. Harte Realität. Gehen wir ins Bett.«

Am nächsten Tag kam Chad mit dem BMW seines Vaters angefahren, nur um ihnen zu zeigen, wie leicht das war. Sie fuhren nach Rhode Island und ließen sich tätowieren – das war in Massachusetts illegal. Chad bekam einen geflügelten Totenschädel, Evan einen Adler, Elena eine rote Rose mit einem Blutstropfen an einer Dorne, bei den beiden Jungen auf dem Arm, bei Elena auf der Hüfte. Es waren keine großen Tätowierungen – Chad bezahlte sie mit seiner Kreditkarte –, aber sie waren genau richtig. Elena würde Suzanne kein Sterbenswörtchen davon erzählen, aber irgendwann würde sie es wohl mitbekommen – wahrscheinlich, wenn sie das nächste Mal einen Bikini anhatte. Suzanne würde ausflippen. Aber Elena liebte ihr Tattoo. In der Nacht sah sie es sich immer wieder im Schein einer Taschenlampe an, wie sie als Kind nachts Comics gelesen hatte.

Suzanne hatte es leicht gehabt. Sie war auf der High School gewesen, als alles drunter und drüber gegangen war und die Kids sich mächtig fühlten. Eine große Kraft, alle aus einem Stück, Jugendkultur, Hippies und Yippies. Mit ihrer unumstößlichen Überzeugung, dass sie im Recht waren, jagten sie den Lehrern, Direktoren, Eltern und Bossen einen Heidenschreck ein. Sie übernahmen einfach die Kontrolle über Straßen und Parks. Als Suzanne aufs College ging, hatte sie schon eine Menge Übung darin, sich im Recht zu fühlen.

Aber jetzt konnte man Suzanne vergessen. Elena konnte sich auf niemanden mehr verlassen als auf ihre kleine Familie, bestehend aus Evan und Chad. Die braven Kids rauchten nicht. Sie blieben auf der anderen Seite der Grenze. Wenn man wie Elena diese Grenze jeden Tag überschritt, wurde man als Schlampe gebrandmarkt. Elena wusste, was sich für sie gut anfühlte, aber alle um sie herum, die Macht hatten, erzählten ihr, dass Sex und Heavy Metal und das ganze Zeug, was einen high machte, schlecht und schmutzig war – und sie auch.

15

Beverly

Beverly graute es vor dem Rehabilitationszentrum, weil es klang wie ein Pflegeheim, eine Institution, in die man abgeschoben wurde. In die man sie verfrachtete, damit sie Suzanne nicht störte. Aber als Suzanne sie dann hinfuhr, war sie so erschöpft, dass sie sich regelrecht nach einem stillen Zimmer sehnte, weit weg von allen anderen. Es war zu schwierig, zu viel. Alle redeten auf einmal, offensichtlich hatte keiner begriffen, dass Beverly nicht mehreren Gesprächsfäden gleichzeitig folgen konnte. Außerdem war es unerträglich laut. Die Musik dröhnte, ständig quasselte jemand, und die ganzen Stimmen mischten sich in Beverlys Ohren zu einem irren Getöse. Alles war so kompliziert, Dinge standen im Weg, Möbel mit spitzen Ecken. Die Toilette war nahezu unerreichbar. Nicht einmal mit der verhassten Gehhilfe kam sie zurecht, denn sie verfing sich an jedem Möbelstück, und es gab sowieso viel zu viele Möbel, jeder Durchgang war verstellt. Irgendwelche Dinge fielen krachend zu Boden, wenn sie vorüberschlurfte. Man redete viel zu laut mit ihr, als wäre sie taub. Wahrscheinlich dachten sie, wenn sie brüllten, würde Beverly sie verstehen, dabei wollte sie doch nur, dass man langsam sprach und gelegentlich eine Pause machte, damit sie nachkam.

Inzwischen konnte sie zwar ein wenig sprechen, aber hier gab ihr niemand eine Chance, die Silben zu bilden, die sie beherrschte. Sie konnte jetzt alle Vokale. Der nette Mann mit den verqueren Klamotten, Dr. Fish, hatte ihr gezeigt, dass sie die verschiedenen Laute perfekt aussprechen konnte. Schah, Schei, Schi, Sche, Schai, Schie, Schau, Scheu, Schu. Das klang wie Musik in ihren Ohren. Und ›M‹. Sie konnte Dinge sagen wie »Schau mal«, wenn jemand nur die Geduld aufbrachte, ihr zuhörte und Zeit ließ. Aber Suzanne war schon immer ungeduldig gewesen. Beverly erinnerte sich daran, dass sie selbst auch ungeduldig gewesen war, früher, als echter Mensch. Ja, sie hatte es auch ständig eilig gehabt, aber jetzt brauchte alles endlos viel Zeit. Allein das Anziehen dauerte schon mindestens eine halbe Stunde, und noch mal fünfzehn Minuten, um aufs Klo zu gehen, wieder aufzustehen und zurückzukommen. Jede kleine Unternehmung, beispielsweise Eisessen, erschöpfte sie so, dass sie sich erst einmal ausruhen musste. Aber in Suzannes Haus gab es kaum Ruhe. All die Menschen, die herumwimmelten und sich anschrien, Türenschlagen, Wasserrauschen, Telefonklingeln, Faxpiepen, Leute, die in die obere Wohnung stapften oder von dort herunterkamen. All die Gesichter, die sie nicht kannte oder sich vielleicht nur nicht an sie erinnerte.

Sie würde Mao vermissen. Er war überglücklich gewesen, sie wiederzusehen, denn er liebte sie, so wie sie war. Sofort kam er zu ihr ins Bett und wollte gar nicht mehr aufhören zu schnurren. Er knetete ihren Arm mit seinen Pfoten, und es kam ihr fast so vor, als spürte sie etwas, als würde der Arm etwas weniger taub. Die anderen Katzen, die roten, wollten sie ebenfalls begrüßen, auch sie recht freundlich, aber Mao verscheuchte sie und fauchte mit gesträubtem Fell. Beverly gehörte ihm. Wenn sie ihn doch nur ins Rehabilitationszentrum mitnehmen könnte. Er liebte sie noch immer, auch wenn die anderen es nicht mehr konnten. Sogar ihre Lieblingsenkelin Elena hielt sich von ihr fern. Sprach aus sicherem Abstand mit ihr und ergriff dann die Flucht. Keiner wollte die Ruine näher betrachten, die früher einmal Beverly gewesen war.

Deshalb fühlte sie sich tatsächlich erleichtert, als sie in dem hellgrünen Zimmer in ihrem Bett lag, obwohl sie nicht hatte herkommen wollen und mächtig protestiert hatte. Aber hier würde sie sich wenigstens zurechtfinden. Zehn Stufen zum Badezimmer, Griffe, wo sie hingehörten. Ein Hocker in der Badewanne, auch hier reichlich Griffe. Geländer an den Wänden. Breite Türen, durch die sie mit der Gehhilfe mühelos hindurchpasste. Überall Rampen. Die Fernbedienung für den Fernseher in erreichbarer Nähe. Über ihrem Bett ein Tablett auf einer Feder, mit deren Hilfe es sich leicht herabziehen und wieder hinaufbefördern ließ. Darauf konnte sie Notizen schreiben und ihre Großdruckbände beim Lesen aufstützen. Man erwartete von ihr, dass sie selbstständig zu den Mahlzeiten erschien, obgleich sie lieber in ihrem stillen Kämmerlein geblieben wäre.

Die Mahlzeiten waren deprimierend. Die meisten Patienten oder Insassen – diejenigen, die man endgültig hier abgestellt hatte – versuchten nicht einmal, miteinander Kontakt aufzunehmen. Die mit einem Gehirnschaden auf der rechten Seite waren gelegentlich ziemlich redselig, aber das bedeutete nicht, dass man sie verstehen konnte. Am Tisch saß Beverly einer weißhaarigen, zerbrechlichen Lady gegenüber, rosig wie eine Porzellanfigur, die vor sich hin fluchte und schimpfte:

»Verdammter Scheißkerl, du elender Mistsack.« Offenbar war irgendein Schalter in ihrem Gehirn in Schimpfstellung eingerastet. Ein Mann mittleren Alters mit einem verzerrten Gesicht sang vor sich hin, während er in seinem Essen herumstocherte. Immer noch erforderte es Beverlys ganze Konzentration, nichts auf ihren Schoß, in ihre Haare oder auf ihren Pullover zu kleckern. Es war ein harter Kampf. Vorsichtig, um sich nicht zu verschlucken, löffelte sie kleine Bissen in ihren Mund. Die Mahlzeiten dauerten lange, weil sie so schwierig waren. Keinem der Anwesenden fiel das Essen leicht.

Der Tagesrhythmus war hier anders als in der New Yorker Klinik, aber ebenso regelmäßig und klar. Baden und anziehen, ruhen. Frühstück, ruhen. Physiotherapie, ruhen. Sprachtherapie, ruhen. Lunch, ruhen. Ergotherapie, ruhen. Fernsehen, ruhen. Abendessen, Fernsehen, ins Bett gehen. Und dann alles wieder von vorn. Aber Beverly störte sich nicht an der Routine, denn das Chaos bei Suzanne hatte sie hoffnungslos ermüdet.

Um sie herum waren lauter Menschen mit unterschiedlich schweren Schlaganfällen und in unterschiedlichen Phasen der Genesung. Wenn sie ›Genesung‹ dachte, setzte sie das im Stillen immer in Anführungszeichen. Ihre Therapeuten erzählten ihr von Patienten, die gelernt hatten, ihre Beine wieder zu benutzen, ihre Arme, ihre Hände, ihren Sprachapparat, die Fähigkeit, ein normales Leben zu führen, aber um sich herum sah sie die Kaputten und Verdammten. Wie sie selbst. Dass sie kaum in Kontakt miteinander kamen, lag teilweise daran, dass es harte Arbeit war, mit einem Menschen in Verbindung zu treten, der einem nicht ausdrücklich als Therapeut zugewiesen war, und teilweise damit, dass es deprimierend war, einen Menschen mit einem ähnlichen Problem genauer zu betrachten. Allmählich begriff Beverly, dass ein Schlaganfall oft nur ein erster in einer Reihe von mehr oder weniger schlimmen Anfällen war und dass sie eigentlich jederzeit mit einem weiteren rechnen musste.

Inzwischen kämpfte sie nicht mehr gegen ihre Therapie, sondern bemühte sich redlich und allen Misserfolgen zum Trotz. Am eifrigsten betrieb sie die Sprachtherapie. Diesmal hatte sie eine Therapeutin namens Nancy Wright. Suzanne brachte ihr einen Stenoblock und Stifte mit, aber Nancy Wright sagte: »Zuerst arbeiten wir am richtigen Sprechen, Mrs. Blume.«

Ein Sprachspezialist hatte sie fast einen ganzen Nachmittag untersucht, bis sie vor Frustration und Erschöpfung weinte. Sein Urteil lautete, dass weder ihre Stimmbänder noch der Kehlkopf beeinträchtigt waren. Es lag alles an ihrem Gehirn, dem grauen halbkugeligen Organ, das Beverly immer mehr hasste. Sie stellte sich vor, dass dort, wo die Sprechmaschinerie einmal mühelos funktioniert und Worte und Sätze ausgespuckt hatte, jetzt ein Loch klaffte. Dabei hatte sie immer so gern geredet. Ihr Mutter hatte sie ›das Mundwerk‹ genannt, wenn sie sauer auf Beverly war.

»A baise Zung is ärger als a schlechte Hant« – das hatte ihre Mutter gern gesagt. Plötzlich saß Beverly wieder am Tisch der Wohnung in der Lower East Side, auf der Twelfth Street neben dem jüdischen Altenheim. Sie wohnten hinten im dritten Stock. Genau genommen bestand der Tisch aus zwei zusammengeschobenen Tischen, jedenfalls wenn die ganze Familie zusammen aß. Beverly hatte drei große Brüder und natürlich ihre Schwester, Karla. Al starb im Zweiten Weltkrieg auf einem Zerstörer im Pazifik. Davey erlag im Krankenhaus einer Lungenentzündung, nachdem er vor seinem Plattenladen überfallen worden war. Gene hatte vor gerade

mal fünf Jahren einen tödlichen Herzinfarkt erlitten, als er in der Nähe von Las Vegas Golf spielte. Außer mit Gene, ihrem Lieblingsbruder, hatte Beverly nicht viel mit ihren Brüdern zu tun gehabt. Aber sie konnte sie vor sich sehen, an den zwei zusammengeschobenen Tischen, zusammen mit ihrer Tante Hannah, einer entfernten Verwandten, die man nach Amerika geholt hatte, um ihr das Leben zu retten, und ihrem Großvater, der ihr damals schon uralt und seltsam erschienen war und kaum ein Wort Englisch sprach. Alle drängten sich um die zusammengeschobenen Tische, sangen den Segen und machten sich über das gute, reichliche Sabbatessen her. Sie konnte die Suppe förmlich riechen, die ihre Mutter mit Eiern aus dem Innern des Huhns machte, Eier ohne Schalen.

Dann half sie, noch jünger jetzt, ihrer Mutter, das Hühnchen vom koscheren Metzger zu rupfen. Und was geschah mit den Federn? Sie hoben sie auf, weil Mama und Tante Hannah daraus Staubwedel machten und auf dem Sonntagsmarkt verkauften. In diesem Haus wurde nichts vergeudet, kein Stück Gemüseschale, kein Knochen, kein Kleckschen Fett. Alles wurde verwendet. Wenn sie da an die Abfallberge dachte, die bei Suzanne jeden Tag nach draußen getragen wurden, Haufen von Müll, von weggeworfenen Dingen … Nein, bei Beverly zu Hause wurde alles benutzt.

Damals warfen sie auch die Menschen nicht weg, nicht ihren seltsamen Großvater, der bei einem Pogrom in Litauen eine Kopfverletzung davongetragen hatte und nur mechanische Arbeit verrichten konnte. Nicht Tante Hannah, die mindestens einmal pro Woche mit ihrem Geschrei das ganze Haus weckte, Albträume von den Nazis. Manchmal gesellte sich auch ein hungriger Nachbar oder ein Verwandter auf Durchreise zum Essen zu ihnen. Beverly konnte wieder die Suppe riechen. Seit Jahren hatte sie nicht mehr daran gedacht. Eine Suppe aus jenen Tagen, als ein Huhn noch Federn und Füße hatte und nicht in Einzelteile zerlegt und in Plastikfolie geschweißt war. Junge Leute wie Rachel wurden Vegetarier, weil es sie schockierte, dass die ganzen Objekte, die so sauber im Supermarkt herumlagen, keine Disneyfiguren waren, die im Tanzschritt in den Kochtopf hüpften, sondern wirkliche Tiere, die gestorben waren, damit man sie essen konnte. Beverly war über diese Zusammenhänge nie im Unklaren gelassen worden, man aß, um zu leben, das konnte sie akzeptieren. Heute behüteten die Leute ihre Kinder viel zu sehr, deshalb wuchsen sie unselbstständig auf und waren nicht in der Lage, mit den Schwierigkeiten des Lebens umzugehen. Bei diesem Thema wurde sie richtig aufgeregt und hätte gern mit dem alten Kerl darüber gesprochen, der neben ihr ein Nickerchen machte, während im Fernsehen irgendeine blöde Sitcom über Zwanzigjährige ohne politische Überzeugungen und ohne Verstand lief, die nichts anderes im Kopf hatten, als mit wem sie als nächstes ins Bett gehen sollten. Dann wurde ihr klar, dass sie genauso unfähig war, einen Vortrag über Kindererziehung zu halten, wie er, ihn zu verstehen.

Der Duft der Suppe kitzelte sie in der Nase. Sie konnte diese Suppe deutlicher riechen als alles, was ihr seit dem Schlaganfall in die Nase gestiegen war. Vielleicht hatte sie seither nie wieder so etwas Gutes gegessen. Es war ein reicher, üppiger Duft. Ihr lief das Wasser im Mund zusammen. Sie spürte, wie sich der harte Holzsitz mit der Erhebung in der Mitte gegen ihren Hintern presste, sie spürte den rauen Baumwollstoff des weißen Sabbattuchs unter ihren Ellbogen. Ja, der Großvater beugte sich über seinen Suppenteller, fast berührte er ihn mit der

Nase. Davey machte ihn nach und stupste Beverly unauffällig in die Rippen. Sie roch den Duft der *Challa*, die frisch aus dem Ofen kam. Wenn man sie aufbrach, zeigte sich das weiche Gelb unter der glänzenden Oberfläche, Kuchen fast ähnlicher als Brot. Sie zerging einem auf der Zunge. Warum hatte sie sich in den letzten Jahren nie *Challa* gekauft? Eine Bäckerei ganz in der Nähe ihrer Wohnung machte gute *Challa*. Mama briet zwei Hähnchen, damit jeder zwei Stücke bekam. Beverly hatte immer einen Flügel und ein Stück vom Rücken. Die Jungen bekamen die Schenkel. Mama, Papa und Großvater teilten sich die Brust, Papa bekam den anderen Schenkel. Tante Hannah, Karla und sie aßen noch die Reste. Beverly erinnerte sich, dass sie, als sie von zu Hause ausgezogen war und sich als Organisatorin für die Textilgewerkschaft der Frauen Geld verdiente, in einem Restaurant ein halbes Hähnchen bestellte und komplett aufaß, jedes Fitzelchen. Auch das konnte sie jetzt noch schmecken. Es war nicht wie bei Mama, nicht die Art Hähnchenschmorbraten mit Sellerie und Karotten und Zwiebeln und Knoblauch. Karla wusste, wie man so was machte. Nein, dieses Restauranthähnchen war nach Art der Nichtjuden gegrillt, aber trotzdem sehr gut. Sie aß sogar noch den letzten Hautfetzen und lutschte die Knochen ab, wobei sie sie nicht gerade damenhaft in die Hand nahm. So saß Beverly da und hatte gleichzeitig den Geschmack des Hähnchens ihrer Mutter und des Hähnchens im Mund, das sie sich von ihrem ersten Gewerkschaftslohn gekauft hatte.

Tränen rannen aus ihrem linken Auge, ihrem guten Auge, über ihre Wange, und hinterließen dort eine salzige Spur. Wer hätte gedacht, dass sie einmal in einem schwach erleuchteten Raum vor einem Fernseher sitzen würde, den keiner der Anwesenden anschaute, mit einer Gruppe alter Menschen, die niemandem am Herzen lagen – auch einander nicht –, dass sie da sitzen und über vergangene Hähnchen weinen würde? Ich habe mein Leben gelebt, verdammt, dachte sie, ich habe mein Leben gelebt. Es war ein verdammt gutes Leben, auch wenn ich manchmal Angst hatte, selbst wenn ich manchmal in Gefahr war, selbst wenn ich mir das Herz aus dem Leib geweint habe. Warum kann es nicht einfach vorbei sein? Ich bedaure nichts, aber diesen sinnlosen Schluss will ich nicht. Ich hatte so viel Leben, wie man sich nur wünschen kann, also lasst mich doch hier raus. Lasst meinen Körper gehen!

16

Suzanne

»Bist du sicher, dass du nicht überstürzt heiratest, weil es dich beunruhigt, allein nach Israel zu fahren? Du warst noch nie allein im Ausland. Immer nur mit mir oder mit deinem Vater.«

»Ehrlich, Mutter, ich freue mich auf Israel, ich bin unglaublich gespannt darauf. Und ich bin schon oft allein verreist.« Rachel sprach in dem ultravernünftigen Ton, den Suzanne manchmal an ihr gehört hatte, wenn sie mit Elena redete. »Als ich in Kalifornien studiert habe, bin ich allein hingefahren. Ich war mit einer Freundin in Santa Fe. Du regst dich doch bloß auf, weil ich in Israel heiraten möchte.«

»Aber wie lange kennst du ihn denn? Michael, meine ich.« Sie zwang sich, seinen Namen zu sagen. Ihr gefiel es nicht, wie die beiden sich permanent anhimmelten.

Sie traute der ganzen Sache nicht. Sie mochte Michaels vage überhebliche Art nicht, das Gefühl, dass er sie alle missbilligte.

»Ich kenne ihn seit meinem ersten Jahr auf dem Rabbiner-College. Wir hatten zusammen Hebräisch. Wir haben im ersten Jahr gemeinsam angefangen zu studieren.« Rachel legte die Unterwäsche weg, die sie sortierte – was sie mitnehmen wollte, was ausgemustert wurde. »Wirklich, Mutter, was hast du denn gegen ihn? Was für einen passenderen Ehemann könnte ich denn finden?«

»Ich mag ihn ja«, verteidigte sich Suzanne. »Ich mag ihn sehr. Ich denke nur, dass ihr mit dem Heiraten warten solltet, bis ihr mit dem Studium fertig seid, statt euch so zu hetzen.«

»Wer hetzt sich denn, Mutter? Wir sprechen schon seit Monaten darüber.«

Aber nicht mit mir, dachte Suzanne säuerlich. Wann hast du damit aufgehört?

Suzanne packte die Wollsachen weg, die Rachel dagelassen hatte. Es rührte sie immer, wenn sie mit der Kleidung ihrer Tochter hantierte. Sie sortierte die Stücke für die Reinigung aus und packte den Rest in alte Koffer, die im Keller verstaut wurden. Ein paar dufteten nach einem der leichten blumigen Parfüms, die Rachel gern trug. Andere rochen einfach nach Rachel, ein typischer Geruch, den Suzanne nicht benennen konnte, aber überall auf Anhieb erkannt hätte. Sie vergrub das Gesicht in einem blauen Rollkragenpullover, und einen Moment hatte sie große Lust zu weinen. Menopause, hätte Marta gesagt. Marta schob alle Launen auf die Wechseljahre, als gäbe es sonst nicht genügend Probleme und Ärger auf der Welt. Rachels Körpergeruch war ein sauberer Duft, wie nach Ingwer und Brot. Fleisch von Suzannes Fleisch. Heute Morgen hatte sie Jim und Marta oben streiten gehört. Marta war schnell auf hundertachtzig, sie hatte ein Temperament, das sie manchmal dazu brachte, Dinge kaputtzumachen, die sie nicht kaputtmachen wollte. Jim ärgerte sich nicht so schnell, aber er brauchte auch viel, viel länger, um zu verzeihen. Vergessen konnte er nie.

Sie erinnerte sich, wie sehr ihr die Kleinmädchensachen früher immer gefallen hatten, wie Puppenkleider. Rachel war ein rundliches Baby gewesen, gutmütig, leicht zum Lachen und zum Weinen zu bringen. Als sie größer wurde, malte sie gern mit Buntstiften. Wenn sie die Enten und Schwäne im Park sah, wurde sie immer ganz aufgeregt. Sie liebte die Schwanenboote. Elena hatte sich nie dafür interessiert.

Rachel hatte Tiergeschichten geliebt, heldenhafte Hunde, kluge oder törichte Katzen, misshandelte Pferde, boshafte Ziegen. Elena war musikalischer gewesen. Schon ganz früh hatte sie auf Musik reagiert. Eine Weile hatte Suzanne gedacht, dass Elena Musikerin werden würde. Oder Tänzerin. Selbst in finanziell angespannten Zeiten hatte Suzanne für Elena immer Ballettstunden ermöglicht. Sie erinnerte sich noch gut, wie sie über die Bühne gesaust war, eine dunkle, flackernde Flamme. Sie war immer sehr hübsch gewesen und gehörte zu den wenigen Frauen in Suzannes Bekanntschaft, die schon beim Aufwachen schön aussahen. Anscheinend lag der Schlaf nur ganz leicht auf ihr und zerknitterte sie kaum. Dabei schlief sie außergewöhnlich fest. Als Elena noch ganz klein gewesen war, hatte Suzanne manchmal Angst bekommen, weil ihre Tochter im Schlaf versank und vollkommen reglos dalag, wie auf dem tiefsten Meeresgrund. Ein paar Mal hatte Suzanne sie geweckt, aus Angst, dass etwas nicht stimmte, aus Angst, dass ihr Baby tot war.

Bei Elena war sie viel ängstlicher gewesen als bei Rachel. Als Rachel geboren wurde, hatte sie Sam und Marta zur Hilfe. Außerdem hatte sie selbst Erfahrung. Aber als Elena auf die Welt kam, wurde ihr klar, dass sie noch nie im Leben ein Baby auf dem Arm gehabt hatte. Also rannte sie los und kaufte sämtliche Bücher über Kinder, derer sie habhaft werden konnte und die sich als Ratgeber verwenden ließen. Je mehr sie las, desto klarer wurde ihr, was alles schief gehen konnte. Plötzlicher Kindstod. Koliken. Meningitis. Ersticken. Erdrücken. Auf den Kopf fallen. In manchen Nächten saß sie da und weinte, überwältigt von der Last der Verantwortung, überwältigt von Angst. Manchmal hatte sie das Gefühl, Elena wäre gar kein Baby, sondern irgendein riesiges Wesen, viel größer als sie selbst. Dann bekam sie ein schlechtes Gewissen. Das erste Mal war die Mutterschaft kein freudiges Ereignis gewesen. Sie hatte sich minderwertig gefühlt. Sie stand kurz vor dem Juraexamen und lernte jede Nacht stundenlang mit einer weinenden Elena auf dem Arm. Ein Wunder, dass sie nicht verrückt geworden war. Vielleicht war sie ja verrückt. Nein, sie hatte überlebt und Elena ebenfalls, aber als Elena in Schwierigkeiten geriet, war Suzanne fest überzeugt, dass sie daran schuld war, dass sie als Mutter versagt hatte.

»Ich glaube, es wäre gut für dich, wenn du im Vorstand wärst«, sagte Jake und tunkte Brot in die Sauce des Schmorbratens. »Und ich weiß, es wäre gut für den Vorstand.«

»Aber ich bin so bereits überlastet. Ich unterrichte, ich praktiziere als Anwältin, ich mache immer noch bei der Rechtsberatung mit, ich bin Mentorin für mehrere Studenten, ich versuche, einen Artikel über Revisionen bei

Fällen von häuslicher Gewalt gegen Frauen fertig zu stellen …«

»Der Vorstand trifft sich höchstens ein-, zweimal im Monat. Das kriegst du doch unter, ein Abend hin und wieder.«

»Aber du willst bestimmt nicht, dass ich bei den Sitzungen nur anwesend bin und stumm dasitze, oder?« Sie konnte sich des Verdachts nicht erwehren, dass er ihr juristisches Talent für seine Organisation ausnutzen wollte. Gratis natürlich, ganz legitim und ehrenamtlich, als hätte sie für so etwas Zeit. Sie wurde den Verdacht nicht los, und das gefiel ihr überhaupt nicht.

»Du bist eine tolle Anwältin, Suzanne. Wir können jede Hilfe gebrauchen. Wir verklagen ständig irgendwelche Holzunternehmen oder Energiekonzerne. Oder die verklagen uns oder beides gleichzeitig.«

»Wann bist du auf die Idee gekommen, mich zu fragen? Wie lange geht dir das schon im Kopf herum?«

Sie sahen einander an, und das Schweigen lastete schwer auf ihnen. Zwischen ihnen stand die halb aufgegessene Mahlzeit und die Frage, die Suzanne nicht so direkt stellen wollte, die Jake aber verstand.

»Das ist eine sehr nahe liegende Idee, Suzanne. Ich bin mir ganz und gar nicht sicher, ob es ursprünglich meine Idee war. Ich denke, als ich erwähnt habe, dass ich mich mit dir treffe, hat mein Chef den Vorschlag gemacht.«

Suzanne beschloss, vorläufig nicht darüber nachzudenken, welche schmutzigen Bemerkungen zwischen Jack und seinem Vorgesetzten noch gefallen sein könnten. »Ich habe keine Ahnung, wie viel Zeit und Mühe meine Mutter benötigt. Momentan ist sie in einem guten Rehabilitationszentrum. Aber das ist nur eine vorübergehende Lösung. Sie wird eine Menge Hilfe brauchen.

Offen gestanden weiß ich nicht, was alles auf mich zukommt, aber ich vermute, dass es mehr ist, als ich mir vorstellen kann.«

»Na ja, wie wäre es, wenn du in den Vorstand eintrittst und wir aber mit keinerlei Bitten an dich herantreten, bis die Sache mit deiner Mutter geregelt ist?«

»Wie wäre es, wenn du mir Zeit gibst, bis ich besser weiß, was es mit sich bringen würde, wenn ich meine Mutter bei mir aufnehme?« Es war immer leichter, eine Beziehung zwischen zwei sehr beschäftigten Menschen aufrechtzuerhalten, wenn zumindest Teile ihres Berufslebens sich überschnitten. Aber sie fühlte sich einfach überfordert, sie wollte sich auf nichts festlegen. »Im Augenblick würde ich nicht mal übers Wochenende für eine Freundin auf ihren Goldfisch aufpassen. Ich bin einfach nicht in der Verfassung.«

»Es wäre gut für dich, wenn du dich engagierst. Ich denke, du hast keine Vorstellung davon, wie interessant das für dich wird.«

»Ich brauche Zeit, keine neuen Verpflichtungen.«

»Ich kann warten.« Er grinste sie an.

Warum bereitete ihr das nur so ein unbehagliches Gefühl?

17 Zwölf Jahre zuvor

Elena

Elena ärgerte sich, weil die beiden Jungs das Lenkrad einfach mit Beschlag belegten. Seit Chad ihr das Autofahren beigebracht hatte, fuhr sie für ihr Leben gern. Ihre Mutter sah keine Veranlassung, dass sie vor dem vernünftigen Alter, wie sie es nannte, fahren lernen sollte, aber Chad hatte sie mitgenommen, damit sie ihren Lernschein bekam. Irgendwann würden die Jungs schon müde werden und sie auch mal übernehmen lassen. Sie hatten den BMW von Chads Vater geborgt, der zwar nicht gerade unauffällig war, aber mit dem man auf der in Dunkelheit getauchten Interstate rasch nach Westen vorwärts kam. Heute Morgen waren sie zur normalen Schulzeit losgefahren, damit sie einen Tag Vorsprung hatten, wenn man sie vermisste. Jetzt war es halb zwei Uhr nachts, und sie überquerten gerade die Grenze von Ohio nach Indiana, während *Judas Priest* aus voller Kehle grölte: »*Rock Hard, Ride Free.*«

Sie erwachte zusammengerollt auf dem Rücksitz und merkte, dass Chad sie gerade in einem Motel eincheckte. Sie fielen alle drei ins Bett und schliefen mehr oder weniger, bis es am nächsten Morgen draußen laut wurde. Dann duschte einer nach dem anderen, und Chad rasierte sich.

»Warum rasierst du dich eigentlich nicht?«, fragte sie Evan.

»Ich will mir einen Bart wachsen lassen. Gute Tarnung. Mit einem Dreitagebart sehe ich gleich viel älter aus.«

Elena verzog angeekelt das Gesicht. »Dann kannst du es aber glatt vergessen, dass ich dich küsse!«

Er packte sie und rieb seine Wange an ihrer. »Küsschen, Küsschen, Küsschen.«

Kichernd fielen sie aufs Bett. Chad kam pfeifend herein. »Euch kann man ja nicht mal fünf Minuten allein lassen, schon fallt ihr übereinander her. Ständig nur das eine im Kopf.«

»Ich finde, wir sollten unser Äußeres irgendwie verändern«, meinte Elena.

»Wer sucht schon nach drei Jugendlichen? Kids, die

von zu Hause weglaufen, gibt's doch wie Sand am Meer«, entgegnete Chad achselzuckend.

»Dein Vater will garantiert sein Auto zurück.«

Chad winkte ab. »Klar, irgendwann müssen wir es abstoßen und uns ein neues besorgen.«

»Wir können ja tauschen«, lachte Evan. »Hi, willst du deinen alten Ford Escort gegen einen hübschen BMW tauschen, einfach so?«

»Lass uns lieber erst mal so weit damit fahren, wie wir können.«

»Ich war noch nie in Kalifornien«, sagte Elena, als sie wieder auf dem Rücksitz kauerte, eine Tüte Kartoffelchips im Arm, die als Frühstück genügen würde.

»Ich schon«, verkündete Chad. »Als meine Eltern noch zusammen waren, haben wir zwei Jahre in Sacramento gewohnt. Mom und ich haben Picknick am American River gemacht. Sie hat mir Kanu fahren beigebracht. Dann haben wir Indianer gespielt.«

»Deine Mutter hat mit dir gespielt?«, fragte Evan verdutzt.

»Ja, sie hat eine ziemlich wilde Fantasie. Wir haben viel miteinander gespielt. Und jetzt kann ich sie nie mehr sehen, nie mehr.«

»Das ist doch albern«, wandte Elena ein. »Sie erzählt deinem Dad bestimmt nicht, wo du bist. Sie würde dich nie verpfeifen.«

Chad antwortete nicht. Elena versuchte sich vorzustellen, dass ihre Mutter mit ihr spielte. Genau genommen erinnerte sie sich sogar daran, dass Suzanne mit ihr auf dem Boden herumgekrochen war, als sie noch klein war. Sie waren Bären, die unter dem Esstisch wohnten. Kaum zu glauben, dass Suzanne so etwas getan hatte. Dass sie geknurrt und Beeren gegessen hatte. Ja, sie hatten unter dem Tisch gesessen und Blaubeeren aus der

Hand gegessen, und das Gesicht ihrer Mutter war blau verschmiert gewesen. In der Erinnerung war Suzanne jung und strahlte fast. Manchmal war derselbe Tisch auch ein Zelt gewesen. Waren sie Indianer gewesen? Oder Beduinen? Das hatte Spaß gemacht. Suzanne und sie saßen unter dem Tisch und aßen Thunfisch aus der Dose. Die Katze Big Boy war gekommen und hatte auch welchen genascht, und Elena hatte darüber gekichert. Big Boy war eine riesige braune Tigerkatze, die sie von der Straße aufgesammelt hatten und die immer bei Elena schlief, den großen angegrauten Kopf auf Elenas Oberschenkel. Sie überlegte, ob Big Boy sie wohl vermisste. Inzwischen war der Kater alt und gesetzt. Würde er jetzt bei Rachel schlafen? Würde er Elena nachweinen, sie überall im Haus, in den Wandschränken suchen? Diese ganzen lang verdrängten Kindheitserinnerungen ärgerten sie fast ein bisschen. Wie konnte Suzanne früher so anders gewesen sein? Wie war sie so geworden, wie sie jetzt war? Heutzutage verstand sie überhaupt nichts und bedrängte Elena nur ständig, jemand anderes zu sein, eine ältere Version der ach so perfekten Rachel. Ihre Mutter liebte sie einfach nicht. Sie versuchte, Elena zu dressieren wie einen widerspenstigen Hund.

Nachdem sie wochenlang vage Pläne geschmiedet hatten, hatte Elena das Weglaufen nun selbst initiiert. In Physik, was sie nur gewählt hatte, um der stinkenden Chemie zu entgehen, hatte sie im Halbjahreszeugnis eine Vier bekommen. Physik war zwar sauberer, aber sie hasste das Fach trotzdem. Immer musste alles so superpräzise sein. Sie hatte etwas viel Spannenderes erwartet, Raum und Zeit und Zeitmaschinen und explodierende Sterne. Aber es war einfach nur stinklangweilig. Sie mussten sinnlos irgendwelche Dinge messen, Verdrängung, spezifisches Gewicht. Und den ganzen Scheiß nur, weil ihre Mutter darauf bestand, dass sie aufs College ging, was absolut keinen Sinn ergab. College war ebenso hohl wie Schule und Erwachsensein und all die absurden Dinge, mit denen die Leute sich die Zeit vertrieben: 6 Uhr 45 Nachrichten anschauen; 7 Uhr 30 heiraten; 8 Uhr 05 mit dem Investmentberater sprechen; 9 Uhr fernsehen. Bald würden sie tot sein; irgendein Terrorist würde die Bombe auslösen, und alle würden in die Luft fliegen oder mit scheußlichen Wunden und Haarausfall jämmerlich eingehen. Oder ein anderer Terrorist würde das Trinkwasser mit einem Pestvirus verseuchen. Von der Zukunft konnte man nichts erwarten, außer dass man erwachsen wurde und einen langweiligen Job annahm und Steuern zahlte und Kinder in die Welt setzte, die man zwingen konnte, das zu tun, was man von ihnen wollte, damit sie, wenn sie groß waren, genau den gleichen Zirkus abzogen wie man selbst und es genauso langweilig fanden. Wie Chad immer sagte, es war besser, sich aus dem Staub zu machen. Weg. Aussteigen. Wenn man dem Plan der Erwachsenen folgte, bekam man nichts dafür, außer dass man jeden Tag älter wurde.

Aber sie wusste, ihre Mutter würde sie umbringen wegen der Vier. Als würde das eine Rolle spielen. Sie konnte sie schon hören, die Sprüche von wegen dem eigenen Potenzial gerecht werden, die Vorträge, wie wichtig es für ein Mädchen war, ihr Bestes zu geben – als wäre sie eine Pfadfinderin, die eine Schar weiblicher Wesen einen Hügel hinauf in den Kampf gegen die Machomänner führte. Ihre besten Freunde waren Jungs. Ihre Mutter verstand die Männer nicht. Dauernd faselte sie was von Diskriminierung und Quoten und Gleichberechtigung und Selbstwertgefühl. Elenas Selbstwertgefühl war vollkommen in Ordnung. Sie brauchte keine gute

Note in irgendeinem blöden Schulfach, um es aufzubessern. Ihrer Mutter lag doch sowieso nichts an ihr, nur an ihren Leistungen. Suzanne konnte es kaum erwarten, bis Elena erwachsen war. Sie wollte, dass Elena sich auf eine bestimmte Weise benahm, auf eine bestimmte Weise kleidete. Als Suzanne sie zum ersten Mal in ihrem neuen Badeanzug sah, legte sie sofort wieder los. »Um so was zu tragen, musst du dir aber die Schamhaare rasieren.«

Na und? Dachte ihre Mutter vielleicht, sie würde mit dem Rasierer ausrutschen und sich die Klitoris verstümmeln? Als Suzanne ihr Tattoo entdeckt hatte – ihre wunderbare Rose mit dem Dorn und dem Blutstropfen –, flippte sie völlig aus. Den ganzen Abend erforschte sie die Gesetze über Tätowierung Minderjähriger in Rhode Island, ehe Elena es endlich schaffte, sie einigermaßen zu beruhigen. Dann hörte sie, wie ihre Mutter am Telefon ihre Freundin Marta fragte, wie man Tätowierungen entfernen lassen konnte. Elena hätte das Theater nicht ausgehalten, das ihr bevorstand, wenn ihre Mutter ihr Zeugnis zu Gesicht bekam. All die Schulgefühle, die Schreierei, das Gejammer. Also sagte sie zu den beiden Jungs: »Wenn wir überhaupt je abhauen, dann am besten jetzt gleich. Chad droht die Militärschule und mir der elektrische Stuhl.«

Und jetzt fuhren sie durch endlose, eintönige Weiten. So öde war es hier, dass man kaum einen Platz zum Pinkeln finden konnte. Wie die High School in Form einer Landschaft. Hundert Meilen gar nichts und dann ein blöder Hardee oder ein Kentucky Fried Chicken und eine Tankstelle. Nicht mal Burger King hatten sie hier. Sie hörten *Mötley Crües* ›Shout at the Devil‹. Jedes Mal wenn sie ›Bastard‹ sangen, hatte Elena das Gefühl, dass sie persönlich gemeint war. Als Chad *Iron Maiden* auflegte, grölten sie alle bei ›Runnin Free‹ mit. Sie waren frei. Ansonsten hörten die Jungs noch gern die *Scorpions*, die Elena nicht sonderlich mochte, ›Bad Boys Running Wild‹. Elena war mindestens so wild wie die Jungs.

Inzwischen hatten sie Iowa hinter sich gelassen und saßen in einer Raststätte in Nebraska, am Fenster, weil es da interessanter war und weil sie den Wagen und alles im Auge behalten konnten. Ein Polizeiwagen hielt an, und ein Bulle ging um den BMW herum. Er sah sich den Wagen genau an und studierte das Nummernschild.

»Kommt mit«, sagte Evan. »Der Greyhound fährt gleich ab. Wir können einsteigen und uns die Tickets im Bus kaufen. Nichts wie rein. Wir sagen einfach, wir sind getrampt und kommen nicht mehr weiter. Der Fahrer wird uns nicht mitten in der Pampa rauswerfen.«

Zusammen mit den anderen Fahrgästen stiegen sie in den Bus. Zuerst konnten sie nicht nebeneinander sitzen, aber das regelten sie nach einer Weile. Zielort des Busses war Denver. Chad bezahlte die Tickets, denn er hatte einen ganzen Stapel Geldscheine von zu Hause mitgehen lassen. Elena vermisste hauptsächlich ihre Klamotten und den Recorder. Zwar hatte sie noch ihren Walkman und die meisten der Kassetten, die sie in den Rucksack gepackt hatte, aber einige waren im BMW geblieben, unter anderem die von *Iron Maiden* mit ›Wrathchild‹.

Denver war irgendwie cool. Nachdem sie den Rest der Nacht in der Stadt umhergeschlendert waren, konnten sie am Morgen die Berge sehen. Bald wurde es neblig, und die Berge verschwanden; trotzdem wusste man, dass sie da waren. Um Gepäck brauchten sie sich keine Gedanken zu machen, denn mit dem Wagen hatten sie auch alles andere stehen lassen. Elena hatte nur noch die Sachen, die sie auf dem Leib trug, Jeans, ein T-Shirt, ihre

Lederjacke und Turnschuhe, dazu ein paar Sachen in ihrem Rucksack.

»Was machen wir jetzt?« Sie saßen in einem Café, das zeitig aufmachte, und aßen ein großes Frühstück, weil sie Tags zuvor fast nichts zu sich genommen hatten. In Nebraska hatten sie echt Angst gehabt, und sie waren immer noch nervös. Ehe sie das Café verließen, wusch Elena sich die Haare am Waschbecken mit der komischen Flüssigseife und trocknete sie mit Papierhandtüchern notdürftig ab. Der Rest musste draußen trocknen.

»Wir sollten dir die Haare abschneiden und so tun, als wärst du ein Junge«, schlug Chad vor.

»Niemand wird glauben, dass ich ein Junge bin, und lass bloß die Finger von meinen Haaren.«

»Was machen wir jetzt? Mit dem Bus weiterfahren?«

»Das wäre echt uncool«, sagte Chad. »Wir brauchen einen fahrbaren Untersatz.«

»Hast du eine Ahnung, wie man ein Auto kurzschließt?«, fragte Evan. »Ich nämlich nicht.«

Nach ein paar Minuten schweigsamen Nachdenkens gestand Chad schließlich widerwillig: »Nein, ich auch nicht.«

»Ich sehe leider auch keine wohltätigen Menschen, die an den Straßenecken stehen und Gebrauchtwagen verschenken«, fuhr Evan fort. Vielleicht hatte er das Gefühl, dass die anderen beiden ihn in diesen Schlamassel hineingezogen hatten. Er hatte die American Express Card seines Vaters geklaut, aber bestimmt würde sein Alter sie bald sperren lassen. Außerdem würden sie, wenn sie die Karte benutzten, für die Bullen geradezu eine Spur auslegen. Auf Chads Visacard hatten sie bereits das Kreditlimit erreicht, und natürlich galt bei ihr hinsichtlich der Bullen das Gleiche. Trotzdem mussten sie sich dringend ein paar Klamotten kaufen und ließen sich bei der Gelegenheit alle einen Nasenstecker stechen. Den gleichen Nasenstecker, denn das war dann wie ein Ehering, nur viel cooler. Damit konnte jeder sehen, dass sie zusammengehörten, wie eine Familie. Die einzige Familie, die Elena je wollen oder brauchen würde.

»Hier ist es doch ganz nett«, meinte sie in versöhnlichem Ton. »Nicht wie in Boston oder New York oder Washington. Es gefällt mir, dass man so viel Spanisch auf der Straße hört.« Außer Englisch war Spanisch das einzige Schulfach, das sie vermisste. Sie wollte fließend Spanisch sprechen lernen, damit sie ihren Vater beeindrucken konnte, wenn sie ihm je begegnete. »Sollen wir nicht ein bisschen in die Berge gehen? Die sind verdammt beeindruckend. Und es gibt dort jede Menge Geisterstädte, vielleicht finden wir eine verlassene Hütte, wo wir uns einquartieren können.«

»Wir könnten auch weiter nach Mexiko«, meinte Evan. »Ich war mal mit meinen Eltern in Acapulco, obwohl ich mich kaum daran erinnern kann. Ich glaube, mir war schlecht und ich musste kotzen.«

»Na, dann wollen wir da nicht hin«, entgegnete Chad sarkastisch. »Armer kleiner Evan. Außerdem können wir überhaupt nicht weiter, solange wir kein Fahrzeug haben.«

»Ich sag doch, wieso bleiben wir nicht für eine Weile in Denver … ich finde es cool hier.«

»Wir haben beschlossen, dass wir nach Kalifornien gehen. Ich habe Freunde in Kalifornien. Die helfen uns.«

»Na klar, die geben uns was ab von ihrer Stütze. Sie leihen uns bestimmt zehn Dollar. Ich kann's kaum erwarten«, sagte Evan.

»Jungs, wir sind schlecht drauf. Ich glaube, wir brauchen alle ein bisschen Schlaf. Erst mal sollten wir uns einen Platz zum Schlafen suchen«, meinte Elena. Für sie war es äußerst wichtig, dass sie gut miteinander auskamen und sich nicht zankten wie verheiratete Leute. Meistens lief bei ihnen ja auch alles glatt, weil sie einander liebten, aber wenn irgendwas nicht glatt lief, dann fingen die beiden Jungs an zu zanken.

Sie wanderten noch ein paar Stunden herum, wurden immer mürrischer und schweigsamer, bis sie endlich ein billiges Hotel fanden, wo man sich nicht darum scherte, dass sie zu dritt im gleichen Zimmer wohnen wollten. In einem Motel war das leichter, weil immer nur einer eincheckte. Doch letztlich lief alles darauf hinaus, dass Chad Recht hatte – sie brauchten dringend ein Auto.

Gegen acht am Abend wachten sie auf und gingen essen. Elena überredete die beiden anderen, einen Mexikaner zu probieren. In New York hatte ihre Großmutter sie ein paar Mal mitgenommen, aber Suzanne mochte kein scharfes Essen. Dank Beverly konnte Elena jetzt wenigstens so tun, als hätte sie ihr Leben lang Erfahrung damit. Das Zeug war fettig, aber lecker und vor allem billig, was ihnen mit ihrem knappen Bargeld nur recht war.

Danach schlenderten sie wieder herum, sahen sich die Leute und die Schaufenster an. Sie kauften noch ein paar T-Shirts und Unterwäsche und Socken und die Kassette von *Rising Force*. Chad versuchte, Bier zu bekommen, aber man wollte es ihm nicht geben. »Wenn mein Bart wächst, sehe ich viel älter aus, da fragt mich keiner mehr nach dem Ausweis«, sagte Evan.

»Warum schicken wir Elena nicht auf den Strich?«, meinte Chad. »Davon können wir bestimmt leben.«

»Fick dich ins Knie, Chad. Ich finde das überhaupt nicht komisch. So was mach ich nicht. Wenn du willst, kannst du ja deinen eigenen Arsch hinhalten.«

»Nee«, sagte Evan. »Niemand würde was für sie bezahlen, wir müssten höchstens noch was drauflegen.«

Jetzt grinsten sie beide, weil sie sich gemeinsam über Elena lustig machten. Sie tat so, als ärgerte sie sich, war aber insgeheim froh, dass ihre Laune sich gebessert hatte.

Im Hotelzimmer war es stickig und dunkel. Chad stand mitten im Zimmer und betrachtete die beiden anderen, die auf dem Bett lagen, Evan mit dem Kopf auf Elenas Brüsten. »Ich hab die Lösung für unsere Probleme. Auf Chad kann man sich verlassen.«

»Deine Kreditkarte.« Evan warf die Hände in die Luft. »Die können wir vielleicht noch zweimal benutzen, dann haben sie uns.«

»Nein. Das hier.« Chad griff in die Jackentasche und zog einen Revolver hervor.

Elena erinnerte sich an die Waffe. Sie stammte aus dem Schlafzimmer seines Vaters. Eine Smith and Wesson 357er Magnum, hatte er sie genannt. Da lag sie nun in seiner Hand, groß und tödlich.

»Wozu soll die gut sein?«, fragte sie, obwohl sie die Antwort gar nicht hören wollte.

»Freiheit. Selbst wenn sie uns in die Enge treiben, werde ich nicht zurückgehen.« Er hielt sich die Waffe an die Schläfe und tat so, als wollte er schießen. »Schneller Tod, sicher und süß.«

Evan nahm den Revolver und wog ihn nachdenklich in der Hand. »Ein Abgang? Peng, peng, im Fall des Falles? Hast du das verdammte Ding deshalb mitgeschleppt?«

»Nein, Mann, damit haben wir 'ne Chance. Das ist unser Ticket nach Kalifornien.«

Elena hasste Waffen, aber sie sagte nichts. Sie wollte kein Waschlappen sein.

Elena und die beiden Jungen blieben eine Woche in Denver und stritten sich, was sie machen sollten. Das Geld ging rasch zur Neige. »Wir könnten jederzeit eine Tankstelle oder einen Laden ausrauben«, meinte Chad. »Das machen die Leute doch dauernd.«

»Deshalb ist es noch lange nicht richtig!«, protestierte Elena mit so viel Überzeugung, dass sie selbst staunte. »Du kannst nicht einfach hingehen und irgendeinem Kerl, der gerade die Benzinpumpe bedient, dieses Ding unter die Nase halten. Das sind ganz normale Leute, die ihren Job machen! Und es ist nicht richtig!« Jetzt hörte sie sich an wie Suzanne, das wusste sie, aber sie konnte nichts für ihre Erziehung. Oder wie Grandma Beverly, eine echt coole Großmutter. Elena konnte nicht gutheißen, dass man, um Geld zu kriegen, normale Menschen in Gefahr brachte.

»Ich hätte nie damit gerechnet, dass einer von uns eine Knarre dabei hat«, sagte Evan.

»Es ist ein Ausweg«, sagte Chad. »Ich gehe nicht zurück. Nie im Leben.«

Evan zuckte die Achseln. »Sei doch nicht so dramatisch. Wenn wir nach Kalifornien wollen, sollten wir aufbrechen, ehe unser Geld alle ist. Vielleicht wäre es das Beste, einfach den blöden Bus zu nehmen, so weit wir eben können.«

Chad verzog das Gesicht. »Ich hasse Busse. Sie stinken.«

»Na ja, willst du lieber hier bleiben und warten, bis das ganze Geld beim Teufel ist?«, fragte Evan.

Manchmal war Elena richtig wütend auf Chad. Seinetwegen waren sie hier gelandet. Okay, Elena hatte Angst davor, wie Suzanne reagieren würde, wenn sie erfuhr, dass Elena in Physik versagt hatte, aber von Suzanne war nicht mehr zu befürchten, als dass sie ihr ein schlechtes

Gewissen einredete und sich irgendeine dumme Strafe ausdachte, zum Beispiel zwei Wochen lang das Geschirr abwaschen. Aber Chad hatte ganz andere Schwierigkeiten am Hals: Seine Mutter, die er nicht sehen durfte, seinen Vater, der ihn auf die Militärschule schicken wollte. Und er rieb ihnen sein Leid gern und reichlich unter die Nase. Er hatte sie dazu gedrängt abzuhauen. Eigentlich hatten sie doch nur davon geträumt, wie man sich manchmal ausmalt, die Schule anzuzünden oder eine Bank auszurauben oder einen Bierlaster zu überfallen. Ungefähr so, als wollte man Batman sein. Oder als ob man was rauchte und high wurde. Wenn man wieder runterkam, saß man immer noch zu Hause, und alles war wieder wie immer. Aber jetzt waren sie ein paar tausend Meilen von zu Hause, in dieser Gebirgsstadt mit ihrer entsetzlich trockenen Luft. Jedes Mal wenn Elena die Treppe im Hotel hochrannte, bekam sie Herzklopfen. Alle drei waren sie verdreckt und hatten keine sauberen Klamotten mehr. Die Betten waren grässlich, die Matratze hatte Klumpen und roch nach altem Urin. Außerdem bekam Elena Ausschlag im Gesicht, was ihr noch nie passiert war. Das ganze fettige Essen wahrscheinlich. Ihre Mutter hatte Recht, zu viele Pommes waren schlecht für die Haut. Zu Hause benutzte sie immer ein bestimmtes Shampoo, von dem ihre Haare wunderbar glänzten, aber hier war das nicht aufzutreiben. Jetzt waren die Haare matt und schlaff. Sie hatte nicht mal einen Föhn, um ihnen ein bisschen Volumen zu geben. Kein Wunder, dass sie schnell wegsah, wenn sie an einem Spiegel oder einer Schaufensterscheibe vorbeikam. Sie machte sich Sorgen um Big Boy. Womöglich gaben Rachel und Suzanne ihm seine Medizin nicht vorschriftsmäßig zweimal am Tag und vergaßen das Spezialfutter, das er immer vom Tierarzt bekam.

Zu allem Überfluss hatte Evan jetzt auch noch ständig miese Laune – ihr Evan, der immer so gut drauf war! Aber er hatte nicht mehr das Sagen. Das wusste Evan, das wusste Elena, und es gefiel ihnen beiden nicht. Ihr war es viel lieber, wenn Evan alles unter Kontrolle hatte – obwohl sie letztlich durch Evans blödes Bedürfnis, Chad zu vögeln, in diese Lage geraten waren. Wenn sie jetzt alle zusammen Sex hatten, kam Elena nicht mehr. Sie war zu wütend. Sie lag nur da, gelangweilt und ein bisschen wund. Hauptsächlich wollte Evan Chad vögeln und Chad wollte Elena vögeln und beide Jungs wollten es zu oft für Elenas Geschmack. Dauernd schlug Chad irgendwelche neuen Stellungen vor, mit seinen Füßen in Elenas Gesicht oder sie rittlings auf einem Stuhl, der schon unter normalen Bedingungen verdammt unbequem war. Wenn sie pinkeln musste, brannte es seit einiger Zeit höllisch. Die Jungs veranstalteten zusammen so viel Lärm, dass sie Kopfschmerzen bekam. Wenn sie doch nur manchmal allein sein könnte, einfach still und ungestört.

Am liebsten wäre es ihr gewesen, wenn die beiden sie einfach in Ruhe gelassen hätten, bis sie in Kalifornien waren. In Gedanken sah sie das Land der Hoffnung vor sich, mit seinen Stränden, seinen Orangenhainen, den Cable Cars, den Filmstars, den schäumenden Wogen. Wenn sie endlich in Kalifornien waren, würde alles besser werden. Chad hatte Freunde dort, die ihnen helfen konnten. Alles würde wieder ins Lot kommen. Sie würden in einer kleiner Hütte am Meer leben, braun gebrannt und wieder glücklich sein. Aber jetzt hatte Elena das ungute Gefühl, dass die beiden Jungs ständig Sex haben wollten, weil sie sich zu Tode langweilten, genau wie sie selbst.

»Packt euer Zeug zusammen, wir brechen auf«, verkündete Chad plötzlich und klatschte in die Hände. »Wir verschwinden.«

Alles, was sie besaßen, passte in Elenas Rucksack, den jetzt Evan trug. Sie schlichen sich heimlich davon, denn sie hatten für die letzte Nacht noch nicht bezahlt. Elena hatte an der Rezeption eine Geschichte aufgetischt, dass sie auf Geld von zu Hause warteten, das einfach nicht eintrudelte. Der Kerl hatte sie anzüglich gemustert, aber ihnen noch eine Frist bis zum nächsten Tag um die Mittagszeit gewährt. Jetzt war es Abend. Sie nahmen den Bus zu einem Einkaufszentrum, wo sie Hamburger und Eis aßen.

Elena wusste nicht, was Chad vorhatte, und sie war ziemlich sicher, dass auch Evan es nicht wusste, aber beide hatten sie Angst zu fragen. Vielleicht hätte sie versucht ihn aufzuhalten, wenn sie es gewusst hätte, aber was sollten sie denn tun? Sie hatten nicht mehr sehr viele Alternativen. Als sie loszogen, war es Elena so vorgekommen, als wären ihre Geldvorräte unerschöpflich. Sie hatte dreihundert Dollar von dem Sparkonto abgehoben, das fürs College gedacht war. Der Scheck musste von Suzanne und von ihr unterschrieben werden, aber Elena war inzwischen Expertin für Suzannes Unterschrift. Seit zwei Jahren übte sie sie auf Entschuldigungen, wenn sie die Schule schwänzte.

Wenn man sich selbst etwas zu essen kaufen musste, ging das Geld schnell weg. Als sie das Auto noch hatten, war einiges für Sprit draufgegangen. Der BMW hatte viel Benzin gefressen. »Wenn wir ein Auto kriegen«, sagte Elena, »darf es nicht so grell sein, nicht so auffällig. Und es sollte nicht so viel Benzin verbrauchen.«

»Da sollte ich wohl die Verbraucherberatung zum Thema Benzinverbrauch befragen, ehe ich uns einen Schlitten klaue. Und was ist mit dem Schadstoffausstoß?

Wir sollten kein Auto fahren, das die Umwelt belastet«, sagte Chad und tätschelte Elena den Hintern. Sie hasste das, und er tat es absichtlich.

Sie schlenderten im Einkaufszentrum herum, bis der Verkehr nachließ. Schließlich entdeckte Chad, worauf er gewartet hatte. Ein Kerl in einem dunkelblauen Ford Taurus tauchte auf. Seine Freundin wartete auf dem Beifahrersitz, während er zum Schnapsladen rannte. Den Motor ließ er laufen.

Chad riss die Beifahrertür auf. »Raus!«, schrie er und hielt der Frau den Revolver an den Hals.

»Tu mir nicht weh!«

»Schrei hier nicht rum, sonst drück ich ab. Ich will nichts von dir, ich brauch nur den Wagen.« Er zerrte die Frau heraus. »Evan, du fährst.« Evan warf den Rucksack hinter sich und fummelte nach der Handbremse.

Chad winkte Elena auf den Rücksitz, und mit einem Ruck brausten sie los. »Okay. Elena, wo müssen wir hin?«

»An der Ampel rechts.« Sie knipste das Innenlicht an und studierte die Landkarte, die Evan gekauft hatte. »Okay, geradeaus, zur Interstate.«

Sie fuhren die ganze Nacht durch. Ehe sie in die Berge kamen, mussten sie tanken. »Der Trottel hatte den Tank grade mal viertel voll. Ich hab mal einen Typen gekannt, der hat seinen Tank nie mehr als viertel voll gemacht, weil er dachte, die Mühle gibt gleich den Geist auf.« Jetzt klang Chad fast wieder fröhlich. Die Kassetten im Auto waren Country-Western-Mist, und Elena warf sie aus dem Fenster, während sie bergauf preschten. Nur *Kiss* behielt sie, die waren okay. Es war zwar eine alte Kassette, aber immerhin war ›Partners in Crime‹ drauf.

Endlich ließen die Jungs sie auch mal ans Lenkrad. Evan bemühte sich, wach zu bleiben und sich mit ihr zu unterhalten, aber er döste bald ein, den Kopf ans Beifahrerfenster gelehnt. Elena fuhr fünf Meilen über der Geschwindigkeitsbegrenzung, genau wie Suzanne es immer machte. Sie wollte ja nicht von der Polizei angehalten werden. Allerdings ging ihr kurz die Vorstellung durch den Kopf, dass die Bullen sie aufgabelten und heimschickten. Dann konnte sie ein Schaumbad nehmen, andere Klamotten anziehen und in ihrem eigenen sauberen Bett neben Big Boy schlafen. Aber sie wollte nicht erwischt werden, solange sie am Steuer saß. Die Jungs hatten sie so lange hingehalten, bis sie endlich fahren durfte, deshalb wollte sie jetzt keinen Quatsch machen.

So fuhr sie durch die dunklen Berge. Manchmal klang der Motor ziemlich gequält. Elena stellte die Heizung an, weil es richtig kalt wurde im Wagen. Sie sah Schnee, erst nur vereinzelte Flecken, dann immer mehr, bis Schneewälle die Straße an beiden Seiten begrenzten. Im Scheinwerferlicht der entgegenkommenden Laster sah sie eine verschneite Winterlandschaft. Dann endlich ging es bergab. Der Schnee verschwand und über den Bergen hinter ihnen wurde es hell. Mittlerweile war sie ebenfalls müde, aber sie wollte es sich nicht eingestehen. Fest umklammerte sie das Lenkrad. Auf dem Rücksitz schnarchte Chad. Evan lag immer noch ans Fenster gelehnt, den Kopf in einem verqueren Winkel, als hätte er sich den Hals gebrochen. Was würde aus ihnen werden? Vorausgesetzt, sie kamen nach Kalifornien? Was dann? *Kiss* sangen ›Nowhere to Run‹, was genau zu Elenas Stimmung passte.

Aber heute war sie durch die Dunkelheit geflogen. Sie hatte die ganze Nacht am Steuer gesessen, und die Erschöpfung breitete sich in ihren Venen aus wie eine Droge. Jetzt gab es kein Zurück mehr. Sie hatten die ersten hohen Berge überwunden, und Elena würde nie wieder dieselbe sein. Sie war im Land der Verdammten angekommen. Nun war sie eine andere, gefährlich und vogelfrei. Zusammen hatten sie ein Auto gestohlen, ein neues Leben. Jetzt waren sie echte Verbrecher, Gesetzlose, gehörten nicht mehr ins flache vorgefertigte Leben, das Elena verachtete. Sie liebte Chad und Evan leidenschaftlich. Evan, der ein Teil von ihr war, und Chad, den sie beide anbeteten und der sie beherrschte wie die Sonne, während sie um ihn kreisten. Ihr Verlangen nach ihm kehrte langsam zurück, während sie in die pastellfarbenen Morgendämmerung hineinfuhr, deren Luft sie umgab wie geronnenes Fett. Chad hatte das Richtige getan, als er sie aus ihrem langweiligen Leben herausgerissen und befreit hatte. Auf nach Kalifornien, wo sie zusammen leben würden und wo niemand war, dem sie es recht machen mussten – nur sich selbst, nur einander. Sie würden zusammen frei sein.

18 Zwölf Jahre früher

Elena

»Was machen wir denn nun in Kalifornien, wenn wir endlich da sind?«, fragte Elena.

Sie campierten in der Wüste unter einem Himmel, an dem mehr Sterne glitzerten, als Elena je gesehen hatte. Nevada lag größtenteils hinter ihnen; in Elko hatten sie getankt und waren dann zurück auf die Interstate 80 gefahren. In Battle Mountain hatten sie Coke an einem Automaten gekauft. Gegessen hatten sie allerdings das letzte Mal schon in Utah, denn sie hatten Angst, in einer

Stadt auszusteigen und in einen Imbiss oder ein Restaurant zu gehen. Sie wollten mit dem Geld möglichst lange auskommen und möglichst wenig auffallen; bestimmt wurde inzwischen nach ihnen gefahndet. Die Nacht war kalt. Elena hatte ihre Jacke übergezogen, aber sie war trotzdem durchgefroren bis auf die Knochen und schmiegte sich an Evans dünnen Körper. Den Tag über war er immer schweigsamer geworden. Jetzt begann er zu reden. »Also, Chad, was machen wir in Kalifornien?« Seine Stimme hatte einen angriffslustigen Unterton.

»Nichts«, antwortete Chad. »Aber würde euch ein echtes ehrliches Nichts nicht auch gut gefallen?«

»Was soll das heißen?«, fragte Elena.

»Wie war denn dein Leben bisher so?«

Sie lachte bitter. »Scheiße. Pure Scheiße.«

»Was glaubst du, wie wird der Rest deines Lebens?«

»Scheiße, pure langweilige Scheiße.«

»Und?« Evan verkroch sich tiefer in seine Klamotten. »Was schlägst du vor?«

Ungefähr fünf Minuten war Chad still. Die Sterne waren riesig über ihnen, wie Tiere in dem dunkelblauen Himmel. Nicht alle Sterne waren weiß. Wenn Elena sich zurücklegte und sie anstarrte, konnte sie Blau, Gelb und Rot erkennen. Es war, als wären sie im Weltraum und blickten sich um. Es fühlte sich nicht an wie auf der Erde. Als hätten sie alle anderen zurückgelassen, als wäre niemand mehr am Leben, wirklich am Leben, außer ihnen dreien, die eine Einheit bildeten, ein einziges Selbst. Elena berührte ihren Nasenstecker, ein Zeichen ihrer Verbundenheit, dafür, dass ihre Körper einander ebenso gehörten wie ihre Seelen. Ein Gefühl, als wären sie auf dem Mond oder auf einem Asteroiden, der nur ihnen allein gehörte.

»Ich finde, wir sollten so weit fahren, wie wir können,

weil es Spaß macht und weil wir zusammen sind und weil es das beste Spiel ist, das ich je gespielt habe. Aber wenn sie uns erwischen oder wenn das Geld ausgeht und wir nicht mehr weiterspielen können, dann sollten wir Schluss machen.« Chad klatschte in die Hände, ein scharfer Knall wie von einer kleinen Explosion.

»Du meinst, wir sollen uns umbringen«, sagte Evan.

»Irgendwie, ja«, antwortete Chad ruhig. »Ich gehe nicht zu meinem Alten zurück. Ich lasse nicht zu, dass er meine Mutter kaputtmacht und mich auf die Militärschule schickt. Da sterbe ich lieber. So einfach ist das.«

Evan schwieg. Elena spürte, wie sich sein Körper verspannte und er sich immer mehr in sich verschloss. Aber sie wollte sich nicht einmischen. Die Idee von einem Selbstmord ließ sie kalt. Es klang irgendwie gut und tröstlich. Sie dachte daran, wie Leid es Suzanne und Rachel tun würde, dass sie sie so behandelt hatten.

»Wenn ihr natürlich Schiss habt …«, meinte Chad. »Man braucht schon gute Nerven.«

Elena malte sich aus, wie beeindruckt ihre Mitschüler sein würden. Plötzlich wäre sie keine Schlampe mehr, sondern eine Heldin. Mit einer Geschichte, die keiner je vergessen würde. So war das, wenn man es wirklich machte.

»Ich hab darüber nachgedacht«, sagte Evan. »Seit ich denken kann, hab ich's mir überlegt. Aber damals hab ich die ganze Zeit ans Fliegen gedacht.«

»Du kannst nicht fliegen«, entgegnete Chad leise. »Aber du kannst zu der Tür da rausgehen.«

»Das kann man immer, ja«, räumte Evan ein.

Elena versuchte es sich vorzustellen. Wie einen gigantischen Orgasmus. Ein Abstürzen in einen tiefen Schlaf. Sie dachte daran, was Suzanne sagen würde, wie ihre Schwester heulen und heulen würde. Alle würden daran denken müssen, wie gemein sie zu ihr gewesen waren, und sie hätten ein schrecklich schlechtes Gewissen. Suzanne würde sich daran erinnern, wie sie Elena wegen dem Abwasch angeschrien hatte, wegen ihrem Zimmer, wegen dem Rauchen, wegen den Noten, den Klamotten und wegen ihrem Tattoo. Es würde ihr schrecklich Leid tun, aber dann war es zu spät. Nach der Versammlung in der Schule würden die Schulpsychologen sagen, alles wäre in Ordnung, aber keiner würde das glauben, kein Erwachsener, kein Schüler. Einen Monat nach ihrem Tod würden sich ihnen zu Ehren ein paar andere Jugendliche umbringen. Ein Nachahmungsselbstmord. Aber ihrer würde immer einzigartig bleiben. »Wir können nicht zulassen, dass sie uns kriegen und ins Gefängnis stecken«, sagte sie laut.

»Wir sind minderjährig«, gab Evan zu bedenken.

»Ich nicht«, wandte Chad ein. »Ich bin sechzehn, mich würden sie ins Gefängnis stecken. Aber das lass ich nicht mit mir machen.«

In der Morgendämmerung zeigte er ihnen, wie man den Revolver lud und abfeuerte. Der Knall tat Elena in den Ohren weh. Richtig weh. Aber sie lernte immerhin, wie sie die Waffe halten musste.

»Ihr müsst nicht unbedingt gut schießen können«, erklärte Chad. »Ihr müsst ja kein Ziel in zehn Metern Entfernung treffen.« Er hielt sich die Kanone an die Schläfe, und einen Augenblick dachte Elena, er wollte die Sache gleich hier durchziehen.

»Ich hab Hunger«, sagte Evan. Sie hatten in der Nacht kaum geschlafen. »Haben wir noch irgendwas zu essen?«

»Wir halten in der nächsten Stadt, wir müssen sowieso tanken«, erwiderte Elena und ging zum Auto. Sie wollte eigentlich nicht sterben, nicht unbedingt. Jedenfalls nicht jetzt sofort. Später vielleicht. Aber jetzt war der Wind frisch und kalt, und im Osten hinter ihnen war der Himmel in einem Streifen gelb wie eine Zitrone. Seltsam, in der Wüste ans Meer zu denken. Die Berge, die sie anstarrte, sahen nah aus, aber sie waren bis weit nach Einbruch der Nacht durch die Wüste gefahren, mal hinauf in die umliegenden Berge, dann wieder herab. Sie kam sich vor wie eine Ameise, die über ein Laken krabbelte. Aber das war ihr gleich. Sie ging in der Mitte, die Arme um die Schultern der beiden Jungs gelegt.

»Wenn sie uns erwischen«, sagte Evan, »dann werden sie uns trennen.«

»Natürlich«, bestätigte Chad. »Aber wir gehören zusammen.«

»Wir sind Teile eines Ganzen«, fügte Elena fröhlich hinzu. »Eine Familie. Eine Einheit.«

»Benutz lieber nicht so schmutzige Worte wie Familie«, meinte Chad und gab ihr einen Klaps auf den Hintern. »Wir gehen liebevoll miteinander um. Mein Vater hat nie jemanden geliebt außer sich selbst und teure Nutten und teure Autos. Nie. Wir sind keine Familie, wir sind ein kleiner Stamm. Ein Stamm mit drei Mitgliedern.«

»Ich glaube, ich habe nie jemanden geliebt außer meinem Spaniel, den ich Audrey getauft hatte, meiner Großmutter, die gestorben ist, als ich zwölf war, und euch beiden«, sagte Evan. »Meine Großmutter war so ein lieber Mensch, dass ich immer bei ihr sein wollte, aber meine Eltern konnten sie nicht ausstehen. Sie sprach mit Akzent. Sie haben sie als dumm beschimpft, dabei beherrschte sie fünf Sprachen.«

»Was auch immer wir sind«, meinte Chad abschließend, »wir bleiben zusammen. Und wenn es sein muss, sterben wir zusammen.«

Ungefähr eine halbe Stunde waren sie gefahren. Als sie auf den Highway einbogen, kam ihnen ein Polizeiwagen entgegen, aber er schenkte ihnen keine Aufmerksamkeit. Es war noch nicht richtig hell, nur graue Morgendämmerung: Die Sonne hatte die letzte Bergkette hinter ihnen noch nicht erklommen, und der Himmel vor ihnen war noch dunkel. Sie fuhren nach Westen. Elena hatte sich wieder auf dem Rücksitz zusammengekauert und kuschelte sich in die Decke, die sie im Kofferraum gefunden hatten. Chad saß am Lenkrad, Evan neben ihm. Da plötzlich sahen sie, dass ein Polizeiwagen mit rotierendem Blaulicht hinter ihnen herfuhr. Eine Sirene war nicht zu hören. Vor ihnen waren keine Autos in Sicht, nur ein paar Laster auf der Gegenfahrbahn. Chad trat aufs Gaspedal, doch der Polizeiwagen holte auf; zwar war er immer noch ein Stück hinter ihnen, aber er wurde zusehends größer. Elena kniete sich auf den Sitz und spähte aus dem Rückfenster. »Hätten wir doch bloß den verdammten BMW«, brummte Chad.

Abrupt bog er vom Highway ab, der Wagen schlingerte und schwankte, als wollte er sich überschlagen, aber schließlich kam er zum Stillstand, die Nase in Richtung des immer näher kommenden Polizeiwagens. Chad zog den Revolver aus seiner Jacke. »Das war's dann wohl«, sagte er. »Ich geh als Erster. Dann übernimmst du die Kanone, Evan, kümmerst dich erst um Elena und dann um dich selbst.«

Evan gab einen Laut von sich, der klang wie ein Ja, aber er hatte vermutlich ebenso viel Angst wie Elena, die sich seltsam freudig erregte und gleichzeitig völlig panisch fühlte. Das war's, wie Chad gesagt hatte. Das Ende. Der Schluss. Die letzte Szene des Films. Sie stellte sich vor, wie die Musik einsetzte, und wünschte sich, sie hätte den Kassettenrecorder angestellt.

Chad saß nach vorn gewandt, in Richtung Polizeiwagen. Elena sah, wie er die Pistole hob und sie an seine Schläfe hielt. Ein Krachen ertönte, so laut, dass sie sich vor Schreck auf die Zunge biss. Ihr Kopf dröhnte, und Tränen traten ihr in die Augen. Dann spürte sie etwas Nasses, Schleimiges und sah nach unten. Da war Blut und irgendeine graue Substanz, wie Schleim. »Das ist sein Gehirn!«, schrie sie. »Ich bin voll gespritzt mit Gehirn!«

Chad sank nach vorn aufs Lenkrad. Ein Teil seines Kopfs fehlte, überall war Blut und Gehirnmasse, auf Elena, auf dem Sitz, auf dem Fenster. Es war grässlich, überhaupt nicht so, wie sie es sich vorgestellt hatte. Chad war nur noch lebloser Müll. Sie wollte sich abwischen, brachte es aber nicht über sich, das Zeug anzufassen. Dann merkte sie, dass Evan schrie. Auch er war voller Blut. Chad war über ihn gefallen, und Evan versuchte panisch, ihn wegzuschieben.

Elena riss die Tür auf, taumelte hinaus und begann zu würgen. Weil sie die letzten zwölf Stunden nichts gegessen hatte, kam nichts heraus, aber sie konnte nicht aufhören. Gekrümmt torkelte sie vorwärts, hustete, weinte und versuchte sich zu übergeben, aber sie blieb auf den Beinen, denn sie musste weg von dem Ding im Auto, sie musste weg.

Der Polizeiwagen bremste ab und fuhr etwa dreißig Meter von ihnen entfernt an den Straßenrand. Zwei Polizisten stiegen aus und kamen langsam auf Elena zu. Elena starrte sie an und stolperte weiter. Es kam ihr vor, als passierte alles in Zeitlupe. Einer der Männer war größer und trug Koteletten wie Elvis. Der andere war untersetzt und hatte helle Locken, die Elena an Rachel erinnerten. Ganz langsam kamen sie näher und starrten Elena dabei an wie etwas Wildes und Unberechenbares, wie einen Bären. Doch dann gingen ihre Blicke auf einmal an ihr vorbei. Evan war ausgestiegen und hatte den Revolver an sich genommen, aber er hing lose in seiner Hand.

»Was machst du mit dem Ding?«, schrie sie ihn an. »Willst du mich wirklich erschießen?«

Evan antwortete nicht. Sein Mund war offen, und er sah aus, als würde er sich auch gleich übergeben. Chad war halb aus der offenen Tür gefallen, blutüberströmt. Die Cops kamen immer näher. »Lass den Revolver fallen!«, rief einer von ihnen. »Leg die Waffe weg. Leg sie auf den Boden, sofort! Hände hoch! Leg die Waffe auf den Boden.« Sie hatten ihre Revolver auf Evan gerichtet. Einer war in die Knie gegangen und hielt die Waffe mit beiden Händen vor sich. Der andere ging weiter, den Revolver ebenfalls mit beiden Händen umklammernd. Evan stolperte einfach auf sie zu. Plötzlich machte er eine Handbewegung. Elena war sicher, dass er sich ergeben und die Hände hochstrecken wollte. Aber er hatte noch immer die Waffe in der Hand. Erst feuerte der vordere Cop, dann sein Kollege. Evan wurde getroffen, und sein Revolver ging los, aber die Kugel schlug nur in den Boden. Schuss um Schuss peitschte auf. Elena konnte nicht sagen, wer da schoss, doch sie sah, wie Evan zuckte, sich um sich selbst drehte und schließlich zu Boden stürzte. Sie rannte los, zu ihm, aber der Cop packte sie und schleppte sie zum Polizeiwagen. Sie schrie aus Leibeskräften. Sie spürte nicht einmal, wie sie gegen das Blech prallte.

Dann hörte sie, wie der Cop, der Evan erschossen hatte, sagte: »Er ist tot.« Zuerst dachte sie, er meinte Chad. Aber sie schrie weiter. Sie konnte nicht aufhören. Bestimmt konnte sie nie wieder aufhören. Diese Männer hatten Evan erschossen, der nicht hatte sterben wollen, der nie daran gedacht hatte, Elena zu erschießen oder die Polizisten oder sonst irgendjemanden. Der so in Panik geraten war wegen Chad, dass er gar nicht mehr gemerkt hatte, dass er den Revolver in der Hand hielt. Die Cops hatten ihn erschossen, und jetzt wartete Elena nur noch darauf, dass auch sie erschossen wurde. Aber was spielte das noch für eine Rolle?

19

Suzanne

Suzanne saß an Martas Küchentisch, den Kopf in die Hände gestützt. »Ich weiß nicht, was ich sonst tun kann.«

»Hast du mal an ein Pflegeheim gedacht?« Marta trug noch die Kleidung vom Gericht, sie hatte nur die Pumps von den Füßen gestreift und die Jacke ausgezogen.

»Marta! Du kennst doch Beverly. In einem Pflegeheim wird sie verrückt. Das kann ich ihr nicht antun.«

»Aber du kannst auch nicht zu Hause bleiben und dich um sie kümmern.« Marta massierte sich hingebungsvoll die Zehen, die endlich von den engen Schuhen befreit waren.

»Wir müssen sehen, wie viel Pflege sie tatsächlich braucht. Ich kann jemanden einstellen. Was soll ich denn sonst machen, Marta? Sie kann nicht allein leben. Ihre Wohnung habe ich schon vor Monaten aufgelöst. Ich muss sie hier unterbringen, ich sehe keine andere Möglichkeit, keine realisierbare und vernünftige Alternative.«

»Beverly und du unter einem Dach. Du wirst irgendwann wahrscheinlich nach hier oben fliehen.«

»Vielleicht können wir uns aber auch annähern. Beverly braucht mich. Ich wollte immer ihre Anerkennung. Mir ist klar, wie kindisch das ist, aber das Gefühl war immer da. Ich habe mir so gewünscht, dass sie einmal sagt: ›Ja, du bist eine gute Anwältin, du hast doch eine gute Entscheidung getroffen. Du bist auch wirklich ein politischer Mensch, dessen Meinung ich respektieren kann.‹ Und so weiter und so fort.«

»Meinst du ernsthaft, wenn du sie zu dir holst, wirst du das alles erreichen? Das Zimmer wird falsch sein, das Mobiliar, die Stadt, das Essen und so weiter und so fort.«

»Von der Vernunft her ist mir das klar. Aber dann kommen meine Fantasien ins Spiel. Ich will das Richtige für sie tun. Sie verdient es, dass man sich um sie kümmert. Sie ist ein guter Mensch, sie hat ihr Leben lauter ehrbaren Zielen gewidmet. Und jetzt soll ich sie auf den Müll werfen, nur weil sie behindert ist?« Dann fiel ihr noch ein anderes Argument ein. »Was ist mit deiner eigenen Mutter? Wenn sie nicht an Brustkrebs gestorben wäre … angenommen, sie hätte einen Schlaganfall gehabt?«

»Aber Suzanne, meine Mutter und ich, wir hatten eine enge Beziehung zueinander. Die hat nie aufgehört. Ich hätte mit ihr leben können. Das ist nicht das Gleiche wie bei dir. Sie war wie ein Kumpel für mich.«

Die Schreiner kamen, um Geländer und Rampen einzubauen. Tagelang war das Haus ein einziges Chaos. Elena flirtete mit dem jüngeren Handwerker. Wenn Suzanne von der Arbeit kam, war er immer noch da, saß am Küchentisch und blickte Elena tief in die Augen, während sie ihr Spanisch an ihm ausprobierte.

»Interessierst du dich für ihn?«, fragte Suzanne vorsichtig.

»Wenn du damit meinst, ob ich mit ihm ins Bett gehe,

lautet die Antwort nein. Offen gestanden ist er furchtbar jung und naiv.«

Der Klempner, der Elektriker. Dann noch einmal die Schreiner. Schließlich machten sich Elena und Suzanne ans Streichen. »Meinst du, ihr liegt auch nur das Geringste daran, ob wir ihr Zimmer gelb oder weiß streichen?«, fragte Elena, die Haare unter einem roten Kopftuch versteckt.

Suzanne zuckte die Achseln. »Ich will nicht das Gefühl haben, dass es schäbig ist oder das wir uns nicht ordentlich darum kümmern.«

»Ich werde dafür sorgen, dass ich nie behindert werde! Es kommt doch nur daher, dass sie all die Jahre geraucht hat.« Elena schüttelte den Kopf. »Sogar ich hab irgendwann damit aufgehört.«

»Na ja, sie hat das Rauchen auch sehr reduziert. Beverly ist immer gesund gewesen. Sie hatte mehr Energie als sechs andere Frauen zusammen.«

»Es war immer so lustig mit ihr in New York. Sie kannte immer die besten Billigläden und tolle Kneipen, in denen man Espresso trinken konnte, oder Lokale mit chinesisch-kubanischem Essen.«

»Sie hat nie viel Geld für sich verbraucht, aber sie sah immer gut aus. Sie hatte jede Menge Freunde.« Beinahe wäre Suzanne in Tränen ausgebrochen. Da redeten sie über Beverly, als wäre sie tot. Sie schniefte heftig und rieb sich die Augen. »Jedenfalls denke ich, dass dieses helle Blassgrün ihr gefallen müsste. Sie hat immer gesagt, Grün ist ihre Lieblingsfarbe. Weil es zu ihren Augen passt.«

Drei Wochen lang waren fast jeden Tag Handwerker im Haus. Suzanne stolperte über ihren Stepper, wenn ein Fax kam, das sie sich ansehen wollte. Wenn sie mitten in der Nacht aufwachte und pinkeln musste, rannte sie gegen ihr Trimmrad. Alles war zu voll. Beengt. Aber sie musste es aushalten, sie durfte sich nicht beklagen und auch nicht zur Märtyrerin machen. Beverly sollte nicht das Gefühl bekommen, dass sie eine Last war. Das Zimmer neben der Küche – in dem im Jahr nach Elenas Desaster ein Student gewohnt hatte, das dann Suzannes Arbeitszimmer geworden war und zuletzt ihr Fitnessraum – war jetzt für Beverlys Bedürfnisse umgestaltet. Es hatte ein Krankenhausbett und Geländer. Alles war so platziert, dass es vom Bett erreichbar oder jedenfalls leicht zugänglich war. Das Bad neben der Küche hatte in der Dusche einen Stuhl bekommen, eine neue höhere Toilette, Wasserhähne, die bei Berührung an- oder ausgingen. Auch die Küche war umgeräumt worden, um sie leichter zugänglich zu machen. An der Veranda war eine Rampe, da Beverly weder mit ihrer Gehhilfe noch im Rollstuhl Treppen steigen konnte. An der Rampe war ebenfalls ein Geländer.

Suzannes Haus, ihre Zuflucht, ihr schön eingerichteter Rückzugsort, ihr gemütlicher Schlupfwinkel war völlig verändert, und das wegen ihrer Mutter, mit der Suzanne nicht mehr zusammengelebt hatte, seit sie aufs College gegangen war. Sie konnte sich noch gut an ihre Streitereien erinnern. Sie hatten gestritten, seit Suzanne elf war, aber in den Abschlussklassen der High School erreichten die Auseinandersetzungen ihren Höhepunkt. »Was ist am City College auszusetzen?«

»Ich habe ein Stipendium für Brown.« Suzanne konnte ihrer Mutter nicht gestehen, dass sie sich bei dreißig Colleges beworben hatte, nur um von zu Hause wegzukommen. Brown war die renommierteste Uni, die ihr auch ein Stipendium angeboten hatte. Suzanne hatte einen ausgezeichneten Notendurchschnitt, hielt die Abschiedsrede ihrer Klasse, war Mitherausgeberin der Schulzeitung, und ihre Eignungstests waren hervorragend ausgefallen. Bis heute war sie überzeugt, dass sie all das nicht so sehr wegen des Erfolgs getan hatte, sondern vielmehr, um fliehen zu können. Jetzt sollten sie plötzlich in einer Wohngemeinschaft leben.

> Ein Erdrutsch nach dem anderen. Ich wollte eigentlich zu einer Konferenz am Big Sur, aber die Route 1 ist schon wieder geschlossen. Das Treffen ist in ein Hotel in San José verlegt worden.
> Meine Freunde kaufen mir meine Haushälfte ab. Sie erwarten noch ein Kind und können den Platz gut brauchen. Es sind ja keine abgetrennten Wohnungen wie bei dir, sondern wir haben Küche und Wohnzimmer gemeinsam benutzt. Aber ich bin froh, dass wir es so regeln können, dadurch wird der Umzug wesentlich leichter für mich.
> Hast du schon über deinen Beitritt zum Aufsichtsrat nachgedacht? Hier sind die Leute ganz begeistert von der Idee.

> *Ich hatte keine zwei Minuten Zeit, um an deinen Aufsichtsrat zu denken. Meine Wohnung war ständig voller Handwerker – Schreiner, Klempner, Stuckateure, Elektriker –, alles, weil meine Mutter in etwa zwei Wochen bei uns einziehen wird. Ich überlege, einen der kompliziertesten Revisionsfälle anzunehmen, den ich je hatte. Wann bist du eigentlich auf die Idee gekommen, dass ich dem Aufsichtsrat beitreten soll?*

Ich werde mich nicht irre machen lassen, wenn er auf dem Umweg übers Bett versucht, mich anzuheuern, dachte sie. Sie hatte sich doch geschworen, die Sache nicht so bierernst zu nehmen. Wenn er keinen Wert auf ihr Talent legen würde, dann wäre sie sexuell vielleicht nie wieder zum Leben erwacht, hätte wahrscheinlich nicht mal im Traum daran gedacht, dass so etwas für sie möglich wäre. Schließlich hatte jeder seine eigenen Motive, verfolgte jeder seine eigenen Ziele. Trotzdem hatte ihr Verhältnis mit ihm ein bisschen von seinem Glanz verloren, und sie überlegte immer öfter, ob sie Zeit für ihn finden würde, wenn er tatsächlich an die Ostküste zog. Sobald er das Thema Aufsichtsrat anschnitt, trat sie emotional einen Schritt zurück.

> Als ich aus Boston zurück war und erwähnte, dass ich mich mit dir getroffen habe, wurde mein Chef gleich ganz aufgeregt. Er hat vorgeschlagen, ich soll dich sofort fragen. Ich denke immer noch, dass Talent und Bedarf in diesem Fall großartig zusammenpassen.

Zwar war Suzanne immer noch nicht überzeugt, aber doch etwas beschwichtigt.

Beverly konnte nicht länger im Rehabilitationszentrum bleiben. Sowohl Kranken- als auch Rehabilitationsversicherung hatten ihre Zahlungen eingestellt, und da Rachel noch auf dem College war und Elena zu Hause wohnte, konnte Suzanne sich keine weiteren Zusatzkosten leisten. Außerdem flüsterte Beverly jedes Mal, wenn Suzanne sie besuchte, mit ihrer seltsam brüchigen Stimme mühsam die Worte formend – oder zumindest etwas, was ihnen ähnelte: »Wann nach Hause?«

Suzanne war nicht sicher, ob Beverly wusste, dass zu Hause in Gestalt ihrer alten Wohnung nicht mehr existierte, aber bestimmt war ein eigenes Zimmer in Brookline besser als dieser trostlose Raum mit einer teilweise verwirrten Zimmergenossin, die immer wieder anfing, über ihre Vergangenheit zu plappern, und manchmal eine Stunde lang nur nach ihrem Hund rief. Suzanne hatte die Sachen ihrer Mutter aufbewahrt – ein paar Möbel, Lampen, Raritäten, Bücher, Kleidungsstücke –, die jetzt in Brookline auf sie warteten. Vielleicht halfen diese vertrauten Dinge, dass Beverly sich in Brookline wenigstens ein bisschen zu Hause fühlte.

Schließlich konnte der Umzug nicht mehr länger verschoben werden. Es war ein Samstag Ende Mai, ein kühler, bedeckter Tag, an dem die Farben, statt im Nebel zu verschwimmen, von innen heraus zu glühen schienen. Die rosaroten Hartriegelbüsche auf dem Rasen vor dem Rehabilitationszentrum sahen aus, als würden sie gleich explodieren. Suzanne schob Beverly im Rollstuhl über den Gehweg. Sie hatte wieder Martas Van geborgt, um den Rollstuhl, die Gehhilfe und den anderen Kram zu transportieren. »Sieh nur, Mutter«, sagte sie und deutete auf die rosarote Pracht.

»Vorstadt«, knurrte Beverly und zuckte mit ihrer intakten Schulter.

Suzanne schwieg, während sie Beverly zum Wagen schob, ihr aus dem Rollstuhl und auf den Beifahrersitz half, wobei sie, wie sie es gelernt hatte, sorgfältig darauf achtete, dass ihre Mutter sich nicht den Kopf anstieß. Sie klappte den Rollstuhl zusammen und stellte ihn zu den anderen, bereits verstauten Sachen. Dann hielt sie inne und spürte plötzlich einen fast übermächtigen Drang wegzulaufen, einfach in dem dunstigen Morgen zu verschwinden und vielleicht in Kalifornien an Jakes Tür aufzutauchen. Aber es ist deine verdammte Pflicht, dachte sie. Beverly ist deine Mutter.

Eine leise Stimme wandte ein: Und was für eine Mutter sie für dich war! Aber manchmal war Beverly durchaus eine gute Mutter gewesen, eine liebevolle Mutter, und immer war Suzanne stolz auf sie gewesen. Wenn sie gelegentlich einmal in der Schule auftauchte, war das immer eine große Sache. Hier kommt die bezaubernde Mrs. Blume! Suzannes Mutter war immer etwas Besonderes, leger gekleidet, aber immer attraktiv, mit glänzenden Haaren, hübsch geschminkt, nie zu grell. Die männlichen Lehrer begannen zu strahlen. Der Direktor empfing sie sofort. Beverly hatte eine wohltönende, leicht heisere Stimme, die jeden Zuhörer in ihren Bann zog – es sei denn, Beverly hatte ein politisches Hühnchen mit ihm zu rupfen, wie beispielsweise bei ihrem Protest gegen das Schulgebet, lange bevor das Thema in aller Mund war. Vielleicht war ihre Mutter keine praktizierende Jüdin wie Tante Karla, aber ihr war trotzdem sonnenklar, dass die dominante Kultur es darauf abgesehen hatte, ihre Tochter mit Osterliedern bei der Morgenversammlung zwangsweise anzupassen. In solchen Fällen war bei ihren Besuchen natürlich die Hölle los, aber für diese Art Hölle schämte Suzanne sich nicht. Damals war sie mit ihrer Mutter in politischen Fragen immer einer Meinung gewesen. Erst als Suzanne Feministin wurde, dehnten sich die Kämpfe mit ihrer Mutter auch auf die politische Arena aus. »Ich habe mit den affigen Hausfrauen aus der Vorstadt nichts gemein«, verkündete Beverly. »Ladys mit Perlenkette gehören nicht zu meinem Kundenstamm.«

»Und ich habe nichts gemeinsam mit Machopolitikern, die Frauen wie Klopapier behandeln«, hatte Suzanne ebenso schrill und wütend zurückgebrüllt.

Dass Suzanne sich politisch engagierte, hatte Mutter und Tochter einander nicht näher gebracht, sondern ihnen nur ein zusätzliches Streitthema geliefert. Aber nachdem sie siebzehn geworden war, konnte sie einfach zur Tür hinausspazieren und die Flucht ergreifen.

Mit zusammengebissenen Zähnen ging Suzanne hinüber zur Fahrertür von Martas Van und stieg ein. Diesmal gab es keinen Fluchtweg.

20

Beverly

Seit Monaten war Beverly unsichtbar gewesen. Sie sprach, doch niemand nahm sie wahr, denn keiner hatte die Geduld zuzuhören, während sie sorgfältig und bedächtig die Worte aus Schmerz und Luft formte. Sie machte Gesten und Gesichter, die niemand registrierte. Sie hatte keine Meinungen oder Ideen, da niemand sie sich anhörte, gegen sie argumentierte, sie zu widerlegen versuchte. Sie hatte kein Ziel, ihre Handlungen keinen Zweck.

Sie hasste die Physiotherapie, machte aber Dienst nach Vorschrift. An der Sprachtherapie beteiligte sie sich von ganzem Herzen. Bei der Ergotherapie arbeitete sie mit. Es war beschämend, von Grund auf wieder lernen zu müssen, wie man sich an- und auszog, zur Toilette ging, sich sauber hielt, selbstständig aß, mit Gehhilfe und Rollstuhl umging. Auf ebener Erde konnte sie die Gehhilfe inzwischen recht gut handhaben, allerdings ermüdete sie schnell. Der Rollstuhl war in mancher Hinsicht weniger entwürdigend und in jedem Fall bequemer, aber für viele Türen war er zu breit.

Ihre Wut war schwächlich und gebremst. Sie war oft zornig, aber sie hatte kaum eine Ausdrucksmöglichkeit dafür, sie konnte höchstens Sachen auf den Boden schmeißen, wie ein Kleinkind im Hochstuhl. Sie musste an King Lear denken, so zornig, so töricht, so schwach. Sie nannte sich Queen Lear. Sie hatte alles verloren und wäre gern draußen auf dem Moor gestorben.

Ihre Logotherapeutin war eine fette Frau, die ihr am ersten Tag auf Anhieb unsympathisch war, aber am Ende der Woche musste sie zugeben, dass Nancy sogar noch besser war als Dr. Fish, den Beverly in New York so geschätzt hatte. Nancy nahm sie hart ran, und allmählich lernte sie nicht nur alle Laute, die sie zum Sprechen brauchte, sondern konnte auch ganze Sätze bilden, selbst wenn sie dafür fünf Minuten brauchte. Nach und nach begann sie Nancy zu respektieren, sogar eine gewisse Wärme für sie zu empfinden. Am liebsten hätte sie weiter bei Nancy gelernt, aber dafür wohnte Suzanne zu weit weg. Sie würde mit einer Logopädin vorlieb nehmen müssen, die in Brookline ein paar Straßen weiter wohnte.

Und nun war Suzanne also endlich gekommen, um Beverly aus diesem pastellfarbenen Gefängnis herauszuholen. Aber Suzanne hatte sie angelogen, sie hatte ihr nicht erzählt, dass sie Beverlys Wohnung aufgelöst hatte, die Wohnung, in der Beverly einunddreißig Jahre lang gelebt hatte, in einer Gegend, wo sie jeden kannte und jeder sie. Hier war sie ein Niemand, bloß eine alte Frau im Rollstuhl, die manchmal sabberte und nicht richtig reden konnte. Zu Hause war sie eine Persönlichkeit gewesen, mit einer Vergangenheit, einem Freundeskreis – wahrscheinlich würde sie ihre Freunde nie wiedersehen. Menschen, die ihr wichtig waren. Indem Suzanne ganz unbekümmert ihre Wohnung aufgelöst hatte, hatte sie Beverlys Identität ausgelöscht, ihr Selbst, ihre Vergangenheit. Jedes Mal wenn Beverly daran dachte, wurde sie furchtbar wütend. Suzanne hatte kein Recht, ihr das anzutun.

Aber ab jetzt würde sie Suzannes Entscheidungen wohl oder übel schlucken müssen. Sogar das Haus war falsch, ein großes hölzernes Ding mit Bäumen und dunklen, unheimlichen Rhododendronbüschen und Eiben drum herum, eine gigantische Platzverschwendung. Deprimierend, so ein altes Monster, in dem Leute aus der oberen Mittelschicht mit ihren Dienstboten gewohnt hatten, als ihre eigene Mutter nach Amerika gekommen war. Suzanne mit ihrer bekloppten Nostalgie: Das schöne Leben von 1910, und das in einer Straße voller Akademiker, Yuppies und ihren altklugen Kindern, ihren Computern, ihren selbstverständlich reinrassigen Hunden und Katzen. Sogar die Hamster hatten hier einen Stammbaum, der zwanzig Generationen zurückverfolgt werden konnte, bis 1994. Sie fuhren BMWs, Volvos, Jeeps, große Toyotas, gelegentlich auch mal einen Land Rover oder Lexus. Jemand putzte für sie das Haus, normalerweise eine Schwarze oder eine Latina. Manchmal führte eine weitere Person den Hund aus, aber diese Person war für gewöhnlich weiß. Hier gehörte Beverly nicht hin. Selbst wenn sie fließend und klar hätte sprechen können, hätte sie Leuten, die so lebten, nichts zu sagen gehabt. Suzanne hatte eine Rampe bauen lassen, damit Beverly sich selbst mit dem Rollstuhl in den Rachen des dunklen, bedrückendes Hauses befördern konnte. Der Gedanke, hier leben zu müssen, war so deprimierend, dass Beverly die Augen brannten.

»Sie sollten dankbar sein«, sagte die Sozialarbeiterin, »Sie wollten wirklich dankbar sein, dass Sie so eine Tochter haben. Sie nimmt Sie auf. Sie baut ihr Haus um, damit Sie besser zurechtkommen.« Immer wieder betonte die Frau, wie dankbar Beverly zu sein hatte. Als müsste man auf die Knie fallen und den Leuten die Füße küssen, von denen man in ein Eckchen ihres Lebens gesperrt wurde – nachdem man immer sein eigenes Leben gehabt hatte.

»Warum ... ausziehen ... gute Wohnung ... South End«, sagte Beverly langsam. Drei Anläufe brauchte sie, bis ihre Frage verständlich war.

»Mutter, ich wohne da seit zwölf Jahren nicht mehr! Du weißt doch, warum ich ausgezogen bin.«

»Warum?«

»Ich musste Elena aus dem Viertel rausholen.«

»Hättest sie ... zu mir ... geschickt.«

Suzanne antwortete nicht, aber ihr Mund wurde schmal, wie immer, wenn sie wütend war.

»Marta ... hat sie bewahrt ... vor dem Gefängnis«, sagte Beverly.

»Ja, das hat sie«, stimmte Suzanne zu. »Ich freue mich, dass du das noch weißt.«

»Ich weiß noch ... alles«, entgegnete Beverly. »Glaubst du ... ich hab ... Gehirn verloren?« Sie wollte ein anderes Wort für Gehirn sagen, aber es fiel ihr nicht ein. Ständig musste sie ein Wort durch ein anderes ersetzen. Sie wusste, dass Suzanne sich bemühte zuzuhören, aber manchmal wandte sie sich etwas anderem zu, ging ans Telefon oder begann ein anderes Gespräch, während Beverly noch mit ihrem Satz kämpfte, mühsam ein Wort ans andere reihte und dann versuchte, die Worte durch die widerspenstige Sprachapparatur zu zwängen.

Man verfrachtete sie in das kleine Zimmer neben der Küche. Vermutlich war es früher das Dienstbotenzimmer gewesen, wo irgendein irisches Dienstmädchen nach einem Sechzehnstundentag weinend zusammengebrochen war. Das Zimmer verfügte über ein eigenes Bad, dessen Tür verbreitert worden war. Überall gab es jetzt Geländer. Wenigstens würde alles wesentlich einfacher sein als bei ihrem ersten Aufenthalt übers Passahfest. Sie schlief in einem Krankenhausbett, das sie nie mehr mit einem Mann teilen würde, solange sie lebte. Nie wieder würde sie einen Geliebten haben. Nie wieder würde jemand ihre Brüste streicheln oder sie an geheimen Stellen berühren oder ihr nachts oder frühmorgens alberne Dinge ins Ohr flüstern. Nie wieder würde ein Mann sie in seinen starken oder drahtigen Armen halten, nie wieder würde sie ihren Busen an einen haarigen breiten Brustkorb schmiegen und eine Erektion an ihrem Bauch oder Oberschenkel spüren.

Aber ihr Kater wartete auf sie. Mao war dünner geworden, sein Fell fühlte sich hart an. Er wurde nicht richtig gefüttert. Wahrscheinlich klauten diese roten Tiger ihm das Fressen. Darum würde sie sich kümmern. Er begrüßte sie überschwänglich, knetete ihre Seite und vibrierte dabei wie eine Schnurrmaschine. Beverly scheuchte ihn auf ihre gute Seite, damit sie ihn umarmen konnte. Zwar hatte sie wieder ein bisschen Gefühl in der schlechten Seite, aber bewegen konnte sie die Hand immer noch nicht. Das Bein ließ sich grob manövrieren, zwar eher zu einem Schleppen als zu einem Gehen, aber zumindest konnte sie sich darauf stützen.

Weil sie von dem ganzen Aufruhr erschöpft war, machte sie ein Nickerchen, bei dem Mao sich eng an sie schmiegte. Immer wenn sie aufwachte, hörte sie ihn schnurren. Er war der einzige Freund, den sie jetzt noch hatte, das einzige Relikt aus ihrem eigenen Leben, ihrem Leben, das ihr gestohlen worden war. Dankbar? Sie sollte dankbar sein? Wofür? Dankbar, dass Suzanne sie nicht auf die Straße gesetzt hatte? In ihrer alten Gegend in Brooklyn hatte Beverly Obdachlose gekannt, und sie war nicht davon überzeugt, dass das Leben dieser Frauen schlimmer war als ihres jetzt. Wenn sie eine Pennerin wäre, würde sie wenigstens in ihrer alten Umgebung leben. Ihre Freunde würden ihr helfen. Das hatten sie immer getan.

Karla, ihre alberne Schwester, hatte immer behauptet, sie würde an ein Leben nach dem Tod glauben. Was für ein Ausdruck, Leben nach dem Tod. Nun, genau da war sie jetzt angekommen – im Leben nach dem Tod.

21

Suzanne

Alexa erschien in Suzannes Dienstzimmer. »Suze, lass uns zusammen essen, am besten irgendwo, wo wir ungestört sind.«

»Tut mir Leid, aber ich kann heute nicht. Meine Mutter ist gerade bei mir eingezogen, und ich muss ein paar Bewerbungsgespräche mit möglichen Pflegerinnen führen, die mir von der Agentur geschickt werden. Wie wäre es, wen wir uns hier ein paar Minuten unterhalten?«

Alexa schloss die Tür, nachdem sie sich auf dem Korridor umgeschaut hatte. Suzanne vermutete, dass es um Alexas angestrebte Stelle in der politikwissenschaftlichen Fakultät ging, aber stattdessen sah ihre Freundin sie vorwurfsvoll an. »Stimmt es, dass du die Revision im Fall Rodriguez übernimmst? Sag mir bitte, dass es nicht so ist.«

»So was spricht sich ja rum wie ein Lauffeuer. Ich hab erst letzte Woche beschlossen, es in Erwägung zu ziehen, und gerade erst begonnen, die Protokolle zu lesen.« Suzanne setzte sich und versuchte, einen unauffälligen Blick auf ihre Armbanduhr zu werfen.

Alexa war blond und rundlich; sie kleidete sich voluminös, als wäre sie fünfzig Pfund schwerer, als sie eigentlich war. Sie hatte ein hübsches Gesicht, rund und mütterlich. Vor kurzem hatte sie einen Chiropraktiker geheiratet. »Suze, das kannst du nicht machen, du kannst die Kinder und ihre Familien nicht noch mal durch dieses Trauma jagen. Überlass das lieber irgendeinem kaltblütigen Winkeladvokaten.«

»Alexa, ich glaube nicht, dass sie schuldig ist.«

»Wie kannst du ihr mehr Glauben schenken als zwanzig Kindern?«

»Wenn ich die Akten gelesen habe, kann ich dir deine Frage besser beantworten. Außerdem habe ich mich noch nicht festgelegt. Ich muss erst wissen, ob es stichhaltige Gründe für die Berufung gibt.«

»Diese Frau hat kleine Kinder missbraucht, die man in ihre Obhut gegeben hat. Wenn du sie mit irgendeinem Verfahrensfehler frei kriegst, wie könntest du damit leben?«

»Ich kann eigentlich gar nicht über den Fall diskutieren, bevor ich alle Fakten und den Kontext kenne. Bis jetzt bin ich nicht überzeugt, dass sie irgendjemanden missbraucht hat. Hast du die Protokolle gelesen?«

»Ich hab die Zeitungen gelesen. Ich finde, man sollte sie aufhängen. Sexueller Missbrauch von Kindern ist eins der schlimmsten Verbrechen, die ein Mensch begehen kann, und das sagt dir dein Gewissen auch.«

»Aber eine Frau für dreißig Jahre ins Gefängnis zu stecken für eine Tat, die sie nicht begangen hat, ist ebenfalls ein grässliches Verbrechen, Alexa. Stell dir vor, jemand hört, wie du eine Schülerin als deine Freundin bezeichnest, und kommt zu dem Schluss, dass du eine Affäre mit ihr hast?« Suzanne stand auf. »Ich darf nicht zu spät zu dem Termin bei der Agentur kommen. Ich kann meine Mutter zu Hause nicht allein lassen. Heute ist Elena bei ihr, aber die meisten Tage arbeitet sie als Sekretärin.«

Als sie neben Alexa den Korridor hinuntereilte, musste sie sich eingestehen, dass sie sich ärgerte. Alle gingen fest davon aus, Maxine Rodriguez sei schuldig. Vielleicht hatte Suzanne es bisher sogar ebenfalls angenommen, aber dann hatte sie sich letzte Woche in Framingham mit Maxine getroffen und dabei ganz entschieden den Eindruck gewonnen, dass sie eine engagierte Frau war, deren Leben man zerstört hatte. Sie fühlte sich ausgezehrt und verzweifelt, aber aus dem Bauch heraus hätte Suzanne diesen Fall sofort angenommen, auch wenn er ziemlich hoffnungslos aussah. Das passierte ihr gelegentlich, allerdings hatte sie noch keinen endgültigen Entschluss gefasst. Das Gericht hatte den letzten Revisionsantrag abgelehnt. Sie würde eine neue Begründung brauchen. Letzte Woche hatte sie gelesen, dass bei einem ähnlichen Fall die Revision mit der Begründung durchgekommen war, die Aussagen der Kinder wären einstudiert, vorbereitet und ihnen letztlich in den Mund gelegt worden. Dass Alexa ihr ein schlechtes Gewissen machen wollte, weil sie den Fall in Erwägung zog, bestärkte sie nur in ihrer Entschlossenheit, sich die Akten genauestens zu Gemüte zu führen. Alexa war ihre Freundin, aber in gewissen Bereichen strotzte sie von Vorurteilen. In dieser Geschichte waren die Kinder die sentimental verklärten Helden, aber Maxine hatte auch Rechte und Gefühle und Leben, das von einem Tag auf den anderen zusammengebrochen war.

Suzanne stand unter der Tür zu Rachels altem Zimmer, in dem Elena jetzt wohnte. Da Rachel zwischen dem Semesterende und ihrer Abreise nach Israel eine Weile zu

Hause war, musste Elena das Zimmer mit ihrer Schwester teilen, was sie äußerst ungern tat. Immer wieder hatte sie Suzanne zu überreden versucht, aus ihrem Arbeitszimmer auszuziehen, damit Rachel dort übernachten konnte. »Hör mal, ich bin Anwältin, das ist mein Anwaltsbüro, nicht irgendjemandes Schlafzimmer. Du hast in Rachels Zimmer gewohnt, und jetzt ist Großmutter im Zimmer neben der Küche. Deshalb müsst ihr zwei euch eben ein Zimmer teilen, solange Rachel hier ist. Es sind nur zehn Tage, Elena. Sei doch bitte vernünftig.«

»Ich schlafe mit niemandem im gleichen Zimmer. Ich teile mein Bett nicht mit einer Frau, und wenn sie tausendmal meine Schwester ist. Ich bin kein Kind, ich brauche meine Privatsphäre.«

»Tja, es steht aber leider keine zur Verfügung.«

»Warum schläfst du nicht hier bei ihr?«

»Elena, ich hab dich gern hier, aber du bist nur zurückgekommen, weil du eine Bleibe brauchst. Jetzt habe ich auch noch Beverly untergebracht. Und ich ziehe nicht aus meinem Büro und auch nicht aus meinem Zimmer. Ich habe gerade das halbe Haus umbauen lassen und gedenke nicht, die andere Hälfte auch noch umzuorganisieren.«

»Na gut! Dann suche ich mir eben ein nettes ruhiges Zimmer. Du wirst schon sehen!«

»Elena, wenn du für die zehn Tage zu Freunden ziehen möchtest, finde ich das vollkommen in Ordnung. Aber wir alle müssen Zugeständnisse machen.«

»Du gibst mir das Gefühl, dass ich dir egal bin.«

»Elena, natürlich bist du mir nicht egal. Aber du weißt, dass ich Vorlesungen halten muss, dass Leute auf mich angewiesen sind, weil ich sie aus dem Gefängnis holen oder ihre Berufungsverhandlungen für sie gewinnen kann, außerdem braucht deine Großmutter Hilfe.

Ich muss mein Leben leben. Ich kann es nicht für dich opfern.«

Rachel akzeptierte die Situation leichter. Gemeinsam packten sie ein paar Sachen zum Verstauen ein, andere zum Mitnehmen nach Israel, andere zum Nachschicken.

»Tut mir Leid, dass es deinem Zimmer nicht mal mehr ähnlich sieht«, sagte Suzanne. »Anscheinend ist nie einer zufrieden.«

»Aber das macht doch nichts. Ich werde sowieso nie wieder in diesem Zimmer wohnen.«

»Rachel, warum sagst du das?«

»Wir heiraten, das weißt du doch. Du erwartest doch nicht, dass Michael hier einziehen will.«

»Ihr heiratet in Israel.«

»Ja, ich möchte, dass die Hochzeit in Jerusalem stattfindet. Was könnte toller sein? Du fliegst mit Grandma rüber. Und mit Elena, falls sie auch kommen möchte. Daddy natürlich auch und seine Familie.«

Einerseits freute sich Suzanne, dass Rachel nicht sofort heiratete. So hatten die beiden wenigstens noch ein bisschen Zeit, sich die Sache zu überlegen. Oder egoistischer gedacht – wenn sie jetzt auch noch eine Hochzeit arrangieren müsste, würde sie schlicht zusammenbrechen. Sie konnte sich nicht vorstellen, woher sie Zeit und Energie dafür nehmen sollte. Andererseits wünschte sie, Rachel würde nicht wegfahren, vor allem nicht in ein Land, das so gefährlich war. Wenn sie an die Organisation dieser Hochzeit dachte, an die ganzen teuren Flugtickets und Hotelunterbringungen, stieg ihr die Nervosität wie brennende Säure in die Kehle.

»Wäre es nicht besser, wenn ihr die Hochzeit verschiebt, bis ihr euer Jahr in Israel hinter euch habt und erst heiratet, wenn ihr wieder zu Hause seid? Ihr müsst in diesem Jahr eine Menge lernen und euch an eine ganz neue Kultur gewöhnen, ohne euch auch noch damit zu belasten, miteinander verheiratet zu sein.«

»Wir wissen, dass wir heiraten möchten, Mutter.« Rachel schenkte ihr ein süßes Lächeln. »Wir werden es uns nicht anders überlegen. Wir sprechen schon seit Monaten vom Heiraten.«

Suzanne erwischte sich dabei, wie sie leise vor sich hin weinte, während sie Rachels Kleider für ein Jahr zum Verstauen zusammenpackte. Noch nie hatte eine so immense Entfernung sie getrennt. Als Rachel nach Europa gefahren war, hatte Suzanne sie begleitet; sie verreiste schrecklich gern mit ihrer jüngeren Tochter. Rachel war auf Reisen ausgesprochen flexibel. Im Gegensatz zu Suzanne machte es ihr nichts, wenn ein Flugzeug oder ein Zug Verspätung hatte oder wenn sie auf ein Hotelzimmer warten mussten. Ihr gefiel eigentlich alles – außer wenn Männer sie auf der Straße anmachten. Sie aß gern fremdes Essen (früher hatte sie sich noch nicht koscher ernährt), sie mochte Museen, sie mochte Städte und Märkte und Kirchen und jüdische Schulen, sie mochte Berge und Seen und Flüsse und Wälder. Rachel beklagte sich nicht über die sengende Hitze in Arles und auch nicht über den frühen Schneefall in Bergen. Sie ärgerte sich nicht über den Stau auf der M-1 bei Heathrow, der um ein Haar dazu führte, dass sie ihren Flug verpassten, weil sie versuchten, den Mietwagen an eine missverständlich ausgeschilderte Stelle zurückzubringen. Rachel reiste gern mit dem Flugzeug, sie fuhr gern mit dem Zug, sie mochte die Underground in London und die Metro in Paris. Sie war eine äußerst angenehme Reisebegleitung. Und jetzt würden sie womöglich nie wieder zusammen verreisen. Suzanne wischte sich die Tränen ab, die ihr wie Sturzbäche über die Wangen flossen.

Sie waren beide in melancholischer Stimmung. Erinnerst du dich, lautete das Motto ihrer Gespräche. Suzanne freute sich, dass sie zwischen den Semestern ein bisschen Zeit mit Rachel verbringen konnte. Sie hatte nicht vorgehabt, im Sommer zu unterrichten, aber nach Beverlys Schlaganfall meldete sie sich freiwillig, denn sie konnte das Geld gut brauchen. Sie war ziemlich blauäugig gewesen. Maxines Fall war extrem arbeitsaufwändig, aber inzwischen war Suzanne so gut wie entschlossen, ihn zu übernehmen. Politisch gesehen war er ein heißes Eisen, und obwohl Suzannes Berufungsantrag sich strikt auf verfahrenstechnische Gründe stützte, zweifelte sie nicht daran, dass die Ambitionen des Justizministers von Massachusetts und des Vizegouverneurs für den Fall ebenso relevant waren wie die einstudierte Aussage der Kinder.

»Erinnerst du dich, wie du geweint hast, wenn Nachtfalter in unserer Wohnung in der Rutland Street kaputtgegangen sind?«

»Ach Mutter, ich hab doch bestimmt nicht um tote Nachtfalter geweint. Aber ich weiß noch, wie Big Boy krank wurde und gestorben ist, wie schrecklich das war.«

Ein bisschen später: »Mutter, erinnerst du dich, wie wir mit Daddy ein Häuschen in Maine gemietet haben? Auf dieser felsigen Halbinsel. Ich hab vor einiger Zeit zusammen mit einer Freundin versucht, sie wieder zu finden, aber da hab ich entdeckt, dass es in Maine ungefähr zweihundert felsige Halbinseln gibt, und ich konnte mich nicht mehr erinnern, welches unsere war.«

»Es war eine Halbinsel bei Bath. Sie hieß irgendwas wie Five Towns. Du warst fast sechs damals …«

»Damals hatte es noch den Anschein, als wärst du noch mit Daddy zusammen. Wenn ich daran denke, sehe ich immer alle lachen. Alle strahlen und sind glücklich.«

»Es war nur eine Woche. Eine Woche lang kann man mit jedem glücklich sein, denke ich. Aber ich wünsche mir, ich könnte Beverly glücklicher machen.«

»Ich glaube, sie braucht mehr und helleres Licht. Es ist schwer genug für sie zu lesen, auch wenn sie nicht im Halbdunklen sitzt.«

»Mehr Licht, meinst du?« Es war geradezu Mitleid erregend, wie sehr Suzanne nach jeder Idee gierte, die ihr vielleicht bei ihrem Problem mit Beverly helfen konnte. Und Rachel hatte noch mehr konkrete Vorschläge: Kauf ihr einen Computer mit einem extra großen Bildschirm. Mit großer Tastatur. Dann kann sie leichter mit uns kommunizieren, wenn sie müde ist, und findet vielleicht auch im Internet ein bisschen Anregung.

Zu Suzannes Überraschung fand Beverly die Idee gar nicht schlecht. »Kann lernen!«, sagte sie und schlug sich mit der linken Hand auf die Brust. »Lernen!«

Dann plötzlich waren alle Vorbereitungen getroffen, die Zeit aufgebraucht, und Rachel fuhr nach New York, um sich dort mit Michael zu treffen und dann mit ihm nach Israel zu fliegen. Seit Monaten, Wochen, Tagen hing das Ereignis wie eine dunkle Wolke über Suzanne. Auf einmal war der Tag da, und sie musste sich von ihrer Tochter verabschieden. Als Rachel zum Flugzeug ging, sah sie so klein und verletzlich aus. Sie wirkte sehr ernst, eine Aktenmappe in der einen, einen kleinen Koffer auf Rädern in der anderen Hand. Diesen Ausdruck hatte Rachel schon als kleines Kind gehabt, wenn sie im Park Sandkuchen gebacken und Burgen gebaut hatte. Suzanne sah sie noch vor sich, wie sie da saß, die stämmigen Beinchen vor sich ausgestreckt, mit prüfendem

Blick eine Puppe auf ihrem Schoß musternd. Rachel war zu gleichen Teilen gutmütig und ernst auf die Welt gekommen. An diesem Abend fing Suzanne immer wieder an zu weinen. Beverly hielt ihre Hand. »Alles … wird … gut.«

»Vielleicht. Vielleicht für Rachel, aber ich weiß nicht, ob es auch für mich gut wird. Ich bin Rachel näher als Elena. Rachel war immer lieber mit mir zusammen als mit ihrem Vater. Wir hatten nie diese schlimmen Streitereien, wie ich sie heute noch mit Elena hätte, wenn ich es zulassen würde.«

»Du liebst … beide … anders.«

Einen Augenblick lang herrschte ein tiefes Verständnis zwischen ihnen, selbst wenn es nur um schlichten Trost ging. Rachel war zu jung zum Heiraten. Warum konnte sie nicht warten? Warum wollte sie ihr Leben unbedingt mit einem ziemlich langweiligen, steifen jungen Mann teilen?

In letzter Zeit fand Suzanne ihr eigenes Haus oft ungemütlich. Elenas Musik, Beverlys Bedürfnisse bedrängten sie. Inzwischen hatte sie eine Frau eingestellt, die von Montag bis Freitag acht Stunden ins Haus kam, sich um Beverly kümmerte, mit ihr spazieren ging, wenn das Wetter es zuließ, für sie Mittagessen kochte und alles erledigte, war sonst noch so anfiel. Beverlys größtes Problem war die Langeweile. Sie hatte keine Lust, den ganzen Tag vor dem Fernseher zu sitzen und sich blöde Seifenopern anzusehen. Eine Weile konnte sie sich mit Nachrichten und CNN beschäftigen, gelegentlich auch mal mit einer Kochsendung. Suzanne fand das ziemlich albern, denn Beverly hatte nie etwas Komplizierteres gekocht als einen Hotdog. Für gewöhnlich machte sie einfach eine Dose Suppe auf. Spaghetti waren bei ihr matschige Nudeln, über die sie eine Dose Tomatensauce oder Tomatensuppe kippte. Vielleicht waren Kochsendungen für sie wie Sitcoms, eine Aneinanderreihung von Witzen.

Suzanne half Jake bei der Wohnungssuche. Die nächsten Jahre würde er die meiste Zeit in Boston sein. Zwar wäre er durchaus in der Lage gewesen, selbst etwas zu finden, aber es war eine Beschäftigung, die Suzanne angenehm von ihrer ständigen Sorge um Rachel ablenkte. Sie fand es ganz amüsant, sich verschiedene Angebote anzusehen, und wahrscheinlich würde sie manche Abende und Wochenendnachmittage bei Jake verbringen, also konnte sie doch genauso gut helfen. Beide arbeiteten viel und mussten so viele Termine wahrnehmen, dass die Beschäftigung mit dem Wohnproblem eine willkommene Ausrede war, auch außerhalb des Betts Zeit miteinander zu verbringen.

»Na gut, ich trete dem Aufsichtsrat bei. Aber wahrscheinlich ist es wirklich nur nominell, Jake. Ich hab keinen Tag, nicht mal eine Stunde Zeit dafür übrig.«

»Möglicherweise findest du es interessanter, als du denkst.«

Hauptsächlich fand sie Jake interessant, und wenn der Preis für den Frieden zwischen ihnen war, dass sie im Aufsichtsrat war, dann nahm sie das hin, auch wenn es ihr nicht unbedingt gefiel. Der Sex war phänomenal. Suzanne liebte es, sich selbst und manchmal auch ihn zu überraschen. Heute war Dienstag, sie hatte erst um drei den nächsten Termin. Sie schauten sich zwei Objekte an, eines davon lächerlich überteuert, das andere zwar akzeptabel, aber klein. »Ich brauche nicht viel Platz«, meinte Jake. »Ich reise mit leichtem Gepäck, ich lebe mit leichtem Gepäck. Ein paar Bücher, ein Computer auf einem stabilen Schreibtisch, ein bisschen Musik und eine kleine

Küche, das reicht mir. Ich wohne lieber in einer kleineren Wohnung, die ich mir leisten kann.« Ihr fiel auf, dass er an überraschenden Stellen sparsam war. Er hasste Geldverschwendung. Vielleicht kam es daher, dass er eine politische Organisation mit unzuverlässig eintreffenden Beiträgen leitete. Er war ein Recyclingfetischist. Wenn er nicht den Computer benutzte und tatsächlich mit einem Stift auf ein Stück Papier schreiben musste, benutzte er die Rückseite von Rundschreiben oder Formbriefen. Wenn etwas kaputtging, war Suzannes erster Impuls, es wegzuwerfen, und seiner, daran herumzubasteln. Die zu kleine Wohnung lag in Brookline, zehn Blocks von Suzannes Haus entfernt. »Sollen wir bei mir vorbeifahren? Ich denke, wir wären eine Weile ungestört.«

Es war Viertel vor zwölf, als sie ankamen. »Ich finde, es wäre nett, wenn Sie Beverly heute zum Lunch auszuführen«, sagte Suzanne zu Sylvia, der Pflegerin, die von den Westindischen Inseln stammte. Sylvia war nur ein paar Zentimeter größer als Beverly, aber achtzig Pfund schwerer, breit gebaut, mit hellbrauner Haut und sehr kurz geschnittenen Haaren. Außerdem besaß sie ein großes Talent darin, Beverly das schmackhaft zu machen, was nötig war. Jetzt drückte Suzanne ihr zwei Zwanzigdollarscheine in die Hand, und Sylvia machte Beverly ausgehfertig. Meistens gingen sie zum Griechen, zum Diner oder zum jüdischen Deli, ganz nach Beverlys Geschmack. Sie würden mindestens anderthalb Stunden aus dem Haus sein.

Gerade waren sie in dem ansonsten leeren Haus ins Bett geklettert, als Suzanne Stimmen und Schritte hörte. Nachdem sie sich geliebt hatten und aufstanden, um zu duschen, entdeckte Suzanne im Hof Jims Wagen. Unter der Woche kam Marta selten nach Hause. Montag bis Mittwoch jagte ein Termin den anderen, sodass sie eigentlich immer erst zwischen sieben und acht heimkam. Suzanne öffnete die Hintertür und stieg ein Stück die Treppe hinauf, um zu lauschen. Ja, es war Elenas Stimme. Was machten die beiden mitten am Tag hier?

Vielleicht hatte Jim etwas vergessen (aber warum war dann Elena bei ihm?). Vielleicht aßen sie zusammen Lunch (aber warum nicht näher bei der Praxis?). Vielleicht führten sie ein persönliches Gespräch über ein Problem in der Praxis (wieso lachten sie dann so oft und wieso gab es so lange Gesprächspausen?).

Sie gab Jake zu verstehen, leise zu sein, als sie zu seinem Mietwagen hinausschlichen, der am Straßenrand parkte. »Ich hab das dumme Gefühl, dass Elena mit dem Mann meiner besten Freundin schläft.«

»Zieh keine voreiligen Schlüsse«, entgegnete Jake. »Sie würde dir niemals verzeihen, wenn du dich irrst.«

»Ich würde ihr nie verzeihen, wenn ich Recht habe.«

»Natürlich würdest du das. Aber erst mal musst du herausfinden, was tatsächlich los ist. Alle Anwälte sind doch zum Teil Detektive oder möchten jedenfalls welche sein.«

Sie seufzte. »Vor ein paar Minuten war ich glücklich. Ehrlich.«

22

Elena

In der dritten Woche nachdem sie in der Praxis angefangen hatte, wurde Elena darauf aufmerksam – wie und wie oft Jim sie anschaute. Sie war überrascht und doch auch wieder nicht. Einerseits war sie es gewohnt, dass

Männer sie mit dieser Art von Interesse ansahen, andererseits hatte sie Jim nie viel Aufmerksamkeit geschenkt. Er war der alte Typ, der oben in dem Haus wohnte, in das sie nicht hatte einziehen wollen. Marta hatte immer kleine Lebensweisheiten für sie parat, über Ausbildung und die Zukunft, alles reichlich deprimierend. Ihr Sohn Adam war die reine Nervensäge, er machte alles, was Elena hätte tun sollen, aber nie tat. Jetzt war er an der New York University und studierte Film, wie die ganzen fleißige Kids von der High School, die dachten, sie wären der neue Quentin Tarantino. Adam war sieben Jahre jünger als Elena, aber er benahm sich immer, als wüsste er alles besser.

Jim war wie ein Onkel gewesen, jemand, von dem man sich zwanzig Dollar pumpen konnte, jemand, der einem im Auto irgendwohin mitnahm und der einen nicht verpetzte, wenn er einen beim Rauchen auf der Veranda erwischte. Wahrscheinlich hatte sie ihn nie richtig angeschaut. Er hatte blassblaue Augen wie ein Gletscher, enorm eindringliche Augen. Er war glänzend in Form. Er joggte jeden Tag. Er trainierte, er sorgte dafür, dass er schlank blieb.

Zuerst hatte sie vor allem an ihm gemocht, dass er kein Workaholic war wie ihre Mutter, wie Rachel, wie sein Strebersohn Adam, wie Marta. Jim war genauso ein Bummelant wie sie. Das war ihr bisher nie klar gewesen. Sicher, er empfing seine Patienten – fünf pro Tag, wenn's hoch kam, manchmal auch nur zwei –, aber eigentlich war ihm das scheißegal. Als Elena das begriffen hatte, begann sie ihren Job zu lieben, trotz der enttäuschend schäbigen Praxis, die sich über einem Laden mit tropischen Fischen befand, ganz in der Nähe von einer Bowlinghalle in Brighton. Beim ersten Blick auf die Praxis mit den abgeschabten Möbeln und den beiden winzigen

Räumen, die seit dem Zweiten Weltkrieg nicht mehr gestrichen worden waren, hätte sie am liebsten auf dem Absatz kehrtgemacht und wäre davongelaufen. Doch jetzt verstand sie es: Es war Jim gleich, wenn der Zustand der Praxis manche Patienten abstieß. Es war ihm scheißegal. An manchen Tagen spielte er im Internet. Er zeigte ihr coole Sites. Allmählich begann sie ihn mit größerem Interesse zu betrachten und verspürte dabei eine Art Kribbeln – was für ein Mensch war er wirklich, was war los mit ihm? Er erlaubte es sich, Spaß zu haben. Er nahm die Dinge gern locker, sogar in seiner Praxis. Außerdem hatte er ein Auge für Frauen, das konnte sie sehen. Garantiert hatte er ein paar Affären nebenbei. Vage erinnerte sie sich an eine Geschichte von vor ein paar Jahren: Rachel hatte ihr etwas über Jim und eine Studentin erzählt. Aber jetzt konnte sie schlecht an Rachel in Israel schreiben und sie fragen. Aber da musste etwas sein, ganz bestimmt.

Elena hatte die Typen satt, die sie im Restaurant kennen gelernt hatte oder denen sie im Fitness-Studio begegnete. Entweder waren sie Anwälte wie ihre Mutter oder genauso schlimm, Nervensägen mit Pimmel. Oder sie waren Versager wie der Swimmingpool-Verkäufer, nichts los mit ihnen, einfach stinklangweilig. Oder kleine Jungs, die keine Ahnung hatten. Jim schien nicht unbedingt darauf zu brennen, sie endlich anfassen zu dürfen. Allem Anschein nach wollte er mit ihr reden, wenn sie zwischen Terminen in die Praxis kam. Richtig reden. Beispielsweise erzählte er ihr, wie er seinen Job als Lehrer verloren hatte. Wegen einer Schülerin; sie waren ineinander verliebt gewesen, aber es hatte nicht funktioniert. Die Eltern nahmen ihre Tochter von der Schule, und er wurde gefeuert. Natürlich hatte er es vor Marta geheim gehalten. Das war leicht, denn sie war so mit sich selbst und ihrer Anwaltspraxis beschäftigt, sie bemerkte sowieso kaum, was mit ihm los war.

Elena erzählte ihm, was im Restaurant wirklich passiert war, wie dieser Kerl sie gepackt und wie sie ihm einen Schlag versetzt hatte. Sie erzählte ihm von ihrer Freundin Courtney, die sich von einer versauten Nadel mit AIDS angesteckt hatte, sie erzählte ihm von Kevin, der von einer Klippe gesprungen war, als er high war, und wie sie endlich den Drogen abgeschworen hatte.

Seine Augen waren wunderschön, eisig und doch intensiv. Manchmal wandte sie den Blick ab, weil sie die Intensität nicht aushalten konnte. Aber gerade das gefiel ihr. Diese Intensität fühlte sich vertraut, fühlte sich richtig an. Als sie etwa zwei Monate für ihn gearbeitet hatte, umarmte er sie zum ersten Mal. Eines Abends verließen sie zusammen die Praxis, er legte die Arme um sie und hielt sie fest. Mehr nicht, ein paar Minuten lang. Sie spürte seine Erektion, aber er unternahm keinen Annäherungsversuch. Schließlich zog sie seinen Kopf zu sich herab und küsste ihn.

Und in diesem Moment erkannte sie seine Anziehungskraft: Es lag daran, wie er sich anfühlte, wenn er seinen Körper an sie presste. Er war groß wie Evan, er war schlank wie Evan, seine Umarmung erinnerte sie an Evan, unmittelbar und überwältigend. Die gleiche Intensität, die Art, wie sie miteinander redeten. Niemals hätte sie gedacht, dass sie so etwas noch einmal wiederfinden würde, eine Zwillingsseele, ihre Ergänzung, ihr Bruder. Bei diesem ersten Kuss traf sie die Liebe wie ein Blitz aus heiterem Himmel, so, wie es sein sollte, sein musste. Ein Liebesschock, der sie augenblicklich in Brand setzte.

Zwei Wochen lang taten sie in unbeobachteten Momenten weiter nichts als küssen, reden und schmusen.

Elena schmolz dahin. Sie löste sich auf, nachts konnte sie nicht schlafen, so sehr beschäftigte sie der Gedanke, Sex mit Jim zu haben. Statt sich wie eine abgebrühte Expertin zu fühlen, ausgebrannt und letztlich gelangweilt, kam sie sich plötzlich wieder vor, als wäre sie fünfzehn. Sie erzählte ihm von Evan und Chad, die ganze Wahrheit. Er kannte die Geschichte in groben Zügen, aber nur aus Martas Perspektive, die Geschichte, die sie Elena vor Gericht hatte erzählen lassen: dass sie nur eine arme unschuldige Mitläuferin gewesen war. Was die gemeinen Jungs mit ihr angestellt hatten. Aber jetzt erzählte sie ihm, was wirklich passiert war, und auch von dem Jahr danach, als sie zwei Monate nur stumpf dagelegen hatte, bis sie irgendwann aufgestanden war und alles wieder mitgemacht hatte, aber nur um den Schein zu wahren. Wie Suzanne sie aus ihrem alten Leben, aus ihrer alten Schule, von ihren alten Freunden weggerissen hatte. Die ganze Zeit hatte sie nur darauf gewartet, endlich zu sterben. Sie war an Chads Tod mitschuldig gewesen und hätte als Nächste erschossen werden sollen, aber sie hatte gekniffen, und ihretwegen war Evan erschossen worden. Weil sie so feige war, weil sie aus dem Auto gestiegen und weggelaufen war. Deshalb hatte der Polizist Evan erschossen.

Marta hatte sie verteidigt. Es war scheußlich, aber ihre Mutter und Marta hatten ihr ständig gesagt, sie solle den Mund halten. Sie durfte nicht die Wahrheit sagen. Die große Lüge, dass sie einen schwachen Willen hatte, unter den Einfluss von zwei Jungen geraten und mit ihnen weggelaufen war. Die beiden waren böse, Elena dagegen wurde als Unschuldslamm stilisiert, das sich hatte in die Irre führen lassen. Chad war der Anführer, Evan sein Jünger, Elena das Opfer, bla-bla-bla. Wenn sie da im Gerichtssaal saß, hatte sie Marta aus tiefstem Herzen gehasst. Sie war minderjährig. In den Augen des Gesetzes ein Kind. In ihren eigenen Augen aber war sie eine schuldbeladene Frau, die zu lange gelebt und zu viel Angst hatte, um zu sterben.

Jetzt bekam sie eine zweite Chance, nach all den verschwendeten, nutzlosen, leeren Jahren. Sie redete mit Jim darüber, dass sie sterben wollte. Er hörte ihr zu, hörte ihr richtig zu, und dann nahm er die Geschichte und veränderte sie. Er machte aus ihr die Heldin, die versucht hatte, Evan und Chad zu retten. Er machte sie zur treuen Freundin, die, als sie merkte, dass sie die beiden nicht retten konnte, bereit war, mit ihnen ins Land der Schatten zu gehen. Aber die Polizei war zu früh aufgetaucht. Chad und Evan starben an ihrer eigenen Schwäche, an ihren inneren Dämonen. Elena war nur ein Vorwand für ihre Opferung gewesen. Jetzt musste sie ihren eigenen Weg finden. Sie hatte keine Schuld an den Schwächen der anderen, aber sie musste an ihre eigene innere Kraft glauben.

Jim erzählte ihr vom Tod seiner Tochter, seinem zweiten Kind, das mit zwei Monaten gestorben war. Er wusste, dass Marta nicht schuld war, aber er konnte nicht anders, als ihr Vorwürfe zu machen. Anscheinend war während der Schwangerschaft etwas schief gelaufen, aber sie hatte darauf bestanden, normal weiterzuarbeiten, bis die Fruchtblase platzte. Das kleine Mädchen, Annette, war eine Frühgeburt, zart und zerbrechlich. Dann lag sie tot in ihrem Bettchen – plötzlicher Kindstod nannte man es, als würde das irgendwas erklären. Es hieß nur, euer Baby ist tot, und wir wissen auch nicht, warum.

Elena und Jim hielten einander in den Armen. Er schien sie nur küssen zu wollen, ihr über die Haare streicheln und ihr Gesicht zwischen den Händen halten, als hätte er Angst, weiter zu gehen. Immer wieder sagte er, er wäre zu alt für sie. Je mehr sie protestierte, desto heftiger argumentierte er.

Sie wurde beinahe verrückt vor Verlangen nach ihm, es brannte in ihr wie Feuer. Sie konnte an nichts anderes denken. Eines Montagnachmittags, als Sylvia Beverly zum Logopäden brachte, ging Elena leise nach oben, wo Jim an seinem Buch arbeitete, und legte die Arme um ihn. Er saß am Computer, und sie trug weder einen BH noch einen Slip, nur ein loses Seidenkleid, weit ausgeschnitten und an der Seite geschlitzt. Als er aufstand und sie zu küssen begann, legte sie seine Hand auf ihre Brust. Sie brannte darauf, endlich von ihm berührt zu werden. Sie streichelte seinen Rücken, zog ihm das Hemd aus der Hose und spürte seinen festen Hintern. Er fühlte sich gut an, schlank und glatt und heiß unter ihrer Hand. Jetzt atmete er schwer. Ja, sie würde ihn haben. Als sie sich ausgezogen hatten, kniete sie sich vor ihn nieder und küsste seinen Penis. »Steck ihn mir rein. Tu es, jetzt. Ich kann nicht mehr länger warten.«

Sie liebten sich auf der Couch im Wohnzimmer. Elena stöhnte und stemmte die Hüften empor, als er in sie eindrang. Das war richtige Liebe, etwas anderes und endlich wieder Neues, etwas Besonderes, etwas Heiliges. »Ich liebe dich, ich liebe dich, ich liebe dich«, sagte er immer wieder.

Sie sagte das Gleiche. Dann fügte sie hinzu: »Ich möchte dir gehören. Nur dir.«

»Ich möchte, dass du mir gehörst.« Aber als sie geduscht und sich wieder angezogen hatten, sagte er: »Wir müssen sehr vorsichtig sein. Wenn wir einander zu viel Aufmerksamkeit schenken, kommt man uns auf die Schliche … Du nimmst doch die Pille, oder?«

Für ihren Geschmack war er viel zu vorsichtig, aber sie konnte warten.

»Ich gerate völlig außer Kontrolle mit dir«, sagte sie. »So habe ich mich seit Jahren nicht mehr gefühlt. Sonst habe ich immer das Steuer in der Hand behalten, ich hab nie einem Mann so vertraut, dass ich loslassen konnte.«

»Das verstehe ich«, sagte er, »und dein Vertrauen ehrt mich. Wir müssen unser Kontrollbedürfnis überwinden und füreinander offen und verletzlich sein. Nackt sozusagen.«

Das nächste Mal brachte sie ihn dazu, sie auf dem Bett zu lieben, in dem er mit Marta schlief. Ein obszöner Gedanke, dass die beiden zusammen waren. Marta hatte kein Recht auf diesen Mann, denn sie liebte ihn nicht. Ständig stritten sie sich, Elena konnte sie hören, wenn sie abends die Musik ausschaltete. Sie stritten sich über Geld, über ihren Sohn Adam, über Steuerberater und Ärzte, über die Spülmaschine und über den Dachdecker. Falls sie sich je geliebt hatten, war das lange, lange vorbei. Sie waren einfach daran gewöhnt, zusammen zu leben. Einer war für den anderen eine schlechte Angewohnheit. Aber Jim begehrte Elena, und zwar ebenso sehr, wie sie ihn begehrte, denn sie waren eins. Ein Willen, ein Leben, ein Körper. Das sah sie, selbst wenn er es nicht sah; aber manchmal war er schon fast so weit.

23

Beverly

Beverly mochte ihren neuen Computer. Jahrelang hatte sie sich dagegen gesperrt, einen zu benutzen, denn sie sah nicht ein, warum sie ohne guten Grund so viel Geld ausgeben sollte. Zuerst hatte sie Computer als Modeerscheinung abgetan, dann hatte sie gedacht, sie würde den Umgang mit den Maschinen sowieso nicht mehr lernen, weil technische Dinge noch nie ihre starke Seite waren. Dass sie jetzt etwas Neues lernte, war eine Bestätigung dafür, dass ihr Leben doch noch nicht ganz vorbei war, dass sie in ihrem Oberstübchen durchaus noch Kapazitäten hatte. Es war schwer. Sie vergaß Dinge leichter als früher, es war mühsam, sich zu konzentrieren. Aber wenigstens vergrößerte der Computer ihre Welt, statt sie weiter schrumpfen zu lassen. Seit der Nacht ihres Schlaganfalls war die Welt immer kleiner geworden.

Selbst mit den großen Tasten war sie langsam. Die Maus war leichter zu bedienen. Suzanne zeigte ihr dem Umgang mit E-Mails und dem Internet. Vermutlich verschickte keiner ihrer alten Freunde E-Mails, außer vielleicht Lucy, die fünfundzwanzig Jahre an der City University of New York unterrichtet und schon einen Computer besessen hatte, als andere Leute noch nicht mal im Traum daran dachten. Sorgfältig tippte sie im Computer einen Brief an Lucy in der Eighty-fifth Street und fragte, ob sie einen E-Mail-Anschluss hatte. Sylvia würde den Brief für sie aufgeben. Beverly wollte irgendjemandem eine Mail schicken. Beim Frühstück am nächsten Morgen fragte sie Suzanne. Suzanne druckte ihr eine Liste mit E-Mail-Adressen verschiedener Politiker aus.

Später am Vormittag entwarf Beverly eine E-Mail an den Präsidenten über die Schwierigkeiten der Krankenversicherung Medicare, was sie alles nicht abdeckte. Sie schrieb über all die Menschen, die sie im Krankenhaus und im Rehabilitationszentrum gesehen hatte, was mit ihnen geschah und wie schrecklich es war, dass die Leute nicht zu Hause versorgt werden konnten, wo sie viel besser aufgehoben waren als in einem Pflegeheim und wo ihre Pflege sich außerdem billiger bewerkstelligen ließ. Eine Dreiviertelstunde lang war sie mit dem Brief beschäftigt. Dann drückte sie auf ›Senden‹ und ging ins Bett. Sie war erschöpft, aber glücklich.

Jetzt konnte sie den gleichen Brief an die Senatoren von New York und Massachusetts schicken. Sie würde den Namen des Abgeordneten von Brookline recherchieren und auch ihm ein Exemplar zukommen lassen. Sie war nicht mehr hilflos. Sie konnte nützliche E-Mail-Adressen sammeln und bei Bedarf allen, die es verdienten, eine Strafpredigt halten. E-Mails erschienen ihr wesentlich vertraulicher als ein normaler Brief. Ein Gefühl, als durchbräche man alle Schranken, als käme man ganz locker an den Sekretärinnen und Assistentinnen vorbei, direkt zu den Schreibtisch der Mächtigen. Morgen würde sie einen Brief über die Einwanderungspolitik schreiben. Dann über Sozialhilfe. Den Mindestlohn. Suzanne zeigte ihr eine Website, wo man neue Gesetzesanträge einsehen konnte. Beverly hatte genug Ideen, was sie den maßgeblichen Personen mitteilen wollte.

Beim Abendessen hatte sie tatsächlich Appetit. Suzanne brachte chinesisches Essen mit. Beverly erinnerte sich daran, wie gut sie mit den Stäbchen zurechtgekommen war. 1968 hatte sie einen chinesischen Freund gehabt, einen ziemlich verrückten Maoisten, aber sie hatte ihn sehr gemocht. Er hatte schöne Augen gehabt, einen tollen Körper und sehr stabile Erektionen. Bei der Erinnerung musste sie seufzen. Er hatte eine Chinesin geheiratet, die ein Geschäft für Fernsehreparaturen führte. Monatelang hatte er Beverly weiterhin besucht, aber das bereitete ihr auf die Dauer ein ungutes Gefühl. Bald darauf bekam er einen Sohn und zog nach Atlanta, wo die Familie seiner Frau ihm seine Dissertation ermöglichte.

Jetzt musste Beverly mit einer Spezialgabel essen, die sich leicht handhaben ließ. Manchmal hatte sie es so satt, all die Dinge, mit denen sie nicht mehr umgehen konnte – gewöhnliches Besteck und gewöhnliche Tassen, normale Kleidungsstücke mit normalen Verschlüssen. Normale Treppenstufen. Normale öffentliche Verkehrsmittel, die sie ihr ganzes Leben völlig selbstverständlich benutzt hatte.

Aber heute Abend wollte sie nicht daran denken. »Brief … von Rachel!«

Sie hatte ihn im Flur liegen sehen, als Sylvia ihr half, sich für den Spaziergang herzurichten. Als sie mit dem Abendessen fertig waren, las Suzanne den Brief vor. Jede Menge Touristenzeug, diese Straße, jenes Gebäude, Sarahs Grab. Rachel und Michael wohnten in einem Wohnheim in der Nähe der Hebräischen Universität. »Wir wohnen beide in einem Doppelzimmer. Meine Zimmergenossin kommt aus Cincinnati. Sie ist zwei Jahre älter als ich und viel hübscher, mit langen blonden Haaren. Michael hat einen Engländer aus Coventry als Mitbewohner. Jeden Tag legen wir endlose Strecken zu Fuß zurück. Wenn wir mal nicht laufen, nehmen wir den Bus. Wir versuchen, alle Buslinien im Gedächtnis zu behalten. Man muss nämlich schon vor dem Einsteigen wissen, ob man den richtigen Bus erwischt hat, weil es immer ein schreckliches Gedränge und Geschubse und Chaos gibt. Ich erwarte immer, dass die Mauern einstürzen.« Beverly hätte lieber erfahren, was Rachel politisch von Israel hielt, ob sie sich schon mit Palästinensern getroffen hatte und wie sie mit ihrem Freund zurechtkam – die wirklich wichtigen Dinge eben. »Gestern waren wir wieder in der Altstadt. Wir gingen durch das Damaskus-Tor, an dem es eine Lange Reihe von Palmen gibt (ich kann die verschiedenen Arten leider noch nicht auseinander halten), die aussehen wie aufrechte Staubwedel, und dann entdeckten wir einen Brunnen, nichts Besonderes, aber einige Kids waren reingeklettert und spritzten sich gegenseitig nass. Ich hatte Lust mitzumachen, aber wir zeigen uns von unserer besten Seite – obwohl es sonst niemand tut! Wenn ihr diesen Brief bekommt, habe ich schon E-Mail. Hier meine Adresse.«

Suzanne gab Beverly Rachels E-Mail-Adresse. Jetzt konnte sie ihr all die Fragen stellen, die sie interessierten. Auf einmal hatte sie das Gefühl, dass sie ständig mit einem Lächeln auf dem Gesicht herumlief, zwar vielleicht ein bisschen schief, aber ehrlich.

Wenn Suzanne mal den ganzen Abend zu Hause war, räumte sie nach dem Abendessen das Geschirr in die Spülmaschine, während Beverly ein Nickerchen machte. Wenn sie nach einer Stunde oder so wieder aufwachte, nahm Suzanne sie mit zu ihrem Computer und wählte sie in die *New York Times* online ein. Dann AP. Denn die ABC-Nachrichten. Dann die *Washington Post*. Beverlys Herz pochte heftig. Jetzt konnte sie sich doch tatsächlich politisch auf dem Laufenden halten. Bestimmt gab es auch liberale und radikale Websites. Jetzt würde sie jeden Morgen, Mittag und Abend auf irgendeine Nachrichtenseite gehen und sehen, was es Neues gab. Außerdem entdeckte sie, dass es im Internet eine Unmenge Information über Schlaganfälle gab. Ein paar Tage später stolperte sie in ein Diskussionsforum alter Radikaler, und Suzanne zeigte ihr, wie man sich aktiv daran beteiligen konnte. Von nun an bekam sie jeden Tag Nachrichten von Menschen überall im Land, die politischen Durchblick und Erfahrung hatten. Sie konnte an hoch interessanten Diskussionen teilnehmen. Es gab sogar eine Selbsthilfegruppen für Schlaganfallpatienten, obwohl sie die irgendwie deprimierend fand.

Sie wünschte sich, sie würde nicht so schnell ermüden. Aber Online-Kommunikation war leicht im Vergleich mit richtigem Briefeschreiben. Ihr größtes Schreckgespenst war das Telefon. Zum Glück kam es nur selten vor, aber sie hasste es, wenn sie drangehen musste. Mehrmals hatte der Anrufer am anderen Ende schon wieder aufgelegt, weil sie sich nicht schnell genug meldete. Aber ihre E-Mails konnte sie in Ruhe lesen und verstehen, bevor sie langsam und bedächtig ihre Antwort mit einer Hand eintippte. Niemand wurde ungeduldig, höchstens ihr Server, der sie gelegentlich rausschmiss, sodass sie von Neuem beginnen musste.

Inzwischen machte sie die Übungen für Hand und Arm mit der gleichen leidenschaftlichen Hingabe wie das Sprachtraining. Ihre unbeholfene linke Hand war ihre Verbindung zur Welt. Mochte es auch eher eine schwache Verbindung sein, sie war wieder da. Tatsächlich erhielt sie nach kurzer Zeit eine Antwort von ihrer Freundin Lucy. Fast jeden Tag tauschten sie nun längere oder kürzere Nachrichten über ihr Leben aus. Lucy war von einem Inlinskater angefahren worden und hatte sich die Hüfte gebrochen, was sie in ihrer Bewegungsfreiheit stark einschränkte. Zwar hatte sie eine künstliche Hüfte bekommen, aber sie kam nicht besonders gut damit zurecht und würde nie wieder richtig laufen können. Dann bekam Beverly eine Mail von ihrer Freundin Rose, die fünf Bücher über die Geschichte der Arbeiter geschrieben hatte. Lucy hatte ihr Beverlys Adresse gegeben. Jetzt hatte sie also schon zwei Freundinnen und dazu ihre Korrespondenz mit all den Politikern, die sie beraten, beschimpfen und gelegentlich auch loben konnte, wie es sich ergab. Außerdem waren da noch die ganzen alten Linken in den Diskussionsforen, mit ihren witzigen Spitznamen. Sie nannte sich West Side Rosa, denn sie hatte sich immer mit Rosa Luxemburg identifiziert, und die West Side von New York war ihre spirituelle Heimat.

Es tat ihr immer Leid, wenn ihre Augen müde wurden oder ihr Rücken so sehr schmerzte, dass sie aufhören musste. Am liebsten wäre sie gleich beim Aufwachen online gegangen und den ganzen Tag im Internet geblieben. Es war aufregend. Es fühlte sich so richtig an. Sie war nicht mehr allein in diesem hellgrünen Zimmer, wenn Sylvia nach Hause ging, sondern engagierte sich draußen in der Welt. Immer wieder entdeckte sie neue Interessensgebiete: UFOs, Archäologie, bestimmte Schriftsteller.

Aber ihre Hand und ihre Augen wollten nicht so, wie sie wollte, vor allem ihre Hand. Nach etwa einer Stunde musste sie leider aufhören, auch wenn sie einräumen musste, dass sie diese Stunde immer besser nutzte. Danach lag sie da und ruhte sich aus. Manchmal lauschte sie einfach auf die Geräusche im Haus. Sie erkannte die Schritte und Stimmen von Elena und Jim. Zwei- oder dreimal pro Woche schlich sich Elena nach, oben oder sie kamen zusammen von der Arbeit heim. Natürlich gingen sie miteinander ins Bett. Beverly lächelte. Elena war immer noch ihr Liebling. Und sie mochte Jim. Er war ein attraktiver Mann, und Marta schenkte ihm nicht genügend Aufmerksamkeit. Außerdem hatten sie nur einen Sohn, und der war auf dem College. In so einer Situation schlugen viele Männer eigene Wege ein und fanden jemand Neues. Das war die Natur des Menschen. Oft genug hatten solche Männer dann sie gefunden, Beverly Blume. Sie konnte Elena nicht verurteilen.

Elena wusste, dass Beverly es wusste. Eines Nachmittags kam sie herein. »Ich liebe ihn«, verkündete sie ohne lange Vorrede. »Ich kann nichts dagegen machen.«

Beverly nickte. Sie verstand.

»Ich wusste, du würdest mich verstehen«, sagte Elena. »Jetzt muss ich wieder an die Arbeit. Es ist ein ziemlich leichter Job. Ich komme heut Abend noch mal vorbei.«

Von da an nahm sich Elena jeden Tag ein bisschen Zeit und besuchte Beverly. Bisher hatte Beverly darunter gelitten, dass Elena so distanziert war. Aber nun begriff sie, dass es nicht an dem Schlaganfall oder an ihrem verzerrten Gesicht lag, nein, es lag daran, dass Elena eine Affäre hatte und sie vertuschen musste. Jetzt, wo Elena wusste, dass Beverly keine Szene machen oder sie kritisieren würde, waren sie einander wieder nah. Ganz, ganz langsam komme ich zurück ins Leben, dachte Beverly. Es ist zwar nicht das Leben, das ich hatte, aber es ist ein großer Fortschritt gegenüber letztem Monat und unendlich viel besser als im vorletzten.

Außerdem machte es Beverly Spaß, etwas zu wissen, was Suzanne nicht wusste. Suzanne machte sich über irgendetwas Sorgen, das spürte Beverly, wahrscheinlich über irgendeinen ihrer Fälle. Vielleicht kannte sich Suzanne mit Gesetzen aus, aber sie war keine gute Beobachterin. Beverly lächelte leise in sich hinein. Sie besaß Elenas Vertrauen. Suzanne nicht.

24

Elena

Am Montagmorgen lag Elena im Bett in Rachels Zimmer, das sie endlich wieder für sich hatte, und lauschte auf die Geräusche von oben. Das waren seine Schritte.

Dann schlurfte Marta durchs Zimmer. Von Rechts wegen hätte Elena dort oben sein müssen, nicht diese Frau, die ihn nicht nur nicht liebte, sondern ihn nicht einmal mehr richtig kannte. Eigentlich hatte Elena vorgehabt auszuziehen und hatte auch schon auf ein paar Anzeigen geantwortet. Aber dann überlegte sie es sich doch wieder anders. Es war praktisch, im gleichen Haus zu wohnen, sie konnte Martas Van im Auge behalten und bekam mit, wann sie weg war. Das machte das Arrangement direkt lächerlich einfach.

Elena würde umziehen, wenn Jim mit ihr ging, vorher nicht. Sie würden zusammen weggehen, denn sie gehörten beide nicht hierher. Jim war sowieso der Einzige, der Elena wirklich liebte – außer Beverly natürlich. Als Elena sie das erste Mal nach dem Schlaganfall zu Gesicht bekommen hatte, musste sie sich abwenden, weil ihre Großmutter aussah wie eine Hexenmaske an Halloween. Jetzt war sie nur noch ein bisschen schief, wie eine Kerze, die weich wird, kurz bevor das Wachs herunterfließt. Beverly konnte auch sprechen, man brauchte nur genügend Geduld, um ihr zuzuhören. Und Geduld hatte Elena – im Gegensatz zu ihrer Mutter, die sich echt blöd benahm und ständig Beverlys Sätze für sie zu Ende brachte. Elena nahm sich selbst nicht so verdammt wichtig, dass sie nicht warten konnte, bis Beverly gesagt hatte, was sie mitteilen wollte. Grandma stand auf Elenas Seite. Sie hatte jede Menge Affären gehabt, und manchmal erzählte sie ihr Geschichten von den Männern, die sie im Lauf der Jahre gekannt hatte. Das war interessanter als die Erzählungen von Streiks und Demonstrationen. Beverly brauchte etwa dreimal so lange wie normal, aber dafür war es meistens echt spannend. Elena hörte gern von Beverlys Abenteuern. Schade, dass die ganzen Typen tot oder vergreist waren, denn ein paar klangen richtig cool. Beverly war ihrer Zeit weit voraus gewesen, sie hatte ein Baby bekommen, ohne zu heiraten oder zu lügen; die Ehe war nicht ihr Ding, und deshalb hatte sie sie auch gemieden.

Um acht hörte Elena endlich, wie Marta ging. Jetzt musste nur noch Suzanne verschwinden. Sie hatte heute Vorlesung, dann musste sie nach Framingham, um mit der Frau zu sprechen, die sich damals an den Kindern vergriffen hatte. Um halb neun kam Sylvia den Weg herauf, und Suzanne gab ihr zwischen Tür und Angel noch die letzten Anweisungen. Dann war sie weg.

Elena wartete noch einmal zehn Minuten, für den Fall, dass Suzanne etwas vergessen hatte – obwohl das eigentlich nie passierte, es sei denn, ihre Festplatte machte schlapp. Suzanne hatte alles, was sie sich über die Welt draußen merken musste, im Computer, deshalb vergaß sie nie einen Geburtstag oder Jahrestag oder sonst ein Fest. Um unangenehmen Überraschungen vorzubeugen, überprüfte Elena heimlich Suzannes Terminplan. Manchmal hatte es durchaus seine Vorteile, wenn die eigene Mutter so gut organisiert war. In Suzannes Tagesablauf war kein Platz für spontane Momente.

Schließlich schlüpfte Elena in ihren Bademantel und ging leise in die Küche. Sylvia half Beverly gerade beim Duschen. Rasch rannte sie die Treppe hinauf. Jim hatte die Tür zu Küche nicht abgeschlossen und wartete dort auf sie. Elena ließ den Bademantel von ihren Schultern gleiten. Wortlos nahm er sie in die Arme und streichelte sie durch den dünnen Baumwollstoff ihres kurzen Nachthemds. Dann nahm er sie hoch und trug sie ins Schlafzimmer. Mit einem leisen Stöhnen fiel sie auf die Tagesdecke, und er warf sich auf sie. Sie waren beide erregt und küssten sich kaum, ehe er in sie eindrang. Er bewegte sich so heftig, dass es fast wehtat. Aber es gefiel ihr. Um sie herum existierte nichts mehr, nur sein schlanker, fester Körper auf ihr, sein Schwanz in ihr, der hart gegen ihren Schoß stieß. Es war zu viel, einfach zu viel, sie konnte es kaum aushalten. Als sie kam, war es, als würde sie zerbrechen, als würde geschmolzenes Blut aus ihr herausfließen.

Mit einem Geräusch, fast wie ein Schrei, kam auch er. Nachdem sie sich erholt hatten, lagen sie nebeneinander und unterhielten sich. Inzwischen wusste Elena viel mehr über ihn: Dass sein Vater viel zu jung an einem Herzinfarkt gestorben war, dass seine Mutter einen Mann geheiratet hatte, den er nicht ausstehen konnte, dass die Familie nach Tucson gezogen war. Elena wusste auch, dass er vierundvierzig war, zwei Jahre jünger als Marta. Natürlich war er jünger. Das konnte doch jeder sehen.

Zurzeit hasste Elena die Wochenenden. Suzanne und Marta waren den ganzen Samstag und den ganzen Sonntag zu Hause gewesen. Wenigstens gingen die beiden Frauen manchmal samstags auf den Schießplatz, sodass sie ein paar Stunden aus dem Haus waren. Am Samstagabend war Marta bei irgendeinem Richter eingeladen gewesen, und Jim musste mitkommen. Deshalb waren sie jetzt völlig ausgehungert nacheinander. Elena musste irgendeine Möglichkeit finden, wie sie Jim auch am Wochenende sehen konnte. Vielleicht im Auto in der Garage? Es fiel ihr nichts Passenderes ein. Sie schlug ihm vor, für Samstagmorgen Termine in der Praxis zu vereinbaren. Manchmal hatten sie an ihren Arbeitstagen Sex in der Praxis, aber es war nicht sehr gemütlich dort. Von der blöden Bowlingbahn hörte man ständig Gerumpel und Geknalle, man hörte Stimmen und den Bohrer von der Zahnarztpraxis nebenan. Elena fragte sich, warum jemand sich wohl eine so billige, schäbige Praxis aussuchte. Die Miete war niedrig, die Wände papierdünn, in dem Gebäude roch es immer seltsam, halb muffig, halb chemisch. Jim hatte wirklich etwas Besseres verdient. Bestimmt gab es genug potenzielle Patienten, die, wenn sie die Praxis zum ersten Mal sahen, die Nase rümpften und wieder abdampften.

»Ich weiß«, sagte Jim, »aber was anderes kann ich mir nicht leisten. Wenn Marta mir eine bessere Praxis mieten würde, hätte ich garantiert auch mehr Patienten.«

Sie duschten zusammen und setzten sich zu einem gemütlichen Frühstück. »Ich habe nie das Gefühl, dass du älter bist als ich«, sagte sie, die Kaffeetasse in der Hand. »Ich weiß, dass du älter bist, aber es fühlt sich einfach nicht so an.«

»Ich gehöre nicht zur Generation meiner Frau. Ich habe nicht die gleichen Ziele wie all diese Babyboomer«, erklärte er, während er in seinem Müsli mit Pfirsichscheiben rührte. »Ich glaube, Feministinnen wie meine Frau sind eigentlich ein paar Generationen zurück. Sie benehmen sich wie Männer in den fünfziger Jahren. Sie glauben an den Traum von der Berufstätigkeit. Sie glauben an den grauen Flanellanzug. Sie glauben, Glück kommt durch Leistung.«

»Ich interessiere mich nicht für Erfolg«, entgegnete sie. »Ich möchte kein Erfolg sein, und ich möchte auch nicht mit einem Erfolg mein Leben verbringen.«

»Dann bist du an der richtigen Adresse.« Er lachte. Er hatte einen ausgesprochen beweglichen Mund, relativ groß, mit vollen Lippen, gefährlich. Wenn Elena auf seine Lippen starrte, wurde sie gleich wieder feucht. »Jetzt verteidigt sie einen Mörder«, sagte Jim gerade, »diesen Kerl, der seine Eltern erschossen hat. Eine sehr ödipale Geschichte. Kein Wunder, dass sie durch und durch hart geworden ist. Sie verwandelt sich in eine Rüstung, die im Innern leer ist.«

»Glaubst du, meine Mutter ist auch so?«

»Ich glaube, sie sind beide sehr erfolgsorientiert, sie haben kein inneres Leben. Keine spirituellen Werte. Keinen Sinn für ihre Energie oder ihr höheres Ziel. Aber Unterrichten ist etwas anderes als immer nur Prozesse zu führen. Suzanne ist nicht ganz so oft auf dem Schlachtfeld, aber sie ist daran gewöhnt, dass ihr von ihren Studenten ein Maß an Bewunderung entgegengebracht wird, wie sie es bei einem Mann niemals erleben würde.«

»Wie findest du ihren Freund?«

»Ein bemerkenswerter Typ. Mit dem Kopf durch die Wand. Packen wir es an. Abmarsch. Suche und zerstöre.«

»Aber sie sitzen fast nie so wie wir einfach rum und unterhalten sich.«

»Wir verschwenden unsere Zeit. So würden sie es nennen. Ich würde sagen, wir nutzen sie – und zwar sehr gut. Genau genommen möchte ich an Zeit nicht als an etwas denken, das ich verschwende oder gar totschlage. Ich stelle sie mir lieber als etwas vor, das ich erfahre.«

Auf der Couch in seinem Arbeitszimmer zog er ihr das Nachthemd noch einmal aus, drang in sie ein, aber ohne sie zu vögeln. Sie saßen einfach nur da, ineinander. Er saugte an ihren Brustwarzen. »Das fühlt sich so wirklich an«, sagte sie. »So lebendig war ich nicht mehr seit … na, du weißt schon.«

»Sag es mir.«

»Ich habe mich nicht mehr so lebendig gefühlt, seit Chad und Evan gestorben sind.«

»Haben sie dich je gleichzeitig gefickt?«

»Nein. Entweder der eine oder der andere. Aber einmal hat Evan Chad gefickt, während Chad mich gefickt hat. Das war unangenehm. Sie waren furchtbar schwer, das hat mir nicht gefallen.« Sie hatte sich zerquetscht gefühlt, zermalmt. Keine angenehme Erinnerung. Sie schüttelte den Kopf.

»Marta hat einen Revolver. Ich bin kein gewalttätiger Mann, Elena. Ich habe die Sanftheit in mir selbst gefunden.«

»Ich hasse Revolver.« Sie schauderte.

»Arme Kleine. Mein Baby.« Er fasste nach unten und begann mit ihrer Klitoris zu spielen.

»Ich habe nie verstanden, wie meine Mutter es vor sich rechtfertigt, dass sie zum Vergnügen schießt. Es kommt mir vor wie etwas, was sie bei anderen Menschen nicht billigen würde.«

»Marta vertritt misshandelte Frauen und wird manchmal bedroht. Aber es gehört auch zu ihrem Macho-Image. Sie sagt, Schießen ist eben ihre Sportart.« Jetzt rieb er sie stärker. Energie stieg in ihr auf, ein überwältigendes Gefühl: Er in ihr und seine Hand, die sie berührte. Sie kam mit einem kleinen Aufschrei. Ihm gefiel es, wenn sie laut war, er sagte, das sei befreiend. Jetzt ließ er sie vor sich auf den Teppich knien und drang von hinten in sie ein.

Gegen halb elf zogen sie sich an, denn der erste Klient hatte seinen Termin um elf. Elena fuhr vor, Jim machte sich fünf Minuten später auf den Weg. Um zwölf aßen sie zu Mittag, in einem Lokal, das leichtes Essen nach kalifornischer Art anbot, herrliche große Salate und Sandwiches mit Avocado und Sprossen. »Du solltest an die Uni zurückgehen und Therapeutin werden. Du würdest nicht lange brauchen. Du hast doch schon eine ganze Menge Psychologie studiert.«

»Ich hab eine Menge von allem studiert. Wozu soll noch ein Abschluss gut sein?«

»Dann könnten wir zusammen eine Praxis aufmachen«, erklärte er geduldig. »Das wäre besser für uns beide. Du wärst eine gute Therapeutin. Da bin ich mir absolut sicher.«

Ihr gefiel die Idee, dass sie beide als Therapeuten arbeiten könnten. Eine angenehme Art zu leben: zusammen zu Hause, zusammen in der Praxis. Zwischen zwei Terminen konnten sie einen Quickie einschieben. Letzten Donnerstag hatten sie auf seiner Couch zusammen geschlafen. Die Couch sackte ein und tat ihr am Rücken weh. Wenn sie beide als Therapeuten arbeiten würden, hätten sie eine hübsche, große, saubere Praxis, geschmackvoll eingerichtet, mit einer neuen Couch. »Vielleicht im Herbst. Ich könnte an die Uni zurück und trotzdem weiter für dich arbeiten.«

»Es sei denn, wir schmeißen alles hin und laufen zusammen weg …« Er grinste.

Sie wünschte, er hätte das nicht als Witz gemeint. Für ihn würde es schwer sein, eine grundlegende Änderung herbeizuführen, aber genau das brauchte er. Er erstickte in diesem Leben, das sagte er selbst, und sie war ganz seiner Meinung. Sie begann wieder an Kalifornien zu denken. Vor Jahren war sie mit Chad und Evan nach Kalifornien aufgebrochen. Jetzt war sie wieder verliebt, wieder mit einem Menschen verbunden, der ihr unendlich wichtig war, mit dem sie eine intensive private Zweierwelt bildete. Vielleicht würden sie diesmal wirklich gehen. In gewissem Sinne saß sie immer noch in der Wüste von Nevada, in der Morgendämmerung, wo die Hälfte ihres Körpers und ihrer Seele niedergeschossen worden war und blutend im grauen Morgenlicht lag. Nach all den Jahren konnte sie den geschundenen Körper vielleicht liegen lassen und weiter nach Westen ziehen, konnte sie endlich die letzte Bergkette überwinden.

»Ich möchte bei dir sein«, sagte sie, nahm sein Gesicht in beide Hände und blickte tief in seine blassblauen Augen. »Ich möchte heute bei dir sein und morgen und nächste Woche und nächstes Jahr.«

»Du bist mein Mädchen«, sagte er. »Wir gehören zusammen. Zwischen uns funktioniert es.«

Noch nie hatte sich jemand so um Elenas Gefühle gekümmert. Sie konnte Jim erklären, was sie in einer bestimmten Angelegenheit fühlte, und er hörte ihr aufmerksam zu und versuchte sogar, ihr zu helfen, ihre Gefühle klarer zu sehen, statt ihr zu suggerieren, dass sie eigentlich gar nicht so empfand oder zumindest nicht empfinden sollte.

Als sie am Mittwoch heimkam, wartete Suzanne schon auf sie. Was jetzt? Suzanne kam direkt zur Sache, verschränkte die Arme vor der Brust und stellte sich vor ihre Tochter, irgendwie eindrucksvoll, obwohl sie über zehn Zentimeter kleiner war. »Hast du eine Affäre mit Jim?«

»Nein, ich arbeite für ihn. Was meinst du denn damit?«

»Ich war heute zwischendurch zu Hause. Ihr beide wart oben.«

»Führst du so ein Kreuzverhör?«

»Ich gehe davon aus, es bedeutet ein Ja, wenn du meine Frage nicht beantwortest.«

Elena zuckte die Achseln. »Ich weiß wirklich nicht, worauf du hinauswillst. Wir waren hier, um was zu essen und uns ein paar Akten anzuschauen. Jim möchte, dass ich an die Uni zurückgehe und Therapeutin werde. Er meint, ich könnte das sicher gut. Ich weiß nicht recht. Was denkst du?« Ablenkungsmanöver. Normalerweise hätte der Gedanke, dass Elena womöglich doch wieder auf die Uni gehen könnte, ihre Mutter für eine ganze Woche in freudige Erregung versetzt.

Suzanne blickte skeptisch und schwieg ein paar Minuten. »So gern ich dir glauben möchte, ich bin absolut nicht sicher, ob ich es kann. Wenn du bis jetzt keine Affäre mit ihm hast, dann fang bitte keine an. Es wäre Marta gegenüber unfair. Sie ist meine beste Freundin. Sie hat dich damals gerettet.«

»Indem sie Lügen über mich erzählt hat. Indem sie mich gezwungen hat, Lügen über mich und über Evan zu erzählen.«

»War das denn wirklich eine Lüge? Wolltest du lieber drei Jahre in die Jugendstrafanstalt? Chad war derjenige, der sich umbringen wollte. Du hattest keinen Grund dazu.«

»Keinen Grund, außer dass mein Leben beschissen war. Außer dass du mich ständig dazu bringen wolltest, Dinge zu tun, die ich nicht tun wollte. Du hast immer versucht, mich zu einem anderen Menschen umzumodeln, und mir dann ein schlechtes Gewissen gemacht, weil ich deine Fantasien nicht erfüllt habe. Ich hab mich beschissen gefühlt.« Ihre Wut war wie ein schlafender Vulkan, jederzeit bereit auszubrechen, aber Elena war sich auch bewusst, dass sie ihre Mutter erfolgreich von ihrer anfänglichen Fährte weggelockt hatte. Es fiel ihnen nie schwer, sich über den Tod von Chad und Evan zu zanken.

»Willst du wirklich zurück an die Uni?«, fragte Suzanne.

»Ja. Ich könnte weiter bei Jim arbeiten, Teilzeit. Er glaubt, ich wäre eine gute Therapeutin. Würde dir das nicht besser gefallen als die Arbeit im Restaurant?«

»Selbstverständlich.« Wieder runzelte Suzanne die Stirn. »Elena, ich würde mich sehr freuen, wenn du wieder studierst. Wenn Psychotherapie dich interessiert, bin ich gern bereit zu helfen. Aber bitte, bitte, lass die Finger von dem Mann meiner besten Freundin. Du ziehst den Kürzeren. Er wird Marta nicht verlassen. Er ist abhängiger von ihr, als dir vielleicht klar ist. Am Schluss wären nur alle verletzt, niemand würde das kriegen, was er sich wünscht, Elena, nicht mal du. Am allerwenigsten du.«

25

Suzanne

Alexa hatte Celeste als Verstärkung zu Suzanne mitgebracht. Sie gingen zum Lunch, aber Suzanne stocherte nur in ihrem Essen herum, während sie sich verteidigte.

Wie üblich führte Alexa den Vorsitz der Debatte. Sie besaß eine erstaunliche Präsenz für eine Frau, die kaum größer war als Suzanne. Allerdings war sie stämmig und hatte ungewöhnlich breite Schultern. »Es ist ein schrecklicher Rückschritt, wenn man an die Zeit denkt, als ich studiert habe, Suzanne. Freud hat die Regel aufgestellt, dass Frauen, die nach eigener Schilderung einen sexuellen Missbrauch erlebt haben, eigentlich von ihren Fantasien mit Daddy sprechen. Zehn Jahre hat die Frauenbewegung gebraucht, bis wir beweisen konnten, dass Missbrauch an Kindern erschreckend häufig ist und dass die Kinder sich nicht aufgrund irgendwelcher ödipalen Bedürfnisse etwas ausdenken.«

»Ich denke, es kommt selten vor, dass jemand einen Missbrauch in der Familie erfindet, und ich glaube auch, dass wiederholter Missbrauch dazu führen kann, dass die Erinnerung jahrelang unterdrückt wird.« Suzanne gab es auf und legte die Gabel weg. »Aber ich glaube auch, dass die Fälle gegen Betreuungspersonen eine Art moderne Hexenjagd sind. Mütter und Väter und die Gesellschaft als Ganzes haben ein schlechtes Gewissen, weil sie ihre Kinder in die Obhut anderer Menschen geben. Und dieses schlechte Gewissen verwandelt sich in strafrechtliche Verfolgung.«

»Bei der Frau, die du vertreten hast und die ihren Mann ermordet hat, weil der Kerl ihre Tochter missbraucht hat, hast du aber nicht geglaubt, dass sie Lügen auftischt«, wandte Celeste ein. Sie sah besser aus als noch vor einem Monat. Endlich hatte sie die Hoffnung auf Versöhnung mit ihrem Mann aufgegeben und investierte ihre Emotionen jetzt in den Versuch, eine möglichst gute Scheidungsregelung zu erzielen. Ihr verhärmtes Gesicht hatte ein wenig Farbe bekommen, und ihre Haare waren in einem warmen Kastanienbraun getönt.

»Nein, tatsächlich nicht. Aber ich muss mir jeden Fall für sich ansehen. Wenn ihr Maxine kennen lernen könntet, würdet ihr eine Frau vor euch sehen, die meiner Meinung nach weder eine Lügnerin noch eine Kinderschänderin ist, sondern eine einfühlsame Frau, die durch die Hölle gegangen ist. Inzwischen habe ich alle Protokolle gelesen und glaube, dass man sie fälschlich beschuldigt hat. Ich habe die Videobänder gesehen – die ungeschnittenen Videobänder, nicht die kurzen Ausschnitte, die man den Geschworenen hat angedeihen lassen –, und ich denke, ich kann beweisen, dass die Psychologen und der stellvertretende Staatsanwalt die Kindern gezielt manipuliert haben. Ich bin überzeugt, dass ein Kind, das von seinen Eltern, einem überzeugenden Ankläger und einem Team von Experten entsprechend bestärkt wird, fast alles bezeugen würde, um den Erwachsenen einen Gefallen zu tun. Ihr müsst bedenken, dass alle Kinder den Missbrauch anfangs abgestritten haben und ihn weiter leugneten, bis man sie überredet oder sogar gezwungen hat, eine andere Geschichte zu erzählen.«

Alexa biss sich auf die Lippe und hatte ihre großen Hände flehentlich auf den Tisch gelegt. »Du bist also zu den Männern übergelaufen, die behaupten, dass die Feministinnen sich die unterdrückten Erinnerungen und den sexuellen Missbrauch in der Familie nur ausgedacht haben.«

»Ich bin ganz bestimmt nicht übergelaufen. Ich übernehme nur die Berufung einer ganz bestimmten Frau, die von unserem Rechtssystem selbst heftigst missbraucht wurde. Ein Mensch, der wegen Kinderschändung angeklagt wird, kommt davon nie wieder los. Selbst wenn ich die Berufung gewinne, wird Maxine ihr Leben lang unter diesem Vorwurf leiden. Sie wird nie in ihr vorheriges Leben zurückkehren können, sie wird nie wieder ihren guten Namen zurückbekommen, ganz gleich, was ich erreiche!«

Nur zu gern hätte Suzanne ihren Freundinnen die Videobänder gezeigt. Der Psychologe hatte den Kindern gesagt, dass andere Kinder alle in einer bestimmten Weise ausgesagt hätten. Warum taten sie das nicht auch, was war denn nur los mit ihnen? Man konnte sehen, wie die Kinder zu zweifeln begannen. Ein paar fingen an zu weinen. Andere produzierten völlig willkürlich Geschichten, fantastische Geschichten von fliegenden Hexen und Folterung und verstümmelten Eichhörnchen und Kätzchen und Kaninchen. Es war wirklich wie bei einem Hexenprozess, bei dem Nachbarn, Liebhaber, Freunde und Familie aussagten, sie hätten gesehen, wie sich die Angeklagte in einen großen schwarzen Hund verwandelte oder durch die Luft flog oder mit dem Teufel tanzte. So weit Suzanne es beurteilen konnte, hatte in diesem Fall die Anklage mit dem Teufel getanzt. Leider würden ihre Freundinnen die Videos mit den Kindern nie zu Gesicht bekommen.

Als Suzanne in ihr Dienstzimmer zurückging, fühlte sie sich sehr einsam. Sie konnte sich Alexa einfach nicht verständlich machen, und jetzt hatte sie sich auch noch Celeste entfremdet. Vor ihrer nächsten Vorlesung blieb ihr nur eine halbe Stunde Zeit, in der sie einige Telefongespräche erledigen musste. Sie hatte Phoebes Revision gewonnen, Phoebe war frei und wieder mit ihrer Tochter zusammen – trotzdem waren zwei Jahre verloren, und ihre Beziehung würde nie mehr die gleiche sein. Jetzt versuchte sie, Phoebe dabei zu helfen, einen Job zu finden. In den Bibliotheken brannte man natürlich nicht gerade darauf, eine Frau einzustellen, die zwei Jahre im Gefängnis verbracht hatte, selbst wenn sie ihren Fall am Ende durch Berufung doch noch gewonnen hatte. Aber Phoebe brauchte einen Job und zwar bald.

Der Verdacht ging Suzanne einfach nicht aus dem Kopf. Hatte Elena eine Affäre mit Jim? Suzanne wollte es nicht glauben, aber die Sorge ließ sich einfach nicht verscheuchen. Für gewöhnlich hatte Elena wenig übrig für Männer mittleren Alters, weil sie körperlich nicht mehr perfekt waren (obwohl Jim natürlich ständig Sport trieb). Würde sie sich für eine Affäre ausgerechnet einen Mann suchen, den sie von Kindesbeinen an kannte? In Gedanken ging Suzanne Elenas Erklärung durch wie die Aussage eines beliebigen Zeugen. Sie wog die Beweise und die Vergangenheit der Angeklagten ab. Bei Elena war Flirten die normale Umgangsart mit Männern. Wahrscheinlich flirtete sie ganz automatisch. Selbstverständlich – sobald Jim irgendwo auftauchte, flirtete sie mit ihm. Aber er reagierte nicht. »Soweit ich weiß, ist es nichts Persönliches«, sagte er grinsend. Vielleicht hätte es eher eine Bedeutung gehabt, wenn Elena nicht mit ihm geflirtet hätte. Suzanne konnte nur abwarten. In Gedanken war sie mit den Argumenten für Maxines Berufung beschäftigt, mit Phoebes Problemen, mit dem Vortrag, den sie halten musste, und mit der Beobachtung von Elena, alles getrennt voneinander und alles ständig in Bewegung.

Gerechtigkeit war ihre Geliebte, manchmal eine grausame Geliebte, manchmal launenhaft und wetterwendisch. Das Gesetz war ein gigantischer Wolkenkratzer, erbaut aus mittelalterlichem Bauholz, aus den Steinen der Kathedralen, aus Sperrholz, Klebeband, aus Schädeln, trockenen Weinranken, Backsteinen und Alleskleber. Es war weit davon entfernt, perfekt zu sein, und sie liebte das Gesetz nicht so, wie viele ihrer Kollegen es zu lieben behaupteten. Suzanne sah seine Mängel, seine Schlupflöcher und seine sumpfigen Tümpel. Für sie trug die Gerechtigkeit ein weibliches Gesicht, ein Gesicht, in dem Barmherzigkeit neben Urteilsvermögen stand. Das wackelige Gebäude des Gesetzes war von Männern errichtet worden, und sie war eine Frau, die sich den Zugang erkämpfte und versuchte, es für Frauen und Kinder zu einer geeigneten Wohnstatt zu machen. Letztes Jahre hatte jemand aus dem Gouverneursbüro vorsichtig bei ihr angefragt, ob sie den Wunsch hätte, ein staatliche Richterstelle zu übernehmen. Suzanne hatte sich geschmeichelt gefühlt, aber ihre Antwort lautete, nein, noch nicht. Sie hatte noch Aufgaben als Anwältin zu erfüllen.

Sie hatte sich schon oft gewünscht, sie könnte eine Ehefrau haben, und dieser Wunsch war noch nie so dringlich gewesen wie im Augenblick. Jemand, der sich um die nährenden, fürsorglichen Aspekte des Lebens kümmerte. Mit dieser Aufgabe war sie noch nie sonderlich gut zurechtgekommen, und zurzeit eher noch schlechter als gewöhnlich. Sie hatte Marta immer darum beneidet, dass Jim seine Zeit zwischen zu Hause und seiner Praxis aufteilte und sich wenigstens ein bisschen um Haushalt und Kinder kümmerte. Jahrelang hatte er für alle eingekauft und die Wäsche aus der Wäscherei abgeholt. Er war als Chauffeur verfügbar gewesen, solange die Kinder noch zu Musikstunden, Kursen oder Festen gefahren werden mussten. Eigentlich war ihr Jims und Martas Ehe immer sehr gut vorgekommen. Warum hatte sie jetzt plötzlich den Verdacht, dass er fremdging? Weil sie von einem Kollegen wusste, dass Jim eine Affäre mit einer Schülerin gehabt hatte, kurz bevor er von Simmons gefeuert worden war. Sie tendierte zu der Meinung, dass ein Mann, der eine Affäre hatte, wahrscheinlich auch dazu fähig war, sich auf mehrere einzulassen.

Abends saß sie zu Hause in ihrem Arbeitszimmer und notierte sich auf einem Block in aller Ruhe die Argumente. Sie würde die Lage weiter beobachten. Bis jetzt gab es absolut keinen Grund, Marta etwas zu sagen, denn Suzanne hatte ja nichts zu berichten außer Verdachtsmomenten, die sich hoffentlich als unbegründet erweisen würden. Also richtete sie womöglich nur unnötigen Schaden an. Entschlossen stand sie auf und ging zu Beverly. Sie hatte sich kurz überlegt, Sylvia zu fragen, aber dann war ihr rechtzeitig klar geworden, dass das absolut unangemessen wäre. Sie konnte nicht mit so einer Frage in Sylvias Privatbereich eindringen. Schließlich war es nicht Sylvias Aufgabe, das Sexleben der Familie zu überwachen.

Beverly saß so aufrecht sie konnte im Sessel und richtete sich mit der guten Hand das Haar. Seit dem Schlaganfall hatte sie es nicht färben können; inzwischen war es fast ganz grau, wodurch sie wesentlich älter aussah als letzten Winter.

»Mutter, ich mache mir Sorgen um Elena.«

Beverly antwortete nicht. Suzanne kam es vor, als würden ihre Augen wachsamer, aber ihre Mutter gab keinen Laut von sich, keinen Kommentar.

»Ich mache mir Sorgen, sie könnte eine Affäre mit Jim haben. Ich weiß, das klingt absurd, aber sie sind sehr viel zusammen. Und es wäre ein Desaster.«

Noch immer schwieg Beverly. Sie schien an Suzanne vorbei zum Fenster hinaus auf die Straße zu blicken.

»Mutter, hörst du mir zu? Ich befürchte, dass Elena die Tatsache, dass sie hier wohnt und bei Jim arbeitet, dafür benutzt, ein Verhältnis mit Martas Mann anzufangen. Weißt du irgendwas darüber?«

Erst ein einseitiges Schulterzucken, dann, als Beverly begriff, dass sie damit nicht davonkam, ein krächzendes: »Weiß … nichts. Elena … gutes Mädchen.«

Allmählich fragte sich Suzanne, ob sie vielleicht an Anwaltsparanoia litt – diesem Zustand, in dem man es erst einmal für eine Lüge hält, wenn einem ein nahe stehender Menschen mitteilt, dass es draußen regnet. Ständig analysierte man die Motive der Menschen um einen herum. Suzanne schien nichts mehr glauben zu können. Es war doch lachhaft, sich vorzustellen, dass Beverly die kleine für sie erreichbare Welt außerhalb ihres Betts überwachte und irgendwelche Heimlichkeiten beobachtete. »Schon gut, Mutter. Wahrscheinlich leide ich an Hirngespinsten.« Auf einmal überkam sie ein schlechtes Gewissen, weil sie Beverly belästigt hatte. Sie wurde allmählich eine kleingeistige Tyrannin, die jeden in ihrer Umgebung ins Kreuzverhör nahm.

Beverly hievte sich hoch und tappte mit ihrer Gehhilfe im Zimmer herum.

Als sie wieder in ihrem Arbeitszimmer saß, legte Suzanne müde den Kopf in die Hände. Mutierte sie jetzt gänzlich zur Zynikerin, wie es bei Prozessanwälten so oft passierte, dass man es schon als Berufsrisiko bezeichnen konnte? Sie hasste die Idee, ihre Tochter zu überwachen, ständig ihr Verhalten Jim gegenüber, ihr Kommen und Gehen im Auge zu behalten. Wenn Elena bemerkte, was ihre Mutter tat, würde sie nur noch mehr auf Distanz zu ihr gehen. Aber was auch geschah, Suzanne würde Beverly nicht mehr mit ihrem Verdacht belästigen. Das war einfach nicht fair ihrer Mutter gegenüber.

Am Freitag schlug sie ein gemeinsames Sabbatessen vor, was nur möglich war, wenn sie tagsüber lange genug zu Hause sein konnte, um alles vorzubereiten. Sie beobachtete Jim und Elena, aber es gab wenig zu sehen. Jim saß an dem großen runden Tisch zwischen Marta und Beverly, neben Beverly Elena, dann Suzanne, dann Jake. Suzanne hatte beschlossen, dass es Zeit war, Jake bei familiären Anlässen einzubeziehen. Auf Jakes anderer Seite saß Marta. Suzanne bemerkte keine langen Blicke zwischen Jim und ihrer Tochter, überhaupt nichts Auffallendes. Die beiden schienen sich weder zu meiden noch zu suchen. Suzanne fragte sich, ob sie sich vielleicht doch geirrt hatte. Alle aßen, tranken, sangen, alle waren angemessen gut gelaunt. Vor allem Marta machte einen fröhlichen Eindruck. Suzanne fand, dass sie richtiggehend strahlte. Wenn Marta glücklich war, leuchtete ihre blasse Haut von innen. Ihre graublonden Haare hingen ihr heute Abend lose über die Schultern.

Elena wirkte etwas zurückhaltender als sonst; das Essen schien ihr zu schmecken, aber sie sagte nicht viel. Hauptsächlich kümmerte sie sich um Beverly. Suzanne freute sich, dass Elena ihre erste Reaktion auf die Krankheit ihrer Großmutter überwunden hatte und ihr gegenüber inzwischen fast so etwas wie die Rolle einer Beschützerin spielte. Suzanne nahm sich vor, ihr bei Gelegenheit zu sagen, wie sehr es sie freute, dass Elena so viel Zeit mit Beverly verbrachte. Wenn Elena gerade nicht mit ihrer Großmutter beschäftigt war, beobachtete sie ihrerseits Suzanne und Jake. So wollte Suzanne etwas über das Verhältnis zwischen Elena und Jim herausfinden und wurde umgekehrt von ihrer Tochter in ihrer eigenen Beziehung mit Jake beobachtet. Allerdings gab es auch nicht viel zu sehen, denn Suzanne war mit dem Essen beschäftigt, und Jake war einfach nett zu allen. Es bestand kaum die Chance, dass die beiden in der Öffentlichkeit ihre körperliche Zuneigung zeigen würden, dafür waren sie sich viel zu sehr ihrer Position und ihres Publikums bewusst. Dennoch spürte Suzanne seine Gegenwart überdeutlich. Sein Arm unter dem T-Shirt, nur wenige Zentimeter von ihr entfernt, strahlte eine unglaubliche sexuelle Hitze aus. Heute Abend wirkte sein scharf geschnittenes Fuchsgesicht ganz entspannt. Allem Anschein nach genoss er das Essen und die Gesellschaft.

Beverly flirtete ein bisschen mit Jake, widmete sich aber in erster Linie Elena. Anscheinend interessierte sich Elena wirklich sehr für ihre Großmutter. Mehrmals in dieser Woche hatte Suzanne gehört, wie Beverly und Sylvia zusammen lachten, und an den Abenden passierte das Gleiche mit Elena. Mit Suzanne lachte Beverly nie, ihre Beziehung war nicht wärmer oder entspannter geworden. Suzanne wusste, dass es an ihr lag, weil sie nur so selten da war. Sie unterstützte Beverly finanziell und körperlich, aber persönlich gab sie ihr nicht viel. Aber sie war auch ständig erschöpft und fand das Zusammensein mit Beverly anstrengend. Vielleicht erging es ihrer Mutter umgekehrt genauso. Irgendwie schienen sie einfach nicht in der Lage zu sein, lockerer miteinander umzugehen, sich einfach in angenehmer, entspannter Atmosphäre zu begegnen. Wenn Suzanne gerade nicht bei Beverly war, fiel es ihr leicht, sich einen liebevollen Umgang vorzustellen, aber sobald sie direkt miteinander zu tun hatten, gerieten sie unweigerlich ins gewohnte Fahrwasser. Es war einfach schwierig. Und immer hatte Suzanne das Gefühl, dass Beverly wütend auf sie war.

Ich hätte gern einen richtigen Sabbat, eine Ruhepause, Zeit zum Nachdenken, dachte sie, während sie in die Kerzenflammen blickte, die im Luftzug der offenen Fenster tanzten. Rosenduft drang vom Garten hinter dem Haus herein, altmodische, robuste rosarote Kletterrosen, die nur im Frühsommer blühten. Eine Zeit ohne Ansprüche, Verantwortlichkeiten, Sorgen. Zeit, in der sie ihre Aufmerksamkeit einer Rose schenken konnte. Sie wusste nicht mehr, ob sie diese Art von Ruhe und Frieden ja erlebt hatte. Wahrscheinlich würde sie es auch nie. Sie stellte sich vor, mit Jake irgendwohin zu fahren. Dann fiel ihr ein, wie schwer es für sie beide sein würde, Zeit dafür zu finden.

Suzanne nahm sich fest vor, an ihrer Beziehung zu Beverly zu arbeiten, aber sie wusste, dass die nächste Woche wieder vorbeirasen würde mit ihren üblichen Verpflichtungen: Aussagen, Anträge, die Suche nach Präzedenzfällen, Vorlesungen und Gespräche mit den Studenten, Fakultätssitzungen und vielleicht sogar ein bisschen Arbeit an dem Artikel, den sie vor Monaten begonnen hatte. Sie würde Jaime beauftragen, die Zitate durchzugehen, dann schaffte sie den Rest … irgendwann. Irgendwann diese Woche.

Obwohl sie immer noch nichts in der Hand hatte, kam Suzanne zu dem Schluss, dass es trotzdem nicht richtig war, Marta ihren Verdacht vorzuenthalten; schließlich war sie die Hauptleidtragende, wenn doch etwas zwischen Jim und Elena lief. Zwei Tage hintereinander ging sie zum Frühstück nach oben, aber jedes Mal war Jim auch da. Erst am Donnerstag hatte sie endlich Zeit mit Marta allein.

Ehe Suzanne etwas sagen konnte, ergriff Marta ihre Hand und drückte sie. »Ich hab Neuigkeiten. Da kommst du nie drauf.«

Marta war in ihrer Kanzlei inzwischen schon seit sieben Jahren Partnerin. Ob sie ein besseres Angebot bekommen hatte? Aber es gefiel ihr dort, wo sie war. Sie mochte die kleine Kanzlei und sie mochte ihre Partner, vor allem Miles. Hatte es etwas mit Adam zu tun? Hatte Suzanne dann überhaupt das Recht, Marta zu beunruhigen? Womöglich stiftete sie Unfrieden in Martas Ehe, und dann stellte sich heraus, dass an der Sache mit Jim und Elena doch nichts dran war!

»Ich war letzte Woche beim Frauenarzt. Meine Periode hat ein paar Mal ausgesetzt …«

»Vermutlich könnte man die Wechseljahre mit Freuden begrüßen, aber leider ist das für gewöhnlich nicht der Fall.«

»Das hab ich auch gedacht. Aber du wirst es nicht glauben, Suzanne, genauso wenig wie ich selbst. Ich bin schwanger!«

»Ist das dein Ernst?«

»So wahr ich hier stehe.«

»Wie ist das möglich?«

»Es ist ein kleines Wunder, stimmt's? Nicht mehr ganz so klein eigentlich. Ich bin im dritten Monat.«

Nach dem Tod ihrer kleinen Tochter hatten Marta und Jim lange versucht, noch ein Kind zu bekommen. Zweimal war Marta schwanger gewesen, zweimal hatte sie eine Fehlgeburt gehabt. Dann hatten sie aufgegeben, es war zu zermürbend. »Das ist ja wunderbar«, sagte Suzanne. »Weiß Jim schon davon?«

»Nein! Ich will warten, bis ich ein bisschen weiter bin. Ich könnte das Baby immer noch verlieren. Denk dran, was damals passiert ist.«

»Ich finde trotzdem, du solltest es ihm sagen.«

»Warum?«

Jetzt konnte Suzanne wohl kaum antworten: »Damit er keine Affäre mit Elena anfängt«, und entgegnete stattdessen: »Ich finde, er hat ein Recht zu wissen, was mit dir los ist. Wenn du es vor ihm geheim hältst, bekommt er das Gefühl, dass du ihm nicht vertraust, dass du Angst hast, ihn einzuweihen.«

»Ich glaube nicht, dass er es so auffassen würde. Er würde bestimmt verstehen, dass ich die wochenlange Unsicherheit nicht aushalte.«

»Außerdem«, sagte Suzanne und versetzte sich immer ernsthafter in Martas Situation, »hast du nicht ein bisschen Angst? Du bist sechsundvierzig. Dein Sohn ist vor zwanzig Jahren auf die Welt gekommen. Es ist nicht, als wärst du … ich meine, du bist nicht mehr sechsundzwanzig.«

»Ich bin gesund. Meine Frauenärztin sagt, ich bin gut in Form. Sie meint, ich schaffe das. Und ich werde es probieren, Suzanne. Meine Mutter war einundvierzig, als ich auf die Welt gekommen bin. Das liegt in der Familie.«

Sie war einundvierzig, als du auf die Welt gekommen bist, und jetzt ist sie tot, dachte Suzanne, sprach es aber nicht laut aus. »Bitte sag es Jim. Ich glaube, es wäre gut für euch, wenn ihr das gemeinsam durchmacht, auch das Warten.«

»Ich denk drüber nach.« Marta verzog das Gesicht.

»Du bist der erste Mensch, dem ich es erzählt habe. Aber du darfst es ihm nicht sagen! Sonst bring ich dich um!«

»Ich verspreche es. Ich will dir doch nicht deinen Auftritt verderben.«

»Und ich verspreche, dass ich darüber nachdenke, es ihm zu erzählen.«

»Bitte tu's.«

»Aber Suzanne«, sagte Jake und zog ihren Namen in die Länge, dass er drei Silben hatte, wie immer, wenn er sie neckte oder tadelte, »was willst du Marta denn sagen? Du hast keinerlei Fakten in der Hand.«

»Stimmt. Aber ich habe das Gefühl, ich bin eine schlechte Freundin, wenn ich meinen Verdacht für mich behalte.«

»Und wie würde es dir gefallen, wenn du ihn ihr mitteilst und sie bekommt eine Fehlgeburt?«

Suzanne spürte einen Stich im Magen. »O mein Gott ... Wenn ich doch nur rauskriegen könnte, was los ist – oder ob überhaupt etwas los ist.«

»Aber weil du überhaupt nichts weißt, solltest du den Mund halten und niemanden von deinem Verdacht erzählen.«

Manchmal fragte sie sich, ob seine Ratschläge sinnvoll waren oder nur darauf abzielten, noch weitere Schwierigkeiten und Sorgen in ihrem Leben zu vermeiden. »Mit Elena hab ich aber schon darüber gesprochen.«

»Dann lass einfach eine Weile die Finger von dem Thema. Du fühlst dich für alles verantwortlich. Mir gefällt das Wetter nicht, es ist zu feucht. Könntest du das bitte ändern?«

Sie vergrub das Gesicht an seiner Brust. Seine Haare kitzelten sie in der Nase, aber das störte sie nicht. Am liebsten wäre sie in ihn hineingekrochen und hätte sich versteckt. »Wenn du mich bitten würdest, das Wetter zu ändern, würde ich es wahrscheinlich versuchen. Und weil ich es nicht schaffen würde, könnte ich mal wieder Schuldgefühle bekommen.« Manchmal hatte sie den Eindruck, je weniger Zeit sie hatten, desto mehr Energie konnten sie füreinander aufbringen, wenn sie zusammen waren. War es dann real? Spielte das überhaupt eine Rolle? Sie präsentierten einander bestimmt nur eine Seite ihrer jeweiligen Persönlichkeit. So schwankte Suzanne zwischen der Überzeugung, dass Jake ihr wirklich leidenschaftliche Gefühle entgegenbrachte, und dem Verdacht, dass er einfach ein Opportunist war, der sie lediglich für seine Sache rekrutieren wollte und dem es nichts ausmachte, das im Bett zu bewerkstelligen. Vielleicht stimmte ja auch beides. Sie wusste nicht mal, ob sie zu einer endgültigen Meinung über ihn kommen wollte. Sie brauchte das, was sie zusammen hatten, viel zu sehr, um es ihren sonst üblichen strengen Bewertungsmaßstäben zu unterziehen.

»Du solltest lieber ein schlechtes Gewissen bekommen, weil du nicht genügend Zeit mit mir verbringst.«

»Jake, ich habe schon Schuldgefühle genug, weil ich überhaupt Zeit mit dir verbringe.« Sie seufzte. »Was ist eigentlich mit der Anklage in Kalifornien? Die wegen der Demonstration gegen das Abholzen der Redwoods. Wird sie jetzt fallen gelassen?«

»Sieht nicht danach aus. Mein Anwalt argumentiert jetzt für einen Wechsel der Zuständigkeit. Das Abholzen alter Redwoods ist für die meisten Menschen in der Stadt ein wichtiger Industriezweig, und sie hassen uns leidenschaftlich, weil wir ihnen dabei in die Quere kommen. Der lokale Staatsanwalt feuert aus allen Rohren gegen mich: widerrechtliches Betreten, Widerstand gegen die Staatsgewalt, Erregung öffentlichen Ärgernisses.

Verabredung zur Verübung einer Straftat, Nötigung. Die letzten beiden Punkte sind Straftaten. Mein Anwalt versucht, sie auf mindere Delikte runterzuhandeln. Er denkt, ich kann mich des widerrechtlichen Betretens für schuldig bekennen, dann komme ich mit ein, zwei Wochen Gefängnis oder einem gepfefferten Bußgeld davon. Es geht darum, dass die Leute dort mich als Agitatoren von außen sehen, der versucht, ihnen ihre Lebensgrundlage wegzunehmen und ihr Werk schließen zu lassen. Wir haben eine Menge Medieninteresse auf uns gezogen, was sie natürlich stinksauer macht.«

»Das klingt alles ziemlich aufgebläht. Meinst du, sie lassen sich auf einen Handel ein?«

»Mein Anwalt glaubt, das müssen sie. Er möchte einen Wechsel der Zuständigkeit, denn er sagt, in dieser Stadt würde man mich wahrscheinlich noch wegen Misshandlung meiner Ehefrau verknacken, obwohl ich gar keine habe. Es ist schon seltsam, Suzanne, wie wichtig einem diese Bäume werden können. Die Holzfäller nennen uns Baumschmuser und halten uns für sonderbar und ausgeflippt. Aber diese Bäume haben Charakter. Sie haben Kraft, eine solche Ausstrahlung, dass ich mich immer wundere, warum das nicht jeder spürt, der in ihre Nähe kommt. Du brauchst dir nur einen von diesen kirchturmhohen Riesen anzusehen, du weißt, dass er seit Urzeiten hier steht, und du erträgst es nicht, du erträgst es einfach nicht, dass er getötet und zu Brettern verarbeitet wird. Es ist, als würde man den letzten großen Tiger erschießen und seinen Kopf in deinem Arbeitszimmer aufhängen. Man muss dafür sorgen, dass das aufhört. Wenn einer dieser großen Bäume fällt, kann er nicht ersetzt werden. Ein Riese stirbt – wofür? Für den Profit kleiner Männer in großen Unternehmen. Ich sympathisiere mit den Typen, die Angst haben um ihren Job, aber das gilt für Tabakbauern genauso – und für Crackdealer. Alle wollen überleben, aber man muss sich auch um den Preis kümmern, den man dafür bezahlt – im größeren Zusammenhang.«

»Wann musst du zurück?«

»Für die Vorbesprechungen muss ich nicht anwesend sein. Mein Anwalt sagt mir nächste Woche Bescheid.«

»Klingt, als würde es ziemlich bald zu Verfahrensabsprachen kommen.« Sie legte ihren Kopf auf seine Brust, und ehe sie sich versah, war sie vor Erschöpfung eingeschlafen.

26

Beverly

Beverly wünschte sich oft, sie könnte alles sagen, was sie sagen wollte, dass sie sich beim Sprechen so ausdrücken könnte wie online. Vielleicht brauchte sie eine halbe Stunde für einen Absatz einer E-Mail, aber dann wurde er sofort übermittelt und niemand wusste, dass sie länger gebraucht hatte als fünf Minuten. Wenn sie so doch nur auch sprechen könnte, dann wäre alles viel angenehmer. Wenn sie das Gespräch ausarbeiten, die Laute formen und sie in irgendeinem Fach in ihrem Kopf speichern könnte und dann alles in angemessenem Tempo rauslasssen, dann würden ihr alle zuhören. Momentan brachten eigentlich nur Sylvia und Elena die nötige Geduld auf. Sogar Karla redete lieber mit Suzanne *über* sie als *mit* ihr. Jede Woche schrieb Karla ihr einen Brief, Neuigkeiten über die Zwillinge, über Rosella, ihren Mann und seine Familie, Neuigkeiten von Suwanda in

San Diego, Neuigkeiten aus der Synagoge, aus der Nachbarschaft. Es war demütigend, die Schwester zu beneiden, der sie sich immer überlegen gefühlt hatte.

Sehr häufig gab sie den Versuch, etwas zu sagen, einfach auf, weil es zu lange dauerte. Manchmal fiel ihr das richtige Wort partout nicht ein. In ihrem Gehirn gab es anscheinend Erdrutsche, bei denen alles weggetragen und unter weichem Schlamm begraben wurde. Sie hatte gelernt, innezuhalten und zu warten, bis der Nebel in ihrem Kopf sich wieder klärte. Das war schwierig. Sie war immer schlagfertig gewesen, hatte sich immer gewandt ausdrücken können. Oft genug hatte ihre Schlagfertigkeit sie aus einer Zwangslage gerettet. Zweimal hatte sie sich aus einer potenziellen Vergewaltigungssituation herausgeredet. Mehrmals hatte sie bei einem Protest, einem Streik, einer Demonstration einen Polizisten beschwatzt, sie nicht zu verhaften. Sie hatte Männer mit den richtigen Worten ins Bett gelockt und wieder daraus vertrieben. Sie hatte sich Jobs erquasselt und sich unangenehme Aufgaben vom Hals gehalten. Reden war ihre beste Waffe gewesen, ihre einzige Waffe, als sie älter wurde.

Sie hätte gern mit Jake, Suzannes Freund, geredet. Er schien ein richtiger Aktivist zu sein, von echtem Schrot und Korn, und Beverly hätte alles darum gegeben, ihn über seine Arbeit auszufragen. Sie wusste, sie würden einander verstehen, wenn sie nur mit ihm reden könnte. Aber er lächelte sie an, wenn er reinkam, und von da an tat er so, als wäre sie nicht da. Er war einer der wenigen Menschen, die ihr Leben und ihre Entscheidungen vielleicht verstanden hätten, und sie konnte kein anständiges Gespräch mit ihm führen.

Sie blickte in Elenas Gesicht. Ihre Enkelin war wunderschön. Beverly wurde es nie überdrüssig, sie anzusehen. Sie trug die Haare lang, obwohl das nicht der Mode entsprach, seidig, glänzend, ein sich kräuselnder Pantherpelz. Schon als kleines Mädchen hatte Elena gewusst, wie man sich bewegt, und soweit Beverly sich erinnern konnte, hatte Elena auch nie eine Zeit der Unbeholfenheit durchgemacht. Ihre Haut war wie ein perfektes Stück Obst, kein Makel, nirgends. Tropisch, glatt, einladend. Selbst der alberne Nasenstecker hatte gut an ihr ausgesehen. Warum war er seit einiger Zeit verschwunden? Beverly deutete und klopfte erst auf ihre eigene Nase, dann auf die von Elena. Elena begriff Beverlys Fragen unglaublich schnell.

»Er hat Jim nicht gefallen. Er stört, wenn wir uns küssen. Und er hat mich darauf hingewiesen, was der Stecker bedeutet – er gehört zu meinem Pakt mit Chad und Evan. Jim sagt, es ist Zeit, dass ich das alte Trauma loslasse und weitergehe.«

Elenas Augen waren gleichzeitig fordernd und sanft. Beverly erklärte ihr, dass sie die Tochter der Leidenschaft war und ihre Schwester Rachel die Tochter der Vernunft. Geduldig hörte Elena ihr zu. »Aber Grandma, ich glaube, dass Mutter Sam geliebt hat, zumindest am Anfang. Sie hat ihn nur nach einer Weile vergessen. Er war weniger interessant als ein guter Fall oder ein Tag im Gerichtssaal. Als sie dann erfahren hat, dass er was mit einer Klientin laufen hatte, hat ihr gekränkter Stolz das Kommando übernommen.«

»Keine Leidenschaft. Zuneigung.«

»Was auch immer.« Elena zuckte die Achseln. »Ich glaube, Jim und ich sollten verschwinden. Ich weiß, er ist das Leben hier gewöhnt, aber es ist Zeit für ihn zu gehen. Es ist zu leicht für ihn. Er braucht eine Herausforderung. Er braucht eine neue Welt, die er erobern kann, verstehst du?«

Beverly nickte schief.

»Ich weiß, dass er nicht aus dem Trott herauskommt, solange er hier bleibt. Alle seine Freund werden vor Schreck vom Stuhl fallen, wenn sie hören, dass er Marta verlässt. Sie werden aus den Schuhen kippen. Als hätte ich ein öffentliches Standbild verunstaltet, weißt du. Die Ehe der beiden ist eine Institution. Das Haus ist wie ein blöder Verkehrsknotenpunkt für die Juristen. Ständig geben sie irgendwelche Einladungen. Es ist grotesk, echt grotesk.«

Wieder nickte Beverly. »Bourgeois. So läuft's.«

»Genau. Ich könnte kotzen. Ich fühle mich grässlich, wenn ich sehe, wie er sich bemüht, wie er versucht, es allen recht zu machen. Er mag die Leute nicht mal. Er macht das alles nur für Marta. Weil sie irgendwann Richterin sein will.«

»Richter? Henker.«

»Genau. Es ist so falsch, es stinkt zum Himmel. Jim ist mehr wie ich, emotional, körperlich, einfach geradeaus, immer auf das zu, was er möchte. Er unterdrückt seine Gefühle nicht, er tut nicht so, als existieren sie nicht.«

Rachel hatte etwas Seltsames zu Beverly gesagt, vielleicht vor einem Jahr, als Beverly versucht hatte, ihr das Rabbinerstudium auszureden. »Du glaubst nicht an den Ewigen Gott, aber du glaubst an die Leidenschaft, an den Eros. Glaubst du nicht, das ist genauso irrational? Warum suchst du dir nicht wenigstens eine richtige Gottheit aus?«, hatte sie gefragt. Beverly war richtig erschrocken. Seit Rachel fünf Jahre alt war, stellte sie Behauptungen und Fragen in den Raum, auf die kein Mensch gefasst war. Ihr Verstand funktionierte irgendwie anders.

»Leidenschaftliche Liebe habe ich am eigenen Körper erfahren«, hatte Beverly geantwortet. »Aber deinen

Gott nicht. Ich bleibe lieber bei dem, was ich fühle, was ich weiß.«

Auf einmal merkte sie, dass Elena sie erwartungsvoll ansah. Von jetzt auf nachher hatte Beverly den Faden verloren und war in ihre Erinnerungen abgeschweift. Das war unhöflich und beunruhigend, aber sie konnte nichts dagegen machen. Plötzlich produzierten ihre Gedanken eine Erinnerung, wie ein Fisch, der unvermittelt auf dem Ufer landet. Um ihre Unaufmerksamkeit zu überspielen, nickte sie heftig.

»Ich wusste, du bist meiner Meinung.«

Zu welchem Thema?, fragte sich Beverly. Aber höchstwahrscheinlich war sie wirklich der gleichen Meinung wie Elena, ganze egal, worum es ging. Sie hatte sich in ihre Enkeltochter verliebt, als Elena gerade mal drei Jahre alt war. »Nein! Nicht richtig«, hatte Elena gesagt, ohne zu schreien, aber mit einer Überzeugung, die Beverly von sich selbst kannte.

»Endlich bekomme ich meine zweite Chance.« Elena beugte sich vor, die Hände ineinander verschlungen. Ein Knie war durch einen Riss in ihrer Jeans zu sehen, blass gegen den blauen Stoff. »Ich hätte nie gedacht, dass mir noch mal irgendein Typ nicht scheißegal ist. Ich meine, zum Spaß waren sie okay, zum Zeitvertreib, zum gelegentlich mal schön essen gehen oder einen drauf machen. Aber zu fühlen, als wäre man in einer Haut, zu wissen, wo er ist, weil ihr eigentlich zur gleichen Zeit am gleichen Ort seid? Ich wusste, du würdest das verstehen.«

Jetzt war Elena das Zentrum von Beverlys Leben. Ihre Enkeltochter war immer wichtig für sie gewesen, aber jetzt schenkte sie ihr all ihre Liebe. Sie sehnte sich so glühend danach, sie zu sehen, wie sie früher auf einen Liebhaber gewartet hatte. Sie blickte in ihr Gesicht mit so viel Freude und Leidenschaft und auch mit dem unterschwelligen Schmerz, dass sie sich bald verlieren würden. Elena würde mit Jim nach Kalifornien gehen, und Beverly würde sie nie wiedersehen. Es würde ein schrecklicher Verlust sein, ebenso groß wie der Verlust ihrer rechten Hand und ihrer Fähigkeit, klar zu sprechen. Beverly musste Elena jeden Tag sehen, sie brauchte das, um zu überleben, um glücklich zu sein. Elena war für sie das Leben selbst, die Vitalität. Das gleiche Gefühl, das Elena Jim entgegenbrachte, empfand sie für Elena. Sie war für sie wie die Luft zum Atmen. Sie war ihr Lebenselixier.

Nach dem Abendessen setzte sich Suzanne auf dem gleichen Stuhl, auf dem nachmittags Elena gesessen hatte. Heute hatte Suzanne tatsächlich ein richtiges Essen gekocht. Beverly hatte ihre Tochter immer für weit häuslicher gehalten, als sie war. Sie hatte sich nicht vorgestellt, dass Suzanne oft um Mittag nicht zu Hause war, und wenn doch, dass sie dann meistens etwas zum Mitnehmen aus dem Restaurant anschleppte. Suzanne stutzte und sah ihre Mutter verwundert an. »Du siehst anders aus. Deine Haare.«

»Elena.« Ihre Enkelin war losgezogen und hatte Beverlys alte Haartönung mitgebracht, hatte eine Kurpackung gemacht und die Haare ordentlich durchgekämmt. Jetzt war Beverly wieder rothaarig und fühlte sich fast wie ein Mensch.

»Mutter, ich weiß, wir haben uns nie sehr gut verstanden.«

Beverly wandte das Gesicht ab. Glaubte Suzanne vielleicht, dass Beverly sich irgendjemandem sonderlich gut verständlich machen konnte? Manchmal erriet nicht mal die Logopädin, was sie zusammenstotterte.

»Du hast wahrscheinlich das Gefühl, dass ich nicht genug Zeit für dich habe.«

Darauf antwortete Beverly erst gar nicht. Sie zuckte nur die Achseln. Als würde es ihr helfen, wenn Suzanne wie eine Glucke auf einem widerspenstigen Ei auf ihr hockte!

»Ich wollte, ich könnte dir sagen, dass es bald anders werden wird, aber wenn im Herbst das Semester wieder beginnt, wird meine Zeit eher noch knapper als jetzt. Aber ich hoffe, wir finden trotzdem eine Möglichkeit, wie wir besser miteinander umgehen können.«

»Besser … als was?«

Schon drohte Suzanne die Geduld verlieren, die sie sich umgehängt hatte wie ein Schutzmäntelchen. »Besser als gewöhnlich. Besser als alles, seit ich mich erinnern kann.«

Beverly bewegte abwiegelnd die linke Hand.

»Mutter, du musst mir glauben, ich möchte wirklich gern, dass wir uns näher kommen. Ich habe dauernd das Gefühl, dass du wütend auf mich bist. Worüber bist du wütend? Oder projiziere ich dieses Gefühl? Liege ich ganz falsch?«

Beverly zuckte wieder die Achsel. Als Suzanne sie weiter unverwandt anstarrte, sagte sie schließlich: »Meine … Wohnung.«

»Deine Wohnung?« Suzanne sah sie verständnislos an. »Die mussten wir schon vor fünf Monaten auflösen.«

»Meine.« Beverly suchte nach einer einfachen Art, das auszudrücken, was sie meinte. »Freunde. Hast du mir weggenommen.«

»Ich hab dir deine Freunde weggenommen?« Suzanne sah ratlos aus. »Mutter, du hattest einen Schlaganfall. Du kannst nicht mehr allein in New York leben. Du kannst nicht einkaufen, nicht kochen, nicht für dich selbst sorgen.«

»Sylvia … dort.«

Suzanne runzelte die Stirn und überlegte. »Du meinst, du wolltest, dass jemand dort bei dir bleibt und dir hilft? Aber das hätte nicht funktioniert. Ich kann nicht die ganze Zeit hin und her pendeln. Du kannst die Miete dort nicht bezahlen, und wenn ich sie übernehmen würde, könnte ich mir Sylvia nicht mehr leisten.«

Beverly schloss die Augen, um zu signalisieren, dass das Gespräch für sie beendet war. Es hätte irgendwie gehen müssen, aber Suzanne hatte die Wohnung weggegeben, und jetzt konnte Beverly nicht mehr zurück. Beverly fragte ihre Freunde im Internet und fahndete auf den entsprechenden Websites nach Mietwohnungen in New York, die sie sich leisten konnte. Anscheinend gab es keine. Sie saß hier in Suzannes Haus fest, wo sie nichts zu suchen hatte, wo sie nichts Sinnvolles tun konnte, ohne Freunde, die sie unterstützten. Ihr ganzes Leben hatte sie mit anderen Menschen zu tun gehabt, mit politischen Zielen, mit Aktionen, mit Arbeit, mit Freunden und Liebhabern, mit Feinden und Spitzeln. Jetzt war sie nutzlos, stumm wie ein Telefon, das man aus der Steckdose gezogen hat. Die einzigen Beziehungen, die ihr hier etwas bedeuteten, waren Sylvia, Elena und Mao, der hauptsächlich in ihrem Zimmer wohnte. Außerdem noch ihr Computer und durch ihn – nur durch ihn! – zu der Welt draußen.

Sylvia stammte aus einer großen Familie in Trinidad und hatte ihre eigene Zukunft dem Wohl ihrer jüngeren Geschwister geopfert. Einen nach dem anderen hatte sie in die Vereinigten Staaten geholt, ihnen zu einem guten Start verholfen und sie unterstützt, bis sie es allein schafften. Jetzt schickten sie alle Geld an die Eltern und Großeltern. Beverly kam das richtig archaisch vor, obwohl Sylvia dreiundzwanzig Jahre jünger war als sie: In einer weit verzweigten Großfamilie zu leben und ihr sein Leben zu verdanken, das war wie in viktorianischen Zeiten, als von den Töchtern erwartet wurde, dass sie ledig blieben und sich um ihre alten Väter kümmerten statt zu heiraten. In anderer Hinsicht war Sylvia jedoch sehr modern, beispielsweise in ihrer kühlen, analytischen Einschätzung von Kolonialismus und Rassismus. Das Wahlsystem der Vereinigten Staaten schien sie ebenfalls nicht sonderlich zu beeindrucken, obgleich sie schon vor Jahren die amerikanische Staatsbürgerschaft angenommen hatte und pflichtbewusst wählen ging. Ihre irrationale Seite zeigte sich in der Tatsache, dass sie Lotto spielte, und zwar mit geradezu religiösem Eifer. Sie kannte unzählige Geschichten von Leuten, die reich geworden waren, weil sie auf eine Zahl gesetzt hatten, die sie angeblich im Traum gesehen hatten oder die irgendeine schicksalhafte Bedeutung für sie besaß. So hatte Sylvia in der Zeitung gelesen, dass eine Frau, für die sie während ihrer Anfangszeit in den Vereinigten Staaten geputzt hatte, vor drei Jahren eine Million Dollar gewonnen hatte. »Und sie hat es wirklich nicht nötig«, sagte Sylvia und hob die Hände zum Himmel. »Ihr gehört ein schönes Haus, ihr Sohn ist Arzt, ihre Tochter arbeitet bei der Telefongesellschaft. Wozu braucht sie das?«

Immer wieder versuchte Sylvia, Beverly zum Lottospielen zu überreden, und weigerte sich strikt, auf Beverlys Argumente zu hören, wenn diese ihr zu erklären versuchte, dass die Lotterie nur eine Methode war, die Armen auszubeuten. »Die Lady, von der ich Ihnen erzählt habe, hatte jede Menge Geld, unter anderem zwei Pelzmäntel, und hat trotzdem Lotto gespielt. Und gewonnen. Warum kriege ich nichts?«

Sylvia wartete geduldig, bis Beverly ihren Satz zu

Ende gebracht hatte. »Wenn ich ein Testament hätte, dann würde ich Sie darin erwähnen, weil sie so nett zu mir sind. Aber leider bin ich arm wie eine Kirchenmaus. Ich besitze ein paar Bücher und ein paar alte Kleider. Ich kann nicht mal was versetzen, wenn ich Bargeld brauche.« Es dauerte eine ganze Weile, bis Beverly fertig war, aber sie sagte alles, mit vielen Pausen und einigen falschen Wörtern. Sie wollte Sylvia wissen lassen, wie sehr sie ihre Fürsorge und ihre Aufmerksamkeit schätzte. Von einigen ihrer älteren Freunde wusste Beverly, wie abgestumpft und sogar gemein die von den Agenturen vermittelten Pflegerinnen oft waren. Sie erinnerte sich an die blauen Flecken, die ihre Freundin Moira auf den Armen gehabt hatte, ehe man sie endgültig in ein Pflegeheim verfrachtete.

»Ihre Tochter bezahlt mich. Machen Sie sich keine Gedanken. Sie ist eine gute Tochter, Beverly. Sie arbeitet wirklich hart. Ich weiß, Sie sind verrückt nach ihrer Enkeltochter, aber ich sehe nicht, dass sie so hart arbeitet. Sie sorgt gern für sich selbst, und sie bringt andere Menschen gern dazu, dass sie für sie sorgen.«

Aber Beverly lächelte nur. Sie hatte nicht erwartet, dass Sylvia Elenas Leidenschaft und Schönheit zu schätzen wusste, aber Elena war das Licht in ihrem Leben. Beverly liebte es, Elenas Vertraute zu sein. Von Tag zu Tag verfolgte sie Elenas dramatische Romanze und fieberte jeder neuen Episode entgegen. Es war, als wäre sie wieder jung und hätte eine beste Freundin, der sie alles anvertraute. Vorsichtig berührte sie ihre frisch gemachten Haare. Jetzt sah sie wieder etwas mehr wie die Frau aus, die sie einmal gewesen war. Beverly, sagte sie zu der Frau in ihrem Handspiegel, Beverly. Elena hat dich wieder zum Vorschein gebracht. Beinahe bist du wieder zu sehen.

27

Elena

Noch nie hatte Elena dieses Gefühl der Fülle erlebt, nicht einmal mit Evan und Chad. Damals war sie ein Kind gewesen, machtlos, dazu verdammt, ihre Erziehung in Langeweile und Demütigung über sich ergehen zu lassen. Jetzt waren ihre Gefühle intensiver, als wäre sie in den Jahren von bedeutungslosem Sex in ihrem Innern stärker geworden. Sie hatte gewartet, immer gewartet.

Sie vermisste Jim, wenn sie nicht zusammen waren. Es war ein Schmerz wie von einem vereiterten Zahn. Wenn er da war, fühlte sie sich wohl und geborgen, wie in einem warmen Bad, sie lebte darin, schwamm umher, ließ sich treiben. Ihre Gefühle waren nicht in ihr, sie war in ihren Gefühlen. Es spielte keine Rolle, was Suzanne ahnte oder was Marta tun würde, Elenas Liebe war zu groß und zu stark und zu intensiv, um von irgendjemandem in Schach gehalten zu werden.

Sie sahen sich jeden Tag, außer an den Wochenenden. Jim hatte Marta gesagt, dass er Elena am Montag- und Donnerstagnachmittag als Sekretärin für sein Buchprojekt brauchte, und Marta war froh über seine Initiative. Sie fand es großartig, dass Jim und Elena so gut miteinander auskamen. Elena spürte, wie Suzanne sie beobachtete, wenn sie mit Jim zusammen war, aber Suzanne war oft im Gericht, an der Uni, gelegentlich ging sie sogar mit ihrem kleinen Freund aus. Wenn sich alle zu einem Essen oder sonst einem Anlass versammelten, benahmen Jim und sie sich absolut gelassen, sahen sich nur aus den Augenwinkeln an, keinerlei Erotik, keine bedeutungsschwangeren Blicke. Sie kooperierten ohne viele Worte, ohne alles ausdiskutieren zu müssen. Das war Teil ihrer nahtlosen Einheit.

An den Wochenenden wurde es immer riskant. Manchmal gingen Marta und Suzanne schießen. Manchmal fuhr Suzanne mit Beverly irgendwohin. Suzanne bemühte sich, am Wochenende möglichst viel Zeit mit ihrer Mutter zu verbringen. Elena wusste, dass Beverly das für einen ziemlich zweifelhaften Segen hielt, aber nichts sagen konnte. Ständig erzählten die Leute ihr, was für eine gute Tochter Suzanne war, weil sie Beverly bei sich aufgenommen hatte – als hätte sie eine andere Wahl gehabt: Sie konnte ihre Mutter schlecht auf die Straße setzen. Jeden Tag war Elena von neuem froh, dass sie nicht ausgezogen war. Eigentlich hatte sie es vorgehabt, aber sie hatte in Boston keine guten Freunde, bei denen sie unterschlüpfen konnte. Ihre Freunde wohnten in Chicago und in New York, wo sie selbst nach dem College gelebt hatte. Hier kannte sie Leute, mit denen sie auf die High School gegangen war – Leute, die zu sehen sie null Interesse hatte – und die Typen vom Restaurant. Beverly hatte sich als ihre größte Unterstützung erwiesen, die einzige Person außer Jim, der sie sich anvertrauen konnte – und über Jim konnte sie kaum mit ihm selbst sprechen. Ihre Großmutter war in ihrer Zeit auch das gewesen, was man als Schlampe bezeichnete, sie kannte sich aus mit Männern. Und ganz eindeutig stand sie hundertprozentig auf Elenas Seite.

»Manchmal überlege ich mir, ob ich schwanger werden soll«, sagte sie zu Beverly. »Ich meine, er hat ein Kind mit Marta. Adam, dieses Weichei. Das würde ich bestimmt mit links besser hinkriegen.«

»Nicht ... sicher.«

»Dass ich es besser hinkriegen würde?«

»Ob er … Babys mag.«

»Ja, vielleicht hast du Recht. Vielleicht sollte ich warten, bis wir in Kalifornien sind.«

Beverly nickte schief, aber nachdrücklich. »Warte.«

»Aber ich dachte, vielleicht gibt ihm das den Schubs, den er braucht. Irgendwas muss passieren, damit er hier auszieht.«

»Besser … freiwillig.«

»Natürlich würde er sich für mich entscheiden. Er liebt mich. Er ist verrückt nach mir, Grandma. Aber er sitzt hier fest. Es braucht ein bisschen Dynamit, damit er sich losreißen kann, weißt du.«

»Großer Knall … kann dir auch … wehtun.«

Am Samstagabend ging Elena mit einem Kerl aus, den sie aus dem Restaurant kannte, dem rothaarigen Küchenhelfer, der in sie verknallt war. Sie war ihm am Chestnut Hill begegnet, als sie im Schlussverkauf einen neuen Badeanzug suchte. Jim ging gern schwimmen, und letzten Dienstag, als er keine Termine hatte, waren sie zum Walden Pond gefahren. Sie hatten im Wald auf einem Badetuch gevögelt. Das war aufregend. Er sagte, durch sie fühlte er sich zwanzig Jahre jünger.

Jim gefiel es nicht, dass sie mit Stan ausging, aber sie erklärte ihm, dass es eine gute Tarnung sei. Außerdem genoss sie es, wenn er eifersüchtig war. Stan war ein ganz normaler Typ, schlaksig und jungenhaft, der Prozac nahm und auf eine total uninteressante Art launisch war. Er war ungefähr so sexy wie einer seiner Salate, aber er war perfekt für einen Abend, an dem sie Jim nicht sehen konnte. Die Abende waren sowieso verbotenes Terrain. Aber bald würden sie zusammen leben, und diese ganze Heimlichtuerei hatte ein Ende.

Natürlich würde es eine Weile dauern, bis sie in Kalifornien auf die Füße kamen, aber was spielte das schon für eine Rolle? Elena war es gewohnt, am Rand des Existenzminimums zu leben und konnte Jim ein paar Tricks beibringen, wie man mit wenig Bargeld über die Runden kam. Bald würde er sich als Therapeut etabliert haben, und die Patienten würden zu ihm strömen. Elena würde problemlos einen Job in einem Restaurant oder einem Büro bekommen. Sie brauchte nicht viel, und er hatte ihr immer wieder erzählt, wie wenig ihm materielle Dinge bedeuteten. Er lebte Martas Leben, sagte er. Alles, was er brauchte, würde in einen Rucksack und eine Aktenmappe passen – außer ihr natürlich. Sie war es, die er wirklich brauchte. Sie würden zusammen ausgehen, in die Bars, ins Kino, und es würde keine Rolle spielen, wer sie dort zusammen sah. Sie würden sich lieben, wann immer sie Lust dazu hatten. Sie würden im gleichen Bett schlafen. Sie würden zusammen aufwachen und duschen und jeden Morgen gemeinsam frühstücken. Sie würden zusammenleben, cool und locker und wunderschön. Irgendwie war es amüsant, dass Jim eifersüchtig auf Stan war, aber wenn er unbedingt leiden wollte, bitte schön. Er sollte ja auch ruhig merken, dass sie auf andere Männer anziehend wirkte, dass vielleicht ein anderer auf sie Anspruch erhob, wenn er sich nicht ein bisschen bemühte. Herumzuschleichen und sich zu benehmen wie Geheimagenten war manchmal ja ganz lustig, aber allmählich reichte es! Vielleicht würden sie sich in Kalifornien ein Haus mieten, in dem auch seine Praxis Platz hatte, eine viel schönere natürlich, nicht so ein Loch wie hier.

Wenn Elena nicht mit ihm zusammen war, fiel es ihr leicht, gelassen und vernünftig zu sein, aber wenn sie bei ihm war und er sie berührte, dann trocknete ihr Gehirn aus. Dann konnte sie keinen klaren Gedanken fassen, weil alles vom übermächtigen Dröhnen ihrer Gefühle überdeckt wurde. Das war Liebe. Elena hatte sie einmal kennen gelernt und sich seither danach gesehnt. Diese Liebe verzehrte sie, als stünde sie von Kopf bis Fuß in Flammen. Eigentlich ein Wunder, dass sich die Leute auf der Straße nicht nach ihr umdrehten und sie anglotzten. Manchmal fühlte sie sich wie eine Göttin, von innen heraus strahlend, brennend mit einer weiß glühenden Leidenschaft, die jeder spüren musste, der ihr nahe kam. Das war die Hyperrealität, das war so, wie es sein sollte.

Sie liebte es, ihn scharf zu machen. Wenn sie morgens gemeinsam zur Arbeit fuhren, legte sie gern ihren Kopf in seinen Schoß und blies ihm einen. Zweimal hatte er sie zwischen zwei Terminen auf der Couch gevögelt, und sie hatte sich auf die Hand beißen müssen, um nicht zu schreien. Einmal hatte der nächste Patient schon im Vorzimmer gewartet. Manchmal kam sie, wenn sie an seltsamen Orten ihre Quickies einlegten, aber nicht oft. Das war ihr gleich. Was sie brauchte, war die Erregung, das Gefühl, dass sie außer Kontrolle gerieten, dass sie verrückt aufeinander waren. Dafür musste man ungewöhnliche Risiken eingehen. Wenn sie ihn aus dieser langweiligen Ehe und seinem gesetzten Leben herausholen wollte, musste sie ihn über die Grenze ziehen, musste ihn lehren, das Risiko zu lieben. Sie musste ihm seinen Wagemut zurückgeben.

»Ich bin gut für dich«, sagte sie, als sie oben im Bett lagen – dem Bett, das er nachts mit seiner fetten Frau teilte. Früher war Marta schlank gewesen, aber in letzter Zeit hatte sie zugenommen, vor allem um die Taille herum. Sie hatte einen Bauch bekommen. Elena, die eine gute Beobachterin war, bemerkte die Pölsterchen des mittleren Alters sofort. Marta ließ sich gehen. »Vielleicht glaubst du es nicht«, sagte sie zu Jim, »aber ich gebe dir das zurück, was du im Lauf der Jahre verloren hast.«

»Auf alle Fälle bist du gut für ihn.« Er legte die Hand auf seinen nach der Liebe schlappen Penis.

»Ich bin überhaupt gut für dich, Jimmy.«

»So hat mich seit Jahren niemand mehr genannt. Seit der High School nicht mehr.«

»Wie warst du damals?«

Er lachte. »Ich war Klassensprecher. Das hat mir sehr viel bedeutet. Ich wäre dafür über Leichen gegangen, aber ich musste nur alle um den Finger wickeln. Ich war im Laufteam. Und zweitbester Pitcher. Außerdem hab ich noch in einer bescheuerten Garagenband gespielt, *The Lords of Chaos*. Meine Freundin wurde zum hübschesten Mädchen der Klasse gewählt.«

»Ich glaube, damals hätte ich dich nicht gemocht.«

»Ich glaube, damals habe ich mich selbst nicht gemocht. Ich habe mir und anderen ständig was vorgemacht.«

»Das gleiche hast du getan, als ich dich kennen gelernt habe, Jimmy. Du warst eingeschlafen. Aber jetzt bist du wach.«

»Momentan nicht.« Er gähnte. »Ich würde furchtbar gern ein Nickerchen machen. Wenn wir es doch nur wagen könnten, zusammen einzuschlafen …«

»Eines Nachmittags werden wir das können. Aber ich bin noch nicht schläfrig.« Sie rollte sich auf ihn und spürte ihn unter sich hart werden. »Und du auch nicht, mein Junge.«

28

Suzanne

Suzanne hatte ihr Scheckbuch und die Belege vor sich auf dem Schreibtisch ausgebreitet. Was sie befürchtet, aber sie immer wieder verdrängt hatte, war wahr geworden: Sie lebte weit über ihre Verhältnisse. Sie gab mehr aus, als sie verdiente, sie musste Geld von ihren Anlagen abzweigen, um die Haushaltskosten zu decken.

Rachels Aufenthalt in Israel war teuer, die Kosten für Elektrizität und Lebenshaltung waren auf mehr als das Doppelte gestiegen, seit Elena und Beverly im Haus waren. Aber am kostspieligsten war eindeutig Beverlys Versorgung. Sylvia kam fünf Tage die Woche. Die Krankenversicherung zahlte die Therapien nicht mehr. Die Medikamente kosteten eine Unmenge Geld, die Miete für das Krankenhausbett, den Rollstuhl und so weiter war horrend. In den wenigen Monaten, seit Beverly bei ihr wohnte, hatte Suzanne das Polster fürs ganze Jahr aufgebraucht. Genau genommen hatte sie die gesamten Ersparnisse der letzten fünf Jahre ausgegeben. Die Umbauten am Haus hatten weit über zwölftausend Dollar gekostet, und sie hatte ihre private Altersvorsorge angreifen müssen, wofür eine ziemlich hohe Nachzahlung fällig geworden war. Sie sah die Situation klar vor sich, und sie hatte Angst. Wenn sie bis zu ihrer Pensionierung an der Uni blieb, bekam sie eine bescheidene Rente, aber die Ausgaben, die sich abzeichneten, waren katastrophal.

Sie stand auf, ging hinüber zum Erkerfenster und blickte hinaus. Was sollte sie tun? Wenn Rachel zurückkam, hatte sie immer noch ein Jahr am Rabbiner-College vor sich. Auf alle Fälle musste Suzanne ihr klarmachen, dass die Hochzeit nur im kleinen Rahmen gefeiert werden konnte, was Rachel bestimmt enttäuschen würde. Suzanne würde ihre Tochter noch einmal bitten müssen, Michael erst zu heiraten, wenn sie wieder in den Vereinigten Staaten waren. Die Flugreise nach Israel und die Hotelkosten wären schon in einem guten Jahr happig, aber in der jetzigen Lage nicht zu bewältigen. Meinte Elena es ernst mit ihrem Plan, wieder an die Uni zu gehen? Wenn ja, wo sollte das Geld für die Studiengebühren herkommen? Reichte es vielleicht, wenn Sylvia nur noch vier Tage die Woche kam? Konnte Elena vielleicht ein oder zwei Tage pro Woche mit Beverly verbringen, oder war das zu viel verlangt? Suzanne selbst durfte nicht mehr so oft ohne Honorar arbeiten und musste sich mehr Fälle an Land ziehen, die gutes Geld versprachen. Vor ihren Augen ging ihr Leben in die Brüche, und sie hatte keine Ahnung, wie sie verhindern sollte, dass Geld und Zeit ihr weiter durch die Finger rannen. Zum ersten Mal seit anderthalb Jahrzehnten interessierte sich ein Mann ernsthaft für sie, und sie hatte kaum die Zeit, einmal pro Woche mit ihm ins Bett zu fallen. Sie würde ihn verlieren. Sie würde sich selbst verlieren. Welche Möglichkeiten hatte sie überhaupt noch?

Als sie in der nächsten Nacht in Jakes Armen lag, brach es aus ihr heraus. »Es ist nicht fair! Es ist einfach nicht fair!« Augenblicklich packte sie die nackte Panik. Jake würde erkennen, wie egoistisch sie war, wie abgestumpft und grausam, dass sie so etwas auch nur dachte. Er würde sich von ihr abwenden.

»Natürlich, nichts auf der Welt ist fair, das stimmt. Heute habe ich mich mit Leuten aus Pittsfield getroffen, wo General Electrics seit Jahren PCB ablädt …«

Aber sie musste mit ihm reden. Sie erstickte sonst an

den unausgesprochenen Worten. Wem sonst konnte sie vertrauen? »Es geht um meine Mutter. Wir haben uns nie verstanden. Wir sind uns nicht nahe. Ich fühle mich erdrückt von ihr. Ich hab ihr das doch nicht angetan. Sie hat es sich selbst zu verdanken.«

Er rückte ein Stück ab, um ihr direkt ins Gesicht sehen zu können. »Du bist ja richtig aufgewühlt. Wie wär's mit einem Drink? Würde ein nettes Gläschen Cognac dich ein wenig trösten?«

»Ich möchte nicht trinken. Ich will eine Lösung. Sie hat einfach weiter geraucht, Jahre nachdem klar war, wie gefährlich das ist. Tja, sie wollte eben rauchen. Sie hat sich nie gesund ernährt. Sie hatte jede Menge Energie, und sie machte, was ihr gefiel. Jetzt muss ich die Suppe auslöffeln.«

Jake sah sie an und zog eine Grimasse. »Sie auch, Liebes, sie auch.«

Suzanne seufzte. Jetzt war ihr der Wind aus den Segeln genommen. »Das weiß ich ja, aber ich kann mir die ganzen Sachen nicht leisten, die sie braucht. Krankheit ist so unglaublich teuer, das ist nicht zu bewältigen. Und man erhält keinerlei Hilfe. Man bricht finanziell und emotional zusammen und irgendwann ist man einfach ausgebrannt.«

»Wäre es weniger teuer, sie in ein Pflegeheim zu geben?«

»Nein, das wäre noch kostspieliger. Und ich kann das nicht tun. Es wäre keine Alternative. Beverly war eine starke, politisch engagierte Frau, die ihr Leben lang für eine bessere Welt gekämpft hat. Sie hat es nicht verdient, abgeschoben zu werden.«

Er fing an, auf und ab zu wandern. Ihr wäre es lieber gewesen, er hätte das nicht getan, denn es lenkte sie ab und machte sie nervös. Aber er musste seine überflüssige Energie abreagieren. Schließlich blieb er vor ihr stehen und sagte: »Diese Geschichte in Pittsfield, da werden wir deine Hilfe brauchen.«

»Meine Hilfe?«

»Ja, ich glaube, die Sache geht vor Gericht.«

Suzanne ächzte und wandte sich ab. Noch etwas, was sie tun sollte, und natürlich umsonst. Vor einem Jahr, einem Monat, hätte sie für eine gute Sache nicht gezögert, aber jetzt war sie fertig. Womöglich musste sie irgendwann Klienten wie General Electrics vertreten, weil sie das Geld brauchte, um ihre Mutter zu unterstützen.

Er runzelte die Stirn. »Aber was mir wirklich zu schaffen macht, ist die Frage, wie lange dieser lächerliche Fall in Kalifornien sich noch hinzieht. Dauernd wird er verschoben. Beide Seiten stellen Anträge, und so geht es weiter und immer weiter. Ich hätte das Angebot, nach Grönland zu gehen, aber ich muss es vermutlich ausschlagen. Sie haben mich nach Boston gelassen, weil es hart werden würde, und bis nach Massachusetts traut mir das Gericht. Aber ich darf das Land nicht verlassen.«

Sie starrte ihn an. »Warum möchtest du nach Grönland gehen?«

»Ich mag Extreme«, antwortete er. »Ich mag die Wildnis. Obwohl es keine richtige Wildnis ist. Als ich das letzte Mal dort war, haben wir eine alte Militäranlage benutzt, aus den Tagen des Raketenfrühwarnsystems. Irgendwann wurde sie evakuiert, und sie sind nie zurückgekommen. Es war wie am Tatort eines Verbrechens – die hatten einfach alles stehen und liegen lassen. Auf dem Herd eine Pfanne mit altem Fett. Auf dem Fußboden im Klo ein Pornomagazin … Dass ich jederzeit bereit bin abzuhauen, wenn die weite Welt ruft, hat meine letzte Freundin wahnsinnig gemacht. Aber ich kann einfach nicht widerstehen.«

»Wem kannst du nicht widerstehen?« Suzanne merkte, dass sein Bedürfnis zu reisen ihr keine Angst machte. Abenteuer mit Eisbären waren ihr in jedem Falle lieber als Abenteuer mit Frauen.

Endlich wandte er sich ihr wieder zu. »Meine Kindheit war langweilig. Ich glaube, meine Eltern haben nur miteinander gesprochen, wenn sie verreisten. Vielleicht glaube ich deshalb, Reisen ist die Medizin gegen Langeweile. Vielleicht bin ich auch einfach kein sehr fantasievoller Mensch und brauche einen Tapetenwechsel, um nicht zu stagnieren. Jedenfalls ertrage ich es nicht, dass es Orte gibt, die ich nicht kenne. Und wenn es mir irgendwo gefallen hat, möchte ich noch mal hin. Das ist wie ein ständiger Juckreiz.«

»Vielleicht ist für mich ein interessanter Fall das gleiche wie für dich eine interessante Reise.« Für Suzanne war es eine Erleichterung, wenigstens ein Weilchen nicht nur an sich selbst und ihr Leben zu denken.

Jetzt schrieb Rachel wieder E-Mails. Alle paar Tage schickte sie eine kurze Nachricht, manchmal wurde sie allerdings auch etwas langatmig und lyrisch, mit endlosen Beschreibungen von Jerusalem, als wäre die Stadt ihre Geliebte, die sie aber auch ständig irritierte – wie das bei treulosen Geliebten eben so ist. Zu viele Leute erhoben Anspruch auf Jerusalem. Man konnte sich kaum der Illusion hingeben, dass man die Stadt kannte oder dass sie etwas Besonderes für einen war. Die Stadt war für jeden etwas Besonderes. Sie machte alle verrückt. Dreitausend Jahre lang hatten Dichter, Propheten, Priester und Irre Lobeshymnen auf sie gesungen, und noch immer kämpften Menschen unter Einsatz ihres Lebens für sie.

Rachel kam Suzanne so fern vor, dass sie den Drang verspürte, sofort zu packen und zu ihr zu fliegen. Sie vermisste Rachels positives, ausgeglichenes Wesen und Temperament. Natürlich konnte Suzanne ihre Tochter nicht besuchen. Zwischen den Sommerkursen und dem Semesterbeginn hatte sie eine kurze Pause. Früher waren sie immer nach Cape Cod gefahren und dann noch eine Weile nach Maine. Jetzt konnte sie von Glück sagen, wenn sie bis zum Deli an der Ecke kam. Sie konnte nicht losziehen und Beverly allein im Haus lassen, wenn Elena arbeitete. Aber Elena kümmerte sich viel mehr um ihre Großmutter, als Suzanne es je zu hoffen gewagt hatte, und dafür war sie ihr sehr dankbar. Stundenlang saß Elena bei Beverly, die auf ihre Enkeltochter viel lebhafter reagierte als auf Suzanne oder sonst jemanden außer vielleicht Sylvia.

»Ich weiß es wirklich sehr zu schätzen, wie nett du zu Beverly bist«, sagte Suzanne zu ihrer Tochter, als sie eines Morgens hastig in der Küche frühstückten. Elena musste zu Jim in die Praxis, Suzanne war unterwegs zum Gericht.

»Ich tu das nicht aus Nettigkeit. Du verstehst das nicht. Niemand versteht das, außer vielleicht Sylvia. Grandma ist voll da. Innerlich ist sie wie früher.«

»Natürlich verstehe ich …«

»Warum hetzt du sie dann immer so?«

»Ich glaube nicht, dass ich …«

Elena lachte schrill. »Du kannst nie abwarten, bis sie einen Satz fertig hat.«

»Ich versuche nur vorauszuahnen, was sie sagen will, wenn sie sich so anstrengt.«

»Das hasst sie.«

»Ich glaube, jetzt projizierst du.«

»Sie hat mir gesagt, dass sie es hasst.«

»Warum hat sie es mir nicht gesagt?«, fragte Suzanne, peinlich berührt.

Elena warf ihre schwarze Mähne zurück. »Den Satz würdest du ja auch für sie vollenden. Und zwar anders, als sie ihn meint.«

Suzanne hatte das Gefühl, dass sich die beiden verschworen hatten, um sie ins Unrecht zu setzen. Dabei bemühte sie sich nach Kräften, alles am Laufen zu halten und die ganze Last zu tragen. Einen Augenblick lang spürte sie nur blinde, wütende Erschöpfung. Ihre Hand umklammerte den Kaffeebecher. Eine Sekunde lang spürte sie einen heftigen Impuls, ihn ihrer Tochter ins Gesicht zu schleudern, aber sofort schämte sie sich zutiefst. »Für uns alle ist es schwierig«, sagte sie leise.

»Wie schwierig ist es denn wirklich für dich? Du bist doch die meiste Zeit aus dem Haus. Sylvia erledigt neun Zehntel der Arbeit.«

»Na gut, ich hänge meinen Beruf einfach an den Nagel und bleibe bei meiner Mutter zu Hause. Suchst du dir einen Job, bei dem du genug Geld verdienst, um uns alle durchzubringen?«

»Ich könnte nicht mal einen Hund durchbringen, das weißt du. Bei dir geht es letztendlich immer ums Geld. Beverly hat Recht.«

»Bei allen Leuten geht es letztendlich ums Geld, Elena. Essen auf dem Tisch, ein Dach über dem Kopf. Ich bezahle Sylvia, ich bezahle Beverlys Medikamente …«

»Wenn du jemals so mit Großmutter redest, verzeihe ich dir das nie.«

»Elena, ich hab sie hierher gebracht. Seit sie ihren Schlaganfall hatte, bin ich jedes Wochenende zu ihr nach New York gefahren. Es ist ja wohl offensichtlich, dass ich mich um sie kümmere und bereit bin, Opfer zu bringen, damit sie sich wohl fühlt. Das verlangt uns allen eine gewisse Anstrengung ab.«

Damit verschwand Suzanne im Bad und schloss sich ein, zitternd vor Frustration und Ärger. Ich bin bereit, Opfer zu bringen, ja? Welche andere Wahl habe ich denn? Wer hat mich denn gefragt, was ich will? Ich habe es satt, immer gut zu sein, aber vor der Pflicht kann man nicht fliehen, stimmt's? Es hat auch keinen Sinn, sich darüber aufzuregen. Elena wird ausziehen, wenn es ihr passt, und dann sitze ich immer noch hier mit Beverly, jetzt, morgen, nächstes Jahr. Es könnte noch zwanzig Jahre so weitergehen.

Auf einmal hatte sie das Gefühl, in der Falle zu sitzen. Einen Moment starrte sie an die weiße Decke des Badezimmers, das nicht sehr groß und hellblau gestrichen war. Dann sank sie auf den Toilettensitz und schlang die Arme um sich. Warum hackte jeder auf ihr herum, warum zerrte und zog jeder an ihr? Sie konnte nicht mehr. Ihre Nerven liefen schon heiß wie eine überlastete Leitung. Ihr Gehirn war ein vernachlässigter Kühler. Sie wusste nicht, wohin mit ihrem Frust, ihrer Wut, ihrer Müdigkeit. Sie konnte das alles auf niemanden abladen. Anfangs hatte sie Dankbarkeit dafür empfunden, dass Elena Zeit mit Beverly verbrachte, und am Schluss hätte sie ihrer Tochter am liebsten eine Tasse an den Kopf geworfen.

In ihrer Verzweiflung rannte sie hinauf zu Marta, die im Unterrock im Badezimmer stand und sich schminkte. »Zielschießen am Samstag, bitte, bitte. Wenn ich nicht bald auf was schießen kann, dann explodiert mein Schädel. Wir sind eindeutig zu wenig schießen gegangen.«

Marta sah sie über die Schulter hinweg an, während sie sorgfältig Wimpern und Brauen färbte und ihrem

Gesicht mehr Ausdruckskraft verlieh. »Haben wir eine Krise?«

Suzanne nickte. »Ich hab mich finanziell übernommen und werde wahnsinnig. Ich brauche es, ich muss zum Schießplatz. Versprich es mir.«

Marta schminkte sich fertig und ging im Kopf ihren Terminplan durch. »Wir könnten uns Samstagfrüh eineinhalb Stunden fortstehlen, wenn wir rechtzeitig in Gang kommen. Zehn Minuten Fahrt hin, zehn zurück. Dann haben wir eine volle Stunde zum Schießen.«

»Ich kann unmöglich noch mehr von Rachels Ausgaben übernehmen«, sagte Sam unverblümt. »Du musst für deine Mutter sorgen, schön, aber ich habe Stephanie, Jonah und Emma. Eine alte Frau, die im Bett liegt, verbraucht längst nicht so viel wie ein einziges Kind, das im wahrsten Sinn des Wortes Geldberge verschlingt – ein Kind, das jeden Tag aus seinen Klamotten herauswächst und vierzehn verschiedene Kurse besucht und Privatschulen und Ärzte und Zahnärzte und weiß der Himmel was noch alles. Therapeuten. Kieferorthopäden. Allein ihre Kleidung kostet so viel wie meine Anzüge.«

Suzanne kannte den Ton, den Sam anschlug. Wenn er so redete, war mit ihm nicht zu verhandeln. Diese Stimme sagte: Das ist mein letztes Angebot. »Ich rutsche jeden Tag tiefer in die Schulden. Rachels Aufenthalt in Israel ist nicht billig, wie du wahrscheinlich auch schon bemerkt hast …«

»Es war nicht meine Idee, dass sie Rabbi wird.«

»Richtig. Sie könnte sich jederzeit einen Job als Kellnerin suchen.«

»Wenigstens schickt mir Elena nicht ständig irgendwelche Rechnungen für ihre Studiengebühren.«

Als Marta und Suzanne am Samstagmorgen im Schießclub standen, dem sie vor Jahren beigetreten waren, dachte Suzanne plötzlich, wie befriedigend es war, mit einem Revolver umzugehen: Erst zielen, dann der Moment des Einschlags und der Zerstörung – harmlos, beruhigend für die innere Spannung. Man bestrafte nur die Zielscheibe und ließ trotzdem den Frust und die Wut der ganzen Woche raus. Früher hatten sie das jede Woche gemacht und sich darüber gefreut, wie unpassend es doch war, dass zwei Feministinnen zusammen schießen gingen. Nach und nach hatten sie es jedoch vernachlässigt, bis sie schließlich nur noch ungefähr einmal im Monat gingen.

»Warum haben wir damit aufgehört? Es macht doch solchen Spaß. Es ist ein toller Ausgleich.«

»Warum?« Marta grinste und zielte sorgfältig. Da sie beide Ohrenschützer trugen, mussten sie fast schreien, um einander zu verstehen. Sie waren zeitig gekommen, und der Club war halb leer. »Warum haben wir aufgehört, ins Kino zu gehen? Warum haben wir aufgehört, aufs Land zu fahren und spazieren zu gehen? Warum haben wir uns nie einen anderen Hund angeschafft, nachdem Archie gestorben ist?« Mit jedem Schuss traf sie das Ziel. Marta schoss besser als Suzanne, aber Suzannes Streuung war geringer.

Jetzt war Suzanne an der Reihe. »Weil wir keine Zeit mehr haben, sondern nur noch Projekte und Pflichten und Beziehungen.« Bald würde Marta ein Baby haben und ihre Zeit würde noch begrenzter sein. Eine alte, invalide Frau unten, ein neugeborenes Baby oben: Dann waren sie endgültig ein verrückter und finanziell völlig überforderter Haushalt. Suzanne bekam die meisten Kugeln ins Ziel und traf in dieser Runde nur zweimal daneben. »Hast du Jim von dem Baby erzählt?«

»Nein, aber ich tu es bald. Sehr bald.«

»Worauf wartest du denn? Dass die Wehen einsetzen?«

»Meine Ärztin ist in Cape Cod, aber am Montag nach Labor Day hab ich gleich einen Termin bei ihr. Wenn alles so ist, wie es sein soll, dann sage ich es ihm.« Jetzt gingen bei Marta die meisten Schüsse daneben.

»Je länger du wartest, desto weniger wird er sich engagieren.« Am liebsten hätte Suzanne Marta gedrängt, es ihm jetzt sofort zu sagen, ehe es zu spät war. Denn sie hatte zunehmend das Gefühl, dass große Schwierigkeiten bevorstanden.

Suzanne liebte den Herbst. Schon als Kind hatte sie den Schulanfang nach den großen Ferien gemocht, jetzt ging für sie das Semester wieder los, und das Unterrichten machte ihr Spaß. Sie freute sich auf die neuen Kurse und auf ihren Assistenten Jaime, der von den Philippinen zurückgekehrt war, wo er Verwandte besucht hatte. Sie wollte endlich den juristischen Artikel fertig schreiben, der seit Februar in ihrem Computer schmachtete. Sie hatte die Hitze und die Klimaanlage gleichermaßen satt, den weichen Asphalt unter den Füßen, ausgebleichte Baumwollstoffe und verdorrtes Gras und schlaffe Blätter an den Ahornbäumen, die die Straße säumten. Sie konnte das Geschrei der Nachbarskinder unter ihrem Fenster nicht mehr ertragen. Sie mochte nicht mehr ständig darüber grübeln, wie sie ihre Familie ernähren sollte, wenn es nicht zu teuer sein durfte und die Küche möglichst wenig aufheizte.

Die erste richtig frische Luft in der Woche nach dem Labor Day verbesserte ihre Laune erheblich. Voller Energie begann sie ihre Vorlesungen, ging mit Marta einkaufen und erstand ein graues Nadelstreifenkostüm, modern geschnitten, etwas länger. Glücklicherweise hatten sie es in ihrer Größe vorrätig, und so musste weder Rock noch Jacke geändert werden. Marta kaufte ein locker fallendes Gabardinekleid. »Denk an die Zukunft«, meinte sie fröhlich. »Vier Monate, und das ist erst der Anfang.«

»Wie hat Jim reagiert, als du es ihm gesagt hast?«

»Ich hab nicht …«

»Marta, du musst es ihm sagen.«

»Ich hab aber Angst.« Marta wandte sich vom Spiegel in der Anprobekabine ab.

»Wovor hast du Angst?«

»Dass ich das Baby verliere, wenn ich es ihm sage.«

Suzannes Magen krampfte sich zusammen. »Bitte sag es ihm.«

»Ja, sobald meine Frauenärztin alles kontrolliert hat.«

»Ich dachte, du hattest letzten Montag einen Termin?«

»Sie hat ihn auf nächsten Montag verschoben.«

»Bist du sicher, dass Jim nichts bemerkt hat?«

»Wir haben diesen Sommer nicht viel zusammen geschlafen. Er ist ein bisschen deprimiert wegen seiner Arbeit und seinem Buch. Und ich hab die Sache auch nicht gerade forciert, nach dem ich erfahren habe, dass ich schwanger bin. Ich denke, je weniger da vorgeht, desto ruhiger hat es das Kleine.«

»Marta, du bist sechsundvierzig. Ein Baby wird euer beider Leben grundlegend verändern. Ich finde wirklich, du solltest es Jim sagen, und zwar je früher, desto besser.«

Marta zuckte die Achseln und strich den Stoff des Kleids glatt. »Ist es nicht seltsam, dass man sich keine Wollsachen anschauen kann, bis das Wetter umschlägt, obwohl man genau weiß, dass es Herbst und dann Winter wird, genau wie jedes Jahr?«

»Marta, hör mir zu. Du musst mir versprechen, dass du es ihm sagst. In habe Angst um dich. Du kannst ihm das nicht verheimlichen. Er wird wütend sein, wenn du ihn nicht einbeziehst, solange man noch etwas tun kann, falls ihr euch beide entscheidet, dass ihr das Kind nicht wollt.«

»Natürlich wollen wir das Kind, Suzanne. Haben wir es etwa nicht drei Jahre lang versucht?«

»Aber das ist zehn Jahre her.«

»Die Zeit vergeht so schnell, stimmt's?« Marta nahm ihre Hände und drückte sie. »Ich verspreche dir, ich sag es ihm. Nächsten Montag gehe ich zu meiner Ärztin. Wenn alles in Ordnung ist und die Fruchtwasseruntersuchung gut läuft, sagte ich es ihm sofort danach. Okay?«

»Versprich es mir. Versprich es! Wenn du es nicht tust, Marta, dann sag ich es ihm.«

»Na gut! Werd nicht gleich brutal. Nächsten Montag.«

Am nächsten Samstag verbrachten Marta und Suzanne wieder fast eine Stunde beim Schießen; wieder standen sie so früh auf, dass sie bereits da waren, als der Club gerade öffnete. Heute flatterte die Markise, die die Schusswaffen vor Regen schützte, wie ein Segel über ihren Köpfen. Der Wind trug einen leichten Salzgeruch vom Meer herüber und versprach Regen, der die Stadtluft wieder reinwaschen würde.

»Wir müssen so was öfter machen. Ist dir aufgefallen, dass wir diese Woche zwei Dinge unternommen haben, obwohl sie keiner von uns verlangt hat? Wir sind einkaufen gegangen und jetzt schießen wir«, stellte Marta befriedigt fest und nahm das Ziel ins Visier. »Wir werden allmählich frivol. Als Nächstes verwandeln wir uns in Ladys, die sich zum Lunch treffen.«

»Lunch? Was ist das? Der Apfel, den ich an meinem Schreibtisch verschlinge? Der Joghurt, den ich im Auto auf dem Weg zum Gericht verputze?«

»Irgendwann diesen Herbst machen wir das mal! Wir treffen uns zum Lunch wie echte Ladys, essen einen Salat und einen Nachtisch. Natürlich takeln wir uns mächtig auf und tragen Einkaufstaschen bei uns, selbst wenn nur juristische Dokumente drin stecken. Wir flirten mit dem Kellner und beklagen uns über unsere Ehemänner und unsere Kinder. Du kannst dich natürlich über Jake beklagen.«

»Ach, das klappt doch nie«, meinte Suzanne trübsinnig.

»Oh doch, und zwar bevor ich den Umfang einer Tonne habe.«

»Aber nur, wenn du es Jim sagst.«

»Ich sag's ihm am Montag, wenn alles in Ordnung ist. Um eins ist mein Arzttermin.«

»Viel Glück.«

»Ich will mehr als Glück, ich will Zauberei.«

Als Suzanne nach Hause kam, verbrachte sie eine Weile mit Beverly, während sie zwischendurch immer wieder treppauf, treppab lief, um die Wäsche zu erledigen. Sie hatte deutlich das Gefühl, dass sie Beverly damit auf die Nerven ging, wie sie ins Zimmer kam, eine halbe Stunde sitzen blieb, dann aufsprang, um die nasse Wäsche in den Trockner zu laden und den nächsten Stapel Schmutzwäsche in die Maschine zu stopfen, aber mehr Zeit hatte sie eben nicht. Laken von drei Betten, jede Menge Handtücher, das war lästig, aber sie konnte es sich nicht mehr erlauben, die Wäsche wegzugeben. Finanziell war sie dicht vor dem Untergang. Also musste sie die Wäsche selbst erledigen.

»Macht mich … nervös.« Beverly schüttelte den Kopf. »Immer in Eile.«

»Mutter, das war doch bei dir nicht anders, du warst auch immer in Eile. Wir sind beide ungeduldig. Ich hab das von dir.«

Beverly grinste schief. Wenn Suzanne es fertig brachte, sie zu amüsieren, war gleich alles viel besser. Das war ein Aspekt, in dem ihre Mutter zugänglich blieb. »Mutter, ich möchte diese Zeit dafür verwenden, dass wir uns näher kommen.«

»Zeit für Wäsche?«

»Ich meine diese Monate. Ich möchte, dass wir … besser miteinander zurechtkommen. Uns besser verstehen.« Sie sah die Skepsis in Beverlys Augen. »Warum zweifelst du daran? Oder glaubst du, dass es für uns einfach unmöglich ist?«

»Wir wollen … einander … immer anders.«

Suzanne hielt sich zurück, um nicht wieder drauflos zu raten und Beverlys Sätze für sie zu vollenden. Elenas Vorwurf hatte sie getroffen. Sie nickte, beugte sich vor, setzte sich gerade. »Vielleicht können wir damit aufhören und uns nach fünfzig Jahren endlich akzeptieren.«

»Fünfzig Jahre!«, wiederholte Beverly, als wäre sie entsetzt oder verblüfft. »So lange. Du bist fünfzig?«

»Nächstes Frühjahr werde ich fünfzig.«

»Geht schnell.«

»Stimmt.«

»Okay.« Beverly beugte sich vor und tätschelte Suzannes Arm. »Wir versuchen.«

»Nein, sie hat es ihrem Mann noch nicht gesagt.« Suzanne hatte ein schlechtes Gewissen, als hätte sie Marta hintergangen, indem sie Jake in ihr Geheimnis einweihte.

»Ich dränge sie ständig dazu.« Er hatte ihr Fotos vom Fraser River in British Columbia gezeigt, wo er letztes Jahr um diese Zeit gewesen war – mit wem?, überlegte sie. »Sieht aus wie diese chinesischen Landschaftsmalereien – steile Berge, wie Monolithe.«

»Das ist eine wunderschöne Schlucht. Dort, wo wir waren, konnte man nur in einer Art hängendem Käfig überm Wasser von einer Seite zur anderen.«

Mit wem war er unterwegs gewesen? Manchmal war ein anderer Mann oder eine Frau auf den Bildern zu sehen – außerdem musste ja auch irgendwer die Kamera bedient haben. Einen Augenblick spürte sie bitteren Neid auf den oder die Menschen, die einfach mit ihm loszogen, in sich aufsteigen.

Er lag auf den Ellbogen gestützt. Die Sonne strömte durch die Schlitze in den Jalousien seiner neuen Wohnung und brachten ein weißes Haar in den Löckchen auf seiner Brust zum Leuchten. »Marta sollte es ihm wirklich sagen. Das ist kein Thema, mit dem man jemanden überrumpeln sollte. Ach, was ich noch sagen wollte, Schatz – ich bin eigentlich nicht fett, ich habe Wehen. Könntest du mich wohl netterweise in die Klinik bringen, bitte?«

»Sie ist abergläubisch. Die beiden haben jahrelang versucht, ein Kind zu bekommen, nachdem sie eine kleine Tochter verloren hatten. Aber Marta hatte mehrere Fehlgeburten. Da haben sie es schließlich aufgegeben.« Suzanne überlegte immer noch, wer zu Jakes ›wir‹ gehörte.

»Woher weiß sie, dass sie immer noch ein Baby möchte?«

»Ich habe fast das Gefühl, dass das keine Rolle spielt. Sie möchte es einfach.«

»Es ist von ihm, oder?«

»Selbstverständlich! Marta hätte in der Woche keine fünf Minuten Zeit für eine Affäre. Wenn ich jemanden in Verdacht hatte, dann Jim.«

»Du hattest? Jetzt nicht mehr?«

»Ich hab die beiden beobachtet. Ich weiß immer noch nicht, was an diesem Nachmittag oben vorgegangen ist, aber ich hab seither nichts mehr gesehen und gehört. Als Anwältin wird man schnell misstrauisch. Vielleicht ist meine schmutzige Fantasie mit mir durchgegangen.«

»Hast du deine Mutter gefragt?«

»Sie sagt, da läuft nichts.«

»Na ja, sie ist viel mehr zu Hause als du. Apropos Zeit, du müsstest dich mit dem anderen Anwalt treffen, der uns bei dem PCB-Fall hilft. Soll ich einen Termin vereinbaren, oder möchtest du selbst mit ihm sprechen?«

Nein, Suzanne hatte keine Lust, mit Sid Braun Fangen am Telefon zu spielen. »Ich könnte Freitag um drei oder nächsten Mittwoch zu einem Frühstückstreffen.« Bei Jake konnte sie einfach nicht nein sagen. Es ging um eine gute Sache, und sie wollte ihn so sehr. Die Verabredungen mit ihm waren so angenehm, sie hielten Suzanne die ganze Woche über Wasser. Ein Schuss Wärme.

»Ich sehe mal, was sich machen lässt.«

Eigentlich hatte sie ja gar keine Zeit, am Sonntagnachmittag hier herumzuliegen und zu plaudern. Auch am Freitag um drei hatte sie keine Zeit zu verschwenden, aber sie musste eben Opfer bringen. Konnte sie sich Jake überhaupt leisten? Nun, es ging nicht anders, sie musste es versuchen. In ihrem Alter und in ihrer Situation war ein Liebhaber ein kostspieliger Luxus, aber solange sie ihn haben konnte, kam sie irgendwie zurecht. Wenn sie doch nur weniger zu tun hätte. Aber wenn er nicht der Aktivist wäre, der von Prozess zu Verhandlungstisch und von der nächsten Sitzung zum Gesprächstermin hastete, würde er noch weit mehr verlangen, als sie ihm geben konnte. Wenn je eine solche Zeit kam, würde sie überhaupt nicht mehr wissen, was sie tun sollte.

»Ich würde dich schrecklich gern einmal mit nach British Columbia nehmen. Da gibt es noch jede Menge Wildnis. Wundervoll. Wir könnten zu meinen Lieblingsstellen wandern. Eine Woche lang keiner Menschenseele begegnen. Wäre das nicht das Paradies?«

Suzanne konnte dem Wandern in der Wildnis nicht viel abgewinnen, trotz der wunderschönen Berge und Wasserfälle auf den Fotos, aber es war sowieso alles rein hypothetisch. Jake würde in absehbarer Zukunft keine Ferienreise unternehmen und sie auch nicht.

29

Elena

Montags war Elena immer besonders scharf, denn für gewöhnlich hatten sie und Jim das ganze Wochenende keine Gelegenheit, allein zu sein. Diesen Samstag waren sie von acht bis halb zehn zusammen gewesen: das war's. Fast wären sie dabei auch noch erwischt worden, weil sie dachten, Marta würde länger im Schießclub bleiben. Elena wusste, dass es so nicht mehr lange weitergehen konnte. Gut, es machte die Sache irgendwie aufregend, aber es wäre so viel schöner, zusammen einzuschlafen und aufzuwachen, das ultimative Paarverhalten: zusammengekuschelt im gleichen Bett liegen. Elena hatte das noch nie mit jemandem gehabt, den sie liebte. Sie war mit irgendwelchen Typen zusammen gewesen, weil sie gerade zur Verfügung standen – ihr größter Vorteil bestand darin, dass sie da waren –, aber Liebe hatte sie nicht mehr gespürt, seit sie mit Chad und Evan unterwegs gewesen war, und da hatten sie in schäbigen Motels oder heruntergekommenen Hotels genächtigt, im Auto, neben dem Auto. Seither hatte es so viele Typen ohne jede Bedeutung gegeben. Von manchen wusste Elena schon gar nicht mehr, wie sie ausgesehen hatten, sie hätte sie wahrscheinlich nicht mal auf der Straße erkannt. Sie hatte sich nie danach gesehnt, die ganze Nacht mit einem von ihnen zu verbringen. Und dann musste sie am nächsten Morgen auch noch – zu Tode gelangweilt – damit zurechtkommen, dass so ein Kerl bei ihr herumhing, wenn ihr der Sinn nur nach einem starken Kaffee und einer Runde Aerobic stand, damit ihr Kreislauf wieder in Schwung kam.

Das war eines der wenigen Dinge, die sie von ihrer Mutter hatte – dass sie sich gern bewegte, gern Sport trieb. Für eine Frau in ihrem Alter hielt sich Suzanne echt gut in Form. Im Gegensatz zu Marta, dieser Kuh, die vor Elenas wachsamem Auge beständig runder wurde, hatte Suzanne richtige Muskeln. Marta hätte ein bisschen Sport gut vertragen können, aber sie kümmerte sich einfach nicht darum. Da brauchte man sich doch nur Jim anzuschauen, straff und durchtrainiert, und daneben Marta mit ihrem Bauch, über dem die Hose spannte, damit auch jeder sehen konnte, dass sie nicht mehr passten – falls sie je gepasst hatten.

Jim brauchte Elena, er brauchte sie, weil er sonst innerlich absterben würde. Du elektrisierst mich, hatte er einmal gesagt, du bist meine Seele. Sogar in ihren Träumen war sie bei ihm. Letzte Nacht hatte sie geträumt, dass sie sich in einem großen warmen Pool liebten. Sich gemeinsam treiben ließen. Im Schlaf war sie gekommen und dann allein in ihrem Bett aufgewacht, voller Wut, dass sie getrennt sein mussten. Dieser Zustand musste ein Ende haben, und zwar bald. Wenn sie sich vorstellte, ohne ihn zu leben, war das, als würde sie zu Staub und Asche zurückkehren. Es war schlimmer als bedeutungslos, es war das totale Nichts. Die Liebe zentrierte sie. Die Liebe durchdrang sie und hielt sie aufrecht. Die Liebe zu ihm ließ sie vor Energie vibrieren. Sie hatte das Gefühl, ihre Hände könnten heilen. Beverly fand es toll, wenn Elena ihr die Schultern massierte. Elena wusste, dass es die Magie ihrer Liebe war, die ihr heilige Energie schenkte, die aus ihr strahlte wie Licht.

Wie jeden Montag ging sie zu Beverly, um ihr das Frühstück zu bringen. Sylvia arbeitete jetzt einen Tag weniger. Weil Beverly sich von Elena nicht beim Duschen helfen lassen wollte, ließ sie es an diesen Tagen ausfallen. Elena verstand, dass es ihrer Großmutter peinlich war, obwohl es ihr persönlich nichts ausgemacht hätte. Sylvia sagte ihr, sie hätte gut Krankenschwester werden können. Elena wusste, dass Sylvia das als Kompliment meinte, aber das wäre kein Leben für sie gewesen. Ein paar Mal pro Woche ihrer Großmutter zu helfen, das war leicht. Aber sie wäre blitzschnell wahnsinnig geworden, wenn sie pro Woche vierzig bis fünfzig Stunden das Gleiche mit Fremden hätte machen müssen.

Sie kochte für Beverly Rührei mit Paprika und scharfer Sauce, eine ihrer Spezialitäten. Beverly aß es furchtbar gern. »Hab genug von … Schonkost.«

»Jeden Montag bekommst du meine Spezialeier. Vielleicht sollten wir zusammen nach Mexiko durchbrennen, wir zwei. He, Grandma, warst du schon mal dort?«

Beverly nickte und hielt drei Finger hoch. Dreimal.

Elena bürstete Beverly die Haare. Jetzt, da sie wieder

rot waren, sahen sie viel besser aus und brachten das Grün ihrer Augen zum Leuchten. Elena liebte es, Beverly schön zu machen, und ihre Großmutter wusste das sehr zu schätzen. Es tat Beverly gut zu wissen, dass sie besser aussah – wieder mehr wie sie selbst. Seltsam, welche Dinge einem das Gefühl von Identität vermittelten. Als Elena noch zur High School gegangen war, hatte sie eine schwarze Lederjacke mit Nieten besessen, die ihr Sam nach langem Betteln zum Geburtstag geschenkt hatte. Sie hatte die Jacke Sommer wie Winter getragen, selbst wenn es viel zu warm oder viel zu kalt dafür war. Diese Jacke war mit ihr nach Westen gereist, hatte sie ins Unglück begleitet, hatte mit ihr den Tod ihrer Freunde gesehen. Als die Jacke bei einer Party in der letzten Klasse geklaut wurde, war Elena am Boden zerstört gewesen. Suzanne hatte ihr eine neue gekauft, aber mit der war es nie das gleiche Gefühl gewesen. Noch Jahre später spürte Elena den Drang, diese Jacke anzuziehen, ihre richtige Jacke. Dann überfiel sie die Trauer über den Verlust von neuem, denn alle anderen Jacken waren nur Imitationen.

Sie hörte, wie Jim oben herumging. Dann verließ er das Haus, die Vordertreppe hinunter, um eine Runde zu laufen. Elena würde erst später nach oben gehen, denn Jim war morgens gern allein. Er lief, er hob Gewichte. Er erledigte E-Mails und Anrufe, er ging ins Internet. Für sie war das absolut okay. Sie war ein Nachtmensch und erwachte erst langsam, es dauerte, bis sie richtig munter war.

Am Montagmorgen widmete sich Elena der Handwäsche, denn sie steckte ihre feinen Dessous nie zusammen mit der sonstigen Wäsche in die Maschine. Wenn sie fertig war, freute sie sich immer an dem bunten Schauspiel, wenn ihre lachsfarbenen, grasgrünen, blauen, knallroten und schwarzen BHs, Slips und Hemdchen auf der Leine hingen. Heute brachte sie die Sachen nach draußen statt in den Keller. Es war ein wunderschöner Tag. Der Sommer war noch einmal zurückgekehrt; es war warm genug, und Elena trug ihr Lieblingskleid, in einem dunklen Honigton, der ihre Haut und ihre Augen besonders gut zur Geltung brachte. Das Licht draußen hatte die gleiche Farbe. Eine Weile stand sie einfach nur da und spürte die Sonne heiß und rot auf ihren Augenlidern. Sie mochte den Anblick ihrer Unterwäsche, wie kleine Fähnchen, Wahrzeichen von Lust und Freude, Banner aus Satin, Seide oder Nylon, träge flatternd in der leichten Brise, die sie bewegte wie ein leises Seufzen. Nach dem Regen gestern war das Wetter warm geworden und brachte Feuchtigkeit und Sonne aus dem Süden mit sich.

»Mochtest du früher schicke Unterwäsche, Grandma?«

»Mochte … meinen Körper.«

Elena half Beverly ins Wohnzimmer und schaltete CNN für sie ein. Weder Elena noch Beverly konnten den täglichen Seifenopern etwas abgewinnen, aber Sylvia schaute sich jeden Tag ihre Lieblingssoap *General Hospital* an. Wahrscheinlich, dachte Elena, wahrscheinlich interessierten sich weder sie noch ihre Großmutter für das fiktive Leben anderer Menschen, weil sie beide mehr für die Realität zu haben waren. Seifenopern waren etwas für Frauen, die gern einen Liebhaber gehabt hätten, sich aber nicht trauten, für Frauen, die in einem öden Leben feststeckten, für Frauen, die wussten, dass sie nie so geliebt werden würden, wie sie es sich erträumt hatten. So, wie Elena geliebt wurde. Seit ihr Leben mit fünfzehn zerbrochen war wie eine Eierschale, hätte sie niemals geglaubt, dass sie noch einmal die Liebe erfahren würde, dass sie so absolut, so vehement geliebt werden würde. Sie fühlte sich umgeben vom Schein dieser Liebe.

Zurzeit nähte sie sich ein einfaches rotes Kleid, ohne Ärmel, leicht ausgestellt, bis zur Mitte des Oberschenkels, aus einem weich fallenden Stoff. Es würde perfekt sein zum Tanzen. Immer wieder versuchte sie, Jim zu überreden, mit ihr tanzen zu gehen, aber er hatte Angst, mit ihr gesehen zu werden. »Meinst du vielleicht, dass einer von ihren Richtern in irgendeinem Club herumschwirrt?«

Beverly deutete auf sie und grinste. »Nur du nähst.«

»Du meinst, ich bin die Einzige in der Familie, die nähen kann.«

Beverly nickte. »Keine Geduld.« Sie zeigte auf sich. »Suzanne auch nicht.«

»Ich finde Nähen entspannend. Ich tue nichts, was ich nicht will, Grandma. Manchmal ist es ein sinnliches Erlebnis, das Material zu berühren und zu sehen, wie etwas unter meinen Händen Gestalt annimmt.«

Über ihnen hörte man Jims Schritte, und beide Frauen blickten nach oben. Beverly lächelte ihre Enkeltochter an. »Du … liebst ihn.«

»Wie verrückt.«

»Mächtig.« Beverly schüttelte den Kopf. »Sturm.«

Elena war nicht ganz sicher, was ihre Großmutter meinte, aber sie lächelte und nickte zurück. Was immer Beverly meinte, sie stand auf ihrer Seite, deshalb machte es nichts, wenn sie nicht jedes Wort genau verstand. Sturm, was konnte das bedeuten? Etwas, was Dächer abriss. »Meinst du, wie ein Hurrikan, der alles herumwirbelt und die Blätter von den Bäumen und die Dächer von den Häusern fegt?«

Beverly nickte heftig. »Alles verändert.«

Mittags holte Elena Hotdogs für sie beide aus der Gefriertruhe. Es waren Truthahnwürstchen, aber das war immer noch besser als Tofu. Aß denn niemand mehr normale Hotdogs? Sie fand auch Vollkornbrötchen. Mit einem Würstchen im Brötchen hatte Beverly keine Probleme, denn das war ja einhändiges Essen. Dazu holte Elena Diätlimonade vom Kiosk an der Ecke; Suzanne kaufte so etwas prinzipiell nicht. Elena beschloss, bei Gelegenheit von ihrem eigenen Geld richtige Hotdogs und richtige Brötchen zu kaufen. Wenn man Lust hatte auf einen Hotdog, dann wollte man einen richtigen Hotdog, keine Imitation aus irgendwelchem Vollwertzeug.

Nach einem gemütlichen Lunch räumte Elena das Geschirr in die Spülmaschine und stellte sie an. Dann küsste sie Beverly auf die Stirn und ging nach oben. Schon auf der Treppe begann ihr Herz zu pochen. Sie spürte die Wärme in ihrem Bauch aufsteigen, die flüssige Hitze zwischen ihren Schenkeln. Sie mochte das Gefühl. Sie mochte den gemütlichen Morgen mit Beverly, die allmähliche Vorbereitung auf das Treffen mit Jim. Als sie schließlich die Küchentür aufstieß, war sie so weit, dass sie sofort mit ihm hätte schlafen können. Sie küssten sich. Elena saß auf Jims Schoß und spürte seine Erektion an ihrem Bauch, an ihn gedrückt, die Schenkel auf beiden Seiten seiner schmalen Hüften. Für gewöhnlich aßen sie montags zusammen zu Mittag. Heute nicht, aber das war okay. Von Dienstag bis Freitag aßen sie immer zusammen, und montags hatten sie den ganzen Nachmittag für sich, eine Wonne nach dem öden Wochenende.

Seine Haare waren ganz zerzaust, wie immer, wenn er versuchte, an seinem Buch zu arbeiten. Sie wühlte gern in seinen Haaren, seinen mandelbraunen, fast blonden Haaren, mit kleinen grauen Strähnen über beiden Ohren, fein und seidig. Sie liebte es, ihre Hände darin zu vergraben. Er trug sie allerdings zu ordentlich. Wenn sie zerzaust waren, sah er viel jünger aus. In letzter Zeit ließ er sie über den Kragen wachsen. Sein Gesicht wirkte heute so kantig. Elena küsste seine Nase, seine Stirn, seine Wangen, seine Augenlider. »Ich liebe dich so sehr, ich liebe dich so sehr.«

»Ich mag es, wenn man mich liebt. Lieb mich noch ein bisschen mehr.« Er führte sie ins Schlafzimmer. Mit geübten Griffen zog er sie aus und legte sie auf das Handtuch, das er immer über den Quilt breitete. Elena hasste das Handtuch, es verkörperte die ganze Heimlichtuerei. Sie musste immer bei ihm sein, im Licht und im Schatten, aber jetzt wollte sie ihn zu sehr, um darüber zu diskutieren. Auch er hatte es eilig, in sie einzudringen, denn sein Verlangen war nach dem Wochenende besonders heftig. Er hatte ihr gesagt, dass er nicht mehr mit Marta schlief; angeblich war das letzte Mal über ein Jahr her. Elena glaubte ihm. Warum sollte er mit seiner Frau Sex wollen? Offensichtlich machte sich Marta sowieso nichts daraus. Sie ließ sich gehen, setzte Speck um die Taille an und bekam einen dicken Bauch. Jim bumste Elena so stürmisch, dass seine Eier gegen ihren Hintern klatschten. Sie küsste seine Brustwarzen, bis sie ganz hart waren, und kniff sie vorsichtig. Immer schneller stieß er in sie. In letzter Zeit mochte sie es so. Hart. Ihre Körper trafen heftig aufeinander, und sie hatte das Gefühl, dass sie sich gleichzeitig aufrichteten und nach unten gepresst wurden. Eine komplizierte Bewegung, wie auf dem Jahrmarktskarussell, das sie als Kind so gemocht hatte. Und dann endlich explodierte sie.

Sie duschten gemeinsam und teilten sich dann ein Bier, beide nackt in der Hitze des Nachmittags. Am liebsten hätte Elena ihn auf einer Decke im Garten geliebt. In der Sonne hatte es jetzt, mitten am Nachmittag, sicher an die dreißig Grad. Sie erzählte ihm von ihrer Idee, als sie wieder auf dem Bett lagen und sich entspannten.

Er grinste. »Das fänden die Nachbarn bestimmt ganz schön spannend.«

»Ich fände es auch ganz schön spannend.«

»Aber ich kann dir auch ein bisschen Spannung bieten, ohne dass wir nach unten müssen.« Träge streckte er die Arme nach ihr aus, und sie begannen sich erneut zu lieben, diesmal allerdings langsam, leicht, sinnlich. Das Handtuch war auf den Boden gerutscht. Elena merkte es, Jim anscheinend nicht. Adieu, Handtuch. Es war wie ein Kondom, ein Schild, auf dem stand: Zutritt verboten. Sie küssten sich, berührten sich überall – ihr glatter Rücken, seine Brust, ihr Busen, Bauch und Schenkel. Sie zupfte ein Haar aus seinem Schenkel, und er schrie auf. Dafür biss er sie in den Nacken.

»Du Vampir!«, ächzte sie.

»Ich bin Grrraf Drakula ... ich trrrinke keinen ... Wein.«

Schließlich spreizte er ihre Beine und begann sie zu lecken. Sein Kopf zwischen ihren Schenkeln, ganz gemächlich, so fühlte er sie, schmeckte er sie, ließ er seine Zunge über sie hinweggleiten. Sie hatte die Augen geschlossen und konzentrierte sich. Doch da hörte sie plötzlich ein Geräusch. Schritte! Sie zuckte zusammen, aber Jim bemerkte nichts. Eine Frauenstimme rief etwas. Marta! Elena hielt ihre Reaktion zurück. Kein Blinzeln, keine Bewegung. Sollte Marta es doch herausfinden. Sollte die Heimlichtuerei doch ein Ende haben. Ihretwegen konnte die Farce ruhig vorbei sein. Jim machte wie immer seltsame Geräusche, als ob er an einem Eis leckte, und zwischen ihren Schenkeln hörte er immer noch nichts. Elena zwang sich, ruhig zu atmen, und unterdrückte den Drang wegzulaufen. Sie lag da und wartete.

Dann erschien Marta unter der Tür, hielt abrupt inne und erstarrte. Elena hatte die Augen halb geschlossen und den Kopf wie in Ekstase zurückgeworfen, aber sie sah genau, dass Marta sie anstarrte. Auf einmal gab Marta ein schreckliches würgendes Geräusch von sich. Elena überlief es heiß und kalt, aber sie war fest entschlossen. Sie wollte nicht mehr so tun als ob. Sie wollte nicht mehr lügen. Noch immer stand Marta direkt an der Tür, einen Schritt im Schlafzimmer, wie gelähmt. Allmählich wurde Elena nervös. Sie versuchte zu entscheiden, ob der taktisch richtige Zeitpunkt gekommen war, um Marta zu entdecken und zu schreien. Ihr war eiskalt. Wie lange wollte Marta denn noch da stehen und starren?

Aber in diesem Augenblick begann Marta zu schreien. »Nein!«, kreischte sie, »Nein!«, setzte sich endlich in Bewegung und rannte zu der Kommode neben der Tür, der Kommode, auf der eine grüne Tüte und ein Stapel Bücher lagen. Jim erstarrte, fuhr dann hoch, kniete auf dem Bett und fing an, wie wild zu plappern. »Marta, es tut mir Leid! Das hat nichts zu bedeuten!«

Elena war nackt, ungeschützt. Sie musste die Sache möglichst rasch erklären. »Wir lieben einander. Wir müssen zusammen sein. Wir werden zusammen leben. Ich wollte, dass er es dir sagt, aber er war noch nicht bereit dazu …« Es hörte sich nicht nach einem Sieg an, sondern nur grässlich. Zum Kotzen. Durch und durch falsch.

Jim faselte weiter. »O mein Gott, o mein Gott, Scheiße, Scheiße …« Er hüpfte vom Bett und trat einen Schritt auf Marta zu. »Marta, achte nicht auf die Kleine …«

Elena versuchte ihn zu beruhigen. »Ist schon okay,

Jim. Es musste ja so kommen. Wir müssen ihr nur erklären, was wir füreinander empfinden.«

Marta fummelte an der grünen Sporttasche herum. Die Bücher fielen krachend zu Boden. »Ihr Schweine! Ich bin schwanger, ihr Arschlöcher!« Jetzt hielt sie etwas in beiden Händen und ließ die Tasche zu den Büchern auf den Boden fallen. Irgendetwas klickte. Elena kletterte aus dem Bett und ging in Jims Richtung; das Bett war jetzt zwischen ihnen und Marta. Elena sah sich nach ihren Kleidern um, aber sie wusste nicht mehr, wo sie lagen. Kurz entschlossen griff sie nach der Tagesdecke und schlang sie notdürftig um sich. Inzwischen hatte Jim seine Unterhose ergattert und zerrte sie hoch, als spielte das irgendeine Rolle. Doch da erkannte Elena plötzlich, was Marta in den Händen hielt. Ungläubig starrte sie darauf.

»Nein«, sagte Jim. Er machte einen weiteren Schritt auf Marta zu und wich dann hektisch vor ihr zurück. »Liebes, es ist nicht so, wie du denkst. Es ist ein Irrtum. Das willst du doch nicht tun, Marta. Leg den Revolver weg.« Er kroch zurück ins Bett und blieb dort zusammengekauert sitzen.

»Das macht ihr also, während ich arbeiten gehe, während ich im Gericht bin, ihr Arschlöcher.« Marta hob den Revolver mit beiden Händen und feuerte. Elena warf sich vor Jim. Schuss um Schuss peitschte auf. Elena wartete darauf, dass die Kugeln in ihr Fleisch drangen. Sie hatte sterben wollen, damals in der Wüste, aber sie hatte versagt. Jetzt fand die Geschichte endlich ihre Vollendung. Wenigstens konnte sie diesmal ihren Geliebten retten.

Jim hörte nicht auf zu schreien: »Es hat nichts zu bedeuten, Liebes, es hat nichts zu bedeuten. Es war nur dieses eine Mal. Es war ein Unfall!«

Als Elena begriff, was er da sagte, rückte sie von ihm ab. Wie betäubt saß sie auf dem Bett, ihr war sehr kalt. Alles im Zimmer war viel zu hell, viel zu deutlich. Sie sah, dass Marta zu hoch über ihre Köpfe zielte. Eine gerade Linie von Einschlägen verlief über dem Bett. Fast hätte Elena gelächelt, aber ihr Gesicht war gefroren. Ihr Herz war gefroren. Sicher schlug es nicht mehr. »Jim, du musst nichts Falsches sagen. Du musst nicht lügen«, sagte sie, aber er achtete nicht auf sie. »Hab keine Angst. Sie schießt nicht auf uns.« Er sah sie nicht einmal an. Es war, als existierte sie nicht mehr für ihn.

Dann fiel die Waffe polternd zu Boden, und Marta rannte unter heftigem Schluchzen aus dem Zimmer. Sie schrie etwas, was Elena nicht verstand. Jetzt quasselte Jim nur noch hektischer: »Es spielt keine Rolle, es hat nichts zu bedeuten!«, rief er und lief Marta nach. Elena blieb allein auf dem Bett zurück. Irgendwann stand sie auf, hob ihre Kleidung vom Boden auf und zog sich rasch an. Jim stand in Unterwäsche im Wohnzimmer und flehte Marta an. Ihre Schuhe in der Hand, lief Elena durch die Küche und die Hintertreppe hinunter.

Es macht nichts, es macht nicht, wenn er sagt, es hat nichts zu bedeuten. Vielleicht hatte in ihrem Leben gar nichts etwas zu bedeuten. Hätte Marta sie doch beide erschossen. Marta hatte gesagt, sie sei schwanger, da war sich Elena ganz sicher. Das bedeutete, dass Jim gelogen hatte, dass er sie gezielt angelogen hatte. Die Hand auf der Küchentür hielt Elena inne. In ihrem Kopf hallten seine Worte, endlose Wiederholungen. Es spielt keine Rolle. Es hat nichts zu bedeuten. Also hatte es nichts zu bedeuten.

30

Beverly

Nachdem sie zusammen gegessen hatten, ging Elena nach oben und Beverly zurück ins Bett. Als sie aus ihrem Mittagsschlaf erwachte, rollte sie hinüber zu ihrem Computer und begann, eine E-Mail an die *New York Times* zu schreiben, in der sie sich wegen der Berichterstattung über den Fluglinienstreik beschwerte. Gerade grübelte sie angestrengt über ein Wort nach, das ihr nicht einfallen wollte – was leider sehr häufig vorkam, es war, als wollte man einen Fisch in einem Eimer fangen –, da hörte sie von oben Lärm. Geschrei. Noch mehr Geschrei. Dann fielen Schüsse.

Beverly hatte in ihrem Leben oft genug gehört, wie ein Revolver abgefeuert wurde, sie irrte sich nicht. Im Süden hatte sie es gehört, in den Straßen ihrer Nachbarschaft. Schüsse bedeuteten immer Ärger. Ärger und Blut und Verletzte. Dann wurde das Geschrei noch lauter. Voller Angst rief Beverly nach ihrer Enkeltochter: »Elena? Elena!«

Mühsam hievte sie sich aus dem Rollstuhl zu ihrer Gehhilfe hinüber und machte sich auf den Weg zur Hintertreppe. Als sie endlich unten angekommen war, rief sie wieder. Niemand reagierte, aber sie hörte oben jemanden weinen. Das musste Elena sein. Sie musste sie rausholen. Marta hatte einen Revolver. Blöd, so was rumliegen zu lassen. Beverly hasste Schusswaffen. Ständig wurden Kinder getötet, weil sie mit ihnen spielten. Man müsste die Dinger verbieten. Zur Not konnte sie noch verstehen, dass ein Verkäufer im Supermarkt sich eine Waffe unterm Ladentisch aufbewahrte, aber zu Hause? Wie oft hatte sie sich mit Suzanne über Waffenbesitz gestritten, aber Suzanne verstaute ihre wenigstens hinter Schloß und Riegel. Niemand außer ihr sah sie, niemand bekam sie in die Hand. Sie lag sicher in einem kleinen Safe in ihrem Arbeitszimmer.

Beverly nahm die Treppe in Angriff. Das war harte Arbeit, genau genommen nahezu unmöglich. Die Gehhilfe ließ sich auf den schmalen Stufen nicht richtig ausbalancieren. Sie zog sich am Geländer hoch, die Gehhilfe polternd nach sich ziehend. Aber sie musste hinaufkommen, sie musste sehen, was los war. Oh, sie konnte sich alles Mögliche vorstellen, grässliche Dinge. Sie hörte Geschrei, aber niemand antwortete auf ihre Rufe nach Elena.

Auf halbem Weg verlor sie das Gleichgewicht. Die Gehhilfe rutschte auf der Kante einer schmalen Stufe weg. Im letzten Moment hielt sich Beverly mit ihrer guten linken Hand am Geländer fest. Die Gehhilfe polterte treppab. Jetzt lag Beverly hilflos auf den Stufen, mit einer Hand festgeklammert. Ihr Arm tat weh. Sie versuchte, die Worte klarer zu formen, brachte aber nur unzusammenhängende Geräusche hervor. Langsam rutschte ihre Hand vom Geländer; zwar versuchte sie noch, sich mit dem Knie auf eine Stufe zu stützen, aber es ging nicht. Ihr Bein war zu schwach.

Auf einmal hörte sie Schritte, die Tür öffnete sich. »Hil … fe«, rief sie. Oben an der Treppe erschien Elena. Sie weinte und sie trug ihr Kleid verkehrt herum. Beverly versuchte zu sprechen, aber sie rutschte unaufhaltsam die Treppe hinunter, immer schneller, hart und brutal schlug sie auf die Stufen. Elena rannte ihr nach, so schnell sie konnte, und versuchte sie zu packen. »Grandma! Halt dich fest! Ich komme!«

Ihre Hände berührten sich, aber Elena bekam die ihrer Großmutter nicht mehr zu fassen. Berverly stürzte weiter hinunter, bis sie schließlich am Fuß der Treppe landete, wo sie zusammengekauert liegen blieb. »Grandma? Alles in Ordnung?« Vorsichtig untersuchte Elena sie. »Grandma, wo tut es weh?«

Jetzt erschien Marta oben an der Treppe. Ihr Gesicht war verquollen und nass. Ihre Stimme klang sonderbar monoton. »Was ist passiert?« Langsam kam sie die Stufen herunter und beugte sich über Beverly, berührte sie behutsam, ohne jedoch Elena eines Blickes zu würdigen. Oben stand Jim in der Unterhose, rang die Hände und rief Martas Namen, die ihn jedoch ignorierte.

Behutsam tastete Marta Beverlys Bein ab. »Beverly, kannst du mich hören? Ich glaube, dein Bein ist gebrochen. Wir dürfen dich nicht bewegen.« Sanft streichelte sie Beverlys Rücken. »Ich glaube, das Rückgrat ist in Ordnung, aber ich bin kein Arzt. Hör zu, Beverly, hab keine Angst. Ich rufe einen Krankenwagen.« Vorsichtig machte sie sich los, noch immer ohne Elena anzusehen oder zu berühren, und rannte die Treppe hinauf.

»Grandma, Grandma. Bitte stirb nicht! Grandma! Das ertrage ich nicht. Bitte! Bitte stirb nicht. Es ist alles meine Schuld. Bitte!«

Beverly wollte sprechen, aber sie konnte nicht. Elena hielt sie in den Armen. Aber noch immer brachte Beverly kein Wort heraus. Ihr Kopf dröhnte. Ihr Rücken tat entsetzlich weh, ihre Beine schmerzten. Eines war unter ihr seltsam verrenkt. Bestimmt war es gebrochen, wie Marta gesagt hatte. Aber der schlimmste Schmerz war der in ihrem Kopf. Sie erkannte ihn wieder. Sie erinnerte sich daran. Es war ein Blitz im Gehirn, der Albtraum kehrte zurück. Sie hatte wieder einen Schlaganfall.

31

Suzanne

Suzanne sagte ihre Vorlesung ab. Ihre Hände zitterten so, dass sie die Ankündigung, dass ihre Veranstaltungen bis auf Weiteres ausfiel, diktieren musste. Jaime hängte den Zettel an ihre Bürotür. Dann holte er ihren Wagen und fuhr sie zum Krankenhaus, denn sie wagte sich nicht hinters Steuer zu setzen. Ständig verzerrte sich ihr Mund zu einem schiefen Lächeln, eine nervöse Grimasse der Beschwichtigung, wie ein verängstigter Hund, der mit dem Schwanz wedelt. Beverly war es so gut gegangen. Jeden Tag war sie herumgelaufen, ganz gleich wie ungelenk. Sie hatte im Internet Kontakt mit Bekannten aufgenommen und sich für politische Themen engagiert. Es hatte keine Warnzeichen gegeben. Allem Anschein nach war es mit ihr stetig bergauf gegangen; auch ihre Therapeuten hatten ihre Fortschritte zufrieden zur Kenntnis genommen. Gerade erst hatte Suzanne mit der Agentur gesprochen, dass sie Sylvia nur noch vier Vormittage brauchten, da Beverly glaubte, nachmittags allein zurechtzukommen.

Suzanne ging zur Rezeption im Krankenhaus, um sich nach ihrer Mutter zu erkundigen. Beverly war noch im OP. Zusätzlich zu dem Schlaganfall hatte sie sich ein Bein gebrochen. Man schickte Suzanne in einen Warteraum, wo sie Elena fand, zusammengekauert auf einem Stuhl. »Was ist passiert?«

Einen Moment lang sah Elena sie an, aber dann wandte sie rasch den Blick ab. »Es ist alles meine Schuld.«

»Erzähl mir einfach, was passiert ist.«

Elena schwieg mehrere Minuten, und Suzanne musste sich ihren Schwur, geduldig zu bleiben, ins Gedächtnis rufen. Schließlich erzählte Elena mit monotoner, kaum hörbarer Stimme ihre Geschichte. Mittendrin begann sie bitterlich zu weinen. Suzanne erschrak, beinahe bekam sie Angst. Elena weinte nie. Elena hatte aufgehört zu weinen, als sie zwölf war, seither hatte Suzanne bei ihr keine Tränen mehr gesehen. Jetzt schien sie auf einmal wieder ein Kind zu werden, von Schluchzen geschüttelt, völlig außer Kontrolle. Stoßweise entrang sich ihr der Rest der Geschichte. Zögernd schloss Suzanne sie in die Arme, hielt sie fest, während ihre Schultern zuckten.

»Marta hat angefangen zu schreien. Ich hab geschrien. Jim hat sie ständig angefleht, ihm zu verzeihen, und dass ich ihm nichts, nichts, aber auch gar nichts bedeute.«

»Er hatte Angst. Und ein schlechtes Gewissen.«

»Sie hat gesagt, sie ist schwanger. Dann hat sie den Revolver aus der Sporttasche auf der Kommode geholt …«

»Und auf Jim geschossen?«

»Nein, sie hat auf niemanden geschossen, nur Löcher über unseren Köpfen in die Wand geballert, um uns Angst zu machen.« Elena seufzte. »Sie hätte jedes Recht gehabt, uns zu erschießen, und ich wollte, sie hätte es getan.«

»Ich bin zutiefst dankbar, dass sie es nicht getan hat.« Marta war aufbrausend, aber darunter ruhig wie ein Fels in der Brandung. Außerdem war es für eine Anwältin schwer zu vergessen, welche Konsequenzen ein Mord nach sich zog. Aber es war dennoch eine Katastrophe. »Es ist auch meine Schuld. Ich hätte mit meinem Verdacht zu ihr gehen sollen.« Sie hätte Elena noch nachdrücklicher damit konfrontieren müssen. Sie hätte Jim auf die Pelle rücken sollen. Er hatte schon immer ein bisschen Respekt vor ihr. Das hätte sie ausnutzen können.

»Es ist nicht deine Schuld, Mutter. Du hast versucht, mich zu warnen. Du hast mir gesagt, ich würde verletzt werden. Ich habe es verdient, verletzt zu werden, aber Grandma nicht.« Hastig und stockend erzählte sie, was weiter passiert war. »Ich hab sie umgebracht. Dabei liebe ich sie so sehr!«

»Sie ist nicht tot.« Suzanne drückte ihre Tochter an sich. »Sie ist nicht tot, und du bist auch noch am Leben. Ich könnte es nicht ertragen, dich zu verlieren, das weiß Marta.« Seit Jahren war Marta immer für sie dagewesen, bevor sie Sam geheiratet hatte, als Rachel klein war, nachdem Sam und sie sich getrennt hatten. Sie hatte ihr geholfen, Rachel großzuziehen. Sie war viel mehr für sie gewesen als eine Tante. Suzanne hatte ihre Tante Karla gehabt, für Rachel war Marta eine Ersatzmutter. Auch Elena hatte immer auf Martas Hilfe zählen können – sofern sie sie zugelassen hatte.

Suzanne seufzte. »Ein ziemlicher Schlamassel, das steht fest. Jetzt werde ich erst mal jemanden suchen, den ich wegen Beverly fragen kann. Sie kann inzwischen nicht mehr im OP sein.«

Nach langer Suche fand sie eine Schwester, die Bescheid wusste. »Mrs. Blume ist im Aufwachzimmer. Sonst kann ich Ihnen leider nichts sagen. Da müssen Sie mit dem Arzt sprechen, und der ist in einer Operation. Nein, leider dürfen Sie noch nicht zu ihrer Mutter. Fragen Sie in einer Stunde noch mal nach. Dann müsste sie eigentlich aus dem Aufwachzimmer raus sein.«

Wenigstens hatte Beverly die Operation überlebt. Suzanne hatte sich noch nie so hilflos gefühlt, sie war es einfach nicht gewohnt, nichts machen zu können. Sie musste Rachel benachrichtigen. Aber erst, wenn sie etwas Genaueres wusste. In Boston war es jetzt halb fünf, also war es in Israel mitten in der Nacht. Bisher hatten sie sich ausschließlich über E-Mail verständigt. Kein Grund, Rachel Sorgen zu machen, ehe die Situation klar war. Klar. Was für ein gleichgültiges Wort. Wie eine Glasscherbe.

Marta hatte eine Nachricht hinterlassen, Suzanne solle sie anrufen. Sie musste Kontakt mit ihr aufnehmen, trotz ihres schlechten Gewissens. Hatte Marta eine Fehlgeburt gehabt? Um diese Frage kreisten ihre Gedanken. Statt gleich wieder in den Warteraum zurückzukehren, setzte Suzanne sich auf einen Plastikstuhl im Korridor und legte den Kopf in die Hände, und die Tränen begannen zu fließen.

Warum war es nicht Jim, der im Aufwachzimmer lag? Das wäre gerecht gewesen. Er war siebzehn Jahre älter als ihre Tochter, er hätte es besser wissen müssen, er musste doch wenigstens eine Spur Vernunft besitzen. Schließlich suchte sie sich ein stilles Eckchen und rief Marta auf dem Handy an. »Geht es dir gut? Ich meine, so gut es einem in deiner Situation gehen kann …«

»Ich hab das Baby nicht verloren, falls du das meinst.«

»Genau das meine ich.«

»Ich kann nicht lange reden. Jim und ich haben einen gigantischen Krach. Ich will nur, dass er abhaut und mich in Ruhe lässt.«

»Ich komme, sobald ich kann. Beverly ist aus dem OP, aber noch nicht wieder bei Bewusstsein.«

»Wenn du daheim bist, komm nach oben – aber bring bitte Elena nicht mit. Ich kann ihr noch nicht gegenübertreten.«

Ist unsere Freundschaft vorbei? Diese Frage lag Suzanne am schwersten auf der Seele, aber wie konnte sie Marta im Augenblick mit so etwas belästigen? Sie würde ausziehen müssen. Mit Elena. Sie war verzweifelt und fühlte sich entsetzlich allein. Dann begann sie, mit dem Schicksal zu feilschen: Na gut, aber lass meine Mutter am Leben. Wenn Beverly überlebt, dann ziehe ich brav in irgendeine blöde Wohnung und beklage mich nicht, das verspreche ich. Das verspreche ich! Und ich werde mich auch nie wieder über das Geld beklagen, nie wieder. Irgendwie werde ich sie glücklich machen, das verspreche ich. Ich werde alles besser machen!

Um halb sechs kam Beverly aus dem Aufwachzimmer und wurde auf die Intensivstation verlegt. Sie war noch nicht wieder bei Bewusstsein, aber Suzanne durfte sie kurz sehen, mit ihrem reglosen Körper sprechen, in dem wieder Schläuche in Arm und Nase steckten. Beverly sah winzig aus in dem Bett, neben den ganzen Apparaturen, die sie am Leben erhielten. Ihre Haut war bläulich verfärbt. Dann musste Suzanne gehen, und Elena durfte kurz zu ihrer Großmutter.

Als die Schwester sie wegschickte, machten sie sich auf den Weg nach unten. In etwa einer Stunde war der Arzt zu sprechen. Sie schwiegen, beide emotional völlig ausgelaugt. In der Cafeteria saßen sie sich gegenüber, beide mit einer Tasse bitterem Kaffee vor sich. Elena wollte ihrer Mutter nicht in die Augen sehen, sondern hielt das Gesicht in den Händen vergraben.

»Wahrscheinlich klingt das gefühllos, aber ich wünschte fast, sie hätte Jim eine Kugel verpasst. Ich weiß …« Eigentlich wollte Suzanne sagen »ich weiß, du glaubst, dass du ihn liebst«, aber im letzten Moment wurde ihr klar, wie herablassend das klang. »Ich weiß, dass du ihn liebst …«

»Ja, ich habe ihn geliebt! Aber das ist vorbei, jetzt kann ich ihn nicht mehr lieben. Ich hab mir was vorgemacht, in Wirklichkeit ist er bloß ein verheirateter Mann in den besten Jahren, der seine Assistentin gebumst hat, die man ihm untergeschoben hat. Es war meine Schuld …«

»Sag das nicht dauernd, Elena. Er ist alt genug, um zu wissen, was er tut. Er ist Psychologe, zum Kuckuck noch mal!«

»Mama, du weißt nicht mal, wie man richtig flucht, stimmt's?« Elena lachte kurz und freudlos. »Grandma ist jedenfalls die Letzte, der ich wehtun wollte. Jetzt habe ich ständig Martas Stimme im Kopf, wie sie schreit, dass sie schwanger ist, und wie Jim vor ihr auf den Kien rumrutscht und sich einzuschleimen versucht, wie er ihr erzählt, dass ich ihm nichts bedeute …«

»Er hatte Angst, Elena. Er hat vielleicht gar nicht gemeint, was er gesagt hat.«

»O doch, er hat es so gemeint. Marta hatte die Kanone längst weggeworfen, da konnte er immer noch an nichts anderes denken, als zu leugnen, was passiert ist. Er hat alles versucht, es ungeschehen zu machen. Keine Sekunde hat er daran gedacht, wie ich mich fühle.«

»Du musst verstehen, dass er vollkommen von Marta abhängig ist, Elena – emotional, finanziell, sozial, in jeder Beziehung. Er hätte sie nie verlassen. Das hab ich dir klarzumachen versucht. Ich kenne die beiden schon so lange, ich weiß inzwischen, wie diese Ehe funktioniert.«

»Ich dachte, ihre Ehe ist vorbei. Ich dachte, sie empfinden nichts mehr füreinander.«

»Es ist schwer, die Ehe anderer Leute von außen zu beurteilen …«

»Mutter, sei nicht so vernünftig. Ich hab alles vermasselt. Alles!« Elena hatte die Arme krampfhaft um sich geschlungen. »Grandma sieht entsetzlich aus. Ich war so unglaublich dumm, aber warum muss sie dafür bezahlen?«

»Ich hätte nie zulassen dürfen, dass du den Job bei

ihm annimmst. Ich wusste, dass er ein Faible für junge Frauen hat. Ich hab nur einfach nicht gedacht, dass er was mit dir anfängt.«

»Vielleicht hab ich ja angefangen, Mutter. Als ich fünfzehn war, hast du auch so getan, als wäre ich ein Unschuldslamm. Mach das jetzt nicht noch mal! Wie hättest du mich daran hindern wollen, den Job anzunehmen? Wie hättest du mich daran hindern wollen, mich mit ihm einzulassen?«

»Also sind wir alle für das verantwortlich, was passiert ist.« Suzanne stand auf. Sie musste nach oben, falls der Arzt auftauchte, um mit ihnen zu reden. »An den Konsequenzen haben wir wahrscheinlich eine Weile zu knabbern.«

32

Elena

Elena schämte sich zutiefst. Nicht weil sie mit Jim zusammengewesen war, obwohl es schon reichlich geschmacklos war, so erwischt zu werden. Nein, sie schämte sich, weil sie mit aller Leidenschaft an eine so seichte Lüge geglaubt hatte. Sie hatte geglaubt, dass seine Frau ihm nicht wichtig war, dass ihre Ehe vorbei und erledigt war, dass er sie, Elena, ebenso stark, rein und hingebungsvoll liebte wie sie ihn. Sie hatte sich dazu gebracht, alle diese blöden Lügen zu glauben, sie war bereit gewesen, die Menschen um sie herum zu verletzen, und das alles aufgrund einer Meisterleistung in Selbsthypnose. Sie war weiter nichts als eine blinde Idiotin.

Als sie sich vor Jim geworfen hatte, hatte sie fest damit gerechnet zu sterben. Jetzt erschien ihr das Ganze nur noch wie ein albernes Melodram, obwohl sich auch das Gefühl nicht abschütteln ließ, dem Tod nur um Haaresbreite und irgendwie unfair entwischt zu sein. Als Chad sich den Kopf weggeschossen hatte und Evan getötet worden war, hatten die meisten ihrer Mitschüler ihr deutlich zu verstehen gegeben, dass sie mit ihnen hätte sterben sollen. Jemand hatte einen Zettel in ihrem Spind deponiert: WENN ES BEIM ERSTEN MAL NICHT KLAPPT … und dazu eine Zeichnung von einem Revolver mit einer Sprechblase: PENG!

Von Martas Verhalten war sie zutiefst beeindruckt. Sie hatte ihnen ordentlich Angst eingejagt, aber sie hatte nicht die Kontrolle verloren. Vor allem Jim hatte eine Höllenangst vor ihr gehabt. Nie würde Elena vergessen, wie er mit zitternder Stimme um sein Leben gefleht, um Verzeihung gebettelt hatte. Selbst als sie und Marta sich nach ihrem Sturz um Beverly gekümmert hatten, jammerte er ununterbrochen weiter: »Ich bin so deprimiert. Es war doch bloß ein blödes Midlife-Ding. Ich wollte dir nicht wehtun, Marta. Sie ist doch nur ein Mädchen! Weiter nichts.« Er ignorierte Beverly. Er ignorierte Elena.

Elena hatte sich selbst in einer großen Romanze gesehen. Aber jetzt wusste sie, dass sie nur blöd gewesen war, und Beverly musste für ihre Dummheit bezahlen. Und wenn ihre Großmutter nun ihretwegen starb? Das könnte sie nicht ertragen. Chad und Evan hatten in der Wüste ihren Tod gefunden, und Elena war nicht mit ihnen gegangen. Wenn Beverly ihretwegen sterben musste, konnte sie nicht weitermachen. Sie hatte ihr Leben versaut. Aber wenn sie Schluss machte, musste sie erst etwas tun, womit sie sich gut fühlen konnte. Sie war es nicht gewohnt, sich so klein, so elend vorzukommen.

Die Liebe hatte in ihr einen solchen Lärm veranstaltet, dass nichts anderes mehr zu hören war. So gierig hatte sie die alte Intensität herbeigesehnt, dass sie sich etwas vorgemacht, dass sie sich belogen hatte, nur damit sich ihr Wunsch erfüllte. Sie hatte in ihrer Umgebung alles zerstört, und das nur, weil sie eine Lüge brauchte.

Als sie zusammen nach Hause kamen, meinte Suzanne: »Geh Marta lieber eine Weile aus dem Weg.«

Kein Problem, dachte Elena. Genau das war ihre Absicht.

»Obwohl du dich später unbedingt mit ihr unterhalten musst. Aber warte, bis sie bereit ist. Ich gehe jetzt nach oben.«

Elena schloss sich in ihrem Zimmer ein, aber sie hatte keine Lust, sich hinzulegen und Jims Schritten zu lauschen. Aber nach ihrem üblichen Salsa war ihr auch nicht zumute, und schließlich suchte sie ihre alten Kassetten heraus. *Judas Priest*, den Song, den sie nach Chads und Evans Tod endlos gespielt hatte, ›Night Comes Down‹. Sie setzte den Kopfhörer auf, stellte den Walkman an und versank vollkommen in Musik. Diese Musik mit ihrem Schmerz und ihrer Energie war damals für sie wie Klang gewordene Realität gewesen. *Mötley Crües* ›Bastard‹. Immer wieder spielte Elena die beiden Lieder, die sie vor dreizehn, vierzehn Jahren geliebt hatte. Was war sie für eine Versagerin, immer noch. Wenn sie nicht sterben wollte, musste sie sich ändern. Aber was sollte aus ihr werden? Sie hatte keine Ahnung.

Trotzdem war sie tatsächlich eingeschlafen, während die Musik noch in ihrem Kopf dröhnte. Als Suzanne in ihr Zimmer kam, fühlte sie es eher, als dass sie es hörte. Sofort stellte sie die Musik ab und setzte sich auf, verlegen, weil sie eingeschlafen war, verlegen, weil sie unter diesen Umständen überhaupt schlafen konnte.

Suzanne setzte sich auf den Stuhl vor dem Schreibtisch und sah Elena an. »Sie hat Jim rausgeworfen.«

»Endgültig oder nur aus Wut?«

»Ich weiß nicht, ob *sie* das weiß. Er kann es jedenfalls auch noch nicht glauben.«

»Ich sollte mir eine andere Wohnung suchen, und zwar schnell.«

»Elena, du hast gerade deinen Job verloren. Es war kein toller Job. Jetzt warte erst mal ab. Wir müssen alle drei erst mal mit der neuen Situation klarkommen, und wenn du wegläufst, nutzt das keinem etwas.«

Marta hätte sie töten können. Mühelos. Dauernd musste Elena darüber nachdenken. Dann gäbe es jetzt keine Elena mehr. Null. Als sie jünger war, hatte sie viel über den Tod nachgedacht. Irgendwie cool – ein Ort, an dem alle Probleme verschwunden waren, wo man Ruhe hatte. Ein Ort, der einem Frieden schenkte. Und alle anderen waren voll des Mitleids. Der dunkle Ort im Zentrum der besten Musik, im Zentrum des Orgasmus, wenn sie vor Lust zu sterben glaubte. Die wirklichste aller Wirklichkeiten, der ultimative Rausch, das Feuer der Mitte.

Nachdem sie wieder bei ihrer Mutter und wieder in der Schule war, hatte sie sich oft gewünscht, sie wäre mit Chad und Evan gestorben. Sie waren Helden. Aber Elena hatte versagt. Sie war feige. Aber sie hatte nie versucht sich umzubringen. Zuerst hatte sie das Gefühl gehabt, dass sie dafür zu schlecht war, dass sie es nicht verdiente, denn sie hatte es nicht getan, als sich die Möglichkeit dazu ergeben hätte. Dann wieder musste sie daran denken, wie Chad sich den Kopf weggeschossen hatte. So etwas konnte man sich doch nicht wünschen. Nach und nach hatte ihr Leben wieder angefangen, die Langeweile und die kleinen Freuden, die kleinen Ärgernisse und Sorgen und gelegentlichen Triumphe.

»Ich muss es herausfinden«, sagte sie zu ihrer Mutter. »Warum ich lebe.«

»Warum solltest du denn nicht leben? Marta wollte dich nicht verletzen.«

»Aber mein Leben muss einen Sinn haben. Jetzt habe ich schon zweimal eine Schießerei erlebt und bin davongekommen.« Sie konnte Suzanne nicht erklären, wie sehr sie sich schämte. Sie wusste, dass Beverly sie verstanden hätte, aber ihre Großmutter war nach wie vor nicht bei Bewusstsein.

»Einfach nur du zu sein, ist Grund genug, Elena.«

»Nein, das reicht mir nicht mehr. Gerade du müsstest das doch verstehen, Mutter. Ich brauche einen Grund zu leben. Den muss ich finden.«

Irgendwann würde Suzanne es verstehen. Aber zuerst musste Elena selbst es begreifen. Sie war nicht sicher, wonach sie suchte. Jedenfalls hatte sie nicht vor, sich dem Orden von Mutter Teresa anzuschließen oder Leprakranke zu pflegen. Jim hatte sie an der Nase herumgeführt, unter anderem deshalb, weil sie so unbedingt an die Leidenschaft hatte glauben wollen, an die absolute Liebe. Das war ihre Religion gewesen. Jetzt brauchte sie eine neue. Sie musste etwas Richtiges tun, etwas anfangen mit ihrem zweimal zerbrochenen Leben.

33

Suzanne

Suzanne musste zu Maxine nach Framingham fahren, denn der Termin für die Revision ihres Falls rückte näher, und sie musste sich noch über einige Zeugenaussagen Klarheit verschaffen. Außerdem wusste sie, dass ihr Besuch notwendig war, damit Maxine nicht die Hoffnung aufgab. Das Gefängnisleben war ein einziger Albtraum.

Maxine sah entsprechend verhärmt aus. Jedes Mal wenn Suzanne sie besuchte, schien sie wieder ein Stück dünner geworden zu sein, als würde sie immer weniger, verbrannt vom Fieber der Verzweiflung. Ihre Gesichtszüge waren schon immer eher scharf geschnitten gewesen, aber mittlerweile wirkte sie erschreckend kantig. Suzanne wurde das Gefühl nicht los, wenn sie kein juristisches Wunder wirkte, würde sich Maxine einfach zur Wand drehen und innerlich sterben.

Wenn sie mit Maxine im Besuchszimmer saß, konnte sie wenigstens so tun, als gäbe es die Möglichkeit, dass ihr Leben wieder normal wurde, auch wenn die verschiedenen im Raum verstreuten Grüppchen, die alle aus der begrenzten Zeit so viel Intimität wie möglich herauspressen wollten, ganz sicher kein typisches Familienleben repräsentierten. Völlig überdrehte Kinder flitzten herum, die Frauen versuchten, aus den Gesichtern ihrer Freunde und Ehemänner, Mütter und sonstiger Bekannten Hoffnung abzulesen.

»Was ist mit Ihrem Arm passiert?«

Maxine zuckte die Achseln und blickte über die Schulter, um sich zu vergewissern, dass niemand zuhörte. »Man hat mich verprügelt.«

»Eine Aufseherin?«

»Nein, eine Insassin. Die hassen mich. Alle denken, ich bin schuldig.« Maxine ließ den Kopf sinken. »Kein Mensch hegt Sympathien für eine Kinderschänderin. Viele Frauen haben draußen Kinder und machen sich Sorgen um sie. Das verstehe ich. Aber sie glauben genauso wenig an meine Unschuld wie die Geschworenen.«

»Wir werden die Berufung gewinnen. Entweder schon diesmal oder auf der nächsthöheren Instanz. Sie sind reingelegt worden. Ich weiß das, und früher oder später wird das Gericht es auch begreifen.«

Als Suzanne zurückkam, war Elena gerade dabei, mit einem Textmarker zwischen den Zähnen die Stellenanzeigen zu studieren. Ein würziger Geruch zog durchs Haus. »Hast du dir was gekocht?«

»Ich habe für uns beide gekocht, falls du gewillt bist, es zu essen.«

»Ich esse alles«, antwortete Suzanne. »Danke.«

»Ich habe es warm gestellt. Burritos mit Rindfleisch. Ist das okay?«

»Wundervoll.« Suzanne aß nie mexikanisch und wusste nicht einmal genau, was Burritos waren. Irgendeine Art Chips. Eigentlich klang es, als sollte es ein kleiner Esel sein, aber nicht kochen zu müssen war ein Segen. Sie hatte vorgehabt, sich irgendwas aus dem Kühlschrank zu Gemüte zu führen, etwas Kaltes im Stehen. Von oben hörte man Stimmen. Jim brüllte herum.

»Ich frage mich, ob sie ihn wieder reingelassen hat«, meinte sie nachdenklich und lauschte. Worte waren nicht auszumachen, nur laute Streitgeräusche.

»Nein«, sagte Elena. »So dumm ist sie nicht. Ich bin dumm, aber nicht mal ich würde ihn zurücknehmen. Er hat hier unten an die Tür geklopft, aber ich habe nicht aufgemacht.«

»Von ihm hast du nichts Gutes zu erwarten«, sagte Suzanne mit Nachdruck, während sie sich das Essen in den Mund schaufelte. »Ich will gleich ins Krankenhaus fahren.«

»Ich war dort«, entgegnete Elena. »Alles unverändert.« Bis jetzt war Elena jeden Nachmittag im Krankenhaus gewesen; Suzanne hatte die Abendschicht übernommen.

Sie hörten beide, wie Jim fluchend die Treppe hinuntertrampelte. Dann knallte die Haustür. Suzanne beschloss, kurz bei Marta vorbeizuschauen, ehe sie losfuhr.

Marta öffnete die Tür, war aber am Telefon. Obwohl sie ein ganzes Stück weit weg stand, hörte Suzanne, wie Adam am anderen Ende der Leitung brüllte: »So was Gemeines hab ich mein Lebtag noch nicht gehört! Spinnt er denn? Und sie spinnt wohl auch, oder was?«

»Dein Vater hatte schon früher Affären. Ich hab ihm immer vergeben, aber diesmal kann ich es nicht.«

Jetzt war Adams Antwort nicht zu hören. Offenbar hatte er seine Stimme auf normale Lautstärke umgestellt.

»Nein, diesmal kann ich wirklich nicht mehr. Auf gar keinen Fall!«, sagte Marta nachdrücklich.

Suzanne wusste, dass Adam eine fürsorgliche Seite hatte. Mit kleinen Kindern und Tieren konnte er wunderbar umgehen. Aber außerdem konnte er hervorragend jammern. Adam verzog sich gern in die Schmollecke und war ein Meister darin, auf diese Weise genau das zu erreichen, was er wollte. Die jetzige Situation nahm er als persönlichen Affront, aber er würde darüber hinwegkommen. Er stand seiner Mutter schon immer sehr nahe und würde sie in allem unterstützen, ganz gleich, was passierte, da war Suzanne sicher.

»Adam, du studierst, du bist zwanzig und kannst eine Scheidung bestimmt verkraften. Wenn du heimkommst, kannst du uns auch getrennt besuchen …«

Wieder eine lange Pause. Suzanne hörte Adam schreien, verstand diesmal aber nichts.

»Ach übrigens, ich bin schwanger.«

Schließlich legte Marta mit einem tiefen, langen Seufzer das Telefon weg und faltete die Hände auf ihren leicht angeschwollenen Bauch. »Schön, dich zu sehen. Wie geht es Beverly?«

Suzanne berichtete den neuesten Stand und fügte dann hinzu: »Hast du Jim wirklich rausgeschmissen?«

»Ja, und er ist stinksauer.«

»Warum ist er stinksauer? Immerhin hast du ihn im Bett erwischt.«

»Irgendwie dreht er es so hin, dass ich daran schuld bin. Weil ich einfach so reinmarschiert kam. Ständig redet er davon, dass ich auf ihn und Elena geschossen habe.«

»Elena sagt, du hast nicht auf sie geschossen. Sie sagt, du hast sorgfältig über ihre Köpfe hinweg gezielt. Aber was hast du dir eigentlich dabei gedacht?«

»Das war mehr oder weniger eine symbolische Geste. Ich wollte zum Ausdruck bringen, wie sehr ich mir in diesem Augenblick wünschte, die beiden wären tot. Ich hätte sie nie umgebracht. Im Gefängnis ein Baby zu kriegen ist nicht meine Vorstellung davon, ein neues Leben anzufangen.«

Suzanne ging auf sie zu und umarmte sie. »Danke für deine Nachsicht. In manchen Aspekten ist Elena wirklich unmöglich, aber sie ist meine Tochter und ich liebe sie. Ich würde es nicht ertragen, sie zu verlieren, Marta.«

»Das weiß ich.« Marta legte ihre Hand auf die von Suzanne. »Jim will mir Ärger machen. Er wird versuchen, die Scheidung anzufechten.«

»Aber du hast ihn doch beim Ehebruch erwischt.«

»Er hat Harvey Saunders engagiert. Der ist ein Tiger.«

»Ziehst du auch in Erwägung, einen Anwalt zu nehmen?«

»Ich hab schon am ersten Abend mit Miles gesprochen.«

Sie kannten sich alle seit über zwanzig Jahren, seit sie im gleichen Anwaltskollektiv gearbeitet hatten, über einem Möbelladen in einem alten Haus in Cambridge. Miles war mittelgroß, mitteldick, hatte sandbraune Haare und hellbraune Augen. Er war ein Typ, den man in einer Menschenmenge, einer Klasse, bei einer Party leicht übersah. Er hatte später als die anderen geheiratet, eine ehrgeizige Anwältin, die in die Politik gegangen und jetzt Abgeordnete der westlichen Vororte von Boston war. Vor Gericht jedoch wagte es keiner, Miles ein zweites Mal zu übersehen. Er hatte eine tiefe Stimme voller Überzeugungskraft, mal wie geschliffen, dann wieder gefühlvoll oder trocken und schneidend – ganz wie es ihm beliebte. Er war ein guter Sänger und liebte Chormusik, aber vor Gericht sang er solo, die Geschworenen hörten ihm zu, und in den meisten Fällen waren sie beeindruckt. Zwar übernahm er hauptsächlich Strafrechtsfälle, aber er hatte schon des Öfteren auch schwierige Scheidungen in die Hand genommen. Für Marta würde er Himmel und Hölle in Bewegung setzen.

»Worüber habt ihr euch vorhin gestritten?«

»Er ist ohne Vorwarnung hier aufgetaucht und hat angefangen, mich zu beschimpfen, weil ich ihn bedroht hätte. Er ist völlig außer sich, dass ich geschossen habe. Offensichtlich meint er, damit etwas gegen mich in der Hand zu haben. Deshalb beißt er sich jetzt völlig daran fest.«

»Marta, es war eine Geste, die man leicht missverstehen kann. Harvey kann das ausnutzen.«

Langsam schüttelte Marta den Kopf. »Es war nicht so gewalttätig, wie ich es gern gehabt hätte. Ich bin zu vernünftig, bei mir bleibt so was immer nur eine Geste. Aber ich will Jim nicht außerhalb des Gerichtssaals sehen, und ich möchte auch Elena noch nicht wieder über den Weg laufen ...«

Im Krankenhaus saß Suzanne an Beverlys Bett, die Aktenmappe neben sich, und bereitete den morgigen Fall vor. Als könnte man sich wirklich auf den nächsten Tag einstellen. Mit den Problemen, die gerade wie ein Platzregen auf sie und ihre Familie niedergeprasselt waren, hätte sie niemals gerechnet. Alle paar Minuten legte sie die Arbeit beiseite und ergriff Beverlys schlaffe Hand. Wie kalt sie war. Das machte ihr Sorge. Sie rieb sie ein bisschen und legte sie an ihre Wange. Immer wieder sprach sie Beverly an, falls sie sie doch hören konnte.

Jake hatte zweimal angerufen, aber Suzanne hatte noch nicht reagiert. Wenn sie jetzt die Nummer seines Apartments wählte, würde sie den Anrufbeantworter bekommen, dann konnte sie eine Nachricht hinterlassen und andeuten, was los war. Mit ihm sprechen konnte sie nicht, sie hatte kein Gramm Energie übrig, weder für ihn noch für sonst jemanden. Es war absurd. Endlich hatte sie einen Mann gefunden, der sich wirklich für sie interessierte, und da hatte sie schlicht und einfach keine Zeit, sich mit ihm zu treffen. Ihre Familie hatte sie mit Beschlag belegt, sie konnte nebenbei gerade noch ihre Vorlesungen halten, ihre Sprechstunde für die Studenten durchziehen und versuchen, wenigstens die Fälle im Griff zu haben, die unaufhaltsam auf ihren Gerichtstermin zusteuerten.

Aber zufällig war sie genau im richtigen Moment da. Die Augenlider ihrer Mutter flatterten, wie sie das schon mehrmals getan hatten. Doch jetzt öffneten sich die Augen ein Stück, und Beverly stöhnte leise. »Mutter«, sagte Suzanne laut, unsicher, ob Beverly sie hören konnte. »Mutter! Ich bin da.«

Wieder stöhnte Beverly auf, und Suzanne rannte hinaus auf den Korridor, um der Schwester Bescheid zu sagen. Sie wusste nicht, ob Beverly begriff, wo sie war, blieb aber neben dem Bett stehen, während die Krankenschwester ihre Mutter untersuchte und Puls und Blutdruck kontrollierte. Dann schickte man sie hinaus, was sie sehr unfair fand, weil sie unbedingt erfahren wollte, wie es Beverly ging.

Trotzdem feierten sie und Elena Beverlys Rückkehr in die Welt der Lebenden ein bisschen, indem sie sich in der Bäckerei um die Ecke ein paar von den leckeren großen Keksen holten. »Es beunruhigt mich, dass Jim dich sehen will«, sagte Suzanne.

»Mach dir keine Sorgen. Es war idiotisch. Ich hab mich idiotisch benommen. Marta und du, ihr hättet uns nicht zusammenspannen sollen. Er ist ein Ekel.«

»Wusste Beverly über euch Bescheid?«

»Ja, natürlich. Sie war ja den ganzen Tag zu Hause. Es hat ihr gefallen zu wissen, was los ist. Es gab ihr das Gefühl, sie wäre … realer. Mehr in Verbindung mit uns.«

»Sie hätte es mir sagen sollen.«

»Und mein Vertrauen missbrauchen? Ach komm. Grandma war schon immer auf meiner Seite.«

»Jemand, der wirklich auf deiner Seite gewesen wäre, hätte dir geraten, die Finger von Jim zu lassen.«

»Grandma mag mich. Sie mag heftige Gefühle, sie mag Dramatik. Aber ich werde mich ändern. Ich werde ruhig und erwachsen. Wie ein Fels in der Brandung. Das werde ich, wenn ich endlich erwachsen bin: ein Fels.«

»Elena, Liebes, du musst nicht von einem Extrem ins andere fallen.«

»Vielleicht muss ich das, Mutter. Irgendwann lande ich dann in der glücklichen goldenen Mitte. Aber vielleicht kann ich nur dorthin gelangen, indem ich mich von einer Seite auf die andere schleudern lasse.«

Auf einmal merkte Suzanne, dass alle drei Katzen zusammengekuschelt auf einem Plüschsessel schliefen. Offenbar hatten sie ein Friedensabkommen geschlossen. Vielleicht hatten sie begriffen, dass das Chaos ausgebrochen war und das Leben nie wieder so sein würde wie früher. Mao lag zwischen den beiden großen roten Tigerkatzen und schlief tief und fest. So hatte wenigstens jemand von den Stürmen profitiert, die über ihre Familie hinweg gefegt waren.

34

Beverly

Verschwommen und grau nahm Beverly ihre Umgebung wahr, als sie erwachte; ihr Kopf dröhnte. Ihr rechtes Bein steckte in einem Gipsverband. Das schlechte Bein. Besser so, als wenn es das gute erwischt hätte. Immer wieder blinzelte sie, aber sie war zu erschöpft, um sich am schmalen Felsvorsprung des Bewusstseins lange festzuklammern. Schon rutschte sie wieder ab, und dunkle Wogen schlugen über ihr zusammen.

Suzanne war dagewesen, daran erinnerte sie sich. Und irgendeine fremde Schwester, nicht Sylvia. Beverly konnte nicht sprechen. Wieder konnte sie nicht sprechen. Sie ächzte laut, als sie daran dachte, wie schwer sie daran gearbeitet hatte, wenigstens einen Teil davon zurückzugewinnen, und jetzt war alles wieder weg. Sie war diesen so schwer zu erklimmenden Berg wieder hinuntergerutscht. Nun lag sie an seinem Fuß, ein Häufchen Elend, schlimmer als zuvor, denn jetzt sah sie auch noch unscharf. Wie sollte sie da je wieder lesen oder richtig am Computerbildschirm sitzen?

Sie musste unbedingt herausfinden, was dort oben geschehen war, als sie versucht hatte, die Treppe hinaufzusteigen. Sie musste wissen, ob mit Elena alles in Ordnung war. Niemand hatte daran gedacht, ihr Stift und Papier anzubieten, und sie konnte doch nicht sprechen. Sie fühlte sich vollkommen hilflos, eingesperrt und isoliert. Niemand durfte lange bei ihr bleiben. Suzanne kam und ging, Schwestern und Ärzte und Pfleger. Endlich erschien Elena. Ihr Gesicht war verschwommen, aber ihre Stimme war klar und tief. »Grandma, kannst du mich verstehen?« Elena sah sie an und hielt ihr Gesicht dicht vor Beverlys. »Okay, wenn du mich verstehen kannst, dann drück mit dem Finger auf meine Hand.«

Beverly drückte den Finger in Elenas warme, weiche Handfläche. Dann zeichnete sie ein Fragezeichen hinein. Und noch eines.

»Oh, du möchtest wissen, was passiert ist, stimmt's?« Das war ihre Elena, klug und einfühlsam wie immer. Und dann saß sie an ihrem Bett und erzählte alles. Beverly war unendlich dankbar. Niemand hatte daran gedacht, sie auf dem Laufenden zu halten. Elena kam jeden Tag, genau wie Suzanne. Beverly schlief viel, wenn man den schweren dunklen Zustand Schlaf nennen konnte, voll seltsamer Bruchstücke, die ihr Bewusstsein streiften, vielleicht Bruchstücke ihrer Gedanken, Trümmer, die lose in ihr umherschwebten.

Beverly bemerkte, dass die Schwester Elena nicht mochte. Es kam häufiger vor, dass Frauen Schwierigkeiten mit ihr hatten, aber Beverly hätte ihre Enkeltochter so gern getröstet, sie beschützen, der Schwester zeigen wollen, dass sie hier mit Elena stand. Aber sie konnte das alles nicht. Vermutlich kannte jeder im Krankenhaus Elenas Geschichte. Es war leicht, eine Frau zu verurteilen, die Risiken einging: Sie war schlecht, weil sie das Abenteuer liebte. Dabei bestand Elenas einziges Verbrechen darin, dass sie sich in einen Mann verliebt hatte, der sie an der Nase herumgeführt hatte. Verheiratete Männer konnten gefährlich sein, weil sie Frauen besser kannten als Junggesellen und eine Menge Übung darin hatten, sie entsprechend zu manipulieren. Verheiratete Männer wussten, was sie sagen, wie sie es anstellen mussten, dass sie einer Frau Leid taten. Ein paar Mal war Beverly selbst auf die Masche hereingefallen. Ein verheirateter Mann hatte Übung darin, eine Frau erfolgreich anzulügen, Ausreden zu erfinden, plausibel klingende Versprechungen zu machen.

Sie musste aufstehen und zum Badezimmer humpeln. Wegen des gebrochenen Beins musste man sie festhalten. Wenn das Bein nicht so taub gewesen wäre, hätte sie es bestimmt nicht gebrochen. In ihrer Familie hatten alle starke Knochen. Sie hatte sich noch nie was gebrochen, außer damals, als man ihr bei einer Demonstration das Handgelenk zertrümmert hatte, aber das war ja Absicht gewesen. Und sehr schnell geheilt. Es war um einen Streik in einer Textilfabrik in South Carolina gegangen.

So viele Blumen. Damals war den Leuten so etwas noch wichtig gewesen. Für die Frauen in der Fabrik war Beverly eine Heldin, und dieses Gefühl war stärker gewesen als der Schmerz im Handgelenk. Die Schmerzen hatte sie längst vergessen, aber die selbst gebackenen Plätzchen waren ihr in Erinnerung geblieben. Sie war so jung gewesen, dass sie von den ganzen Plätzchen einen Ausschlag im Gesicht bekommen hatte. Sie konnte die Kokosnuss-Orangen-Plätzchen noch schmecken, die eine Frau mittleren Alters ihr gebracht hatte, mit einer großen roten Schleife obendrauf, übrig vom Valentinstag.

Für eine so kleine Frau war Beverly immer sehr stark gewesen. Die männlichen Aktivisten staunten regelmäßig, wie sie bei einem Marsch oder einem Streik durchhielt, wie sie den ganzen Tag arbeiten konnte und abends immer noch Kraft hatte für eine gute, mitreißende Rede. Sie sah viel zarter aus, als sie war, aber das war oft ein Vorteil gewesen. Ein paar Mal war sie zusammengeschlagen worden, vor allem im Süden. Die Tage der Bürgerrechtskämpfe waren gefährlich gewesen. Damals hatte sie wirklich Angst gehabt. Bei Tag und bei Nacht.

So lag sie nun in einem schmalen Krankenhausbett und erinnerte sich an ein anderes schmales Bett, im Obergeschoss des Hauses einer schwarzen Familie in Alabama. Es gab nur einen Raum oben, in dem Beverly untergebracht war, während der Rest der Familie Lucas sich unten zusammendrängen musste. Die Nächte waren heiß und still, die Luft unter dem Dach zum Schneiden dick. Wenn vor dem Haus ein Auto anhielt, erstarb sofort jedes Gespräch, und Beverly erwachte aus einem ohnehin unruhigen Schlaf.

Ganz lebhaft sah sie Leanders Gesicht vor sich und auch das seiner Schwester Marcella, beide mit leicht vorquellenden Augen, ein Hauch Rot in Haaren und Haut, die hohen Wangenknochen der Schwarzen aus dem Süden, die einige indianische Vorfahren besaßen. Marcella hatte nach einer Demonstration zwei Monate im Gefängnis gesessen und war für bessere Haftbedingungen in Hungerstreik getreten. Dabei hatte sie ein Drittel ihres Körpergewichts verloren, war aschfahl geworden, ihre Haut leblos. Ihre Mutter hatte daraufhin ihre Stelle als

Hausangestellte verloren und versuchte nun als Wäscherin durchzukommen. Trotzdem teilten sie das, was sie hatten, mit Beverly. Wenn nicht genug für alle da war, behauptete Mrs. Lucas immer, sie wäre nicht hungrig. Sie stand der zwanzigjährigen Marcella am nächsten. Sie lebten wachsam, sie taten, was sie mussten, aber sie waren immer auf der Hut.

Wie nicht anders zu erwarten, warf der Ku-Klux-Klan eines Nachts eine Brandbombe. Sie krachte durchs Küchenfenster ins Haus. Zwar schafften sie es mit vereinten Kräften, das Feuer zu ersticken, aber dabei ging eine der wenigen Decken drauf. Sie mussten den Brand selbst löschen, denn die Männer von der Feuerwehr standen draußen herum, sahen den Flammen zu und rissen Witze über Nigger und Niggerfreunde. Leander hatte Brandwunden davongetragen, zum Glück keine sonderlich schlimmen, und sie behandelten ihn mit Eis und Fett. Beverly erinnerte sich auch noch an den Hund, aber sein Name fiel ihr nicht ein. Er hatte das Feuer hysterisch angebellt. Sie erinnerte sich auch noch an den Geschmack von Gemüse mit Schweineschmalz. Ja, unten im Süden hatte sie Schweinefleisch gegessen. Wenn es überhaupt Fleisch gab, dann vom Schwein. Sie erinnerte sich genau an den Geschmack von Gemüse mit Rückenspeck und Zwiebeln. Wenn es sonst nichts gab, machte Mrs. Lucas eine Art gebratenes Brot. Nie hätte Beverly ablehnen können, wenn sie etwas mit ihr teilten, denn es war eine Ehre. Das war alles, was sie geben konnten, außer ihrem Vertrauen und ihrer Freundschaft.

Als Beverly das nächste Mal aufwachte, wusste sie nicht, wo sie war, und sie dachte, sie wäre wieder in ihrem Dachzimmer in dem kleinen Haus, mit Leander und Marcella und ihren Eltern, Mr. und Mrs. Lucas und mit Leanders Freundin Ella, die immer Zöpfe trug. Regelmäßig wie ein Metronom schlug der braune Hund mit dem Schwanz auf den Boden. Der Geruch der Wäsche, die auf dem Herd kochte, der leicht verbrannte Geruch des Bügeleisens. Beverly war überzeugt, dass sie in ihrem Dachzimmer lag. Bis sie versuchte, sich zu bewegen. Als sie bemerkte, dass ihr Bein sich nicht bewegen ließ, wurde alles grau. Dann fiel ihr ein, dass sie die Familie Lucas seit dreiundfünfzig Jahren nicht mehr gesehen hatte. Aber ihr baufälliges Häuschen mit der Leiter zu dem Zimmer im Dachgeschoss, wo sie schlief, war viel realer als das Krankenhaus. Beverly hatte das Gefühl, sie brauchte nur die Hand auszustrecken und könnte Marcella oder Leander berühren, Mama Lucas umarmen und sich von ihrer Freundlichkeit einhüllen lassen, auf den rauen Holzstufen sitzen und den großen, schwanzwedelnden Hund streicheln. Sugar hieß er. Sie war immer noch die New Yorkerin von knapp dreißig Jahren, mit den roten Haaren, den großen grünen Augen, der vermeintlichen zarten Ausstrahlung und der unerschöpflichen Energie. Vom Alter her war sie Mama Lucas näher gewesen als Marcella, aber sie fühlte sich viel jünger als Mrs. Lucas, und alle anderen schienen sie auch für jünger zu halten. Durch das harte Leben und die schlechte Ernährung alterten sie früh und schnell. Irgendwo im Wrack ihres von Schlaganfällen gepeinigten Körpers wohnte noch immer die Frau mit den roten Haaren und der Pfirsichhaut. Beverlys wirkliches Leben spielte sich nicht hier an diesem sterilen Ort ab, sondern draußen, irgendwo dort, wo die Dinge zählten und Leben sich veränderten, da draußen, wo sie, wenn sie nur die Energie und Willenskraft aufbrachte, ganz gewiss die Grenzen durchbrechen und noch einmal leben konnte – ein Leben, in dem sie Menschen erreichte und von ihnen erreicht wurde. Eine Frau, die von anderen geliebt, gehasst, aber nicht ignoriert wurde. Doch nun lag sie hier, unsichtbar wie der Staub auf dem Fensterbrett, und ebenso unwichtig.

35

Elena

Elena freute sich, als Beverly aus dem Krankenhaus kam und ins Rehabilitationszentrum verlegt wurde, wo es wesentlich weniger bedrückend zuging und man zudem leichter einen Parkplatz fand.

»Ja, ich suche Arbeit«, erzählte sie ihrer Großmutter, die windschief in einem Sessel saß, einfach abgeladen wie ein Sack Wäsche. »Suzanne musste die kaputte Bremse an meinem Auto bezahlen, da hab ich mich total beschissen gefühlt. Aber jetzt hab ich wenigstens wieder ein Fortbewegungsmittel. Ich werde einen Job bekommen, irgendwo, irgendwie.«

»Traurig?« Grandma sprach wieder, aber sehr langsam und mühevoll. Ihre Stimme klang gequetscht. Viel schlimmer als vor dem zweiten Anfall.

»Manchmal. Es deprimiert mich, wenn ich daran denke, wie dumm ich war. Wie ich so leidenschaftlich an diesen Kotzbrocken glauben konnte.«

»Will … heim.«

»Das kann ich mir vorstellen, dass du hier raus willst. Aber die Therapie hilft dir, oder?«

Grandma zuckte die Achseln, dann schrieb sie auf ihren Block: 2. MAL STRENGEN SIE SICH NICHT MEHR AN.

»Aber du bemühst dich.«

Wieder ein Achselzucken. »Wozu?«, fragte sie.

»Du meinst, wozu das Ganze? Damit du es noch mal schaffst, damit du wieder mit mir reden kannst.«

NUR DU VERSTEHST, schrieb Beverly.

»Weil wir zwei uns mehr und besser lieben als es jemand anderes je könnte, Grandma.«

Beverly tätschelte ihre Hand und versuchte zu lächeln. Ihr Gesicht war verzerrt und das Lächeln eher eine Grimasse, aber Elena verstand. Es war so gemein, dass die arme alte Frau das alles noch einmal durchmachen musste. Ein paar Therapeuten waren gut und arbeiteten gewissenhaft, aber Elena sah, dass das Pflegepersonal ihre Großmutter behandelte wie einen Sack Mehl. Sie hoben sie hoch und deponierten sie hier oder dort, sie sprachen nicht direkt mit ihr, sie fassten sie hart und gefühllos an, als wäre sie ein Möbelstück. Sie hatten keine Geduld, sie warteten nicht, bis sie die paar Worte zusammengesetzt hatte, die sie sagen wollte. Elena achtete sehr darauf, wenn sie da war, sie versuchte, ihre Großmutter zu beschützen, soweit sie es konnte, aber sie wusste, dass das Ergebnis ihrer Bemühungen nicht lange vorhielt.

»Ich weiß einfach nicht, was ich tun soll.«

»Leben«, antwortete Beverly.

»Ja, das ist schon gut – keine von uns beiden ist tot. Aber ich muss herausfinden, was ich tun möchte. So wie bisher kann ich nicht weitermachen.« Sie wartete darauf, dass Beverly nickte. Sie konnte ihrer Großmutter genau erklären, was sie fühlte, wie keinem anderen Menschen. »Ich muss erwachsen werden. Mutter ist Anwältin. Rachel wird Rabbi. Aber ich bin nichts. Eine Weile dachte ich, ich möchte Jura studieren …«

Grandma schüttelte heftig den Kopf.

»Ich weiß, ich weiß. Großer Fehler. Ich könnte es nicht ertragen. Zu langweilig. Zu kopflastig. Ich weiß.«

Grandma nickte, beugte sich mühsam vor und tätschelte Elenas Kopf.

»Na ja, Arzt oder Krankenschwester werde ich bestimmt nicht. Ich kann solche Einrichtungen nicht leiden.« Elena winkte zu den blassgrünen Wänden. »Ich kann mit Computern umgehen, aber ich liebe sie nicht wie Mutter. Ich kann mit Wörtern einfach nicht so viel anfangen.«

»Farben«, sagte Grandma.

»Ja, ich liebe Farben. Aber ich bin auch keine Künstlerin, Grandma. Ich glaube nicht an diese gerahmten Dinger an der Wand, die wunder was wert sein sollen. Ich hasse Museen. Ich fühle mich da drin wie in einer Falle. Als würde mir ständig jemand ins Ohr schreien: Find mich toll, find mich toll, du Arsch, du Trottel!«

Grandma kicherte, und Elena liebte sie in diesem Moment noch mehr. Sie konnte sich nicht vorstellen, dass ihre Mutter jemals so kicherte. Rachel schon gar nicht. Sie gehörten beide zu den Leuten, die wollten, dass Elena Kunst toll fand! Woher kamen diese Stimmen denn auch? Grandma war nie ihr Gewissen gewesen. »Grandma, wenn du in meinem Alter wärst, wären wir Freundinnen. Na, wir sind es auch so.«

Grandma führte Elenas Hand an die Lippen und versuchte sie zu küssen. Weil sie ihren Mund nicht richtig unter Kontrolle hatte, sabberte sie ein wenig. Elena störte das nicht, aber Grandma sah verlegen aus und tupfte die Hand eilig ab, wobei sie wieder angestrengt das Gesicht verzog. »Das braucht dir nicht peinlich zu sein. Hunde machen das auch und ich mag Hunde.«

Darüber musste Grandma wieder kichern. »Ich, ein Hund?«

»Keinesfalls. Du bist nur so nett wie einer.«

»Freundinnen.« Grandma gestikulierte mit der Hand von sich zu Elena.

»Bis zum Ende.«

Elena hasste die Stellenanzeigen am Sonntag. Sie bekam schon Kopfschmerzen, wenn sie den dicken Anzeigenteil des *Globe* in der Hand hielt, das ganze Kleingedruckte machte sie wahnsinnig. Aber es musste doch etwas geben, was sie tun konnte. Oh, eine Weile konnte sie bestimmt irgendwo als Sekretärin arbeiten. Langweilig, furchtbar langweilig. Aber mit ihrem attraktiven Äußeren war so etwas leicht zu bekommen, außerdem würde sie superhöflich sein. Sie würde jedem die Füße küssen, der ihr einen Job gab. Pleite zu sein war ein unerträglicher Zustand. Sie spürte zu Hause den Sand im Getriebe. Ihre Mutter sprach sonst nie über Geld. Wenn Elena sich etwas gewünscht hatte, hatte sie es auch bekommen, es sei denn, ihre Mutter glaubte, es wäre nicht gut für sie. Es war eine seltsame Anwandlung von Fehlbarkeit, dass ihre Mutter zugab, Geldprobleme zu haben. Nie zuvor hatte Suzanne ihnen gesagt, dass sie sich eine bestimmte Schule, eine Reise oder einen Mantel nicht leisten konnten. Wahrscheinlich weil Suzanne immer ein schlechtes Gewissen hatte, als wäre sie als Mutter nicht gut genug. Na ja, sie war nicht großartig in diesem Bereich, obwohl Elena sich auch fragte, ob sie es besser machen würde. Sie hatte sich vorgestellt, mit Jim, diesem Penner, Kinder zu haben! Das Leben war so verdammt sonderbar und manchmal richtig gemein. Ihr war klar, dass Suzanne wirklich Probleme haben musste, wenn sie Geld erwähnte, deshalb war sie fest entschlossen, ihr ein wenig von der Last abzunehmen.

Als sie am Montagmorgen die Wäsche machte, sah sie Jim im Garten bei der Eiche herumlungern, als wartete er auf sie. Überall auf dem Boden lagen gelbe Blätter, wie herabgefallenes Licht. Natürlich, montags war er nicht in der Praxis. Er sah aus wie ein verlorenes Kind, ein Kind, das in der Schule sein sollte und nichts mit sich anzufangen wusste. Wie sie ihn so hinter dem Vorhang von Beverlys Zimmer beobachtete, tat er ihr einen Augenblick Leid, Mitgefühl regte sich in ihrem Herzen. Aber sie riss sich los und wandte sich ab. *Es hatte nichts zu bedeuten.* Er versuchte, ins Haus zu kommen und hämmerte gegen die Tür, aber sie reagierte nicht. Marta hatte die Schlösser auswechseln lassen und ihnen neue Schlüssel für Haus- und Hintertür gegeben. Nach einiger Zeit fuhr er endlich weg.

Als Elena gerade zu einem Vorstellungsgespräch aufbrechen wollte, erschienen zwei Kriminalbeamte. Jim versuchte, Marta etwas anzuhängen, weil sie an jenem Tag in die Wand geschossen hatte.

»Sie hat nicht auf uns geschossen. Verstehen Sie, sie stand am Fußende des Betts, wir lagen drin. Nackt. Sie war gekommen, um ihrem Mann mitzuteilen, dass sie schwanger ist, und da lag er und war mit mir zugange. Aber sie hat nicht *auf* uns geschossen. Sie hat den Revolver gehoben und weit über unsere Köpfe gezielt. Es war ein symbolischer Akt, verstehen Sie, aber sie war nicht außer sich, sie wusste, was sie tat, sie achtete ganz genau darauf, uns nicht zu verletzen. Ich an ihrer Stelle hätte uns durchlöchert. Wir hätten es beide verdient gehabt. Aber es war kein tätlicher Angriff. Wenn überhaupt, dann haben wir sie angegriffen.«

»Sie wollen also keine Anzeige erstatten?«

»Ich bin die Schuldige. Marta hat sich nichts vorzuwerfen, außer dass sie zwei Menschen vertraut hat, denen zu trauen sie eigentlich guten Grund hatte – nur waren wir es leider nicht wert.« Sie wollte klarstellen, dass Marta genau das Richtige getan hatte. Es geschah Jim ganz recht. Warum zog er diese Show überhaupt ab? »Wir waren nie in Gefahr, und sie hat uns nie bedroht. Es war, als würde sie ein Feuerwerk veranstalten. Nein, ich hatte keine Angst. Ich habe mich nur geschämt.«

Weil sie unbedingt Geld verdienen wollte, nahm sie den ersten Job an, der ihr angeboten wurde, als Rezeptionistin bei einer Gruppe Finanzanalysten und Investmentanwälten, die sich in einer Seitenstraße der Route 128 in Needham eine Bürosuite teilten. Diese lag etwa zwanzig Minuten von ihrem Haus entfernt, und Elena fuhr sowohl auf dem Hin- wie auf dem Rückweg gegen den Stoßverkehr. Die Bezahlung war lächerlich, aber sie würde nicht zögern, alles hinzuschmeißen, sobald sich etwas Besseres auftat.

»Elena, du hättest keinen so miesen Job anzunehmen brauchen. Ich kann bei Freunden etwas für dich finden«, meinte Suzanne, während sie brav das Hähnchen verzehrte, das Elena für sie beide zubereitet hatte.

»Ich muss den Job annehmen. Ich muss arbeiten. Deine Freunde hätten Angst, mich zu nehmen, weil ich womöglich mit sämtlichen Ehemännern ins Bett steige. Das weißt du auch.«

»Vielleicht finde ich was an der Uni.«

»Wenn du meinst. Wenn sich etwas Besseres anbietet, höre ich sofort auf. Mutter, ich habe keine richtige Ausbildung. Ich bin nutzlos. Ich hab außer in Psychologie noch Kurse in vier verschiedenen Hauptfächern absolviert, aber ich weiß nichts, wofür mich ein Chef bezahlen würde, wenn er einigermaßen Grips im Kopf hat.«

»Möchtest du zurück an die Uni?«, fragte Suzanne hilflos.

»Wenn, dann nur abends. Wenn du was für mich aushandeln kannst. Sonst nicht. Und sowieso habe ich nicht die blasseste Ahnung, was ich studieren soll. Wie's aussieht, habe ich im Leben kein anderes Interesse, als Mist zu bauen.«

»Elena, du warst großartig, die ganze Zeit seit … seit der Katastrophe. Ich weiß, du willst Marta nicht wehtun. Ich weiß, sie will dir nicht wehtun. Du hast echte Stärke bewiesen. Ich glaube jetzt mehr denn je an dich. Ich möchte, dass du das weißt.«

Elena zuckte die Achseln, denn sie wusste nicht, was sie sagen sollte. Es war eindeutig ein Kompliment, aber sie hatte mit Komplimenten nie so recht etwas anzufangen gewusst, wenn sie sich nicht auf ihre äußere Erscheinung bezogen. Dafür war sie immer bewundert worden – von Männern. Sie war es gewohnt, dass ihre Mutter versuchte, ihr ein schlechtes Gewissen zu machen, ihr Leben zu organisieren, ihr gute Ratschläge zu geben, sie vor den entsetzlichen Konsequenzen ihres Handelns zu warnen. An Lob war sie nicht gewöhnt. Es war ihr peinlich, und sie war gerührt, als würde sie gleich anfangen zu heulen. »Wie geht's eigentlich deinem Freund? Ich hab ihn lange nicht mehr gesehen. Er ist doch wohl nicht abgehauen, oder?«

Elena ging ihre Garderobe durch, nähte Knöpfe an, befestigte einen abgerissenen Saum. Am Montag war ihr erster Arbeitstag und sie fand es beruhigend, sich mit ihrer Kleidung zu beschäftigen. Auf einmal hörte sie den Schlüssel im Schloß und eilte erschrocken ins Wohnzimmer. Es war zwanzig nach neun, und ihr gegenüber stand dieser junge Kerl, Jaime, der Assistent ihrer Mutter. »Hast du einen Schlüssel?« Ja, er war zum Passahfest dagewesen.

»Klar, falls ich etwas für deine Mutter holen muss. Sie braucht ihre andere Brille. Die Revisionsverhandlung beginnt heute um zehn Uhr vierzig, deshalb bin ich etwas in Eile.«

»Bist du ihr Laufbursche?« Elena begleitete die spöttische Bemerkung mit einem Lächeln. Sie hatte Jaime damals gar nicht richtig zur Kenntnis genommen. Man konnte beinahe sagen, dass er schön aussah.

»Ich mache alles, was anliegt.« Damit schlenderte er in Suzannes Arbeitszimmer und fand die Brille neben dem Computer. »Sie vergisst kaum mal was. Heute ist eine Premiere.« Er warf einen Seitenblick auf Elena. »Hast du deine Mutter jemals in Aktion gesehen?«

»Mutter? Nein. Warum?«

»Bist du nicht neugierig? Sie ist gut. Sie hat mir erzählt, dass du am Montag eine neue … eine neue Karriere anfängst. Warum kommst du dann heute nicht einfach mit?«

»Wäre sie nicht verärgert, wenn ich einfach so reinplatze?«

»Sie wird es nicht mal mitkriegen. Im Gericht ist sie absolut konzentriert, Elena, hundertprozentig. Komm doch mit und schau ihr zu.«

Auf einmal schämte sich Elena dafür, dass sie sich so wenig für das interessierte, womit ihre Mutter ihren Lebensunterhalt verdiente. Außerdem war sie fasziniert von Jaime. Für einen Typen, der zwei Jahre jünger war als sie, verströmte er ein erstaunliches Selbstvertrauen. Er hatte das Auto ihrer Mutter und fuhr es ohne jede Unsicherheit. Wenn Elena sich das Auto ihrer Mutter leihen wollte, ging das nie ohne großes Brimborium ab, während er sich benahm, als gehörte es ihm. Auf einmal spürte sie einen Stich der Eifersucht. Wer war dieser Knabe, dass ihre Mutter ihm so rückhaltlos vertraute?

»Du starrst mich an. Interessiert dich das, was du siehst?«

»Ein bisschen«, antwortete sie grinsend. »Ich dachte, du wärst schwul.«

»Ich sortiere niemanden aufgrund von Alter, Sex oder Rasse von vornherein aus. Ich bin auch beim Sex für Gleichberechtigung … aber genau genommen bin ich hetero.«

Elena lächelte. Er war wirklich süß. Sie hatte sich noch nie mit einem jüngeren Mann eingelassen. Sie hätte die Kontrolle, vielleicht würde ihr das zur Abwechslung gefallen. Vielleicht würde sie ihn mal besuchen, wenn sie nicht mehr bei ihrer Mutter wohnte. Männer vergaßen sie für gewöhnlich nicht so schnell, und sie war ziemlich sicher, dass sie Jaime nicht vergessen würde.

Das Gebäude lag an einem kleineren Platz neben der öden, windigen City Hall Plaza. Das halbmondförmige Bauwerk, das diesen Platz von der Straße trennte, war neu, das Gerichtsgebäude nicht. Die Lobby machte einen schäbigen Eindruck, und nachdem sie durch den Metalldetektor gegangen waren und in dem uralten Aufzug standen, wurde es nur noch schlimmer. Überall wimmelte es von Cops, Leute flitzten geschäftig umher. Es war ein trostloses, verwahrlostes Gebäude mit schmutzigen Korridoren und engen Dienstzimmern, die wahrscheinlich seit dreißig Jahren nicht mehr gestrichen worden waren. Es roch nach abgestandenem Rauch und feuchten Schuhen, staubigem Papier und abgewetzten Polstern, nach Nervosität und Angst.

Doch der Gerichtssaal, in dem die Berufungsverhandlungen stattfanden, war eine andere Welt. Hier war es sauber und hell, die Decke hoch, blaue Samtvorhänge hingen hinter dem Podium, wo vor den Mikrofonen drei große schwarze Ledersessel standen. Hinter den Sesseln ragte ein Regal mit juristischen Handbüchern auf, ein prächtiger Anblick. Die gleichen blauen Samtvorhänge hingen an den drei hohen, schmalen Fenstern. Der ganze Raum war mit Holz vertäfelt; an zwei Wänden prangten Porträts von alten Männern in schwarzen Roben. Jaime ging zu Elenas Mutter, die in der ersten Bankreihe vor der taillenhohen Trennwand saß. Suzanne nahm die Brille entgegen und setzte sie auf, ohne Elena zu bemerken. Also konnte sie spionieren, ohne etwas erklären zu müssen, denn es sah nicht danach aus, als wollte Jaime ihrer Mutter einen Tipp geben.

Jaime überreichte Suzanne einen Schriftsatz, ein Prozessprotokoll (alles Dinge, die Elena von Kindesbeinen an zu Hause gesehen hatte) und einen gelben Notizblock, der in Suzannes Handschrift voll gekritzelt war. Dann setzte er sich zu Elena in die hintere Reihe. Zwanzig Minuten mussten sie warten, doch Jaime unterhielt sie mit einem Kommentar über das, was bevorstand, und zeigte ihr die Reporter. Schließlich traten die Richter herein, drei alte Männer in schwarzen Roben, genau wie im Fernsehen, und alle sprangen auf. Eine Frau rief: »Hört, hört«, und verlas die archaisch anmutende Ankündigung, dass das Gericht nun bereit war, über die Gesuche der Bürger zu befinden. Allerdings konnte Elena weit und breit keine gewöhnlichen Bürger entdecken, nur Verteidiger und Staatsanwalt, Gerichtsdiener und Richter. Marta saß in der vordersten Bank. Einige Reporter machten sich Notizen, gähnten, schrieben weiter. Jaime erklärte ihr, dass für gewöhnlich keine Presse anwesend war und dass die heutige Verhandlung eine Ausnahme darstellte, weil Maxine so bekannt war.

Wahrscheinlich hatte Elena etwas in der Art von Perry Mason erwartet, aber Suzanne stand beinahe auf Zehenspitzen vor dem Podium, dem Richter gegenüber.

Dem meisten, was sie sagte, konnte Elena nicht folgen. »Punkt drei auf meinem Schriftsatz.« – »Auf Seite hundertundzwölf des Protokolls.« – »Oben auf Seite einhundertneunundachtzig.« – »Punkt vier meines Schiftsatzes.« Fälle. Einer der Richter erhob sich an einem Punkt und zog eines der glänzenden Bücher zu Rate, die zwischen den blauen, wandhohen Samtvorhängen hinter dem Podium standen. Es gab keine Geschworenen. Niemand redete von Schuld oder Unschuld. Es war sehr seltsam. Einer der Richter sah aus, als wäre er halb eingeschlafen. Der andere lehnte sich weit in seinem Stuhl zurück, nickte und grunzte gelegentlich. Der andere war sehr redselig, sprach ihre Mutter mit Suzanne an und zitierte Fallbeispiele. Ihre Mutter redete fünfzehn Minuten und wurde sieben- oder achtmal unterbrochen; sie sah so klein und nett aus, wie sie da oben stand, sehr schnell redete und reagierte. Zum ersten Mal dachte Elena, dass das, was ihre Mutter tat, wirklich hart war, ein ständiger Kampf.

Dann setzte sich Suzanne, und die Anwältin der Anklage stand in einem grauen Kostüm am Podium. Die Richter waren sehr nett zu ihr. Vor allem den mittleren fand Elena extrem unsympathisch – ihrer Mutter hatte er nur eine einzige Frage gestellt, und jetzt flötete er diese junge Staatsanwältin an! Sie hätte glatt seine Tochter sein können, groß, dünn, blond, mit einem Pferdegesicht und einem Akzent, den Elena im Restaurant gehört hatte und den man vermutlich in den teuren Privatschulen lernte – so konnte doch kein Mensch von allein reden. Die Frau war etwa fünfzehn Jahre jünger als Suzanne, und plötzlich waren die Richter allesamt hellwach, kümmerten sich freundlich um die Staatsanwältin und dachten gar nicht daran, sie mit so schwierigen Fragen zu löchern, wie sie es bei Suzanne getan hatten. Am liebsten hätte Elena die Kerle mit Fußtritten traktiert. Aber sie war überzeugt, dass Suzanne gewonnen hatte, weil sie so klar argumentiert hatte, so leidenschaftlich, so positiv. Sie hatte all die schweren Fragen beantwortet, die sie ihr an den Kopf geworfen hatten.

»Es wird Monate dauern, bis die eine Stellungnahme abgeben«, flüsterte Jaime, als die Staatsanwältin sich setzte und der nächste Anwalt ans Podium trat.

»Was meinst du, wie ist es gelaufen?«

»Nicht so gut. Ich weiß, dass Suzanne enttäuscht ist.«

Elena stand auf. »Ich fahre mit der U-Bahn heim.«

»Soll ich dich nicht mitnehmen?«

»Ist nicht nötig. Bis bald.« Später würde sie ihrer Mutter erzählen, dass sie zugehört hatte, aber jetzt hatte sie lange genug den Eindringling gespielt. Wenn sie auch nicht behaupten konnte, dass sie jetzt besser verstand, was Suzanne machte, wusste sie doch zumindest, wo sich alles abspielte. Immerhin etwas. Sie hatte ein Bild im Kopf.

36

Suzanne

Am Freitag bevor Suzanne ihr eigentliches Plädoyer zu Maxines Berufung halten sollte, ließ Miles sie in sein Büro kommen.

Miles, der als Martas Anwalt fungierte, wiederholte geduldig: »Er wollte auf den Paragraphen bezüglich häuslicher Gewalt hinaus.«

»So ein Dreckskerl!«, sagte Suzanne. »Daran haben wir beide gearbeitet. Der Paragraph enthält sogar Sätze, die Marta geschrieben hat. Wie kann er es so hindrehen, wenn man den eigenen Ehemann dabei erwischt, wie er eine jüngere Frau vögelt, und darauf reagiert.«

»Tätlicher Angriff mit einer potenziell tödlichen Waffe zwischen zwei Partnern in einem häuslichen Arrangement. Aber Elena hat Marta den Arsch gerettet. Sie hat stur darauf bestanden, dass Marta immer nur eine symbolische Geste im Sinn hatte. Die Lage der Einschusslöcher weit oben in der Wand beweist das, deshalb hat der Anwalt Jim mitgeteilt, dass er nichts in der Hand hat.«

»Ein Wunder, dass Marta das Baby nicht verloren hat.«

»Sieht aus, als wären wir aus dem Schlimmsten heraus, zumindest, bis er die Sache im Scheidungsprozess aufbringt.« Miles kam hinter dem Schreibtisch hervor und setzte sich halb auf die Ecke direkt vor Suzanne. »Wann hast du denn deinen Gerichtstermin und die Revisionsverhandlung für die Sache mit der Tagesstätte?«

»Nächsten Donnerstag. Ich hab so viel Zeit im Rehabilitationszentrum verbracht, dass alles andere den Bach runtergeht. Ich muss mich ziemlich zusammenreißen.«

»Marta auch. Euer Leben war eine schlechte Seifenoper, Suzanne. Jetzt ist Jim wild entschlossen, Schwierigkeiten zu machen. Ich möchte, dass du das im Kopf behältst und es auch deiner Tochter klarmachst. Um das Sorgerecht für Adam geht es nicht mehr, weil er ja über zwanzig ist, aber das ungeborene Mädchen ... Jetzt wollte ich dich noch ein paar Dinge fragen. Jim will keine Scheidung. Ist Marta denn wirklich entschlossen? Wie siehst du das? Reagiert sie trotzig? Wird sie ihren Entschluss bereuen, wenn das Baby erst mal geboren ist?«

»Ich muss mich mal in Ruhe mit ihr darüber unterhalten.«

»Allerdings. Also, tu das und sag mir dann Bescheid. Ich möchte nicht, dass sie sich von ihm scheiden lässt, während sie schwanger ist, wenn sie nicht absolut sicher weiß, dass das der Weg ist, den sie gehen will – nicht nur im Moment, sondern das nächste Jahr und die nächsten zwei Jahrzehnte.«

Auf der Fahrt zur Uni ließ sich Suzanne Miles' Fragen durch den Kopf gehen. Sie selbst hatte Sam seine Untreue nicht verzeihen können, aber ihre Ehe war damals sowieso am Ende gewesen. Sie brauchte nicht so dringend einen Ehemann, dass sie bereit gewesen wäre, sich mit einem abzufinden, der lieber eine andere Frau wollte. Sie war an der Nase herumgeführt, sie war betrogen worden, sie hatte die Verachtung körperlich gespürt. Aber womöglich liebte Marta Jim nach wie vor, immerhin trug sie sein Kind im Bauch. Wenn Suzanne Elena vergeben konnte, vielleicht konnte Marta dann auch Jim vergeben. Suzanne hatte sich so um Beverly gekümmert, dass die Unterstützung für ihre Freundin zu kurz gekommen war. Am Donnerstag sollten sie zusammen bei Maxines Revisionsverhandlung im Gerichtssaal sein.

Übers Wochenende überließ sie Elena die Besuche bei Beverly, um ihren Schriftsatz durchzugehen. Außerdem wollte sie sich noch einmal die Videos mit den Zeugenaussagen der Kinder ansehen und sich auch die Aufzeichnungen mit ihnen und den beiden Therapeuten und dem stellvertretenden Staatsanwalt zu Gemüte führen. Sie merkte, dass ihr sehr viel an dem Fall lag. Je mehr sich ihre Freundinnen mit ihr stritten, je mehr Kollegen und Bekannte sie deswegen angriffen, je mehr sie sich in die Protokolle vertiefte, desto wichtiger war es für sie, Maxine Gerechtigkeit widerfahren zu lassen und sie aus Framingham herauszuholen. Marta hatte ihr gesagt, sie wollte zur Verhandlung kommen. Sie wusste, wie viel der Fall Suzanne bedeutete und wie kontrovers er war, deshalb hatte sie ihr moralische Unterstützung versprochen.

Als sie am Donnerstag in den Gerichtssaal kamen, entstand Unruhe beim Gerichtspersonal. Marta seufzte. »Wie die glotzen. Ich hätte mir was Rotes anziehen sollen. Inzwischen weiß wahrscheinlich jeder Mensch in Boston, was vorgefallen ist.«

Im Auto hatte Suzanne festgestellt, dass sie die Brille vergessen hatte, die ihr nicht von der Nase rutschte, und hatte Jaime losgeschickt, sie zu holen. »Anwälte sind schreckliche Klatschbasen.«

»Sex und Gewalt. Schwangerschaft und Betrug. Ich hasse es, wenn ich mir vorkomme wie ein bunter Hund.«

Die drei Richter betraten den Raum und alle standen auf. Suzanne konzentrierte sich und rief in Gedanken rasch ihre Hauptargumente noch einmal auf. Die Zeugenaussagen der Kinder waren geprobt worden, sie waren unter Druck entstanden, überarbeitet und korrigiert worden. Man hatte der Angeklagten nie die Gelegenheit gegeben, ihren Anklägern gegenüberzutreten. Es hatte kein Kreuzverhör stattgefunden, keine Möglichkeit gegeben, die Stichhaltigkeit der Geschichte zu überprüfen. Maxine war daran gehindert worden, ihre Bürgerrechte voll in Anspruch zu nehmen. Außerdem waren die Zeugenaussagen der Kinder nicht korrekt gewonnen worden – sie waren durch wiederholte, suggestive Fragestellungen in eine bestimmte Richtung gelenkt worden, die eindeutig auf eine gezielte Beeinflussung hinauslief.

Wenn der Schuldspruch widerrufen wurde, würde

der Staat Revision einlegen, wenn der Schuldspruch nicht aufgehoben wurde, würde Suzanne in die Berufung gehen. Wie auch immer, es würde ein langer Prozess werden. Die nächsten ein, zwei Jahre hatte sie diese prekäre Sache am Hals. Nun, Maxine lebte schon wesentlich länger damit, seit sie zum ersten Mal von den Eltern eines der Kinder der Tagesstätte beschuldigt worden war, ihren Sohn sexuell missbraucht zu haben.

Während sich Laplaine, der älteste Richter, noch mit einem Gerichtsdiener unterhielt, nahm Suzanne alle Konzentration zusammen, derer sie fähig war. Das war sie Maxine schuldig. Man musste absolut konzentriert sein, wenn man eine Verhandlung gewinnen wollte, jede Ablenkung schadete. Sie hatte einen Richter gezogen, der im Revisionsgericht des Distrikts neu war, einen Mann Anfang sechzig von der North Shore University, der als Staatsanwalt gearbeitet hatte, ehe man ihn auf die Richterbank hob. Der dritte im Bunde war Richter Corrigan, der gerade siebzig geworden war. Suzanne hatte schon mehrmals vor ihm plädiert. Zwar stand er in dem Ruf, fair und klug zu entscheiden, aber er hatte die störende Angewohnheit, bei der Verhandlung aus dem hohlen Bauch irgendwelche abstrusen Fälle aufs Tapet zu bringen. Bisher hatte er Suzanne damit noch nie überrumpeln können, aber sie wusste, dass Marta eine Schlappe hatte einstecken müssen, weil Richter Corrigan einen Fall zitiert hatte, von dem Marta nichts wusste, und deshalb nicht dagegenhalten konnte. Laplaine war der älteste und oberste Richter, ein bisschen schwerhörig, fair, wenn er einer Argumentation folgen konnte, aber für seine gelegentlichen Ausraster bekannt. Manchmal döste er mit offenen Augen. Dann wieder war er voll da, der konservativste der drei Richter, obgleich Suzanne nicht abschätzen konnte, in welche Richtung das den Fall beeinflussen würde. Er interpretierte streng und hatte ihr bei Phoebe das Leben schwer gemacht, aber schließlich hatte sie doch gewonnen.

Auf ihr Stichwort hin erhob sich Suzanne. Jetzt hatte sie fünfzehn Minuten Zeit. »Guten Morgen. Hohes Gericht, ich bin Suzanne Blume und vertrete heute Maxine Rodriguez. Drei Minuten möchte ich mir für die Widerlegung nehmen ...«

Suzanne und Marta saßen an einem Ecktisch in einem Fischrestaurant in der Faneuil Hall. Beide bestellten gegrillten Lachs, einen Salat und ein Glas Evian.

»Wie ist es deiner Meinung nach gelaufen?«, fragte Suzanne.

»Ich glaube, Corrigan ist auf deiner Seite. Ich hab ihn einmal nicken sehen. Er ist auch nicht auf dich losgegangen, indem er einen seiner obskuren Fälle zitierte. Er hat einen sehr interessierten Eindruck gemacht.« Marta runzelte nachdenklich die Stirn.

»Bei Laplaine bin ich mir nicht so sicher. Ich wusste nicht recht, ob er zuhört, bis er mich nach meiner Interpretation der Beweisregeln gefragt hat. Ich hatte das Gefühl, er war unsicher. Was hältst du von dem neuen Typen, diesem Beamer?«

»Über ihn hab ich noch keine richtige Meinung. Ich hab noch nie mit ihm zu tun gehabt. Aber er war ein ziemlich aggressiver Staatsanwalt, und ich hatte das Gefühl, dass er eher zur Gegenseite tendierte.« Marta rieb sich die Augen. »Es dauert immer eine Weile, bis man einen neuen Richter einschätzen kann. Gut, er war Staatsanwalt, aber manche Richter mit diesem Hintergrund sind umso härter mit Staatsanwälten, wenn die ihren Job nicht zweihundertprozentig gemacht haben.

Bis Beamer ein paar Verhandlungen hinter sich hat, können wir eigentlich nichts über ihn sagen.«

»Tja, in ein paar Monaten wissen wir mehr. Sie nehmen die Berufung zwar an, aber sie lassen Maxine nicht aus dem Bau. Ich hatte gehofft, sie könnte sich ein bisschen erholen.« Suzanne seufzte. »Meinst du, ich habe mich einigermaßen gut für sie geschlagen?«

»Du warst großartig. Zum Teil ist es eine politische Sache, weißt du. Das Justizministerium sitzt hinter dem Fall.«

Suzanne ließ sich Martas Antwort einen Moment durch den Kopf gehen, und ihr Magen zog sich zusammen. Marta glaubte nicht, dass sie gewonnen hatte. Was hätte sie anders machen können? Hatte sie sich nicht gründlich genug vorbereitet? Sie wusste nicht, wie viel länger Maxine das Gefängnis überleben würde. Hatte das Chaos in ihrem Leben ihre Arbeit beeinträchtigt?

»Ich hab mich gewundert, dass Elena da war«, bemerkte Marta.

»*Elena*? Bist du sicher?«

»Hast du sie nicht bemerkt? Sie saß hinten, neben Jaime.«

»Seltsam. Ich muss sie heute Abend danach fragen. Marta, wir sollten über das reden, was passiert ist.« Suzanne stützte das Kinn in die Handfläche. »Ich weiß nicht, wo ich anfangen soll. Du bist meine beste Freundin. Wie du weißt, liebe ich Elena sehr, aber sie hat wirklich ein Talent dafür, Situationen heraufzubeschwören, die nicht nur dramatisch, sondern regelrecht gefährlich sind.«

Marta stöhnte. Sie zupfte an ihren graublonden Haaren herum, die wie immer elegant aussahen und die gleiche Farbe hatten wie Beverlys Wohnung in den Fünfzigern – Hollywood-Eiche, hatte man es wohl genannt.

Gebleichte Eiche, ein silbernes Aschblond. »Jim ist älter und hätte es besser wissen müssen.«

»Marta, meinst du, ich soll mit Elena ausziehen?«

»Ich will nicht, dass Jim mein Leben noch mehr über den Haufen wirft, als er es jetzt schon getan hat. Und ich will niemand anderen unter mir wohnen haben als dich. Zwar kann ich noch nicht vergeben und vergessen, aber ich bin schon weniger wütend auf Elena, weil sie diese Aussage vor der Polizei abgegeben hat. Das hat mir eine Menge Ärger erspart und das weiß ich wirklich zu schätzen.«

»Elena trifft sich nicht mit ihm, weißt du. Sie spricht nicht mal mit ihm. Sie ist absolut ernüchtert.«

»Gut. Hoffen wir, dass es so bleibt.«

»Marta, das Schlimmste ist, dass ich vor ungefähr zwei Monaten einen Verdacht hatte und Elena damit konfrontiert habe. Sie hat mich überzeugt, dass ich spinne. Da hab ich die beiden zwar weiter zusammen beobachtet, aber ich konnte nichts entdecken, das darauf hinwies, dass da etwas vorging.«

»Ich hab ja auch nichts mitgekriegt. Aber es ist schön zu wissen, dass nicht nur ich blöd bin.«

Sie stocherten beide in ihrem Essen herum. Dann gingen sie ein Stück spazieren. Es war ein sonniger Tag, einer von den kühlen, glasklaren Oktobertagen, die für Boston typisch sind. Endlos schien sich der Himmel über ihnen zu wölben. Die Luft war so frisch, dass man beinahe spüren konnte, wie sie einem die Lungen reinigte. Nur mein Leben ist durcheinander und trüb und stinkt nach ungelösten Problemen, dachte Suzanne. Sie nahm Martas Arm. »Und wie findest du es, schwanger zu sein?«

»Ob ich es noch genieße? Na ja, ich muss zugeben, dass ich kurz nach dem ganzen Trubel gewisse Zweifel hatte …«

»Es ist spät, aber immer noch möglich, etwas zu unternehmen. Es ist ein ziemliches Risiko, in deinem Alter ein Baby zu bekommen.«

»Aber ich will mein Baby. Ich habe mir schon immer eine Tochter gewünscht, und daran hat sich nichts geändert.«

Suzanne nickte und drückte Martas Arm. Das Baby, das gestorben war, war auch ein Mädchen gewesen. Dann kamen die Fehlgeburten. »Aber möchtest du sie wirklich allein großziehen?«

»Oh, Jim wird auf seinem Besuchsrecht bestehen. Außerdem werde ich nicht allein sein. Ich habe dich. Oder?«

»Natürlich. Aber findest du nicht, dass ein Baby zwei Elternteile braucht?«

»Ja. Dich und mich. Plus Adam. Er wird sich zusammenreißen und wieder Vernunft annehmen. Momentan ist er einfach verwirrt und schmollt ein bisschen. Jim wird seine Forderungen erheben. Es ist ja auch nicht so, dass ich ihn von dem Baby fernhalten will. Aber ich möchte kein Leben mit einem Ehemann, der andere Frauen lieber mag als mich. Dass sie in unserem Bett miteinander geschlafen haben, das verkrafte ich einfach nicht. Einmal konnte ich ihm verzeihen, aber das jetzt hat mich zu sehr getroffen.«

»Du hast ihm einmal verziehen?«

»Glaubst du vielleicht, ich weiß nicht, warum man ihn gefeuert hat? Ich dachte nur, es wäre besser für alle Beteiligten, wenn ich die Ahnungslose spiele. Ich hab geglaubt, es würde ihm eine Lehre sein, ich hab geglaubt, es war ein einmaliger Ausrutscher. Jetzt frage ich mich, wie viele es noch gegeben hat, von denen ich wirklich nichts wusste. Vielleicht die Sekretärin vor Elena. Vielleicht seine Patientinnen. Ich liege nicht nachts wach und grüble darüber, aber wenn ich mit ihm verheiratet bleibe, könnte das wohl passieren.«

»Ich weiß. Als ich wusste, dass Sam eine Affäre hatte, kam ich einfach nicht davon los. Ständig dachte ich, na ja, wenn er lieber bei ihr sein will, warum sind wir dann zusammen? Immerzu musste ich daran denken, wie sie miteinander im Bett lagen. Ich spitzte die Ohren bei allem, was er gesagt hat, und hätte ihn am liebsten ins Kreuzverhör genommen. Ach ja, du warst beim Zahnarzt? Wann war denn der Termin? Also weißt du, eine Füllung dauert bestimmt nicht länger als eine halbe Stunde ...«

»Wir werden den Gürtel enger schnallen müssen. Babys sind teuer. Adams Studium dauert noch jahrelang. Vielleicht sollten wir Untermieter nehmen. Oh, da fällt mir ein: Adam kommt ja übers Wochenende.«

»Er klang am Telefon ziemlich märtyrerhaft.«

»Tja, er muss seine knochigen Schultern wohl oder übel zum Einsatz bringen, wenn das Familienleben wieder in Schwung kommen soll. Wir sitzen alle im Schlamassel, und es wird ihm nichts anderes übrig bleiben als mit anzupacken, statt nur mit aller Kraft zu leiden.« Trotz des ernsten Inhalts klang Marta fröhlich. »Ich hoffe, du gewinnst den Fall.«

»Ich muss einfach. Wenn sie den Schuldspruch nicht abändern, bringt das Maxine um. Das macht mir wirklich Angst.«

»Du hast wirklich alles für sie getan, unter äußerst ungünstigen Bedingungen.«

»Du glaubst, wir haben keine Chance, stimmt's? Ich muss mich auf den SJC vorbereiten.« Der Supreme Judicial Court, das höchste Gericht des Staates. Aber würde Maxine so lange durchhalten?

37

Beverly

Worte schwirrten in Beverlys Kopf herum wie Vögel, die in einem Haus gefangen sind. Sie knallten gegen Fenster, denn sie wussten genau, wo sie hinwollten, aber gegen die unsichtbaren Hindernisse kamen sie nicht an. Ihr fiel nichts ein, worauf sie sich freuen konnte, absolut nichts. Wenn sie Glück hatte, würde sie sich mit der Gehhilfe wieder mühsam durch die Gegend schleppen können. Sie wusste, wie langsam und schmerzlich sich die Genesung von einem Schlaganfall gestaltete, wie bruchstückhaft sie selbst im günstigsten Fall verlief. Nach dem ersten Schlaganfall hatte sie Freude an bestimmten Dingen gefunden: mit Elena zusammen sein, E-Mails verschicken, im Internet surfen, mit Sylvia plaudern, so gut es eben ging. Das waren die schönen Momente ihres Lebens gewesen. Sie konnte sich nicht vorstellen, dass sie in absehbarer Zeit in der Lage sein würde zu sprechen. Sylvia hatte eine andere Stelle angenommen. Elena würde wahrscheinlich bald ausziehen, um von Marta wegzukommen. Noch immer sah Beverly zu verschwommen, um etwas am Computer zu machen, obgleich sie Gesichter inzwischen ganz gut wahrnehmen konnte. So konnte sie beispielsweise die gelangweilten von den gemeinen Krankenschwestern und Pflegern unterscheiden, und sie erkannte auch die wenigen netten jungen Frauen, die mit ihr Kontakt herzustellen versuchten.

Sie machte sich Sorgen um ihre Lieblingsenkelin. Zurzeit war Elena unnatürlich still und nachdenklich. Jeden Tag kam sie ins Rehabilitationszentrum und verbrachte ein paar Stunden mit ihrer Großmutter. Sie hatte ein schlechtes Gewissen wegen dem Sturz, und Beverly konnte sie nicht davon überzeugen, dass es albern und unnötig sei, die Verantwortung für einen Unfall zu übernehmen. Es war doch genau so, als ob man um die Ecke bog und mit Karacho von einem Laster überrollt wurde.

Beverly hielt nichts davon, Trübsal zu blasen, deshalb versuchte sie, so gut sie konnte, gute Stimmung zu verbreiten. Aber wenn sie allein war, weinte sie. Manchmal dachte sie, sie würde an ihren Tränen ersticken, so verstopften sie Nase und Nebenhöhlen. Wenn sie nicht mehr aus dem Koma erwacht, sondern einfach vom Schlaf in den Tod geglitten wäre – das wäre das Beste gewesen.

Ihr Freund Dave war im Koma gestorben. Er war bei einem Streik von einem Laster mit Streikbrechern überfahren worden und hatte das Bewusstsein nicht wiedererlangt. Er hatte ein Patiententestament hinterlassen, das die Ärzte ausnahmsweise einmal respektierten – vermutlich weil es in der Familie kein Geld zu holen gab. Die Gewerkschaft übernahm die Kosten, aber es gab Zeiten, in denen es sich auszahlte, wenn man arm war. Beverly wäre gern gestorben wie er, so wie man ein Licht ausknipst; sie legte keinen Wert darauf, wie ein Sack Kartoffeln im Krankenhausbett zu liegen.

Dave und sie waren zum chinesischen Kubaner essen gegangen. Er liebte schwarze Bohnen. Als er noch jünger war, hatten seine Haare die gleiche Farbe wie die Bohnen gehabt, genau wie Elenas. Glänzende Haare, frische Gesichtsfarbe, immer ein bisschen verwittert, und dazu diese grauen Augen, die direkt in ihr Innerstes blickten. War es nach dem Müllstreik gewesen? Nein, es war eine Demonstration. Irgendwas mit der Sozialhilfe. Er hatte eine Narbe auf der rechten Hand gehabt, quer über den Handrücken, dunkelrot und leicht erhaben.

Aus irgendeinem unerfindlichen Grund hatte sie nie gefragt, woher er sie hatte. Aber sie erinnerte sich noch daran, wie sich die Narbe anfühlte, wenn sie seine Hand berührte, wenn er sie streichelte. Sie hatten nie eine richtige Affäre gehabt, sie waren nur ein paar Mal zusammen im Bett gewesen. Da war er kein großer Künstler, nur ein weiterer Kandidat auf der Liste. Schade. Er hatte toll ausgesehen. Zwei-, nein, dreimal hatte sie mit ihm geschlafen, jedes Mal in der Hoffnung, dass es diesmal besser sein würde, dass er sich mehr darauf einließ, sinnlicher, weniger abrupt würde. Doch schließlich musste sie sich eingestehen, dass es sinnlos war, dass sie einfach Freunde bleiben würden. Und das waren sie, bis zum Ende. Beverly war froh, dass er sie jetzt nicht sehen konnte. Sie weigerte sich, in den Handspiegel zu blicken, den man ihr gegeben hatte. Das war nicht ihr Gesicht. Ihre Haare wurden schon wieder grau.

Wenn sie an ihr Gesicht dachte, stellte sie es sich vor, wie es in ihrer schönsten Zeit gewesen war. Die war bei ihr relativ spät gekommen, erst zwischen dreißig und vierzig. Alle hielten sie immer für wesentlich jünger, aber als sie wirklich jünger gewesen war, hatte sie nicht das Selbstvertrauen, nicht die Erfahrung mit Männern, um viel aus ihrem Aussehen zu machen. Nein, ihre beste Zeit war Mitte dreißig bis Anfang vierzig gewesen. Sie hatte ihre Haare rot getönt. Rote Haare, grüne Augen. Suzanne sollte ihre Haare auch rot färben, dann würde sie viel interessanter aussehen. Aber Suzanne hatte nie auf ihre Schönheitsratschläge gehört. Beverly hatte sich immer bemüht, ihrer Tochter gute Tipps zu geben, aber jedes Mal war ihr hart erkämpftes Knowhow schnöde zurückgewiesen worden. Traurig. Suzanne weigerte sich hartnäckig, irgendetwas von Beverly zu lernen, dabei hätte sie viel mehr Spaß gehabt, wenn sie nur den einen oder anderen kleinen Rat angenommen hätte. Ein Mann wie Victor wäre über kurz oder lang sowieso weg gewesen, aber Sam hätte sie viel länger am Haken zappeln lassen können, wenn sie gewusst hätte, wie man mit ihm umging. Sobald Beverly jedoch ein paar Worte in diese Richtung äußerte, ging bei Suzanne die Klappe runter. Aber wenn Beverly über irgendwas Bescheid wusste, dann über Männer.

Was immer Beverly Suzanne geben wollte, schien diese abzulehnen. Stattdessen hatte sie immer das Gefühl gehabt, dass Suzanne sich eine Mutter wünschte wie Karla, eine Stubenhockerin, ein grober Klotz, eine *Balebuste,* eine Grundschullehrerin mit einer sentimentalen politischen Einstellung, zwar links, aber voller Aberglauben. Wahrscheinlich hatte Beverly sich das selbst zuzuschreiben, weil sie Suzanne so oft bei Karla gelassen hatte, aber sie konnte ihr kleines Mädchen doch nicht mitnehmen, wenn sie unter gefährlichen Bedingungen als Organisatorin arbeitete, vor allem unten im Süden. Für die Kerle vom Ku-Klux-Klan war es egal, ob sie ein Kind oder einen Erwachsenen verbrannten, vielleicht fanden sie ersteres sogar besser. Beverly verstand sie nicht, diese Männer, die von Hass und Bosheit und Stolz beherrscht wurden, die so leicht bereit waren, im Namen ihrer Hautfarbe zu verstümmeln und zu töten. Mehr als einmal hatte sie gedacht, sie müsste sterben, dort unten im Süden. Sie ließ sich von einem Anwalt der Bürgerrechtsbewegung ein Testament erstellen. Zwar besaß sie nicht viel, aber sie wollte, dass Suzanne bei Karla blieb, wenn ihr etwas zustieß. Einmal hatte sie während einer Demonstration aufgeschaut und einen Mann gesehen, der von einer Brücke über ihr mit einem Gewehr auf sie zielte. Aus irgendeinem Grund hatte er plötzlich gelacht und nicht auf sie geschossen. Später hatte sie erfahren, dass er stattdessen einen jungen Mann aus Chicago getötet hatte. Sie erwischten ihn nie. Aber das war fast immer so.

Wie hatte sie ihr Leben so nahe am Abgrund führen können, so erfüllt, so leidenschaftlich, und wie konnte es sein, dass sie jetzt ans Bett gefesselt war und nicht besser mit der Umwelt in Kontakt treten konnte als ein Wurm oder ein Blumenkohl? Ihre Stimme war ihre Waffe gewesen, ihr Werkzeug. Andere Menschen hatten sie geschätzt, weil sie die richtigen Worte fand und sie leidenschaftlich und mit eindringlicher Stimme vorbringen konnte. Nie hatte man ihre Stimme schrill genannt, es war eine volle Frauenstimme gewesen, die sich in einer Menschenmenge mühelos durchsetzte. Ohne ihre Stimme war sie ein Krüppel. Bald würde sie sich nicht mehr erinnern, wie ihre eigene Stimme geklungen hatte, tief und voll – wie Honig, hatten die Männer immer gesagt.

Wenn die Ärzte und Krankenschwestern über sie diskutierten, betonten sie immer, dass es Beverlys zweiter Schlaganfall war. Als wollten sie damit sagen, dass sie nicht aufgepasst hatte, dass sie selbst daran schuld war und man sie links liegen lassen konnte. Vielleicht bemühten sie sich bei Patienten, die zum ersten Mal erkrankten, aber wenn es noch einmal passierte, lohnte sich die Mühe nicht mehr. Es hatte etwas Abwertendes. Zum zweiten Mal durchgefallen. Secondhand-Ware. Zweite Wahl sagte man zu Produkten, die den Qualitätsmaßstäben nicht ganz entsprachen.

Sie wollte raus aus dem Rehabilitationszentrum, aber die Rückkehr in Suzannes Haus war auch nicht gerade erstrebenswert. Ihr Leben war zerstört, wie ein altes Gebäude, in dem die Menschen für Generationen gelebt, in dem sie ihre Familien großgezogen und ihren Problemen getrotzt hatten. Jetzt war an seiner Stelle ein Parkplatz. Sie schmeckte ihre Verzweiflung. Ein bitterer Geschmack in ihrem Mund.

38

Suzanne

Mit einem zunehmenden Gefühl von Distanz las Suzanne Rachels E-Mails. Ein Gefühl körperlicher und geistiger Trennung. Schon des Öfteren hatte sie von einer gewissen Verzückung gehört, von einer Art temporären Verliebtheit, die manche Menschen überkam, wenn sie Jerusalem besuchten. Aber Suzanne war es gewohnt, Rachel sehr nahe zu sein, und das vermisste sie. Momentan lebten sie in verschiedenen Welten. Für beide war das, was die jeweils andere beschäftigte, zurzeit nicht nur uninteressant, sondern geradezu störend. Nicht mal eine Randerscheinung. Vollkommen irrelevant.

> Liebe Mom,
> jetzt weiß ich, woher die alte Legende von den goldenen Straßen kommt: von hier. Am Spätnachmittag sehen die Straßen um die Altstadt aus wie mit Gold gepflastert. Manchmal hat man fast das Gefühl, man kann sie essen, wie zerstoßene Erdnüsse. Es ist richtig schade, darauf herumzulaufen, aber das tun die Menschen nun schon seit Tausenden von Jahren.
>
> Manchmal fühle ich mich wie betrunken nur vom Atmen (und manchmal wird mir auch übel von den Autoabgasen, die sich in der Stadt stauen). Aber

wenn es nicht die Abgase sind, dann wird mir schwindlig von den Gerüchen.

Jerusalem riecht nach Kiefern – oder vielleicht sind es auch Zedern – und nach Rosmarin. Wenn ich daran denke, wie du und Marta immer versucht habt, diese jämmerlichen Töpfe mit Rosmarin in der Küche zu überwintern, muss ich lachen. Hier wächst Rosmarin an allen Ecken. Man benutzt es als Bepflanzung für die Hügel. Oder als Hecke, wie bei uns Liguster. Alle Gärten sind voller Lavendel. Was für uns eine wertvolle Besonderheit ist, gedeiht hier wie Unkraut.

Einmal haben wir uns auf einem Hügel in der Nähe des Kibuzz ausgeruht, in dem Michaels Freund wohnt, und plötzlich entdeckte ich, dass überall um uns herum Thymian wuchs. Alles war voll davon. Ich weiß nicht, ob man ihn anpflanzt oder ob er wild wächst, aber hier ist wirklich sogar das Unkraut heilig und wundervoll. Manchmal habe ich wirklich das Bedürfnis, den Boden zu küssen, wie es manche Leute tun, wenn sie aus dem Flugzeug steigen. Wo wir auch hingehen, ich spüre, dass die Vergangenheit mit uns geht, dass sie durch die Gegenwart scheint, und manchmal ist es so, als würde alles von innen heraus strahlen.

Was uns betrifft, so denke ich, werden wir Ende November oder Anfang Dezember heiraten. Nächste Woche besprechen wir mit dem Rebbe, wann es ihm genehm wäre, dann kann ich euch den Termin mitteilen. Ihr solltet möglichst bald reservieren. Auf jeden Fall machen wir es früh genug im Dezember, damit ihr nicht mit den ganzen Christen zusammentrefft, die dann schwarenweise zu ihren Feiertagen eintrudeln.

Wie sollte sie Rachel klarmachen, dass sie es sich nicht mal leisten konnte, allein nach Israel zu fliegen, ganz zu schweigen davon, dass sie die ganze Familie einlud? Sie würde ihre Tochter enttäuschen müssen, ihre Tochter, die sowieso selten Forderungen stellte. Sie fühlte sich mies, aber auch entsetzlich unter Druck. Sie stürzte sich immer weiter in Schulden, und es standen noch weitaus mehr Ausgaben an. Sie musste ihre Situation in Ruhe überdenken. Vielleicht war es nicht ganz so schlimm, wie sie dachte.

Rachels nächste E-Mail war etwas weniger überschwänglich.

> Ich bin wirklich schockiert, sowohl über Elena als auch über Marta. Allerdings verstehe ich Marta besser; schließlich sind manche schwangeren Frauen launisch. Wie geht es ihr jetzt? Will sie sich wirklich von Jim scheiden lassen? Ich schreibe ihr persönlich. Marta war für mich immer wie eine sehr vertraute Tante, ich kann mich an keine Zeit ohne sie erinnern, auch nicht, bevor wir zusammen gewohnt haben. Ich weiß, sie wird ihrem Baby eine gute Mutter sein, aber ich weiß auch, dass du mir immer gesagt hast, wie schwierig es für dich war, Elena allein großzuziehen. Ich mache mir Sorgen um Marta und schließe sie immer in meine Gedanken und Gebete mit ein.
>
> Elena versetzt mich immer wieder in Erstaunen: Worauf sie sich einlässt, welche Ziele sie verfolgt, wovor sie wegläuft. Sie ist meine Schwester, aber ich glaube, sie hat irgendetwas Verdrehtes in sich, das sie auf gefährliche Wege führt und in eine Finsternis, die sie sich selbst erschafft. Offenbar wusste sie nicht, dass Marta ein Kind erwartet, aber sie wusste doch, dass

Jim verheiratet war! Was hat sie sich erhofft? Wie hat sie es vor sich selbst gerechtfertigt? Ich versuche es mir vorzustellen, aber es gelingt mir nicht.

Jims Verhalten überrascht mich weniger. Er hatte schon immer ein Auge für andere Frauen und hat mich häufiger in den Arm genommen, als es mir behagte. Er kam mir immer vor wie ein alter Mann. Ich meine, er war mein ›Onkel‹. Jeder hat Onkel, die sich ein bisschen allzu vertraut benehmen, deshalb hab ich es nie als großes Problem gesehen. Wie manche Verwandten, die einen partout auf den Mund küssen müssen, auch wenn man sie gar nicht so furchtbar gut kennt. In Michaels Familie sind auch alle aufs Küssen aus, aber ich versuche, mir meinen Widerwillen nicht anmerken zu lassen. Es ist meine Schuld, dass ich zu steif und förmlich bin im Umgang mit anderen Menschen.

Hier ist übrigens die ideale Umgebung, um daran zu arbeiten, weil alle mit einem reden, als gehörte man zur Familie; jeder scheint zu denken, er hätte das Recht, einen anzuschreien und zu kritisieren und einem gute Ratschläge zu geben. Wirklich alle – von dem Knaben hinter der Theke im Café über den Taxifahrer, der uns am ersten Tag vom Flughafen hergefahren hat, bis zu der Frau, die mir die Haare schneidet, in der Nähe von Ben Yehuda und Cat's Corner, wo alle Kids rumhängen. Sie plant meine Hochzeit, ohne dass ich sie je darum gebeten hätte oder ihr irgendwelche Informationen liefere. Zumindest denkt sie das. Sie hat mir eine ganz andere Frisur verpasst. Ich lasse ein Foto machen und schicke es euch. Wir haben noch keine neue Kamera, seit die von Michael gestohlen wurde. Ich frage mich, ob wir uns eine Kamera als verfrühtes Hochzeitsgeschenk wünschen könnten, denn hier könnten wir wirklich gut eine brauchen. Das war ein Wink mit dem Zaunpfahl! Vielleicht sollte ich Dad fragen, was denkst du?

Suzanne saß am Schreibtisch und ging Rechnungen durch. Noch immer rann ihr das Geld durch die Finger. Sie musste einen Weg finden, wie sie die Ausgaben zurückschrauben konnte, sie musste eine Möglichkeit finden, mehr Geld zu verdienen. Natürlich wäre die einfachste Lösung, die Uni zu verlassen und Vollzeit in eine private Kanzlei zurückzugehen, aber wenn sie das tat, hatte sie überhaupt keine Zeit mehr, weder für ihre Töchter noch für ihre Mutter, noch für Jake und schon gar nicht für ihr Leben. Für sich selbst. Als sie jünger war, hatte sie so gelebt. Mit fast fünfzig fand sie die Vorstellung ausgesprochen unangenehm. Steck den Kopf doch gleich unter die Kreissäge; ein völlig unreflektiertes Leben.

Trotzdem musste sie mit der ehrenamtlichen Arbeit kürzer treten. Was für eine Alternative: Du kannst gut zu deiner Mutter sein oder nützlich für andere Menschen, die deine Hilfe vor Gericht oder dem Gesetz dringend brauchen. Diese Entscheidung sollte niemand treffen müssen, es war einfach unfair. Menschen wurden alt. Menschen bekamen einen Schlaganfall, einen Herzinfarkt, erkrankten an Krebs. Aber Krankheit durfte für eine Familie nicht das finanzielle Aus bedeuten! Irgendetwas stimmte nicht mit dem ganzen Gesundheitssystem – es konnte doch nicht angehen, dass man innerhalb weniger Jahre bankrott machte, wenn man sich um ein krankes Familienmitglied kümmern musste. Suzanne war ratlos. Sie gab ihre sämtlichen Einnahmen sofort wieder aus, und ihre Ersparnisse schmolzen erschreckend schnell dahin. Wenn ihre Sparkonten geplündert und ihre Anlagen in Bargeld umgesetzt waren, dann hatte sie kein Polster mehr für Notfälle. Und woher sollte dann das Geld für Beverlys Pflege kommen? Außer Jake konnte sie keinem ihr Leid klagen. Sie wollte Marta nicht damit belästigen, und es wäre ihr taktlos vorgekommen, wenn sie sich bei Karla ausgeweint hätte. Würde Rosella in die Bresche springen, falls Karla etwas zustieß? Die finanziellen Ressourcen ihrer Familie waren mager, aber Karla lebte jetzt schon bei ihr.

Kosten. Okay, der Schießclub konnte wegfallen. Sie würde sowieso nicht mehr mit Marta schießen gehen. Zurück zum normalen Kabelfernsehen, sie hatte sowieso keine Zeit, sich besondere Filme anzusehen. Weniger Essen aus dem Restaurant? Aber wer sollte denn kochen? Wenn sie lukrativere Fälle annahm, würde sie nicht mal mehr Zeit haben, so viele Mahlzeiten zuzubereiten wie jetzt. Elena würde ein paar Pflichten im Haushalt übernehmen müssen. Weniger Kleidung in die Reinigung geben. Aber vor Gericht musste sie makellos erscheinen.

Es war klar, dass sie nicht zu Rachels Hochzeit nach Israel fliegen konnte. Vielleicht würden die beiden ja doch warten, bis sie wieder daheim waren. Rachel würde schrecklich enttäuscht sein, aber der Flug für Suzanne allein würde schon mehrere Tausend Dollar kosten. Sie wusste nicht, wann Beverly heimkommen würde. Sie wusste auch nicht, welche Pflege sie dann brauchte. Suzanne legte den Kopf in die Hände und seufzte. Sie fühlte sich überfahren. Nach einer Weile stand sie auf und ging hinüber ins Wohnzimmer.

»Elena«, sagte sie und stellte sich neben die Couch.

Dann überlegte sie es sich anders und ließ sich in einem der Sessel nieder.

Elena schlug die Augen auf. »Ich versuche meditieren zu lernen.«

»Wirklich?« Suzanne bemühte sich, nicht skeptisch zu klingen. »Hilft es denn?«

»Manchmal. Ich sollte einen Kurs machen. Marta sollte auch meditieren.«

»Ich glaube, wir sollten das Thema Marta lieber nicht anschneiden.«

Elena streckte sich mit raubtierhafter Grazie. Anders als Rachel und auch Suzanne hatte Elena nie eine Zeit durchgemacht, in der sie sich ungelenk bewegte. Manchmal überlegte sich Suzanne, ob sie selbst je aus dieser Phase herausgewachsen war.

»Elena, wir haben Geldprobleme. Wir geben das Geld schneller aus, als wir es einnehmen. Wir müssen unsere Unkosten einschränken. Beverlys Verfassung treibt mich in den Ruin.«

»Lass das bloß Grandma nicht hören.«

»Ich habe nicht die Absicht, die Situation mit ihr zu besprechen. Du und ich, wir müssen das lösen.«

Die Idee zu kochen schien Elena zu faszinieren. »Im Restaurant habe ich oft zugesehen, wie die Köche die Mahlzeiten zubereiteten, in null Komma nichts. Da hab ich immer gedacht, ich könnte vielleicht auch mal Küchenchef werden, aber es ist so ein verschwitzter Job, und alle Köche sind grässlich jähzornig und werfen gelegentlich mit Messern um sich. Außerdem möchte ich nie mehr in einem Restaurant arbeiten. Zu viele Drogen, zu viel Nachtleben.«

»Na ja, wenn du für dich, mich und Beverly kochst, brauchst du keine Ausbildung auf der Kochschule.«

»Aber du musst mich so kochen lassen, wie es mir gefällt. Kein Tofu. Keine Truthahn-Burger. Und wenigstens manchmal muss ich auch scharf würzen.«

»Wenn du kochst, hast du die Entscheidung darüber, was wir essen. Einverstanden.«

»Das kann ich machen.« Elena sah zufrieden aus. »Ich übernehme auch das Einkaufen.«

»Das wäre eine große Hilfe.« Eigentlich hatte Suzanne ein schwieriges Gespräch erwartet, sie war davon ausgegangen, dass Elena sich als Märtyrerin fühlen würde, die man zu etwas zwang, was sie nicht machen wollte. Schließlich sprach sie es aus.

»Nein.« Elena stützte den Kopf auf die Fingerknöchel. »Es ist irgendwie nett, dass du mich brauchst. Du warst immer so superkompetent, ich hatte nie das Gefühl, dass ich zu etwas nütze bin. Deshalb hatte ich auch nie was dagegen, mich montags um Grandma zu kümmern. Außerdem liebe ich sie. Mir gefällt es, wie wir zusammen zurechtkommen müssen. Ich habe ein Talent dafür, von so gut wie nichts zu leben, darin habe ich eine Menge Übung. Als ich das College geschmissen habe, wollte ich nie Geld von dir, deshalb habe ich mich häufig mit bloßer Hoffnung über Wasser gehalten. Ich kann unsere Lebensmittelrechnung auf die Hälfte reduzieren. Jetzt, wo ich arbeiten gehe, kann ich auch was zur Strom- und Telefonrechnung beisteuern.«

Das Gespräch mit Rachel erwies sich als wesentlich schwieriger. Das Telefongespräch musste wegen der Zeitverschiebung per E-Mail angemeldet werden.

»Mutter, ich heirate nicht drei- oder viermal, also wenn du das erste Mal verpasst, kannst du nicht einfach beim nächsten Versuch aufkreuzen.«

»Könnt ihr denn nicht warten, bis ihr wieder in den Staaten seid? Das wäre doch nur bis Mai.«

»Du versuchst, meine Hochzeit aufzuschieben. Das hast du schon gemacht, als ich noch zu Hause war.«

»Rachel, ich stehe finanziell mit dem Rücken zur Wand. Ich gebe mehr aus, als ich verdiene. Wenn ich mir Geld leihe, um zur Hochzeit nach Israel zu fliegen, weiß ich nicht, ob ich es je zurückzahlen kann – und Beverly wird bald wieder hier bei mir wohnen und ist noch abhängiger von mir als vorher.«

»Wenn du nicht dabei bist, werde ich mich gar nicht wirklich verheiratet fühlen, Mutter. Es ist einfach nicht richtig.«

»Dann warte bitte, bis du wieder daheim bist, ich habe einfach nicht das Geld, um nach Israel zu fliegen.«

»Ich werde meine Hochzeit nicht verschieben. Es ist Zeit, dass wir heiraten. Ich werde in meinem ganzen Leben nie wieder jemanden treffen, den ich heiraten will. Michael und ich, wir gehören zusammen. Wir sind Seelenpartner. Er ist mein *Chassen*, mein Zukünftiger, mein *Baschert*. Ich werde nicht riskieren, ihn zu verlieren, ich werde nicht alles kaputtzumachen.«

»Könntest du die Hochzeit nicht wenigstens ein paar Monate verschieben?«

»Es ist schon kompliziert genug. Wir müssen vors Rabbinergericht und beweisen, dass wir Juden sind und ledig und so weiter. Es ist eine Formalität, aber wir müssen es trotzdem machen, um die Erlaubnis zu bekommen. Wir versuchen, so bald wie möglich einen Termin zu vereinbaren. Es ist wie ein Traum, hier zu heiraten. Jedes Mal wenn ich an meine Hochzeit denke, wie wunderschön sie sein wird, dann möchte ich mit dir darüber sprechen. Es wird getanzt, Mutter, es gibt Wein aus der Gegend, wunderbares Essen und Freunde, die wir hier kennen gelernt haben und die ich dir unbedingt vorstellen möchte. Wir schreiben unser Hochzeitsversprechen auf Hebräisch.«

»Rachel, ich möchte gern bei euch sein, unbedingt. Aber ich sehe keine Möglichkeit, aus diesem Loch hier rauszukommen. Ich sehe nur die Wände eines wachsenden Schuldenbergs um mich herum.«

»Ich werde für dich beten, Mutter. Für dich, für Grandma, für Marta … und für Elena.«

Oh, großartig, dachte Suzanne, rief sich aber sofort zur Räson. Religiöser Beistand war eben das, was Rachel anzubieten hatte. »Danke. Wir werden schon irgendwie durchkommen.« Ihre Worte fühlten sich in ihrem Mund an wie Sägemehl.

Sie hielt ihre Vorlesung über feministische Theorie. »Als Frau ist Empathie, ist Mitgefühl eine Ihrer großen Stärken. Als Anwältin kann es Sie zerstören. Fühlen Sie mit dem Opfer, dann haben Sie schon ihren Impetus als Verteidigerin verloren, deren Rolle darin besteht, für den Klienten zu sprechen und ihm die bestmögliche Verteidigung zu gewährleisten.

Als Anwältin haben Sie gelernt zu argumentieren, Dinge klarzustellen, ein Argument an die entsprechende Person zurückzugeben, Löcher in eine Geschichte zu reißen, Kreuzverhöre zu führen.

Als Mutter, Geliebte oder Ehefrau sind diese Talente und Gewohnheiten gefährlich und unerwünscht. Sie können persönliche Beziehungen zerstören und tun es oft genug auch. Glauben Sie nicht, dass Sie sich als Anwältin nicht verändern werden. Sie sind bereits anders. Sie denken nicht mehr wie früher, Sie reden nicht mehr wie früher. Sie werden auch nicht mehr so handeln.«

Während sie sprach, versetzte sie sich zurück in das letzte Jahr mit Sam. Sie hatte all ihre beobachterischen Talente als Anwältin dafür verwendet, die Fassade ihrer Ehe zu durchbrechen, bis sie bewiesen hatte, dass er sie betrog, bis sie fast so viel über diese Affäre wusste wie Sam selbst. War das klug? Vielleicht. Schmerzhaft? Absolut.

> Ich muss wieder nach Kalifornien, wegen dieses elenden Prozesses. Es nimmt einfach kein Ende. Mein Anwalt stirbt wahrscheinlich noch an Altersschwäche, ehe die Anklage fallen gelassen wird oder der Prozess endlich beginnt. Eigentlich wollte ich nach Äthiopien fliegen, aber ich darf laut Gerichtsbeschluss das Land nicht verlassen. Allmählich raubt mir das den letzten Nerv. Ich liebe Afrika, und ich war noch nie in Äthiopien. Ich sollte mich da bei einigen Wasserprojekten nützlich machen, aber langsam zweifle ich daran, ob ich jemals hinkommen werde. Ich weiß, es sind die Interessen der Holzindustrie, die mich fertig machen, aber was hilft es mir, das zu wissen? Wenigstens sehen wir uns in ein paar Wochen. Wechsel des Gerichtsorts abgelehnt. Voranträge gehen weiter. Beide Seiten versuchen sich eine günstige Ausgangsposition zu verschaffen.

Ein Anruf um zehn Uhr abends. »Es ist nicht so schlimm«, sagte Jake, »ich meine, dass wir uns nur so selten sehen. Oder? Schließlich willst du ja keinen Ehemann, der von dir verlangt, dass du die Wäsche wäschst, die Rechnungen bezahlst, ihm den Nacken massierst und das Abendessen auf dem Tisch stehen hast. Oder?«

»Nein.« Suzanne brauchte nicht eine Sekunde darüber nachzudenken. »Ich war genau wie du schon einmal verheiratet, und es war grässlich. Ich hab keine Zeit für so was.« Sie liebte den Klang seiner Stimme. Wenn sie im Bett mit ihm telefonierte, schloss sie dabei immer die Augen. »Meine Ehe mit Sam ist an Vernachlässigung gestorben, wie ein vergessener Goldfisch.«

»Vermutlich hätte ich schon Zeit für eine Frau, die zu Hause bleibt, aber sie hätte mich garantiert bald satt. In Berkeley habe ich mit meiner Freundin zusammengewohnt. Während ich in China war, hat sie sich mit ihrem Taekwondo-Lehrer eingelassen. Sie hat mich ungefähr so oft zu Gesicht bekommen wie du, außer nachts natürlich. Frauen mit Kindern wünschen sich einen Vater für sie. Frauen ohne Kinder wollen Kinder haben. Jeder möchte jemanden, der für ihn da ist – und wie du bereits bemerkt hast, bin ich nur gelegentlich bei dir. Aber du bist genauso.«

»Es ist ein bisschen einfacher geworden, seit Elena hilft. Ich ernte die Früchte ihres schlechten Gewissens. Sie geht arbeiten, sie kocht vier Abende pro Woche, öfter bin ich zum Essen nicht da.«

»Kocht sie gut?«

»So weit würde ich nicht gehen. Aber ich will nicht klagen. Essen, das jemand für mich macht, ist gut. Essen, das ich selbst machen muss, ist schlecht.«

Sein trockenes Lachen an ihrem Ohr. »Das Seltsame ist, dass du eine sehr gute Köchin bist.«

»In einem anderen Leben.«

Einen Augenblick schwieg er, dann klang seine Stimme ironisch verträumt. »Vielleicht gehen wir beide mit fünfundsechzig oder siebzig in Ruhestand und sitzen rum und starren abwechselnd uns oder den Fernseher an .... Ich will ehrlich mit dir sein. Es gibt Zeiten, da klingt das für meine Ohren wie das Paradies.«

»Das versteh ich. Aber meine Fantasie ist, Musik zu hören. Meine Musik, nicht die von Elena. Symphonien, keinen Rock.«

»Du kannst deinen Beethoven hören, und ich sehe mir meine Goldgräbergeschichten im Fernsehen an, und gelegentlich nicken wir uns überglücklich zu.«

»Meinst du wirklich?« Sie öffnete die Augen und legte den Kopf schief.

»Nee, ich sterbe an einem Herzanfall auf irgendeinem norwegischen Flughafen, beispielsweise Trondheim. Und du wirst vom Ehemann einer deiner Klientinnen erschossen.«

»Oder wir explodieren einfach.«

»Hoffentlich bald. Unterdessen stecke ich mit diesem blöden, unnützen Prozess fest.«

Suzanne schenkte Kaffee ein für Marta, die nervös mit den Fingern auf Suzannes Küchentisch herumtrommelte. Zum ersten Mal seit jenem verfluchten Montag war Marta zu ihnen heruntergekommen, und Elena war sofort aufgestanden. »Bleib sitzen«, sagte Marta im Befehlston, und Elena nahm brav wieder Platz.

Jetzt saßen sie alle drei bedrückt um den Tisch herum. »Vermutlich hat er mich aus Höflichkeit informiert«, sagte Marta. »Damit ich Bescheid darüber weiß, dass er als Gast bei der Talkshow von diesem Soundso auftritt. Um mich dazu zu bringen, dass ich auch hinkomme und mich endgültig zum Affen mache.«

»Warum tut er das?«, fragte Suzanne. »Du bist doch die Betrogene.«

»Seine Argumentation läuft darauf hinaus, dass ich die Autorin des Gesetzesentwurfs über häusliche Gewalt bin – als würden mich die paar Sätze, die ich beigesteuert habe, gleich zur Autorin machen. Miles Frau ist garantiert stocksauer, es war nämlich ihre Vorlage. Aber egal, er will also darauf hinaus, dass ich diesen Entwurf geschrieben habe und dann habe ich einen Revolver genommen, um meinen Mann und seine Freundin umzubringen.«

»Ich wiederhole meine Frage: Warum tut er das?«

»Er ist wütend, weil ich ihn rausgeschmissen habe. Er ist wütend, weil er allein sein muss. In seinem Kopf habe ich ihm Unrecht getan, weil ich reingekommen bin. Jetzt will er sich rächen.«

»Was sagt Miles?« Suzanne warf Elena einen Blick zu. Sie saß zusammengekauert auf ihrem Stuhl, sagte nichts und wirkte ganz klein.

»Er sagt, ich soll so oft wie möglich in Schwangerschaftsklamotten auftauchen.«

»Da hat er nicht Unrecht.«

»Unsinn. Ich hasse Schwangerschaftsklamotten.«

»Angeblich gibt es heute bessere als vor zwanzig Jahren.«

Marta kicherte und klang zwanzig Jahre jünger. »Das ist wahre Familienplanung, oder? Ein Kind im College und eins im Bauch.«

Suzanne überlegte einen Augenblick, wie sie sich fühlen würde, wenn sie jetzt schwanger wäre, statt dass ihre Periode gelegentlich ausblieb und sie hin und wieder eine Hitzewallung hatte. Wäre sie froh darüber? Nein, sie hätte Angst gehabt. Sie hatte zwei Töchter, und das war mehr als genug. Oft genug hatte sie sowieso schon das Gefühl, dass es zwei mehr waren, als sie verkraften konnte. Sie war bestenfalls eine akzeptable Mutter gewesen, was sich allerdings hauptsächlich negativ definierte. Nicht motzig. Nicht gewalttätig. Nicht feindselig. Nicht verrückt. Nur einfach zu beschäftigt, um den beiden Mädchen alles zu geben, was sie brauchten. Statt mit einer Keksdose und einer offenen Küchentür hatte sie es mit dem Scheckbuch versucht. Sie gehörte zu der Generation, in der man Kinder bekam, weil man das Gefühl hatte, man sollte. Aber manchmal wusste man dann nicht, wohin mit ihnen. Und man hatte ein schlechtes Gewissen, weil man es wagte, ein eigenes Leben, eine eigene Karriere, eigene Ziele zu haben. Eine Übergangsgeneration, die vorwärts geschritten war, dabei aber immer zurückgeschaut hatte. Suzanne war sehr froh, dass sie das Alter hinter sich hatte, in dem sie sich mit der Möglichkeit einer Schwangerschaft auseinander setzen musste. Sie hatte ihren Teil zur Bevölkerungsexplosion beigesteuert. Es war schwer genug, wenn nicht manchmal sogar unmöglich, ihre Töchter zu lieben und ihnen ihr Bestes zu geben.

Endlich sagte Elena etwas. »Ich könnte zu dieser Show gehen und sagen, wie sehr ich mich schäme, und allem widersprechen, was er von sich gibt. Würde das helfen?«

»Ich frage Miles. Könnte schon sein.«

Suzanne hielt ihre Vorlesung. »Wenn Sie als Jurist arbeiten, geraten Sie womöglich zunehmend in den Konflikt zwischen Ihrem eigenen Gefühl für Recht und Unrecht auf der einen und Ihrer Rolle als Anwalt auf der anderen Seite. Die übliche Methode, mit diesem Konflikt umzugehen, besteht darin sich einzureden, ich werde für meine Arbeit bezahlt und tue, was man mir sagt. Wenn man zu viel darüber nachdenkt, wofür man benutzt wird, ist man nicht mehr nützlich. Aber viele Anwälte machen die Erfahrung, dass sie keine klare und eindeutige Trennlinie ziehen können zwischen ihrer Moral und ihrer Praxis. Die Übung, die ich Ihnen heute aufgeben möchte, ist kein Test. Es gibt keine richtige Antwort, kein korrektes Zitat. Es ist nur eine Übung, die Sie – wenn sie funktioniert – dazu bringt, über die Interaktion zwischen Ihren Werten und Ihrer Rolle als Anwalt nachzudenken. Sie werden darüber grübeln müssen, was sie wirklich unter Gerechtigkeit verstehen. Es geht um einen Fall aus dem Familienrecht. Sie bekommen nicht alle denselben, sondern nach dem Zufallsprinzip einen von vier Fällen. Zählen Sie bitte laut von eins bis vier durch; fangen Sie rechts in der letzten Reihe an, und machen Sie immer weiter bis zu mir nach vorn. Wenn Sie nachher hinausgehen, werden Sie sehen, dass mein Assistent vier Stapel aufgebaut hat. Nehmen Sie sich einen Fall von dem Stapel mit Ihrer Nummer. Sie haben das Wochenende über Zeit, sich zu überlegen, wie Sie argumentieren würden. In zwei von den vier Fällen, die ich ausgewählt habe, geht es um Sorgerechtsfragen, die zu den haarigsten Problemen gehören, wenn Sie sich als Anwalt auf Familienrecht spezialisieren. Im dritten Fall haben Sie es mit einer Frau zu tun, die den Mann, von dem sie vergewaltigt wurde, erschossen hat. Der vierte Fall fällt in den Bereich Umweltrecht, und es stehen sich Sicherheit und die Beschaffung von Arbeitsplätzen gegenüber. Sie werden ein Plädoyer verfassen und aufschreiben, was Sie damit erreichen möchten.«

Suzanne traf sich mit ihrem neuen Klienten in ihrem Dienstzimmer an der Uni. Der Dekan hatte ihr erlaubt, den Raum gelegentlich für solche Zwecke zu nutzen, solange es nur nicht zu oft vorkam. Bud Hiller war an die sechzig, dünn und steif wie ein Besenstiel, ein großes, ausdrucksloses Gesicht, das nichts verriet. Der perfekte Pokerspieler. Seine Stimme war etwas zu laut. Zum Glück war Suzannes Büro durch die ganzen juristischen Bücher an der Wand einigermaßen gut schallisoliert. Der Mann hatte mit seinem Fall bereits drei Anwälte verschlissen, Klagen und Gegenklagen gingen zwischen den Erben einer Ladenkette hin und her. Söhne und

Töchter wollten allesamt die Kontrolle über das Geschäft, jeder behauptete, betrogen worden zu sein, einigen wurde vorgeworfen, ihren senilen Vater vor dessen Tod erpresst zu haben. Ein einziger großer Misthaufen, der nach Geld stank. Drei Anwälte hatten abgesahnt, und alles sprach dafür, dass Suzanne der vierte sein würde.

Genau genommen wollte sie den Fall nicht, aber sie nahm sich zusammen, hörte zu, stellte Fragen und machte sich sorgfältige Notizen, tatkräftig unterstützt von Jaime. Als Bud Hiller hereingekommen war, hatte er sich gleich in kühlem Ton erkundigt, wer Jaime war, aber jetzt benahm er sich, als wäre der junge Mann eine Katze, die irgendwo auf dem Stuhl lag. Jaime war ein guter Protokollant; er ging an alle Aspekte seines Studiums mit der gleichen gewissenhaften Klugheit heran, die er später auch in seine Karriere stecken würde. Seine Schönheit war trügerisch, denn er wirkte träge, anmutig und dekorativ, obwohl er in Wirklichkeit über einen glasklaren, stahlharten Verstand verfügte. Er war akribisch. Umsichtig. Fähig, ein rasantes Tempo anzuschlagen, absolut unbarmherzig. Suzanne hatte seine Eltern kennen gelernt, seinen afroamerikanischen Vater und seine philippinische Mutter. Wenn Jaime einmal so alt war wie sie jetzt, würde er fett und kahl sein – und weit mächtiger, als Suzanne in ihrem ganzen Leben. Sie glaubte fest an ihn.

Hiller dozierte weiter: Wie er verletzt worden war, über den Geiz seines verstorbenen Vaters, über die Gemeinheit seiner Geschwister und deren Ehegatten, wie die bisherigen Anwälte ihn und sein gerechtes Anliegen im Stich gelassen hatten. Suzanne hörte zu, machte sich weitere Notizen und dachte dabei immer wieder daran, wie gern sie ihm die Tür gewiesen hätte. Aber dieser

Fall stank nach Geld. Sie war an einen finanziellen Scheideweg gekommen, wo sie Aufträge annehmen musste, mit denen sie ihre Rechnungen bezahlen konnte, und es sich nicht leisten konnte, sich nur die auszusuchen, die sie vom juristischen oder ethischen Standpunkt her interessierten. Sie war immer noch die Prozessanwältin, die sie immer gewesen war. Sie konnte einen neuen Ansatz für sich finden. Schon begann sie, in Gedanken eine Strategie auszuarbeiten, wie sie Bud zu seinem Geld verhelfen und seine Geschwister austricksen könnte.

Jake war noch immer an der Westküste. Sie begann ihn zu vermissen. Die Kommunikation per E-Mail und Telefon funktionierte bis zu einem gewissen Grad, aber seine Präsenz, seine Wärme fehlten ihr. Wie sehr sie ihn vermisste, merkte sie allerdings erst, als sie Freitagnacht aufwachte. Sie hatte von ihm geträumt, von seinem Körper, und nun lag sie da und schwitzte nicht nur wegen einer Hitzewallung, sondern auch wegen eines geradezu unerhörten Verlangens. Es erschreckte sie, dass sie ihn so sehr begehrte. Am Samstag saß sie spätabends vor ihrem Computer und versuchte zu erklären, warum sie sich niedergeschlagen fühlte und wegen der Entscheidungen, die ihr abverlangt wurden, sogar ein schlechtes Gewissen hatte.

> Als ich in das Juristenkollektiv eingetreten bin, nachdem ich ein Jahr lang für Richter Fairweather gearbeitet hatte, hatte ich alle möglichen Ideen im Kopf, wie ich den zu Unrecht Angeklagten, den Armen, den Randgruppen der Gesellschaft helfen wollte. Aber wir haben immer einen Teil unseres Geldes mit Drogendealern, Hehlern und Buchmachern verdient –

mit schmutzigen Jobs. Wir haben die Armen und Verfolgten erfolgreich verteidigt, aber auch die Habgierigen, die Gefährlichen und die Bösartigen. So geht es einem eben, wenn man mit Strafrecht zu tun hat. Man verteidigt Straftäter, zumindest manchmal. Als ich an die Uni kam, war ich deshalb sehr froh, dass ich nur noch Fälle annehmen konnte, die ich wollte. Interessante Fälle, herausfordernde Fälle, Fälle, in denen der Angeklagte im Recht war, aber kein Geld besaß. Jetzt bin ich wieder an dem Punkt, mich mit schmutzigen Fällen abgeben zu müssen, weil ich wieder das Geld brauche. Das deprimiert mich. Mitten in der Nacht wache ich auf, und ich spüre den Gestank.

Sonntagmorgen hatte sie eine Antwort.

Weißt du, manchmal muss ich mich bei Leuten einschmeicheln, die uns Geld geben. Für manche von denen ist es Geld, mit dem sie ihr Gewissen beruhigen. Für andere handelt es sich mehr oder weniger um Bestechungsgeld. Gib uns genug Geld, dann drücken wir ein Auge zu. Wenn wir siebzig Umweltverschmutzer haben, unter denen wir uns einen aussuchen können, dann gehen wir mit dem Spendablen erst mal gnädig um. So ist das. Man spricht nicht darüber, aber so ist der Lauf der Welt. Die Räder müssen geschmiert werden. Wir alle gehen Kompromisse ein, um zu überleben, um etwas bewegen zu können.

An der Uni werde ich kaum mit solchen Problemen konfrontiert. Jungs, die ein Stipendium für Football haben, studieren kein Jura. Manche Studenten haben versucht, mich mit Drohungen und Versprechen und theatralischem Getue dazu zu bringen, ihre Noten zu ändern, aber ich bin nie ernsthaft in Versuchung geraten. Angeblich ist es in den unteren Semestern schlimmer – da herrscht die Konsumentenmentalität noch stärker. Ich hab für diesen Kurs bezahlt, also hab ich das Recht auf eine Eins. Im Jurastudium werden die Kids wirkungsvoller eingeschüchtert.

Dieser Kerl und seine Familie sind doch samt und sonders Geldhaie. Das einzig Gute, was ich an dem Fall entdecken kann, ist, dass die anderen bestimmt mindestens so schlimm sind wie mein Buddy. Man hat das Gefühl, wenn einer von ihnen einen Knopf drücken könnte, mit dem er die anderen einfach auslöscht, würde er es tun, ohne zu zögern. Aber wenigstens hat er mich angeheuert und keinen Auftragskiller.

Während Suzanne sich seine Briefe durchlas, die er auf seinem Laptop in irgendeinem Motel geschrieben hatte, spürte sie Schuldgefühle in sich aufsteigen. Es lag in ihrer Natur, dass sie versuchte, für einen Mann zu sorgen, wenn sie mit ihm zusammen war. In diesem Fall bedeutete das, dass sie sich vergewisserte, ob Jake irgendwie mit seinem Stress zurechtkam, ob er tat, was der Arzt ihm geraten hatte, ob er vernünftig aß und genug Schlaf bekam. Aber wenn sie einen Mann nur drei- oder viermal pro Monat sah, konnte sie kaum seine Ess-, Schlaf- und sonstigen Gewohnheiten überwachen. Sie versuchte, das Thema zu verdrängen, was ihr kurzzeitig auch gelang. Sie hatte ja genug andere Sorgen.

39

Elena

Elena konnte nicht behaupten, dass ihr Job ihr gefiel, aber sie fand es gut, einen Job zu haben. Es fühlte sich so angenehm normal an, wenn sie in ihren alten Honda stieg und um etwa die gleiche Zeit aufbrach, zu der alle anderen Menschen auch zur Arbeit fuhren. Sie kam sich vor wie ein wirklicher Mensch, nicht wie eine Figur aus einer Seifenoper. Zum Lunch ging sie in die Cafeteria in ihrem Gebäude oder in ein Restaurant in der Nähe. In dieser Gegend fand man mittags mehr Möglichkeiten zum Essen als abends, denn es wimmelte hier von Hightech-Firmen, Finanzunternehmen und Anwaltspraxen.

Es war langweilig, im Vorraum der Firma auf dem Präsentierteller zu sitzen und ständig das Gleiche zu sagen: Guten Tag, hier Black, Lincoln und Worthington, was kann ich für Sie tun? Mr. Laslau ist leider momentan gerade in einer Sitzung. Darf ich Ihre Telefonnummer notieren? Mr. Rowe ist im Augenblick außer Hauses. Darf ich Ihre Telefonnummer notieren? Mr. Lincoln spricht gerade, bleiben Sie bitte am Apparat? Sie nahm Pakete von UPS, FedEX, Airborne und von der Post entgegen. Sie händigte Briefe und Päckchen aus. Sie sagte den Leuten, wo sie Platz nehmen konnten und servierte ihnen Kaffee. Sie war eine Kellnerin, aber eine, die nie Trinkgeld bekam.

Ihr fiel auf, dass ihre Chefs die Klienten unterschiedlich lange warten ließen. Unter den Chefs gab es Fünf-Minuten-Typen, Zehn-Minuten-Typen (sie waren die häufigsten) und Fünfzehn-Minuten-Meister wie Mr. Lincoln. Machtspielchen, dachte sie. Wie viel Zeit hatte sie wohl in ihrem Leben damit verbracht, auf Leute zu warten, die keinen Grund sahen, sich sofort mit ihr zu befassen?

Manchmal bat einer der Kerle sie, etwas zu fotokopieren. Kaffeekochen gehörte ebenfalls zu ihrem erbärmlichen Job. Aber meistens saß sie dekorativ wie ein Ausstellungsstück hinter dem Schreibtisch aus Teakholz, nahm die Anrufe entgegen und begrüßte die Leute, die durch die große Glastür kamen. Zwar versuchten sich zwei der Analysten an sie ranzumachen, aber sie schüttelte sie ab. Sie lächelte nur und tat so, als wäre alles ein Witz. »Ach, Mr. Laslau, Sie wissen doch, dass ich so was nicht tun kann! Sie haben wirklich Humor.« Sie klang wie eine Idiotin, aber sie durfte es nicht ernst nehmen. Sie musste lächeln und lächeln und lächeln, bis sie das Gefühl hatte, ihr Gesicht wäre mit diesem seltsamen Haarlack verklebt, mit dem sich eine der Sekretärinnen in der Damentoilette einsprühte und der Elena verdächtig an Insektenvernichtungsmittel erinnerte. Elena ließ ihre Haare immer nur nachschneiden, wenn sie fransig wurden, wusch sie jeden zweiten Tag und benutzte einmal pro Woche eine Spülung, mehr nicht. Sie mochte ihre Haare und hatte sie nie kurz schneiden lassen wie alle ihre Freundinnen. Sie zog sich gern hinter den glänzenden, schwarzen, schweren Vorhang zurück.

Mittlerweile sah sie ihre Freunde aus dem Restaurant wieder häufiger, aber sie hatte nicht viel Zeit für sie. Sie arbeiteten bis spät in die Nacht, während Elena früh aufstehen musste. Die Frauen bei Black, Lincoln und Worthington interessierten sie nicht. Sie machten einen oberflächlichen, hohlen Eindruck. Allerdings freundete sie sich mit einer Frau an, die im Rehabilitationszentrum arbeitete, Cindy, seit kurzem geschieden. Gelegentlich gingen sie samstags zusammen aus, ins Kino, in einen

Club, zu einem Rockkonzert. Cindy war ein Jahr älter als Elena, rundlich, hübsch, blond, kurvenreich und clever, mit einem unglaublichen Gedächtnis für Witze. Elena konnte sich höchstens an die Pointe erinnern, und sie beneidete diejenigen, die eine Menschenmenge mit einer Geschichte in ihren Bann ziehen konnten.

Noch immer verbrachte sie viel Zeit damit, ihre Affäre mit Jim aufzuarbeiten. Sie war sicher, dass sie ihn verführt hatte. Ganz bestimmt hatte sie zuerst sexuelle Gedanken an ihn gehabt und dann irgendeinen Lockduft ausgesandt, dem er nicht widerstehen konnte. Nicht er hatte sie geliebt, sondern sie ihn. Das war ihr Verbrechen. Sie hatte ihn geködert. Vielleicht hatte sie Marta nie verziehen, weil sie sie dazu gebracht hatte, vor Gericht wegen Evan und Chad zu lügen, aber sie wusste, dass Marta das nur getan hatte, um sie zu beschützen. Warum war sie so lange auf Marta böse gewesen, die sie doch nur vor schlimmerem Unheil hatte bewahren wollen? Weil sie ihre eigene Schuld auf Marta abgeschoben hatte, das war der Grund.

Sie versuchte, mit Cindy darüber zu reden. Aber Cindy fand, dass sie sentimental und rätselhaft klang. »Du hast dich mit einem verheirateten Mann eingelassen? Das hab ich im College auch gemacht. So eine Phase hat doch jede mal. Nur wenn man es ständig tut, wird es problematisch.«

»Ich glaube, ich bau ständig Mist.«

»Hauptsächlich für dich selbst, wie es aussieht.«

»Nicht nur … Hast du Lust auf den Mexikaner? Oder den Thailänder?«

Genau drei Wochen hatte sie für Black, Lincoln und Worthington gearbeitet, nächsten Freitag war ihre Probezeit zu Ende. Als sie am Montag ins Büro kam, sagte man ihr, sie solle sich bei Mr. Lincoln melden. »Miss Blume, ich fürchte, wir müssen Sie gehen lassen.«

»Aber ich war doch immer pünktlich. Ich komme rechtzeitig von der Pause zurück. Ich hab jeden so begrüßt, wie man es mir gesagt hat ...«

»Miss Blume, es ist nichts Persönliches. Aber Sie sitzen im Vorraum unseres Unternehmens.«

Erst jetzt sah sie den *Globe* vom Sonntag auf seinem Schreibtisch liegen. Im Regionalteil war ein großer Artikel über den so genannten Skandal um Marta, Jim und die häusliche Gewalt. Fotos von ihnen allen dreien, einschließlich eines wirklich blöden Schnappschusses von Elena mit halb geschlossenen Augen.

»Gibt es an meiner Arbeit etwas auszusetzen?«, fragte sie.

»Wir haben lediglich das Gefühl, dass Sie nicht richtig zu uns passen ...«

Sie war noch in der Probezeit. Keine Abfindung, keine Kündigungsfrist. An diesem Montag war sie fünf vor neun gekommen. Um zwanzig nach neun stand sie wieder auf dem Parkplatz. So viel zum Thema Black, Lincoln und Worthington. Jetzt war sie wieder arbeitslos. Und auch noch berühmt. Oder besser berüchtigt.

Mit gerunzelter Stirn saß Suzanne am Tisch. »Ich versuche nur, mir darüber klar zu werden, ob wir sie verklagen können.«

»Mutter, mir reicht's mit Prozessen und Gerichtssälen. Ich werde sie nicht verklagen. Es war sowieso ein Scheißjob.« Elena beobachtet Suzanne, ob diese das kreolische Hähnchen mochte.

»Du willst nicht, dass sie dich zurücknehmen?«

»Nein. Die würden mich nur noch mehr hassen. Ich hab keine Freunde dort.«

Suzanne runzelte erneut die Stirn, aß geistesabwesend ein paar Bissen, das Wasserglas immer griffbereit. »Vielleicht könnten sie dich bei Earthworks brauchen.«

»Mutter! Hast du denn gar nichts gelernt?«

Einen Moment blickte Suzanne sie verständnislos an. »Oh, Jake ist kaum dort. Und wenn er eine junge Freundin suchen würde, hätte er reichlich Auswahl. Es gibt jede Menge Praktikantinnen Anfang zwanzig. Außerdem glaube ich, dass du etwas gelernt hast – jedenfalls möchte ich das glauben.«

»Ich auch. Schmeckt dir das Hähnchen?«

Noch ein Schluck Wasser. »Es ist köstlich.«

»Aber zu scharf für dich, stimmt's?«

»Nein, es ist wunderbar .... Ich sollte mich an scharfe Gewürze gewöhnen. Das ist angeblich gut für die Gesundheit.«

Kein Wort fiel mehr darüber, ob Elena bei Earthworks arbeiten sollte. Elena bereute, die Sonntagszeitung nicht aufgehoben zu haben. Sie hätte Mr. Lincoln um sein Exemplar bitten sollen, da er es ja offensichtlich fertig gelesen hatte. Sie fand ein paar Angebote in der Tageszeitung, doch als sie am nächsten Morgen anrief, wussten alle bereits von der Geschichte. Ihr Bild in der Zeitung hatte ihre Jobaussichten nicht gerade verbessert.

Einer der Jungs aus dem Restaurant erzählte ihr, dass bei Natalie's eine Bedienung gesucht wurde. Zwar hätte sie sich lieber nicht wieder auf das Kneipenleben eingelassen, aber vielleicht würde man sich bei Natalie's nicht um ihre zweifelhafte Berühmtheit kümmern. Sie rief an und bekam tatsächlich einen Termin. Natalie gab es wirklich, und sie wollte sich am Freitag um drei mit ihr in ihrem Restaurant am Fuß von Beacon Hill treffen.

Natalie war um die fünfzig, so klein wie Suzanne, aber viel dicker, eingezwängt in einen Hosenanzug. Sie hatte kurz geschnittene blonde Haare und war Kettenraucherin. »Ja, ich hab Ihr Bild in der Zeitung gesehen. Was ist passiert, hat man Sie deswegen eingesperrt?«

Elena antwortete wahrheitsgemäß, denn sie hatte ja nichts zu verlieren, und Natalie stellte sie vom Fleck weg ein. »Melden Sie sich morgen zur Arbeit. Obwohl – eigentlich könnten Sie auch heute Abend anfangen.«

»Ich kann um fünf wieder hier sein, in Arbeitskleidung.«

»Tun Sie das.« Natalie entließ sie und machte sich wieder an ihre Rechnungen.

Nun, wenigstens lag sie jetzt ihrer Mutter nicht mehr auf der Tasche und hatte einen Job, bei dem sie besser bezahlt wurde als bei Black, Lincoln und Worthington. Fast alles war besser bezahlt, vielleicht abgesehen von Babysitten. Elena war vertraut mit der Gastronomie, sie passte gut ins Team, auch wenn die Hälfte der Bedienungen jünger war als sie. Robby, der Chefkellner, war derjenige, mit dem sie sich gut stellen musste, denn Natalie kümmerte sich wenig um das Personal, solange es keine Probleme gab. Sie verwendete ihre Zeit auf die Speisekarten, organisierte besondere Veranstaltungen, war für Werbung und Publicity zuständig. Robby war genauso alt wie Elena und fand bald heraus, dass sie auch das gleiche Sternzeichen hatten, nämlich Widder. Robby war dünn, schwul, attraktiv auf nervöse, etwas allzu polierte Art, und hegte schauspielerische Ambitionen. Zwei weitere Mitglieder des Personals wollten Filmemacher werden. Außerdem gab es einen Dichter, einen Fotografen und ein Ex-Model, deren Karriere genau sechs Monate gedauert hatte. Alles in allem eine typische Restaurant-Szene; nach der Arbeit gingen alle zusammen in eine der Bars, die auch von anderen spät arbeitenden Menschen frequentiert wurden. Ja, es war leicht, sie konnte in diese Szene hineinschlüpfen wie in ein Paar alte Hosen. Trotzdem – wenn sie nicht den Rest ihres Lebens mit Restaurant-Jobs verbringen wollte, musste sie sich anstrengen. Aber in welche Richtung? Nach oben? Seitwärts? Nur sicher nicht in den gleichen alten Kreisen.

Wenn sie einen Moment ruhig dasaß, wenn sie in der Badewanne lag, fantasierte sie nicht mehr über Jim oder sonst einen Mann. Sie versuchte, sich verschiedene Leben vorzustellen. Es war eine Anprobe im Geiste, ähnlich wie sie in einer Boutique in ein Kleid schlüpfen würde – nur dass dort die unterschwellige Verzweiflung fehlte. Sie musste sich für eines entscheiden; sie musste das Richtige probieren, Geld und Zeit dafür aufbringen, um es zu bekommen. Sie musste sich der Realität stellen. Sie hatte das Gefühl, dass sie dann vor sich selbst geschützt sein würde, vor der wilden Flucht in die Besessenheit, vor der blöden Sucht nach Risiko, die das Dach über ihrem Kopf zusammenstürzen ließ. Aber nur, wenn sie die richtige Entscheidung traf. In der Schule hatten sie ein Buch mit Kurzgeschichten gelesen. An eine davon erinnerte sie sich, ›Die Lady oder der Tiger‹ von Frank Stockton. Zwei Türen, hinter denen sich etwas verbarg, aber man wusste nicht, war es das Glück oder der Tod. Nun, sie hatte den Tiger schon frei gelassen. Hinter der nächsten Tür musste die Glücksfee auf sie warten. Ganz bestimmt.

40

Beverly

Beverly lag im Bett, in dem Zimmer, das Suzanne ihr überlassen hatte, und wälzte sich von einer Seit auf die andere, wie man es ihr beigebracht hatte. Gewissenhaft machte sie die Bewegungsübungen, aber sie glaubte nicht mehr an sie oder an sonst etwas außer an ihre eigene Müdigkeit; sie hatte keine Lust mehr zu all diesem nutzlosen Theater. Die Ärzte hatten ihr gesagt, dass ihr Bein gut verheilte, als würde das irgendeine Rolle spielen. Ihr Gehirn, das ihr immer so gute Dienste geleistet hatte, würde nicht heilen. Die wundervolle Verbindung zwischen Geist und Körper, die sie immer für selbstverständlich erachtet hatte, war zerbrochen. Manche Körperteile gehorchten ihr noch normal, andere funktionierten manchmal, wieder andere waren völlig unerreichbar, beispielsweise ihre rechte Hand. Am Ende ihres gebrochenen Beins hing fern und verloren der Fuß. Einmal hatte er ihr gehört. Jetzt nicht mehr.

Wenn sie aufstehen wollte, musste sie sich dafür erst sorgfältig einen Plan zurechtlegen. Sich aus dem Bett in den Rollstuhl zu bewegen verlangte jedes bisschen Konzentration, dessen sie fähig war. Wenn sie dann endlich im Rollstuhl saß, zitterte sie vor Erschöpfung und musste eine Weile ausruhen, ehe sie ins Badezimmer fahren konnte. Dann nahm sie die nächste Strecke in Angriff, diesmal zur Toilette. Noch lange nachdem sie fertig war, blieb sie sitzen. Inzwischen konnte sie sich wenigstens selbstständig in die Dusche hieven. Die Flüssigseife hing in Reichweite an einem alten Gürtel. Die größte Schwierigkeit lag darin, die Wassertemperatur richtig einzustellen. Elena hatte mit Nagellack Markierungen aufgemalt, auf die sie die beiden Armaturen stellen konnte, um ein gutes Mischverhältnis zu bekommen, aber manchmal war das Wasser heißer als sonst. Dann rutschte sie eines Morgens aus und verlor das Gleichgewicht. Suzanne hörte, wie sie stürzte, führte sich sehr erschrocken auf, schleppte Beverly sofort zum Arzt und ließ sie von oben bis unten untersuchen.

Jeder Augenblick musste geplant werden wie ein militärischer Feldzug. Jede Bewegung musste kalkuliert und mit äußerster Präzision durchgeführt werden. Sonst würde sie hinfallen. Sonst könnte sie sich weitere Knochen brechen. Sonst schlug sie sich womöglich den Kopf an und erlitt wieder einen Anfall. Es war öde, darüber nachzudenken, wie man sich am besten einseifte und abduschte. Auch das Abtrocknen war ein heikles Geschäft. Sie war noch dabei, als sie jemanden in der Küche rumoren hörte. Jetzt hatte der Tag auch für die anderen begonnen. Normalerweise war es Suzanne, denn Elena hatte einen Abendjob und schlief morgens lange. Beverly würde im Bett frühstücken, denn inzwischen war sie fix und fertig und brauchte Ruhe. Duschen und Abtrocknen war grässlich anstrengend. Suzanne brachte das Tablett mit Haferbrei, Toast, Saft und Kaffee.

Danach schlief Beverly prompt wieder ein. Als sie erwachte, war es still im Haus. Das Telefon hatte sie geweckt, aber sie rührte sich nicht, obwohl sie einen Anschluss in Reichweite ihres guten Arms hatte. Ein Gespräch anzunehmen und sich verständlich zu machen, war eine Qual, die sie nicht mehr auf sich zu nehmen bereit war. Es war zu demütigend. Außerdem war schon jemand drangegangen, entweder Elena oder der Anrufbeantworter.

Sie musste aufstehen und sich anziehen. Sie klingelte.

Sie klingelte noch einmal. Wenn Elena ihr half, ging es viel schneller. Um halb elf kam die Physiotherapeutin, dann musste sie aus dem Bett und einigermaßen präsentabel sein. Hatte sie ihre Übungen eigentlich gemacht? Irgendwie erinnerte sie sich daran, aber manchmal geriet sich durcheinander und dachte, sie hätte etwas erledigt, obwohl es am Tag zuvor gewesen war. Ein Tag war wie der andere, wie ein undefinierbarer Klumpen geschmolzenes Wachs. Sie schlief so viel, dass der halbe Tag unbewusst an ihr vorüberging, und der Rest zerfiel in ungleiche Fragmente, unterbrochen von ihren Nickerchen.

»Ach, es war nur jemand vom Restaurant, der sich heute Abend von mir mitnehmen lassen wollte«, erzählte Elena, während sie ihrer Großmutter beim Anziehen half. Inzwischen trug Beverly nur noch Sweatsachen mit Klettverschluss. Alles andere war ihr zu kompliziert. Höchstens noch die zwei Kaftane, die Elena ihr gekauft hatte. Die gefielen ihr am besten. Sie hatte Leute ihres Alters, die nur in Trainingsanzügen herumhingen, immer verachtet, aber jetzt gehörte sie dazu. Die Kaftane waren zumindest noch eine Erinnerung daran, dass sie einmal eine Frau gewesen war. Den grünen mit der glitzernden Goldstickerei, den Elena von ihrem ersten Lohn aus dem Restaurant gekauft hatte, mochte sie besonders.

Die Physiotherapeutin war um die dreißig, mit einer viel zu hohen Stirn, die über ihren dicken Brauen einfach kein Ende nehmen wollte, sodass ihre Augen nur noch kleine blaue Punkte hinter den Brillengläsern waren, wie Kinder sie zeichnen. Sie roch nach Pfefferminz und ganz leicht nach Schweiß. Heute machten sie viele Arm- und Schulterübungen, bei denen die Therapeutin Beverlys Arm bewegte, sie am Ellbogen fasste und ihre Hand nahm. Sie hob den Arm über Beverlys Kopf und ließ ihn langsam wieder herunter. Dann der gleiche langsame Tanz seitwärts. Die Finger der toten Hand wurden bewegt. Der Daumen. Vor dem zweiten Schlaganfall hatte Beverly gerade ein bisschen Gefühl in der Hand zurückgewonnen, aber das war jetzt verschwunden – wie fast alles, was ihr Freude bereitet hatte.

Alles bis auf eines. Elena. Beverly vermisste Sylvia, ihre Diskussionen über die Nachrichten und die Gesellschaft im Allgemeinen. Sie hatte gefragt, ob Sylvia zurückkommen könnte, aber Suzanne hatte in Erfahrung gebracht, dass Sylvia einen neuen Vollzeitjob hatte. Wäre Beverly ein normaler Mensch gewesen, hätte sie Sylvia anrufen und mit ihr plaudern können. Nachdem die Physiotherapeutin gegangen war (sie kam zweimal die Woche, also erst wieder am Donnerstag), schlief Beverly vor Erschöpfung wieder ein. Als Elena sie zum Lunch weckte, hatte sie geträumt. Sie war auf der Flucht gewesen, war durch ein verlassenes Gebäude gerannt, die Bullen dicht auf den Fersen. Sie waren hinter ihr her, sie würden sie zusammenschlagen. Beverly rannte um ihr Leben.

Ihr Herz klopfte immer noch wild, als Elena hereinkam und rief: »Grandma, Grandma! Zeit fürs Mittagessen!«

Sie war noch angezogen und bestand darauf, zum Essen aufzustehen. »Nächste Woche kriegst du den Gips abgenommen«, sagte Elena, während sie den Rollstuhl in die Küche schob. »Freust du dich nicht darauf, ihn endlich los zu sein?«

»Juckt.«

»Ich hab mir einmal das Handgelenk gebrochen.«

Beverly nickte heftig und schief und hielt dabei ihren guten linken Arm hoch. Damit wollte sie sagen, dass sie auch schon einmal ihr Handgelenk gebrochen hatte.

»Ich weiß noch, wie es unter dem Gips gejuckt hat. Wie war die Therapie?«

Beverly zuckte die linke Achsel. »Was?« Sie zeigte auf den Topf.

»Oh, die Suppe. Scharf und sauer, chinesisch. Und Schweinefleisch Mu Shu. Schließlich sind weder Rachel noch Suzanne da, richtig? Dann können wir uns ein bisschen Schweinefleisch gönnen.«

Beverly grinste.

»Wenn ich dir die Pfannkuchen zusammenrolle, müsstest du sie eigentlich mit einer Hand essen können.«

Beverly nickte. »Bist gut.« Es klang eher wie Pisskuh, aber Elena verstand sie trotzdem und erwiderte ihr Nicken.

»Ich versuche es, Grandma, ich versuch es wirklich. Weißt du, Jim und ich haben kein Wort miteinander geredet, seit dem Montag damals.«

»Schwein.«

»Ich will nicht mit ihm sprechen. Manchmal erwisch ich ihn, wie er irgendwo rumhängt und mich abpassen will, aber ich gehe einfach weg. Ich hab ihm nichts zu sagen, ich würd ihn höchstens beschimpfen.«

»Großes Schwein.«

»Meinst du, er ist mir eingefallen, weil wir über Schweinefleisch gesprochen haben?« Elena kicherte. »Ich verstecke den Müll ganz unten im Müllbeutel, dann kommt Suzanne uns niemals auf die Schliche. Okay, iss deine Suppe auf, und ich rolle die Pfannkuchen zusammen.«

Beverly hatte sich gewundert, als Marta mit Suzanne aufgetaucht war, um sie mit dem Van abzuholen. Sie war fest davon ausgegangen, dass Suzanne und Elena sich irgendwo eine Wohnung gesucht hatten. Nein, es ging zurück zur selben Wohnung in Brookline, Marta im Obergeschoss, sie und Suzanne offenbar immer noch beste Freundinnen. Hätte sie nur gut genug sprechen können, um nachzufragen, aber mehr als Zwei-Wort-Sätze brachte sie nicht zustande. Das reichte nicht für eine ordentliche Befragung, vor allem, wenn es um delikate Themen ging, um heikle Angelegenheiten, über die Suzanne womöglich lieber nicht sprechen wollte. Auch Elena schien sich mit der Situation abzufinden. Die Frauen wohnten alle noch da, nur der Mann war verschwunden. Elena erzählte ihr, dass Marta Jim hinausgeworfen hatte und dass er deswegen furchtbar wütend war. Beverly fand, er sollte vor allem dankbar sein, dass sie nicht tiefer gezielt hatte.

Ihrer Meinung nach hatte Jim Elena sowieso nicht verdient. Er hatte sich als Feigling entpuppt, er hatte Elena von sich gestoßen, um seine eigene Haut zu retten. Ihre gute Hand flatterte auf dem Tisch. Sie hatte Elena so viel zu sagen, sie wollte ihr alles Mögliche erklären, mit ihr teilen, und es war so anstrengend. Mehr als zwei Worte schaffte sie nicht. Sie berührte Elenas Hand. »Lieb«, platzte sie heraus. »Du.«

»Ja, lieb wie eine Klapperschlange. Aber ich habe etwas daraus gelernt, das kannst du mir glauben.«

Beverly schüttelte den Kopf.

»Doch, Grandma. Ich bin ihm nachgelaufen.« Elena seufzte. »Na, egal. Mir geht's gut. Ich glaube nicht, dass ich dafür geschaffen bin, in einem Mann große Leidenschaften zu erwecken.«

Beverly protestierte mit heftigem Kopfschütteln. Dann schrieb sie auf einen Zettel: J?

Verständnislos sah Elena sie an.

Mühevoll schrieb Beverly: JAKE PROZESS?

»Er ist noch in Kalifornien. Wenn du Genaueres wissen willst, musst du Suzanne fragen. Ich wusste gar nicht, dass du dich mit ihm angefreundet hast.«

Natürlich hatten sie sich nicht angefreundet, weil Beverly ja nicht mit ihm reden konnte. Aber sie verstand seine Situation und wie übel man ihm vor Gericht mitspielen konnte. Wenn die Holzleute den Richter schmierten, was der Fall zu sein schien, dann konnte es ihm wirklich an den Kragen gehen. Anscheinend hatte Suzanne nicht begriffen, wie leicht man ihm eine Straftat anhängen konnte. Er hatte seine Verteidigung nicht ernst genommen, weil er die Sache für eine Lappalie hielt. Beverly aber hatte schon erlebt, dass Aktivisten wegen ähnlicher Vergehen für zwanzig Jahre von der Bildfläche verschwanden. Es war hoffnungslos. Vor ihrem zweiten Schlaganfall hatte sie daran gedacht, ihm eine E-Mail zu schicken, aber sie war nicht dazu gekommen, und jetzt konnte sie den Computer nicht mehr nutzen. Sie mochte Jake, seine Ausstrahlung, seine Energie, seine politische Stärke. Diesmal hatte Suzanne eine gute Wahl getroffen, aber er steckte in größeren Schwierigkeiten, als ihm klar war, sofern das Rechtssystem sich nicht grundlegender geändert hatte, als sie es für möglich hielt.

Elena hatte den Tisch abgeräumt und machte ihnen beiden einen Espresso. »Was hättest du jetzt gern? Soll ich dir eine Birne kleinschneiden?«

Beverly schüttelte den Kopf.

»Vielleicht später. Sie sind echt gut. Ich finde, ich bin beim Obstkaufen besser als Suzanne.«

Beverly nickte.

»Aber was möchtest du denn, Grandma?«

Beverly beschloss, die Wahrheit zu riskieren. »Sterben.« Sie hielt Elenas verwundertem Blick stand. »Sterben.«

41

Suzanne

Suzanne schreckte aus dem Schlaf hoch. Es war zwei Uhr morgens, und das Telefon klingelte. Sie ging nicht dran. Schon des Öfteren war sie mitten in der Nacht von Klienten angerufen worden, und es war immer besser, sie am nächsten Tag zurückzurufen – wenn sie nicht gerade verhaftet worden waren. Zum Glück gab es solche Anrufe kaum noch, seit sie an der Uni arbeitete und keine Vollzeitanwältin mehr war. Sie setzte sich im Bett auf und lauschte, während ihr Herz noch von dem ruckartigen Erwachen hämmerte, sich das Adrenalin aber langsam wieder zurückzog. Vor allem ärgerte sie sich deshalb, weil sie zurzeit sowieso zu wenig Schlaf bekam. Erst wenn Beverly abends eingeschlafen war, konnte sie sich ihren Schriftsätzen, ihren Vorlesungen, ihrer eigenen Arbeit widmen.

»Mutter! Mutter!« Es war Rachels Stimme auf dem Anrufbeantworter, allerdings hörte sie sich sehr seltsam an.

»Rachel?« Sie griff nach dem Hörer auf dem mit dem Anrufbeantworter kombinierten Telefon neben ihrem Bett. »Ist dir was passiert?« Ein Bombenangriff war das Erste, was ihr in den Sinn kam.

»Ich fühle mich so gedemütigt!« Rachel begann bitterlich zu schluchzen.

»Was ist denn los?« Suzanne knipste das Licht an und setzte sich auf, stopfte sich die Kissen in den Rücken und scheuchte dabei die beiden rot getigerten Katzen auf, die fest geschlafen hatten, eine an Suzannes rechten, die andere an ihren linken Oberschenkel gedrückt.

Rachel schluchzte weiter, und zuerst konnte sich Suzanne auf das, was sie sagte, keinen Reim machen. Es hatte mit der Hochzeit zu tun, so viel begriff sie. Geduldig wartete sie darauf, dass sich ein Zusammenhang einstellte.

»Wir haben vor einem Monat angefangen. Da kamen endlich deine *Ketuba* und die Briefe von unseren Rabbis, und wir konnten den Gerichtstermin vereinbaren.«

»Gerichtstermin? Wer ist dein Anwalt?«

»Ein Rabbinergericht, Mutter, das *Beit Hadin*. Wir sollten beweisen, dass wir jüdisch und unverheiratet sind. Es ist eine Unmenge Papierkram, aber wir dachten, wir hätten alles. Zwei Bekannte von der Uni sollten bezeugen, dass wir Juden sind. Eine davon war meine Freundin Zipporah, und die haben sie nicht angenommen, weil sie eine Frau ist. Das hab ich dir nicht mal erzählt. Also haben wir einen neuen Termin bekommen. Und noch mal drei Wochen gewartet.«

»Frauen gelten nicht als Zeugen?«

»Anscheinend ist das Glückssache. Du musst bedenken, es ist ein orthodoxes Gericht. Alles ist so sonderbar hier, man geht davon aus, dass jeder, der die Religion ausübt, zugleich orthodox ist. Als gäbe es in der Eisdiele nur eine Sorte Eis, und zwar Walnuss. Es ist reine Glückssache, welchen Rabbi man bekommt und wie viele Umstände er macht. Aber diesmal war es wirklich schlimm. Als ich an der Reihe war und sagte, ich wollte Rabbinerin werden, haben sie getan, als wollte ich Prostituierte werden. Mutter, die waren richtig wütend! Es war schrecklich! Sie waren so unglaublich gemein. Was sie mir alles an den Kopf geworfen haben! Schließlich bin ich gegangen.«

»Du kannst zu Hause heiraten, Liebes. Es wäre ohnehin besser für uns alle.«

»Aber wir heiraten sowieso nicht, du brauchst dir

keine Sorgen zu machen!« Wieder begann Rachel zu schluchzen.

»Natürlich kannst du hier heiraten. Eine Hochzeit in Israel wäre sicher schön gewesen, aber du bist genauso verheiratet, wenn du deine Hochzeit in Brookline oder in Philadelphia feierst. Und du kannst zwischen einem Dutzend Rabbis wählen.«

»Michael war sauer auf mich, weil ich weggegangen bin. Er konnte nicht verstehen, warum ich nicht meinen Mund gehalten und mich damit abgefunden habe. Na ja, er ist ein Mann, die Orthodoxie ist für ihn gemacht. Da wurde ich auch auf ihn wütend, weil er nicht verstehen konnte, wie sie mich verletzt hatten und wie gedemütigt ich mich fühlte. Wir hatten einen Riesenkrach. In der *Koresch* hat er angefangen, und wir haben den ganzen Weg bis zum Bus gestritten, wo wir eine Pause einlegen mussten, weil die Leute angefangen haben, sich einzumischen. Aber als wir zu Hause waren, ging es wieder los. Wir haben Schluss gemacht, und das war's dann.«

»Rachel, ihr habt eine schlimme Erfahrung hinter euch. Aber ihr liebt einander doch. Ihr werdet wieder zusammenfinden.«

»Niemals! Ich habe eine Seite von Michael gesehen, die ich bisher nicht gekannt habe. Ganz gleich, wie er sich sonst gibt, im Grund glaubt er, dass eine Frau weniger jüdisch ist als ein Mann. So jemanden will ich nicht heiraten. Das kann ich nicht!«

»Rachel, du solltest das nicht überstürzen. Lass dir ein bisschen Zeit zum Abkühlen. Gib ihm ein wenig Freiraum, und nimm dir selbst auch welchen.«

»Ich halte es für sehr unwahrscheinlich, dass das etwas ändert«, entgegnete Rachel schon wesentlich gefasster. »Ich glaube nicht, dass ich das jemals vergessen kann. Er hat mich nicht unterstützt und wollte nur, dass ich den Mund halte und mich von diesen alten Männern zur Schnecke machen lasse.«

»Dann vergiss es nicht. Aber vielleicht kannst du es ihm verzeihen. Oder vielleicht könnt ihr euch wenigstens wieder miteinander verständigen.« Warum suche ich ständig Argumente zu seiner Verteidigung?, fragte sich Suzanne. Ich kenne ihn kaum und fand ihn von Anfang an nicht so berauschend. Aber Rachel schien ihn damals ehrlich zu lieben und bei ihm sein zu wollen.

Rachel seufzte schwer, und einen Moment war es still in der Leitung. Beide hörten nur den Atem der anderen und den metallischen Hall der Verbindung. »Ich ruf dich morgen noch mal an, Mutter.«

»Rachel, könntest du vielleicht vor zwei Uhr nachts – nach unserer Zeit – anrufen? Das würde mir sehr helfen, Liebes. Und versuch, die Sache ruhig anzugehen. Ich bin sicher, alles wird gut.«

»Tut mir Leid, ich hab überhaupt nicht daran gedacht, wie spät es bei euch ist, Mama.«

»Nicht so schlimm, Liebes. Und versuch auch Tante Karla anzurufen. Sie will bestimmt wissen, was los ist. Ich weiß, dass sie vorhatte, zur Hochzeit zu kommen, sie hat schon die Tickets gekauft.«

Suzanne war es immer unbehaglich, Beverly beim Duschen und Anziehen zu helfen. Irgendwie scheute sie sich davor, ihre Mutter nackt zu sehen, weniger, weil es ihr peinlich war, sondern eher, weil sie es nicht richtig fand. Der Anblick von Beverlys welkem Körper rief hauptsächlich Mitleid in ihr wach. Beverly war immer eitel gewesen und hatte sehr darauf geachtet, wer sie in welchem Zustand zu sehen bekam. Als kleines Mädchen hatte Suzanne ihre Mutter öfter nackt gesehen, aber seit sie ungefähr zwölf war, nicht mehr. Damals war Beverly fünfunddreißig und absolut hinreißend gewesen. Aber jetzt drehte sie den Kopf weg und wich Suzannes Blick aus; offensichtlich fand sie die Situation demütigend, fast kränkend. »Wasser … nicht … warm.« Eigentlich klang es eher wie Wasa na wa, aber im Kontext konnte man es verstehen.

»Ich mach es wärmer. Das letzte Mal war es zu heiß. Vielleicht sollte ich ein Badethermometer kaufen.«

»Unsinn.«

»Ich möchte die Dusche gern so einstellen, dass es für dich angenehm ist. Wenn ich die richtige Temperatur hinkriege, gefällt es dir.« Suzanne wusste, dass Beverly zurzeit nicht viel hatte, worüber sie sich freute.

Beverly nickte. Sie deutete auf das Duschgel, das nach Rosen und Lavendel roch. »Gut.«

Suzanne war froh, dass sie wenigstens etwas richtig gemacht hatte. Elena und sie mussten irgendwie damit zurechtkommen, dass sie sich wenig Hilfe leisten konnten – denn die Rechnungen türmten sich höher und höher. Suzanne war ziemlich sicher, dass sich Beverly bei Elena längst nicht so viel beklagte – schon immer war es für sie besonders schwer gewesen, ihre Mutter zufrieden zu stellen, und anscheinend sollte es auch so bleiben. »Mutter, ich möchte es dir gern recht machen, aber es kommt mir vor, als würde ich das nie schaffen.«

Tatsächlich lächelte Beverly. »Rücken waschen. Vorsichtig.«

Behutsam führte Suzanne den Waschlappen über Beverlys Rücken. Wie Holzperlen auf einer Kinder-Holzkette reihten sich die Wirbel aneinander. Suzanne hatte selbst eine solche Kette besessen, aus orangefarbenen Perlen. Beverly hatte sie ihr aus Kopenhagen mitgebracht, als sie dort an einer Konferenz europäischer Gewerkschaftsfunktionäre teilgenommen hatte. Suzanne war wütend gewesen, weil ihre Mutter sie nicht mitgenommen hatte. So oft waren sie wütend aufeinander gewesen. Was für eine Zeit- und Energieverschwendung.

Am nächsten Morgen rief Rachel an. Sie war ruhiger, klang aber auch bedrückter. »Ich habe Jerusalem so geliebt. Jetzt will ich nur noch möglichst schnell nach Hause. Ich fühle mich hier nicht mehr daheim, ich bin in einem fremden Land.«

»Ach, Liebes, die Wahrheit liegt irgendwo in der Mitte, wie meistens, wenn man verliebt ist oder desillusioniert.«

»Ich weiß, Mutter. Ich laufe nicht weg. Aber ich muss das alles erst mal verdauen ... Ich hab mir solche Mühe gegeben. Wenn ich zur Mea Sharim oder in die Altstadt gehe, ziehe ich immer einen langen Rock und eine Bluse mit Ärmeln an. Ich packe mich ein, wie ich es in New York immer gemacht habe, wenn ich Grandma oder Tante Karla besucht habe, trotz der Hitze mehrere Schichten übereinander, wegen den Männern auf der Straße. Hier macht man es, weil sie einen mit irgendwelchen Sachen beschmeißen.« Rachel schniefte, aber ihre Stimme klang klar und voll. »Ich habe ihre sonderbaren Ideen respektiert. Unterwürfig und gehorsam habe ich die Regeln befolgt, an die ich nicht nur nicht glaube, sondern die ich auch noch zutiefst verachte.«

»Aber Michael hat die orthodoxe Kultur nicht erfunden.«

»Michael kann mich am Arsch lecken!«

Suzanne schüttelte den Kopf. Es war sehr ungewöhnlich, dass Rachel solche Ausdrücke benutzte. »Du bist immer noch wütend auf ihn«, sagte sie sanft.

»Noch nie im Leben war ich mir so bewusst, dass ich

Feministin bin. Ich fühle mich, als gehe ich ganz allein durch Jerusalem demonstrieren. Es ist wirklich schizophren hier. Ich lerne so starke, kompetente Frauen kennen, aber in den Augen der Religion zählen sie nicht. Ich natürlich auch nicht.«

»Ich unterstütze dich, ganz gleich, wie du dich entscheidest«, sagte Suzanne, und ihr wurde plötzlich klar, wie oft sie das in den letzten Jahren zu ihren Töchtern gesagt hatte. »Du musst dich mit Michael zusammensetzen und versuchen, eine Einigung zu erzielen, selbst wenn dabei herauskommt, dass ihr nicht zueinander passt.«

Rachel stieß hörbar die Luft aus und klang dabei einen Augenblick wie Elena. »Das kannst du aber laut sagen.«

Als Suzanne endlich dazu kam, Karla vom Büro aus anzurufen, während sie einen Joghurt aß und eine Rede durchblätterte, die Jaime für sie auf den neuesten Stand gebracht hatte, wusste Karla schon Bescheid. »Es ist so traurig, es bricht mir fast das Herz. Sie ist so ein gutes Mädchen, sie hat den ganzen Ärger einfach nicht verdient. Wenn ich rüberfliegen könnte, würde ich es sofort tun.«

»Bekommst du das Geld für deine Tickets zurück?«

»Im Reisebüro hat man mir gesagt, ich brauche bloß eine Bearbeitungsgebühr zu bezahlen. Also, was kann ich denn für euch tun?«

So verging der Rest des Ferngesprächs mit Seufzern und Mitleidsbezeugungen.

Als Rachel kurz darauf die nächste E-Mail schickte, wusste Suzanne, dass sie sich langsam erholte. Rachel erzählte noch mehr von dem Streit vor dem Rabbiner-Gericht und welche Kommentare ihre Kommilitonen und Lehrer abgegeben hatten.

Heute Nachmittag habe ich mich mit Michael im Café getroffen, aber wir konnten uns nicht einigen. Ich glaube, ich habe nie begriffen, wie tief er im traditionellen Judaismus steckt, wie wenig offen er neueren Ideen gegenüber steht. Wahrscheinlich ist er nur deshalb zu den Rekonstruktionisten gegangen, weil das konservative Rabbiner-College in New York ihn nicht genommen hat und weil seine Eltern nicht wollten, dass er nach L. A. geht. Ich hasse ihn nicht mehr, aber ich weiß jetzt, dass er nicht mein Baschert ist. Offenbar haben sowohl Elena als auch ich aus einer Mücke einen Elefanten gemacht. Ich fühle mich, als wäre ich geschrumpft, wenn du weißt, was ich meine. Ich bin ruhiger, aber ich komme mir vor, als wäre ich weniger. Ich glaube, du hast die wenigen Male, die du mit ihm zusammen warst, gesehen, wie verkniffen und steif Michael ist, Mutter. Aber ich war blind. Ich wollte so sehr, dass er so ist, wie ich ihn mir gewünscht habe, deshalb habe ich nicht gesehen, wie er wirklich ist. Das war auch ihm gegenüber unfair. Ich weine immer noch viel, aber meine Gedanken werden klarer. Heute habe ich es geschafft, dem Ewigen dafür zu danken, dass er mir den echten Michael gezeigt hat, ehe es zu spät war.

Endlich hatte man Beverly den Gips abgenommen, aber sie war kaum beweglicher geworden. Ohne Sylvia oder eine andere Hilfe mussten Elena und Suzanne fast alles, was für Beverly nötig war, selbst erledigen. Drei Morgen pro Woche kam jemand vom Pflegedienst, aber ansonsten waren sie allein mit ihr. Montags und dienstags, wenn das Restaurant geschlossen hatte, übernahm Elena die ganze Tagschicht. Sonst blieb sie von eins bis vier bei Beverly, dann musste sie zur Arbeit. Suzanne kam so schnell wie möglich heim, aber an manchen Tagen war Beverly ab vier bis etwa sieben allein. Das gefiel zwar keinem der Beteiligten, aber Suzanne konnte es nicht ändern. An den Wochenenden übernahm sie die Betreuung.

Mittwoch bis Samstag kochte Suzanne abends oder brachte etwas mit, denn Elena aß um halb fünf mit den anderen Angestellten im Restaurant. Die Mahlzeiten mussten einfach zu verzehren sein, denn Beverly hasste es, Hilfe zu benötigen. Wenn Suzanne den Fisch in mundgerechte Bissen zerteilte, fand Beverly das akzeptabel, aber nicht, wenn sie versuchte, ihn auf ihrem Teller zu schneiden. Heute Abend gab es einen schnellen Fisch-Kartoffel-Eintopf. Suzanne lernte Gerichte kochen, die nicht mehr als zwanzig Minuten benötigten, sonst kam sie mit der Zeit nicht zurecht. Beverly schien den Eintopf in Ordnung zu finden, obwohl Suzanne wusste, dass er für sie wahrscheinlich ein wenig fad schmeckte. Nach dem Essen humpelten sie zusammen zurück in Beverlys Schlafzimmer.

»Mutter, ich wünsche mir etwas. Wir haben so viel Zeit unseres Lebens damit verschwendet, uns zu streiten und anderer Meinung zu sein, einander ändern zu wollen. Es ist schwer, alte Gewohnheiten zu überwinden, aber vielleicht könnten wir anfangen, netter und liebevoller miteinander umzugehen?«

»Liebevoll …«, wiederholte Beverly. Sie ließ sich auf die Kissen zurücksinken, erschöpft, aber entspannt von der Dusche. Der Duft des Duschgels umgab sie statt des leicht muffigen Geruchs, der sonst oft von ihrem verkrüppelten Körper ausging. »Du liebst mich?«

»Ja, ich liebe dich. Obwohl wir so schlecht miteinander ausgekommen sind. Obwohl ich das Gefühl habe, ich kann es dir nie recht machen. Du bist mein Ursprung, meine Quelle, meine erste Familie. Du warst mein frühestes Bild von Schönheit. Dein Gesicht. Natürlich liebe ich dich.«

»Dann … hilf mir … sterben.« Beinahe zwei Minuten dauerte es, bis Beverly den Satz herausgebracht hatte, das Gesicht vor Anstrengung verzerrt.

Suzanne starrte ihre Mutter an. »Dir sterben helfen?«

»Müde … nutzlos … es reicht.«

»Mutter, du liegst nicht im Sterben. Du kannst noch jahrelang leben. Ich glaube nicht, dass du große Schmerzen hast. Fühlst du dich nicht willkommen hier?«

»Kann … nichts tun.«

»Du langweilst dich.«

Langsam nickte Beverly, und ihr Kopf hing schlaff auf eine Seite. »Früher … nie … nutzlos.«

»Du hast dein Leben lang hart gearbeitet, warum musst du damit weitermachen? Was meinst du noch erreichen zu müssen?«

Beverly zeigte auf Suzanne und wackelte mit dem Finger.

»Du meinst, ich bin genauso.«

Beverly nickte. »Müde«, wiederholte sie dann.

Suzanne sah ihre Mutter an und versuchte sie zu verstehen. »Alles ist schwierig für dich. Essen. Zur Toilette gehen. Anziehen. Duschen. Sprechen.«

»Müde.«

»Du möchtest wirklich sterben?«

»Jetzt. Bald. Hilf mir.«

Suzanne antwortete nicht, aber als sie zurück in ihr Zimmer ging, liefen ihr die warmen Tränen über die Wangen. Elena übernachtete heute bei ihrem neuen Freund Sean. Erst am Samstagmorgen konnte Suzanne endlich unter vier Augen mit ihr sprechen. Sie winkte sie zu sich in ihr Arbeitszimmer und schloss die Tür.

»Beverly hat vorgestern Abend etwas gesagt, was mich sehr beunruhigt. Sie sagt, sie will sterben. Das meint sie ernst, Elena. Sie sagt, sie möchte Hilfe beim Sterben.«

Elena nickte und ließ sich seitwärts auf einem Stuhl mit Armlehne nieder. »Mir hat sie das schon vor fast einem Monat gesagt, Mom. Ich hab viel darüber nachgedacht. Ich weiß nicht, was ich tun soll. Aber es ist gemein, es ist grausam, ihren Wunsch zu ignorieren.«

Sie sahen sich in die Augen. »Du weißt, das gilt als Mord«, sagte Suzanne. »Meistens werden die Leute nicht verurteilt, aber manchmal doch. Der Staatsanwalt versucht immer, eine Strafe durchzudrücken. Ich finde nicht, dass wir noch einen Kriminalfall in dieser Familie brauchen. Und ich weiß nicht, ob sie das Recht hat, das von uns zu verlangen. Sie hat keine schlimmen Schmerzen. Sie kann noch Jahre leben.«

»Wenn sie unsere Hilfe braucht, müssen wir sie ihr geben, Mutter«, sagte Elena. »Begreifst du das denn nicht? Wir sind die Menschen, die sie auf dieser Welt am meisten lieben.«

»Ich denke dauernd, vielleicht hab ich nicht genügend getan, dass sie sich hier wohl fühlt. Dass es ihr hier gut geht.«

»Mutter, ich habe weit mehr Zeit mit ihr verbracht als du. Sie kann sich nicht wohl fühlen. Sie hat kein Leben. Ich kann das verstehen. Du etwa nicht?«

»Ich versuche es, Liebes. Aber nein, ich kann es eigentlich nicht verstehen. Sie braucht doch nur bei uns zu bleiben und sich von uns versorgen zu lassen.«

»Sie kann nur brav dahinvegetieren.«

Suzanne starrte ihre Tochter an und fragte sich, wie

Elena so ruhig über etwas sprechen konnte, was immerhin Mord oder zumindest Beihilfe zum Selbstmord war, verübt an einem Menschen, den sie liebte. Wie konnte Elena hier sitzen und so gelassen ihrem Blick zu begegnen?

> Ich brauch dich hier. Ich weiß, es ist eine schreckliche Zeit für dich, aber hier läuft es beschissen. Ich habe zweimal angerufen, bekomme aber immer den Anrufbeantworter zu hören. Man zerrt mich vor Gericht, es ist einfach unfair. Mein Anwalt kann gar nicht fassen, was hier abgeht. Ich glaube, du könntest helfen. Die Organisation würde deine Anreise bezahlen, und ich denke, ich könnte dein Honorar zusammenkratzen. Aber hier geht wirklich alles den Bach hinunter. Der Richter, George Epson, vertritt die Interessen der Holzindustrie. Er möchte uns gern alle drankriegen, aber auf mich hat er es ganz speziell abgesehen. Er lehnt jeden Antrag ab, den mein Anwalt einbringt, und stimmt jedem Einspruch des Staatsanwalts zu.
>
> *Ich kann jetzt nicht kommen. Meiner Mutter geht es zunehmend schlechter. Ich weiß nicht, was ich tun soll. Aber ich kenne ein paar wirklich gute Anwälte in der Gegend und werde herausfinden, wer sich um deinen Fall kümmern kann. Ich hasse es, dich im Stich zu lassen, aber die Lage hier ist äußerst gespannt.*

Sie hatte ein schlechtes Gewissen, weil sie Jake nicht half, aber sie konnte sich nicht zerreißen; außerdem hatte sie sowieso das Gefühl, dass sie ihrer Mutter, ihren Töchtern und ihren Klienten gegenüber versagte. Es war völlig unmöglich, jetzt nach Kalifornien zu fliegen, um Jake zu unterstützen, so sehr sie es sich auch wünschte. Sie hatte einfach keine Kraft mehr. Alles, was sie tun konnte, war, ihm einen wirklich guten kalifornischen Anwalt zu besorgen, der sich sofort in den Prozess einschaltete.

Am nächsten Tag hatte Suzanne einen Termin bei ihrem Arzt, die jährliche Routineuntersuchung, die sie bereits zweimal verschoben hatte. Dr. Rose runzelte die Stirn. »Sie haben einen Blutdruck von hundertfünfundsechzig zu neunzig. Viel zu hoch.«

»Ich hatte doch immer niedrigen Blutdruck«, entgegnete sie vorwurfsvoll. »Könnten Sie das noch mal überprüfen?«

»Ich hab ihn schon zweimal kontrolliert. Ich möchte, dass Sie sich ein Messgerät kaufen und den Blutdruck sechsmal am Tag überprüfen – oder sooft Sie eben dran denken – und die Werte für mich aufschreiben.«

»Dr. Rose, das muss irgendein komischer Zufall sein.«

»Nehmen Sie die Sache bitte ernst. Bei manchen Frauen schießt der Blutdruck in den Wechseljahren plötzlich in die Höhe. Ihre Mutter hatte zwei Schlaganfälle. Wenn Sie selbst keinen wollen, dann müssen Sie Ihren Blutdruck runter kriegen. Offen gestanden machen Sie einen ziemlich erschöpften Eindruck. Sie haben mehr Stress, als ihr Körper verkraftet. Irgendwo müssen Sie kürzer treten.«

Jake rief an. »Der Prozess läuft ganz schlecht, ich merke es genau. Komm nach Kalifornien. Bitte.«

»Ich kann nicht, Jake. Bei meiner Mutter spitzt sich die Lage zu. Ich habe meine Kollegen in diesem Semester schon so oft für mich einspringen lassen, ich kann sie nicht um weitere Gefallen bitten, und meine Mutter braucht im Moment intensive Pflege. Sie baut rapide ab.«

»Suzanne, ich muss womöglich ins Gefängnis.«

»Sie können dir doch nicht mehr als eine kurze Strafe aufbrummen, und außerdem kannst du sofort in die Berufung gehen. Und während die läuft, bleibst du draußen.«

»Ich glaube nicht, dass das klappt.«

Am liebsten hätte Suzanne vor Frustration geweint. Sie kam sich vor wie das Seil beim Seilziehen. Sie löste sich auf, und alle anderen purzelten um.

42

Elena

Elena hegte im Stillen den Verdacht, dass sie mit Sean ausging, weil sie einen Mann zwischen sich und Jim stellen wollte und weil Sean der größte war, den sie finden konnte. Er war einsneunzig und muskulös, hatte früher geboxt und arbeitete inzwischen als Koch. Er studierte und arbeitete sich in der Restaurantbranche langsam nach oben. Bei Natalie's war er für Desserts und Kuchen zuständig. Zwar hatte er ein kleines Alkoholproblem, aber er war weder gewalttätig noch gemein. Wenn er etwas getrunken hatte, wurde er nur still. Er berührte Elena, als wäre sie eine besonders zarte Sahneschnitte. Nur gelegentlich schliefen sie miteinander, nicht sehr leidenschaftlich, aber mehr konnte Elena im Moment auch nicht gebrauchen. Wie ihre Freundin Cindy war Sean ein Mensch, mit dem sie gern ihre Zeit verbrachte, jemand, der sie mochte und nicht in Gefahr brachte.

Die Atmosphäre im Restaurant war ihr vertraut, aber ihre Arbeit dort war nur ein Zeitvertreib. Mit den meisten Kollegen kam sie gut aus. Einer der Köche konnte sie nicht leiden und ließ keine Gelegenheit aus, sie als Schlampe zu beschimpfen. Eine Kellnerin hielt sich offenbar für etwas Besseres und benahm sich entsprechend, aber ansonsten waren die Leute ganz in Ordnung. Elenas sanfte Romanze mit Sean verschaffte ihr einen gewissen Status. Die Zeit verging. Das Wetter wurde frischer und dann dauerhaft kalt. Eines Freitagabends schneite es kurz, wie eine Andeutung auf den bevorstehenden Winter. Bis zum nächsten Morgen war alles verschwunden.

Sie überlegte sich, ob sie zu Sean ziehen sollte, kam aber zu dem Schluss, dass sie das ihrer zerbrechlichen Beziehung nicht zumuten konnte. Bis zum Frühling würde sie eine Wohnung finden, vielleicht mit einer Mitbewohnerin, irgendwas, wo es ihr gefiel. Natürlich würde sie ihre Großmutter trotzdem regelmäßig besuchen. Der Traum, nach Kalifornien zu ziehen, hatte sich mit ihren Gefühlen für Jim in Luft aufgelöst. Sie gehörte hierher, in die graue Kälte des nordatlantischen Winters. Inzwischen waren die Pfützen morgens oft gefroren. Wieder schneite es, und diesmal blieb der Schnee liegen, bedeckte das Gras, verwandelte die Umgebung in eine Geisterwelt. Nachdem sie in dieser Nacht die Bar verlassen hatte, ging sie noch mit ein paar Leuten im Common spazieren: Robby, der Oberkellner, sein derzeitiger Liebhaber Tom, Sean sowie Cassie, eine der Bedienungen. Mit knirschenden Schritten stapften sie durch den Neuschnee. Tom, Cassie und Elena legten sich auf den Schnee und formten mit den Armen Engel. Ein wundervolles Gefühl, im reinen Schnee zu liegen, der in der Dunkelheit schimmerte, während ihr die frischen Flocken aufs Gesicht fielen wie leichte Küsse. Robby grinste. »Ach, ihr süßen Kinderchen. Der einzige Schnee, den ich haben will, kommt von meinem Dealer.«

»Ja, aber der hier kostet nichts«, meinte Tom, stand dennoch sofort auf und klopfte sich den Schnee aus den Kleidern. Robby besaß ein Talent dafür, anderen Leuten das Gefühl zu geben, dass sie albern waren. Er war im Restaurant der Verbindungsmann für Drogen und konnte jedem besorgen, was er wollte. Elena, die seit fünf Jahren keine Drogen mehr angerührt hatte, mied diese Seite von ihm und hielt sich strikt an ihr Limit von zwei Flaschen Bier. Alle zogen sie damit auf, auch wenn sie in Robbys Alter war und damit den meisten anderen ein paar Jahre voraus – außer Sean und dem Küchenpersonal.

Die Talkshow, an der Elena schließlich mit Jim teilnahm, war ein Lokalereignis, da der Skandal sich ja ausschließlich in Massachusetts abgespielt hatte. Sie war nicht sicher, warum sie sich dazu bereit erklärt hatte, vielleicht aus Rachsucht. Um der Welt zu zeigen, was für ein Mistkerl er war. Von dem Schwätzer, der die Sache leitete, hatte sie noch nie etwas gehört, aber anscheinend schrieb er seit Ewigkeiten für den *Herald*. Das Publikum war grässlich, geradezu hysterisch und wollte Blut sehen, aber Elena behielt einen kühlen Kopf. Jim ließ sich lang und breit darüber aus, dass Marta das derzeit geltende Gesetz gegen Gewalt in der Familie verfasst hatte, und dass sie dennoch eine Waffe gegen ihn erhoben hatte.

»Zuerst mal hat sie nicht versucht, uns zu erschießen. Sie geht regelmäßig auf den Schießplatz, und meine

Mutter, ihre beste Freundin, sagt, dass sie eine gute Schützin ist. Sie hat hoch über unsere Köpfe gezielt. Sie hat sozusagen eine Erklärung abgegeben, dass sie ...« – Elena hielt inne und suchte nach dem richtigen Wort, denn die ersten, die ihr einfielen, hatten alle etwas mit Scheiße zu tun –, »dass sie wirklich wütend auf uns war. Es war eine dramatische Geste.«

»Haben Sie sich nicht bedroht gefühlt?«, fragte Joe, der Talkshow-Typ, und beugte sich gespannt vor. Elena war klar, dass er sich für unwiderstehlich hielt.

»Nein, keine Sekunde. Sie hat hoch über unsere Köpfe gezielt. Deshalb hat sich die Polizei auch nicht weiter um den Fall gekümmert. Jim ist hier, weil die Polizei nicht bereit war, etwas zu unternehmen. Seine Frau hätte auch ein paar Neujahrsknaller abfackeln können, wenn Sie verstehen, was ich meine.« Sie schenkte ihm einen schmachtenden Blick.

»Sie hätte uns umbringen können«, wandte Jim ein. »Sie hat eine ganze Salve abgefeuert.«

»Du hättest dich auf eine Trittleiter stellen müssen, um getroffen zu werden«, entgegnete Elena und erntete dafür lautes Gelächter aus dem Publikum.

»Finden Sie es nicht ungewöhnlich, dass die ehemalige Geliebte jetzt die Ehefrau verteidigt?«

»Ich war ... ich war dumm. Eine Idiotin. Eine blöde Kuh, dass ich mich mit ihm eingelassen habe. Er hat mir erzählt, seine Ehe wäre vorbei. Er hat behauptet, er hätte seine Frau seit zwei Jahren nicht mehr angefasst. Dabei war sie schwanger. Ich schäme mich wirklich sehr.«

»Sie hat es vor mir geheim gehalten!«, ereiferte sich Jim. »Sie hat es mir nicht gesagt.«

»Dass sie sich selbst schwanger gemacht hat?« Elena machte eine wegwerfende Handbewegung. »Muss sie ja wohl, wenn du sie nie angefasst hast.«

»Woher will ich denn wissen, dass das Kind von mir ist? Außerdem kann ich mich nicht erinnern, dass ich dich unter Protest ins Bett schleppen musste. Wenn ich mich recht entsinne, bist du zu mir gekommen.«

»Dann sind wir also beide blöd und treulos? Was das Baby betrifft, solltest du es mit einem DNS-Test versuchen, wenn du nicht sicher bist«, sagte Elena. »Aber du bist sicher. Du hast ja nicht mal einen Kandidaten im Auge, weil Marta viel zu sehr damit beschäftigt war, dich zu unterstützen, um sich mit einem anderen zu vergnügen. Ich habe Marta immer bewundert, und ich glaube, ich habe versucht, an ihre Stelle zu treten.« Das war absoluter Blödsinn, aber sie hatte das Gefühl, dass es gut rüberkommen würde, weil es genau die Art Psychogelaber war, auf die der Typ stand. In gewisser Weise fürchtete sie sich vor Jim, weil er sie so an der Nase herumgeführt hatte. Sie hatte Angst, sich wieder einwickeln zu lassen. Angst, dass sie sich die leidenschaftliche Liebe so sehr wünschte, dass sie sich wieder etwas vormachte.

Der weitere Verlauf der Show war eklig. Jim warf ihr vor, sie sei wohl einer Gehirnwäsche unterzogen worden und wollte ihn wieder ködern, weil er sich von ihr zurückgezogen hatte. Er versuchte alles so umzudeuten, wie es ihm gerade in den Kram passte, aber Elena blieb gefasst. Sie sah, dass der Talkmaster enttäuscht war, weil er sie nicht verunsichern konnte. Ziemlich bald entließ er Jim und sie und rief das nächste Idiotenpärchen herein, zwei Schwestern, von denen jede mit dem Mann der anderen schlief.

Elena schüttete Beverly ihr Herz aus. »Ich hab viel über letzten Sommer nachgedacht. Und dabei hab ich herausgefunden, dass ich gern in Jims Praxis gearbeitet habe. Mir gefällt die Psychotherapie.«

Beverly schrieb auf ihren Block: ARBEIT IN PRAXIS?

»Nein, ich möchte Therapeutin werden.«

»Warum?«, fragte Beverly mit ihrer erstickten Stimme, die klang, als müsste man sie aus ihrem Hals reißen.

Elena zuckte die Achseln. »Ich glaube, zum einen könnte ich es besser als Jim. Ich wäre auch besser als die Psychofritzen, zu denen man mich geschickt hat, du weißt schon, nach der Sache mit Evan und Chad. Ich weiß eine Menge über die dunkle Seite der Menschen, über Besessenheit. Ich glaube, ich könnte den Leuten viel helfen, teilweise deshalb, weil ich selbst so verkorkst bin. Und wenn ich etwas tun würde, was anderen hilft, dann würde ich mich weniger hassen.«

Beverly schrieb: WARUM HASST DU DICH? DU BIST WUNDERBAR: GUT FÜR MICH.

»Dann bist du die Einzige, für die ich gut bin. Oder die daran glaubt, dass ich für irgendwas gut bin.«

DEINE MUTTER LIEBT DICH. KANN ES NICHT ZEIGEN.

»Ja, das Gefühl hab ich auch, vielleicht zum ersten Mal, seit ich klein war.«

»Viele Arten … Gutes tun«, brachte Beverly mühsam hervor und deutete auf ihre eigene Brust. »Gutes getan … für Menschen.«

»Grandma, ich werde bestimmt keine Gewerkschaftsaktivistin.«

Beverly zuckte mit der Schulter.

»Ich glaube, ich möchte einen richtigen Beruf. Wenn ich Leute kennen lerne, sagen sie immer: Und was machst du? Dann müsste ich eigentlich antworten, ich vögle rum und bekomm nichts geregelt.«

Beverly schüttelte den Kopf.

»Komm schon, Faulpelz. Zeit, dass du ein bisschen spazieren gehst.«

Jetzt, da der Gips ab war, sollte sich Beverly jeden Tag ein wenig bewegen, aber sie schob es immer auf, weil es ihr wehtat und sie erschöpfte. Elena sorgte dafür, dass Beverly zumindest eine kurze Runde drehte. Wenn der Gehweg vereist war, gingen sie im Haus auf und ab oder Elena fuhr mit Beverly zu einem Einkaufszentrum. »Magst du heute zur Chestnut Hill Mall fahren?«

Beverly schüttelte erneut den Kopf. »Zu voll.«

Weihnachten rückte näher, Grandma hatte Recht. »Okay. Dann machen wir einen kleinen Ausflug durch die wunderhübsche *casa nuestra*. Klingt wie *cosa nostra*, findest du nicht?« Elena lief ins Wohnzimmer und legte eine der CDs auf, die sie zurzeit besonders gern hörte: Juan Luis Guerra. Dann hüpfte sie zurück in Beverlys Zimmer, bot ihr den Arm an, half ihr aus dem Bett, und sie machten sich im Rhythmus der auf höchste Lautstärke aufgedrehten Musik auf den Weg: aus dem Schlafzimmer, durch die Küche, ins Wohnzimmer und wieder zurück. Beverly mochte die CD ebenfalls und nickte im Takt mit dem Kopf. Nach kurzer Zeit bildeten sie eine regelrechte Parade, denn alle drei Katzen hatten sich ihnen angeschlossen. Elena freute sich.

Während Beverly ihren Mittagsschlaf hielt, erledigte Elena ihre Wäsche, holte die Gelben Seiten und rief wegen der Therapieausbildung bei den Colleges und Universitäten in der Umgegend an. Sie fühlte sich sehr kompetent und konzentriert, wie sie ihre Fragen über die einzelnen Programme stellte und Broschüren sowie Anmeldeformulare anforderte. Wollte sie Jim zeigen, dass sie nicht bloß irgendein Flittchen war? Wollte sie ihre Mutter beeindrucken? Versuchte sie, ihre Schuldgefühle zu beruhigen? Es spielte keine Rolle. Was auch immer zutreffen mochte, sie sah keine andere Möglichkeit für sich.

Sie wusste nicht, ob sie wirklich daran glaubte, dass sie die Sache durchziehen konnte. Zurück aufs College, wo sie sich oft so unwohl gefühlt hatte, ein Diplom machen – ausgerechnet sie, die fünfeinhalb Jahre für ihren B. A. gebraucht hatte! Sie hatte Psychologie als Hauptfach studiert, weil es ihr außer Spanisch am leichtesten fiel. Auf der Boston Latin School hatte sie so früh wie möglich mit Spanisch angefangen, und dann in Brookline und auf dem College weitergemacht. Immer hatte ihr vorgeschwebt, die Sprache einmal so gut zu beherrschen, dass man sie für eine Muttersprachlerin hielt.

Jetzt hatte sie einen neuen Traum. Sie sah sich selbst in einer gemütlichen Praxis, sie selbst warmherzig und offen, ganz anders als Jim. Sie hätte eine Assistentin, die Anrufe entgegennahm, Termine vereinbarte und Rechnungen an die Versicherung schickte. Bei der Arbeit würde Elena eine Brille tragen, aus Fensterglas, nur um seriöser zu wirken. Eine große, wichtig aussehende Brille. Sie würde die Haare zurückbinden und Kostüme tragen wie Suzanne. Kostüme vermittelten der Umwelt den Eindruck, dass mit der Trägerin nicht zu spaßen war. Vor Gericht trug ihre Mutter immer Kostüme. Jim kleidete sich viel zu leger. Das würde sie anders machen. Sie würde ihren Klienten zeigen, dass sie ihren Beruf ernst nahm, und sie würde damit werben, dass sie auch Therapie auf Spanisch anbot.

So lag sie auf der Couch, hatte MTV eingeschaltet, aß Tacochips und trank Diätlimonade. Sie konnte sich sehen in ihrer Praxis, hinter ihrem Schreibtisch. Der Schreibtisch hatte eine Schieferplatte. Sie würde in Gedanken nicht abschweifen, niemals. Jim hatte ihr einmal gestanden, dass er seinen Fantasien nachhing, wenn ein

Patient ihn langweilte. Aber Elena würde ganz still dasitzen und sich Notizen machen. Alles an ihr würde intensive unverwandte Konzentration ausstrahlen, wie es ein Mensch erwartete, der zur Therapie kam.

Beverlys Klingel ertönte. Elena seufzte, stand jedoch sofort auf. Sie hatte ihre Vision richtig genossen. Hoffentlich würde sie nicht ein für allemal verschwinden, wenn sie jetzt aufstand. Aber Beverly brauchte sie. Elena half ihr aufzustehen, und Beverly ging zur Toilette, während Elena nach unten rannte und ihre Wäsche aus der Waschmaschine in den Trockner umlud. Dann half sie Beverly wieder ins Bett.

Sie merkte, dass ihre Großmutter etwas sagen wollte. Manchmal brauchte Beverly mehrere Minuten, um einen Satz im Kopf auf die Reihe zu kriegen, und versuchte dann erst, ihn auszusprechen. Elena vertrieb sich die Zeit mit Gedanken an Sean. Er war nett zu ihr. Warum konnte sie sich nicht in ihn verlieben? Nein, lieber nicht, denn wenn sie sich verliebte, klinkte sie aus, und die Katastrophe war vorprogrammiert. Da war es besser, Zuneigung zu ihm zu empfinden und den gelegentlichen Sex zu genießen. Normalerweise wünschte sie sich mehr und leidenschaftlicheren Sex, aber sie hatte sich von ihrer letzten Erfahrung noch nicht erholt. Sanfter und gelegentlicher Sex war für den Augenblick ganz gut. Sie stellte sich vor, wie Sean am Fenster seiner Wohnung im North End stand und seine Morgenübungen machte, eine Kombination aus Aerobic und Tai Chi. Sie hatte angefangen, mit ihm Tai Chi zu lernen. Wenn es um Sport ging, war ihr das Fitness-Studio aber lieber.

»Brauche deine Hilfe«, sagte Beverly jetzt.

»Klar, Grandma. Was du willst.«

»Ehrlich?«

»Du kennst mich doch. Was soll ich für dich tun?«

»Will sterben!«

»Grandma, es geht dir besser. Du bist zu Hause. Die Therapie schlägt an.«

»Sinnlos. Nutzlos. Will sterben.«

»Was genau meinst du damit?«, fragte Elena bedächtig.

»Will Pillen. Sterben.«

»Du möchtest dich umbringen? Kommt nicht in Frage. Damit hab ich Erfahrung. Grandma, wenn du dich umbringst, bist du wirklich tot. Eine Leiche.«

»Kein Kind. Weiß Bescheid. Will sterben.«

»Grandma, es ist nicht so schlimm. Hast du große Schmerzen?«

Beverly sah sie wütend an. Ihre Lippen waren schmal geworden. »Will sterben.«

»Du bittest mich, dir dabei zu helfen?«

Beverly nickte mehrmals.

»Grandma, ich liebe dich. Aber das kann ich nicht tun. Ich weiß, wie furchtbar das ist. Glaub mir, ich weiß das. Ich würde dich viel zu sehr vermissen. Mutter würde dich vermissen.«

»Sinnlos.«

»Meinst du, dass ich mit dir darüber diskutiere oder dass deinen Leben keinen Sinn hat?«

»Beides.«

»Dein Leben hat jede Menge Sinn. Du hörst mir zu. Wir unterhalten uns. Wir verbringen Zeit zusammen. Das ist wichtig für mich. Es muss dir dich auch wichtig sein.« Elena nahm Beverlys Hand. Ihre eigene fühlte sich kalt an, als wäre alle Wärme aus ihr verschwunden, sobald ihre Großmutter anfing, von Tod und Sterben zu sprechen. Ja, sie hatte Angst. Sie wollte das nicht hören. Sie musste dafür sorgen, dass Beverly damit aufhörte.

»Liebe dich. Will sterben. Jetzt.«

43

Beverly

Beverly war genau neunundzwanzig gewesen, als Suzanne die Masern bekam. Damals wurden die Kinder noch nicht routinemäßig dagegen geimpft. Gab es damals überhaupt schon einen Impfstoff? Suzanne war sieben, ein dünnes kleines Mädchen, zu dünn, mit rötlichen Haaren und großen, wässrig-grünen Augen. Hatte sie damals bereits eine Brille? Nein, im gleichen Jahr, aber später, kam sie mit einem Zettel von der Schule, dass sie eine Brille brauchte. Suzanne wurde furchtbar krank, bekam eine Lungenentzündung und musste ins Krankenhaus. Der Arzt war nicht sehr ermutigend. Er wollte Suzannes Vater sprechen. »Es gibt keinen Vater«, entgegnete Beverly. Sie war wütend, dass dieser Mann versuchte, sie zu übergehen. Er dachte, dass ihre Tochter sterben würde.

Sie hielt Suzannes heiße Hand. Ihre Tochter verbrannte. Sie hatte Fieberfantasien und warf sich im Bett herum wie ein Fisch auf dem Trockenen. Dann dachte Beverly auf einmal, vielleicht hätte sie keine Tochter haben sollen. Es wäre schrecklich, wenn Suzanne starb, furchtbar, aber andererseits auch eine Erleichterung. Wenn Beverly wegfuhr, musste sie sich immer überlegen, wo sie Suzanne unterbringen konnte. Sie hatte das Gefühl gehabt, ohne Kind wäre sie keine vollständige Frau, aber allmählich fragte sie sich, ob das stimmte. Manchmal kam es ihr so vor, als würde ein Kind das Geld geradezu verschlingen. Immer musste man auf irgendetwas achten, irgendetwas musste geflickt, erneuert, ersetzt oder neu angeschafft werden.

Aber als Suzanne tatsächlich wieder gesund wurde,

dünner denn je, bleich und schmal, dass ein Windstoß sie umblasen konnte, da weinte Beverly, hielt ihre Tochter in den Armen und spürte, dass es nichts Wertvolleres für sie gab. Wie hatte sie sich ein Leben ohne ihre Kleine vorstellen können? Am nächsten Tag ging sie vor Wut an die Decke und gab Suzanne eine Ohrfeige, weil die Kleine ihre Suppe über den Tisch geschüttet hatte. Ein ungeschicktes Kind, daran ließ sich nicht rütteln. Alles andere als eine kleine Balletttänzerin. Zwei linke Füße und zwei linke Hände. Von dem Augenblick an, als Suzanne sich aufsetzen und Mama sagen konnte, hatte sie etwas Eigensinniges und Stures an sich gehabt. Dann hockte sie reglos da, stierte wütend vor sich hin und tat so, als ging sie alles nichts an.

Beverly hatte ein schlechtes Gewissen wegen ihrem Temperament, aber Suzanne konnte ihr in diesem Bereich durchaus das Wasser reichen. Seit Suzanne elf war, hatten Beverly und sie sich regelmäßig Brüllwettbewerbe geliefert. Beide gaben keinen Millimeter nach und schrien sich aus voller Kehle an. »Nein!« – »Doch!« Suzanne war genauso hartnäckig und unnachgiebig wie Beverly selbst. Sie waren sich ebenbürtig, das sagte jeder. Es machte Beverly wütend, wenn sie sah, dass Karla bei Suzanne fast alles erreichen konnte. Wie Suzanne bei ihrer Tante unaufgefordert das Geschirr abwusch, wie sie ohne zu motzen aufräumte. Zu Hause war sie ein absolutes Ferkel.

Wieso erwischten sie einander ständig auf dem falschen Fuß? Zwei starke Willen, die hart aufeinander prallten. Doch seit Suzanne erwachsen war, kam sie Beverly oft phlegmatisch vor. Ihre Tochter schien ganz in irgendein Protokoll, in ihre Pflichten, ihre Geschäftigkeit, die Räder des Gesetzes eingebunden. Manchmal hatte Beverly das Gefühl, dass Suzanne sich vor ihr in ihren Beruf geflüchtet hatte, um ihrem hektischen und nie luxuriösen gemeinsamen Leben zu entrinnen. Das Gesetz war der Panzer, mit dem Suzanne sich gewappnet hatte.

Beverly wälzte sich unruhig im Bett herum und versuchte, eine bequeme Position zu finden. Alles tat ihr weh. Eigentlich hätte sie aufstehen, in ihren Rollstuhl klettern und ins Wohnzimmer fahren sollen. Aber sie hatte keine Lust. So viel Mühe für so wenig Lohn. Im Fernsehen lief nichts Interessantes. Mit dem Computer konnte sie nicht arbeiten, weil sie so unscharf sah. Suzanne hatte einen großen teuren Monitor für sie gekauft, aber damit konnte Beverly das Laptop nicht mehr im Bett benutzen. Jetzt stand das Ding auf dem provisorischen Schreibtisch. Sie starrte zu ihm hinüber und stellte sich vor, wie sie an alle Leute, mit denen sie vor ihrem zweiten Schlaganfall in Kontakt gewesen war, E-Mails verschickte. Wahrscheinlich dachte die Hälfte ihrer Bekannten, sie wäre tot. War sie das nicht auch?

Jetzt sah sie es ganz deutlich, denn sie hatte genug Zeit, um über ihr Leben nachzudenken: Sie hätte nie ein Kind haben dürfen. Sie war nicht dazu geschaffen, Mutter zu sein. Es hatte ihr immer widerstrebt, die Verantwortung für einen anderen Menschen zu übernehmen, die eigenen Entscheidungen erklären und rechtfertigen zu müssen, ein anderes Leben hinter sich herzuziehen. Sie hatte auch nie heiraten wollen. Von Jugend an hatte sie gewusst, dass es für sie nicht gut wäre, legaler Besitz eines Mannes zu werden, dass es ihr Tod wäre, ständig einen anderen Menschen um sich zu haben, jemanden, für dessen Essen, Kleidung, Rechnungen und Meinungen sie mit verantwortlich war. Sie hätte diesen Menschen gehasst. Ein großer Pfahl, an dem sie festgebunden war. Warum hatte sie diese Erkenntnis nie auf

Kinder angewandt? Als sie entdeckte, dass sie schwanger war, freute sie sich, als wäre es eine Leistung. Sie hatte sich sehr erwachsen und kompetent gefühlt, voller Fantasien, was aus diesem Kind werden würde.

Ihre Freunde waren schockiert. 1950 bekamen Frauen nicht einfach ganz allein ein Kind. Wenn eine Frau schwanger wurde und es sich nicht leisten konnte, für eine Abtreibung nach Puerto Rico zu fliegen, bekam sie ihr Baby in einem ›Heim‹, das so ähnlich war wie ein Frauengefängnis. Dort wurde ihr das Baby nach der Geburt weggenommen und zur Adoption freigegeben.

Sie war so stolz gewesen, so voller Selbstvertrauen. War es nur, weil es ihr gefiel, ihre Mitmenschen zu schockieren, selbst die politisch aufgeschlossensten Männer und Frauen, die sich für fortschrittlich und liberal hielten? Hatte sie ein selbst erdachtes Theaterstück gespielt, die mutige Heldin, der neue Frauentyp in den niedlichen Schwangerschaftsklamotten, die Karla für sie genäht hatte? Karla hatte ihr immer den Rücken gestärkt. Beverly hatte sich vorgestellt, sie würde eine Miniaturausgabe ihrer selbst an der Hand halten, eine kleine rot gelockte Beverly, ein tapferer lockiger kleiner Junge, eine süße kleine radikale Shirley Temple, die mit ihrer Mutter zu Streiks und Demonstrationen marschierte.

Als sie dann mit einem schreienden Baby vom Krankenhaus nach Hause kam, dämmerte ihr, dass sie einen schrecklichen Fehler begangen hatte. Alle sagten, sie wäre so tapfer, aber da saß sie nun, allein in einer kleinen Wohnung in Brooklyn, ein paar Häuser von Karla entfernt, zusammengepfercht mit einem unersättlichen Wesen, das eine Stimme wie eine Dampfpfeife hatte und sie ununterbrochen mit ihren Forderungen auf Trab hielt. Ständig war etwas für das Baby oder seinetwegen zu erledigen. Nie schien das kleine Wesen länger als ein paar Stunden am Stück zu schlafen. Karla hatte zwei Fehlgeburten gehabt und nahm die Kleine gern zu sich, wenn Beverly es nicht mehr aushielt. Schon damals hatte sie das Gefühl gehabt, dass die winzige, rotgesichtige Suzanne sie hasserfüllt anstarrte und ihr stumme Vorwürfe machte, weil Beverly es insgeheim bereute, sie auf die Welt gebracht zu haben.

Schließlich hievte sie sich doch in den Rollstuhl und fuhr hinüber zum Computer. Eine Weile saß sie tatenlos davor. Elena hatte den Bildschirmhintergrund dunkelrot gemacht. Das wirkte so freundlich. Aber mit wem wollte sie sich denn unterhalten, was hatte sie denn zu sagen? Arbeiter zu organisieren war nützlich, aber manchmal ganz schön deprimierend. Man erstritt für die Leute einen Lohn, mit dem sie einigermaßen anständig leben und ihre Familie versorgen konnten, und dann verlegten die Bosse ihr Unternehmen irgendwohin, wo sie Kinder für einen Stundenlohn von fünfzig Cents für sich arbeiten lassen konnten. Dann waren die Leute, für die man gekämpft hatte, arbeitslos, lebten wieder in Armut und saßen fest in Jobs, von denen sie nicht leben und nicht sterben konnten. Je mehr man die Menschen mochte, je mehr man sie respektierte und bewunderte, desto schlimmer war es für einen. Ein halbes Jahrhundert hatte Beverly versucht, das politische und wirtschaftliche Leben ihres Landes zu beeinflussen, manchmal mit Erfolg, manchmal ohne, aber jetzt war es vorbei. Sie konnte nicht mehr kämpfen.

Dauernd hatte sie das Gefühl, sie könnte den Zerfall ihres Körpers riechen, etwas Altes, Verfaultes, das zu lange im Mülleimer liegt. Wenn sie wirklich so stark wäre, wie sie immer gedacht hatte, dann würde sie ihre Zunge verschlucken. Sie würde eine Möglichkeit finden, sich umzubringen. Ein Radio ins Badezimmer schleppen und in die Dusche plumpsen lassen. Aber sie brachte es einfach nicht fertig. Angenommen, sie machte es nicht richtig, war am Ende immer noch am Leben, nur jetzt vollständig gelähmt?

Nach dem ersten Schlaganfall hatte sie sich ehrlich bemüht und sich nicht unterkriegen lassen. Sie hatte darum gekämpft, wieder zu Kräften zu kommen, zu sprechen, sich zu bewegen, zu gehen, für sich zu sorgen. Sie hatte daran geglaubt, dass sie wieder gesund werden konnte, wieder sie selbst, ein selbstständiger Mensch. Aber daran glaubte sie nicht mehr. Was einmal Beverly Blume gewesen war, war für immer verschwunden. Weniger als die Hälfte war noch übrig, und auch dieser Rest wurde täglich weniger. Die Pflegerinnen, die von der Agentur geschickt wurden, redeten mit ihr, als wäre sie schwachsinnig, ein großes, schlaffes, zurückgebliebenes Kind. Keine war wie Sylvia; Beverly schaffte es einfach nicht, eine Verbindung zu einer von ihnen herzustellen. Immer wieder kamen andere Frauen und redeten mit ihr wie auf Autopilot geschaltet. Sie stellten keinen Kontakt zu ihr her. Sie erledigten nur ihre Arbeit.

Heute Abend ging Suzanne mit ihr auf und ab. Es war langweilig. Zwar machte Suzanne ihre Sache gut, aber Beverly merkte, dass sie mit den Gedanken woanders war. Schon seit ihrer frühesten Kindheit hatte Suzanne das gekonnt: Sie war körperlich anwesend, aber in Gedanken meilenweit entfernt. Und Beverly hatte sich immer darüber geärgert. Sie sagte etwas zu ihrer Tochter, aber genauso gut hätte sie mit der Wand sprechen können. Suzanne jedenfalls hatte kein Wort mitbekommen.

»Was … denkst du?«, wollte Beverly wissen.

»Was? Oh, ich dachte gerade an Maxine. Ich bin die

Argumente durchgegangen, die ich vor dem Obersten Berufungsgericht vorbringen will.«

»Welche Argumente?«

Unabsichtlich ging Suzanne schneller und zog Beverly beim Sprechen mit. Nach einer Weile hörte Beverly nicht mehr zu. Lauter juristisches Zeug. Aber zumindest hatte sie Suzannes Aufmerksamkeit. »Du heiratest ihn?«, fragte sie.

»Wen?« Suzanne blieb abrupt stehen.

Beverly lachte. »Nicht nur einer?«

»Du meinst Jake? Nein. Warum sollte ich?«

Beverly zuckte die Schulter. »Sam … auch.«

»Sam zu heiraten war ein großer Fehler, das weißt du. Die Beziehung zu Jake ist auch nicht so eng. Aber es ist gut so. Für mich ist das mehr als genug.«

»Du wärst … versorgt.«

»Eine Ehe würde mich nicht versorgen. Du hast das auch nicht gemacht, oder? Warum willst du es mir aufdrücken? Außerdem hab ich keine Zeit für so was.«

Beverly tippte sich mit dem Daumen auf die Brust. »Last.«

»Nein, du bist keine Last.«

Beverly prustete spöttisch.

»Du bist meine Mutter.«

Suzanne war ein Feigling, sie konnte nicht zugeben, wie sehr Beverly sie damit belastete, dass sie zwei Schlaganfälle gehabt hatte und jetzt bei ihr gelandet war. Beverly spürte genau, dass das Geld knapp wurde. Sie merkte, dass sie an allen Ecken und Enden zu sparen versuchten. Der Rest der Familie meinte vielleicht, sie wüsste nicht, dass die Kosten für ihre Versorgung immer mehr in die Höhe gingen. Beverly schüttelte den Kopf. Verdrängung nannten es die Jüngeren vornehm. Absichtliche Blindheit nannte es Beverly. Natürlich war sie eine Last für ihre Tochter. Sie war ja eine Last für sich selbst. Was für ein Schlamassel war das Leben, wenn man alt wurde. Nichts war entschieden, nichts eindeutig zu Ende, nie gelangte man an ein richtiges, zufriedenstellendes Ziel, es gab keinen ordentlichen Schlusspunkt.

Beverly ließ sich auf einen Küchenstuhl sinken und deutete auf den anderen. Sie hatte genug von diesem sinnlosen Hin und Her zwischen Schlafzimmer und Wohnzimmer, wie ein Hamster im Laufrad. Dafür sollte sie weiterleben? Sie griff sich den nächstbesten Notizblock und begann zu schreiben. NICHTS, WOFÜR SICH LEBEN LOHNT. RESERVEN VERBRAUCHT. SCHMERZEN. KANN NICHTS SINNVOLLES TUN. MÜDE. MÜDE.

»Mutter, was möchtest du?«

HILF MIR STERBEN. BITTE BITTE BITTE.

»Dich umbringen?«

RUHE! HILF MIR.

Suzanne sah ihr lange in die Augen. Es war vielleicht der intensivste Blick, den sie je ausgetauscht hatten, jedenfalls seit Suzanne zwölf oder dreizehn war. Meistens waren sie einander ausgewichen, teils aus Angst, teils aus dem Wunsch, in Ruhe gelassen zu werden, teils sogar aus Taktgefühl. Aber jetzt starrten sie einander unverwandt an.

»Wie lange denkst du schon daran … dass du sterben möchtest?«

3 MONATE, schrieb Beverly. TAG UND NACHT.

»Du hast mit Elena darüber gesprochen.«

Beverly nickte. Langsam kritzelte sie auf ihren Block: BRAUCHE HILFE VON BEIDEN. BALD. SEHR BALD.

Suzanne runzelte die Stirn. Sie sah nicht überzeugt aus. In Beverlys Gedanken jagten sich die Argumente, eines stolperte über das andere wie eingesperrte Hundewelpen. Sie blieb stumm. Die Erklärung zu formulieren, darin bestand die Schwierigkeit. Sie konnte nur bitten. Starren. Mit den Augen flehen. Tu mir diesen letzten Gefallen. Gib mir Frieden.

44

Elena

»Jetzt tingelt er wieder durch die Talkshows mit seiner Vaterrechts-Masche«, sagte Marta. »Wie kann ein Mensch das ernst nehmen? Das ist doch total abgedroschen.«

Miles verzog das rundliche Gesicht. »Aber er hat ein paar Treffer gelandet. Und den Richtern, die meistens Männer und meistens Väter sind, wird sein Auftreten gefallen. Es wimmelt vor Männern, die ihre Ehe vermasselt haben und ihre Kinder bei sich behalten wollen.« Er wandte sich an Elena, die in einem Sessel kauerte, sich klein machte und am liebsten unsichtbar gewesen wäre. »Jetzt muss ich ganz sicher sein, dass ich Ihnen als Zeugin voll vertrauen kann.«

Elena blinzelte, verletzt, als hätte er sie geschlagen. »Ich weiß, dass ich im Unrecht war und möchte bei Marta gern etwas wieder gutmachen. Wir waren ekelhaft.«

»Sie müssen mehr tun, wenn Sie einen Richter überzeugen wollen, dass Marta diejenige ist, der Unrecht zugefügt worden ist. Er ficht die Scheidung an, deshalb befinden wir uns im Krieg.«

Miles, der Beige, dachte Elena: beige Haare, beige Haut, beiger Verstand. Kein Typ, in den man sich Hals über Kopf verliebte. Aber Elena konnte auch nicht gerade behaupten, dass ihr Talent für spontane Verliebtheit ihr sehr viele Preise eingebracht hatte. Vielleicht war es besser, beige oder grau zu sein. Jedenfalls war der Verstand dieses Mannes fies und scharf genug.

»Zum Beispiel wollen wir zeigen, dass Sie sich leicht von einem Mann beeinflussen lassen, mit dem Sie zusammen sind. Dass er der Aktive war.«

»Leicht beeinflussbar. Sie wollen doch nicht etwa auf Chad und Evan hinaus? Das werden Sie doch hoffentlich nicht zur Sprache bringen!«

»Die Akten sind unter Verschluss, Sie waren ja noch Jugendliche. Aber womöglich müssen Sie die beiden erwähnen, wenn ich die richtige Frage stelle. Ich brauche Ihre Kooperation. Ich erkläre Ihnen, wie ich die Sache angehen möchte.«

»Ich bin die schwache kleine Schlampe, die sich von jedem Mann rumschubsen lässt. Aber Chad und Evan haben mich nicht rumgeschubst. Ich war glücklich mit ihnen. Der Tod erschien uns wie ein besonders toller Orgasmus, der größte Kick überhaupt. Und ich wollte Jim mindestens genauso wie er mich. Dachte ich jedenfalls.« Sie warf Marta einen kurzen Blick zu. »Ich dachte, ich würde ihn kennen. Ich hab ihm geglaubt.«

»Er kann sehr plausibel klingen«, meinte Marta. »Ich habe ihm ja auch jahrelang alles abgekauft, was er mir erzählt hat.«

»Wenn wir Jims Schuld nachweisen wollen, müssen wir auch Ihre relative Unschuld klarstellen«, erklärte Miles geduldig. »Wie gesagt, Sie müssen kooperieren, sonst nützt mir Ihre Aussage nichts.«

»Das hab ich schon mal mitgemacht …« Elena seufzte. »Es geht immer darum, eine Geschichte zu konstruieren, stimmt's? Nie wirklich um die Wahrheit.«

Miles warf ihr einen Blick zu, der ihr zu verstehen

gab, dass er sehr wohl glaubte, es ginge um die Wahrheit: In seinen Augen war Elena tatsächlich eine leicht zu beeindruckende Idiotin. Marta wartete geduldig.

»Ich mach alles, was nötig ist. Ich sage alles, was ich sagen soll«, versprach Elena schließlich.

»Ich weiß das sehr zu schätzen«, bemerkte Marta. »Du weißt hoffentlich, dass ich dir verzeihen möchte. Das ist für uns beide gesünder.«

Elena stand am Fenster und schaute hinaus, während Miles und Marta ihre Argumentation ausarbeiteten. Boston befand sich fest im Griff eines Gletschers: Es hatte geschneit, der Schnee war überfroren, dann hatte es erneut geschneit und wieder gefroren. Klippen aus schmutzigem Eis säumten die Gehwege. In jeder Straße gab es erbitterte Kämpfe um die Parkplätze. Wenn jemand einen Parkplatz frei geräumt hatte, gehörte er ihm, das war ungeschriebenes Gesetz in der Stadt. Man stellte einen Mülleimer oder einen alten Stuhl auf den Platz, um das Eigentumsrecht zu markieren, aber wenn jemand den Mülleimer oder den Stuhl entfernte und sich den Platz unter den Nagel riss, resultierte daraus oft mehr als ein Wortgefecht. Elena überlegte, ob jemals ein Mensch bei einer solchen Auseinandersetzung ums Leben gekommen war. Sie fragte Miles danach. Er runzelte die Stirn und schwieg eine Weile. Dann antwortete er: »Fast. Dorchester District Court, 1994. William Procton parkte auf dem Platz, den der Angeklagte Edmund Little frei geräumt hatte. Edmund Little schoss William Procton in den Oberschenkel. Die Geschworenen verurteilen ihn nur wegen Körperverletzung, aber ich weiß nicht, ob er eine Gefängnisstrafe antreten musste. Im Grund fanden die Geschworenen ja, Little sei im Recht gewesen.«

Elena wusste nicht genau, ob sie sich freuen oder traurig darüber sein sollte, dass Rachel nun doch nicht heiratete. Sie hatte gehofft, sie würden alle nach Israel fliegen, denn das war bestimmt eine tolle Reise, vor allem im Winter. Als Rachel sie anrief, war sie schockiert. Etwas, das ihr mit der Schwester noch nie passiert war.

»Wie konnte ich mich in Michael dermaßen irren?«, fragte Rachel

»Wie konnte ich mich in Jim dermaßen irren? Ich hab viel größeren Mist gebaut. Wenigstens hast du ihn nicht geheiratet. Wenn das Rabbiner-Gericht dich nicht beleidigt hätte, würdest du ihn demnächst heiraten. Und dann hättest du wesentlich dümmer dagestanden als jetzt, wenn er dir sein wahres Gesicht gezeigt hätte.«

Ein langes Schweigen, während die Satellitenverbindung vor sich hin knackte und knisterte. »Du hast Recht.« Rachels Tonfall verbarg nicht, wie überrascht sie war, dass Elena ihr tatsächlich etwas Vernünftiges zu sagen hatte. »Ich versuche, damit zufrieden zu sein.«

»Es tut mir aber Leid, dass wir nicht alle rüberkommen und dich besuchen können«, meinte Elena.

»Mutter redet schon seit Monaten darüber, wie arm wir sind«, entgegnete Rachel. »Esst ihr wirklich Katzenfutter und ausgekeimte Kartoffeln?«

»Jeden Abend«, antwortete Elena. »Aber ich bekomme zum Glück was im Restaurant.«

»Ich dachte, man hat dich rausgeworfen.«

»Jetzt arbeite ich in einem anderen Restaurant.«

Rachel stellte keine weiteren Fragen zu Elenas Job. Das taten nur Leute, die selbst schon in der Gastronomie gearbeitet hatten. »Es ist so wunderschön hier. Gestern hat es in Jerusalem tatsächlich geschneit. Es war wie Kristall und Gold. Alles hat geglitzert.«

»Ich gehe wieder an die Uni. Aber sag Mutter noch nichts davon. Bitte.«

»Warum? Was willst du denn studieren, dass sie etwas dagegen haben könnte? Theologie? Wirst du Priesterin an der Episkopalkirche …?«

»Nein, für die Religion bist du in der Familie zuständig. Nein, ich möchte nur nicht, dass sie sich aufregt und mir sagt, was das für eine wundervolle Idee ist, bis mein Widerspruchsgeist erwacht und ich es doch nicht angehe. Ich möchte, dass es meine Idee ist, und ich möchte es ihr erst sagen, wenn die Vorlesungen begonnen haben.«

»Weißt du, sie möchte dich nur unterstützen. Du meinst immer, sie will sich einmischen, aber in Wirklichkeit möchte sie es nur leichter für dich machen.«

»Es ist besser, wenn ich es selbst hinkriege, zumindest, bis ich drin bin und weiß, dass es funktioniert. Glaub mir, so ist es besser.« Elena wechselte das Thema. »Glaubst du eigentlich, dass du wieder mit Michael zusammenkommst?«

»Willst du wieder was mit Jim anfangen?«

»Aber meine Geschichte mit Jim war reine Blödheit. Vollkommen daneben. Marta ist schwanger! Ich möchte nicht mal mit ihm im selben Zimmer sein, das kannst du mir glauben. Er versucht mich abzufangen, aber ich gehe ihm strikt aus dem Weg. Michael ist anders, ich hab ihn gesehen. Er ist nicht verheiratet. Er ist einfach nur jung.«

»Na ja, ich bin genauso alt wie er, und ich werde es nicht hinnehmen, dass er sich so unsensibel verhält. Ich glaube nicht mal mehr, dass er ein guter Rabbi wird.«

»Keine Ahnung. Aber es sah jedenfalls so aus, als wärst du ihm wichtig.«

»Tja, das war Theater. Eigentlich müsstest du das doch nachvollziehen können.«

Elena zuckte die Achseln, was Rachel natürlich nicht sehen konnte. »Ich bin Fachfrau, wenn es darum geht, sich anlügen zu lassen und Mist zu bauen. Ich mach mir einfach vor, dass der betreffende Mann genauso ist, wie ich ihn haben möchte, und ignoriere stur sämtliche Hinweise darauf, dass ich mich irren könnte.«

»Ich anscheinend auch. Ist bestimmt erblich.«

Elena erzählte Rachel nichts von Sean. Ihre Schwester wäre entsetzt darüber, dass sie sich so schnell mit einem anderen Mann eingelassen hatte, sie würde nicht verstehen, dass Elena Sean als Schutz brauchte. Sie hatte Jim geliebt, und sie wusste, dass diese Schwäche in ihr wohnte, wie ein schlummerndes Virus, das nur darauf wartete, bei nächster Gelegenheit von ihr Besitz zu ergreifen. Elena hegte den Verdacht, dass auch Jim das wusste und ihr deshalb weiterhin nachstellte. Seit er sie zweimal mit Sean gesehen hatte, war er allerdings weniger häufig aufgetaucht. Sie erwähnte Sean auch deshalb nicht, weil ihre Beziehung zwar angenehm war, aber nicht viel von ihren Gedanken und Emotionen in Anspruch nahm. Sean war verletzt worden und konnte sich nur bis zu einem gewissen Grad öffnen. Er hatte Wunden, die Elena nicht näher erforschen wollte. Sie gab sich mit ihm zufrieden, die Zeit verging, und allmählich entfernte sie sich aus der Gefahrenzone.

Wenn Elena ein Bier trank, konsumierte Sean zwei oder drei und wurde dabei immer stiller und zurückgezogener. Nach den ersten paar Malen versuchte sie sein Trinkverhalten nicht mehr zu überwachen. Er wollte nicht, dass sie sich um ihn kümmerte, er befand sich auf seinem eigenen, einsamen Weg. Dafür hielt sie Robby im Auge, denn er war Chef des Bedienungspersonals und ihm musste sie es recht machen, wenn sie den Job behalten wollte. Ihr Plan war nämlich, zu studieren und nebenbei zu kellnern. Robby war schrullig, sprunghaft, manchmal sehr nett, aber manchmal auch sarkastisch und fordernd. Elena fasste ihn mit Samthandschuhen an, lernte seine Laune einzuschätzen, sobald sie zur Arbeit kam, und verhielt sich entsprechend. Er ließ ihr relativ viel Freiheit, weil sie gleich alt waren. Außerdem gefiel ihm ihre Art. Er sagte ihr beispielsweise, sie bewege sich gut. Manchmal tanzten sie, wenn sie in eine andere Bar gingen. Das machte ihr Spaß. Sean tanzte nicht; er behauptete, er fühlte sich dann wie ein dressierter Tanzbär. Mit den Kollegen vom Natalie's auszugehen war ein netter Zeitvertreib. Wenn Elena an den vergangenen Sommer dachte, kam es ihr vor, als hätte sie an einem gefährlichen Fieber gelitten, das sie verbrannte und schwächte. Von diesem Fieber erholte sie sich jetzt zwar, wenn auch nur äußerst langsam.

45

Suzanne und Beverly

Rachel tat immer so, als ginge es ihr gut, aber sie hörte sich dabei so elend an, dass Suzanne sich schließlich zu dem Ratschlag hinreißen ließ, sie solle sich doch mit Michael versöhnen. Allerdings merkte sie dann, dass es Rachel gut tat, diesen Vorschlag von sich zu weisen. Rachel hatte sich mit einem Mädchen namens Nava angefreundet, deren Eltern aus Marokko kamen, und wurde zur Henna-Party ihrer großen Schwester eingeladen. Suzanne sorgte sich, dass die Hochzeitsvorbereitungen Rachel zu sehr aufwühlen würden, aber womöglich war alles viel zu exotisch, um eifersüchtig zu werden. Zur Henna-Party kamen nur Frauen; stundenlang wurde gegessen, gekichert und getanzt. Rachel versprach, Fotos zu schicken. Falls die Hochzeit sie deprimierte, war es ihrer E-Mail nicht anzumerken. Karla beharrte darauf, dass sie wieder mit Michael zusammenkommen würde, aber Suzanne hegte Zweifel. Wenn Rachel spürte, dass Michael bei etwas so Grundlegendem wie der Religion und ihrer Rolle als Rabbinerin ständig mit ihr uneins war, konnten sie sich nicht versöhnen. Für Rachel war diese Erkenntnis ein Schock gewesen und hatte ihr Vertrauen zutiefst erschüttert.

Suzanne konnte es gut nachvollziehen, dass Rachel nach dem Krach daran zweifelte, ob sie je wieder einen Mann finden würde, der sie liebte. Schließlich hatte sie selbst einen ähnlichen Betrug durchgemacht. Es hatte lange gedauert, bis sie Sam gegenüber misstrauisch wurde, weil sogar Victor, den jeder verdächtigte fremdzugehen, mit ihr ganz zufrieden zu sein schien, bis sie schwanger wurde. Erst als Erzählungen und Zeitangaben immer weniger zusammenpassten, war sie argwöhnisch geworden. Seine Lügen hatten sie ebenso entsetzt wie seine Untreue. Sie hatte schon oft zu hören bekommen, dass sie einfach nicht verstehen konnte, was eine Versuchung war. Anscheinend lag es in ihrer Natur, dass sie sich nur selten verliebte, dass sie ihren Beruf und ihre Töchter wichtiger fand als einen Mann, und dass es ihr so schwer fiel, auf die Liebe eines einzigen Mannes zu vertrauen, dass sie gar nicht auf die Idee kam, nebenbei etwas mit einem anderen anzufangen. Sie hatte keine Zeit für Komplikationen. In ihrem Hinterkopf schwelte immer noch die Glut des Zorns, ein Samen, den sie nie wachsen lassen, aber auch nie ausgerissen hatte. Trotzdem war er da, strahlte vor sich hin, aber ohne direkte

Konsequenzen – das alte schmerzliche Gefühl, betrogen worden zu sein, auf das sie sich oft berief, wenn sie eine Klientin verteidigte.

Vorige Woche hatte Sam angerufen und wollte mit ihr über Martas Scheidung und Elenas Situation sprechen. Sie hatte ihn an Miles verwiesen, der mit Sam und seiner Neugier bestimmt fertig wurde. Marta und Sam waren nie sonderlich gut miteinander ausgekommen. Suzanne hütete sich, auch nur ein Wort zu sagen, das Marta verletzen konnte, wenn es ihr zu Ohren kam, oder das Sam womöglich ein Gefühl der Genugtuung verschaffte. Manchmal konnte sie Sam gut leiden, aber wenn es um Marta ging, vertraute sie ihm nicht. Die beiden trugen irgendeinen Groll gegeneinander mit sich herum, der nie ausgesprochen und geklärt worden war. Schon vor Jahren hatte Suzanne sich geschworen, hier nie zwischen die Fronten zu geraten.

Um mit Beverly ein richtiges Gespräch zu führen, musste Suzanne all ihre ohnehin nicht sehr große Geduld aufbringen. Beverly saß ihm Bett, Suzanne auf dem Stuhl daneben.

HÄTTE DICH BESSER GANZ KARLA LASSEN SOLLEN, schrieb Beverly.

Statt das zu bestreiten und eine Auseinandersetzung heraufzubeschwören, ließ Suzanne sich genau durch den Kopf gehen, was Beverly meinte. »Vielleicht«, sagte sie schließlich. »Das ganze Hin und Her war oft schwer zu verkraften. Du hattest über alles andere Vorstellungen. Bei Karla ging ich in die jüdische Schule. Bei Karla sollte ich mich fürs Essen interessieren und kochen lernen. Essen war gut. Du bist bei der leisesten Erwähnung von Religion an die Decke gegangen. Du wolltest keine jüdischen Feiertage einhalten. Wenn ich also nicht bei

Karla war, hatte ich keine Feiertage. Du fandest Essen langweilig. Hol dir was von der Bude. Mach dir 'nen Snack. Du hast nie viel gegessen und Kochen immer gehasst.«

Beverly schüttelte den Kopf und stieß mühsam hervor: »Karla … fett.«

»Ich fand das nicht so schlimm. In ihrem Haus roch es nach Zimt und Knoblauch und fettigem Brathähnchen. Auf ihren Stühlen konnte man bequem sitzen. Du hast gemeint, sie verhätschelt mich, und sie hat mir ja auch tatsächlich das Gefühl gegeben, ich wäre was Besonderes. Aber ich konnte sie mir nicht als Vorbild nehmen. Sie war Lehrerin für die dritte Klasse. Ich wusste damals schon, dass das nicht genügte.«

Sorgfältig schrieb Beverly: MEINETWEGEN BIST DU SNOB?

»Sagen wir mal, ich hatte höhere Ambitionen. Sicherheit gehörte nicht gerade zu deinen höchsten Lebenszielen, und du wolltest auch nicht, dass es bei mir anders wurde.«

»Also war … nicht alles … schlecht.«

»Natürlich nicht. Aber ihr beiden wart ein echtes Kontrastprogramm. Du hattest Glamour. Du hast gern geflirtet …«

Beverly lachte und wedelte mit der Hand, als wollte sie eine Fliege verscheuchen.

»Bei dir herrschte ein ständiges Kommen und Gehen. Du hattest Freunde. Wenn du in ein Zimmer kamst, hat dich keiner ignoriert. Du hattest deine Politik. Du gingst Risiken ein. Aber Karla war netter. Freundlicher. Und sie war … liebevoller.«

HÄTTE KEIN KIND HABEN SOLLEN.

Suzanne wusste, dass sie höflich protestieren sollte, aber sie schaffte es nicht, denn sie hatte selbst oft das Gleiche gedacht. Als sie klein war – wie oft hatte sie sich da gewünscht, Karla wäre ihre Mutter und Beverly ihre Tante! Wegen solchen Gedanken hatte sie natürlich ein schlechtes Gewissen gehabt, aber sie konnte sich nicht zurückhalten, sie wenigstens Karla anzuvertrauen – die sehr, sehr zufrieden gewesen war. Vielleicht hätte man sagen können, dass die beiden Schwestern sich um Suzanne gezankt hatten, aber Beverly schien immer ganz zufrieden damit zu sein, dass ihre Tochter mindestens die Hälfte der Zeit bei Karla verbrachte. »Na ja, ich denke, ich hatte zwei Mütter. Das ist sicher doppelt so gut wie eine. Bei dir lief das Leben immer auf Hochtouren, so wie jetzt bei mir. Ich hab kaum Zeit für andere Menschen, und das war bei dir genauso. Darin sind wir uns ähnlich. Du hast deiner Arbeit oberste Priorität eingeräumt, weil sie wichtig für dich war …«

»Wichtig … auch … für andere.«

»Genau wie bei mir. Außerdem hat mich auch Karla im Stich gelassen. Als ich aus dem College zurückkam, hatte sie mich ersetzt. Sie war verrückt nach Suwanda – sie hatte sie gerade adoptiert –, und plötzlich war ich nicht mehr ihr Goldkind. Aber in unserer Art, mit dem Leben umzugehen, sind wir uns ähnlicher, als dir klar ist. Du hattest Karla, die sich um mich gekümmert hat, ich hole mir Hilfe von Elena und dem Pflegedienst.«

Beverly nickte. Dann ließ sie den Kopf aufs Kissen zurücksinken. »Müde.«

Suzanne wollte aufstehen. »Dann lass ich dich jetzt ausruhen.«

Aber Beverly legte ihr die Hand auf den Arm. »Muss reden.«

Suzanne setzte sich wieder. »Sicher. Was hast du noch auf dem Herzen?«

»Du weißt. Will sterben.«

»Ja, du willst sterben.« Sie sah ihrer Mutter fest in die

Augen. »Du bittest mich darum, einen Mord zu begehen, das weißt du, Mutter.«

Beverly zuckte die Achseln. »Vorsichtig.«

»Ich unterrichte Jura. Ich bin am Gericht. Wir hatten schon einen Kriminalfall in der Familie.«

Tränen rollten über Beverlys Gesicht. »Nicht ... weitermachen. Nein.«

»Was soll ich tun?«, fragte Suzanne.

»Pillen.«

»Was für Pillen?«

Beverly gestikulierte zu dem Regal, das sie als Kommode benutzte. »Ganz ... oben.«

Suzanne ging zu dem Regal hinüber, entdeckte aber nur Socken, Strümpfe und Handschuhe. Eine Dose mit riesigen Sicherheitsnadeln. »Wonach soll ich suchen?«

»Ausdruck.«

Unter den Socken fand Suzanne ein Bündel Papiere, offensichtlich aus dem Internet ausgedruckt, von letztem Juli, also vor Beverlys zweitem Schlaganfall. Die Seiten enthielten Beschreibungen verschiedener Methoden, wie todkranke Menschen ihr Leben beenden konnten. »Aber du bist nicht todkrank.«

Beverly hatte begonnen, auf ihren Block zu schreiben. KEIN ENDE. SCHLIMMER ALS TOD. Auf einem zweiten Blatt fuhr sie fort. KAUM WAS ÜBRIG. ALLES WICHTIGE WEG. LAST. KEIN LEBEN!

Beverly war erschöpft und frustriert. Nur um etwas ganz Simples, in beinahe kindlicher Art zu sagen, musste sie ihre gesamte Kraft aufwenden. Warum schaffte sie es nicht, sich Suzanne verständlich zu machen? Irgendwie musste sie doch zu ihr durchdringen. In ihrem Kopf rasten die Gedanken, trotzdem fielen ihr oft genug die richtigen Worte einfach nicht ein, und sie musste mit irgendeinem Ersatz vorlieb nehmen. Und was herauskam, war grob und unbeholfen. Nicht das, was sie sagen wollte, höchstens ein Bruchstück dessen. Alles wurde zu einer Art Resümee, immer nur ein Teil dessen, was sie meinte. Ein Leben, das nur aus Essen, aufs Klo gehen und Schlafen bestand, reichte ihr nicht. Sie war gefangen in einem zerrütteten Geist und einem teilweise gelähmten Körper. Und sie hatte es satt, sie war müde, todmüde. Wenn sie die anderen nur fühlen lassen könnte, was sie fühlte. Aber wie? »Warum hältst du … mich fest?«

»Ist es so schlimm hier?«

Beverly nickte heftig. Zu gern hätte sie Suzanne gesagt, dass es nicht an ihr lag, dass sie nichts falsch machte. Aber es war eben nicht Beverlys Leben, sondern das von Suzanne, Beverly war hier fehl am Platz, unfähig zu kommunizieren, unfähig zu handeln.

»Wärst du glücklicher in einem Heim?«

»Nein! Nein!« Das wäre der Tod bei lebendigem Leib: Mit anderen nicht funktionsfähigen Menschen abgestellt und von unterbezahltem Personal, das keinerlei Interesse für sie aufbrachte, notdürftig versorgt. »Auf der Treppe … enttäuscht.«

Einen Augenblick musste Suzanne nachdenken. »Sprichst du vom Sommer?«

Beverly nickte. »Schlechter Tag.«

»Da hast du Recht.«

»Marta frei. Elena okay.« Beverly hasste es, sich so reden zu hören. Es war demütigend, zu klingen wie eine Zweijährige oder wie jemand, der gerade die ersten Worte einer Fremdsprache gelernt hatte. Jedes Mal wenn sie den Mund aufmachte, wich sie innerlich zurück. Sie schrieb: JETZT ZEIT MIR ZU HELFEN.

»Wir versuchen dir zu helfen. Elena und ich und die Pflegerinnen, die dafür sorgen, dass du dich jeden Tag ein bisschen bewegst. Wir versuchen, dir zu geben, was du brauchst, Mutter, auch wenn du vielleicht findest, dass wir das nicht schaffen.«

Sie starrte ihre Tochter wütend an. Warum weigerte sie sich dermaßen stur, sie zu verstehen? Beverly fühlte sich übervorteilt. Weil sie ihr Anliegen nur so unvollständig vertreten konnte, war es leicht für Suzanne, so zu tun, als kapierte sie nicht, was ihre Mutter wollte. »Hilf mir … sterben. Nur Hilfe … will ich.«

Suzanne schwieg lange. Beverly wartete und starrte sie an. Glaubte ihre Tochter wirklich, dass sie vergessen würde, was sie sich so leidenschaftlich wünschte, dass sie es sich anders überlegen, das Thema fallen lassen würde? Keine Chance. Sie würde nicht zulassen, dass Suzanne vergaß, was zu tun war. Sie würde ihrer Tochter so lange auf die Nerven fallen, bis sie bekam, was sie wollte. Sie musste ihre Verzweiflung fühlbar machen, obwohl sie sich dabei oft vorkam wie ein Krabbelkind, das auf dem Hochstuhl saß und mit dem Löffel auf den Tisch hämmerte. »Will … nur … das.« Sie schlug die Hand gegen die Brust. Gott, war sie dünn und wabbelig! Ihr Körper ekelte sie an. Das war nicht mehr der Körper, den sie genährt und gepflegt hatte, das Medium ihres Willens und ihres Vergnügens. »Sterben!«

Suzanne begann zu weinen. Am liebsten hätte Beverly sie geschlagen. Wie konnte es ihre Tochter wagen, hier zu sitzen und zu heulen über etwas, was sie, Beverly, wollte und unbedingt brauchte? Als wäre nicht die ganze Familie besser dran, wenn sie aus dem Haus war. Wie konnte Suzanne glauben, dass Beverly nicht wusste, wie teuer ihre Krankheit war – sie hatte die Pflegerinnen gefragt, wie viel sie verdienten, und den Betrag verdoppelt. Und wofür das Ganze? Langeweile, Schmerz und Ekel. Wieder starrte sie ihre Tochter an, die aufblickte, sie ansah und noch heftiger weinte. Das ist wirklich eine große Hilfe, dachte Beverly, eine riesengroße Hilfe, als würde Weinen irgendwas bringen. Sie selbst hatte nie viel geweint. Karla schon. Seit eh und je. Als kleines Mädchen brauchte man ihr nur zu erzählen, dass der Hund überfahren worden oder ein Vogel gegen die Fensterscheibe geflogen war, schon legte sie los. Im Kino saß sie da und schniefte. Manchmal hatte Beverly sich geweigert, neben ihr zu sitzen. Eigentlich war Suzanne genauso gewesen, aber Beverly hatte es ihr ausgetrieben, sie sollte ruhiger und stärker werden. Es war würdelos, dauernd in Tränen auszubrechen. Frauen, die mit ein bisschen Geflenne ihren Kopf durchsetzten, sollten sich schämen. Beverly hatte Tränen nie als Waffe benutzt und war immun gegen sie. Und wenn Suzanne die ganze Nacht hier sitzen und schluchzen wollte, würde Beverly trotzdem keinen Millimeter von ihrem Entschluss abweichen.

Wie einen Stein spürte Suzanne die Verzweiflung in ihrem Magen. Beverly würde nicht locker lassen. Sie würde weiter in ihrem Bett sitzen wie eine wütende alte Eule und mit ihrer heiseren Stimme wiederholen, dass sie sterben wollte. Sie sah sich schon den Ärzten erklären, dass ihre Mutter Selbstmordabsichten hegte – nur war Beverly viel zu hilflos, um sich selbst töten zu können. Wenn ihre Mutter starb, würde die Verantwortung auf Suzanne zurückfallen.

Fünfundzwanzig Jahre lang hatte Suzanne juristische Kämpfe ausgetragen, aber sie hatte nie etwas Größeres getötet als einen Ohrwurm. Sie hatte ein gewaltfreies Leben geführt. Auf ihrem Schoß lagen immer noch die Seiten, die sie für Beverly vom Regal geholt hatte. Offensichtlich hatte Beverly schon vor ihrem zweiten Schlaganfall an Selbstmord gedacht. Offensichtlich hatte sie nicht vor, es sich anders zu überlegen, ganz gleich, welche Argumente Suzanne vorbrachte. Die Situation war ausweglos. Ganz gleich, was sie tat, eine Lawine der Schuld würde auf sie herabstürzen. Wenn sie sich weigerte, ihrer Mutter beim Sterben zu helfen, machte sie sich schuldig, wenn sie sich dazu überreden ließ, sie zu töten, ebenfalls. Wie sollte sie damit leben?

Sie nahm die Papiere in die Hand. »Ich lese mir das durch und komme dann darauf zurück.« Wie läppisch sich das anhörte, als wäre es ein juristischer Schriftsatz, zu dem sie eine Meinung abgeben sollte.

»Hilf … mir.«

»Ich werde tun, was ich kann, Mutter. Ich werde tun, was ich kann.«

Beverly streckte ihre gute Hand aus und umklammerte Suzannes Handgelenk. Überrascht stellte Suzanne fest, wie viel Kraft noch immer in ihrer Mutter steckte. Beverly ließ sie nicht aus den Augen. Offenbar war sie entschlossen, nicht zu blinzeln. »Du musst, Suze, du musst.«

Suze: So hatte ihre Mutter sie genannt, als sie ein kleines Mädchen war, wenn sie etwas getan hatte, was Beverly gefiel. Jetzt war Suzanne weniger gerührt als amüsiert. »Du weißt andere wirklich wahnsinnig geschickt zu manipulieren, Beverly. Du gibst nicht auf, stimmt's?«

»Nein.«

»Ich werde die Artikel lesen und mir ernsthaft durch den Kopf gehen lassen, was ich tun kann. Jetzt lass bitte meinen Arm los, Mutter.« Sie beugte sich hinunter und küsste Beverly auf die Stirn.

Noch eine Minute hielt Beverly sie fest. »Morgen.«

»Ja, morgen reden wir weiter. Versprochen.«

Suzanne knipste das Licht aus und ging in ihr Arbeitszimmer. Was ihre Mutter ihr gegeben hatte, war nicht gerade Bettlektüre. Also setzte sie sich an ihren Schreibtisch und las dort die Anweisungen zur Beendigung des Lebens ihrer Mutter. Sie wünschte sich, sie hätte gern Whiskey getrunken, aber das Stärkste, was sie sich je zu Gemüte führte, war Sherry, bei den Empfängen des Dekans. Sie hatte nicht mal das im Haus. Manchmal war es richtig schade, dass sie nichts für alkoholische Getränke übrig hatte.

Mitten in der Lektüre bekam sie einen Anruf von einem Anwalt aus Kalifornien, der ihr einen Gefallen schuldete. Sie hatte ihn überredet, sich um Jims Fall zu kümmern. »Es sieht schlecht aus. Der Richter hat den Geschworenen gerade Anweisungen gegeben, die praktisch alles außer einem Schuldspruch ausschließen, unter anderem wegen des Vorwurfs der Verabredung zur Verübung einer Straftat, was ja der eigentliche Hammer ist. Ich denke, es gibt Grund genug für eine Berufung, aber da ich erst so spät dazugekommen bin, weiß ich das erst hundertprozentig, wenn ich das vollständige Gerichtsprotokoll gesehen habe.«

»Es besteht also wirklich die Möglichkeit, dass Jake ins Gefängnis wandert?«

»Ich würde sagen, es sieht ganz danach aus.«

46

Elena

Elena hörte zu, während ihre Mutter ausführlich von einem Fall in Florida erzählte, bei dem ein Mann seiner Frau Sterbehilfe geleistet hatte und mit einer Bewährungsstrafe davongekommen war. Bei einem anderen vergleichbaren Fall hatte das Urteil auf fünfzehn Jahre elektronisch überwachten Hausarrest gelautet. Dann gab es noch den Fall in North Carolina, wo ein Sohn wegen vorsätzlichen Mordes verurteilt worden war, obwohl sein sterbender Vater ihn angefleht hatte, seinem Leiden ein Ende zu bereiten.

»Es ist ein Scheißspiel«, sagte Suzanne und legte ihre Notizen beiseite. »Kein einziger amerikanischer Bundesstaat gewährt den Familienmitgliedern das Recht, jemandem beim Sterben zu helfen, selbst wenn der Betreffende darum bittet und grässliche Schmerzen leidet.« Suzanne stand auf und begann, im Zimmer auf und ab zu gehen, nicht hektisch, sondern mit einer in Elenas Augen fast mechanischen Präzision, jede Kehrtwendung genau auf dem Absatz. »Manchmal haben die Geschworenen den Angeklagten laufen lassen, manchmal wurde für das gleiche Verbrechen lebenslange Haft verhängt. Die Standardverteidigung läuft darauf hinaus, dass auf vorübergehende Unzurechnungsfähigkeit plädiert wird. Jeder weiß, dass das genau genommen die Unwahrheit ist, aber die Geschworenen halten sich daran fest, um die Tat irgendwie zu rechtfertigen. Im Fall Washington gegen Glucksberg macht laut Rehnquist der Oberste Gerichtshof einen Unterschied zwischen der Verweigerung medizinischer Behandlung und der bewussten Verabreichung einer potenziell tödlichen Medikation, wodurch die Entscheidungen des Zweiten und des Neunten Bezirksgerichtshofs aufgehoben sind.«

»Es hat also Leute gegeben, die einem geliebten Menschen mit einem Revolver das Lebenslicht ausgeblasen haben. Aber bei uns geht es um Pillen«, gab Elena zu bedenken. »Wenn wir es richtig anstellen, gibt es gar keinen Mordprozess. Komm schon, Mutter, wir müssen doch irgendwie in der Lage sein, ihr zu helfen.«

Suzanne setzte sich wieder vor den Stapel Papiere, die sie zu diesem häuslichen Geheimtreffen in ihrem Arbeitszimmer mitgebracht hatte. »Du bist überzeugt, dass wir es tun sollten?«

»Mutter, schon zwei Monate bevor sie auf dich zugekommen ist, hat sie mich darum gebeten. Ich kann sie nicht im Stich lassen, nur um mich selbst nicht in Schwierigkeiten zu bringen. Ich liebe Grandma.«

»Ich liebe sie auch …«

»Aber ihr zwei habt eine bewegte Vergangenheit hinter euch. Für mich ist das anders, sie war immer für mich da, sie hat mich nie verurteilt. Deshalb bin ich es ihr schuldig.«

»Die Tatsache, dass wir eine ziemlich bewegte Vergangenheit haben, macht alles ja nur noch viel komplizierter. Woher wissen wir, dass sie uns gegenüber kein schlechtes Gewissen hat, weil sie von uns abhängig ist?«

»Natürlich hat sie ein schlechtes Gewissen, weil sie von uns abhängig ist. Hättest du das etwa nicht?«

»Aber dann haben wir versagt. Woher wissen wir, dass wir sie in ihrem Todeswunsch nicht unterschwellig bestärken, weil es einfacher für uns ist?«

»Weil wir – nach deiner Auffassung zumindest – womöglich dafür lebenslänglich hinter Gitter wandern.«

»Aber fühlst du dich jetzt nicht auch manchmal wie eine Gefangene? Wünschst du dir nicht, du müsstest nach der Arbeit nicht jedes Mal gleich wieder hierher rennen, damit Beverly nicht allein ist? Du müsstest ihr nicht helfen auf dem Klo, den Nachttopf ausleeren oder das Bett abziehen, wenn sie es nicht rechtzeitig auf die Toilette schafft. Ihr beim Baden helfen. Beim Essen. Sie zu Ärzten und Therapeuten bringen. Geht dir das nicht auch auf die Nerven?«

»Ja, manchmal schon. Aber ich hab mehr Geduld als du.«

»Sogar die Katzen haben mehr Geduld als ich. Aber verstehst du nicht, Elena, wir haben ein Motiv. Wie können wir sicher sein, dass wir nicht nur aus Bequemlichkeit handeln?«

»Weil sie uns immer wieder darum gebeten hat. Sie ist verzweifelt. Sie hasst das Leben, wie es jetzt für sie ist, Mutter. Kannst du das nicht verstehen, kannst du nicht versuchen, dich ein einziges Mal in ihre Lage zu versetzen?«

Suzanne seufzte. »Ich hasse Selbstmord. Dagegen kann ich nichts machen. Wenn ich daran denke, dass du dich fast umgebracht hast, als du fünfzehn warst ...«

»Komm schon, Mutter, das ist eine uralte Geschichte. Es war nicht meine Idee. Damit hatte Marta ganz Recht. Chad wollte sterben, weil er mit seinem Vater nicht zurande gekommen ist. Er wollte das Leben nicht, das sein Vater ihm aufzuzwingen versuchte. Er wollte lieber sterben als auf die Militärschule gehen. Ich war nur total gelangweilt.«

»Ich weiß, dass du es nicht magst, wenn ich mit rechtlichen Aspekten daherkomme, aber so gehe ich die Sache nun mal an. Ich kann unsere Recherchen in mehrere Teile zerlegen ...«

»Recherchen?« Elena bemerkte, wie ihre Stimme eine Oktave höher wurde.

Überrascht sah Suzanne ihr ins Gesicht. »Ja, Recherchen. Erstens die Gesetzeslage. Zweitens die zur Verfügung stehenden Methoden, Pro und Kontra, welche davon für Beverly und uns überhaupt praktikabel sind. Wenn wir dann eine Methode gefunden haben und beide zu der Entscheidung gekommen sind, dass wir sie durchführen wollen, wie setzen wir sie im Einzelnen in die Tat um.«

Elena lachte trocken. »Siehst du, jetzt arbeiten wir zusammen, Mutter. Vielleicht das erste Mal in unserem Leben.«

»Wirklich? Na ja, wahrscheinlich schon.« Suzanne lehnte sich in ihrem Schreibtischsessel zurück und schloss einen Moment die Augen. »Ich wollte nur, der Anlass wäre weniger schrecklich.«

»Warum sollte er schrecklich sein? Wir arbeiten daran, sie zu erlösen. Das ist das größte Geschenk, das wir ihr machen können. Wir müssen es für sie tun, Mutter. Wir haben es versprochen.«

»Ja, das haben wir, Elena. Aber wir müssen verrückt sein.« Müde hob Suzanne die Hand, um Elenas Reaktion von vornherein Einhalt zu gebieten. »Einer der heikelsten Punkte ist, dass sie nicht im Sterben liegt und keine unerträglichen Schmerzen leidet. Sie fühlt sich nur hilflos und hoffnungslos und möchte, dass der Kampf, den sie sowieso verlieren wird, zu Ende ist. Okay. Nun zum praktischen Teil.« Suzanne holte ein paar Papiere hervor, und Elena erkannte die Ausdrucke ihrer Großmutter.

»Den Teil übernehme ich«, sagte sie und stand auf. »Ich mache die … Recherchen.«

Mit hochgezogenen Augenbrauen blickte ihre Mutter sie an. »Bist du sicher, dass du das willst? Es ist ziemlich öde.«

»Meinst du, ich schaff es nicht, weil ich den intellektuellen Anforderungen nicht gewachsen bin?«

»Aber nein. Natürlich schaffst du es. Ich habe mich nur gewundert, dass du dich freiwillig dazu bereit erklärst.«

Elena wusste sehr gut, dass ihre Mutter Zweifel hatte, diese aber nicht äußern wollte. Sie lächelte. Manchmal war es wirklich ein Kinderspiel, ihre Mutter zu manipulieren. Elena war fest entschlossen, ihre Recherchen erfolgreich durchzuziehen. Informationen über Drogen zu sammeln, war nicht schwer, außerdem hatte sie gute Verbindungen, sie zu beschaffen, ohne dass es aktenkundig wurde. »Ich mache das wirklich gern.« Sie hatte mehr Vertrauen zu sich als zu Suzannes Skrupeln.

Plötzlich klappte Suzanne zusammen. Sie legte den Kopf auf die Hände und begann heftig zu weinen. Einen Moment lang war Elena starr vor Schreck. Suzanne weinte nie! Dann ging sie langsam auf ihre Mutter zu in der Hoffnung, dass der Anfall so unvermittelt vorbei sein würde, wie er begonnen hatte, legte unbeholfen, zögernd den Arm um Suzannes zuckende Schultern und strich ihr über den Rücken. Irgendwie kam sie sich dabei aber vor wie jemand, der Angst vor Pferden hat, aber unbedingt eines beruhigen möchte.

Langsam gewann Suzanne die Fassung zurück. Als sie wieder sprechen konnte, sagte sie leise: »Es ist schwer zu erklären. Aber das alles bedeutet für mich eine Niederlage. Ich muss mich von der Fantasie verabschieden, dass Beverly und ich uns irgendwann verstehen, dass wir … besser miteinander auskommen … Keine Sorge, Elena, es ist nur ein uralter Tagtraum von mir.«

»Aber wenigstens kommen wir beide besser miteinander zurecht, Mutter. Findest du nicht? Das haben wir beide nicht erwartet, stimmt's? Und das kann uns keiner nehmen.«

Es gab eine Menge nette Umschreibungen, Worte, die Menschen erfunden hatten, um sich nicht wirklich darauf einlassen zu müssen. Einer von Elenas Lieblingsausdrücken war ›Selbstentbindung‹, was klang, als bekäme man ganz allein ein Baby. Einerseits amüsierte sie sich über die Sprache, die auf Zehenspitzen um den Tod herumschlich, andererseits sammelte sie ganz nüchtern Informationen. Chad hatte seinen Tod äußerst schlampig geplant. Er hatte Evan mit sich gerissen, ohne dass dieser es wollte, einfach nur, weil Chad die Kontrolle verloren hatte. Wenn er sich wirklich hätte töten wollen – nur sich allein –, wäre die Lösung gewesen, den Revolver zu nehmen, sich zu Hause in seinem Zimmer einzuschließen und die Sache durchzuziehen. Oder allein in die Wüste zu gehen. Aber er wollte nicht allein sterben, er brauchte Gesellschaft beim Sterben, er wollte, dass Elena und Evan dabei waren, dass sie mit ihm gingen. So viele Jahre lang hatte Elena unter ihren Schuldgefühlen gelitten, weil sie sich nicht erschossen hatte oder erschossen worden war. Sie hatte Evan nicht beschützen können. Sie hatte ihn im Stich gelassen. Aber Chad gegenüber fühlte sie sich nicht schuldig. Nach all der Zeit fand sie in ihrem Innersten ein gewisses Maß an Wut und ein gewisses Maß an Mitleid. Manchmal hatte die Wut die Oberhand, manchmal das Mitleid, aber das Schuldgefühl, dass sie nicht tot war, war verschwunden. Evan war durch Chads Revolver gestorben, nicht ihretwegen.

Sie ging in die Stadtbücherei und begann nach Büchern über Selbstmord zu fahnden, die sich aber als nutzlos herausstellten – endlose Statistiken und dumme Verallgemeinerungen. Psychologische Profile. Opferdiskussionen. Dann versuchte sie es beim Thema Gift. Das erwies sich als fruchtbarer, obgleich die meisten Methoden ziemlich schmerzhaft zu sein schienen.

In einem großen Buchladen fand sie ein paar Bücher, die tatsächlich von Sterbehilfe und von Menschen handelten, die sich selbst töten wollten. Eine Weile stand sie vor dem Regal und überlegte, welches sie kaufen wollte. Schließlich erstand sie noch zwei unverfängliche Titel, damit sich die Angestellten nicht an sie erinnern würden: ein italienisches Kochbuch und ein Buch über verschiedene gängige Psychotherapieformen. Das würde sie wahrscheinlich wirklich lesen. Der Buchhändler war Anfang zwanzig und beachtete sie nicht weiter. Sie bezahlte alles bar.

Dann trug sie die Bücher nach Hause und setzte sich hin, um die Fallberichte der Selbstmorde zu lesen: *Lass mich sterben, ehe ich erwache*. Die meisten der Betroffenen hatten Krebs, aber Grandma hatte dasselbe Recht zu beschließen, dass sie nicht mehr leben wollte. Grandma wollte es sauber machen. Sie hatte nicht nach Mutters Revolver gefragt, was ein Segen war. Elena hatte Chads zerschmetterten Schädel noch allzu deutlich im Gedächtnis, Gehirnmasse und Blut. Wenn man jemanden erschoss, verwandelte er sich unweigerlich in menschlichen Müll.

Sie saß auf ihrem Bett, die Kissen in den Rücken gestopft, mit einem gelben Textmarker in der Hand, als wäre sie wieder auf dem College und würde für die Abschlussprüfung lernen. Sie ging ganz systematisch vor. Es war ihr sehr wichtig, genau herauszufinden, was sie brauchten, um Grandma zu helfen. Außerdem wollte sie ihrer Mutter und vor allem sich selbst beweisen, dass sie dazu fähig war. Dass sie keinen Mist baute. Ihr neues Image, ihr Idealbild der kompetenten Therapeutin, verlangte, dass sie sich gewissenhaft Notizen machte, dass sie die genaue Dosierung der Medikamente und Drogen herausfand, die einen sicheren Tod garantierten.

Nachdem das Restaurant Freitagnacht geschlossen hatte, ging sie zusammen mit der ganzen Gruppe in die

Bar, setzte sich neben Robby und wartete auf eine Gelegenheit, ungestört mit ihm zu reden. Robby dealte hauptsächlich mit Kokain, Crack, Heroin und Marihuana, aber er prahlte immer damit, dass er alles besorgen konnte. Schließlich kam ihre Chance. »Robby, ich brauche ein bisschen Stoff.«

»Ich bin ganz Ohr.«

Sie wagte nicht, ihn zu bitten, ihr gleich alles auf einmal zu besorgen. Das wäre zu auffällig. Sie würde ihn jetzt nach einem Teil fragen und dann in einer Woche oder so nach einer weiteren Lieferung. »Ich hätte furchtbar gern ein bisschen Nembutal oder Amytal oder …«, zählte sie ihre Liste auf. »Und vielleicht auch Darvon oder Demerol oder Kodein.«

»Eins davon oder alles auf einmal?«

»Alles wäre mir recht, aber ich nehme, was ich kriegen kann.«

»Das wird dich aber einiges kosten.« Robby hätte nie gefragt, warum sie das Zeug wollte. Er ging davon aus, dass sie high werden, abhängen oder aussteigen wollte.

»Wer fliegen will, muss auch bezahlen. Wann kann ich das Zeug kriegen?«

»Nächsten Freitag.«

»Sag mir eine ungefähre Summe, dann hab ich die Scheine dabei.«

Als Elena ihrer Mutter davon berichtete, konnte sie nicht nur voller Zufriedenheit erklären, dass sie Medikamente und Dosierung kannte, sondern auch, dass sie am nächsten Abend die erste Lieferung arrangiert hatte. Was sie brauchte, war Bargeld in Fünfzigdollarscheinen. Robby wollte Fünfziger. »Nicht zu groß und nicht zu klein«, hatte er mit seiner tiefen, klaren Stimme zu ihr gesagt. »Genau richtig muss es sein.«

Am Freitagabend gab sie Robby das Geld und bekam dafür zwei Fläschchen Vitamintabletten. »Vitamin C ist das Nembutal. Der Vitamin-B-Komplex ist das Kodein.«

Statt die Fläschchen in ihrer Handtasche zu verstauen, stopfte Elena beide in die Taschen ihrer schwarzen Seidenhose. Die Beule würde unter ihrer dunkelrot und golden gemusterten Tunika mit dem chinesischen Stehkragen nicht auffallen, und sie fand es sicherer, als die Pillen in ihrer Handtasche in Natalies Büro zu lassen. Jedes Mal wenn sie gegen die Fläschchen stieß, war sie ein bisschen stolz auf sich. Grandmas Erlösung. Wie glücklich sie sein würde. Es war noch nicht genug, aber ein Anfang.

Sie wartete, bis sie bei Sean war, und zählte die Pillen in seinem Badezimmer. Sie brauchte dreißig Nembutal. Robby hatte ihr zehn verkauft. Mit dem Kodein war er großzügiger gewesen.

Am Samstagmorgen wartete ihre Mutter schon auf sie. »Beverly schläft. Hast du das Zeug bekommen?«

Mit großer Geste zog Elena erst das eine, dann das andere Fläschchen hervor. Sie kam sich vor wie ein Zauberer. »Aber es ist erst ein Teil dessen, was sie braucht.«

Ihre Mutter betrachtete die Fläschchen, rührte sie aber nicht an. »Das ist alles?«

»Was hast du denn erwartet? Eine Guillotine?«

Suzanne fuhr sich mit den Fingern durch die kurzen, dichten Haare. »Ich weiß es nicht, ich weiß es wirklich nicht!«

»Es sieht dir gar nicht ähnlich, so unentschlossen zu sein.«

»Na ja, es ist schließlich das erste Mal, dass ich meine Mutter umbringe.«

»Ach komm schon, sei nicht so melodramatisch. Glaubst du nicht, sie hat das Recht zu entscheiden, wann sie ihr Leben aufgeben will? Wann sie in Würde sterben möchte, solange sie noch kann?«

»Doch, daran glaube ich – im abstrakten Sinne.«

»Also, ich bin ziemlich kaputt. Morgen früh, wenn Grandma wach ist, besprechen wir alles mit ihr. Jetzt geh ich erst mal ins Bett.« Elena fühlte sich ein bisschen gekränkt, dass Suzanne ihre Leistung nicht richtig zu schätzen wusste. Aber Grandma würde sie anerkennen.

»Kannst du den Rest auch noch besorgen?«, fragte Suzanne. »Das hier reicht doch nicht, wenn ich dich richtig verstehe.«

»Nächste Woche kriege ich die zweite Lieferung. Und die Woche drauf den Rest. Ich kann nicht alles auf einmal bestellen, sonst schöpft mein Mittelsmann doch noch Verdacht.«

Als sie Robby das dritte Mal fragte, wirkte er tatsächlich ein bisschen misstrauisch. »Du hast ganz schön viel von dem Zeug eingeworfen. Du fährst doch nicht etwa darauf ab? Oder dealst du damit?«

»Ich nehme es mit zwei Freunden, die eine Weile auf Besuch in der Stadt sind. Ich bin nicht abhängig, nein. Wir sind erst vor kurzem auf den Geschmack gekommen. Mache ich auf dich den Eindruck, als wäre ich abgedreht?«

»Eigentlich nicht.« Aber sie merkte, dass er sie beobachtete, und sie war besonders vorsichtig im weiteren Verlauf des Abends und die ganze nächste Woche. Der Preis stieg. Er testete sie. Nun, nach dieser Lieferung würde sie ihm erzählen, dass ihre Freunde wieder abgereist waren und sie kein Interesse mehr hatte. Ein bisschen Marihuana würde sie ihm noch abnehmen, zur Ablenkung.

Am Samstag verkaufte er ihr den Rest, den sie noch brauchte. Sie verbrachte die Nacht ausnahmsweise nicht bei Sean, sondern erzählte ihm, sie fühle sich nicht wohl – wahrscheinlich irgendwas, was sie gegessen hatte. Sean hatte die Transaktionen in der Garderobe nicht mitbekommen. Robby sprach nie über seine Kunden. Vorsichtig fuhr Elena nach Hause, ohne dabei auch nur eine gelbe Ampel zu missachten. Als sie die Haustür hinter sich geschlossen hatte und mit den Pillen in der Hosentasche die Wohnung betrat, spürte sie eine enorme Erleichterung. Alles war da, alles, was Grandma brauchte. Sie hatte es geschafft.

47

Beverly

Beverly wollte sie beiden Fläschchen auf ihre Kommode stellen, wo sie sie immer sehen konnte; ganz gleich, wie schlecht ihre Augen waren, sie wollte ihre Erlösung im Blick haben. Aber Suzanne protestierte. »Da können die Pflegerinnen sie auch sehen. Niemand darf merken, dass du die Pillen hast, das ist ganz wichtig. Sonst bekommt Elena womöglich Schwierigkeiten.«

Beverly hatte einen Plan, sie fühlte sich wie eine Schauspielerin, die ihre letzte Rolle spielte. Vor dem Pflegepersonal gab sie sich viel schwächer, als sie tatsächlich war. Noch öfter, als sie sowieso in ihren seltsamen Dämmerzustand verfiel, stellte sie sich schlafend. Sie sah keinen Grund mehr, Übungen zu machen, die ihr unangenehm waren, und setzte alles daran, unfähig zu erscheinen. Zwei der Pflegerinnen teilten Suzanne mit, dass es Beverly schlechter ging und dass sie mit ihr zum Arzt gehen sollte. Suzanne vereinbarte einen Termin für

Ende Februar. Man würde Untersuchungen durchführen, um festzustellen, ob Beverly vielleicht noch einen kleinen Schlaganfall gehabt hatte oder an irgendeiner anderen Komplikation litt. Aber Beverly war fest entschlossen, keine Untersuchungen mehr über sich ergehen zu lassen. Das war die Grenze, noch vor drei Wochen.

Sie fühlte sich seltsam erwartungsvoll und froh. Das Bewusstsein, dass die Qual bald zu Ende sein würde, machte alles erträglicher, beispielsweise die Schmerzen in dem Bein, das kein Gefühl mehr hatte. Eigentlich konnte es unmöglich wehtun, aber sie spürte es trotzdem. Der Arzt nannte das Phantomschmerzen. Na ja, er hätte sie mal spüren sollen, dann hätte er gewusst, was für ein Phantom das war. Dann die Kopfschmerzen, die mal schlimmer und mal besser waren. Die Rückenschmerzen von dem vielen Liegen, oft verquer und verkrampft, weil die Hälfte ihres Körpers leblos war wie ein Stück Holz. Die Bauchschmerzen von der ständigen Verstopfung, die ihrerseits wahrscheinlich von der mangelnden Bewegung kam. Die Nierenschmerzen von den Medikamenten. Die Schmerzen, wenn sie sich dann doch zu bewegen versuchte. Die grässliche Anstrengung, wenn sie irgendetwas tun wollte, beispielsweise den Pulli mit den Klettverschlüssen anziehen, weil sie aufs Klo musste. Der Schock, wenn sie sich im Spiegel sah, ein mageres altes Weib mit einem schiefen Gesicht. Der heroische Kraftaufwand, wenn sie ein zusammenhängendes Satzfragment herausbringen wollte. Die entsetzliche Langeweile, jeden leeren Tag und jede lange Nacht überstehen zu müssen. Die Demütigung, wenn sie es nicht rechtzeitig zur Toilette schaffte, was immer häufiger passierte. Der Geruch ihres Körpers, der Geruch des Betts, an das sie gefesselt war. Alles würde bald vorbei sein.

In ihrem Innern fühlte sie sich jung, denn jetzt wusste sie, dass sie ihren Tod selbst bestimmen konnte. Zum ersten Mal seit Monaten empfand sie wieder ein Gefühl der Selbstbestimmung, während sie sonst immer nur gespürt hatte, dass sie hilflos war, anderen Menschen auf Gedeih und Verderb ausgeliefert. Sie wollte keine Untersuchungen mehr, keine Eingriffe, keinen Krankenhausaufenthalt. Sie hasste die Ärzte, die sie behandelten, als wäre sie schwachsinnig. Sie würde ihnen allen entfliehen. Sie sah sich wieder als die Frau, die sie einmal gewesen war, zierlich, aber wohl geformt, mit roten Haaren und grünen Augen, mit ihrem Lachen, ihrem Witz und ihrer heiseren Stimme, mit ihrem Talent, nicht nur zu sprechen wie ein normaler Mensch, sondern Säle und Menschenmengen in ihren Bann zu ziehen. Sie sah diese Frau aus ihrem kaputten Körper emporsteigen und davonlaufen. Es spielte keine Rolle, dass sie nicht an ein Leben nach dem Tod glaubte. Sie glaubte, dass sie im Augenblick ihres Todes ihre ganze Kraft zurückbekommen würde. Sie würde sterben als sie selbst.

Sie würde alles richtig machen. Sie würde nicht zögern. Sie wollte Ruhe, sie wollte Frieden, sie wollte weg. Jedes Mal wenn Elena eine neue Lieferung Pillen brachte, küsste sie ihrer Enkelin die Hände. Jeden Tag wenn sie morgens erwachte, öffnete sie die Augen nicht mehr mit dem Gefühl der Verzweiflung und der Rückkehr der Schmerzen, sondern voller Hoffnung. Es würde nicht wehtun, das hatte sie gelesen. Sie würde friedlich sterben. Kein Erwachen mehr zu einem ausgebrannten Leben. Sie würde einschlafen und nie mehr aufwachen.

Jeden Morgen überlegte sie jetzt, ob heute der große Tag sein sollte. Es musste am Wochenende passieren, wenn die Pflegerinnen nicht da waren. Auf gar keinen Fall durfte sie das Risiko eingehen, dass eine von ihnen sie ihm Koma vorfand. Das war ihre stille Angst. Sie hatte eine Frau gesehen, die sich mit Pillen das Leben nehmen wollte, aber nicht genug geschluckt hatte. Jetzt hatte sie einen Gehirnschaden und wurde mit Hilfe von Maschinen am Leben erhalten – als Strafe vermutlich. Aber Beverly würde es richtig machen. Ihr Leben lang war sie mutig und tatkräftig gewesen, sie würde die Gelegenheit nutzen, die diese Pillen ihr verschafften, und selbst über das Ende ihres Lebens bestimmen.

Elena setzte sich zu ihr. Es war Morgen. »Welcher Tag?«

»Montag, Grandma.«

Panik überkam sie. Irgendwie war das Wochenende vorübergegangen. Durch ihr Vertrauen auf die Pillen ließ sie die Tage einfach vorbeigleiten. Jetzt, da sie wusste, dass sie Schluss machen konnte, war alles nicht mehr so schlimm. Aber nächste Woche drohte der Termin beim Arzt. Dann musste sie ins Krankenhaus und die ganzen Untersuchungen über sich ergehen lassen. Offenbar hatte sie ihren Verfall zu überzeugend gespielt, jetzt war Handeln angesagt.

Sie kritzelte einen einfachen Kalender auf ihren Schreibblock. 1 1 1 1 1. Jeden Tag würde sie eine Eins durchstreichen, angefangen mit dem heutigen Montag, dann vergaß sie nicht mehr, was für ein Tag war. Freitag- oder Samstagnacht würde sie gehen. »El ...«

»Ja, Grandma? Brauchst du etwas?«

»Frei ... Sam ... Zeit.«

Eigentlich dachte sie, es wäre unmöglich, dass Elena das verstand. Um ihr Anliegen klarer zu machen, deutete sie mit eine Kopfbewegung zu dem Regal, wo die Pillen in ein Nachthemd gewickelt auf sie warteten. »Kommenden Freitag oder Samstag?«, fragte Elena. »Oder an irgendeinem Freitag oder Samstag?«

»Kommend.«

»Bist du sicher?«

»Sicher.«

»Ich muss trotzdem arbeiten gehen, Grandma. Es würde zu verdächtig wirken, wenn ich hier bleibe.«

»Suzanne … hier.«

»Wir müssen es mit ihr absprechen, um sicher zu sein.«

Beverly wäre es lieber gewesen, Elena bei sich zu haben. Vielleicht konnte sie es tun, bevor Elena zur Arbeit ging, vielleicht konnte sie auch warten, bis sie wieder nach Hause kam. So viele praktische Vorkehrungen waren zu treffen. »Gib … Buch.«

Natürlich wusste Elena genau, was sie meinte, aber sie sagte: »Oh, du möchtest sicher die Bibel.«

Beverly fand das nicht komisch. »Nicht Religion.«

Elena grinste und reichte ihr *Lass mich sterben, ehe ich erwache.* Beverly liebte es, die Berichte über den friedlichen Tod zu lesen. Das Buch hielten sie zusammen mit den Pillen versteckt. Jetzt gab sie Elena zu verstehen, dass sie gehen konnte, denn Beverly wollte noch einmal in aller Ruhe ihren Lieblingsbericht lesen. Alles musste richtig gemacht werden. Sie hatte Suzanne und Elena mehrere Kapitel lesen lassen. Das war ihre letzte Arbeit als Organisatorin: Sie plante ihren eigenen Tod – mit Würde. Nach ihren eigenen Wünschen.

»Grandma, ich werde dich so sehr vermissen. Und Mutter auch. Ich liebe dich, Grandma.«

»Vermisse … beide.« Natürlich würde sie die beiden nicht vermissen. Ruhe und Frieden. Das große, tröstliche Nichts. Sie würde den beiden erlauben, ein bisschen sentimental zu werden, solange sie nur nicht versuchten, sie aufzuhalten, und solange sie nicht zu sehr darauf beharrten, dass sie selbst unbedingt auch weinerlich werden musste. Sie war immer ein nüchterner Mensch gewesen und hatte nicht vor, sich jetzt noch zu ändern. Sicher, sie hatte schon von Bekehrungen auf dem Totenbett gehört, aber dafür hatte sie nur Verachtung übrig. Die Werte, an denen sich ein Menschen im Leben orientiert hatte, sollten ausreichen, ihm auch beim Sterben zu helfen. Sie hatte die gleiche Verachtung für rationale Menschen, die plötzlich nach einem Priester oder Rabbi schrien, wie für alte Kampfgenossen oder Parteimitglieder, die zur anderen Seite überliefen und plötzlich ebenso fanatische Rechte wurden, wie sie zuvor Linke gewesen waren. Anscheinend machte so gut wie niemand eine Bekehrung zur Toleranz durch und zu der Erkenntnis, dass er nicht alle Wahrheit allein für sich gepachtet hatte. Religion hatte Beverly nie interessiert, und das war auch jetzt nicht anders. Politik und Wirtschaft mit ihrem Einfluss auf ganz normale Menschen, Gerechtigkeit und Gleichheit, das waren ihre Leidenschaften gewesen, aber jetzt konnte sie selbst nichts mehr dafür tun. Es war Zeit loszulassen. Alles.

»Grandma … schläfst du?«

»Denke.«

»Worüber denkst du nach?«

»Glauben? Du.«

Elena stutzte. »Meinst du, dass du an mich glaubst? Oder fragst du mich, woran ich glaube?«

»Beides.« Eigentlich hatte sie die zweite Version gemeint, aber sie glaubte tatsächlich an Elena.

Elena verzog das Gesicht. »Du stellst echt schwere Fragen. Woran ich glaube? Nicht viel. Ich denke, hinter allem steckt eine Kraft, aber ich kann mir nicht vorstellen, damit persönlich in Beziehung zu treten, was immer es auch sein mag. Als würde ich darüber nachdenken, ob Elektrizität mich mag oder nicht.«

Beverly nickte zufrieden.

»Wahrscheinlich glaube ich daran, dass man versuchen soll, gut zu sein – das ist neu für mich.« Elena lachte ein bisschen verlegen. »Ich meine, ich bin dafür nicht gerade ein Paradebeispiel, oder?«

»Gut für mich.«

»Tja, vielleicht hast du mich beeinflusst. Ich meine, ich finde es cool, dass du dein ganzes Leben versucht hast, Menschen zu helfen.« Elena stand auf und begann auf und ab zu gehen. Beverly dachte, dass sie so schön und gewandt aussah wie ein Panther. »Du warst cool und hattest trotzdem eine schöne Zeit. Ich möchte etwas Richtiges machen. Vermutlich muss ich das, um mich selbst zu mögen. Ich hab so viel Schaden angerichtet. So vielen Leuten wehgetan.«

Beverly winkte Elena zu sich und drückte ihre Hand. Sie blickte ihrer Enkeltochter ins Gesicht. Doch, dieses Gesicht war eines der wenigen Dinge, die sie tatsächlich vermissen würde, ihre wunderschöne, mutige Schwiegertochter. »Nicht … verlieren … Mut. Wagen.« Glänzende schwarze Haare, lang, obwohl das nicht der Mode entsprach. Große Augen, fast ebenso schwarz wie die Haare. Ein voller, sinnlicher Mund und Wangenknochen, die ihren eigenen ähnelten. Ein Gesicht, das eine tragische Maske sein könnte oder zu einer Verführerin gehörte, aber es war viel zu lebendig, es leuchtete von innen heraus.

»Grandma, ich glaube, das ist nicht mein Problem. Mein Problem ist eher, dass ich die Dinge nicht durchdenke. Dass mir nicht bewusst wird, was ich eigentlich mache. Nicht an die Konsequenzen denke, sondern einfach über den Rand der Klippe springe und warte, was passiert.«

Zu gern hätte sie Elena ausführlich erklärt, wie kostbar sie war, wie stolz sie auf sich sein sollte. Dass sie stark und wunderbar war, auch wenn sie Mist gebaut und sogar gelegentlich schon eine Katastrophe heraufbeschworen hatte. Sie durfte sich nicht zähmen lassen. Sie durfte nicht aufgeben und mittelmäßig und grau werden. In ihrem ganzen Leben hatte Beverly niemanden so geliebt wie sie Elena liebte. »Liebe dich … wie … du bist.«

»Ich weiß, Grandma«, sagte Elena mit gebrochener Stimme, »aber ich mich nicht.«

In diesem Moment fällte Beverly die Entscheidung: Am Samstag sollte es passieren, denn für Elena war der Samstag günstiger. Ein letztes kleines Geschenk für ihre geliebte Enkeltochter: Beverly würde ihr nicht mehr Schwierigkeiten machen, als sie musste. Am Samstag würde alles ein Ende finden. Sie würde ihren Tod bestimmen, sie würde einen Schlussstrich ziehen.

48

Suzanne

»Eine Scheidung ist dermaßen aufwändig. Kein Wunder, dass ich mich nie darauf spezialisieren wollte.« Marta lag auf ihrer Couch, und ihr Bauch ragte inzwischen majestätisch empor.

»Alle haben Unrecht, und niemand hat Recht. Aber kann nicht eine Weile Schluss damit sein, solange du das Baby bekommst? Kannst du dir nicht eine Auszeit nehmen?«

»Drei Wochen. Meine Ärztin sagt, es wird wohl ein Kaiserschnitt.«

»Das gibt es immer häufiger. Hast du eine zweite Meinung eingeholt?«

Marta seufzte tief. »Könntest du mir den Rücken massieren, wenn ich mich auf die Seite lege? Falls ich noch auf der Seite liegen kann.«

»Klar. Wo ist das Öl?«

»Im Schlafzimmer auf der Kommode.«

Die grüne Sporttasche war verschwunden, das ganze Zimmer sah anders aus ohne Jims Sachen. Marta hatte Adam gebeten, das Bett an die Wand zu schieben, damit sie mehr Platz hatte für das Babybettchen und den Stubenwagen, bis sie Jims Arbeitszimmer als Kinderzimmer nutzen konnte. Marta wollte das ganze Haus ummodeln, aber die Scheidung belastete ihre Finanzen ebenso wie Beverlys Krankheit die von Suzanne. Beiden fehlte das nötige Geld für neue Vorhänge oder Teppiche. Suzanne fand das Mandelöl, das Marta so mochte, und kehrte zur Couch zurück.

»Jetzt, wo es bald soweit ist, vermisst du Jim?«

Marta schüttelte den Kopf. »Nein, ehrlich nicht. Mir wird klar, wie viel Zeit ich damit verbracht habe, vorsichtig um sein Ego rumzuschleichen. Ich möchte das Baby. Vielleicht ist es ein Zeichen von Maßlosigkeit, vielleicht eine Schnapsidee vor den Wechseljahren, vielleicht der schnellste Weg zur völligen Überforderung, aber ich möchte das Baby.«

Abends um acht rief Jakes Anwalt an. »Die Geschworenen sind zurück.«

»Und was haben sie beschlossen?«

»Schuldig in allen Anklagepunkten.«

»Nein!«, rief sie. »Das kann doch nicht sein.«

»Ich hab dir gesagt, nach den Vorgaben des Richters konnten sie gar nicht anders.« Seine Stimme klang gereizt.

»Kann Jake mich anrufen?«

»Ich glaube, er ist enttäuscht von dir. Er hat gehofft, du würdest kommen.«

»Meiner Mutter geht es sehr schlecht. Ich kann sie nicht allein lassen. Seit ihrem zweiten Schlaganfall hat sie rapide abgebaut. Meine Tochter und ich übernehmen den größten Teil ihrer Pflege, deshalb kann ich nicht weg. Es geht einfach nicht. Versuch doch bitte, ihm das klarzumachen. Ich weiß nicht, wie lange sie noch durchhält.« In gewisser Hinsicht sagte sie die Wahrheit. In einer anderen log sie. Stück für Stück versank sie in einem Sumpf aus Schuldgefühlen, versank wie die Kreaturen, die sie im Museum bei den Teertümpeln von La Brea in L. A. gesehen hatte. Sie hatte keine Ahnung, warum ihr das jetzt einfiel – sie war mit Sam dort gewesen; Rachel war damals vier und Elena neun gewesen. Sie fühlte sich schuldig, weil sie nicht bei Jake in Kalifornien war, sie fühlte sich ihrer Mutter gegenüber schuldig, in jeder Hinsicht, bei jeder Lösung, immerzu.

»Ich sag es ihm, aber er muss womöglich ins Gefängnis. Sie haben ihn in allen minderen Delikten verurteilt und dann wegen der Verabredung zur Verübung einer Straftat, nämlich Behinderung des Handels. Das ist ein ziemlicher Brocken. Die Holzfabriken sind hier die großen Arbeitgeber und Beitragszahler, die kriegen in den meisten Fällen, was sie wollen – und jetzt wollten sie Jake.«

»Verstehe. Ich verspreche, dass ich für die Berufung verfügbar bin. Das kann ich sowieso am besten.«

»Selbst wenn du morgen in die Berufung einsteigst, muss er trotzdem in den Bau – und morgen könntest du sowieso nicht anfangen, wenn ich dich recht verstehe.«

»Lass mir einfach die Protokolle sobald wie möglich zukommen …«

Suzanne hatte alle Instruktionen vor sich liegen. Die beiden Pillensorten mussten zusammen zermahlen und in wenig Flüssigkeit aufgelöst werden. Beverly wünschte sich frischen Orangensaft. Elena zerkleinerte die Pillen, ehe sie zur Arbeit ging, aber Suzanne hatte die Aufgabe, den ›Cocktail‹ zuzubereiten, bevor Beverly ihn zu sich nahm. »Samstag! Samstag!«, hatte Beverly die ganze Woche über immer wieder gesagt und dabei gestrahlt, als freute sie sich auf eine Verabredung oder eine Party. Immer wieder zog sich Suzanne in ihr eigenes Zimmer zurück und weinte. Ihr Magen fühlte sich an wie aus Blei. Wie konnte sie das durchziehen? Zum ersten Mal seit Jahrzehnten hatte sie das Gefühl, halbwegs vernünftig mit ihrer Mutter auszukommen. Warum konnten sie nicht einfach so weitermachen? Sie hatte sich immer den Respekt ihrer Mutter gewünscht, und in letzter Zeit schien sie davon etwas zu bekommen. Sie spürte die Endgültigkeit des Todes ebenso über sich selbst schweben wie über Beverly.

»Das mit der Plastiktüte mache ich nicht«, sagte sie zu Elena. »Ich kann nicht aktiv dafür sorgen, dass sie erstickt. Wenn sie die Pillen nimmt und sie bei sich behält und wenn das Zeug wirkt, ist das ihre Sache. Aber ich ziehe ihr keine Plastiktüte über den Kopf.«

Elena war schon für die Arbeit angezogen, ganz in Schwarz bis auf ein rotes Tuch. »Wenn die Pillen bis in die frühen Morgenstunden noch nicht gewirkt haben, erledige ich das mit der Tüte.«

»Bei den Pillen mache ich mit, weil Beverly es will und weil es ihr gutes Recht ist. Aber ich kann nicht mit der Tüte nachhelfen, und du solltest das auch nicht tun. Wenn sie wieder aufwacht, dann ist es eben so.«

»Ich bin spätestens um eins zu Hause.«

»Ich setze mich zu ihr.«

»Ich auch.«

Suzanne hatte sich ihrer älteren Tochter nicht mehr so nahe gefühlt, seit Elena ein kleines Mädchen gewesen war. Sie wusste noch genau, dass ihre ersten schlimmen Streitereien begonnen hatten, als Elena zwölf war – um die Zeit, als sie sich von Sam scheiden ließ. Ihr Familienleben war ein Schlachtfeld geworden, und sie hatte darauf reagiert, indem sie sich in ihre Arbeit stürzte. Zwar brauchte sie das Geld, aber weit mehr zählte die Tatsache, dass sie im Gerichtssaal am glücklichsten war und am unglücklichsten, wenn sie sich mit Elena zankte. Oh, auch mit Sam hatte es ein paar unangenehme Auseinandersetzungen gegeben, aber nur sehr wenige. Wahrscheinlich war ihre Scheidung eher freundschaftlich verlaufen, soweit das bei einem solchen Bruch in vier Leben überhaupt denkbar ist. Aber das Leben mit ihren Töchtern wurde ein ständiger Kampf, endloses Geschrei, endlose Zweikämpfe. Sie wusste, dass Elena damals angefangen hatte, sie zu belügen, unablässig, unerbittlich, mit einem Gefühl des Triumphs. Was konnte sie dagegen machen? Sie konnte sich nur noch mehr in ihre Arbeit vergraben, bis die Katastrophe dann über sie alle hereinbrach. Ihre schöne Tochter war eine feindselige Fremde geworden, die sie hasste und für die nichts, was ihre Mutter sagte, die geringste Bedeutung hatte, mochte sie betteln und drohen, wie sie wollte. Oft genug hatte Suzanne damals nicht gewusst, wo Elena war, und wenn sie fragte, wurde sie angelogen.

Nach dem Ärger mit Jim im Sommer hatten sie sich einander angenähert. Suzanne verstand nicht genau, warum, aber sie war froh darüber, sie wollte den Prozess nicht hinterfragen. Seit Elena klein war, hatte sie ihre Mutter nie mehr so nett behandelt, und zurzeit ließ sie Suzanne auch mehr Freiraum, ihre Zuneigung zum

Ausdruck zu bringen. Gelegentlich durfte Suzanne sie sogar in den Arm nehmen und drücken.

Suzanne saß neben Beverlys Bett und hielt die welke Hand ihrer Mutter fest. Wie alt sie durch die Schlaganfälle im letzten Jahr geworden war! Zwar hatte Elena ihr die Haare wieder gefärbt, aber die roten Locken wirkten sonderbar im Kontrast zu ihrem gealterten Gesicht. Obwohl alle sich Mühe gegeben hatten, Beverly zum Essen zu bewegen, hatte sie abgenommen, ihre Muskeln waren erschlafft. Aber die größte Veränderung war, dass das Feuer aus ihren Augen verschwunden war. Sie war fast blind. Der Arzt hatte Suzanne erklärt, dass ihre Mutter in beiden Augen Katarakte hatte, dazu sah sie durch den zweiten Schlaganfall ohnehin verschwommen. Aber er konnte keine Operation empfehlen. Hoffentlich schöpfte der Arzt keinen Verdacht, und sie konnten ihn überzeugen, dass bei Beverlys Tod alles mit rechten Dingen zugegangen war. Sie betete, dass er nicht nachhakte, sondern einfach den Totenschein unterzeichnete und dann den Dingen einfach ihren Lauf ließ. Beverlys Hand war kalt in ihrer eigenen. Seit dem zweitem Schlaganfall hatte das medizinische Interesse an ihrem Zustand deutlich nachgelassen. Suzanne hatte in der letzten Zeit versucht, den Arzt und die Pflegerinnen unauffällig darauf hinzuweisen, wie schwach Beverly geworden war. Sie sah ihrer Mutter in die Augen. Schon immer waren ihre Augen klarer, von einem leuchtenderen Grün gewesen als Suzannes. Ihre Kurzsichtigkeit musste sie wohl von ihrem Vater geerbt haben, denn Beverly hatte nie eine Brille getragen, bis sie mit über fünfzig eine zum Lesen gebraucht hatte. Suzanne hatte Beverlys klaren, leidenschaftlichen Blick immer geliebt.

»Wie fühlst du dich?«

Beverly lächelte. »Hoffnungs … voll.«

»Was hoffst du?«

»Er … lö … sung.«

»Möchtest du die Sache immer noch heute Abend durchziehen? Du hast noch viel Zeit, es dir anders zu überlegen.« Suzanne konnte nicht ganz verhindern, dass ihre Stimme flehend klang.

»Nein!« Beverly schüttelte dreimal den Kopf. »Ich … will.«

Was für ein Gefühl war das wohl, wenn man in diesem Bett lag, das Beverly so satt hatte, und wusste, dass man in ein paar Stunden sterben würde? Wie ein zum Tode verurteilter Gefangener? Aber Beverly hatte sich selbst entschieden. Für sie war der Tod keine Strafe, nichts, wovor sie sich fürchtete, sondern eine Erlösung. Suzanne wünschte sich, sie könnte nur eine Stunde lang durch die Augen ihrer Mutter sehen und herauszufinden, ob der Tod wirklich das war, was ihre Mutter wollte. In der letzten Nacht hatte Suzanne wach gelegen und sich mit schrecklichen Schuldgefühlen gequält. Sie hatte sich gefragt, ob sie Beverly vielleicht indirekt hatte spüren lassen, wie anstrengend ihre Pflege für sie alle war, was für eine nervenaufreibende Belastung, und wie überfordert Suzanne sich gefühlt hatte. Zwar hatte sie alles getan, um diese Gedanken für sich zu behalten, aber sie konnte nicht sicher sein, dass es ihr gelungen war. Sie war ständig müde, erschöpft und ohne Hoffnung auf Besserung durch die wenigen Stunden Schlaf, die sie sich zwischendurch stehlen konnte. Vielleicht hatte sie ihre Müdigkeit nicht so gut versteckt, wie sie geglaubt hatte. Der Gedanke war unerträglich.

»Will … ersten Akt … Mam … Butterfly …«

Suzanne erhob sich und legte die gewünschte CD auf. Im Sommer hatte sie einen Lautsprecher in Beverlys Zimmer legen lassen, damit ihre Mutter Musik hören konnte. Außerdem gab es einen kleinen Fernseher, den sie vom Bett aus bedienen konnte. Als sie bei den Klängen von Puccini zum Bett zurückkehrte, dachte sie daran, wie seltsam es war, dass die Lieblingsoper ihrer Mutter von einer unterwürfigen Frau handelte, sie sich um der Liebe eines Mannes willen umbrachte. Suzanne mochte Opern nicht: zu überschwänglich, zu aufgeblasen, zu überladen für ihren Geschmack. Sie hörte lieber Jazz, Barockmusik oder Mozart. Schon immer hatte sie sich über Beverlys Vorliebe für Opern gewundert. Früher war Beverly regelmäßig in die City Opera gegangen oder hatte billige Karten für die Met besorgt, zusammen mit einer Freundin, die am City College unterrichtete. Dann unterhielten sie sich über Tenöre wie andere Frauen über Filmstars oder Basketballspieler. Aber jetzt schien der Überschwang der Gefühle angebracht.

Mit geschlossenen Augen lag Beverly auf ihrem Kissen und bewegte ihre gute Hand träge zur Musik. Mao lag zusammengerollt auf ihrem Bauch.

»Ist er nicht schwer?«

»Hält … warm.«

Als der erste Akt vorbei war, gab Beverly Suzanne mit einer Handbewegung zu verstehen, dass sie mit den Vorbereitungen beginnen sollte. Suzanne brachte ein Tablett mit Toast und Brühe; die leichte Mahlzeit sollte verhindern, dass der Magen die Pillen gleich wieder von sich gab.

»Jetzt sollen wir eine halbe Stunde warten.«

»Spiel … zweiten Akt.«

Suzanne legte die CD auf. Dabei beschloss sie, die Platte mit ihrer Mutter zu begraben, aber dann fiel ihr ein, dass Beverly verbrannt werden wollte. In den letzten zwei Monaten hatte sie bereits alle Vorkehrungen getroffen, seit sie vom Sterben redete. »Will … sauber«, hatte sie immer wieder betont. Beverly hatte kaum etwas zu vererben. Ihre mageren Ersparnisse waren längst aufgebraucht. Die Kleider, die sie nicht mehr anziehen konnte, waren schon vor Monaten gespendet worden. Elena hatte Beverlys Schmuck bekommen, größtenteils altmodischer Modeschmuck, bis auf einen Opalanhänger und einen Anstecker in Form einer Katze mit Smaragdaugen. Mao sollte bei Suzanne bleiben, Rachel bekam den Ehering von Beverlys Mutter. Beverly vertraute Suzanne an, dass sie ihn manchmal getragen hatte, wenn sie mit einem Mann in ein Hotelzimmer gegangen war. Es war ein breiter, üppiger Goldring mit einer hebräischen Inschrift, die Suzanne nicht lesen konnte – aber Rachel würde sie wohl schon entziffern.

Mühsam schrieb Beverly auf ihren Block: SAG R KONNTE LEIDER NICHT WARTEN.

»Ich weiß, sie würde sich von dir verabschieden wollen.«

Beverly lächelte schief. »Zeit … jetzt.«

»Sicher?«

»Sicher.« Beverly starrte sie gebieterisch an. »Bring … Trinken.«

Suzanne schleppte sich in die Küche und mischte die zermahlenen Pillen mit Orangensaft. Um das weiße, krümelige Zeug besser einrühren zu können, benutzte sie einen Becher. Schließlich war alles einigermaßen aufgelöst, und Suzanne spürte einen heftigen Impuls, das ganze Gemisch in den Ausguss zu kippen. Ihre Hände zitterten. Wenn sie den Becher aus Versehen fallen ließ, war die ganze Sache erledigt. Doch zuletzt trug sie den Becher doch zu Beverly hinein, wenn auch so langsam wie möglich. Unterwegs kamen ihr die Tränen, und sie blieb stehen und wartete, bis sie sich gefasst hatte, um Beverly nicht zu verärgern. Sie wollte ihr letztes Zusammensein nicht trüben.

Beverly griff nach dem Becher, Suzanne reichte ihn ihr zögernd, Beverly probierte und verzog das Gesicht. »Igitt.« Aber dann lächelte sie leise und trank das Gebräu, einen Schluck nach dem anderen. Unwillkürlich musste Suzanne an jemanden denken, der versucht, einen Schluckauf mit kleinen Schlucken Wasser zu unterdrücken. Einmal würgte Beverly kurz und hielt inne, aber nach einer kurzen Pause trank sie weiter, bis der Becher leer war.

»So.« Sie seufzte. »Hilf mir hinlegen.«

»Möchtest du Musik?« Suzanne beobachtete ihre Mutter sorgfältig. Wenn sie sich erbrach, war alles vorbei. Ein zweites Mal konnten sie die ganzen Drogen nicht beschaffen. Und es konnte durchaus sein, dass ihr Körper sich gegen das Gift wehrte.

»Ja, Musik ...«

Suzanne nahm die Hand ihrer Mutter und hielt sie fest. Ihre Hände waren genau gleich groß und hatten die gleiche Form. Vielleicht würde sie die Hand ihrer Mutter nie wieder sehen oder berühren. Eine Weile schien es, als zeigten die Pillen keine Wirkung, und Suzanne gab sich eine halbe Stunde der Hoffnung hin, dass nichts passieren würde. Vielleicht hatte sich Elena bei den Chemikalien oder der Dosierung geirrt. Gelegentlich summte Beverly zur Opernmusik mit. Sie nickte Suzanne zu, machte ihre Hand los und streichelte Mao, der sich an ihre Seite geschmiegt hatte. Ihre Augenlider schlossen sich, öffneten sich noch einmal, schlossen sich wieder. Ihr Atem wurde regelmäßiger und tiefer. Suzanne überlegte sich, ob sie den Unterschied zwischen normalem

Schlaf und Todesschlaf erkennen könnte, denn sie hatte Beverly tagsüber schon oft mit offenem Mund dösen sehen. Sie hätte die Musik gern ausgestellt, aber sie wollte Beverly nicht stören, indem sie im Zimmer umherging. Die zwanzig Minuten bis zum Ende der Platte erschienen ihr endlos. Dann kehrte Stille ein. Suzanne nahm Beverlys schlaffe Hand wieder in ihre. Sie fühlte sich noch ein bisschen kühler an als sonst, und Suzanne massierte sie vorsichtig. Eine schöne Hand. Beverly war immer eitel gewesen, wenn es um ihre Hände ging, war aber nie zur Maniküre gegangen und hatte sich auch nie die Nägel lackiert.

Draußen hörte man, wie immer am Samstagabend, Autos den Hügel hinauf und hinunter brausen – die Kids aus der Gegend. Ein Hund bellte hysterisch. Jemand auf der Straße rief eine Katze. »Max! Max!« Irgendwie klang es traurig. Suzanne stellte sich vor, wie sie ihrer Mutter nachrief: »Beverly! Beverly! Komm zurück!« Alles war seltsam und unwirklich. Dass sie hier saß und die Hand ihrer Mutter hielt, während diese sich von ihr entfernte, stetig, Schritt für Schritt, in eine Region, in der ihre Stimme sie ebenso wenig erreichen konnte wie die Berührung ihrer Hand. Sie betrachtete Beverlys ausgezehrtes Gesicht und fühlte, dass sie ihre Mutter noch nie so geliebt hatte. So konnte es doch nicht enden. Der leichte Schwung von Beverlys Nase, die eine Augenbraue, die einen höheren Bogen beschrieb als die andere, die weichen Ohrläppchen ohne Löcher, die hohen, feinen Wangenknochen – alles sollte für immer verloren sein? Suzanne konnte es nicht ertragen, sie brauchte Zeit, viel mehr Zeit mit ihrer Mutter.

Beverly atmete tiefer und begann zu schnarchen. Suzanne stand auf, ging ins Wohnzimmer und kam zurück, ging in die Küche und kam zurück. Sie hatte zu

Abend das Gleiche gegessen wie Beverly: Toast und Brühe. Aber sie war nicht hungrig, nur nervös und erschöpft. Am liebsten hätte sie sich Kaffee gemacht, aber sie war so schon aufgeputscht genug und brachte es auch nicht über sich, an den Herd zu gehen und sich welchen zu kochen. Immer wieder spürte sie den Drang, Beverly zu schütteln und sie ins Bewusstsein zurückzuholen, eine Reaktion einzufordern. Wie konnte sie ihre Mutter so weggehen lassen, immer weiter und weiter?

Sie beschloss, kurz nach oben zu gehen und nach Marta zu sehen, ob sie vielleicht etwas brauchte. Marta wusste nichts von dem ganzen Vorhaben; es war besser, wenn sie nicht in die Sache hineingezogen wurde. Warum sollte sie ihre Freundin damit belasten, wenn auch noch so viel schief gehen konnte? Aber Marta würde sich sicher wundern, wenn Suzanne nicht wie üblich vorbeischaute.

Sie saß mit hochgelegten Füßen am Küchentisch. »Deine Knöchel sehen ziemlich geschwollen aus«, bemerkte Suzanne.

»Das sind sie auch. Mein ganzer Körper fühlt sich geschwollen an.« Sie klopfte sich auf den Bauch. »Dauernd denke ich, wenigstens ist es bald vorbei, es ist fast Zeit. Ich hatte ganz vergessen, wie lang der letzte Monat ist – mindestens doppelt so lang wie die anderen. Aus offensichtlichen Gründen wird das meine letzte Geburt sein, und ich möchte nur, dass das Baby gesund auf die Welt kommt. Ich habe Vertrauen zu Helen. Sie ist seit zweiundzwanzig Jahren meine Frauenärztin.«

»Ich muss wieder runter, ich wollte nur kurz nach dir sehen. Beverly hat eine schlechte Nacht.«

»Geh noch nicht. Lass uns noch eine Weile zusammen hier rumsitzen.«

»Aber nicht lange. Beverly geht es wirklich nicht gut. Am Dienstag hat sie einen Termin beim Arzt. Er will kontrollieren, ob sie vielleicht wieder einen kleinen Schlaganfall hatte, womöglich ohne dass sie es gemerkt hat.« Es war ein scheußliches Gefühl, Marta zu belügen, aber sie musste sowohl ihre Freundin als auch sich selbst schützen – und natürlich Elena. Der Schein musste gewahrt werden. »Ich lasse sie ungern allein, wenn sie so schwach ist.«

Als sie in das Zimmer neben der Küche kam, schnarchte Beverly immer noch. Ihr Atem schien sich weiter verlangsamt zu haben. Mao hob den Kopf und sah Suzanne an. Sie stellte sich vor, dass er ihr stumme Vorwürfe machte. Ganz sanft berührte sie die kühle, etwas feuchte Hand ihrer Mutter. Früher waren ihre Hände immer trocken und tröstlich warm gewesen – wie die von Jake, dachte sie plötzlich. Sie setzte sich wieder neben das Bett. Obwohl sie furchtbar müde war, wollte sie Beverlys Gesicht nicht aus den Augen lassen. Irgendwie hoffte sie noch immer, das Beverly wieder aufwachte, ganz egal, wie wütend und enttäuscht sie sein würde, wenn die Pillen nicht wirkten. Es war kurz nach elf. Wieder einmal überlegte Suzanne, ob sie irgendetwas hätte sagen oder versprechen oder anbieten können, das Beverly von ihrem Entschluss abgebracht hätte.

Nach einer Weile wurde Beverlys Atem flacher und setzte gelegentlich aus. Ihr Mund hatte sich geöffnet. Suzanne stand auf und ging im Zimmer auf und ab, denn sie glaubte nicht, dass sie ihre Mutter jetzt noch damit stören konnte. Die einzige Frage war, ob Beverly ins Koma fiel und doch noch ins Krankenhaus kam, wo man die Reste der Pillen in ihr entdecken würde, oder ob sie, wie sie es sich gewünscht hatte, endlich sterben durfte. Hoffentlich hatte Elena die Dosierung und die Mixtur korrekt zusammengestellt. Vielleicht hätte Suzanne es kontrollieren sollen? Wie sie so neben der bewusstlosen Beverly saß, kam es ihr plötzlich unglaublich vor, dass sie nicht daran gedacht hatte. Weil das, was sie taten, für sie zu schmerzlich war, hatte sie sich einfach nicht mit den Details befassen wollen und Elenas Angaben stattdessen blind akzeptiert. Suzanne schämte sich. Wieder setzte sie sich ans Bett und hielt Beverlys reglose Hand in der Hoffnung, dass ihre Mutter ihre Gegenwart spüren konnte und sie als tröstlich empfand. Gelegentlich sagte sie etwas. »Mutter, ich bin's. Ich bin bei dir. Ich bin's, Suzanne.« Vielleicht konnte sie ihrer Mutter wenigstens ihre Zuneigung vermitteln. So saß sie da, hielt die schlaffe Hand und weinte; langsam flossen die Tränen über ihre Wangen, bis ihr Gesicht geschwollen und ihre Bluse vorn ganz nass war, aber die Tränen hörten einfach nicht auf zu fließen.

Als Elena kurz nach halb eins eintraf, atmete Beverly langsam und flach, aber regelmäßig. »Ich löse dich ab«, sagte Elena. »Ich ziehe mich nur schnell um, dann setze ich mich zu ihr.«

»Ich glaube, ich sollte bleiben.«

»Du machst einen ziemlich erledigten Eindruck. Zieh dich wenigstens aus und leg dich eine halbe Stunde hin. Ich wecke dich, wenn irgendwas passiert. Ich möchte gern eine Weile mit ihr allein sein.«

Zögernd und eilig zugleich verließ Suzanne das Zimmer, zog sich aus und legte sich auf ihr Bett. Eigentlich wollte sie nicht schlafen. Aber sie tat es trotzdem.

49

Elena

Elena sah nach ihrer Mutter. Suzanne hatte das Flanellnachthemd mit den kleinen roten Blümchen angezogen, das Rachel ihr geschenkt hatte, und lag auf ihrem Bett, neben sich eine juristische Zeitschrift, die ihr offensichtlich aus der Hand gerutscht war. Sie war eingedöst, wie Elena gehofft hatte.

Inzwischen war es Viertel nach eins. Jetzt oder nie. Elena nahm ihr Versprechen gegenüber ihrer Großmutter ernst, es war ihr heilig. Höchstwahrscheinlich würde Rachel diesen Gebrauch des Wortes nicht verstehen, aber für Elena fühlte sich ihre Aufgabe heilig an. Ihre Großmutter zu befreien. Eigentlich glaubte Elena nicht wirklich an ein Leben nach dem Tod, aber sie glaubte daran, dass etwas von jedem Menschen im Raum, im Wind und in den Gedanken derer, die ihn geliebt hatten, verblieb. Sie liebte Beverly. Für niemanden in ihrem ganzen Leben war sie je so wichtig gewesen, niemand hatte sich so liebevoll, so bedingungslos um sie gekümmert. Für eine solche Liebe gab es einen Preis, und sie würde ihn bezahlen.

Sie holte aus der Küche einen Gefrierbeutel und nahm ihn mit in das Zimmer, in dem Beverly seit letzten Mai wohnte. Hier roch es immer ein wenig muffig, nach allen möglichen Körperausdünstungen, aber Elena war nicht zimperlich. Behutsam hob sie den Kopf ihrer Großmutter an. Beverly atmete hörbar, wachte aber nicht auf. Elena bezweifelte, ob sie überhaupt jemals wieder aufwachen würde, es sei denn, man pumpte ihr den Magen aus, aber womöglich verharrte sie in diesem Zustand. Dr. Kevorkian hätte ihr bestimmt sagen können, ob Beverly im Sterben lag, aber weder sie noch Suzanne konnten das beurteilen. Sie küsste ihre Großmutter auf die Stirn und auf die Wangen. Eigentlich wollte sie auch noch die Lippen küssen, aber Beverlys Mund war leicht geöffnet und hing schlaff herab. Langsam zog sie den Plastikbeutel über Beverlys Gesicht und band ihn unter dem Kinn fest zu. Sie hatte gelesen, dass bewusstlose Patienten manchmal instinktiv versuchten, den Beutel loszureißen, aber bei Beverly war das nicht der Fall. Elena hoffte, dass sie ihn eng genug zugebunden hatte; er bewegte sich mit Beverlys Atem. Woher sollte sie wissen, ob sie es richtig gemacht hatte? Wenn sie nur jemanden fragen könnte! Aber die Welt schlief und bei wem hätte sie sich erkundigen sollen? Also beobachtete sie weiter ihre Großmutter. Es war ihre Pflicht, diesen letzten Schritt zu gehen, den ihre Mutter nicht über sich brachte. Sanft nahm sie die schlaffe Hand ihrer Großmutter und küsste sie. Mao erhob sich, streckte sich und kam zu ihr, um sich streicheln zu lassen.

»Auch wenn sie dich meiner Mutter vermacht hat, würde ich dich mitnehmen, wenn ich wüsste, wo ich hingehe, hörst du?« Sie kraulte ihn unterm Kinn, wie er es am liebsten mochte. »Mitbewohner sind immer eine fragwürdige Angelegenheit, aber es ist Zeit, dass ich mich auf die Socken mache. Wenn ich eine gute Wohnung finde, komme ich und hole dich. Versprochen.«

Sie hatte gedacht, Beverly würde zucken oder strampeln oder auf sonst eine Art erkennen lassen, dass sie erstickte, aber nichts dergleichen geschah. Stattdessen hörte sie jetzt auf zu atmen, schnappte kurz nach Luft, hörte wieder auf zu atmen.

»Grandma, geh in Frieden. Lass los«, sagte sie leise,

immer wieder, und streichelte die schlaffe Hand, die unter der Decke hervorhing.

Der Atem stockte, setzte wieder ein, geriet erneut ins Stocken. Elena berührte Beverlys Hals. Kein Puls war mehr zu finden. Sie wartete noch eine Weile, aber der Atem kam nicht wieder. Es roch nach Urin. Morgen früh würde sie sauber machen. Vorsichtig hob sie Beverlys Kopf noch einmal an, nahm den Plastikbeutel ab und warf ihn in den Müll. Dann besann sie sich eines Besseren und verbrannte die Tüte mit Hilfe einer Küchenzange über einer Flamme am Gasherd. Die letzte Ecke spülte sie in der Toilette hinunter. Dann wiederholte sie die Prozedur mit dem Ausdruck, den Beverly letzten Sommer gemacht hatte. *Lass mich sterben, bevor ich erwache* trug sie in den Keller und stopfte es ganz unten in eine Kiste mit ihren Sommersachen. Morgen würde sie es vernichten. Dann wusch sie sich die Hände, nicht in Unschuld, sondern aus Vorsicht.

Als sie aus dem Badezimmer kam, wartete Suzanne vor der Tür. Elena fiel auf, dass sie beide nie Beverlys Bad benutzt hatten. »Mutter, ich glaube, sie ist vor etwa einer Viertelstunde gestorben.«

»Warum hast du mich nicht geweckt? Ich hätte doch wach bleiben sollen.«

»Es ist ganz allmählich passiert. Ihr Atem wurde immer flacher und flacher, immer langsamer, und dann ist mir plötzlich bewusst geworden, dass er aufgehört hatte. Aber ich habe den Moment nicht mitbekommen. Ich hab sie nur angesehen und gemerkt, dass sie nicht mehr atmet.«

»So friedlich ist sie gestorben?«

»Ja, ich hab es nicht mal bemerkt.«

Suzanne ging in Beverlys Zimmer, beugte sich über

sie und berührte ihr Gesicht. »Sie wird schon kalt.« Behutsam hob sie Mao hoch und trug ihn in ihr Zimmer. »Wir müssen ins Bett gehen, damit wir sie morgen früh tot vorfinden können. Aber wir müssen die Pillenfläschchen noch entsorgen.«

»Die hab ich vorhin schon mitgenommen und in einen Behälter auf dem Beacon Hill geworfen.«

»Danke.« Mao noch auf dem Arm, wandte sich Suzanne zu ihrer Tochter und gab ihr einen Kuss auf die Wange. »Danke, Elena. Ich liebe dich.«

Einen Augenblick überlegte Elena, ob ihre Mutter wusste, was sie getan hatte, aber sie bezweifelte es. Niemand würde es je erfahren. Es sei denn, sie liebte jemanden wirklich und vertraute ihm hundertprozentig, dann würde sie es vielleicht erzählen. Aber sie selbst wusste es und war stolz auf sich. Sie hatte es geschafft, für Beverly, sie hatte es geschafft. Sie war ein besserer Mensch geworden, selbst wenn der größte Teil der Gesellschaft ihr in diesem Punkt nicht zugestimmt hätte. Sie war bereit, ihr Zuhause wieder zu verlasen und ihr Leben selbst in die Hand zu nehmen. Sie hatte ihr wichtigstes Versprechen eingelöst. Sie hatte den Mut gehabt, ihrer Großmutter gegenüber Wort zu halten. Zwei Tränen rannen über ihre Wangen, und sie wischte sie weg. Während sie zurückschaute auf ihre Großmutter, auf den leeren Körper, der auf dem Bett lag, hatte sie das Gefühl, als dankte Beverly ihr für die Erlösung, für die Ruhe, für das Ende.

50

Suzanne: Ein Jahr später

Suzanne stellte das *Jahrzeit*-Licht für ihre Mutter in die Badewanne, weil sie Angst vor Feuer hatte. Außerdem, so gestand sie sich, fand sie es schön, wenn sie mitten in der Nacht aufwachte, um ins Bad zu gehen, und dort von dem Licht der kleinen flackernden Kerze begrüßt wurde. *Jahrzeiten* wurden nach dem jüdischen Mondkalender gezählt, und danach war heute Beverlys Todestag.

Um die Mittagszeit sollte Karla mit ihrer Tochter Rosella und den Zwillingen aus Brooklyn eintreffen. Rosellas Mann Tyrone hatte leider nicht frei bekommen. Dann wollten sie alle zur Enthüllung des Grabsteins auf den Friedhof gehen und vor Sonnenuntergang wieder zurück sein, denn es war Freitag.

Rachel war bereits da und schlief in ihrem alten Zimmer – sie schlief wesentlich besser als ihre Mutter, wie Suzanne feststellte, als sie nach ihr sah. Es war lächerlich, nach Rachel zu sehen, als wäre sie ein Baby, aber sie im Haus zu haben, war so etwas Besonderes, dass Suzanne der Versuchung nicht widerstehen konnte, einen Blick auf ihre Tochter zu werfen, die auf der Seite lag und ihr Kissen im Arm hielt wie früher ihren Stoffhasen.

Marta fuhr den Van, mit im Wagen saßen Rachel und Karlas gesamte Familie. Suzanne hielt Emily auf dem Schoß. Sie war blond wie Marta, rundlich, temperamentvoll und sehr neugierig. Seit kurzem übte sie sich im Sprechen, wollte aber immer noch überall hinkrabbeln und keine Sekunde ruhig sitzen. Zwar war sie es gewöhnt, bei Suzanne zu sein, aber die vielen Menschen machten sie ganz aufgeregt. Rachel fing an, für sie Grimassen zu schneiden, und Emily kreischte laut vor Begeisterung. »Etwas mehr Ruhe, falls das geht«, sagte Marta über die Schulter hinweg.

Karla, die vorn bei Marta saß, wandte sich um und strahlte die Kleine an. »So ein süßes Mädchen. Du hast wirklich Glück. Ich war vierzig, als ich mein erstes Kind adoptiert habe. Ich wollte, sie könnte heute auch dabei sein.«

»Du weißt doch, dass Suwanda nicht ständig herfliegen kann, Mama«, sagte Rosella und lehnte sich an Suzannes Sitz. »Sie zahlt ihre Wohnung ab, und San Diego ist wahnsinnig teuer. Sie hat große Stücke auf Tante Beverly gehalten und wäre sicherlich gekommen, wenn sie gekonnt hätte.«

Allmählich wünschte sich Suzanne, sie hätte ihr eigenes Auto genommen, aber dann hätte sie ja auch die Hälfte der Verwandtschaft bei sich gehabt. Sie hätte gern Ruhe gehabt, um ihr Zentrum zu finden und die seltsame rituelle Verbindung zu Beverly nicht zu verlieren.

Rachel sah sie an und verstand offensichtlich, wie sie sich fühlte.

»Leute, ich finde, wir sollten allmählich ein bisschen stiller werden und uns Großmutter ins Gedächtnis rufen. Heute ist schließlich ihr Gedenktag. Um unseren Respekt vor den Toten zu zeigen, uns an sie zu erinnern und sie in unserem Leben lebendig zu erhalten.« Es war Rachels Rabbinerinnenstimme, voller, bestimmter als normalerweise. Suzanne gewöhnte sich gerade erst an die Verwandlung, die mit Rachel geschah, wenn sie formell wurde, wenn sie im Dienst war. Dankbar schwieg sie. »Rosella«, fuhr Rachel fort und wandte sich um.

»Möchtest du vielleicht Emily eine Weile halten, damit meine Mutter sich mal ausruhen kann?«

Suzanne dankte Rachel mit einem Blick und drückte Emily Rosella in die Arme. Die Zwillinge protestierten, aber Suzanne konnte die Augen schließen und sich konzentrieren. Ein Jahr und einen Tag war es jetzt her, seit Beverly sie verlassen hatte. Der Schmerz jener Nacht war noch lebendig in ihr, aber sie glaubte nicht, dass Elena und sie damals falsch gehandelt hatten. Beverly hätte sich nie damit abgefunden, weitermachen zu müssen. Es hätte einen langen Kampf gegeben, der ihnen allen nicht gut getan hätte. Aber die Wunde schmerzte noch, und auch die Schuldgefühle plagten sie. Sie würden bleiben.

Vor einem Jahr hatten sie ihre Mutter begraben. Wenigstens war der Friedhof nicht so weit weg; zwanzigmal war sie am Grab gewesen. Heute sollte der Gedenkstein enthüllt werden. Als sie durch das Eisentor fuhren, kehrte Suzanne so weit in die Gegenwart zurück, dass sie den Weg weisen konnte. Ein Wagen war schon da – Elena. Suzanne gestand sich ein, dass sie erwartet hatte, Elena würde zu spät kommen, aber als sie Jaime neben Elena am Grab stehen sah, war ihr alles klar. Jaime kam nie zu spät. Unter seiner Obhut hielt Elena sogar die mit ihrer Mutter vereinbarten Termine ein.

Anfangs hatte Suzanne sich nur schwer damit abgefunden, dass Elena zu Jaime zog, aber allmählich gewöhnte sie sich daran. Wenigstens mochte sie Jaime und vertraute ihm, was schon wesentlich mehr war, als man von Elenas bisherigen Beziehungen sagen konnte. Er trug einen dunklen Anzug, in dem er blendend aussah. Auch Elena trug einen Anzug. Zur Zeit hatte sie mehrere verschiedene Stile: Ihre frühere Uniform fürs Restaurant, praktische, unauffällige Sachen für die Uni und in letzter Zeit auch noch eine neue, konservative Garderobe, für die bestimmt Jaime verantwortlich zeichnete. Suzanne hatte den Verdacht, dass diese Art sich zu kleiden, viel mit Elenas Selbstbild als Therapeutin zu tun hatte – und damit, dass sie Jaime gelegentlich zu offiziellen Anlässen begleitete.

Als Suzanne näher kam, hörte sie, wie Elena Beverly von Mao berichtete. Der Kater ihrer Großmutter wohnte jetzt bei ihr. Wie immer war Suzanne überwältigt von ihrer Tochter; sie und Jaime waren ein großartiges Paar. Suzanne seufzte. Jaime hatte inzwischen sein Examen und arbeitete beim Obersten Gerichtshof als Schreiber. Das war ein Job für ein Jahr, und was dann? Sie konnte nicht beurteilen, ob Elena sich ernsthaft für ihn interessierte, mochte sie aber auch nicht danach fragen. Ihrem Verhalten war kein Hinweis zu entnehmen. Im Geist öffnete Suzanne die Hände und ließ das Thema los. Zwar hatten Elena und sie jetzt ein weitaus herzlicheres Verhältnis zueinander, aber sie wollte diese neue Wärme keinesfalls dazu ausnutzen, ihre Nase in Angelegenheiten zu stecken, die sie nichts angingen.

Als alle bei dem noch mit einer Leinwand verhüllten Stein, den Suzanne bestellt hatte, angekommen waren, übernahm Rachel die Führung. Suzanne dachte daran, wie sie aus Israel zurückgekommen war, braungebrannt, schlanker, gefasster. In der dunklen Haut wirkten ihre Augen größer und grüner. Ihre Haare waren kurz geschnitten, sodass die Locken ihren Kopf wie einen Lichtkranz umgaben. Das Selbstbewusstsein, diese neue Stärke, die Suzanne von dem Moment an aufgefallen war, als Rachel aus dem Flugzeug stieg, waren geblieben. Es war nicht mehr die gleiche Tochter, die damals weggefahren war, jetzt war sie mehr sie selbst und hatte sich zugleich grundlegend verändert.

»Das Judentum lässt uns viel Raum für unsere Vorstellungen von dem, was nach dem Tod geschieht. Wir müssen nicht an ein Leben nach dem Tod glauben oder an Reinkarnation, an Himmel, Hölle oder etwas dazwischen. Wir sollen die Toten ehren und in Erinnerung behalten. Wir sind hier, um miteinander den Verlust von Beverly zu teilen, unserer Großmutter, Mutter, Schwester, Tante, Freundin. Wenn ich diese Familie vor mir sehe, sehe ich das Erbe, das sie uns hinterlassen hat. Wir sind eine multikulturelle Familie, wie ein Symbol für die Risiken, die Beverly einging, und den Mut, den sie in ihrer Arbeit für die Bürgerrechte und bei der Organisation derer, die sie brauchten, verkörperte. Sie hat Gerechtigkeit gesucht, und weiter nach Gerechtigkeit zu streben ist ihr Vermächtnis an uns alle. Gerechtigkeit vor Gericht, Gerechtigkeit in unserer Religion, Gerechtigkeit am Arbeitsplatz, Gerechtigkeit auf den Straßen und in der Gesetzgebung unseres Landes. Gerechtigkeit ist für alle Menschen da, nicht nur für die Privilegierten oder vom Glück Auserwählten. Das ist Beverlys Vermächtnis. Wir haben einen lieben, kostbaren Menschen verloren. *Ha-makom yenahem otcha v'otach.* Möge der Ewige Gott euch trösten und möge es uns allen ein Trost sein, heute hier zusammenzukommen.« Damit zog sie die Hülle von dem Stein, ein schwarzer Marmorblock mit der Gravur *Peh Nun*, ›Hier ruht‹, Beverlys hebräischem Namen *Batsheva bat Shimone v'Ranit*, ihrem englischen Namen Beverly Blume und den Daten in beiden Zeitrechnungen.

Rachel rezitierte den dreiundzwanzigsten Psalm auf Hebräisch, phonetisch auf den Kopien abgedruckt, die sie ausgeteilt hatte. Dann begann sie das *El Malay Rachamim*, in das die anderen mehr oder weniger laut einstimmten. Suzanne konnte sich noch von der Beerdigung daran erinnern. Mitgefühl. Elena und sie hatten versucht, mit Beverly zu fühlen. Zwar würde sie nie hundertprozentig überzeugt sein, dass sie richtig gehandelt hatten, aber zumindest hatten sie das getan, worum Beverly sie gebeten hatte, so schwer es auch gewesen sein mochte. *Rachamim* war so ein schönes Wort, aber es war oft schwierig, danach zu handeln. Mitgefühl, Mitleid. Nach ein paar oberflächlichen Fragen hatte Beverlys Arzt den Totenschein unterzeichnet, während sie und Elena sich starr vor Angst an den Händen hielten. Am nächsten Tag hatten sie Beverly begraben.

Jetzt sprachen sie zusammen das Kaddisch für die Trauernden, das Suzanne im letzten Jahr auswendig gelernt hatte. Sie hatte es geschafft, einmal pro Woche in die nächst gelegene Synagoge zu gehen, um es nach Vorschrift zu beten, aber an den übrigen Tagen hatte sie es beim Aufstehen in ihrem Schlafzimmer aufgesagt – das war das Beste, was sie tun konnte. Respekt und Erinnerung. Davon hatte sie reichlich gegeben. Einen Augenblick füllten sich ihre Augen mit Tränen, aber sie drängte sie zurück.

Rachel hatte eine Tüte mit Steinen dabei, falls jemand nicht daran gedacht hatte, denn jeder sollte einen Stein auf Beverlys Grab legen. »Hier am *bet ha-olam*, dem ewigen Platz, legen wir ein Gedenken auf das *mazewa*, um zu zeigen, dass wir hier waren und der Verstorbenen unsere Ehre erwiesen haben.« Auf dem jüdischen Friedhof gab es keine Blumen. Ein Stein verwelkte nicht. Beverly war nie ein Blumen-Typ gewesen. Sie hatte nie einen Garten gehabt und sie war auch keine Frau, der die Männer Blumen schenkten oder die sich selbst welche kaufte. Männer hatten sie zum Essen ausgeführt und ihr gelegentlich eine kleine Reise spendiert, hatten ihr Wein und Schnaps, Halstücher und Modeschmuck mitgebracht. Und sie hatten ihr ein Kind geschenkt. Aber keine Blumen.

Als Suzanne zu Jaime und Elena hinübersah, die ganz nah beieinander standen, wünschte sie sich sehnlichst, dass Jake da wäre. Sie hatte seine Berufung übernommen, und er war aus dem Gefängnis entlassen worden. Aber er hatte ihr noch immer nicht ganz verziehen. In seinen Augen hatte sie ihn im Stich gelassen. Bleich und abgemagert war er aus dem Gefängnis gekommen. Sie hatte ihm die Wahrheit über Beverlys Tod erzählt und vielleicht hatte ihm das ihr Verhalten verständlicher gemacht. Doch er hatte das, was ihm zugestoßen war, noch lange nicht verkraftet. In den Frühlingsferien wollte sie zu ihm fliegen, und dann würden sie entweder wieder ein Liebespaar werden – oder eben nicht. Suzanne versuchte, nicht daran zu denken, schaffte es jedoch längst nicht immer. Jetzt hätte sie ihn sehr gebraucht, aber sie war auch nicht bei ihm gewesen, als er sie gebraucht hatte. Sie würden ihre behutsam Beziehung wiederaufnehmen und sehen, was zwischen ihnen noch da war. Suzanne legte den Stein, den sie mitgebracht hatte, auf den Marmorblock. »Auf Wiedersehen«, sagte sie leise. »Auf Wiedersehen, Mutter.«

Dann wartete sie, bis Rachel einen Moment allein dastand, ging zu ihr und küsste sie auf den Mund. »Danke.«

Rachel machte ein etwas überraschtes Gesicht. »Hat dir die kleine Ansprache gefallen? Ich wollte sie möglichst einfach halten.«

»Ich möchte dir danken, weil du mir etwas gezeigt hast, was ich so nie gesehen habe. Dass ich nämlich eigentlich das Gleiche mache wie meine Mutter, nur in einem anderen Kontext. Gerechtigkeit. Danke, Rachel. Das hat mir wirklich gut getan.«

Rachel nahm ihre Hand. »Das freut mich. Dieses Jahr predige ich mehr, aber manchmal komme ich mir vor wie eine Betrügerin. Ich tue nur so, als wäre ich eine Rabbinerin, weil ich eigentlich noch Studentin bin und weiß, wie wenig ich weiß. Aber du gibst mir das Gefühl, dass ich wirklich bin.«

»O, du bist wirklich, Liebes.« Suzanne blickte ihrer Familie nach, die sich auf Martas Van zu bewegte. »Wir sind alle wirklich und versuchen, das Richtige zu tun.«

»Ein Rabbi aus dem sechzehnten Jahrhundert hat einmal gesagt, es ist wichtiger, das zu tun, was unsere Eltern uns gelehrt haben, als das Kaddisch für sie zu beten.«

Zum ersten Mal an diesem Tag musste Suzanne lächeln. »Es ist mir gleich, was irgendein Rabbi aus dem sechzehnten Jahrhundert gesagt hat, Rachel. Aber was du sagst, das ist wichtig für mich. Und du hast dafür gesorgt, dass ich einen Sinn in dem allem sehe. Eine Kontinuität. Jetzt kann ich Beverly versprechen, dass wir sie nicht vergessen werden.« Damit ergriff sie Rachels Hand und zog sie mit sich, um Elena einzuholen. Dann hakte sie sich bei ihren beiden Töchtern unter und verließ mit ihnen den Friedhof, während Karla im Kreis ihrer kleinen Familie zum Auto zurückkehrte. Langsam entfernten sie sich von dem Ort, an dem Beverlys sterbliche Hülle zurückblieb – nicht aber die Erinnerungen und das Streben nach Gerechtigkeit. Maxines Berufung ging vorwärts, auch wenn sie immer noch in Framingham aushalten musste, und Jake war endlich frei. Suzanne würde seine Revisionsverhandlung gewinnen. Das Prozessprotokoll bewies eindeutig, dass der Richter zutiefst voreingenommen gewesen war. Sie würde weiter unterrichten und weiter Gerechtigkeit suchen, ganz gleich, wie bruchstückhaft und unvollkommen sie sein mochte. Für die Welt wollte sie Gerechtigkeit, aber für die Menschen, die ihr am Herzen lagen, Freundlichkeit, Mitgefühl und so viel Güte, wie sie nur aufzubringen vermochte.